Heinrich Federer

Lachweiler Geschichten

Heinrich Federer: Lachweiler Geschichten

Entstanden: Um 1905.
Erstdruck: Berlin (Grote) 1911.

Neuausgabe mit einer Biographie des Autors
Herausgegeben von Karl-Maria Guth
Berlin 2016

Der Text dieser Ausgabe folgt:
Heinrich Federer: Lachweiler Geschichten, 27. Tausend, Berlin: Grote'sche
Verlagsbuchhandlung, [o.J.], [Grote'sche Sammlung von Werken
zeitgenössischer Schriftsteller, Band 102].

Die Paginierung obiger Ausgabe wird hier als Marginalie zeilengenau
mitgeführt.

Umschlaggestaltung von Thomas Schultz-Overhage

Gesetzt aus der Minion Pro, 11 pt

Verlag: Henricus - Edition Deutsche Klassik GmbH
Mörchinger Str. 33, 14169 Berlin, info@henricus-verlag.de
Druck: Libri Plureos GmbH, Friedensallee 273, 22763 Hamburg

Die Ausgaben der Sammlung Hofenberg basieren auf zuverlässigen
Textgrundlagen. Die Seitenkonkordanz zu anerkannten Studienausgaben
machen Hofenbergtexte auch in wissenschaftlichem Zusammenhang
zitierfähig.

ISBN 978-3-86199-847-1

Bibliografische Information der Deutschen Nationalbibliothek

Die Deutsche Nationalbibliothek verzeichnet diese Publikation in der
Deutschen Nationalbibliografie; detaillierte bibliografische Daten sind
im Internet über www.dnb.de abrufbar.

Inhalt

Unser Nachtwächter Prometheus

1

Ich möchte vom Nachtwächter unseres Dorfes erzählen. Er heißt Andreas Marxele, trägt schwarze Hosen, eine geblumte Weste aus Perkal und einen Rock mit zu engen und zu kurzen Ärmeln und mit einem so schmalen Schulterblatt, daß ich immer das Gefühl der Not und Bedrängnis hatte, wenn ich Andreas reden und dazu hantieren sah. Es war dann anzuschauen, als ob er sich aus einem Gefängnis zu befreien suche, aber mit allen sterblichen Anstrengungen weder lösen, noch erleichtern könne. Man dachte, dieser Mann würde Großes leisten, wenn er nur eine weitere Jacke trüge. Es würde dann die Arme ganz anders ausspannen und es mit dem Leben wie ein Held aufnehmen. Man müßte staunen. So aber hemmt ihn der enge Ärmel am Ellbogen, und sobald er den Nacken strecken und sich gegen die bösen Mächte des Schicksals aufbäumen will, zwängt ihn der schmale Rücken derart ein, daß er sich wieder klein und demütig zusammenduckt.

Wir Studenten nannten ihn daher nur den gefesselten Prometheus. Als uns der Professor an der Lateinschule von diesem wunderbaren Manne der Sage erzählte, der nach dem Glauben der Griechen den Menschen das Feuer vom hellen Olymp auf die schattige Erde herunterholte, damit sie warm und heiter bekämen wie die Götter oben und damit sie nicht mehr im Dunkel sich verlaufen und die Nasen aneinander schlagen müßten, – wie aber dann der besagte Held für seine göttliche Frechheit von Zeus an den Felsen des Kaukasus genagelt wurde und ihm von einem Geier die wachsende Leber immer wieder weggefressen wird: da rief mein Kamerad aus dem Dorfe, der witzige Jakob Bronn: »Das ist wahrhaftig unser Nachtwächter Andreas Marxele!«

Alles lachte. Wir Lachweiler aber, die den Mann so gut kannten, stimmten, ohne uns weiter zu besinnen, wie von irgend etwas Treffendem in diesem Worte Jakobs unaussprechlich überzeugt, bei: »Ja, das ist der Lachweiler Nachtwächter, Andreas Marxele.«

Erst später erkannten wir, worin der Vergleich so gut war. Abgesehen davon, daß Herr Andreas Marxele in seinen Kleidern wie ein Gefesselter erschien, trug er auch in seinem übrigen Gehaben etwas Prometheushaftes zur Schau. Keiner politisierte im ganze Dorfe so tüchtig, keiner ging so weit aus den alten Geleisen der Überlieferung, keiner begrüßte jede Erweiterung der Volksrechte mit einer so starken, sozusagen wilden Freude, keiner schimpfte gegen den Zaren in Petersburg, den Sultan am Goldenen Horn und gegen die herrenmäßigen Reden des deutschen Kaisers so trotzig wie dieser kleine, magere Mann in den zu engen und zu kurzen Ärmeln. Er war der einzige, der im Gasthof zur Krone vor allen Gästen behaupten durfte, die französische Revolution sei alles in allem etwas Gutes gewesen.

»Aber bedenken Sie«, wandte der Schullehrer Philippus Korn ein und schob erregt die Brille zurück, »bedenken Sie den Pöbel von Paris, der den König und die Königin mordete!« – Lehrer Philippus Ignatius Cassian Korn hatte sich eben auf die Weltgeschichte von Jäger abonniert.

»Und bedenken Sie, Herr Magister, diese welschen Könige, die ihr Volk in Luxus und Krieg verdarben.«

»Bedenken Sie dagegen«, wiederholte der Lehrer und schob die Brille wieder vor, »bedenken Sie die Guillotine!«

»Bedenken Sie, Herr Lehrer, die Bastille und die Lettres cachées!« – Der Nachtwächter sagte: lettres kaschesch.

»Und die erschlagenen Grafen, Priester und Damen, bedenken Sie!«

»Und die Millionen armer, geplagter Bauern, den dritten, in den Kot getretenen Stand, bedenken Sie, Herr Lehrer!«

»Ach«, wandte sich Ignatius zu seinem jungen Vetter im Lehrerseminar, der ihn besucht hatte und mit dem er gemeinsam drei Deziliter Landwein trank, »ach, mit solchen Menschen kann man nicht disputieren, – sie kennen keine Pragmatik in der Geschichte.«

»Sie haben keine Seminarbildung«, ergänzte der Kandidat behende.

»Nichts wissen sie von Klio, von Herodot und Thukydides!«

»Es fehlt ihnen das historische Augenmaß, sozusagen die Retrospektive in die Vergangenheit«, schloß der Seminarist selbstgefällig. Diese Ausdrücke hatte er von Dr. Mamutius, seinem Professor der Geschichte. Bei passender Gelegenheit brachte er sie gerne wie eine eigene Erfindung über seine achtzehnjährigen Lippen.

Als Andreas von Pragmatik und Thukydides hörte, wurde ihm übel. Er leerte das Glas und ging. Fremdwörter schlugen ihn in die Flucht. Gegen solche Gelehrsamkeit konnte er nicht aufkommen. Dann fühlte er schmerzlicher als je, daß sein Rock zu eng und seine Ärmel zu kurz waren.

Sein Verstand hatte Licht und Schärfe. Aber die Schulung ging ihm ab. Der Pfarrer wollte den geweckten Burschen in die Realschule der Stadt schicken. Aber da kehrte der Vater den Geldbeutel heraus, leer bis zum untersten Zipfel wie er war, und sagte bloß: »Bub, da studier' einmal!«

Und statt der neun Musen hütete Andreas die neun Ziegen des Bauern Chlor. Damals fühlte dieser Prometheus zum erstenmal die Zwangsjacke, und besonders wenn ein Student mit dem Käppi und den Büchern unter dem Arm des Weges kam, wo Andreas weidete, dann drückte das enge Tuch den armen Sehnsüchtigen unleidlich. – Er schob dann die Faust vor den Mund und biß und weinte hinein.

Von nun an machte er den gewöhnlichen Lebensgang eines ordinären Lachweilers durch. Also mußte er zuerst dem Bauer Chlor, dem er verdingt war, das magere Vieh auf die Wiese treiben, abends die Geißen melken und die Milch zur Käshütte tragen, ohne einen Tropfen auf seine Bluse oder auf das glänzende Blech des Kessels zu spritzen. Darauf fing er an zu weben. In einem schlecht getäfelten Kellerraum stand sein Webstuhl. Während er in eintönigem, langweiligem Fleiß das Schiffchen durch die straffen Fäden trieb, dachte er mit seiner guten Phantasie und seinem witzigen Kopf weit über den Hut eines gewöhnlichen Dorfbürgers und weit über die Bauerndächer der Heimat hinaus. Hätten seine Gedanken den Einschlag in den Zettel gebildet, welche Schilderungen wären da im Tuche erschienen! Man hätte von den Schneeschultern der Alpen bis in die letzten Furchen des Ozeans hinuntergesehen, an sanften und zornigen Flüssen, an grauen Einöden, an Millionenstädten wäre man vorbeigekommen, Paris und Moskau hätte man erblickt, Kaisern und Zigeunern wäre man begegnet, ja, eine ganze Galerie der Menschheit hätte man in den Faden bekommen und an Humor und Farbe hätte es da wahrlich nicht gefehlt.

Sonntags hockte Andreas über geliehenen Büchern, die er vom Titel bis zum letzten Wort auslas. In einem Jahre hatte er die Bibliothek von Lachweiler ausgeplündert und wie ein Junges, das nun nicht mehr bloß Milch, sondern auch Brocken erträgt, sperrte er den Mund auf und verschlang die Bibliothek des Bezirksfleckens. Als auch dieser Kram verzehrt war, öffnete er den Mund noch weiter und ließ sich jetzt Bücher aus der nächsten Stadt kommen. Und er las alles, was und wie es kam. Alles nahm seine Aufmerksamkeit gefangen: der Sternenhimmel, die Afrikareisen, der japanische Krieg, die Sozialisten, der Vatikan, Segantini und Böcklin, die Tuberkeln, – er las Prophezeiungen aus alten Kalendern, Mays prahlerische Reisen, den Robinson, er hörte mit Andacht vom Barte des Barbarossa und von jenem von Mohammed, von den Präraffaeliten, von Darwin, Ibsen, Frau Holle, dem Zukunftsmusiker Strauß, und was das Wunderbarste war, er behielt von allem einen hübschen Haufen im Gedächtnis, den er dann gelegentlich mit echtem Krämertalent auspackte. Eine ungewöhnliche Beredsamkeit und zwei graue, kleine, flinke Augen, die wie Wiesel im Gesichte herumschossen, unterstützten seine Gespräche. Man hörte ihm Sonnabends gerne zu, wenn er am Wirtstisch seine Schätze auszupacken begann. Nur riß ihn oft im Schildern die eigene Begeisterung fort, daß er nicht mehr innehalten konnte, fabelte, sich immer glaubhafter in die unglaublichsten Dinge verlog und mit dem Pfarrer und Gemeindeammann nicht selten in Streit geriet.

Natürlich stand seine Weisheit nicht wie ein festes, auf soliden Steinquadern erbautes Haus, sondern mehr wie ein zusammengewürfelter Haufen von tausend heimischen und fremden Raritäten, über denen seine Phantasie wie ein buntes Wölklein schwebte und sie bald tiefer, bald heller färbte. Andreas hatte kein System, und ausstudierte Leute, die mit Methode vorgingen, wie etwa der Pfarrer, brachten ihn bald aus der Fassung, wenn sich unser Bursche nicht am Ende noch mit einem schlechten Witze behelfen konnte.

Einmal kam der Kirchherr gerade dazu, als Andreas in einem Ringe von feiernden Sonntagsleuten das Sternbild der Jungfrau erklärte. Weil es heller Tag und somit kein Verrat durch die himmlische Figur zu fürchten war, mischte der Erzähler Gelesenes und Erdachtes frech durcheinander. Da sei nämlich ein eiskaltes Mädchen gewesen, das Hunderten von Knaben das Herz gebrochen, indem es die Armen mit seinem Zauber behexte und den Narren im entscheidenden Momente dann schmählich den Rücken kehrte. Darauf hätten die Mütter der Knaben gen Himmel geseufzt, und, siehe, zur Strafe sei das Jüngferchen mit goldenen Sternennägeln da oben festgeheftet worden. Von den kalten Räumen des Weltalls herab müsse es nun so viele fröhliche Hochzeiten auf Erden mitansehen, während es selber vor Einsamkeit und Liebesmangel fast erfriere und froh wäre, wenn wenigstens der spröde Mond im Vorüberfahren es ein bißchen anlächeln wollte. Aber das tue weder der Viertels- noch der volle Mond, sondern verächtlich fahre er weit daneben vorbei. Wenn sie recht zusehen wollten, die Dörfler, heute abend, meinte Andreas, und schaute listig gegen Westen, wo ein breiter Wolkensaum lagerte und einen bedeckten Nachthimmel ansagte, so würden sie ganz deutlich die Jungfrau erblicken, wie sie mit traurigem und verweintem Gesicht von der Höhe niederschaue.

»Aber, Meister, habt Ihr sie denn selber schon erschaut?« fragte nun der Pfarrer, den roten Daumen nach seiner Gewohnheit zwischen den Hals und Kragen steckend, während er die Männer mit einem heimlichen Lächeln gleichsam aufforderte: »Gebt mir jetzt wohl acht, – wir haben den Fuchs!«

»Ich? – Hochwürden, – ich? – jawohl! – so macht sie!« Andreas spannte die Arme kläglich aus, »und das Haar hat sie dreifach gezopft! Jawohl!«

»Na, na, Meister, dann habt Ihr auch den großen Bären gesehen, – und das Boot, – die Andromeda, den Pegasus ...«

Das waren Fremdwörter! – Marxele fing es an schwindelig zu werden.

»Weiß nicht!« stotterte er und kaute am Stengel der Geraniumblüte, die er immer im Munde trug.

»Die sind doch noch deutlicher auf unserem nördlichen Globus zu sehen!«

»So!« – Marxele zupfte verlegen an seinen zu kurzen Ärmeln. Prometheus fühlte seine Ketten wieder.

»Unser Pfarrer!« sagte leise hinter ihm ein Zuhörer zum andern, »alles weiß er, alles!«

»Aber keine Spur von einem Bären«, fuhr der Geistliche fort und wurde im Erklären unwillkürlich aus Angewöhnung ernster, »nichts Boot, nichts Andromeda oder Pegasus! – Die alten Griechen haben sich den Himmel auf dem Papier in kleine Stücke zerschnitten und jedem einen beliebigen Namen gegeben, bald von einem ihrer Helden, bald von einem ihrer gottlosen und verwerflichen ...«

»Aber gestehen Hochwürden nur«, widersprach der Nachtwächter, »die Jungfrau, das steht fest, sitzt da oben!« – Er spuckte die Geraniumblüte im Eifer aus.

»Das müßt Ihr mir erst zeigen, bevor ich es glaube.«

»Gerne, Hochwürden, gerne!«

»Gern oder ungern – Und wenn wir sie nicht finden –« der Pfarrer drohte mit dem Zeigefinger.

»Nun, dann ist sie gottlob erlöst, die arme Seele; sie hat lange genug gelitten – aber ein Strumpfband oder ein langes Haar von ihr wird sich wohl –«

Alles lachte, der Geistliche am lautesten. Diesmal hatte sich Andreas mit Glanz herausgehauen. Nur sein Gesicht blieb trocken. Nie lachte er zu den eigenen Witzen. Eher machte er eine abweisende, strenge Miene dazu.

Aber zufrieden bückte er sich unter den Tisch, nahm das Geraniumblümchen auf und schob es wieder in den linken Mundwinkel.

2

Kurz nach dieser kleinen Begebenheit starb der einzige und nächste Verwandte des Marxele, nämlich sein Vater selber. Er war ein sehr braver Nachtwächter gewesen, das heißt, er hatte die Bürger selten in der Nachtruhe gestört, da er selbst des Nachts gerne schlief, sei es unter einem Baume, auf der Kirchenstiege, neben dem Hundestall der Krone, wo Bary und der Kater sich seinethalben nicht im Stroh rührten, oder sogar auf dem Bänklein des Polizeihäuschens, wo ihm der Landjäger nicht selten um Mitternacht ein Schnäpschen zum Fenster heraus reichte. Alarm hat er zeitlebens nie geschlagen und gewöhnlich erst an der Asche konstatiert, daß hier ein Haus gebrannt hat. Den Nachtgruß sang er, obwohl er nur noch zwei gelbe Zähne im Kiefer trug und kein ordentliches »s« mehr zustande brachte, ungemein lieblich, und ich erinnere mich wohl noch, wie wir drei Geschwister eidlich einander gelobten, den Schlaf im Bette so lange zu verhalten, bis der Nachtwächter sein Lied vor unserem Hause gesungen hätte, um einander morgens damit zu wecken. Seine Weise tönte besonders im Winter so geheimnisvoll von ferne, daß mir darüber die wunderlichsten Gedanken kamen und ich mich im Bett aufsetzte und träumerisch zum Fenster blickte, in das die mondweißen Kirchenmauern, der Schnee auf dem Kronendach und, ich glaube, hundert grünäugige Märchen mit hereinschauten. Ferner hörte ich das Lied des Nachtwächters wieder erklingen, vom untersten Dorfe herauf, endlich erreichten mich nur noch einige hellere Töne, ich wußte nicht mehr recht, sang es außen oder tief innen in mir, ich sank zurück in die weißen Kissen und schlummerte weiter.

Das war Marxeles Vater, der alte Nachtwächter gewesen. Gott hab' ihn selig und geb' ihm einen ruhigen Posten, etwa auf einer der hintersten Zinnen der Himmelsburg, die weit ins Unendliche schauen und so recht zum gesicherten Schlafen eingerichtet sind.

Es meldete sich nun Andreas Marxele zum Nachtwächter an. Der Posten ward ihm sogleich zuerkannt. Er hatte schon für seinen Vater das Amt hie und da versehen, das heißt auf dem Bänklein und auf der Kirchenstiege geschlafen. Aber ohne das – und sogar wenn Andreas unbeliebt gewesen wäre, er hätte das Amt doch bekommen. Denn in unserm Dorfe erben sich alle Ämter vom Vater auf den Sohn fort, der Küster, der Ammann, der Weibel, der Armenvogt, die Schulräte, selbst der Vorbeter in der Kirche, mag der Sohn eine noch so dünne Stimme haben, und selbst der Kaminfeger, mag der Erbe noch so engbrüstig sein.

Das neue Amt paßte für Andreas indessen wie für keinen zweiten. Sein unruhiger, schwärmerischer, an tausend Geheimnissen herumgrübelnder Geist fand Freude an diesem Herumschweifen durch die von Nacht und Mond erfüllten Gassen. Er schlief während der Nachtfahrt nicht mehr, ging dafür ziemlich weit zum Dorfe hinaus, spazierte im nahen Wäldchen und freute sich an den Glühwürmchen im Grase oder an dem heimlichen Getue der Nachtfalter in den Büschen. Er wollte wissen, wie der nahe Weiher um Mitternacht aussehe, ob wirklich beim zwölften Stundenschlag aus seiner Mitte Schaumringe sich emporkräuseln und der Dreizack eines Wassergeistes heraus lange, oder ob man gar über den Spiegel gebeugt jene nackten, armen Seelen auf dem tiefen Grunde erschauen könne, die nach der Volkslegende sich in Wein und Schnaps versündigt haben und nun immer Wasser schlucken müssen.

Und vom Hügel aus sehen wollte er, wie das große Dorf sich nachts von da oben ausnehme, wenn die Sterne nur ganz kümmerlich wie tief herunter geschraubte Laternchen brennen. Man konnte dann die Gebäude kaum voneinander unterscheiden. Die schwarzen Massen der Dächer verschwammen ineinander, wie die Rücken einer dichtgedrängten Herde von Kühen und Kälbern. Nur den Kirchturm und das breite Dach der Krone, die gewaltige Linde auf dem Friedhof und den kaltblinkenden Spiegel des Weihers mochte man herausfinden.

Schweifte dann der Mond aus einer Wolke hervor, dann fiel es wie Gold über die Dächer, dann blitzten die gotischen Fensterbogen der Kirche mit den Guckscheiben der Bauernhäuser, den glatten, grauen

13

Schindeln und den Weidenblättern am Bache um die Wette. Während die eine Hälfte der Gassen im tiefsten Schatten lag, in einem Schatten, der genau die Formen der Häuser und ihrer vorspringenden Giebel zeigte, – lag die andere Hälfte in goldigem Flimmer da, und man sah jede Katze, die in Minnediensten darüber lief, und die fliegende Zeichnung jeder darüberschwebenden Fledermaus haarklein. Das Wasser im Bächlein hörte man kaum, weil es so tief und leicht zwischen den Gräsern floß. Aber die drei Brunnenröhren klangen um so lauter von den unermüdlichen Wassern, die sich schräg ins steinerne Becken gossen. Wie ein Terzett ungebrochener Stimmen, zweier Mädchen und eines Knaben, scholl es. Je nach der Richtung des Windes hörte man auch das tiefe, leise Rauschen des weit unter dem Dorfe in einer Schlucht dahinziehenden Flusses. Zwischen hinein ertönte ein Glockenschlag, langsam und feierlich, und einmal des Nachts hörte man aus stundenweiter Ferne den Schnellzug durch die Gefilde rasen. Wie ein kurzer, scharfer Trommelwirbel brummt es, und dann merkt man erst recht, wie man hier so ganz außerhalb der Zeit und gleichsam im Rücken der Welt liegt.

Andreas sann und träumte viel in solchen Nächten. Er sprach mit den Ahnen auf dem Friedhof und mit den Rittern des alten Schlosses, das in seiner zerbröckelten Armut auf einem kleinen Hügel stand. Und da war es, wo seine Seele Kraft und Mut sog, um in eine kleine und verdrehte Zeit große Worte zu werfen.

Um drei Uhr ging er heim, Tannennadeln im Haar und Harz an den Ärmeln. Dann schlief er bis acht Uhr, wohl auch bis zwölf, rüstete sich sein Junggesellenmahl und unterhielt sich dann ein Stündchen vom Fenster aus über die Gasse mit den Nachbarn, indem er zweimal den Hundekopf seiner Pfeife ausrauchte. Hernach wurde ein wenig gelesen, wieder gewoben und nach dem Kaffee, den der Nachtwächter sich im Tage dreimal braute, legte er sich von sechs bis neun Uhr wieder aufs Ohr. Gegen zehn Uhr erhob er sich, und ebenso wach und ebenso neugierig ging er auf die alten Posten wie ein Astronom auf seine Sternwarte steigt und diese Nacht sicher einen Planeten erster oder doch mindestens zweiter Größe zu entdecken hofft.

Was Meister Andreas die Woche über entdeckt hatte, das wurde das Dorf am Sonntag gewahr. Dann sprudelte er eine Unmenge von Sagen und Märchen aus und erzählte von den alten Schloßherren so genaue Geschichten, als ob er ihre Tagebücher gelesen hätte. Er malte den

Leuten die Farben der Mondnacht, das Leben des Nachtgeflügels, die Geräusche der Mitternacht und die gespensterhafte Stimmung des schlafenden Dorfes so aufgeregt vor, daß man nur hören und immer nur hören mochte und den Wächter um sein Amt oder um die Phantasie beneidete, die so viel aus diesem Amte zu machen wußte.

Besonders aber, wenn das Volk zur Gemeindetagung gerufen wurde, erkannte ein jeder, der nicht mit ewiger Blindheit geschlagen war, was man an Meister Andreas für einen wohlbedachten, im ernsten und einsamen Studium der Nacht gereiften Volksmann habe. Er allein wagte aus dem Ringe des stumpfen und so geduldigen Volkes heraus den Herren Oberhäuptern die Meinung zu sagen. Wenn der Ammann einen Vorschlag einbrachte, so nickte ein Ratsherr nach dem andern: »Stimme zum Antrag!« – »Unterstützt!« – »Einverstanden!« – Ein gewöhnlicher Dörfler durfte da nichts einwenden und senkte den Kopf, wenn es vom Präsidentenstuhl her hieß: »Die geehrten Bürger sind überhaupt angefragt!« – Teils hielt sich der gemeine Mann für zu dumm oder ihn ängstigte die angeborene Scheu; teils fürchtete er, nicht die nötigen Worte und die richtigen Sätze zu finden. So brachte der Kirchenpräsident die Steuern vor, die Stuhlordnung, die Renovation der Kirche und den Bau eines neuen Ofens beim Kaplan, der immer friere – (in Wirklichkeit war es nicht der Kaplan, sondern seine Köchin, die auf einen neuen Ofen drang, weil das Wärmerohr des alten schief laufe, so daß alle ihre sonst vorzüglichen Kuchen auf der einen Seite zu fett, auf der andern zu mager gediehen!) – und peitschte jeden Antrag beim willigen oder widerwilligen, aber immer gehorsamen Volke durch. Und so diktierte der Ammann das Kopfgeld, die Fronarbeiten am Schulhause, verhinderte den Ankauf einer neuen Spritze und leitete die neue Straße gerade an seinen Äckern vorbei, wobei er die Wegmauer seinem Vetter zuhielt, der ein Pfuscher im Maurerfache war. Einige Bürger, die gerne widerstanden hätten, fingerten in der Hose am Sacktuch, an der Dose, an den Hausschlüsseln herum und klemmten sich wohl gar ins Bein, wenn die Steuer zu hoch bemessen und die öffentlichen Arbeiten zu gevattermäßig verteilt wurden. Aber das war auch ihre ganze Heldentat. Erst am Abend in der Krone schlug man die Faust auf den Tisch und stülpte mutig das Glas um.

Nicht so Andreas Marxele. Er besaß den Mut des Widerstandes, diese göttliche Gabe der Volksfreiheit. Mit dem Zeigefinger rieb er sich nur ein wenig die grauen Äuglein, wie um klarer zu sehen, und begann dann mit den Worten: »Herr Präsident, Herren Genossen!« – alles zu sagen, was ihm nicht gefiel. Er sagte es mit einer dunkeln, glatten, gleichsam geölten Stimme. Aber sehr deutlich hörte sich seine Rede an, und Wort folgte auf Wort mit der Regelmäßigkeit des Tick-Tack an der Uhr.

Begann zum Beispiel bei den Wahlen die Komödie der Abdankungen, dann durfte das hohe Ratskollegium auf ein gründliches Spottverslein rechnen. Ja, einmal, als der Ammann wieder üblicherweise erklärte, er könne unmöglich das Amt wieder übernehmen, er sei zu alt, seine Gaben unzureichend, er wünsche einen bessern Nachfolger und danke – hier wurde seine Stimme weinerlich – für das fünfzigjährige Zutrauen seines lieben, ihm stets ans Herz gewachsenen Dorfes – als er dies gesagt und sich in der allersichersten Erwartung niedergesetzt hatte, nun erst recht einhellig wiedergewählt zu werden, – da war Andreas unverfroren genug, die Sache ernst zu nehmen und den Finger emporzustrecken.

3

»Herr Nachtwächter Andreas Marxele hat das Wort.« –

Der Gerufene zog die Geraniumblüte aus dem Munde, kreuzte die Arme über die Brust und begann: »Herr Präsident, Herren Genossen! – Der Herr Gemeindeammann hat erklärt, er könne die Verwaltung des Dorfes nicht mehr übernehmen. Und ich begreife den verdienten Mann. Er ist achtzigjährig – –«

»Zweiundachtzig!« warf eine Stimme ein.

»Sogar zweiundachtzig! – Einem solchen Alter gebührt schon lange ein ehrenvoller Feierabend!« –

»*Otium cum dignitate!*« – fügte der Pfarrer bei, der gerne Lateinisch sprach und ebenso gerne den Gemeindeammann weggewählt hätte wie Andreas.

»Opium *cum dignitate*«, – sagt der Pfarrer, – kann sein! Aber zur Sache! – Wie man zu jung, so kann man auch zu alt für eine öffentliche Stellung sein. Ehre dem Manne, der das einsieht und aus freien Stücken resigniert! –

»Ein Mann ein Wort! – Der Ammann hat bestimmt erklärt, eine Wiederwahl nicht mehr anzunehmen. Sollen wir ihn nun dennoch wählen? – Hieße das nicht soviel, als sagten wir: ›Herr Ammann, gesagt haben Sie das wohl, aber wir glauben es nicht, im Gegenteil, wir wissen, daß Sie recht gerne wieder Ammann werden mögen. – Sie haben nur Spaß mit uns getrieben! Also wir wählen Sie wieder und Sie werden vergessen, was Sie vorhin sagten und mit einigem Zögern und Sträuben die Wahl doch wieder annehmen!‹

Nein, eines solchen Narrenstückes ist unser greiser Ammann nicht fähig. Wenn er sagt: ich kann nicht mehr, so kann er eben nicht mehr.

Wir sind freie Bürger! – (ohne diesen Satz hielt Andreas keine Rede!) – Bei uns gibt es so viele Könige als Köpfe. Es wäre doch eine Schande, hätten wir kein Holz mehr für einen neuen Ammann, tannenes oder buchenes, – das buchene freilich ist besser!

Da hat zum Beispiel der Kronenwirt einen Vetter, der studiert hat und bei ihm auf dem Gasthof wohnt. Er kennt die Leute und ihre Verhältnisse, ist er doch barfuß mit uns über die Gassen gelaufen und hat mit uns Äpfel aus dem Garten des Kaplans gestohlen, als der geistliche Herr im Bade war. – Er wohnt mitten im Dorfe, und jeder kann ihn also leicht finden und auch noch einen guten Schoppen bei Gelegenheit trinken. Er ist reich, also braucht er keine Sporteln; er schreibt eine schöne Schrift, also kann man in Zukunft alle Amtsbriefe lesen; er hat einen guten, strammen Charakter, also wird er den Sünder zwar am Schopf nehmen, aber nicht so fest schütteln, daß er alle Haare verliert. Kurz und gut, ich schlage den Herrn Fürsprech August Bronn zur Krone vor.«

Andreas setzte sich in den Kirchenstuhl und schob das Geranium wieder zwischen die Lippen.

Diese Rede wurde am 2. Mai 1889 gehalten und schlug so durch, wie jene Rede des großen Mirabeau genau hundert Jahre früher, am 2. September 1789. Das Datum allein ist verschieden, das Genie gleich. Bronn, der sechsundzwanzigjährige Bronn, der eben seine juristischen Studien vollendet hatte und beim Onkel auf eine Anstellung in der Stadt wartete, Bronn wurde gewählt mit sechshundert gegen zwanzig Stimmen und einer Enthaltung, die vermutlich vom Pfarrer herrührte. Denn Bronn las Tolstoi und riet den jungen Studenten schon Goethe zu lesen.

In Zukunft gab es keine Abdankungskomödie mehr. Mit dem Mut der Verzweiflung hielt selbst der alte Glöckner noch das Turmseil, der halbblinde Weibel das Bürgerverzeichnis und der gichtische Küster seine Kirchenschlüssel fest. An jeder Kirchgemeinde hatte er sie aus der Tasche genommen, mit Pathos geschüttelt und gerufen: »Ich danke dem, der sie mir abnimmt.« – Doch immer war er bestätigt worden, weil niemand das Gotteshaus am Bettag so nett ziere, keiner so fleißig die Bänke abstaube und die Kerzen so rasch anzünden würde. Nun aber verließ er sich nicht mehr auf diese Vorzüge, der weggewählte Ammann war für alle ein warnendes Beispiel.

An jenem Siegestage glaubte Andreas, daß seine Ärmel sich geweitet und das Schulterblatt sich verbreitet hätte. Er war glücklicher als Prometheus. Das Licht der Volksfreiheit hatte er vom Altar des Vaterlandes geholt und unter seine Mitbürger geworfen. Zum erstenmal hatte er die Knechtschaft der Überlieferung gebrochen. Und Zeus strafte ihn nicht! Oder?

Ja, als der Zauber seiner witzigen Beredsamkeit in den Ohren verrauscht war, standen die alten Männer zusammen und sagten, dem Ammann sei unrecht geschehen. Einundfünfzig Jahre habe er in guter und böser Stunde die Zügel geführt. Drei französische Könige, der Kirchenstaat und mehrere Fürstentümer seien inzwischen untergegangen, die türkische Flotte sei zerstört, der Zar gebeugt und Paris erobert worden, – und Lachweiler stehe noch in unversehrter, solider Dorfmajestät. Das sei des Ammann Markus Verdienst. Zum wenigsten hätte man ihm die Ehre antun und ihn nochmals wählen sollen. Ein junger Ammann sei ein Unglück. Die Bronn vorab hätten immer ein stürmisches Blut gehabt. Man solle nur den übermütigen jungen Studenten anschauen, – wie der unter seinesgleichen den König spiele. Unfehlbar werde es sich rächen, daß man aus den ehrwürdigen Fußtapfen der alten Bräuche getreten sei. –

Der reiche Ammann hatte viele Vettern im Dorfe, manche, die ihm wegen geliehenen Geldes oder wegen Anstellung auf seinen Gütern verpflichtet waren. So wurde der Anhang der Unzufriedenen immer größer. Man besuchte die Krone seltener, und jede Verordnung des neuen, etwas schneidigen Ammanns wurde unter Tisch und Schemel heruntergetadelt. Als es gar hieß, er wolle eine Hundesteuer einführen, da wuchs der Groll ins Gefährliche, und wer weiß, wie schwer der bequeme Dorffrieden gestört worden wäre, wenn Dr. Bronn sich nicht vom klugen Kronenwirt hätte bestimmen lassen, schon vor der Herbstgemeinde sein Amt niederzulegen, um einen höhern Posten im Bezirksamt zu übernehmen. Alles atmete auf und lobte den Jüngling, der infolge seines Talents und seiner Stellung vom Bezirksstädtchen aus Lachweiler weit stärker beeinflußte als er es je in Lachweiler selbst vermocht hätte.

Als nun der alte Ammann wieder in alle Ehren seines Amtes eingesetzt wurde und dafür der Dorfschaft vier Fäßchen Bier aus der Krone spendierte, nebst einem Würstchen und einer Semmel für die Stimmfähigen, da fühlte Andreas plötzlich wieder die engen Ärmel und das schmale Schulterblatt; er aß aber das Würstchen doch und trank vier Gläser Bier. Am Ende der Schmauserei winkte ihm der Ammann und fragte ihn, ob er wohl einige Nachmittage frei machen könnte. Es wären einige Bücher einzubinden. Andreas hatte sich nämlich diese schöne und saubere Kunst schon in den Knabenjahren angeeignet, um so eher zu Lektüre zu kommen. Der Nachtwächter ging also zum Ammannhause hinunter, nicht ohne Herzklopfen. Aber Herr Markus spielte mit keiner Silbe auf das Frühere an, sondern war umgänglich und freundlich mit ihm und zeigte Neugier, wie man eine dicke Broschüre so genau Blatt auf Blatt in einen Deckel bringen könne. Je gnädiger der Ammann sich erwies, desto geschmeidiger und gefügiger wurde Andreas. Sein politisches Gewissen empörte sich gegen diese Umwandlung, aber umsonst, und als der Ammann seinem Buchbinder am Ende der Dingtage gar ein blitzblankes Goldstück in die Hand drückte, da hätte Andreas im ersten Augenblick die zitternde Greisenhand gerne geküßt. Er beugte sich und verneigte sich, denn Gold hatte er noch nicht oft in den Händen gehabt. Wer Gold austeilte, kam ihm groß und überlegen vor. Aber zu Hause schleuderte er das runde Stück grimmig unter den Tisch und verfluchte seine Schwäche, die sich so leicht habe bestechen lassen. Erst vierzehn Tage später, als er keinen Heller mehr im Beutel trug und ernstlich hungerte, bückte er sich unter den Tisch und suchte nach dem Golde. Wenn man sich aber tief bückt, so spannen uns die Kleider an Nacken und Rücken. Nun denke man sich erst, wie enge es dem guten Nachtwächter damals in seiner Zwangsjacke zumute sein mußte!

Von da an vertiefte sich Andreas, von der Dorfpolitik angeekelt, in die Politik der Großtaaten. Er ging gleichsam wie ein enttäuschter Minister des Innern in das Departement des Äußern über. Da war nun kein Land zu groß, daß er es nicht mit seinem staatsmännischen Blick überschaut, kein Fürst zu hoch, daß er nicht seine Handlungen unter das Brillenglas genommen und kritisiert hätte. Er redete von einer Sauordnung in Österreich, von einem Zierbengelschneid im deutschen Militär und spottet bei jeder Ausgabe für schweizerische Festungen. Unsere militärischen Anstrengungen, witzelte er, seien mit einem Kinde zu vergleichen, das immer auf der Zehenspitze stehe, wenn es mit einem

Manne rede. – Daß er bei jedem Streik der Arbeiter gegen die Herren auf das feiste Kapital schimpfte, wunderte niemanden, – das taten ja auch die meisten Dorfgenossen. Aber daß er im Burenkrieg für die Engländer eintrat, war erstaunlich. Man wagte jedoch nicht, mit ihm zu rechten. Denn er allein wußte mehr zu seinen Gunsten, als alle Gegner zusammen zu ihrem Vorteil anzuführen.

»Meister Andreas«, fragte ich, damals ein Student von unklarem Sinne und großer, aber schnell verflackernder Begeisterung, »warum haltet Ihr es mit den Engländern?«

»Ich bin für die Gleichheit aller Menschen, also auch für die Gleichheit der Völker«, erwiderte er. »Verstehst du das, Junge?«

»Ich verstehe, aber ...«

»Aber nun sind die Buren so ein Völklein gewesen, bei dem die größte Ungleichheit nistete. Die wenigen Bürger regierten eigenmächtig über die vielen Ansässigen. Die Fremden waren fast rechtlos, die Neger unterjocht. Weg muß das Vorrecht! – und die Buren sollen Gott danken, daß die Engländer und die nicht die Russen oder die Franzosen gekommen sind, um ihnen den altfränkischen Zopf abzuschneiden. Die hätten mit dem Zopfe wohl auch noch ein Stück vom Kopfe mitgerissen. Die Engländer auch, natürlich! – aber dennoch sind sie die freiesten Kolonisten.«

Damals bat ich den Nachtwächter, mich einmal auf die Nachtrunde mitzunehmen. Ich trug das Anliegen schon lange auf dem Herzen.

Andreas brummte.

»Darf ich, Vetter?« – Ich hatte die Gewohnheit, jedem Vetter zu sagen, von dem ich etwas Gutes erwartete.

»So geh um fünf Uhr zu Bette und weck' mich um halb zehn!«

»Soll geschehen«, jubelte ich.

Begreiflich ging ich nicht schlafen und stand schon gegen neun Uhr vor dem niedrigen Stübchen des Nachtwächters, das zu ebener Erde lag.

»Teufelskerl, kann Er nicht warten?« grölte Andreas und rekelte die Arme und dehnte sich im Bette, daß die Laden krachten.

»Na, da du einmal da bist, so mach wenigstens Licht!«

Gehorsam zündete ich die Lampe an.

»Jetzt nimm das Schnupftuch und schütte mir den Kaffee an! – dort! – ach was – im Ofenrohr, im Ofenrohr!«

Ich wickelte lieber mein Nastuch als das rote, verschnupfte des Nachtwächters um die Hand und zog den heißen Krug, in dem das

Wasser mit feinen Kinderstimmen Süm! Süm! machte, aus dem Bratofen. Während sich Andreas die Hosen anzog und mit Mühe die geblumte Weste zuknöpfte, goß ich die siedende Brühe in den Kaffeesack, der über der Kanne hing. Gleich flogen jene Wölklein von Kaffeeduft durch das Stübchen, die so belebend und ermutigend auf die Seele wirken und das Heim erst recht zum Heim machen, indem sie ihm einen kräftigen Geruch von Gemütlichkeit und Herzensstärke verleihen. Zwei Tassen, die eine ohne Henkel, die andere mit zerbissenem Rande, standen bereit. Ich füllte beide und zerstieß den Zucker darin, damit der Nachtwächter nicht glaube, daß ich seine Not mit dem engen Frack bemerke. So mochte wohl der alte Prometheus gestöhnt haben, als Kratos und Bia mit des widerwilligen Hephaistos Hilfe ihm die Ketten und eisernen Ringe umlegten, wie jetzt Andreas Marxele ächzte, bis er sich in die engen Armschöße und unter das Joch der schmalen Schultern gezwängt hatte. Als die Pein aber so groß wurde, daß ich ihm glaubte beistehen zu müssen, sagte ich mitleidig:

»Euer Rock ist wohl zu eng, Meister!«

»Gerade wie ich ihn brauche!« versetzte Marxele keuchend.

Stillschweigend tranken wir, am Tischchen stehend, unsere Tassen aus. Dann setzten wir die Mützen auf und traten in die geheimnisvolle Nacht hinaus.

27

4

Es war Ende Februar. Kein Schnee lag mehr auf der Erde. Ein leichter, feuchter, fast warmer Wind ging. Am Himmel regte sich alles in großer Unordnung. Zahlreiche, niedrige, ziemlich heitere Wolken fuhren von Süden nach Norden, die kleinern schneller, die größern langsamer, so eine über die andere hinaus, sich gegenseitig beschattend, stoßend und hemmend. Dazwischen schauten große Stücke eines nachtblauen, aber doch hellen Himmels herunter. Im Spiele der Wolken vergrößerten und verengerten sie sich wieder. Bald waren sie wie mächtige Fenster, bald wie unzählbare Ritzen einer verhängten Pforte, bald drohten sie gar im Geschiebe der nachdrängenden Wolken zu ersticken. Bleiche, kleine Sterne schimmerten daraus hervor. Aber ihr Licht erschien so unruhig und so dem Verlöschen nahe, als spürten auch sie wie das Blendlaternchen des Nachtwächters den Wind und müßten im Luftzug hin und herschwanken. Im Westen unter einer unauflöslichen Wolkenschicht wanderte der Mond dahin. Man sah nichts von ihm als die große Helligkeit, die er unter seiner Decke über die höheren Wolken in der Mitte des Himmels goß. Durch die Nacht ging jene Luft, in der schon die Erwartung von tausend sehnenden Lenzgeschöpfchen, ja schon etwas vom herben Geruch der Schneeglöcklein und von der Milde der Veilchen atmet.

Im ganzen Jahr weiß ich keine Zeit, die ich mehr liebe, als diese letzten Wochen des Hornung ohne Schnee, mit winderfülltem, wolkigem Himmel, bleichen Wäldern und dem Schein der Leblosigkeit auf dem Felde. Denn unter der Decke tastet doch schon heimlich ein tausendfingriges Leben und jener süße Duft, der um die Wiege des unschuldigen Säuglings schwebt, steigt leise, leise aus der brachen Scholle. Die groben Sinne der Alltagmenschen dringen nicht in den Zauber solcher Tage. Aber für feine Nerven sind es Zeiten eines auserlesenen Genusses.

Schon ruhte das ganze Dorf. Nirgends ein Ton. Nur aus der Kammer des Kaplans hörte man das Perpendikel einer schnarrenden Uhr hin und her ächzen. Der engbrüstige Mann mußte nachts einen Flügel des Fensters offen halten. Durch die schwitzenden und mit Draht vergitterten Fenster der Kirche blinzelte die ewige Lampe und auch aus dem Studierstübchen des Pfarrers lächelte noch ein Licht. Aber dieses Lächeln hatte etwas Strenges und Ernstes an sich. Ich mußte an die Lampe des feilenden Cicero oder des philosophierenden Plato denken. Hinter den erhellten Vorhängen ging regelmäßig ein Schatten auf und ab.

»Er studiert die Predigt«, erklärte Andreas und sein blinzelndes Auge fügte verständlich hinzu: »Mein Gott, ich hätte nicht nötig, so herumzustürmen, um einen zeitgemäßen Sermon zu halten. Es predigt sich doch so leicht!« –

Jetzt bewegte sich der Schatten eiliger, er huschte eigentlich an den wehenden Gardinen vorbei, er flog Plato schien einer entschlüpften Idee nachzurennen. »Ah, nun geht es dem Ende zu!« lachte mein Begleiter.

»Wieso?« fragte ich erstaunt.

»Bei ruhigen Darstellungen«, erzählte Andreas, »spaziert der Pfarrer gleichmäßig um den runden Tisch herum; kommen Einwürfe, so steht er still. Hat er aber den Teufel glücklich zu schanden gemacht, dann schwenkt er sein Kirchenfähnlein im Triumphe und rennt die letzten feindlichen Barrikaden um.«

Wir mußten beide lachen. Aber es war keine unehrerbietige Heiterkeit. Denn der Pfarrer galt uns als ein guter Prediger, der das sonntägliche Gemüt meisterlich zu fassen und zu erbauen wußte.

Wir gingen dem Gitter des Friedhofs entlang. Die dürren Stauden auf den Gräbern raschelten, manchmal klingelte auch ein schlecht gehängtes Metallschild am Kreuz. Sonst war es da wirklich totenstill. Zuweilen glitzerte etwas durch die Dunkelheit, sei es ein Messingknopf oder eine vergoldete Inschrift oder ein Blechkranz, der um die Kreuzarme gewunden war. Die Gräber schienen mir außerordentlich schmal und in die Länge gereckt und mir war, ich sähe ihnen deutlich die Figur der darunter ruhenden ebenso schmalen und ausgereckten Leiber an.

Ich weiß nicht, warum mir in diesem Augenblicke immer wieder die Erschaffung Adams einfiel. So einen länglichen viereckigen Erdteig, wie diese schmalen Häufchen da, mochte der Erschaffer genommen und daraus den ersten Menschen geformt haben. Dann hauchte er die Figur mit seinem unsterblichen Odem an, und sie öffnete staunend das Auge, erhob sich, beugte sich tief vor dem Erzeuger und sprach: »Ich danke dir, Herr meines Lebens!« 30

Und jetzt liegen sie wieder da, diese Adams, mit der Erde in einen Haufen vermischt – gänzlich verstaubt!

Viele sind noch frisch unter dem Boden, dachte ich weiter. Ihre Leiber sind noch weiß, ihr Blut ist kaum erkaltet. Sie haben sicher noch einen Satz, den sie nicht ausreden konnten, auf den Lippen, – einen Schritt, den sie noch gerade tun wollten, gleichsam in den Sohlen. Und nun müssen sie hier, unfertig wie sie sind, vermodern! – Andere schleppten sich sozusagen selber müde zum Grabe. Das Alter hatte sie bereits so ausgemergelt, ihren Leib so braun, verwittert, erdenhaft gemacht, daß sie sich eigentlich nur noch in die Schollen zu legen hatten, um als ein Stück von ihnen zu gelten.

Viele lagen da, die ich wohl gekannt hatte. Ich erinnerte mich jetzt wieder an sie alle, nachdem ich ihrer jahrelang nie mehr gedacht hatte. Dort unter dem großen, dicken Stein schlief die Jungfer Manette, die aus ihren unerschöpflichen Taschen zuerst ein braun gestreiftes Schnupftuch, dann eine große Dose mit dem Bilde der Helvetia, dann sieben Schlüssel zu sieben kleinen, reinen, duftigen Jungfrauenkammern und endlich zu guter Letzt immer etwas Süßes hervorklaubte, Pfefferminzplätzchen oder Malzzucker oder Schokolade. Gott schenke ihr dafür Milch und Honig des ewigen Kanaan! Etwas zurück, mehr in die Ecke 31 gedrückt, ruht der alte Orgeltreter Kilian, der so treulich den Blasebalg versah, aber regelmäßig unter der Einteilung der Predigt einschlief und dann zur unfrommen Freude der Chorbuben behaglich schnarchte. Möge er jetzt zu Sankt Cäciliens Füßen kauern und Musik ohne Mühe genießen! – Besonders aber rührte mich das Wacholderbäumchen an der Mauer. Hier begrub man meinen Schulkameraden Valentin, der uns alle an Glanz der roten Backen und an Übermut übertraf und immer, wo uns eine Gefährde lauerte, hochsinnig sagte: »Ich gehe euch voran!« – und dann mutig vorausstapfte. Und einmal, da saß der Tod zuoberst auf dem Kirschenbaum in Kronenwirt Bronns Veilchenwiese und höhnte: »Gehst du auch hier voran?« – »Warum nicht?« – machte Valentin und warf keck die volle Oberlippe auf. Sprach's und fiel vom Wipfel und lag wie ein Schneemann unter den roten Kirschen.

Und weil er schon wie ein tüchtiger Mann sich gebärdet hatte, so ward ihm die seltene Ehre zuteil, mitten unter den Männergräbern seine weichen Knabenknöchlein zur Ruhe zu legen.

Die Kindergräber sind weiter hinten, man sieht sie von der Straße aus nicht, sonst würde ich die Grüße meiner lieben zwei Schwestern aus der Überwelt hören. Aber zwei Reihen von der Straße weg sehe ich dafür das teuerste Grab, meiner Mutter irdische Ruhestatt.

Bei seinem Anblick fühle ich immer Herzklopfen und ich vernehme eine leise Frauenstimme: »Walter, – wie geht es ohne mich? – hast du Ordnung?« – Dann verschwimmen mir die Augen und ich drücke die Rechte, wo's am ärgsten klopft, und sage: »Es geht, – Mutter, es geht, wie es ohne dich –«

»Was hast du, Junge?« – fragt mich der Nachtwächter.

»Nichts, gar nichts«, sagte ich schluckend und würgend.

»Herr, gib ihnen die ewige Ruhe!« fuhr er fort und zog die Mütze.

»Und das ewige Licht leuchte ihnen«, versetzte ich im Tone des alten Kirchengebetes und entblößte gleichfalls das Haupt.

»Laß sie ruhen im Frieden!«

»Amen«, beschloß ich.

Mir wurde sehr feierlich zumute.

»Man sollte eigentlich für die Lebendigen um Ruhe bitten«, sagte Andreas. Er flüsterte nur. Ich nickte. »Die haben Ruhe!« fügte er leise bei und ließ die grauen Äuglein über die vielen Hügel, Kreuze und Steinmale fahren.

»Wie sie schlafen!« lispelte er wieder, – »stiller als Kinder! – man soll sie nicht mehr stören!« – Unwillkürlich gingen wir jetzt auf den Zehenspitzen, so geräuschlos als möglich.

In diesem Augenblicke meinte ich, aus dem Gottesacker tiefe, stille, regelmäßige Atemzüge zu hören und einen Odem von solchem Frieden zu spüren, daß mir alles Grauen vor dem nächtlichen Friedhof verging. Er kam mir, je länger ich zusah, immer freundlicher vor, wie ein großer Schlafsaal, wo von Bett zu Bett alles die Härte des Tages ausschläft und an der Türe und auf den Fenstergesimsen schweigsame Geister wachen und den Frieden der Stätte wahren.

Aus diesem Bilde weckte mich das häßliche Kreischen eines Uhrschlüssels. Wir befanden uns vor dem Ammannhause, wo eine Kontrolluhr angebracht war, die um elf und drei Uhr aufgezogen werden mußte. Das mächtige Haus lag im Schatten der umliegenden Gebäude. Eine schneeweiße Katze strich gerade um seine Ecke. Die Läden standen offen und leise klirrte im Windhauch ein Scheibenflügel auf und zu. Die Fenster lagen so niedrig, daß man leicht in die Stube gesehen hätte, wenn es nicht zu dunkel gewesen wäre. Die nur angelehnte Haustüre, die gleich in die Küche führt, klapperte leise. Der kinderlose Ammann begab sich regelmäßig um neun Uhr mit seiner greisen Frau und dem Hausgesinde zur Ruhe. Da wurde nichts verschlossen oder zugeriegelt. Herr Markus Ebescher pflegte zu sagen: »Wenn ich nicht mehr bei offenen Fenstern und Türen schlafen kann, so will ich nicht mehr Ammann sein.« – Er war ein riesengroßer, bolzgerader Mann, ein ehrfurchtheischender Patriarch, und er wußte wohl, daß kein Dieb und kein Nachtbubenstück sich an ihn heranwagen werde.

Nun eilten wir zum Dorfe hinaus und stiegen allmählich durch einen Wiesenweg dem Hügel zu. Aus einem Stall drang das Schnaufen einer Kuh, die unruhig den Kopf an der Holzwand rieb und mit den Füßen am Boden scharrte. Beim letzten Haus, am Fuße des Funkenbühls, zwinkerte ein Licht aus der niedrigen Kammer in den Feldweg hinaus. Auch hier stand das Fenster offen. Meister Andreas näherte sich dem Gesimse und wollte etwas hinaufrufen.

»Seid Ihr es, Nachtwächter?« kam ihm von innen eine schwache, aber deutliche Stimme zuvor. Man hörte Flüstern und das Geräusch einer laubgefüllten Bettdecke.

»Jawohl, Frau Katharina, – und was machen wir heute?«

»Danke, Vetter, der Nachfrage! – Ich spüre den Wind in allen Gliedern.«

»Wer wacht Euch die Nacht?« spann Andreas fort.

»Kronenwirts Agnes.«

Bei diesem Namen wurde mir warm. Dieses Mädchen war es, mit dem mich früher immer die Schulbuben geneckt hatten und jetzt das eigene Herz. Es glich so ganz den Mägdlein, um die im Gedicht der Volkslieder Müllersburschen, Wachtsoldaten oder treue Knappen minnen, deren Ring sie tragen und deren Untreue sie nicht überleben würden.

»Wackeres Mägdlein«, hatte inzwischen Andreas in die Stube geantwortet.

Ich hätte ihm dafür um den Hals fallen mögen. »Ein wackeres Mägdlein!« – Also auch er, der Hagestolz, auch die seit Jahren sieche Katharina Frommel wußten das, nicht ich allein.

Das Flüstern in der Kammer wurde wieder hörbar. Was sprachen sie wohl miteinander?

»Vetter Andreas«, bat ich leise, »fragt doch, ob sie gut pflegt!«

»Aber kochen wird sie nicht können!« rief der Nachtwächter hinein. Drinnen kicherte jemand.

»Freilich kann sie kochen, – den Kaffee und den Haberschleim – jawohl, das kann sie.«

»Ob sie's besser kann, als die Berta Walomer?« gab ich dem Nachtwächter neuerdings ein.

»Aber die andere, – wie heißt sie nur?« rief Andreas hinauf.

»Lachmanns Therese?«

»Nein, nicht die!«

»Die Berta, das Walomerkind?«

»Ja! – die wird's noch besser machen!«

Wieder kicherte es drinnen unbeschreiblich nett.

»Was Ihr denkt – weit besser kocht die Agnes!« – rief die Kranke vom Lager, »noch nie ist ihr die Milch übergelaufen. – Du dummes Ding! ...« redete sie leiser, offenbar zu Agnes, »so laß doch! – was wahr ist, darf man vor allen Leuten sagen.«

Ich war selig. Ja, ja, die Agnes! – ihr gleich nichts Sterbliches. Sonne und Mond finden keine solche mehr.

»Könnte sie nicht ans Fenster kommen?« fragte ich leise den Marxele.

»Jetzt ist's genug! – bist du denn rein verrückt?« Spöttisch und doch liebreich sah er mich an. »Du Naseweis!«

»Mit wem redet Ihr, Meister Andreas?« fragte die Frau nun aus dem Kämmerchen hervor. »Ist jemand bei Euch?«

»Lehrers Walter ist mitgekommen, – will mal die Nacht ausspionieren, das Bürschchen.«

»Grüß' dich Gott, Walter!« erscholl jetzt die gebrechliche Stimme Katharinas; – »was doch den Studenten nicht alles in den Kopf kommt! – Du meine Güte! – Ist doch ein Volk das! –«

»Grüß' Euch Gott, Frau Katharina!« rief ich kaum hörbar.

»Wer schlafen kann, soll schlafen, Walter!« machte die Alte, »das ist mein Zuspruch.«

»Meiner auch«, bestätigte Andreas.

Mir aber war wohl. Agnes schlief also auch nicht. Wie köstlich, daß wir beide die gleiche Nacht durchwachten und gar, daß wir es beide voneinander wußten!– Natürlich, die alten Leuten, die glauben, das 37 Gescheiteste sei Schlafen! Sie können uns nie früh genug ins Bett jagen. Aber wir Jungen glauben ihnen nicht. Wir wissen, kein Mensch ist so dumm, als wenn er schläft. Er denkt nichts, er weiß nichts, er kann nicht reden, oder wenn er's tut, so ist's ein Mischmasch von Unverstand. O nein, gescheiter ist zu wachen, zu wachen an der Studierlampe und in alten herrlichen Büchern zu lesen; zu wachen auf dem Turme und in den hellen Wandel der Sterne zu gucken; zu wachen am Fenster, wenn der Mond und die Poesie und die Sehnsucht und die Liebe und hundert andere ungreifbare Wesen daran vorbeigehen; zu wachen bei Kranken, zu wachen über ganze Dörfer wie ein König; zu wachen und dreist in nächtliche Stürme hinauszuspringen. Beim Donner, redet mir nicht mehr vom Schlafen!

Zwischen den Wiesenbäumen eilten wir nun schräg den Hügel empor. Droben setzten wir uns an den Ranft und betrachteten, ohne ein Wort zu reden, das unter uns liegende Gelände. Erst hier oben merkte ich recht, wie still die Welt war. Das Gewoge der Wolken am Himmel, das Aufflackern und Verlöschen der Gestirne, diese große überirdische Bewegung, ging so lautlos vor sich, daß man sie eher zu träumen glaubte. Das Dorf lag in einförmigem Halbdunkel mit seinen wie eine furchtsame Herde zusammengekoppelten, eng ineinander geschmiegten Häusern da. Wo ein starker, hoher Baum, eine Pappel oder Linde etwa aufschoß, 38 da duckten sich gewiß ihrer drei, vier zusammen. Nur einige besonders mutige lehnten sich nicht an fremde Schultern, so das Ammannhaus und die Kaplanei. Begreiflich – den Gemeindeammann stützte sein Amt, und der Kaplan las wohl auch nicht umsonst jährlich einmal seinen Homer mit allen helmschüttelnden Helden aus. Es war, als verstehe das Pfrundhaus, was sein Bewohner lese, und präge sich danach aus. Mit homerischer Breite legt es sich nach allen vier Seiten aus, kühn wie die Augen Hektors glänzen die kleinen Fenster, und der hohe Giebel mit dem Windfähnchen ragt wie des Achilles Helmbusch in die Lüfte. Solche Häuser können ganz wohl auf allen vier Seiten frei stehen. Aber die Häuser des Schuhmachers und des Bürstenbinders, selbst des Schulmeisters Wohnung, des Schulmeisters, der auf sein mageres Quartal und auf die Butterwecken der Kinder zu Neujahr angewiesen ist, ferner die Hütte der Wäscherin Babette Reiner, das schiefe und geflickte Lohhäuschen und die Weibelbehausung, kurz alle, die keine Obrigkeit und keinen Homer bei sich eingemietet haben, die müssen sich notwendig gegenseitig stützen. Sie sind aufeinander angewiesen, und so reicht denn selbst der stolze Gasthof zur Krone seinen linken Ellbogen dem niedrigen Küferhäuschen, freilich mehr als Stützender, denn als Gestützter.

Wo das Dorf aufhört und die Wiesenwege sich in die Ferne verlieren, da liegen wohl noch da und dort kleine Einzelhäuser. Aber sie machen nicht den Eindruck mutiger Vorposten, sondern ängstlicher, schwächlicher Kinder, die auf dem Wege zur Mutter nicht mehr weiter konnten und auf dem Platze, wo sie nun stehen, liegen geblieben sind. In ihrer Zaghaftigkeit lassen sie nachts ein Lämpchen brennen, legen einen Hund vor die Türe und streuen Glasscherben auf die Gesimse.

Aber bald verliert sich auch noch diese furchtsame Spur von Menschenleben. Die große, dunkle Ebene dehnt sich aus, etwas dunkler, wo ihr ein Gehölze entkeimt, etwas heller, wo sich eine Halde gegen den Horizont neigt. Ja, ein geübtes Auge, zum Beispiel ein Dorfbube, der noch nicht Botanik am Gymnasium gehört hatte, konnte genau an den Schattierungen unterscheiden, wo Gras wächst, wo ein Acker liegt oder wo sich feuchtes Ried in sumpfiger Behäbigkeit durch die Auen dehnt. Einige Fetzen Schnee leuchten aus jenen Versenkungen des Bodens herauf, die die Sonne nur ein Stündchen am hohen Mittag trifft. Den Fluß erkennt man am Wuchs der Tannen und Buchen, die sein tiefes, rauschendes Bett gleich den bärtigen Lippen eines Sängers beschatten. In seinem ganzen Laufe kann man ihn verfolgen, wie er erst aus den Hügeln, die sich vom Dorfe weg gegen Süden ziehen, heraustritt, einen

Haken auf tausend Schritte gegen Lachweiler schlägt, dann aber, als besinne er sich auf die großen Städte, die Dome und Fünfmaster, die seiner warten, schleunigst wegeilt, da es unter seiner Würde stehen mag, 40 so ein Menschenleben zu besuchen; aber wie er dann doch trotz seiner großen Ziele sich bald da, bald dort in einer mutwilligen Krümmung ergeht, selbst einmal, als habe ihn ein kindisches Bangen vor der Fremde erfaßt, zurückschwenkt, um hernach mit doppeltem Eifer vorzurennen, so recht wie ein zwanzigjähriger Bursche in den Flausen seines köstlichen Humors tut. Von seinem krausen Spiegel sieht man hier noch nichts. Erst in weiter Ferne blinken zwei Schleifen hervor, nachdem die Flut sich aus dem langen Tobel heraus in die Niederung gerungen hat und nun mit einem letzten Heimweh im Auge noch schnell einmal nach der Kinderstube zurückschaut.

Unmäßig liebe ich diesen Fluß, und wenn ich einmal an seinen Wassern stehe, kann ich mich fast nicht mehr wegreißen.

Aber das Auge wandert noch weiter, bis dorthin, wo die Erde wie mit einem feinen Messer abgeschnitten scheint und der breitgewölbte Bogen des Himmels beginnt.

Sonst kam mir die Welt von dieser Anhöhe aus unendlich groß vor. Heute dünkte sie mich beschämend klein. Warum? – Ich glaube, weil sie schlief und weil im Schlafe selbst ein Riese sich von einer Mücke nicht unterscheidet. Beide sind gleich kraft- und wehrlos.

Die Stadt, wo ich mit Jakob von der Krone vom Montag bis Samstag mittag als Gymnasiast weile, wird durch eine wellenförmige Erhebung 41 der Fläche völlig verdeckt. Nur eine leise Helligkeit, die irgendwo aus dem Boden, wie ein phosphoreszierendes Licht in die Luft fließt und sie in einem kleinen Halbkreis rötet, deutet mir die Lage an. Aber wie klein war dieser Halbkreis, wie klein also erst diese »menschenverschlingende Stadt«, die ich wegen ihrer Größe bisher so gefürchtet und verehrt hatte.

Plötzlich schrak ich zusammen. Hatte da nicht hinter uns jemand einen Stein geworfen?

»Das bröckelt immer so von der Mauer«, beruhigte mich der Nachtwächter und wies auf die Ruine des Schlosses zurück, die zwanzig Schritte von uns im Rücken stand. Dann richtete Andreas seine flink herumschießenden Augen wieder auf das Weichbild zu unsern Füßen. Seine Miene war belebt. Das dichte schwarze Haar, das lang und ungekämmt über die vorstehenden Ohren und die hohe, runde Stirn fiel, flatterte im Winde, der hier stärker ging, – seine Augen glänzten, die dünne, gerade, große Nase zitterte wie der Rüssel eines Käfers, und die Lippen, schmale, scharfwinkelige Lippen, wie ich sie zeitlebens nur bei sehr strengen Kritikern und bittern Spöttern sah, diese Lippen bewegten sich wie in einem unhörbaren, innern Gespräch.

»An was denkt Ihr jetzt, Andreas?« fragte ich fast scheu.

»Immer an das gleiche«, machte er gereizt.

»So sagt es mir doch!« flehte ich und nahm seine magere, schwerknochige Hand zwischen meine warmen Knabenhände. »Lieber Vetter, nun sagt es sogleich, – ich merke, es ist etwas Schönes! – Sogleich oder ich laufe Euch davon!« –

»So lauf, Hagelsjunge!« forderte er, hielt aber meine Hände fest.

»Vetter!« schmeichelte ich, »sagt es nur! – Wir sind einer Meinung!« –

Damit hatte ich gewonnen.

»Ich habe die Dächer gezählt, – es sind hundert und mehr! – Verstehst du?«

Ich nickte bejahend, obwohl ich nicht wußte, was er damit sagen wollte. An einen seltsamen, unerwarteten Eingang war man bei Andreas' Gesprächen ja immer gewohnt.

»Unter dem Dache schlafen vier, fünf und mehr Menschen. Alle strecken die Glieder müde von sich, alle haben die Augen geschlossen, und die Arme hängen ihnen die Bettlade hinunter. Sie sind sich jetzt alle aufs Tüpfelchen ähnlich, was sag' ich, Dummkopf, – ganz gleich sind sie sich: der Ammann, der Pfarrer, der Wirt zur Krone, der Walomerbauer, sein Knechtlein, die Wäscherin, das Häuslermädchen, der Käserbub, die arme Gertrud im Spinnhaus, der Lehrer, dein frecher Jakob und das Kerlchen, das man gestern dem Küfer getauft hat. Alle sind wie tot. Und so geht es jetzt über die ganze Welt.«

»Ja«, sagte ich, von dem Gedanken überrascht, daß mein stolzer Freund Jakob oder der reiche Bauernsohn Theodor Walomer zur Stunde genau so schwach seien wie ein eintägiges Büblein und, offen gestanden, davon wie mit Schadenfreude erfüllt, »ja, Andreas, das glaub' ich wohl.«

»Alle Tage zeigt unser Herrgott den Menschen, daß sie im Grunde gleich sind. Nur ein Schläfchen fällt sie an, und der Herr und der Bettelmann sind nichts mehr als Menschen, ungleich nur noch im Haar und Wuchs.«

»Wie Ihr doch recht habt!« bekannte ich und forschte an dem braunen, lederfarbigen Gesicht des Erzählers, ob er das aus den Büchern oder aus sich selber habe. »So was liest man nicht in Büchern«, entschied ich für mich, »das gibt er vom Eigenen.«

»Und da frag' ich mich, ob dieser alltägliche Unterricht, – wie sagt Ihr Gelehrten schon? – Anschauungsunterricht? –«

Ich nickte, aber es verletzte mich, daß er mich zu jenen Gelehrten zählte, deren Namen er mit einer spöttischen Betonung aussprach. Ich wollte jetzt um keinen Preis ein Gelehrter von jener Sorte, sondern ein Gelehrter wie Andreas sein.

»Ob dieser Anschauungsunterricht die Menschen nicht ein bißchen vernünftiger machen sollte, so etwa, daß die niedrigen Leut' den Rücken nicht mehr so tief bücken und das Herrenvolk die Nase nicht mehr so hoch hebt.« – Andreas riß einen dürren Halm aus und zog ihn durch seine vom Tabakkauen gelben und schwarzen Zähne.

Sein Wort gefiel mir. Ich nickte kräftig und faßte sein Hand viel fester. Alles, was neu war und fast nach Revolution roch, schlug mir mächtig in die Sinne.

»Ich frage weiter, warum diese Menschen, die da unter den Dächern liegen wie Nullen, am Morgen aufstehen und wegen etwas mehr Seide oder mehr Namen oder mehr Münzen oder wegen sonst was, das ihnen von außen anklebt, nicht wie alle andern eine Eins, sondern eine Zwei, eine Drei, ja, eine Acht und Neun sein wollen. Noch mehr, die andern sollten Nullen bleiben, sollten wie Hunde hinter ihnen herlaufen und aus der Eins eine Zehn und Tausend und Hunderttausend machen! Jetzt liegen sie alle platt auf der Matratze, und morgen will einer dem andern über den Kopf schauen, als stände die Menschheit auf einer Leiter und wir natürlich zu unterst, – so ein Nachtwächter, – nur ein Nachtwächter! – Donnerwetter noch einmal!« – Andreas riß zornig einen ganzen Büschel Gras aus.

»O wie schön sagt Ihr das!« rief ich begeistert aus und preßte seine Rechte noch heftiger. Ich war sechzehnjährig und hatte es noch genau wie die Kinder, die nichts loben können, ohne es zugleich zu liebkosen, wie sie auch nichts verurteilen, ohne es zu mißhandeln.

»Das gefällt dir!« sagte Andreas selbstgefällig.

»Und wie!« – versetzte ich im Studentenjargon.

»Ich frage weiter«, fuhr der Meister fort und raufte noch immer Halme aus der Erde, »warum zum Beispiel nur so ein reicher und vor-

44

45

nehmer Mann wie der Kronenwirt Friedensrichter sein kann, und warum es durchaus einen armen Menschen braucht, wie der Andreas Marxele es ist, um den Nachtwächter zu spielen? – Könnte denn nicht auch unter dem schiefen Dach des Bürstenbinders ein Ammann erwachsen? – Und sind etwa alle die Geldbauern wie der Walomer, – ich red' ihm nicht zum Unrecht! – zu gescheit, um mit der Laterne die Nachtrunde zu machen? He? Das frag' ich. – Sag', Walter, – mir ist hie und da, die hätten zuerst einen Nachtwächter in ihrem Schädel nötig, so finster ist es da. Hab' ich etwa nicht recht?« – fügte er bei und lachte selber, da er mich lachen hörte.

»Das ist gediegen!« lachte ich immer noch. Damals konnte ein Student keinen Satz sprechen, ohne das famose Wörtlein »gediegen«. Der Geschichtsprofessor war uns »ein gediegener Kerl«, die Philisterin eine »gediegene Alte«, das Bier »ölte gediegen«, und der Kandidat, der für den erkrankten Lateinlehrer dozierte, ein »gediegener Schöps«, war »gediegen abgestunken«, als er uns eine Moralpauke halten wollte, aber »gediegen« überbrüllt wurde.

»Und die armen Leut', sollen sie so verschupft bleiben, he?« Andreas sagte verschupft für zurückgesetzt.

»Nein, auch die Ärmsten sollen was Rechtes sein können, – das ist das einzig Senkrechte«, meinte ich mit studentischem Schneid.

»Senkrecht oder nicht, aber das sollen sie! – Du bist in der Stadt und studierst. Recht so! – Du hast Geld von der Mutter und dazu einen Brosamen Talent. – Aber ich war auch nicht auf den Kopf gefallen. – Schändlich! Weil ich meinen Reichtum im Kopf und nicht im Beutel hatte, durfte ich nicht studieren. Wäre es umgekehrt gewesen, so wäre ich jetzt ein Doktor oder ein Bezirksrat. So aber bin ich ein Nachtwächter geworden.«

Das sagte er mit einer unnatürlichen, herben Lustigkeit, die mir ins Herz schnitt.

»Nein, Vetter, Ihr seid wahrhaftig mehr als ein Nachtwächter!« – rühmte ich aufrichtig. »Von Euch kann das Dorf viel lernen, und es hat schon sicher viel gelernt.«

»Was du nicht fabelst!« scherzte er und sah mich mißtrauisch an. – »Es ist mir heilig ernst!«

Andreas lächelte und drückte zufrieden meine Hand. Es schien, als wolle er sich diesem glücklichen Gefühl überlassen, das meine Worte erregt hatten. Doch mißmutig schüttelte er bald wieder den dichthaarigen Kopf.

»Nein, Walter, – am Tage mag's angehen, – aber des Nachts, wo's die Sterne hören, darf man nicht lügen. – Nein, nein, ich bin doch ein Dummkopf! – Ich weiß nichts! – Was ich zusammenlese, ist wohl ein Haufen Stoff, – aber ich kann nichts ordnen, nichts Ganzes daraus machen. Tausenderlei weiß ich aus allen Fächern, tausenderlei denke und träume ich dazu; aber nicht ein einziges ist mir fest und klar vom Anfang bis zum Ende.«

Mit einer Bitterkeit und Trauer sagte er das, daß es mich selber erschütterte. So offen und geradeswegs hatte er gesprochen, daß ich fühlte, es wäre Sünde, etwas dagegen zu erheben. Jede Aufmunterung hätte niedrig, ja ruchlos ausgesehen.

»Wenn ich die Häuser da unten auseinanderrisse, eines hier hinauf, ein anderes zum Tobel hinunter setzte und alles so zerstreute, dann hätte ich immer noch alle Häuser, aber ein Dorf wäre das nicht mehr. – Merkst, wohin ich ziele, Junger? – Am Zusammenhang liegt alles. – So ist's auch bei mir. Die vielen Kenntnisse, die ich vor den andern Dörflern voraushabe, stehen nicht im Zusammenhang. Will ich sie zusammenbringen, so gibt es eine Flickerei, aber keinen Rock. Ich kenne euere Regeln nicht, keine Gesetze weiß ich, die Schule geht mir ab, Walter, die Schule!« –

Er krempelte den Kragen seines Rockes auf, ihn fröstelte. Dann ließ er die Hände lahm auf die Knie sinken. Ganz hinfällig schien er mir.

Ich wagte kein lautes Wort zu reden.

»Sieh, Walter, – ich fühle gut, daß es im Politischen nicht ist, wie es sein sollte. Unser Dorf erstickt unbewußt in der alten, dumpfen Luft. Man verstopft alle Zugänge, woher ein frischer Wind kommen könnte. Die kleinen Leute ducken sich vor den Großen, die hablichen Vettern helfen einander, das Geld macht alles und der Stand der Eltern. Ein armes Kind muß Ziegen hüten, und wenn es mit seinem Genie einst Völker leiten könnte. – Das ist nicht recht, das will der Herrgott nicht so haben, das sollte anders sein.«

Der erregte Mann streckte die Arme in den Ärmeln und wand den Rücken. Seine Stimme zitterte. Es flimmerte darin wie von Tränen. Prometheus schüttelte an den Ketten. Aber die Ärmel blieben eng und der Rücken blieb eingeschnürt.

»Wenn ein junger, talentvoller Mensch«, zürnte Andreas, »über seine Schulbank hinauswächst und nach dem Gymnasium verlangt, so muß er eine schwere Geldkatze daheim haben. Sonst geht es nicht. Nun soll ein armer Siebentkläßler nach dem Examen den Finger strecken und rufen: ›Herr Lehrer, ich will Professor werden!‹ oder: ›Herr Lehrer, ich will ein Advokat, ein Mechaniker, ein Baumeister werden!‹ – Die ganze Schule würde sich den Bauch vor Lachen halten. ›Seht da, unser Hänschen will ein Herr werden!‹ hieße es, ›und seine Mutter ist doch nur eine Waschfrau, und sein Vater ist nicht der Kronenwirt, sondern nur sein Bäckergeselle. Seh' einer, wie hoch unser Hänschen hinaus will!‹ – Ich hab's in den Ohren, so würde man schreien, und die armen Leute, die selber auch einen Sohn hätten, schrien am lautesten und frühesten. Ja, ja, sie will hoch hinaus, unsere Jugend, wenn sie bis zur Gleichheit und Gerechtigkeit hinauf will!«

»Im allgemeinen ist das so«, wandte ich schüchtern ein, »aber es gab doch auch arme Büblein, die es weit brachten. So der Walliserbub Matthäus Schinner, der kleine Newton und der geplagte Gymnasiast Schiller, aber es sind noch viele.« – In meinen Augen waren alle Gymnasiasten mehr oder weniger Märtyrer.

»Im allgemeinen ist das so«, äffte mich Andreas nach, »aber gerade im allgemeinen sollte das nicht so sein, nur als Ausnahme etwa! – Und dazu, hat deinen Büblein die Welt das Emporkommen nicht sauer genug gemacht, ja, ihnen davon die schönsten Jahre verpfuscht? – Nachdem sie den Magen durch Hunger und schlechte Kost verdorben haben, wird ihnen jetzt Wein und Braten in Fülle. Aber was nützt das ihnen, wenn sie es nicht mehr ertragen? – Und dann, Walter, das waren ein paar wenige Riesen. Die hatten einen Mut und Willen, um Berge zu versetzen. Aber unsere armen Landkinder sind nicht solche Riesen, – man kann ein großes Talent und einen kleinen Mut haben. Ja, gerade, weil das Talent so furchtsam ist, gehorcht es der grobschlächtigen Welt und flickt Schuhe im Dorfe oder weidet Kühe auf der Allmende, weil es kein Geld für Bücher und Schulen hat. Und die Menschen schauen zu und rühren sich nicht. Pfui doch über eine solche Welt!« – Andreas spie kräftig aus.

Ich war versucht, aus Ekel vor dieser Welt gleichfalls auszuspeien. Zwar gehörte ich zu den Begünstigten. Aber in edler Unparteilichkeit wollte ich kein Vorrecht mehr haben vor den andern. Einzig der Adel der Gesinnung und das Talent sollte in der künftigen Welt den Ausschlag geben. O, Andreas und ich, wir wüßten schon, wie man die Welt zurechtzimmern könnte, daß sie harmonisch aussähe und alle Menschen gleiche Stübchen darin und gleich viel Fenster und gleich viel Sonnenschein hätten. O gewiß, wir zwei!

»Unser Dorf«, redete Andreas weiter, »ist freilich nicht schlechter als die übrige Welt. In der Stadt haben sie eine große Partei, namens Majorität – hab' ich es recht ausgesprochen? – die verwünschten fremden Wörter!«

»Majorität, ja, ja, so heißt sie!«

»Wer nicht zu ihr gehört, kommt auf keinen festen Sessel, und wenn er einen Doppelzentner Verstand hätte. Beim Stadtammann muß einer junkerlich sein, wie ein altes Wappen, bei den Sozialisten röter als Scharlach, sonst profitiert er nichts. Man fragt nach Konfession, nach Politik, nach Geld und erst ein Jahr später nach dem Verstand. Nach dem Herzen aber fragt man erst, wenn einer gestorben ist. Dann heißt es: ›Der Selige hat doch ein gutes Herz gehabt!‹«

»Nun sind aber«, schloß der Nachtwächter, »nur die wenigsten so gut katholisch wie du, oder so rot wie der Bebel oder so junkerlich wie dein Kamerad, der Jakob. Alle andern kommen zu kurz und so gibt es immer mehr Unzufriedenheit und Unbilligkeit.« – Andreas seufzte tief.

»Da schlafen sie nun«, klagte er weiter und fuhr mit der Rechten geringschätzig über das Dorf hin, »schlafen unter ihren schweren Dächern und vergessen, daß sie Sklaven von ganz wenigen Menschen, oft von einem einzigen sind. O wenn sie alle dächten wie ich! – Wahrhaft, sie würden jetzt nicht schlafen.«

»Was täten sie?« fragte ich hastig.

Der Mann bog sich über den Abhang hinaus. Wie eine drohende, unheimliche Wolke schien er über dem Dorfe zu liegen. Er hatte jetzt etwas Großes, Gebieterisches in seinem Benehmen.

»Erheben würden sie sich alle«, schrie er und sprang auf vom Rasen, »um die Gleichheit und Brüderlichkeit würden sie kämpfen mit mir. Dehnen und recken würden sie sich, bis ihre Ketten auseinander fielen.«

5

In diesem Augenblick krachte es. Andreas Marxele hatte im Übereifer eine zu große und zu heftige Geste ausgeführt. Die Nähte am Ellbogen und an der Schulter platzten, Prometheus hatte in Wahrheit die Fesseln zersprengt.

Aber keineswegs trat das Gefühl der Erlösung ein, wie man etwa erwarten möchte. Im Gegenteil hielt der Begeisterte plötzlich inne und betrachtete bestürzt den Schaden.

»Da sind mir jetzt die Ärmel aufgesprungen«, machte er kleinlaut und ließ sich wieder ins Gras zurückfallen.

»Das wäre eine Revolution, bravo, bravo!« jubelte ich, immer noch im Klange seiner großen Worte lebend. Was bedeutete doch ein zerrissener Ärmel neben der Zertrümmerung einer alten, wurmstichigen Welt, die wir doch beabsichtigten?

»Sieh einmal nach, ich glaube gar, auch die Naht im Rücken.«

»Und Ihr glaubt, Meister Andreas, daß dann auch die Ärmsten und Niedrigsten ohne Geld – –«

»Narr, da hast du eine Nadel, – hefte mir die Naht im Rücken zu! – puh, das ist kalt!«

»Hei, ja, das ist dann aber köstlich, wenn man bloß mit seinem hellen Kopfe und mit seinem guten Herzen –«

»Bist du verrückt, Student? – Vor allem muß ich einen neuen ganzen Rock haben, hörst du, einen ganzen Rock!«

»Einen ganzen Rock!« stotterte ich mechanisch, aus sieben Himmeln in die niedrigste Prosa geworfen.

»Das ist alles recht gut, – aber wenn man keine Kleider hat, kann man nicht auf die Straße predigen gehen, und wenn man hungert, kann man nicht kämpfen. – Hält sie? – Hätt' ich nur eine Sicherheitsnadel!«

Mir war, ich falle von einem Berge hinunter.

»Also braucht es doch Geld oder reiche Leute?« fragte ich trostlos.

»Das sag' ich nicht, nein, das werd' ich niemals sagen! – Aber ich hab' es dir ja eben noch gebeichtet: ich bin ein Nichtsnutz, ein Fasler, ich habe keinen Zusammenhang, gar keinen Zusammenhang. Hör' nicht auf mich, ich führe falsch!« –

Dabei ergriff er mich so flehentlich an der Hand, daß ich nicht wußte, sollte ich ihm verzeihen oder selber um Verzeihung bitten.

Langsam gingen wir den Hügel hinunter.

Je näher er dem Dorfe kam, desto beruhigter wurde Andreas. »Nein, lieber Junge«, sprach er, »es ist schon alles richtig, was ich dir gesagt habe. Aber mir mangelt die Schule, ich kann's nicht recht zusammenbringen, nicht ordentlich beweisen. Bei allem, was ich sage, fühle ich

Löcher. Das nimmt mir alles Vertrauen. Oft zweifle ich an allem, was ich sage und fühle. Und doch weiß ich dann wieder, wie durch eine innere Stimme, daß ich ganz sicher auf dem rechten Weg gehe. Aber diese Löcher! – O Walter«, – er faßte mich mit beiden Händen an den Schläfen und schaute mir tief in die Augen, – »mach' du einmal, was ich nicht kann! Studiere, – werde stark, – ich glaube, du könntest viel helfen.«

Nie in meinem Leben hat mich eine Zumutung stolzer gemacht als diese. Ich stand auf den Zehen und erwiderte den Blick Andreas' mit roten, brennenden Augen. »Ich verspreche Euch, daß ich tun will, soviel ich vermag«, gelobte ich.

»Die Hand darauf!«

»Da!«

»Jetzt aber still«, gebot der Nachtwächter, »Frau Katharina wird schlafen.«

Er verkroch sich gleichsam in seinen Rock, so fröstelte ihn, und mich dünkte, sein Atem pfeife leise, wie bei einem Engbrüstigen.

»Ist Euch unwohl?« flüsterte ich.

»Seit ein paar Tagen Influenza! – Aber ein Nachtwächter kann doch nicht im Bett liegen.«

Leise trippelten wir hintereinander am Hause der Kranken vorbei. Ich blickte sehnsüchtig zur Stube empor. Und siehe, an der erhellten Diele, die man von der Straße aus leicht sah, zeichnete sich deutlich Strich auf Strich Agnesens Köpfchen als ruhiger Schatten ab. Sie saß wohl vor dem Nachtlicht und las. Denn ihr feiner Kopf mit der Haarkrone, dann die Linie der Stirne und der so leise und vornehm unten gebogenen Nase und das sanft gerundete Kinn, alles im schärfsten Profil, bewegten sich gar nicht. Wie schön war nur schon der Schatten von Agnes! –

Und noch etwas sah ich. Als wir zwei durch den breiten Lichtstrahl, der vom Fenster über den Weg fiel, dahin schritten, da krampfte Andreas erschreckt die aufgerissene Naht am rechten Ärmel zusammen, als ängstigte er sich über jemanden, der den Riß wahrnehmen könnte. Das begriff ich wieder nicht.

Immer noch ging der feuchte, warme Luftzug durch die kleinen Sträßchen. Unandächtig huschte er durch die Gitter in den Gottesacker, zupfte an den Blechkränzen und rüttelte die kleinen, an den Kreuzen befestigten Porträte von Kindern und Großmüttern herum. Dann fegte er mutwillig einen Haufen dürrer Blätter über das Grab eines alten würdigen Ratsherrn, der sein Lebtag die säuberlichste Ordnung geliebt hatte, und endlich verfing sich dieses respektlose Lüftchen im Stachelhaar einer alten Tanne, die zwischen Friedhof und Pfarrhaus stand.

Wir gingen jetzt auf der andern Seite des Gottesackers ins Dorf hinunter. Hier war die jüngste Gräberreihe. Man erkannte sie leicht. Die Gräber hatten noch die frische, braune Erdfarbe, und ihr Hügel war noch nicht eingesunken.

Merkwürdig, es war mir unmöglich, jenes befreiende Gefühl, das ich auf dem Herweg empfunden hatte, wieder zu erwecken. Gar nicht mehr wie eine Erlösung kam mir diese Ruhe vor. »Was soll denn Ruhe?« fragte ich mich empört. »Nein, Unruhe des Lebens, Streiten und Jagen, Ausgreifen mit Händen und Füßen, das ist besser als dieser tatlose, bleierne Schlaf allhier! – Selbst Leiden ist besser. Lieber um eine Rinde Brot kämpfen, als hier unten keinen Hunger mehr haben und für immer satt sein! Lieber mit engen Ärmeln und schmalen Schultern durch die Härte des Lebens sich winden, als hier gefühllos liegen! –« Es zuckte mir in den Fingern, ich krallte die Zehen in die Schuhsohlen, jeder Nerv in mir protestierte gegen den Tod.

Da, am Schlusse der Reihe gähnte eine Spalte im Boden, hart an der Sträßchenmauer. Daneben lag eine Schaufel und ein zweizackiger Pickel. Da hatte man also das Bett für einen Verstorbenen gerüstet. Grausend wandte ich mich ab. Denn neben der Öffnung lag die ausgeworfene Erde, faul, naß, schleimig und überall grinste häßliches, gelbbraunes Gebein des frühern Grabbewohners aus dem Schutt.

»Wer ist gestorben?« fragte ich den Nachtwächter. Ich war erst gestern in die Fastnachtferien heimgekommen.

»Der Weberseppel«, antwortete Andreas gedrückt.

»Der?« machte ich verwundert.

»Vor einer Woche an der Kirchweih hat er noch Kerzen und Eierringel vor der Krone verkauft.«

»Was, und der ist schon gestorben?«

»Schon? – er war ja zweiundsiebzig!«

»Wenn auch!« – Mich dünkte, das sei immer noch zu früh. Der Tod kam mir furchtbar unverschämt vor. Kann er nicht warten, bis man wenigstens rund hundert oder zweihundert Jahre zählt? – Und auch dann noch ist es viel zu früh! – Nein, man sollte gar nicht sterben! Ich griff an mein etwas langes geschmeidiges Haar, ich fuhr mir über die

Wange. Wie weich, wie jung, wie warm war das alles! – Nein, nein, das durfte, das konnte nicht altern und sterben! –

»Was macht denn auch so alt, Vetter?« fragte ich, während Andreas die Uhr beim Ammann aufzog, als es eben drei schlug. Doch sogleich wurde ich rot. Welch dumme Frage! Die Jahre! – wird er mir antworten. Das war selbstverständlich, das wußte jedes Kind.

»Natürlich die Zeit«, verbesserte ich mich darum rasch.

»Nein, nicht die Zeit!« sagte Andreas ernst.

»Was denn?« bat ich höchst verwundert.

»Die Menschen machen einander alt!«

»Die Menschen? – wieso? –« Voll Staunen hielt ich den Mund offen.

»So nimm dafür die Ungleichheiten, alles das, worüber wir uns dort oben ereifert haben, – das macht alt!«

Unwillkürlich blickte ich zur Hügelkuppe hinauf, die über die schwarzen, feuchten Dächer emporragte.

»Nun pack' dich ins Bett! – Es gibt Regen.«

In der Tat, der Himmel hatte sich gänzlich mit unbeweglichen, grauen Wolken bedeckt. Der Wind wehte nicht mehr. Kleine, warme Tropfen fielen klingend in die Dachröhren nieder.

»Ich danke Euch vielmal«, sagte ich und drückte dem lieben Manne innig die Hand. »Das war für mich eine schöne Nacht. Die vergesse ich nie mehr.«

»Gar nichts zu danken!« versetzte der andere kurz, schier trotzig, und wandte sich zum Weggehen.

Traurig sah ich ihm nach. Ich hatte erwartet, daß er sich herzlicher verabschiede. Ich war ihm doch eben nur ein Bübchen, wie alle andern. Weinen hätte ich mögen.

So blieb ich denn unbeweglich stehen. Andreas mußte es bemerkt haben. Nach drei Schritten kehrte er sich nach mir zurück, stutzte und trat dann ganz nahe vor mich hin.

»Was willst du denn noch?«

»Andreas!« rief ich und wirklich traten mir Tränen aus den Augen.

»Mit dem Flennen ist nichts getan! – Aber Junge, weißt du noch, was du mir versprochen hast, – vor dem Dorfe versprochen hast?«

»Ja, Andreas!«

»Es hat's einer gehört, der nie schläft!« – drohte der Nachtwächter.

»Soll ich schwören, Andreas?« – rief ich voll Hitze und streckte die Finger.

»Laß, laß! – ich glaube dir – Aber es ist schwer! – Ich könnte es nicht! – Nun, gute Nacht!« – Damit preßte er die zerrissenen Säume der Naht neuerdings zwischen die Finger und schlüpfte eilends durch das steile Nagelgäßchen zu seiner Hütte hinunter.

»Ich kann's schon«, sprach ich mir ein, »ja, sicher, ich kann's. Ich werde jetzt die Geschichte unserer Heimat studieren, und auch Übersetzungen der großen, alten Redner will ich kaufen. Sodann muß ich mich in der deutschen Sprache fleißig üben. Wohl war ich in diesem Fache der Erste. Doch was bedeutete das in einer kleinen unfleißigen Gymnasialklasse? Trotz meines Ranges hatte ich im letzten Aufsatz ›treten‹ mit zwei ›t‹ geschrieben. Ein großer Redner und Schriftsteller darf ›treten‹ aber ohne Zweifel nur mit einem ›t‹ schreiben. Es wird das Beste sein, wenn ich täglich eine kleine Rede fertig zu Papier bringe. Eigentlich könnte ich abends, bis die Philisterin das Licht in meiner Bude anzündet, auf einem Stuhl stehen und die Rede gleich so halten, als hätte ich viele Menschen vor mir.«

Langsam und glücklich ging ich unter solchen Plänen heim, und da es mir unerträglich heiß in der Kammer wurde, öffnete ich die Fenster, wiewohl nun der Regen über das Gesimse hereintropfte. Indem ich mich entkleidete, dachte ich immer noch, wie notwendig es für meine große Aufgabe sei, vor allem ein bedeutender Redner zu werden. Ob ich dazu veranlagt sei, diese höchst überflüssige Frage stellte ich nicht einmal. Man kann alles werden. – Hätte mir Andreas aufgetragen, ein Bildhauer oder ein Musiker zu werden, so hätte ich ebensowenig gezaudert, mich an die Arbeit zu machen. »*Possunt quia posse videntur,*« – hatte uns kürzlich der Lateinlehrer aus Vergil zugerufen. Jetzt verstand ich den versesingenden Professor erst. Ja, man kann alles, was man sich zutraut. Ich mußte also – dies war so bestimmt – ein Demosthenes oder Mirabeau werden. Denn es galt, ein ganzes Geschlecht zu überzeugen und für das Bekenntnis des Nachtwächters von Lachweiler zu bekehren. Ich mußte das Wort brauchen können wie einen Hammer zum Zerschmettern, wie eine Nadel zum Stechen, wie eine Flöte zum Locken, wie eine Geißel zum Antreiben, wie eine Posaune zum Wecken und wie ein Cello zum Rühren und zum Beruhigen. – Zum Glück hatte ich den Julius Cäsar von Shakespeare da; – morgen wollte ich die Rede des Antonius auswendig lernen.

Ha, ich wollte schon zeigen, daß es auch heute noch Redner gibt, die den Donner und Blitz auf der Zunge tragen.

Ich verstieg mich immer weiter in meine Rednerträume. Unabsehbar viele Köpfe sah ich tief unter mir. Auf einer Rednerbühne hing ich hoch über ihnen. Ich redete und redete in einem wunderbaren Flusse von Gedanken. Wie große, lange, hochgewölbte Wellen rauschte Satz auf Satz daher. Ich empfand keine Mühe, brauchte nicht zu denken. Es war mir, als käme alles von selbst und als läge noch Unerschöpfliches in mir. Hüte sah ich in die Luft fliegen, weiße Manschetten glänzen, Brillengläser zu mir auffunkeln, rote, lachende und weinende Gesichter. Alles schwankte, verwirrte sich, stürmte durcheinander in weiten, dunklen Massen, gleich den Wolken am heutigen Nachthimmel. 61

Aha, ich saß ja wieder auf dem Hügel, aber alles war seltsam verkehrt. Der Himmel mit den stoßenden Wolken stand jetzt nicht mehr über mir, sondern lag unter mir. Ins Leere hingen meine Füße nieder, fast schwindelte mir. Aber ich redete immerfort und sah deutlich hie und da zwischen den Wolken, die sich ein Weilchen verzogen, die Volksmassen auftauchen, und wieder blinkten steif gestärkte, schneeige Manschetten und flogen Hüte und blitzten Augengläser. »Gleichheit muß sein!« – schrie ich. »Der Ammann soll abdanken, ein Junger muß kommen!«

Wieder bedeckten die Wolken alles unter mir und wieder riß ein Sturm sie auf. Jetzt sah ich in den nachtblauen Himmel, aber immer noch war alles unter mir. Mir wurde, als beuge ich mich über ein unendliches Seebecken. Aber gleich erschien mir dieser Himmel tief zu meinen Füßen als so fest und so unbewegt, als stellte er die Front eines gewaltigen glänzenden Marmorhauses dar. Und tausend ungleiche Sterne glänzten wie Fenster hervor und jedes öffnete sich und aus den kleineren tauchten zwei, aus den größern drei Köpfe hervor, Männer, Frauen, Kinder, und alle lauschten zu mir hinauf.

»Und alle Häuser müssen gleich schön sein und alle gleich viele und gleich große Fenster haben!« zürnte ich weiter, »denn Gleichheit muß von nun an sein!« 62

Bei diesem Worte verschwanden die Köpfe an den Fenstern. Ich hatte die Leute sicher erbost. Nur im kleinsten, hintersten Fenster war noch ein Kopf zu sehen mit sehr hellem, gelbem Haar und einem bekümmerten Ausdruck in den kleinen blauen Augen. Über die Stirne zitterte sogar eine leise Falte. Agnes!

Auf einmal gefiel mir dieses kleine, fast windschiefe Fenster besser als die breiten Prunkscheiben, und ich bereute, was ich vorhin gepredigt hatte. »Nein, auch die kleinen Fenster kann man belassen!« rief ich laut hinunter, damit sie es höre.

Da trat sie weiter aus der Fensterlichtung hervor und lächelte ein wenig zu mir hinauf.

»Auch die kleinen Häuser«, gab ich ferner zu, »sie sind sehr nützlich! – Frau Katharina brauchte das ihrige nicht umzubauen!«

Das Mädchen hielt die Hand ans Ohr, um besser zu verstehen. Die Falte verschwand, und mit Augen und Mund lächelte sie noch hübscher.

»Auch die Menschen müssen nicht durchaus alle gleich sein!« gestand ich wieder ein; »es gibt junge und es gibt alte! – Die einen müssen leben, die andern müssen sterben! – Das ist wahr! Und es gibt schöne –« – – ich machte einen tiefen Knicks gegen das Fensterchen, – »und häß –, nein, ich wollte sagen, weniger schöne, reiche und arme. Da muß man schauen, wie man sich etwa verträgt. Ist es nicht so?« –

Ich warf die Frage zum Fensterchen hinunter.

Da nickte der liebliche Kopf, und die Augen lachten ein so großes Ja, daß mir die Sinne vergingen.

Da blies ein starker Wind daher und wieder deckte sich alles undurchdringlich mit Wolken.

6

Als mich die Morgensonne weckte, war mein erster Gedanke – etwa Andreas Marxele?

Fehlgeschossen!

»Der große Redner der Zukunft, der neue Heiland der Volksfreiheit, der – –«

Halt ein – du beschämst mich! Erinnere dich doch, daß ich im leichtsinnigsten Jahre des Lebens stand und daß heute Schmutziger Donnerstag war!

Ach, ich dachte an Blechmusik, an Fleischtörtchen, an unsern Umzug und an ein unerlaubtes Tänzchen zu Nacht.

Die Fastnacht ist nirgends so groß und schön wie in den Dörfern hinten im Lande. Jedes Haus hat für sich Fastnacht und auf dem ärmsten Tische duften schon am Morgen Birnenwecken zum Kaffee. In Küchen, die nur das gesottene Rindfleisch das Jahr über kennen – ein so ausgesottenes Rindfleisch, daß die Katze es dem Hund und der Hund der

Katze überläßt – gibt es zu Mittag nun Braten vom Lamm oder einer fetten Ziege und geräucherte Schweinswürstchen, die wie ein Kranz im Sauerkraut liegen. Am Abend aber wird vor jeder Stube Buttermilch 64 mit einem saubern Besen zu weißen, schaumigen Flocken geschlagen und die Herrlichkeit mit Nüssen und gedörrten Birnen genossen. Zur besseren Verdauung schüttet man ein Spitzglas Zwetschgenwasser den fetten Speisen nach.

Das ist die Fastnacht im Hause. Dann kommt die Fastnacht mit den Nachbarn. Die Schlagsahne füllt einen größern Kessel, zu den Wecken gesellt sich ein Apfelkuchen und statt der Zwetschge wird heute Kirsch geschnapset. Ein Dorfkünstler nimmt die Mundharmonika oder eine verquiekte Handorgel, und nun wird durch die niedrige Stube gewalzt, daß die Loden stäuben, die alten Stühle klappern und Großmutter das Fenster öffnet, um frische Luft zu schnappen.

Endlich die Fastnacht im großen Dorfrahmen, die Buden mit roten alten Ladenweibern und Eierringeln und gebackenen Männchen und Fräulein; der Geruch von Bratwürstchen und sauren Leberchen, der aus der Krone dem Vorübergehenden in die Nase strömt; die geschlossene Schulstube; der Umzug der Bürschchen unter vierzehn Jahren verbunden mit Bogenschießen und Abendessen in der Krone; der wandernde Schabernack, den die Jünglinge durch das Dorf aufführen mit Verkleidungen, schrecklichen Masken, drolligen Kapriolen, bissigen Inschriften auf den Stangen und der gelungenen Verspottung irgendeiner Dorfschwäche oder sogar eines vaterländischen Gebrechens; endlich am Abend eine Bauernkomödie im großen Saal der Krone, halb aus einem alten 65 Hefte, halb aus der witzigen Eingebung des Augenblicks aufgespielt und mit einem Beifall belohnt, der Hände und Füße gleichmäßig benutzt und aus ehrlichem Herzen weint und lacht. Nicht vergessen will ich die nächtigen Straßen, gefüllt mit Liedern der Holzpfeife, mit Jodeln heiserer Kehlen, mit Laternenlichtern, schwankenden Schatten und wohl auch mit dem Geflüster eines verliebten, tief im Häuserdunkel wandelnden Paares. Von Zeit zu Zeit knarrt ein Fensterchen im Studierzimmer des Pfarrers. Kopfschüttelnd und seufzend schließt der Hochwürdige es wieder. Die Fastnacht geht noch immer um! – Er schlägt das welke Evangelienbuch auf und sucht sich für den nächsten Sonntag einen möglichst strengen Text aus. Nach einer Weile öffnet er den Scheibenflügel wieder. Ach, noch tanzt die eitle, schöne Herodias! – »Tanze nur«, murmelt der Geistliche, »aber morgen ist doch Aschermittwoch« – Und ein Lächeln der Genugtuung spielt flüchtig um seine Lippen. Er nimmt eine Prise Schnupftabak zwischen die Finger, schnupft aber nicht, sondern versinkt in ein tiefes Nachdenken.

Er sieht im Geiste die Kirchleute in gemessenem Zuge zur Chortreppe hervortreten, niederknien und das Haupt beugen, um die Asche auf den Scheitel zu empfangen. Wie viele verschiedene Köpfe! – er kennt sie alle! – Da ist der Gemeindeammann Markus, der mühsam seine steifen, achtzigjährigen Beine krümmt. Sein weißhaariger Kopf ist breit und stark wie eine Bergkuppe. Die Vorsätze, die da herauskommen, sind wie Felsen. Aber der Lehrer Philippus Korn, der den Schülern vorausschreitet, trägt einen kleinen, spitzen Schädel und durch das spärliche, bleichbraune Haar schimmert ein weicher Grund. – Zierlich gekräuselt und von eleganter Form erweist sich der Wirbel des Gemeindeschreibers, während der Kronenwirt kurzes, struppiges Haar auf seinem echten Römerhaupte zeigt. Der Walomerbauer, der reichste im Dorfe, hat einen viereckigen Schädel, und fast immer duftet er vom Heu und hat noch einige fahle Halme im schwarzen Haare stecken. Es kommen die Häupter der Ratsherren, meist sorgfältig gekämmt und noch glänzend vom Salatöl, womit sie sich gesalbt haben, der Waisenvogt, kahl wie ein Zementboden, der Nachtwächter, langhaarig, unruhig und so aufgeschüttelt, daß sogleich jede Aschenspur in den Strähnen verschwindet; der Sägmeister, dem eine unbewachsene, vernarbte Stelle über den Wirbel läuft und der jedesmal mit unehrerbietiger Hand die Asche auf dem Rückweg wieder wegstreicht, weil sie ihn unerträglich kitzle. Die von den Hügeln haben alle blondes steiles Haar, runde Köpfe, vorstehende, dicke Ohren und von irgendeiner neulichen Schlägerei noch rote und braune Merkzeichen. – Jetzt folgt die Schar der Jünglinge, voran die Studenten. Der geistliche Träumer sieht deutlich den gescheiten, kurzgeschnittenen, vom blonden Haar geradezu leuchtenden Kopf Jakobs, Walters blasses, braunes, langes Haar, Josephs frommes Haupt, das gleichsam schon nach der Schere ruft, um sich die Tonsur zu schneiden; dann den wilden, ungestümen Krauskopf des Theodor Walomer, nun die langen, kurzen, vier-, fünf- und mehreckigen Köpfe der Schulbuben und endlich die weichen, noch kaum fertigen und doch so eigensinnigen Schöpfe der Büblein unter sieben Jahren.

Aber alle diese Häupter beugen sich, alle begraben die Fastnacht unter dem Ernst eines neuen, weiterblickenden Lebens. Es geht ein Zug von Buße durch die Menschenzeilen und auch er, der Pfarrer, wird in der

Sakristei das graue Haupt beugen und den Kaplan sprechen hören: »Gedenke, o Mensch, daß du Staub bist und zu Staub zurückkehrest!« – »Ja, ja alles ist Staub, alles ist Wind, außer Gott und seiner Gerechtigkeit!« – murmelt der Priester und schlummert nun doch leise ein, während die Lippen sich noch lange wie im Gebet bewegen und die Finger die Tabakprise pressen.

Ein Schrei schallt schrill von der Straße.

Zwei Männer fallen in enger Verschlingung vor der Kronenstiege zu Boden und ringen in stummer Wut weiter. Der Sägmeister Simon faßt den Georg Scheiwe, einen jungen Bergbauern, an der Gurgel, daß dieser keucht wie ein Erstickender. Aber Georg wälzt sich schwer auf den Bedränger und stößt ihm zweimal das Knie so kräftig in den Bauch, daß der lange Simon von der Säge den Hals des Gegners losläßt und vor Übelsein schwitzt. Doch greift er gleich wieder nach dem geschwollenen Gesichte Georgs und will ihn an Ohr und Haar fassen. In diesem Augenblick kommt der kleine, breitschultrige Wirt die Stufen hinunter, packt die zwei Wütenden mit je einer Hand am Genick und zieht sie wie Erhenkte vom Boden auf. Dann schüttelt er sie so derb, daß sie wie Säcke umfallen, sowie er sie abstellt. »Streit will ich keinen auf meinem Boden, ihr Lümmel, und erst recht nicht wegen einem dummen Weibsbild, verstanden?« – Männer kommen aus der Wirtschaft und führen die halb Bewußtlosen heim. Dorothea Frommer aber, die umstrittene Jungfrau mit dem glänzenden Korallenhalsband, tanzt lustig mit jedem hübschen jungen Kerl, der sie darum fragt, Walzer und Polka weiter. Winkt ihr aber ein Student und vorab der siebzehnjährige Theodor Walomer, dann gibt sie Körbe nach allen Seiten und dreht sich allein nur noch mit ihm und noch einmal so gelenk auf ihren spitzen Füßen. Und so sicher tanzt sie, daß sie weder rechts noch links auf die Seite zu blicken braucht; sondern immer hängt ihr Auge an dem Kraushaar, dem starken Flaum und den lachenden, blauen Augen des reichen Jünglings, der schon wie ein Mann aussieht. Und doch weiß sie, daß die schöne, aber arme Tochter des Wegmachers Sebastian Frommer einen solchen Herrensohn nie heiraten darf. Denn auch das Dorf hat seinen Adel und seine Plebejer und hält auf strenge Etikette.

Der Saal stinkt von Zigarren, halbgeleerten Gläsern, verkalteten Speiseresten und dem trunkenen Atem der Tänzer. Die Lampen werden bleicher, hinter den Vorhängen wird der fahle, dämmerige Morgen sichtbar.

Der Pfarrer erwacht vom rasselnden Geschrei seiner Weckuhr. Ihn friert. Ei sieh! – er reibt sich müde die Augen – da hat er auf dem Stuhl genächtigt und – wahrhaft! – noch immer die Prise Tabak zwischen den Fingern. Er schnupft und niest und steht neu belebt auf. Gott sei's gedankt, die Herodias hat ausgetanzt und der Bussprediger Johannes ist wieder Meister im Dorf! –

7

Drei Tage später saß ich wieder in der langweiligen Bank des städtischen Gymnasiums, verwechselte Gerundium und Gerundiv und schrieb: er »trit« statt er »tritt«. Vom Fenster aus sah ich unten an der Türe des linken Gymnasiumflügels eine Hausiererin stehen und der Frau unseres verhaßten Pedells Schuhschnüre, Nadelbüchsen, Zündschachteln, Ansichtskarten, rote Kerzlein, Seidenmaschen und anderen schönen Firlefanz anbieten. Bedächtig nahm die Pedellin ein jegliches in ihre rübenroten, fleischigen Hände und legte es wieder hin, während ein junges Pedellchen sich an ihre blaue Küchenschürze klammerte und nichts anderes erwartete, als die Mutter würde gleich den ganzen Kram mitsamt der Häuslerin aufkaufen. Ich wunderte mich nun ungeheuer, was die Dame schließlich kaufen würde. Etwa die rote Schleife, die sie immer wieder in die Hand nahm? – Aber die stand ihr meines Erachtens überaus schlecht. Also die gelbe? – Die nahm sich noch übler aus. An diesem Halse, der sein zierliches Kröpfchen kaum mit Kragen und Tuch verbergen konnte, schien jede Farbe verloren. Der Pedellin stand kein Kleid an, keine Farbe. Man hätte eine neue erfinden müssen und wahrscheinlich hätte diese wieder nicht gepaßt. Denn die Wahrheit ist, daß die Pedellin selber schon alle Farben der Malerei an ihrem Gesichte zeigte. Ihre Augen waren grünlich, ihr Haar grau, ihre Nase oben rot, unten violettlich und endlich braun. Stirne, Wange und Kinn erschienen gelb, schauderhaft gelb, – denn die Gute litt an der Galle, – was indessen ihren Mann nicht verhinderte, auch an der Galle zu leiden, besonders, wenn er einem ausgezeichnet angelegten Streich der Studenten auf keine Art beikommen konnte, so daß er, wie wir uns ausdrückten, das Pulver zwar roch, aber die Schützen nirgends sah. Lippen und Ohren der Pedellin waren merkwürdig blau, die Zähne entweder ausgefallen oder schwarz.

»Welche Farbe wird sie nun wohl wählen?« fragte ich mich, indessen Jakob gerade erzählte, warum Cicero in seiner Rede für Ligarius eine so schwierige Verteidigung gehabt habe. Meisterlich sagte Jakob das und mit einem so überlegenen Lächeln, als fände er es gar nicht schwierig, in einem Prozesse zu siegen, wo der Richter der beleidigte, und der Advokat der mitschuldige Teil ist. Der Professor nickte immerfort und seine Stirne glänzte von Zufriedenheit.

»Wird sie wohl gar Himmelblau wählen oder Karminrot oder – nein, das ist unmöglich – orangegelb?« marterte ich mich immer noch.

»Wahrhaft, nun nimmt sie Berlinerblau!« – ich fiel beinahe in Ohnmacht.

»Also, was haben wir auf morgen durchzunehmen, Walter? nun?« – flötete die Stimme des Lateinlehrers über mir.

Ich schrak zusammen, stand langsam auf und blickte ratlos und hilfesuchend umher.

»Was wählen wir aus, Walter? – kommt's bald?« giftelte der entsetzliche Mensch weiter.

»Berlinerblau!« versetzte ich.

Noch heute weiß ich nicht, ob mir diese Antwort infolge meiner Träumerei oder aus Ärger oder aus Not entschlüpfte. Genug, das ungeheure, tosende Lachen einer Stube voll Menschen, alle im ersten Baß ihrer eben gebrochenen Stimmen, dröhnte wie ein Donnerwetter an mein Ohr. Mit heißem Gesichte und fliegenden Rockschößen rannte der arme Lehrer zum Saale hinaus.

Diesen Vorfall hatte ich schon wieder vergessen, als ich unser Kosthaus, ein freundliches Hotel an der Marktgasse betrat und mit dem Essen auf Jakob wartete, der noch schnell seine Bücher auf die nahe Bude geschafft hatte. Die Suppe wurde schon gereicht. Er kam noch immer nicht. Im Lokal erzählte man sich von der Abstimmung am nächsten Sonntag, wo das Volk entscheiden sollte, ob es in Zukunft seine Verwaltungsbehörden selber oder durch Vertreter wählen wolle. Ein aufgeregtes, zwiespältiges Gespräch ging über die Tische. Drei oder vier redeten immer gleichzeitig. Reichlich trank man Wein oder Bier dazu und schlug mit der Faust fast den Eichentisch mürbe.

Das war mir alles einerlei. Solche Kleinigkeiten berührten mich gar nicht. Ich hatte nicht genug Geduld für diese langsame, stufenweise Lösung der Volksbande. Mit einem Ruck mußte meines Ermessens die Demokratie sich die Zwangsjacke sprengen, gerade wie Andreas getan hatte. Zwar war ich sehr verstimmt, daß er am Tage nach unserer Nachtwache den Rock beinahe noch schmaler an der Schulternaht geschlossen und die Ärmel noch kürzer und noch enger trug. Doch fing ich an zu glauben, daß dies jene berühmte Vorsicht großer Volksmänner sei, um desto bequemer die Freiheit zu predigen. Sicher, in diesen knappen Ärmeln vermutete niemand einen Fessellöser!

Dennoch, ich weiß nicht recht warum, so oft mir diese engen Ärmel in den Sinn kamen, verdüsterte sich mein Zukunftsbild, als wäre es zum vornherein in eine solche Zwangsjacke bestimmt.

Endlich trat Jakob eiliger als gewöhnlich über die Schwelle. Er trug, wie ich wohl merkte, eine jähe Meldung auf den Lippen.

»Was ist los?« fragte ich neugierig. »Doch nichts Böses?«

»Hast du noch keinen Bericht?«

»Von wem? – von was? Sprich doch!« forderte ich und riß ihn fast zornig am Arme.

»Der Andreas Marxele ist gestorben.«

Wie gelähmt starrte ich den Kameraden an.

»Er muß sich erkältet haben, schreibt mir Agnes; – er soll – Herr Kellner, Herr Kellner, tragen Sie die Suppe ab! – sie ist ja ganz kalt!«

Ich muß hier beifügen, daß wir erst in der Universitätsstadt den Kellner ohne »Herr« kennen lernten.

»Da starb er also gerade nach der Fastnacht, – die wollte er noch erleben, na, ein Kauz war er immer!« – plauderte Jakob leichthin.

»Mein Gott!« vermochte ich endlich zu stammeln.

»Nehmen wir Rindsbraten? – Was hast du bestellt? – Herr Kellner! – Läuft der Schuft schon wieder weg.«

»Und was schreibt Agnes noch, Jakob, bitte«, heischte ich ganz bleich und tonlos.

»Drei Tage lag er im Fieber, – he, *garçon!* hieher! – also Rindsbraten, Walter, – und Erbsen mit Kartoffeln, – nicht Walter?«

»Drei Tage im Fieber!« schrie ich und fühlte es naß in meine Augen steigen.

»Bringen Sie Rindsbraten und – so sag' doch einmal, du Langweiliger, – nehmen wir Erbsen mit Kartoffeln oder saure Rüben mit Ei?«

»Rüben, ja, und Erbsen mit Ei, ja«, – machte ich mechanisch. Es war mir ganz gleichgültig, was ich essen sollte.

»Er träumt heute den ganzen Tag«, entschuldigte mich Jakob beim Kellner, der über meine Antwort impertinent lachte. »Und einen Goldwändler!« gebot mein Freund dem enteilenden Kellner nach und faßte mich nun derb bei der Hand.

»Was hast du? – Du siehst ja wie eine Wachspuppe aus!« fragte er in seiner lustigen Art, aber doch teilnehmend.

»Drei Tage lag er im Fieber, Jakob?«

»Und was für Zeug er phantasiert habe, – es war zum Totlachen!«

»Zum Totlachen? – schreibt Agnes zum Totlachen?« fragte ich schmerzlich.

»Kauz du! – da lies selber!« – er warf mir den Brief hin und fing an, eifrig den prachtvollen Braten in dunkelbrauner Sauce zuzuschneiden.

»Zum Totlachen schreibt sie natürlich nicht, – so ein Mädchen, wo wollte das Kind so was nehmen?«

»Er phantasierte –« las ich leise.

»Lies laut!« – herrschte mich Jakob an.

»Er phantasierte den ganzen Tag. Es wird Merkwürdiges davon erzählt. – Wenn es wahr ist! – Einmal habe er den Zaren zu sich gerufen, – wieder habe er eine lange Rede im Bundesrat gehalten und dazu bald geweint, bald gelacht. Kaum vier Männer konnten ihn im Bett halten, so wild tobte er. Immer wollte er zum Fenster hinüberspringen. Man mußte ihm die Türe und alle Scheiben öffnen, – dann die Ärmel am Hemd und den Brustlatz aufknöpfen – und immer noch hatte er nicht genug Luft. Auf der Straße hörten wir ihn schreien: ›Ich ersticke, Barmherzigkeit, ich ersticke!‹«

»Asthma, Asthma! – der arme Kerl!« bedauerte Jakob und goß sich von der braunen Brühe über die Erbsen.

»Dann versuchte er das alte Nachtwächterlied zu singen und wollte Uhren aufziehen. Viele Bekannte besuchten ihn, aber er erkannte keinen. Der Doktor befahl dann, daß man nur noch den Pfarrer und die Pfleger in die Stube lasse. Es heißt aber, der Ammann stecke dahinter. Denn die Reden des Irren seien ungesund für gesunde Köpfe. Er hetze und verwirre! Das glaub' ich nicht. Andreas war immer so gut! – Warum hat man doch Angst vor einem Sterbenden? – Was kann der noch Böses tun?«

»Das versteht dieser Zopf wieder einmal nicht!« bemerkte Jakob und wischte sich mit der Serviette den blühenden Mund ab.

Mich aber dünkte diese Zeile wahrhaft groß. Ich liebte ihretwillen Agnes noch mehr.

»Am dritten Morgen wurde er ruhiger und niemand hat gesehen, wann und wie er eigentlich gestorben ist. – Am Freitag wird er begraben. Ich schreibe Dir das so ausführlich, weil man hier von nichts anderem redet und wir ihn alle so gut kennen. Erzähle es dem Walter. Ich glaube, er hat den Nachtwächter sehr gerne gehabt. – Vielleicht kommt Ihr sogar an die Beerdigung.

Herzlich küßt Dich Deine Schwester Agnes Bronn.«

»Ich gehe nicht«, sagte Jakob sogleich entschieden. »Am Freitag vormittag haben wir ja Chemie und *Dr.* Müller wird reinen Wasserstoff darstellen, weißt du!«

»Meinetwegen bleib! – aber ich gehe.«

Nun aber fing mich der Freund so eindringlich an zu bitten, ich möchte doch hier bleiben, sonst müsse er anstandshalber auch mitkommen, – er spannte meine Neugier bezüglich des chemischen Prozesses so hoch und bewies mir so klar, daß das Rektorat uns den Freitag nie freigeben würde, daß ich allmählich schwankte und zauderte.

»Wir sind ihm auch nicht verwandt!« fügte er bei.

»O doch, ich bin ihm sehr nahe verwandt!« widersprach ich leise.

»Und gehen wir dem Nachtwächter, so müssen wir auch dem Küster – er hustet schon sehr verdächtig – dann dem Orgeltreter, dem Glöckner, dem Weibel, kurz jedem Bein ans Grab folgen. Nein, Walter, es geht nicht. – Aber trink doch! – da stoß an! – es gilt dem Andenken des guten, alten Nachtwächters!«

Die Gläser gaben einen widrigen, scherbenhaften Klang.

Aha, Andreas Marxele war nicht zufrieden mit uns. – Nun beschloß ich erst recht fest, an der Beerdigung teilzunehmen. Aber ich wollte Jakob nichts verraten. Denn ich fürchtete seine Herrschaft über mich. So wie ich ihn kannte, wäre er fähig gewesen, mich in seiner Bude festzubinden, bis die Eisenbahn abgefahren wäre.

8

Am Abend klopfte ich an der hohen Türe zum Rektorat.

»Herrrrr – rein!«

Der Basileus, wie wir den Rektor nannten, ein großer, stark gebauter, hagerer Mann, legte die Feder auf das Pult und trat mit drei mächtigen

Schritten in die Mitte des Zimmers, wo wir Studenten der Etikette gemäß uns zu postieren hatten.

Sein Gesicht war soeben glatt rasiert worden, – sein Rock saß wie angegossen und zeigte kein Stäubchen, die Brille funkelte wie neugeschliffen, – und das Auge, dieses unbestimmbar zwischen Grau und Blau und Braun schillernde Auge, war ebenso kalt und neugeschliffen wie das Glas davor. So meinte ich wenigstens in jenem Augenblick und ich fühlte, als ich den Mächtigen so sah, daß ich mir den Gang zu ihm hätte ersparen können. Von diesem Menschen waren in diesem Moment keine Ferien zu erhalten.

»Walter Heinrich, glaube ich«, sagte der Rektor und versuchte dabei ein wenig zu lächeln, das heißt, er schloß die Augen halb und öffnete den Mund, daß alle seine plombierten Zähne sichtbar wurden.

»Ja, Herr Rektor, – Schüler der vierten Klasse!« bekannte ich ordnungsgemäß.

»Stimmt! – und?« –

Ich begann meine Mütze wie eine Scheibe zu drehen. Meine Finger schwitzten. Wenn ich einmal rund herum bin, werde ich wissen, ob ich heim darf oder nicht, – dachte ich blitzschnell bei mir.

»Dürfte ich wohl für den Freitag Urlaub bekommen!« platzte ich laut heraus.

Beim Worte Urlaub kräuselte sogleich eine Menge feiner Falten die eben noch glatte, hohe Stirne des Rektors bis unter das graue Haar hinauf. Eine leichenhafte Kälte legte sich über sein ganzes Gesicht.

Denn dieses Wort Urlaub war in seinen Ohren, was im Gehör eines nervösen Musikers eine grundfalsche Note. Nichts war dem Rektor so heilig als die Ordnung an der Staatsschule. Er sah es für seine eigene Komposition an, daß alle Kurse ihre Stunden regelmäßig einhielten, daß die Herren Professoren auf die Minute ihren Vortrag begannen, daß die Pause genau zehn Minuten dauerte und er die Herbst- und Lenzferien seit zwanzig Jahren immer, man denke! – am gleichen Tage und in derselben Tagesstunde um ein Viertel vor zwölf Uhr mittags den Schülern in der Aula verkündigt hatte. Ja, daß von den heiligen Statuten nie um des kleinen Fingernagels Breite abgewichen worden war, daß die Maschinerie so tadellos funktionierte, das hielt er für die große Komposition seines Lebens. Wenn nun ein Student Urlaub forderte, so war das, als ob in dieser wunderbaren Symphonie der Ordnung ein Spieler aus der Komposition herausfalle und sich eine andere Note, einen unpassenden, frechen Ton erlaube, der nicht auf dem tadellosen Original stand.

Ich hatte inzwischen die Mütze vom Schirm zur hintern Naht gedreht. Nun ging es wieder dem Schilde zu.

»Am Freitag ist doch Schule«, sagte der Rektor streng, – »Sie haben«, – der Basileus zog sein Notizbuch hervor und blätterte darin, »Sie haben«, las er, »am Vormittag Latein, Französisch und Chemie. – Nachmittag Zeichnen und Deutsch. – Von diesen Stunden kann ich nicht dispensieren.«

Ich schwieg betrübt.

»Warum wollen Sie Vakanz?« hob der Rektor wieder an, indem er dem Worte Vakanz eine bösartige Färbung gab. »Ist etwa jemand krank zu Hause?« – wieder versuchte er, freundlich zu scheinen. Es fiel ihm wohl ein, daß er eigentlich zuerst danach hätte fragen müssen.

»Nein«, sagte ich, »aber gestorben ist Andreas Marxele daheim.«

»Gestorben? – die Erde sei ihm leicht! – was wollen Sie nun noch?«

»Zur Beerdigung!«

»Ach so«, der Rektor schlug sich leicht vor die Stirne, »zur Beerdigung! Ja richtig, das tut man ja!«

Hoffnung erwachte in mir. »Darf ich gehen? – Ich könnte allenfalls mit dem Ein-Uhr-Zug wieder zurückkehren.«

»Nun ja, das Latein, – immerhin! – Aber bedenken Sie das Französische. Wer kommt ohne das heute durch die Welt! – Was hatten Sie denn da für eine Note?« – er blätterte im Taschenbuch weiter zurück, wo er alle Noten aller Klassen, aller Jahre säuberlich eingezeichnet hatte.

»Mittelmäßig!« gestand ich, um das peinliche Suchen mir und dem Quäler zu ersparen.

»Ah, mittelmäßig, sehen Sie! Sehen Sie!« – triumphierte der Rektor. »Und dann erst noch die wichtige Chemie, die Grundlage allen Wissens. – Irre ich nicht, so stellt Herr Professor *Dr.* Müller den Wasserstoff dar. Wissen Sie auch, was das heißt, Wasserstoff darstellen – H – y – dro – gen – ium?«

»Ich würde die Lektion nachholen, Herr Rektor.«

»Sie haben ja keine Eltern und Geschwister! – ist es denn Ihr Onkel oder Pate, – Ihr – Ihr – nun denn, ist dieser Herr Marzellus Anders –«

»Andreas Marxele, Herr Rektor!«

»Ah so, ist es Ihr Schwager – ach, – wollte sagen –«

»Es ist der Nachtwächter von Lachweiler«, erklärte ich nicht ohne Scham. Aber sogleich schämte ich mich noch viel mehr über diese elende Scham selber.

»Der Nacht – wächter? – ich staune!«

»Ein Freund und Genoß –« ich hatte den Mützenschirm erreicht.

»Mein lieber Walter«, schnitt mir der Basileus das Wort ab und legte die Linke, an der ein Ring und zwei blaue Tintenflecken glänzten, auf meine rechte Achsel, »reden wir nicht weiter davon! – Sie bleiben am Freitag hier.«

Dann legte er auch die andere Hand, an der kein Ring, aber drei Tintenflecken klebten, auf meine linke Achsel, und fuhr im Tone eines strengen, doch wohlmeinenden Arztes weiter: »Sie schwärmen! – Die Professoren beklagen sich über Sie; erst heute noch *Dr.* Setzer wegen des Lateinischen. – Im Deutschen sind Sie tüchtig, – aber in der Mathematik merken Sie nicht auf und zeichnen sonderbare Figuren in die Rechenhefte. – Mir unverständlich, ganz unverständlich! – Kürzlich haben Sie ein Gedicht in Ihre Algebra gemacht, eine Ode an die Natur?« –

Es überkam mich heiß. Mich dünkte, der Rektor nehme mir Stück um Stück der Bekleidung weg, bis ich schließlich in meiner ganzen Blöße dastände. Da zog er mir bereits den Rock aus.

»Gute Verse, – glatte Strophen! – aber unreif, Jüngling, unreif!«

Noch einmal drehte ich die Mütze im Kreise.

»Dann haben Sie die lächerliche und mir ganz unverständliche Passion, Mädchennamen in die Bank zu kritzeln, – Laura – Beat – rice – Leonore – wer steckt eigentlich dahinter, wie?« – Erbarmungslos rückte der peinliche Befrager die Brille zurecht, um mich besser zu betrachten.

Jetzt wurde mir die Weste ausgezogen.

»Wer, mein Freund, ist diese Laura?«

»Herr Rektor, – ich – ich weiß – nicht –«

»Das sag’ ich ja, – Sie sind ein Schwärmer, – und die wissen alle nicht, was sie tun. Da rat’ ich Ihnen: waschen Sie jeden Morgen Brust und Rücken mit Brunnenwasser, – gehen Sie um neun Uhr zu Bette, – trinken Sie kein Bier, – rauchen Sie keine Zigarren und noch weniger Zigaretten, – sündigen Sie keine Gedichte mehr und lassen Sie mir die Bänke in Ruhe!«

Damit führte er mich gegen die Türe und öffnete sie.

82

»Dann können Sie mit Ihrem Talent ein tüchtiger Mann, eine Ehre für unsere Anstalt und eine Kraft für unser Vaterland werden. Adieu!«

83

»Adieu, Herr Rektor!« sagte ich kleinlaut.

»Der Pedell wird Ihnen die Rechnung«, – hier wandte sich der allwissende Basileus nochmals in voller Amtsstrenge nach mir zurück, »die Rechnung für die Schreinerarbeit an Bank Nummer acht, Kurszimmer siebzehn morgen zustellen. – Sie haben da gestern dreimal – Agnes! – hineingeschnitzelt!« –

Jetzt fielen auch die Hosen und ich stand nur noch im Hemd, im dünnen Armensünderhemd da.

9

Jakob und ich kauften nun einen Kranz aus wirklichem Lorbeer und ließen ihn mit Andreas' Lieblingsblumen durchsetzen, weißen und blaßroten Geranien. Jakob, – denn er war viel besser als er schien! – holte dazu aus dem ersten Seidengeschäft der Stadt eine breite Schleife aus grünem Damast mit echten Goldfransen. Nach langem Überlegen ließen wir noch spät am Abend den gestickten Spruch: »Aus Freundschaft« als ungenügend und gemein, wegtrennen und dafür in goldener Schrift hinsetzen:

> »Dem treuen Wächter des Volkes!
> Dem Prometheus der bäuerlichen Freiheit!
> Eine dankbare Jugend.«

Am Freitag stellte *Dr.* Müller wirklich den Wasserstoff dar. Als die trübe Mischung sich endlich löste, das Phlegma niedersank und das reine Element in der Retorte emporstieg und sich an der Öffnung entzündete: da sah ich keine chemischen Substanzen mehr, sondern da war es die Seele des Nachtwächters, die sich aus dem schmalen Schultertuch und den engen Ärmeln endgültig befreit hatte. Erlöst von diesem schmutzigen und winkligen Leben, sah ich sie gleichsam verklärten Scheines wie diese Gasflamme emporschweben ins Reich der freien Himmelsgeister.

84

Zwei Tage später vernahmen wir, daß unser Kranz der schönste auf dem Grabe gewesen sei. Doch habe die Inschrift im Gemeinderat Unruhe erweckt, und man sei zum Gemeindeschreiber, der eine Bibliothek besitzt, und als dieser das Rätsel nicht lösen konnte, zum Pfarrer gegangen, um zu erfahren, ob in dem Ausdruck »Prometheus der bäuerlichen Freiheit« nicht eine geheime Aufreizung oder eine verkappte Verletzung der Dorfmajestät liege? Was eigentlich Prometheus heiße – ob das ein Tier oder ein Mensch gewesen sei? – Und wenn ein Mensch, – wie er gelebt und vor allem, ob er konservativ, altväterisch politisiert oder etwa auch in das freche Horn der Jungen gestoßen habe? – Darauf habe der Pfarrer leicht gelächelt und gesagt: »Herren Gemeinderäte! – Dieser Prometheus hat nie gelebt. Darum lasset den Spruch nur am Bande, ein Mensch, der nie existiert hat, wird Euch doch nicht Kopfweh machen!«

Darauf habe der Ammann den Lehrer Philippus zu sich rufen lassen und ihn um Aufschluß über den Prometheus gebeten. Denn der Rat des Geistlichen habe ihn nicht beruhigt. Und da sei denn die Wahrheit an den Tag gekommen, daß besagter Prometheus ein unbändiger heidnischer Wildling war, der dem Himmel trotzen und ein unerlaubtes Licht den Menschen bringen wollte, aber wie billig für solche Untat am Schwarzen Meer offiziell hingerichtet wurde. – Darauf beschloß der vollzählige Gemeinderat, mit Messer und Schere in die Krone zu gehen, wo der Kranz vorläufig noch hing, und die verbrecherische Hälfte der Widmung, verübt von zwei Grünschnäbeln, wegzukratzen oder wenn es gar nicht anders ginge, diesen Zipfel der Schleife wegzuschneiden.

Doch wie man sich an die Exekution machte, da kam noch rechtzeitig der alte Kronenwirt dazu. »Was geht das den ganzen löblichen Gemeinderat an, was mein Bub und der Walter dem Nachtwächter ins Grab schenken?« habe er gerufen. Keinen Buchstaben daran lasse er ändern und so wahr die Herren hinterrücks am Kranze das geringste flicken, werde er sorgen, daß solch häßliches und lächerliches Schildbürgerstücklein in allen drei Bezirkszeitungen gehörig geschildert und ihre Urheber mit Namen und Geschlecht dabei aufgeführt werden, wie die Spieler auf dem Theaterzettel.

Das habe gewirkt. Denn der Kronenwirt war ein unbescholtener, ganzer und höchst unabhängiger Mann. Man habe sich also damit begnügt, die Seidenschleife verkehrt auf das Grab zu legen, den tapferen Spruch zur Erde gewandt.

Als wir diesen Bericht gelesen hatten, pfiff Jakob ein falsches Lied, zog die Lederhandschuhe an und ging mit seiner scharfen Gerte fuchtelnd in die Reitschule.

Ich aber stand am Fenster, das in der Richtung nach Lachweiler sah, und sprach mit dem Pathos eines Studenten, der Cicero seit acht Tagen zu lesen begonnen hat: »Ihr Toren! – begrabt die Freiheit wie Ihr wollt mit der Nacht Euerer alten, rußigen Vorurteile«, – hier hob ich meine Stimme und richtete mich schon nicht mehr an mein kleines Dorf allein, sondern an die ganze reparaturbedürftige Welt, – »es gibt immer wieder Nachtwächter, die wie Andreas Marxele die Laterne durchs Dunkel weiter tragen, bis es endlich Tag wird.«

An jenem Tage erfand ich eine neue Einteilung der Weltgeschichte. Die Vergangenheit stand im Zeichen des kämpfenden Prometheus, – die Gegenwart lag im Banne des duldenden Andreas Marxele, und die Zukunft gehörte dem siegenden – ach, ach, die Bescheidenheit ist eine so häßliche Sache!

87

Der gestohlene König von Belgien

1

Wie viele glänzende Fünffränkler sind mir schon durch die Finger gegangen! Rund sind sie und rollen weg und rollen zu, – und wenn einem am Abend des Lebens noch einer zur Zehrung der letzten Stunden bleibt, ist's gut und ist's auch genug. Aber ein ehrlicher muß es sein.

Springt mir – doch nein, es pressiert ihm ja nicht! – spaziert mir so ein Silbermond in die Hand, dann schaue ich flugs, was für ein thronendes Wesen er trägt. Ist es die freie Mutter Helvetia, so lacht mir mein eidgenössisches Herz im Leibe. Obwohl sie ein so rauhes und steifes Gesicht macht wie eine junge Stiefmutter, wenn sie zum erstenmal in die Stube voll Stiefbuben und Stiefmädchen blickt und merkt, daß dies Geschlecht schwer zu bändigen ist und gleich tiefe Augen macht und die Knochen hart in die Wangen springen läßt: – es muß eben doch meine richtige Frau Mama sein und wer's nicht glaubt, der sehe einmal ringsum die Urnerberge und vor allem dieses Weibes goldene Bernerzöpfe an! Ist das nicht helle, dicke Schweiz? – Die Welschlandkönige, Sohn, Vater und Großvater lassen ihren Schnurrbart zugleich mit ihren Staatsschulden weit über die Münze hinauswachsen. Das stört mich wie alle Prahlerei.

Wogegen der dritte Napoleon mit seinem spitzen Bärtchen und Ludwig XVIII. im Behagen seines Doppelkinns mich weder kalt noch warm machen.

Aber gern seh' ich das lange, verlebte Gesicht des belgischen Leopold. Nicht als ob ich für diesen eisigen Monarchen schwärme, – da wäre ich wohl ein selten dummer Hans. – Aber an dieses Silbergeld knüpft sich ein sündiges Abenteuer meiner Jugend, das ich nie vergessen kann. Unter den Augen des belgischen Leopold habe ich meinen ersten Diebstahl verbrochen. So oft ich nun den Fürsten sehe, erröte ich, selbst heute noch, wo ich glaube, daß auch die Könige zuweilen vor uns erröten dürfen. Und jedesmal wird mir doch wieder seltsam leicht. Denn es war auch mein letzter und schwer gesühnter Diebstahl.

Das schöne Silber lag im Papierkorbe von einem dicken, gelben Briefumschlag zugedeckt. Die Mappe unter dem Arm, wollte ich eben in die Vormittagsschule. Gerade hatte ich eine Rechnung, die ich selber nicht zu lösen vermochte, noch rasch aus dem entlehnten Hefte meines Mitschülers Jakob Bronn abgeschrieben und dabei wie immer den Daumen und Zeigefinger mit Tinte beschmutzt. Solche Hände aber konnte Lehrer Philipp Korn nicht sehen. So spie ich denn recht bubenhaft in einen Fetzen Papier, wusch die Flecken vom Finger und wollte das zerknüllte Papier in den Korb werfen, als mir das gleißende Geld aus der Tiefe wie ein Dämon entgegenflimmerte.

Ich ging damals ins zwölfte Jahr. Meine Mutter führte nach dem Tode des Vaters ein ernstes, schweigsames Regiment über mich und meine beiden Schwestern. Wir liebten sie in aller Heimlichkeit. Nach außen wagten wir aber nur Achtung und Furcht zu bezeigen. Ihr ebenmäßiges Gesicht mit der leicht geröteten Wange, den ernsten Brauen, den dunkelsten Augen, die ich je gesehen habe, Augen, deren goldbrauner Stern sich mit seinem Lichte gleichsam nach innen wandte, und dazu eine Stimme, die jedes Wort deutlich aussprach, aber nie wiederholte, – das flößte von selbst Respekt ein. Besonders aber von der glatten, hellen Stirne, über der das schwarze Haar glatt den Scheitel hinaufgekämmt war, schien mir jene strenge, scharfe Luft zu wehen, die um die Gipfel der Berge herrscht.

Sie hatte viel Ungemach des Lebens ertragen. Aber wir erfuhren nichts davon. Das war für uns ein siebenmal versiegeltes Buch. Wir hätten uns nicht einmal getraut, das Siegel zu berühren.

Und diese Mutter hielt uns knapp. Wohl war der Tisch genügend, aber nie sah man eine Leckerei aufgetragen. Wir wurden in warme und dauerhafte Kleider gesteckt, aber nie durfte der Kragen meines Röckleins mit Samt besäumt oder mit Seide gefüttert sein, wie Jakob Bronn auf dem Gasthof zur Krone und andere Bürschlein die Jacke trugen. Für unsere Ausbildung waren die Mittel sogar reichlich bemessen, aber auch da gab es keinen Luxus, und sowie sich zeigte, daß ich auf dem Klavier nur ein höchst mittelmäßiger Spieler und mit dem Pinsel nur ein Pfuscher würde, hörten die Stunden beim Kaplan sogleich auf.

Vor allem aber für die süßen Verlockungen der Kinder an den Buden und Kramladen und für kurzweiliges Spielzeug hatte die Mutter keinen Nickel übrig. Selbst auf dem Weihnachtstisch wieherte nie ein hölzernes Pferd und lagerten keine braunen Beigen von Schokolade, sondern da gab es Bausteine zum Zusammenfügen und geographische Rätselspiele, Zeichnungsvorlagen, neue Lesebücher und Federschachteln. Taschengeld erhielten wir nicht, und das schmerzte uns sehr. Denn die reicheren Kinder – und Lachweiler ist ein sehr vermögliches großes Dorf – führten immer welches mit sich und behaupteten damit ein unbestreitbares Übergewicht über die Genossen. Nur am Sonntag nach dem Gottesdienst, wenn unsere Aufführung in der Kirche tadellos gewesen war, händigte uns dreien die Mutter je dreißig Rappen ein, woraus wir täglich in der Vormittagspause ein Fünferbrötchen bei der Bäckerei des Kronenwirtes kaufen konnten. Aber gewöhnlich hatte ich die Barschaft schon am Dienstag verpraßt.

Doch da lag nun kein gemeiner Fünfräppler, sondern ein echter Fünffränkler vor mir im Korbe. Ich stutzte. Die Münze mußte wohl meiner Mutter unversehens mit dem gelben Briefumschlag in diese Fetzen geraten sein. Sie würde also, wenn ich sie nicht bemerkt hätte, auf den Kehricht geworfen und wäre verloren. Ich könnte sie daher wohl zu mir stecken. Die Mutter litte keinen größeren Schaden dadurch. So erwog ich rasch mit der wunderbaren Logik der Sünde, die den Kindern ebenso tüchtig wie den Ergrauten ins Gehirn schießt.

94

Hastig schaute ich mich nach den Fenstern und der Türe um, ob jemand zusähe, langte blitzschnell hinunter und schob den Taler in meine Hose, indem ich dazu hüstelte, als ob mir was in der Kehle stecke. Es summte mir im Kopfe und mir ward heiß und schwindelig. Rasch sprang ich die Stiege hinunter, viel zu scheu, um nochmals zurückzublicken, und pfiff dazu, wiewohl mir die Lippen zitterten: »Ich hatt' einen Kameraden«. Das Singen lief mir leicht vom Munde, aber beim Pfeifen geriet mir die einfachste Weise falsch. Ich merkte es zwar nicht oder wollte es nicht merken. Denn ich wollte um jeden Preis pfeifen. Pfeifen war Bubensache, singen mochten die Zöpfe! Jetzt aber merkte ich selber erschreckt, wie außer allen Noten ich das Marschliedchen spielte.

Ich ging nicht, nein, ich floh zur Schule, als könnte man mich zurückrufen und untersuchen. Das Geldstück hielt ich mit der rechten Hand in der Tasche fest; es wurde allmählich ganz warm. Weder nach rechts noch nach links wagte ich einem Fußgänger ins Gesicht zu blicken. Denn ich glaubte, alle sähen mich sehr argwöhnisch an. Ich fühlte ihre Augen, sie stachen mich förmlich. Würde ich den Blick erwidern, man sähe mir sogleich den Dieb an.

Wir wohnten am Kirchplatz nächst dem Schulhaus. Nun hatte man in den Herbstferien dieses gebrechliche Gebäude leidlich aufbessern wollen, wenngleich jeder rote Heller an diese Baracke wie weggeworfen

95

schien. Denn die Lachweiler setzen ihren Stolz darein, seit hundert Jahren kein neues Haus errichtet zu haben. Ihre Privathäuser sind denn auch wahrhaft von festgefügtem Stein und dauerhaftem Holz gebaut; aber die stärkste Natur erliegt zuletzt dem Alter! Noch mehr gilt das von den Gemeindehäusern, die weit sorgloser erstellt und unterhalten wurden. Wollte nun die hinfällige Küsterei vornüberfallen, so wurde die Front auf jede erdenkliche Weise mit neuem Balkenwerk gestützt, bis das arme Haus nun hintenüber zu stürzen drohte. Jetzt wurde es im Rücken bearbeitet, gestoßen, gereckt, wie ein buckliger Patient, bis es schließlich wieder sich gegen die Straße neigte. So hing auch das Schulhaus zwischen Leben und Sterben. Diesmal hatte es weder nach hinten, noch nach vorne, sondern mitten in sich selber vor Schwäche zusammenbrechen wollen. Es schwankten die Fußböden, es rissen die Balken, und die Stützen im Keller neigten sich schief, wie die Nase des Lehrers Philipp Korn. So war man denn mit Seufzen an eine gründlichere Erneuerung des Gebäudes gegangen. Man hoffte bis zum Schulbeginn damit fertig zu werden. Aber der undankbare Patient zeigte Tücken. War auf einer Seite geholfen, so offenbarte sich urplötzlich von der anderen ein boshafter Schaden, – und ward auch der kuriert, so platzten nun an zwei Stellen zugleich verborgene Gebrechen heraus. Man mußte an einen Kranken denken, der Bauchgrimmen bekommt, wenn der Magen hergestellt ist, und Kopfweh spürt, sobald man die Bauchschmerzen gestillt hat, weil eben seine ganze Natur verdorben ist.

Uns Jungen war es recht, zu unterst ins Dorf hinunter zu laufen, wo eine Doppelstube im alten Schmithaus nun für den Notbehelf zur Schule eingerichtet worden war. Als der alte Schmitmatis ohne Erben starb, vermachte er das weitläufige Haus der Gemeinde, um darin ein kleines Dorfspital zu errichten. Aber das Haus blieb leer. Denn die Lachweiler sind sehr gesunde und zähe Leute und halten sich aufrecht, solange noch ein Knöchlein hält. Auch haben sie in ihrem fleißigen Sinne nicht Zeit, lange krank zu liegen. Legen sie sich nun hellen Tags zu Bette, so kann man hundert für eins nehmen, daß sie den Tod schmecken. Die letzten zwei, drei Tage würden sie aber um keinen Preis anderswo als in ihrer wenn auch noch so dürftigen Kammer zubringen, wo an der Wand ihr Taufbild in Glas und Rahmen hängt, wo über dem Kopfe ein geliebtes Porträt und ein alter frommer Kupferstich angebracht sind, und wo sie auch wissen, an welchem Nagel ihre Hosen hängen und unter welchem Stuhle ihre Schuhe stehen, um sie gleich für die lange Wanderung auf der ewigen Straße bei der Hand zu haben.

Zwei Straßen führen in das Dorf hinunter: die Ringelstraße schlängelt sich verschmitzt zwischen den Häusern zum linken Zipfel des Weichbildes, wo das Ammannhaus die Gasse beschließt; auf der Hauptgasse aber gelangt man zum rechten Ende der Ortschaft, wo das Schmithaus in der äußersten Zeile steht. Ungefähr in der Mitte des Weges liegt der halb mit Gras, halb mit Kies bedeckte Marktplatz, ein großes Viereck, wo zu Martini aus allen umliegenden Weilern und Dörfern das käufliche Vieh zusammengetrieben und unter haarsträubendem Lügen und Fluchen feilgeboten wird. Rechts hält sich mit verzweifelter Liebe zum Leben das alte Arresthüttlein noch in seinen morschen Knochen aufrecht, so gut es geht; links hatte der Dorfverschönerungsverein zwei Bänklein angebracht, die nicht mehr angestrichen wurden, weil die Martiniochsen die Farbe abgeleckt hatten und der Gemeinderat sich weigerte, auch nur eine Kupfermünze an die Möbel zu geben, die ganz gegen seinen hohen Willen dahergesetzt worden seien. – Über diesen Platz kam ich nun mit meiner Mappe und dem Taler in der Tasche.

Die Münze fing mich an zu brennen. Sollte ich nicht umkehren und sie wieder in den Papierkorb werfen? – Ich ahnte unklar, daß dieses Geld mir weit mehr Ungelegenheiten als Freuden verursachen werde. Wo konnte ich es auf die Länge verstecken? – Wenn ich es immer in der Hand behalte, immer in der rechten Tasche, so wird man merken, daß ich da etwas verstecke. Ich zog also die Hand aus der Tasche, aber sogleich wurde mir bange, ich könnte das Geld verlieren oder eine fremde Hand greife mir unversehens in die Tasche und zeige den Taler: »Seht da, einen gestohlenen Fünffränkler trägt das Bürschchen mit sich herum!« Sofort schlüpfte ich mit der Rechten wieder in die Hosentasche und umklammerte die Münze noch fester.

Gewöhnlich befanden sich auf dem Marktplatz während des Tages zwei Männer, ohne die wir Knaben uns diese Stätte so wenig vorstellen konnten, wie ein Zifferblatt ohne die beiden Zeiger. Der kleine Zeiger, das war ein Bettelmännchen mit krummen, kurzen Beinen, tauben Ohren, weinerlicher Stimme, einem vollständigen Kahlkopf und einem so verzogenen und verschnörkelten Munde, daß man glaubte, das Männchen könne ihn leicht zu einem Knoten oder zu einer Masche verknüpfen. Das ganze kleine Gesicht war so verschrumpft, aber noch hellfarbig, daß man an einen kleinen, wohlgelagerten Apfel im März oder April denken mußte, der in der gerümpften Hülse noch Farbe und Geschmack bewahrte. Dieser Krüppel bettelte mit hergehaltenem Hute Almosen von den Vorübergehenden; auch von uns Knaben, die wir regelmäßig mitleidslos vorübergingen.

Auf der andern Seite, dem Arresthäuschen entlang, spazierte der große Zeiger, ein alter, langer, pfeilgerader Polizist, mit einem ergrauten, dicken Schnurrbart, den er immer in den Mund zog. Sein Kinn war violett und in der Mitte gehackt. Unablässig, wie ein Vogel, bewegte er die kleinen, runden Augen. Die Hände in den Taschen, den Kragen aufgesteckt, den Schild seiner verblichenen Mütze aus den neapolitanischen Diensten in die Stirne gedrückt, musterte er die Vorübergehenden wie ein Gott, der Herz und Nieren durchschaut.

Es war ein kalter Januarmorgen. Der gefrorene Schnee knirschte unter meinen Schuhen. Über den Dächern lag ein feiner Nebel und verwehrte den Himmel. Allmählich floß er zwischen den Häusern wie ein weißer duftiger Vorhang herunter, und in seinem Zwielicht erschien mir der Polizist zweimal so groß als sonst.

Bisher war mir der »Herr Hauptmann« – so betitelte man ihn aus irgendeinem neapolitanischen Andenken – sehr harmlos vorgekommen. Ja, wir Knaben erdreisteten uns sogar, Witze über den Gestrengen zu verbrechen, wobei wir nicht am Hauptmannskäppi und am vergilbten Kragen stehen blieben, sondern sogar am Ledergürtel und dem gefährlichen Säbel rüttelten. – Nun aber, wie von selbst, fühlte ich, daß mich dieser Mann sehr viel angehe; er wuchs in meinen Augen sogleich zu einer ernsthaften Macht heran. Der Glanz seines Mützenschildes und seines Säbelgehänges war mir furchtbar. Jetzt kehrte er mir den Rücken. Wohlan, nun vorwärts! Vielleicht, daß ich unbeachtet durchkomme. O Gott, da wendet er sich auf dem Absatz, das eine Bein militärisch vorstreckend, und schaut geradeswegs auf mich. Nun wird er kommen und fragen: ›Junge, was versteckst du da in der Tasche? Heraus mit der Hand!‹

›Herr Hauptmann, es ist nur ein – ein Hosenknopf!‹

›Zeige mir diesen Hosenknopf!‹

›Ach nein, es ist nur eine – eine – eine Kupfermünze!‹

›Her damit!‹

›Das heißt, sie ist von Silber – ich habe sie gefunden – ich –‹

Entsetzlich, es wird unmöglich sein, die Sache zu verheimlichen! – ich konnte sehr viel Schlimmes tun: schlagen, beißen, quälen, ausspotten

– aber lügen konnte ich nicht. Nicht, weil ich es etwa nicht gewollt oder versucht hätte, – aber jedesmal fing ich an, rot wie eine Rübe zu werden, zu stottern, und das verriet mich.

Indessen kam es nicht zu dem gefährlichen Examen. Der Polizist drehte sich wieder mit energisch vorgestrecktem Bein nach der andern Seite.

Mit der Linken wischte ich über die Stirne. Sie tropfte von Schweiß.

»Ich friere und hungere, lieber Herr!« wimmerte es neben mir.

Obwohl der Krüppel sich kaum besinnen konnte, daß ihm einmal ein Knabe ein Kupferstück in den Hut geworfen hatte, der Walomer Theodor vielleicht an der Fastnacht im Übermut seines Reichtums und der verrückten üppigen Tage – so hielt er doch seinen vom Alter grünen, schäbigen Filz jedem Buben hin. Auch mir jetzt. Wie ich ihn so sah, huschte mir der Einfall durch den Kopf, das Fünffrankenstück in diesen Hut zu werfen und davonzuspringen. Da wäre ich der Last ledig, und die Sünde – die Sünde wäre wohl in Gnaden verziehen.

Aber der Bettler sah durchaus wie ein Ehrenmann aus. Er würde staunen, daß ein so geringes Bürschchen so schweres Geld hinwerfe. Er würde das Almosen zurückweisen. ›Das hast du gestohlen‹, würde er unfehlbar sagen. ›Ich nehme kein gestohlenes Geld an!‹ Ja, er könnte wohl den Polizisten herüberwinken, und dann wäre alles verspielt. Nein, das ging nicht!

»Ich hungere und friere«, rief es geduldig nochmals.

Gott! und ich hatte einen Fünffränkler und wußte nicht, was damit anfangen und konnte ihn ihm doch nicht geben.

Mächtig hatte ich gefrühstückt, und ich trug unter dem schottischen Wams ein wollenes Leibchen. Meine Kappe aus echtem Fuchspelz ließ sich infolge eines beliebten Schneiderwitzes wie ein Visier über Ohren und Kinn herunterziehen, so daß nur die Augen, die Nase und der Mund noch ein wenig hervorguckten. Dennoch hatte ich gestohlen! Aber der Krüppel hier trägt ein fadenscheiniges Röcklein, das er vorne, wo die Knöpfe abgerissen sind, vor dem Luftzug immer wieder mit den gichtischen Fingern zusammenklemmen muß. Seine Schuhe sind rot und schief getreten und die Hosen aus elendem Zwillich. Er hat vielleicht noch nichts Warmes genossen. Dennoch, er stiehlt nicht. Nicht einmal für ein Fünferbrötchen oder ein Süppchen! – Er hält lieber den Hut her und wiederholt zum hundertstenmal seine demütige Bitte: ›Ich hungere und friere, lieber Herr!‹

Und ich stehle!

In diesem Augenblick kam ich mir so schlecht und so niedrig vor, daß ich Mühe hatte, das Schluchzen zu verhalten, das mir die Kehle heraufwürgte. Eine Übelkeit stieg mir vom Magen auf wie nach einer schlechten Speise.

Es war Samstag. Wie schade, daß ich schon am Montag mein Wochengeld für drei Marken, das Braunschweiger Rößlein, den persischen Löwen und eine Amerikanerin, die sich nachher als eine unechte Stempelmarke entpuppte, ausgeworfen hatte. Alles hätte ich dem Bettler hingereicht.

»Ich hungere und friere, junger Herr!« rief es zum drittenmal im Rücken nach, genau so geduldig wie die ersten Male.

Plötzlich erscholl ein schriller Pfiff. Ich zuckte zusammen. Dann lief ich weiter. Das galt sicher mir. Ich wollte tun, als merke ich nichts.

Ein noch schärferer Pfiff.

»Halt' ihn!«

Wie atmete ich auf! Das waren ja meine Kameraden Theodor Walomer und Joseph, die eine Seitengasse heraufsprangen, Joseph voran. Der kleine schmächtige Bursche packte mich am Ärmel, während der befehlshaberische Theodor hinterher kam und mich am Genick faßte. »Gefangen!« schrie er. »Hörst du nichts? Kannst du nicht warten, wenn wir pfeifen? – Strafe!«

Mit einem kräftigen Ruck riß ich mich los.

»Strafe!« wiederholte der willige Joseph Ilsig, ein wahres Knechtlein seines Herrn und Gönners Theodor Walomer.

»Hast du die dritte Rechnung gelöst, Heireli?« fragte nun viel milder der Walomer. »Wir haben den Schund nicht fertig gebracht.«

»Ich hab' sie«, entgegnete ich etwas verlegen.

»Sicher vom Jakob abgeschrieben! He?«

»Ja.«

Theodor wagte darauf nichts zu sagen, doch rümpfte er hochmütig sein Näschen.

»Wie ist's denn mit dem Apfel?« fragte er weiter.

»Ja, wie ist's?« wiederholte Joseph.

Man sollte nämlich drei Achtel Apfel so teilen, daß die sieben Schüler unserer Klasse ein gleich großes Stück und der Lehrer ein doppelt so großes empfinge. Ich erklärte nun, wie Jakob die Aufgabe ausgeführt hatte.

Theodor zog seine schwere, silberne, am Rücken mit einem Jägersmann und seinen Hunden gezierte Uhr, um die ihn alle zwölfjährigen Knaben und ich wohl am meisten beneideten, nachlässig aus der Westentasche. »Noch zehn Minuten!« las er ab. »Hier«, gebot er und legte die Mappe auf die Gartenmauer des Bauern und Ratsherrn Jeremias Sonder. »Diktiere uns schnell die Rechnung! Wir haben noch hübsch Zeit dazu!«

104

Beide Knaben zogen ihr Heft aus der Mappe und schrieben meine Angaben nieder.

»Mein Lebtag hab' ich noch nie auf gefrorenem Schnee geschrieben, das ist lustig«, sagte Theodor lachend.

»Aha, drei Achtel in neun Teile zerlegen«, sagte Joseph, »wie einfach!«

»Gibt drei Zweiundsiebzigstel«, las ich vor.

»Da muß man abkürzen«, bemerkte Theodor, der die Sache nun begriffen hatte. »Jeder Schüler erhält einen Vierundzwanzigstel.«

»Faule Buben!« schrie der Ratsherr lachend. Er ging eben zum Bienenstand. »Müssen die Aufgaben noch auf dem Schulweg machen!«

Ich und Joseph erröteten, Theodor aber fuhr unbekümmert fort: »Der Lehrer erhält ein Zwölftel vom Apfel. – Daß er ihm doch im Halse stecken bleibe!«

Auch diese Kürzung schrieb ich nach.

»Und bei der vierten Rechnung, was hast du da herausbekommen?« fuhr jener fort.

»Drei Kühe, vier Ziegen, fünf Schweine und sechs Schafe, wovon du das größte bist«, fügte ich schnell ohne alle Bosheit hinzu. Wenn mir etwas Spaßiges in den Sinn kam, mußte ich es herausrülpsen, mochte es mir noch so große Beschwerden verursachen.

»Immer noch lieber ein Schaf als ein Schwein!« versetzte Theodor und zeigte neckisch auf meine Tintenkleckse. »Die Rechnung hab' ich auch so!« fügte er bei, während ich eifrig mit Schnee die Hand zu reinigen versuchte und noch immer auf eine gesalzene Erwiderung sann.

105

Aber Theodor war viel gutmütiger als ich und fragte nun, den Arm über meine Schulter schlagend, mit versöhnlich einlenkendem Tone: »Was macht Elschen? Gestern kam sie wieder nicht in die Schule.«

»Bah, ein wenig Kopfweh! So ein Mädchen hält dir keinen Floh aus!« machte ich großartig, obwohl ich ganz gut wußte, daß meine jüngere Schwester diesen Winter immer leidend war und es sich nicht bloß um einen Floh handelte. »Blase, und die fallen dir alle um!«

Wir lachten alle drei. Es gehörte zum guten Ton, die Mädchen recht stark zu verunglimpfen. Doch während die Buben von der fünften Klasse dies ausnahmslos taten, sonderte sich der Sechstkläßler bereits etwa eine Rosa oder Klara oder sonst eine Bevorzugte aus dem großen Haufen ab. Die Siebentkläßler jedoch nahmen schon nicht mehr an den Schimpfereien gegen die Zöpfe teil, – eine gewisse männliche Ehrfurcht begann sich in ihnen gegen das Weibliche zu rühren.

»Kommt sie bald wieder?« fragte der Walomer.

»Sie ging ja schon hinunter. Ich band mir gerade die Schuhe, als sie an der Kammer vorbeiging. Weißt du, sie geht wie ein Mäuschen, aber ich höre sie doch.«

»So?« machte Theodor gedehnt, augenscheinlich hätte er gern noch mehr von Elschen gehört. Überall, wo er konnte, gab er meinem Schwesterchen, das zur vierten Klasse zählte, Beweise seiner bäuerlich groben, aber treuen Galanterie.

Wir hatten unsere Mappen zusammengeklappt und näherten uns dem Schmithause.

»Kommst du mit heute nachmittag?« fragte neuerdings Theodor, der nie ruhig sein konnte und sich gerade eine Flocke von der vollen roten Backe wischte.

»Was gibt's denn?«

»Wir gehen über den Melzberg zum See. Vielleicht ist er gefroren.«

»Aber du mußt den Schlitten auch mitnehmen«, fügte Joseph bei.

»Denn«, erklärte Theodor, »wir fahren über den Holzweg zum See hinunter. Meinst du, der See sei wirklich gefroren?« fragte er und schob seine roten geschwollenen Hände in die Tasche.

»Er ist jedenfalls gefroren«, bemerkte ich, »es ist ja furchtbar kalt.«

»Ja, sieh nur!« rief Theodor und zog den Atem an. Mit geschlossenen Lippen schnaubte er jetzt aus aller Macht, und siehe, zwei dichte blaue Wölklein flogen aus den aufgeblasenen Nasenlöchern.

»Hhhhhhoaaa!« machte er und blies eine dritte Wolke nun aus dem aufgerissenen Munde dem kleinen Joseph ins Gesicht, der ihn verwundert über seine Künste angestarrt hatte.

»Ach was!« klagte der Bursche und wischte sich die Augen.

»Ich komme«, entschied ich indessen.

»Mit Jakob?« fragte Joseph endlich, der in jedem Stärkeren einen Feind witterte.

»Den brauchen wir nicht!« rief Theodor barsch.

»Doch, Jakob muß mitkommen«, meinte ich, »es wird lustiger.«

»Meinethalben, ich fürchte ihn nicht«, entgegnete der Walomer großmütig und spuckte aus zum Beweise, daß er den Gegner wirklich nicht fürchte.

Wir traten in den dunklen Gang des Schmithauses. In meinem knabenhaften Sinn hatte ich alle Besorgnisse wegen des Diebstahls auf einmal verloren. Jenes muntere, unternehmungsfrohe, mit hundert Kleinigkeiten so wichtig tuende Leben eines Jungen von zwölf Jahren hatte mich beim Geplauder mit Theodor und Joseph wieder in seine frische, kräftige Zugluft gerissen und mir alle Nachdenklichkeit genommen. Besonders beim Anblick des groß und schön gebauten Theodor, der von Kopf zu Füßen von Gesundheit und Mutwillen eigentlich leuchtete, war der Geist der Gasse, der Bubenstreiche, des knabenhaften Leichtsinns wieder über mich gekommen. Meine vorigen Ängste versanken in nichts, ich schämte mich ihrer. ›Da hab' ich nun einen Fünffränkler in den Hosen, der nicht mir gehört, das ist freilich wahr‹, dachte ich; ›je nun, es wird sich schon zeigen, was sich damit machen läßt.‹ 108

2

»Ruhe, oder ich will euch!« schrie Theodor, sowie er die Türe der Schulstube öffnete und in den Staub sah, der wie gewöhnlich über den Stühlen und Bänken der Knabenseite gleich einem unentwirrbaren Wolkenknäuel lagerte. »Ruhe, ihr Schlingel! Sind wir hier in einer Judenschule oder auf dem Rindermarkt? – Na, wie denn?«

Meisterlich ahmte Theodor die immer etwas belegte, mit Heiserkeit kämpfende Stimme des Lehrers nach, die in der Aufregung sich nicht senkte, sondern so hoch hob, daß die letzte Frage: »Wie denn?« fast wie das Zirpen einer Grille erklang.

Die Buben verbreiterten ihre Gesichter vor Lachen. Dann ging die Hetze über Stühle und zwischen Bänken hindurch aufs neue an. Federn zerbrachen, Tintengeschirre liefen über und Papierrollen flogen durch die neblige Luft.

Theodor warf hurtig seine Mappe auf die nächste Bank und spähte in den Staub, wo Jakob wohl fechte. Er wollte durchaus zur Gegenpartei halten.

Jakob war um einen halben Fingernagel kleiner als Theodor, nicht so stramm gebaut, dafür schlanker und geschmeidiger. Er hatte blondes Haar wie Theodor und besaß ebenso blaue Augen. Aber Theodor ließ sein Haar in Locken schießen, während Jakob es kurz schor. In den Augen Theodors lag etwas vom reinen, braven Morgenhimmel; aber Jakobs Bläue blendete wie der Mittaghimmel. Auch gab es da schon Wölklein neben grellen Lichtern. Theodor besaß das bessere Gedächtnis, Jakob das raschere und hellere Erfassen. Theodor war mutig bis zur Frechheit, Jakob mutig bis zur auserlesenen List. Theodor war bei allen beliebt, er hatte keinen Feind unter uns; aber Jakob wurde von den meisten gefürchtet, von allen respektiert, doch nur von mir herzlich, ja begeistert geliebt. Von den Tagen unserer ersten Schuhe an hatten wir miteinander verkehrt und hingen so fest zusammen, als es unsere durchaus verschiedenen Gemüter nur zuließen. Mit Theodor hatte sich wohl schon jeder von uns einmal überworfen, aber auch wieder am gleichen Tag ausgesöhnt. Wer indessen mit Jakob, den wir wegen seiner Herrschereigenschaften nur den Rex nannten, uneins geworden war, hatte es lange zu büßen, wenn überhaupt das frühere Einverständnis je wieder zurückkehrte.

Der Kampf zwischen Jakob und Theodor hatte etwas Großartiges. Die übrigen Schlachtreihen zogen sich dann respektvoll zurück und ließen den Häuptlingen die Ehre der Walstatt. Noch nie war das Gefecht entscheidend ausgefallen, teils weil der Lehrer immer zu früh eintrat, teils weil die freche, aber ungekünstelte Kraft Theodors sich an dem biegsamen und zähen Jakob nie recht auslassen konnte. Im Freien hatten sie noch nie den Kampf gewagt, so oft wir sie auch aneinander gereizt hatten. Jeder mißtraute sich ein wenig und fürchtete, den Ruhm der Unbesiegbarkeit, den er jetzt in der Unentschiedenheit für sich behielt, für immer zu verlieren.

»Hat niemand meinen Jungen gesehen?« rief Theodor herausfordernd, während er die Arme spannte und einen Fuß zurückbog.

»Hier, großer Hase!« gab Jakob zurück und sprang mit einem Satze über die vordersten zwei Bänke zum Gegner heraus. »Da, reib' es gut ein!« sagte er und gab ihm einen blitzschnellen Box in die Hüfte. Dann suchte er Theodor um den Rücken zu nehmen.

Der aber versetzte dem Kronenwirt einen solchen Knuff mit dem Ellbogen, daß Rex bis ans Lehrerpult taumelte. Der Walomer folgte ihm auf dem Fuße, packte ihn und riß den Feind zur Bank zurück. Dabei spreizte er die Beine, um festen Stand zu behalten. Gleich schlug Jakob den Haken ums rechte Bein und bog, den Arm um Theodors Hals geschlungen, den Gegner tief nieder. Der Walomer schwankte und fiel mit Jakob zu Boden, doch kam er auf seinen Gegner zu liegen und versuchte jetzt auf alle Weise, ihn auf den Rücken zu wälzen. Aber Jakob wand sich unter ihm wie eine Schlange und drehte sich immer wieder aus den Armen Theodors heraus.

Die hinteren Knaben standen auf den Bänken, die vorderen saßen auf ihren Pültchen. Wie im Amphitheater sah man dem Ringen zu und feuerte die Kämpen an. »Jetzt ums rechte Bein, Thedi – Nicht so! – 111 Dreh ihm den Arm um! – Bravo, Rex, noch mehr! – Auf die andere Seite, – jetzt ums Knie! Das war falsch! – Nicht das, nicht das!« – Man sprang auf, beugte sich über und machte die Bewegung vor, die man seinem Helden riet.

So weit war das Kampfspiel schon oft gegangen. Hier aber wurde es für mich langweilig. Ich wußte, daß keiner gegen den anderen unterläge. Der eine war zu listig und zu flink, der andere zu wild und zu stark. Ich ging daher auf meinen Platz, spitzte mir den Bleistift und überlas noch einmal das Gedicht, das wir aufsagen sollten. Es war die kleine Ballade von Uhland: »Der Knecht hat erstochen den edlen Herrn«.

Während sich auf der Bubenseite das heißeste Kampfinteresse zeigte, boten die Mädchenbänke ein ganz anderes Bild. Da war nichts als Ordnung, Sauberkeit und Sitte. Bescheidentlich saßen die Zöpfe in den Stühlen. Ihre Bücher lagen bereits auf Blatt und Seite richtig aufgeschlagen. Die Kopfkapuzen und Halstücher hatten sie abgezogen und sorglich in die Banklade geschoben. Jetzt tuschelten sie zu dreien oder vieren miteinander, indem sie so leise sprachen und die Nasen so nahe zusammenhielten, auch hier und da so geheimnisvolle Augen über die Achseln hinweg auf die Buben hinüberwarfen, als hätten sie ein Geheimnis zu verhandeln, wie sich seit Weltentstehung ein größeres nie über Weiberlippen getraute. Es betraf indessen nur die Schülerin Ella, die wegen der Hochzeit ihrer Schwester für heute dispensiert und – was die Hauptsache 112 war – in einem roten Kleide, man denke, aber auch ganz roten Kleide, dazu mit Ärmelspitzen und ausgeschnittenem Halse – in der Kirche erschienen war.

»Es ist zu grell«, sagte Theresia Lammer abweisend.

»Die Zigeuner tragen eine solche Farbe«, fuhr eine andere giftig hinein.

»Wenn es wenigstens mattrot gewesen wäre – so etwa!« lehrte Lene, die Tochter der Dorfschneiderin, und stülpte ihren Ärmel um, worauf ein ganz verschossenes Futter hervorguckte.

»Oder dunkelrot«, sagte Hedwig, das Gemeindeschreibertöchterlein. »Ihr wißt, wie das Kleid, das ich zu Ostern bekommen werde.«

Dieses Kleid auf Ostern war schon so oft genannt und geschildert worden, daß jede Schülerin genau wußte, wie es aussehen würde.

»Dunkelrot mit braunen Streifen, das ist vornehm, sagt meine Mutter«, schloß Hedwig zufrieden.

»Das ist freilich vornehm«, gaben die anderen zu, teils weil sie das Kleid noch nicht gesehen hatten, teils weil sie sogar zweifelten, ob Hedwig ein so vornehmes Röcklein je bekommen würde. Trägt sie es aber wirklich zu Ostern so, gut, dann würden sie bald herausgefunden haben, wie abgeschmackt dunkelrot mit braunen Streifen sei.

113 Als die beiden Kämpen mit einem dumpfen Plumps zu Boden fielen, blickten die Mädchen nun doch halb ängstlich, halb neugierig hinüber. Sie teilten sich sogleich in zwei Parteien. Die größere stand zu Theodor, obwohl nicht seine Schwester Berta, sondern Jakobs Schwester unter ihnen beliebt war. Aber Theodor verhielt sich gegen die Mädchen immer so umgänglich und bäuerlich artig, während Jakob sie gar nicht beachtete. Das ärgerte sie mehr, als wenn er sie von Herzen verspottet hätte.

»Dein Bruder hat natürlich wieder angefangen«, schmollte Agnes, meines Bedünkens die weitaus Lieblichste unter den Schülerinnen und Jakobs ältere Schwester.

»Jakob ist um kein Haar besser«, antwortete ein Mädchen, das so stattlich und so schön wie der Bruder gewachsen war und ihm in jeder Linie des Gesichtes glich. Und doch fehlte ihm alle Lieblichkeit Theodors, weil ein strenger, unweiblicher Zug darüber lag.

»Sie müßten mir beide nachsitzen, solche Flegel!« setzte sie hart hinzu.

»Sieh nur, Berta, Jakob klemmt ihm den Arm«, redete die kleine Hedwig ein, »das sollte nicht sein!«

»Aber Theodor hat ihn am Ohr gerissen«, klagte Agnes, »– schon wieder! – wenn nur der Lehrer bald käme!«

In diesem Augenblick rannte wirklich der Küferbub Franz zur Türe
114 herein und schrie: »Obacht, – er kommt!«

Sogleich rutschten die Knaben in ihre Stühle hinunter. Franz war Türhüter. Jakob und Theodor zahlten seine Wächterdienste mit Äpfeln, wenn er das Amt willig versah, mit Ohrfeigen, wenn er unbotmäßig diente.

»Der Lehrer, der Lehrer«, rief Agnes voll Kummer, »steh auf, Jakob!« Doch die beiden Fechter überhörten die Warnung. Eben hatte Theodor den Arm unter die Brust des Feindes geschoben, um ihn so auf den Rücken zu legen, wie man mit dem Bratschäufelchen den Kuchen wendet, wenn er auf der unteren Seite braun geschmort ist, und Jakob hatte listig nur auf diese untergeschobene Hand gewartet, um sich seitlings aufs Knie zu heben: da stand auch schon der Lehrer auf der Schwelle, lang, hager, das dürftige Haar vom Wirbel aus gleichmäßig nach vorn und hinten gekämmt, im schwarzen abgeschabten Rock und in grauen, an den Knien glänzenden Beinkleidern.

»Ruhe, ihr Schlingel! – Sind wir hier in einer Judenschule oder auf dem Rindermarkt? – Na, wie denn?«

Die beiden Ringer lösten sich mit Mühe aus dem Knäuel und erhoben sich mit roten Gesichtern, entzündeten Augen, das Haar schwitzend naß. Jakob, der bei jeder Anstrengung die Zähne heftig aufeinander biß, hatte blutigen Schaum auf den Lippen.

»Wie das stäubt, – Agnes, mach' das Fenster auf!« Lehrer Philipp 115 schnappte nach Luft. »Eine Luft zum Ersticken!«

Nach diesen Worten zog der Lehrer die im heißen Zimmerdunst angelaufene Brille von der Nase und sah sich mit seinen schwächlichen und kurzsichtigen Augen die Übeltäter genauer an.

»Natürlich, natürlich, unser herrlicher Herr Oberdorf und der nicht minder herrliche Herr Unterdorf!« spottete Lehrer Philipp. »Unsere Müsterchen! – immer die nämlichen! Sollten und könnten der Schule ein gutes Beispiel geben und tun lieber das Gegenteil! Wartet – ich will euch!«

Der Lehrer setzte sich die abgeriebene Brille wieder auf und nahm den Stecken vom Pulte. Als wollte er sie geschmeidiger machen, fuhr er mit seinen glatten weißen Handflächen an der Haselstange hinunter, ähnlich wie ein berühmter Geiger seinen Bogen bestreicht, um ihn besser über die Violine tanzen zu lassen.

»Wer hat angefangen?« fragte er und rückte mit der Linken die Brille bequemer.

Die Übeltäter schwiegen einhellig.

»Der Theodor«, rief eine wunderliebliche Mädchenstimme herüber. Es war Agnes.

»Der Jakob«, schrie die kleine Gemeindeschreiberin für Berta, die zu stolz dazu war.

»Ja, der Jakob«, bekräftigte nun auch die dünne, von einer Mädchenzunge nicht zu unterscheidende Stimme Josephs, des getreuen Bundesgenossen Theodors.

»Wem soll ich glauben?« sagte der Lehrer unschlüssig und den Stock senkend, »Heireli, hast du gesehen, wer angefangen hat?«

»Nein«, sagte ich kurz.

»Eine ganze Antwort!«

»Nein, Herr Lehrer, ich habe es nicht gesehen!« ergänzte ich widerwillig.

»Der Jakob hat doch angefangen«, riefen jetzt viele von beiden Stuhlseiten.

Jetzt erhob Theodor sein Haupt, – bisher hatten beide mit tiefgebogenen Hälsen in den Boden geschaut, – er schüttelte die Locken aus dem Gesicht, auf die eben von der Morgensonne ein sehr niedriger Strahl fiel. Er öffnete die übergroßen, blauen Augen, man glaubte, es gingen zwei mächtige Fenster gegen den blauen Himmel auf, und indem der Walomer den Lehrer mutig anblickte, sagte er sehr laut: »Nein, ich habe angefangen!«

Dem guten Philipp Korn wollte vor Verblüffung das Stecklein entfallen. »Du – du – du habest – du habest – du selber habest –« stotterte er.

»Glauben Sie ihm nicht, Herr Lehrer!« sagte nun Jakob wie befehlend und trat mit finsterem Stolze vor Theodor hin. »Ich habe ihn zuerst gestoßen, hier, in die Hüfte!«

Darauf streckte er sogleich seine blasse, feine Hand, an der man die adelige Abstammung der Mutter, einer geborenen von Sallingen, erkannte, dem Lehrer zur Züchtigung flach entgegen.

»Er lügt!« schrie Theodor zornig, und wenig fehlte, so wäre er wieder auf Jakob losgestürzt.

»Genug, genug, meine Löwen!« machte nun der Lehrer, schon von ganzem Herzen versöhnt. »Ich werde jedem vier Tatzen geben! Ordnung muß sein!«

Achtmal sauste der Haselstecken nieder. Der Lehrer strafte diesmal wahrhaft nicht in der Aufregung; er hätte den Prügel lieber in den Winkel geworfen, aber Ordnung mußte sein. Er war im Innersten stolz auf diese beiden tüchtigen Zöglinge seiner Erziehungsmethode. Und so lächelte er denn immer, bei jedem Schlage, den er über die harrenden Hände seiner Lieblinge fallen ließ, als wäre es Honig, was er da austeilte.

Ohne mit den Wimpern zu zucken, hielten die zwei aus. Theodor besaß eine harte, abgestumpfte Haut. Die Arme lässig schlenkernd, lachte er im Zurückziehen den Kameraden gutmütig ins Gesicht, als sagte er: ›Gäbe es nichts Schlimmeres!‹ Aber Jakobs Hände empfanden die Streiche schmerzlicher. Doch auch er lachte im Zurückgehen, freilich war es das Lachen des Stolzes, das besagte: ›Es tut zwar sehr weh, dieses barbarische Schlagen; aber ihr sollt nicht sehen, daß ich leide, das täte noch viel mehr weh.‹ So schritt er lachend in die Bank neben mich und schleuderte einen zornigen Blick hinüber, wo Agnes den Kopf in die Hände stützte und weinte.

118

»Strafe mußte sein«, erklärte der Lehrer nochmals, den heißen Stecken in den Winkel werfend, »denn ihr waret fehlbar. Aber euer ehrliches Bekenntnis hat mich gefreut! Wie nennt man eine solche Handlungsweise, Joseph Ilsig?«

»Man nennt sie –«

»Georg Abender! – Noch neulich hab' –«

Ich streckte den Finger.

»Heireli! Wie nennt man das?«

»Ritterlich!«

»Bitte, einen ganzen Satz!«

O wie gerne wiederholte ich, daß man Jakobs und Theodors Handlungsweise eine ritterliche nennen mußte. Meine kleinere Schwester, die so bleich in den Bänken der Kleinen saß, schaute stolz auf mich, das war mir wert! Aber Agnes trocknete sich die Augen und versuchte, ob sie noch lächeln könne, und siehe, sie konnte es noch prächtig, das war mir noch werter!

»Gut«, versetzte der Lehrer mit einem halbverliebten Blick auf seine beiden Helden, »offen seine Sünde bekennen, das ist männlich! Aber seine Sünde verheimlichen, sie gleichsam in der Tasche verbergen, wie ein Dieb das Gestohlene, und dabei vor allen Menschen ehrlich sein wollen, das ist – he, Walter!«

Bei diesen Worten glaubte ich nicht anders, als der Lehrer wisse, was ich verbrochen habe. Plötzlich fühlte ich wieder mein Silberstück in der Tasche, es drohte, mich zu Boden zu ziehen, so schwer wurde es auf einmal. Deutlich spürte ich, wie mein Antlitz die Farbe wechselte vor Schrecken.

119

»Nun also, Heireli, das ist?« drang der Lehrer in mich.

»Das ist unritterlich«, sagte ich mit einer Stimme ohne Blut und Leben.

»Mehr noch, es ist geradezu –?«

»Schlecht!« ergänzte ich. Es war mir genau so zumute, als müßte ich meinem Henker helfen mir die Schlinge um den Hals zu ziehen.

»Richtig! setze dich!« gebot Philipp Korn.

Gut, daß ich sitzen durfte, es war die höchste Zeit. Alles drehte sich mit mir im Kreise herum. Es dauerte lange, bis ich mir sagen konnte: ›Ach, das ist nicht auf dich gemünzt, zufällig trifft es sich so eigentümlich, niemand weiß um dein Verbrechen.‹

Aber als ich mich vor dem Lehrer und den Schülern sicher wußte, da fing ich erst recht an, unsicher vor mir selber zu werden. Ich konnte nicht vergessen, wie Theodor gerufen hatte: ›Ich habe angefangen!‹ und wie darauf Jakob vor ihn hin getreten war und die Hand hergehalten hatte: ›Da, ich schlug zuerst, – er lügt!‹ Welche Kerls waren doch die zwei! Vor der ganzen Schule und vor dem geschwungenen Stecken sich schuldig zu geben! Ich beneidete sie. Wie klein war ihr Fehler gegen den meinigen gehalten! Gerne würde ich mit ihnen tauschen. Welche Strafe würde ich verdienen, wenn meine Freunde schon vier strenge Hiebe bekamen! Eine ganze Tracht Prügel! Denn was waren etliche Knüffe und Püffe gegen meinen silbernen Diebstahl!

Als Theodor mit Jakob in der Pause wieder lachte und spielte, als ob gar nichts vorgefallen wäre, da betrübte mich das sehr. Die durften natürlich jetzt wieder fröhlich sein, alles war vorbei! Aber ich? – Konnte ich je wieder lustig sein? – Das kann man erst, wenn man gebeichtet und gebüßt hat, wie meine Freunde. Ich aber fürchtete beides wie den Tod.

In der Spielpause sprang und lärmte ich mit. Doch geschah es nur, um den Lärm und die Unruhe meines Gewissens zu überschreien.

Es begann die zweite Stunde. Joseph, unser bester Deklamator, mußte die »Rache« von Uhland aufsagen. Wie schön und ergreifend tat er das! Doch mit neuem Entsetzen bemerkte ich, daß dieser Knecht, der seinem Herrn den Panzer geraubt hatte, mich mehr anging, als irgendwer vermuten konnte. War denn alles gegen mich verschworen? Mußte denn heute immer von Raub und Diebstahl gesprochen werden!

Joseph hatte eben mit mächtiger Lebhaftigkeit gesagt:

»Und als er sprengen will über die Brück',
Da stutzet das Roß und bäumt sich zurück.«

»Heireli, schließe!« befahl mir der Lehrer.

»Mit Arm, mit Fuß er rudert und ringt,
Der schwere Panzer ihn niederzwingt.«

121

»Richtig«, endigte Lehrer Philipp, »seht ihr, Kinder: Unrecht Gut tut nicht gut!«

Nun stand es fest: gleich nach der Schule wollte ich den Schwestern voraus heimspringen und das Geld wieder in den Papierkorb legen. Sicher, ich tue es!

Nach diesem Vorsatz fühlte ich mich etwas erleichtert. Doch rutschte ich noch immer unruhig auf meinem Bänkchen hin und her und konnte den Schluß der Stunde kaum erwarten. Und doch erzählte der Lehrer mit Begeisterung den Sieg der Eidgenossen über Österreich bei Sempach, und ich hatte ein warmes Blut für solche Geschichten.

»Die geharnischten Männer standen da wie eine Mauer, und Eidgenosse auf Eidgenosse fiel vor ihr«, erzählte Herr Philipp mit dunkler Stimme.

›Ach was‹, dachte ich, ›ich bin ja auch übel bestellt!‹

»Da stürzt sich Winkelried in die Speere und begräbt eine Reihe in seiner Brust. Die blutigen Schäfte umfangend, sinkt er nieder und öffnet so dem Freund die Gasse.«

›Genau an das alte Plätzchen werde ich den Taler legen, halb unter den gelben Umschlag, meinetwegen gehe er dann verloren!‹ sann ich weiter.

»Und durch die Gasse hauen sich die Eidgenossen in den Feind und richten ein großes Blutgericht über die stolzen Grafen und Ritter an.«

›Wenn ich damit fertig bin, ist mir erst recht wieder wohl‹, erwog 122 ich. ›Dann aber soll es eine wilde Bergfahrt mit den Kameraden geben!‹ Leise rückte ich zu Jakob hinüber und schrieb auf den Umschlag seines Heftes mit Bleistift: »Kommst du heute mit zum Tannensee?«

»Nein!« schrieb Jakob zurück.

»Warum nicht?« fragte ich unter seiner kurzen Antwort.

»Weil ich meinen Kaninchenstall fertig bauen will.«

»Das kannst du später tun.«

»Wer kommt mit?«

»Theodor!«

»Ich komme!«

»Um halb zwei Uhr beim Arresthäuschen!« notierte ich noch. Vom Turme schlug es eben zwölfe.

»So hatte Leopold Schlacht und Leben verloren«, endigte der Lehrer und winkte zum Schulgebet.

›Leopold?‹ machte ich leise bei mir, ›steht er nicht auch auf dem verdammten Fünffränkler in meiner Tasche? Der freche Kerl!‹ Deutlich erkannte ich jetzt, daß nicht ich, sondern dieser fürstliche Mann da mit dem schmalen, langen, bärtigen Gesicht der eigentliche Schurke sei. Dieser Glaube tat mir außerordentlich wohl. Jetzt wollte ich erst recht nichts mehr mit diesem Silberbatzen zu schaffen haben.

3

Zu Hause warf ich rasch meine Bücher ins Schlafzimmer, das in einer stillen, kleinen Ecke des oberen Stockes lag. Dann lief ich zum Eßtübchen hinüber, betrat es aber nicht vom Flur aus, sondern ging durch die große Stube, um erst mein Vorhaben auszuführen. Sonderbar, je näher ich dem Papierkorb kam, um so unschlüssiger wurde ich. Auf einmal, da ich mich nun von ihm trennen sollte, wurde mir das Geld wieder lieber. Hatte ich bisher sein häßliches Gesicht gesehen, so zeigte es mir nun die andere Seite, jenes reiche, glänzende, verheißungsvolle Antlitz, das tausend hübsche Sachen zu verschaffen versprach, besonders auch eine große Überlegenheit über meine Kameraden. Um dieses letztere war es mir am meisten zu tun, denn ich war sehr, sehr eitel und ehrgeizig.

Zögernd trat ich an den Korb und hätte den Taler wohl doch, wenn auch widerwillig hineingeworfen, als ich halb mit Schrecken, halb mit Freude bemerkte, daß der Behälter geleert war. Richtig, das geschah ja an jedem Samstag. Nun konnte ich doch unmöglich das Silber da hineinlegen. Das hätte jetzt keinen Sinn mehr. Was tue ich also?

Doch da war keine Zeit zur Erwägung. Paula, meine ältere Schwester, sprang zur Türe herein und rief: »So komm doch zu Tische! Die Suppe wird ja kalt!«

Mutter und Elschen saßen schon an ihren Plätzen.

Schnell grüßte ich die Mutter und forschte in ihrem Gesichte, ob sie wohl etwas von meiner bösen Heimlichkeit wüßte.

Aber die Frau mit dem dunklen Haar und den nur ganz in der Tiefe leuchtenden Augen saß so ruhig oben an der kleinen Tafel wie immer. Man konnte also einen Fünffränkler stehlen, darum ging doch alles im alten, behaglichen Geleise! Wie unnütz hatte ich mich geängstigt.

Ich durfte rechts von der Mutter sitzen, links saß Paula, die braune, und etwas tiefer Elschen, die dunkelbraune Schwester. Beides waren ziemlich stille, sanfte, kleine Mädchen von neun und elf Jahren. Sie waren so brav wie Mädchen nur sein können. Der Lehrer rühmte ihre Fortschritte und noch mehr ihr züchtiges Betragen. Der Mutter machten sie keinen anderen Verdruß, als daß sie beide etwas kränkelten und ihr daher nur noch teurer waren. Besonders Elschen hatte einen bedenklichen Winter durchgemacht und kaum zur Hälfte die Schule besuchen können.

Sowie ich mich niedergesetzt hatte, warf ich mich hungrig über die Suppe.

»Ißt man so bei Christenleuten?« fragte die Mutter ruhig und sah mich ernst an.

Beschämt erhob ich mich, während meine Schwestern feinfühlig in den Teller blickten, um mir nicht weh zu tun. Dann begann ich stockend:

»Komm, Herr Jesus, sei unser Gast,
Segne, was du bescheret hast! Amen.«

Eilig schlug ich das Kreuz und setzte mich wieder.

»Sei so gut und mache das Kreuz noch einmal!«

Ich errötete noch tiefer und bekreuzte nun vorsichtig Stirne, Mund und Brust, wie es Sitte ist.

Danach ward es stille am Tische. Man hörte nur das Hantieren mit Messer und Gabel, bei den Schwestern sehr leise, bei der Mutter regelmäßig und mit jenem Ernst, mit dem sie das Gewöhnlichste tat; bei mir aber laut, klappernd und ungestüm, wobei die Unruhe wegen des Geldes mitwirkte.

Später erzählte die Mutter, indem die Magd eben Kartoffeln auftrug, wie gut sich diese Erdfrucht heuer hielte. Nicht eine sei bisher angefault. Auch der Most habe eine seltene Kraft, es sei doch ein gutes Jahr gewesen. »Heireli«, wandte sie sich dann zu mir, »du könntest diesen Abend der Barbara helfen, einen Korb voll Erdäpfel zu den Küfersleuten bringen. Schon gestern dachte ich daran.«

›Sie hat den Fünffränkler noch nicht vermißt‹, dachte ich, ›sonst käme es ihr nicht in den Sinn, Geschenke zu machen.‹

Laut sagte ich nur: »Diesen Abend?«

»Ja, nach dem Nachtessen; es braucht's niemand zu sehen.«

Gegen Ende der Mahlzeit fragte sie mich wie üblich, was in der Schule vorgekommen sei. Ich erzählte den Kampf zwischen Jakob und Theodor. Es machte mir Lust, die Wut der beiden recht saftig zu malen. Je besser es mir gelang, ihre Schlägerei zu erschweren, desto leichter schien mir die eigene Schuld. »Sie haben sich«, eiferte ich, »an den Ohren und Haaren gerissen, Jakob hat geblutet und dem Theodor in den Arm gebissen. Es war nicht mehr schön!«

Immer trauriger schaute mich die Mutter während dieser Schilderung an. »Warum erzählst du das?« fragte sie schließlich.

»Ich meine nur - weil - weil Ihr gefragt habt -; sie sind übrigens gestraft worden.«

»Aber - aber - aber«, sagte Elschen, das immer stotterte, wenn es zum Reden gedrängt wurde, »aber der Theodor hat dem - dem Lehrer gesagt: Ich habe angefangen! - Ja, - das hat den Mädchen gefallen.«

Sie lehnte sich nach dieser Bemerkung wieder in den Stuhl zurück und sah schrecklich bleich aus.

»Und dann sagte Jakob: ›Nein, Herr Lehrer, *ich* habe angefangen!‹« fügte Paula zaudernd hinzu und blickte darauf Elschen an. »Nicht wahr - das hast du noch vergessen?«

Elschen nickte bloß.

»Und du, Großer, hast du denn das nicht gehört?« fragte die Mutter mich ernst.

»Ja schon! - Das war ritterlich.«

»Aufrichtig, willst du sagen!«

»Ja, aufrichtig!«

»Aber hat es dir denn nicht gefallen, daß du es ausgelassen hast?«

Ich wußte nichts mehr zu sagen. Meine Augen röteten sich vor Hitze.

»Also wenn die Buben etwas Wüstes tun, erzählst du es deiner Mutter; aber das Schöne verschweigst du!«

»Laßt Ihr mich nur ausreden, Mutter, ich hätte vielleicht -«

»Aufrichtig sein, Heireli, aufrichtig gegen mich!« warnte die Mutter mit einer fast feierlichen Stimme.

Ich senkte die Augen. ›Was meint sie wohl?‹ dachte ich ganz erschüttert von diesem eigentümlichen mütterlichen Tone. ›Weiß sie am Ende doch?‹ Mir wurde wieder unbehaglich und unsicher zumute. Ich tastete mit der Hand über die Hosen und fühlte das Geldstück noch in der Tasche. Dann blickte ich wieder auf und bemerkte, daß die Augen meiner Mutter mit einem unnennbaren Ausdruck auf mir ruhten. ›Sie liest mich wie ein Buch!‹ dachte ich. Tiefer beugte ich mich nun über den Teller, aber aller Appetit war mir vergangen, obwohl es Äpfel, und zwar meine Lieblingsäpfel, die rundum roten Weinbächler waren, die Barbara zum Nachtisch auf den Tisch trug.

Kurz vor dem Aufstehen fragte die Mutter wie zufällig: »Hat keines von euch etwas gefunden?« Dann schaute sie ruhig von einem Gesicht zum andern hinüber.

›Jetzt gilt's!‹ dachte ich.

Meine Schwestern schüttelten den Kopf. Ich aber nahm alle meine Unverfrorenheit zusammen, schaute die Mutter möglichst unbefangen an und sagte mit erkünstelter Lässigkeit: »Gefunden? Ich finde nie etwas, ich kann nur verlieren!« Ich lachte laut dazu. Heimlich staunte ich über den guten Ausweg, den ich da aus dem Stegreif erlistet hatte.

»Ihr wißt, Mutter«, fuhr ich fort, »da hab' ich noch letzte Woche den Kapselrevolver verloren.«

Die Mutter lehnte sich in den Lehnstuhl zurück, schloß die Augen ein bißchen und sagte: »So etwas kann man wieder kaufen; aber«, hier hob sie den Finger, »wenn du mir etwas verlierst, was man nicht mehr kaufen kann?«

»Was habt Ihr denn verloren, Mutter?« schrien nun aus einem Munde die Schwesterchen. »Was, das man nicht mehr kaufen kann?«

»Ich fürchte, so etwas!« erwiderte die Gefragte wehmütig.

»Gibt es denn so etwas?« mischte ich mich ein. Ich verstand die Worte der Mutter nicht. Aber ich hatte eine Ahnung, daß es sich um etwas handle, was mit dem Fünffränkler zusammenhänge. Nicht um den Fünffränkler selber, sondern um etwas viel Größeres.

»Wenn ich zum Beispiel dich verlöre, so hätte ich etwas verloren, was ich mit keinem Gelde wieder kaufen könnte.« Das sprach die Mutter so einfach, so ruhig und darum so ergreifend, daß ich im innersten Wesen erbebte.

»Mich wirst du nie verlieren«, rief ich, dem Weinen nahe, ohne zu denken, daß ich im Begriffe war, der Mutter schon jetzt ein Stück von mir zu nehmen.

»Wir wollen beide acht geben!« ermahnte sie. »Doch was ist mit Elschen?« fragte sie rasch mit einem Blick auf den noch halbvollen Teller der Kleinen.

»Ich kann nicht fertig essen«, sagte Elschen, »es ist mir schwindelig.« Elschen hatte sich wacker bemüht, die Speisen hinunter zu bringen, ich hatte es wohl gesehen. Aber es gelang nicht.

»Leg' dich ein wenig aufs Sofa!« sagte die Mutter.

Leise schlich ich unterdessen in mein Zimmer und schnallte mir die Schlittschuhe an. Als ich die Treppe wieder hinunter stieg, rief mir die Mutter von oben her nach: »Um sechs Uhr wirst du zurück sein!«

»Sicher!«

Sie kam einige Stufen herunter und fragte sanft: »Brauchst du kein Geld? Die andern werden wohl zum Vesperbrot etwas kaufen.« Hierbei griff sie in die Tasche.

»Nein, ich will kein Geld, ich brauche keines«, schrie ich unmäßig aufgeregt und stürzte zur Türe hinaus. Draußen überliefen mir die Augen vor Scham und Reue. Meinem Gefühl nach mußten sie ganz feurig sein. Während ich den Schlitten aus dem Holzschopf zog und damit die Hauptgasse hinunter eilte, strich ich bald da, bald dort Schnee vom Hag, und legte ihn auf meine brennenden Lider. Ebenso suchte ich meine innere Aufregung durch gute Vorsätze zu beruhigen.

›Ich werde den Fünffränkler niemals ausgeben‹, beteuerte ich; ›so wie er ist, will ich ihn behalten. Für die Mutter werde ich ihn gleichsam aufbewahren. Jedes Jahr lege ich fünfundzwanzig Rappen dazu. So viel betragen ja doch die Zinsen, wie uns Philipp Korn letzten Sommer gelehrt hat. Und alles soll der Mutter gehören. Wenn es zwei Fünffränkler sind, gebe ich das Geld zurück. Dann ist alles Schlimme daran vergessen. Man sieht dann nichts Gestohlenes mehr, man sieht nur noch zwei Fünffränkler.‹

Dennoch war ich nicht gänzlich befriedigt.

Der Weg führte mich an der Metzgerei vorbei mit ihren rotbraunen dicken, glänzenden Würsten, dem geräucherten Schinken, dem harten Schlegel Büdnerfleisch, das ich besonders liebte, und mit den langen, in Silberpapier und verknotete Schnüre eingebundenen Salami. Wie das alles hinter den blanken Fenstern lockte! Daneben stand eine Zuckerbäckerei mit Eierküchlein, Leckerli aus Basel, Zimtsternen, Zwieback und Apfelfladen. Zu ebener Erde ging es weiter in den Laden der Witwe Ilsig, Josephs Mutter, hinein. Hier sah man Spezereien aus Arabien und Indien, wie der Nachtwächter oft versicherte, wenn er der Witwe ein Gläschen Nußwasser abschmeicheln wollte. Wächst so was wirklich in Indien, so beneidete ich die dortigen Buben, die auf dem Schulweg das Köstliche gleich von den Ästen pflücken können. Jedenfalls blüht in ganz Lachweiler kein Geschäft so wie das der umsichtigen Witwe, und das geflügelte Wort des Nachtwächters wurde berühmt, daß weder im Kirchensäckel, noch in der Gemeindetruhe so viel Geld aus- und einfließe, wie in die Krämerlade der Friederike Ilsig-Fahnder.

So oft ich an ihren Scheiben vorbeiging, packte mich ein verzehrender Appetit nach diesem Kanaan der Witib. Ich wünschte mir dann wenigstens so ein großes Geldstück, daß ich einmal eine ganze sechsteilige Schokoladenplatte oder einen Sack voll Haselnüsse kaufen könnte. Sonderbar, jetzt hielt ich in der Tasche eine Münze umklammert, womit ich mir ein volles Dutzend solcher Schleckwaren verschaffen konnte, und verspürte doch nicht die mindeste Begehrlichkeit. Wenn nicht mit deutlichem Ekel, so ging ich doch mit voller Gleichgültigkeit am Laden vorüber. Niemals wollte ich die Münze aus Begehrlichkeit münzen, niemals!

Am Arresthäuschen warteten Jakob, Theodor und Joseph bereits auf mich und vertrieben sich die Zeit damit, Schneeballen nach dem Kamin des Schmithauses zu werfen. Jakob traf ziemlich nahe, Theodor fuhr weit darüber hinaus und Joseph erreichte kaum das untere Dach.

»Langweiliger«, zürnte Jakob, »nun einmal vorwärts!«

4

Wir nahmen den Weg hinten um das Dorf herum durch einen Feldweg auf den nahen Funkenbühl und von da weiter die langen Halden empor zu den tannbestandenen Höhen des Melzberges. Wir trugen weder Mantel noch Mantelkragen, nicht einmal eine Jacke, sondern jeder hatte sich um die Weste ein fest aus selbstgesponnenem Garn gewirktes Wams wie einen biegsamen Harnisch umgetan, worin man nie fror, aber zu allen Streichen gelenk war, fast mehr als in der Sommerbluse. Um leichter zu steigen, zogen wir die Schlittschuhe ab und banden sie auf den Schlitten.

Der Schnee lag, je weiter wir kamen, um so höher auf dem Boden; aber er war fest gefroren. Ein hoher Nebel hing über der Gegend und verschleierte den Himmel wie ein feines, graues, von der Hügelkette in die weite Fläche hinausgesponnenes Gewebe. Eine dunkelbraune, kleine Wolke kroch quer darüber, gerade wie eine Spinne, die über ihre Fäden füßelt. Unser Dorf war von da oben im weißen Schneekleid ganz anders als im übrigen Jahr anzuschauen. Die Häuser schienen verschoben, in ihrer Größe und Höhe verändert. Der Schnee, der auf allen Dächern mit der gleichen Farbe und Schwere ruhte, hatte alle Unterschiede sozusagen ausgewischt. Nur das Kirchendach, steil und hoch wie es war, ragte auch jetzt noch über die andern Dächer hervor. Die Luft war ruhig und kalt. Die fernen Gehölze in der Ebene trugen keinen Schnee mehr und sahen verwaschen aus, ohne eine bestimmte Farbe. Je weiter wir über unser Dorf hinausschauten, desto grauer wurde die Farbe des Schnees, bis sie an irgendeinem unsichtbaren Saume mit dem grauen Himmel unlöslich verschmolz.

Jedoch, auf dies alles gaben wir jetzt wenig acht.

Nach langem erreichten wir endlich die Höhenwaldung. Zwischen den dichtgestellten Bäumen war der Schnee nicht hoch und nicht hart. Wie aus einer Stube wehte uns die warme Luft entgegen. Die Stämme dampften und rieselten von Feuchtigkeit, und der Duft ihrer harzigen Nadeln stieg uns kräftig in die Nasen. Mitunter fiel eine Handvoll Schnee von einem Ast herunter. Eine solche Bescherung traf Joseph ins Genick, so daß er aufschrie. Wie unbarmherzig lachte ihn Jakob aus!

Stets dämmeriger wurde es im Gehölze, immer stiller, immer feuchter. Wir mußten hintereinander gehn, so schmal war der Durchpaß. Theodor schritt voraus. Er allein hatte Kniestrümpfe an. Wir anderen schnallten die Hosen unten an den Schuhen mit einer Schnur, wovon wir immer die Taschen voll hatten, wasserdicht zu.

Nur die Fußtapfen eines einzigen Menschen gingen uns voraus. Wer mochte hier allein gegangen sein?

»Wenn jetzt Räuber kämen oder Zigeuner oder anderes Diebsgesindel!« machte Joseph.

»He! – Habt ihr gesehen, wie der Heireli erschrocken ist?« lachte Jakob.

Ja, ich war bei dem Worte Diebsgesindel zusammengefahren, es ist wahr. Aber nicht vor den Dieben da außen in den Wäldern, sondern vor dem Diebe in mir hatte ich Angst.

»Beruhigt euch!« foppte uns zwei der heillose Kronenwirt, »das war wenigstens kein Mann, so kleine Schritte!« Er bog sich zu den Fußspuren nieder und versuchte dann, seine Schritte in die engere Spanne jener unbekannten Füße zu zwängen, was äußerst drollig anzusehen war. »Ach was, ich merke, das sind Mädchenschritte!«

Ich hatte mich indessen gefaßt und sagte zu Jakob: »Vor Dieben fürchte ich mich wahrlich nicht. Ja, ich glaube, es gibt Diebe, die gar nicht so schlecht sind.« Mir war, das Wort Dieb müßte von seinem garstigen Klang verlieren, wenn die Kameraden mir beistimmten. »He, was meint ihr?«

Theodor raffte eine Scholle Schnee auf und warf sie hintenüber, ohne zu beachten, wen sie treffe.

»Laß das bleiben!« drohte Jakob.

Theodor lachte nur.

»Was meint ihr also?«

»Jeder Dieb ist ein schlechter Kerl! Pfui doch!« Theodor spuckte verächtlich aus, stand dann aber doch still und prüfte recht bubenhaft, wie tief er in den Schnee gespuckt habe.

»Die Holzmarie stiehlt zum Beispiel«, rief Joseph.

Dieses freche, wilde und arme Mädchen genoß wirklich den übeln Ruf, nicht bloß Obst und Holz im Freien, sondern auch mancherlei Geräte aus fremden Stuben gestohlen zu haben. Wieviel daran wahr war, wußte ich freilich nicht.

»Ja, die!« begann Theodor lustig, »sie stiehlt gar nicht so groß! Federn und Griffel etwa, und mir hat sie einmal einen Gummi stibitzt, den ich aber schon ganz abgerieben hatte. Mag sie ihn doch behalten! Das ist alles nicht so schlimm! Aber es geht doch nur darum schon kein Mädchen mehr mit ihr, und niemand traut ihr über den Weg.«

»Möchtest du nun eine solche Schwester haben, Heireli?« fragte mich Joseph triumphierend.

Die Blutröte stieg mir ins Haar hinaus. Sie war eine Diebin, ich war ein Dieb, waren wir da nicht Geschwister?

»Friß sie nur nicht gleich, Kleiner«, sagte Jakob darauf zu Joseph, und sein blaues Auge blitzte wunderbar gescheit auf. »Es kann jemand stehlen und doch gar nicht verdienen, daß man nach ihm speit. Ich kann mir das leicht vorstellen.«

»Nicht wahr? Ja, ja«, rief ich erfreut über diese Hilfe. Es wurde mir wieder ganz leicht, so wenig brauchte mein Gewissen, um sich zu beruhigen.

»Wenn zum Beispiel einer am Verhungern ist«, setzte Jakob stirnrümpfend fort, »und gerade neben Theodors Haus vorbei will, wo sie Brot backen und auf dem Gesimse verkühlen. Die Bettlerin klopft und bittet um ein wenig Brot. Da jagt man sie weg!«

»Das tun wir nicht«, widersprach Theodor eifrig.

»Man jagt sie weg«, fuhr Jakob boshaft fort, »Theodor schlüge ihr die Türe vor der Nase zu.«

»Nein, – oder? Vielleicht! Je nachdem!« antwortete Theodor und warf die volle Lippe auf. Es dünkte ihn plötzlich großartiger, kein Mitleid zu verraten.

»Da geht das Weib um die Ecke und sieht die Brote auf dem Gesimse. Wie sie dampfen! Der Geruch – ha! –«

»Du meinst euere ›Kronenbrötchen‹, Mehlbube«, höhnte der Walomer wütend.

»Der Geruch«, fuhr Jakob beharrlich fort, »steigt dem Weibe in die Nase, – Bauernbrot! – potztausend, das ist doch dreimal besser als das Gebäck der ›Mehlbuben‹ –« Hier fiel der Rex aus der Rolle. Nicht imstande, den Schimpf länger zu ertragen, versetzte er mit der Faust dem vorausgehenden Theodor einen schweren Stoß in die Seite.

»Zurückgeben ist Gott lieb!« sagte der Walomer und erwiderte den Stoß. Aber Rex wich geschickt aus, und Theodor fiel durch die eigene Heftigkeit gerade vor Jakobs Füßen aufs Knie. Einen Augenblick schwankte der Kronenwirt, ob er sich auf ihn werfen wolle. Aber er bezwang sich; diesmal wollte er anders siegen, mit Witz und Geist.

»Also die Bettlerin sieht das Brot, flink wie alle Diebe nimmt sie gleich das schönste vom Laden und streicht damit um die Ecke. Nun hat sie drei Tage zu essen. Sonst wäre sie verhungert. Das ist eine ehrliche Diebin gewesen, sie mag wohl Holzmarie heißen.«

»Ja, da darf man sicher stehlen«, bestätigte ich kleinlaut. »Aber auch sonst noch.«

»Ich würde sie aber doch durchprügeln«, drohte der Walomer, die Fäuste ballend. »Und die, die ihr helfen, gleich auch dazu! Verstanden?«

»So, so, würdest du?« spottete Jakob.

»Ich habe jetzt nachgedacht, – ach, so streitet doch nicht immer!« flehte Joseph mit seiner kindlichen Stimme, »ich weiß noch einen solchen Fall. Der Schreiner, ihr wißt, der Vater von unserem lieben Valentin selig, hat seinem Gesellen fast keinen Lohn gegeben und immer noch am Samstag etwas davon für Tabak oder sonst was abgezwackt. Bei Tisch bekam er nie genug zu essen.«

»Das weiß man ja«, unterbrach Theodor, »was dann?«

»Nur Geduld«, bat Joseph, der sehr gut erzählte, wenn man ihm Zeit ließ, »der Geselle hat nun oft in der Küche nachts Brot abgeschnitten und ein wenig Speck dazu gelegt, hie und da auch etwa ein Fränklein aus der Schublade genommen –«

»Das durfte er«, sagte ich.

»Ja, das Gericht hat ihn freigesprochen«, fügte Joseph hinzu.

»Nein, es hat den Fall einfach – ver – verkareß – verkat – ach was, wie sagt man nur –« Theodor kam nicht weiter.

»Kassiert!« verbesserte Jakob ruhig; ihm waren solche Wörter vom Gespräch an den Wirtstischen her vertraut.

»Ja, kassiert!« wiederholten wir.

»Was ist denn das?« fragte der Walomer finster. Jedes gelehrte Wort machte ihn böse.

»Es hat kurz und gut die Klage abgewiesen, – pack' dich, Schreiner! Der Valens selig hat auch oft gehungert, wenn er schon so rotbäckig aussah.«

Valens war unser liebster Kamerad gewesen und letztes Jahr, als er sich mit uns die Ohren und das Haar mit Kirschen überhängt hatte, im roten Sommerschmuck vom Baume gefallen und alsogleich vor unseren Augen verschieden, ohne sich nur zu mucksen. Wir konnten ihn nicht so leicht vergessen.

»Aber den Gesellen hätte ich doch durchgeprügelt«, betonte Theodor wieder, »er konnte mir klagen, daß er hungere –«

»Nein, du großer Prügler, es war erlaubt!« herrschte ihn der Kronenwirt an. –

Mildes Licht brach herein durch die obersten und hintersten Stämme des Forstes. Bald mußten wir also die Höhe erreicht haben. Die Helligkeit, die von der anderen Seite kam, schien sich vor dem dichten Walde fast zu fürchten und nur wenig vorzuwagen.

»Aber wenn zum Beispiel der Joseph auf der Straße einen Zwei- – einen Fünffränkler fände«, setzte ich das vorige Gespräch fort, indem mich das Vorige durchaus nicht beruhigt hatte, »und du würdest – sei still! – du bist es ja nicht, – ich sage nur so zum Beispiel –«

»Nimm einen andern, – ich mag das nicht hören!« flehte Joseph.

»Also du, Theodor, wärest das gewesen und würdest das Geld nicht –«

»Ich will nichts damit zu tun haben, äh, – solche Diebereien!«

Immer verzagter wandte ich mich nun an Jakob. »Nimm an, nimm bloß an, du sähest ein Silberstück dem Ammann aus der Tasche auf die Straße fallen. Du hebst es auf, es gefällt dir je länger, je besser. Es wäre ein ganz anderer Fünffränkler als die übrigen, – ich meine runder, silberner, ach, – wie sag' ich's nur? – mit einem ganz fremden Bild darauf und anderen Buchstaben –«

»Eine alte Münze!« erklärte Rex.

»Ja, eine alte Münze, und du wolltest sie behalten, weil sie dir so gut gefällt, du gäbest sie nicht mehr – einstweilen – nicht mehr zurück!«

»So, ich gäbe sie nicht mehr zurück?« fragte Jakob drohend und sich mir nähernd.

»Hab' ich gesagt, du wolltest sie stehlen? Du willst sie nicht verkaufen oder ausgeben, nur weil sie so schön und selten ist, wolltest du sie ein wenig behalten.«

»Einen Fünffränkler behalten? Probier' und sag' das noch einmal!« rief Rex entrüstet und hob den Arm.

»Das ist so gut wie gestohlen!« rief auch Theodor.

»Schwer gestohlen!« echote Joseph.

»Ihr versteht mich ja nicht, so hört doch!« eiferte ich in einer wahren Verzweiflung.

»Nichts da, ich würde schon einen Fünfräppler zurückgeben«, betonte Jakob.

»Und nun erst einen Fünffränkler!« rief Theodor. »Heireli, bist du toll? Du lehrst uns hübsche Sachen! So ein Dieb, was denkst du denn eigentlich?«

»Reden wir nichts mehr von diesen Diebsgeschichten, das geht uns ja nichts an!« sagte Jakob. »Seht, da sind wir gleich auf dem Grat! – Juhe!«

Ich verstummte. Aber mir wurde nun so trostlos schwer, als wöge der Taler in der Tasche einen Doppelzentner. Mit Mühe stieg ich die letzte Erhöhung bergan. Gottlob, nun waren wir auf der Höhe und durften verschnaufen.

Siehe, da wurde von der anderen Seite herauf ein Kopf mit übelsitzender Kapuze sichtbar, nun das Haar, das wild unter dem Tuche hervorhing, jetzt ein rotes, freches Mädchengesicht von derber Schönheit, das aber sogleich eine ängstliche Miene annahm, sobald es uns gewahrte. Das große, schlanke Mädchen trug einen mächtigen Haufen Reisig auf der Schulter und hatte noch die Schürze voll kurzer, dicker Bengel.

Wir Buben schauten uns überrascht an, das war ja just die Holzmarie.

»Hast wieder einmal Holz gestohlen«, machte Theodor gutmütig, als sie zwischen ihm und Jakob vorbeiging. Sie preßte die Lippen aufeinander, ihre Stirn wurde dunkelrot, nur Scheu blieb auf ihrem Antlitz in diesem Moment bestehen, nichts von Frechheit oder Trotz. Hastig ging sie in den Wald hinunter, woher wir gekommen waren, und zog im Vorübergehen die Achseln ein, als fürchte sie, hinterrücks geschlagen zu werden.

»Vorwärts!« befahl Jakob, der das Mädchen keines Blickes gewürdigt hatte. »Was geht uns die an?« Kräftig riß er Joseph vor sich her.

Nun ereignete sich etwas Seltsames. Sobald nämlich Theodor sah, wie Jakob ihm den Rücken kehrte, würgte er einen ungeheuren Apfel, eine Goldreinette von wunderbarer goldbrauner Farbe, aus dem Hosensack, hustete verlegen und warf den Apfel in einem wohlgezielten Bogen über den Kopf des eilenden Mädchens voraus in den Schnee. Die Holzmarie blickte verblüfft zurück, sah Theodor freundlich winken, bückte sich und schaute, während sie die Hand mit dem Apfel wie dankend an den Mund legte, noch einmal lachend zu Theodor. Auch er lachte nun still. Dann eilte sie und verschwand in der waldigen Tiefe.

»Aber Thedi«, sagte ich fassungslos, »was zum –«

»Pst!« Der Bursche legte mir seine rotgeschwollene Hand auf den Mund. »Willst du gleich schweigen oder! – Der Rex da vorne soll mich nicht auslachen!«

Die Aussicht auf die hintere Seite ging in ein ziemlich schmales Tal und an einen dem unsrigen ebenbürtigen, gleichlaufenden Hügel hinüber. Die Mulde dazwischen füllte zur Hälfte ein kleiner, fischförmiger See. Mitten in den Schneefeldern und zum Teil in der niedrigen Fichtenwaldung lag er grauschwarz und hart da, wirklich wie ein toter Riesenfisch.

»Er ist gefroren, seht!« schrie Theodor voll unbändiger Freude und setzte sich schnell auf den Schlitten.

Im Nu hatten wir die Schlittschuhe angezogen und fuhren geschickt zwischen den wenigen Bäumchen auf dem gefrorenen Schnee den Ab-

141

142

hang hinunter. Es war ein wunderbares Jagen. Zuerst ging es sanft wie auf einem Kissen abwärts; dann wurde die Fahrt steil und so rasch, daß man wie auf einem wild gewordenen Rosse der Sache den Lauf lassen mußte. Büsche und Strünke sausten wie Schatten an uns vorüber. Die Luft peitschte uns förmlich ins Gesicht und füllte das Ohr mit Brausen. Von unserem Schlittengeklingel und Hurragebrüll stoben die Krähen aus den Bäumen, aber wir ließen sie weit hinter uns zurück: die Krähen, den Wind, ja sogar die Zeit. Selbst mein böses Gewissen schien zurückgeblieben zu sein. Nichts betrübte mich in dieser Minute, als der Gedanke, daß der See immer näher rücke und dieser Schlittenpaß zu Ende gehe. Weit unter mir sah ich einen dunkeln Punkt. Das war Theodors fliegender Mützenzipfel, der eben eine scharfe Halde hinuntertauchte. Von Jakob, der den Gegner überrannt hatte, sah ich gar nichts. Hinter mir folgte Joseph, doch hörte ich ihn nicht vor den brausenden Ohren und dem Sausen meines leichten, vorn stolz geschnäbelten Davosers.

O wunderbares Vergnügen auf dem Schlitten! Schöner kann nur noch das Fliegen sein.

Jeder von uns erzählte am Seebord, indem er seinen Schlitten wie ein braves Pferdchen strich und oft nach Atem rang, wie fein das gewesen sei, wie es ihn am sogenannten Stachelbuck über die querliegenden Stämme geworfen habe, wie er aber famos das Gleichgewicht behalten und darauf die Straße mit den zwei breiten Gräben glatt überflogen habe. Besonders aber der Stachelbuck, ja, nicht jeder andere würde – –!

»Aber ich faßte meinen Hengst am Gebiß«, fabelte Theodor eifrig, »hockte mich fest und rief: heda, oder ich –!«

Jakob lachte nur. Er trug am wenigsten Schnee an den Hosen; er hatte also die Füße fast nie gebaucht; unzweifelhaft war er am besten gefahren. Doch damit prahlte er nicht, das verstand sich doch für ihn von selbst.

Wir banden die Schlitten wie Pferde an einen Weidenstamm und tasteten uns vorsichtig durch das Schilf auf den gefrorenen Seespiegel hinaus. Wo das Schilf wegen der Tiefe aufhörte, hackte Jakob ein Loch ins Eis, um die Dicke der Decke zu messen. Doch Theodor schwenkte die Arme und warf das Bein zu einem prächtigen Anlauf zurück, als wollte er allein die weite Fläche nehmen.

»Halt!« befahl Jakob, »wir müssen doch wissen, ob uns das Eis trägt.«
»Zehn Zentimeter müssen es sein«, betonte Joseph.

»Sechs und die andern für Hasen!« hänselte ihn Jakob.

»Das sind Dummheiten«, erklärte Theodor, blies in die Backen und flog hinaus.

»So versauf, du Narr!« machte Jakob und bohrte noch ein Weilchen weiter. Plötzlich gab er es auf und meinte mit jenem vornehmen Tone, mit dem er am Morgen sich schuldig bekannt hatte: »Ach was, wir wollen's nicht besser haben als der Große!« Sprach's, schwenkte die Arme wie eine Schwalbe, wenn sie vom ebenen Boden auffliegen will, bog seine schlanke Figur halb vor und glitt nun mit einem leisen, feinen eisernen Geräusch in die funkelnde Eisscheibe hinaus. Doch nahm er eine andere Richtung als Theodor.

»Wir wollen hier fertig bohren«, sagte Joseph, der dem gefrorenen See noch immer nicht recht traute. Binnen kurzem sickerte Wasser durch das vertiefte Loch herauf. Das Eis ging tiefer als mein Mittelfinger.

»Also doch ganz sicher«, sagte ich getrost, setzte mit den Schienen ein und zog frischweg in die Mitte hinaus. 145

5

Die Ufer wurden kleiner hinter mir, die Schilffelder verdünnten sich zu einer hellbraunen Linie, während das jenseitige Bord wie durch ein Vergrößerungsglas wuchs und immer deutlicher seine schwärzliche, von Stoppeln und Stauden spärlich bekleidete und von sumpfigen Wässerchen durchschnittene Figur enthüllte. Doch fuhr ich nicht näher, sondern nahm nun den Weg durch die Länge des Sees hinab. Im Schlittschuhlauf war ich unbestritten der erste von den vieren, sei es wegen der leichten und zähen Gestalt, sei es weil ich diese Kunst von früh an mit Leidenschaft geübt hatte. Immer rascher zog ich aus, immer heftiger nahm ich den Ansatz. Mir schien, ich fliege wie eine Seemöwe. Ein unbeschreibliches Behagen erfüllte mich. Das Gefühl, daß wir nur durch unsere Kraft und Geschicklichkeit so vogelleicht dahinschwebten, wirkte in uns eine unsägliche Freude aus, die sich nicht anders als in kurzen, grellen Schreien Luft machen konnte.

In dieser – ich kann nicht anders sagen – Berauschtheit meines zwölfjährigen Herzens raste ich den ganzen See wieder hinauf bis dorthin, wo er seine Fischflosse leicht seitwärts kehrt. Dieses kleine Stück See bildet gleichsam eine Bucht, die man vom offenen Wasser aus nicht erblickt und in die sich der Melzbach als Abfluß des obern Tales ergießt. In meinem Ungestüm war ich fast bis an das Schilf gefahren, als es mit einem Male unter mir krachte und sich zwischen meinen Beinen ein schneeweißer Riß bildete.

Gleichzeitig hörte ich das Gurgeln des Melzbaches, der ganz nahe unter der Eisdecke vom See aufgeschluckt wird.

Da fiel mir als erstes ein, daß der See hier, wo ich stand, tief und das Eis wegen des bewegten Wassers sehr schwach sein müsse; mich dünkte schon, indem ich das bedachte, daß die ganze Decke unter mir leise schwanke. Unverzüglich drehte ich mich, um zurückzufahren. Aber da krachte es zum zweitenmal und noch viel stärker, der Riß wurde breit wie ein Band und erschien jetzt grünlich, und hundert Verästelungen zweigten sich unter leiserem Geräusch, das wie ein Knirschen klang, von diesem Hauptast vorne und rückwärts in jener halb weißen, halb bläulichen Zeichnung ab, die jeder kennt, der schon einmal über gefrorene Gewässer fuhr. Die ganze Fläche drohte zu zerstücken. Ich fühlte sehr wohl, daß beim nächsten Schritt alle diese Stücke auseinanderreißen müßten.

Ohne weiteres Besinnen warf ich mich platt auf den Bauch, wie ich das aus den Erfahrungen der besten Schlittschuhläufer wußte. Noch einmal bei dieser Bewegung krachte es stark, dann nahm das unheimliche Geräusch ein wenig ab. Leiser wie von kleinen Scherben oder einer feinen Schraube tönte es unter mir. Ich schob, so behutsam und so weit als ich nur konnte, meine Beine und Arme auseinander, um die Last auf dem Eise zu verteilen. Meine Stirne dampfte von Angstschweiß. Wie ein Glockenschwengel an seine Erzschale, so schlug mir das Herz gegen die brüchige Eisdecke, auf die ich es preßte.

Bis jetzt hatte ich keine Zeit für die Angst gehabt, nun aber hatte die Angst, die schauerlichste Angst genug Zeit für mich. Sie erfaßte mich von oben bis unten wie eine Erstarrung, sie glich auf ein Haar dem Tode selber.

›Ich werde ertrinken!‹ sagte ich zu mir. Das war mein erster klarer Gedanke.

Doch gleichzeitig rutschte ich mit dem Instinkt des Lebens, das sich rauh oder schlau um jeden Preis erhalten will, sachte ein wenig vor. Es krachte stärker im Eise, und ich hielt inne.

Aber das tat ich unbewußt, und alle Geschicklichkeit, womit ich zuerst die Knie, dann die Arme, nun den Bauch vorschob und mit den Füßen sozusagen nachkroch, und alle Schlauheit, womit ich mich beim neuerlichen Krachen still zusammenduckte wie eine von der Katze berührte Maus, mich gleichsam tot stellend, ich sage, alles das war von mir weder bedacht, noch erkannt.

›Ich werde versinken‹, wiederholte sich in mir klar der frühere Gedanke, ›und ich versinke allein wegen der gestohlenen Münze.‹

Immer tiefer fühlte ich die Decke sich neigen und ich war fest überzeugt, das Gewicht des gestohlenen Geldes drückte mich so schwer nieder. Indem ich wieder zu rutschen versuchte und sich dabei das Knistern und leise Klirren unter mir mehrte, schwor ich bei mir ›Wenn ich da heil wegkomme, so laufe ich sofort heim und erzähle der Mutter alles und lasse mich abstrafen. O gerne, gerne, wenn ich nur da wegkomme!‹

Wieder kroch ich ein wenig vor, und diesmal war ich nun mit Aug' und Seele dabei.

Das Eis unter mir war wie Glas. Bald mehr blau, bald mehr grün, aber immer unheimlich dunkel blickte das Wasser darunter herauf. Wie tief das sein muß und wie morastig im Grunde! Mir deuchte, ich sehe einen Fisch heraufschwimmen, sich drehen, das Maul aufsperren und kopfüber wieder verschwinden. ›Ah, ah, der geht und sagt es den andern, daß sie Besuch bekommen!‹ blitzte es mir knabenhaft durch den Kopf.

›Aus solcher Tiefe wird man mich mit langen Stangen und Haken herauffischen. Endlich bleibe ich mit dem schmutzigen Wams an einer Gabel hängen. Der Landjäger, der zugleich Sargträger ist, wird mich mit dem Nachtwächter auf die Bahre legen, und da fällt das Geld heraus. Gott im Himmel! Es fällt auf die Straße, jedermann sieht es, auch der Lehrer, auch Jakob und Theodor, auch Agnes.‹

›Dem ist recht geschehen‹, würde der Landjäger sagen, ›seht, er hat ja einen Fünffränkler gestohlen!‹

Wenn das alle Leute hörten und Jakob und Theodor einander anschauten und flüsterten: ›Aha, darum hat er soviel für die Diebe geredet, der Dieb!‹ – o dann würde ich mich auf der Bahre noch schämen und, wenn ich könnte, sagen: ›Legt mich auf das Gesicht, ich kann euch nicht ertragen.‹

Gar oft hatte uns der Kaplan gesagt, in der Todesgefahr solle man das Auge ganz für die Erde schließen und nur noch ins Ewige blicken. Man müsse sogleich heiß um einen guten Tod beten. Und wir Schüler alle hatten das begriffen und für sehr leicht gehalten. Nun aber konnte ich gar nicht an die Überwelt sinnen. Mit doppelter Inbrunst mußte ich nun erst recht an dieses so schöne, so gute und so junge Leben denken, das jetzt nur noch an einem Faden hing. Ich wollte beten, aber für ein gutes Leben, nicht für einen guten Tod.

Aber statt eines frommen Spruches kam mir, ich weiß nicht wie und warum, der Vers vom Morgen in den Sinn:

>»Mit Arm, mit Fuß er rudert und ringt,
Der schwere Panzer ihn niederzwingt.«

>Jetzt ist es sicher, ich muß ertrinken! Deswegen hat man gerade heute dieses Gedicht gelesen und deswegen habe ich gerade diesen Vers vom Versinken hersagen müssen. O, – nun muß ich beten. Vater unser, der du bist im Himmel!‹

Wieder rutschte ich ein bißchen. Aber nun krachte es so entsetzlich, daß ich gleich mäuschenstill auf dem Fleck blieb und die Augen schloß, als wollte ich das Eis betrügen, oder wie so oft den Lehrer, wenn ich, bei einer Unart von seinem Auge ertappt, lammfromm vor mich hin ins Buch starrte: ›Herr Lehrer, ich bin's nicht gewesen.‹

Dann wieder wollte ich aufschreien. Doch wozu? Niemand konnte mich hier hören.

›Vater unser, der du bist im Himmel!‹ fing ich wieder an. Dabei dünkte mich, ich werde naß, wahrhaft, Wasser sickerte durch die gerissenen Spalten herauf.

Es hilft nichts, ich muß wieder rutschen! Ich klebte mich nun mit den Händen gleichsam an das nasse Eis und zog mich dann, ohne die Knie zu stellen, wie vorher, gestreckten Leibes einen Zoll weit vor. Wieder probierte ich es, indem ich die Arme so weit es ging, reckte, und siehe, es knisterte bei jedem Versuch weniger durch das Geäder des Eises. Wie ein Wurm wand ich mich so Zoll für Zoll vorwärts. Deutlich fühlte ich den Boden unter mir fester werden, die Spalten verloren sich. Zitternd versuchte ich es nun wieder mit den Knien, es ging. Nach einigen Minuten unendlicher Bangigkeit war ich schon vier Meter weit gekommen. Nun zog ich langsam und leise das eine Knie, dann das andere gegen den Bauch, erhob mich auf die Ellbogen und stand auf. Die Beine zitterten mir wie zwei Halme. Zurückblickend gewahrte ich einen trüben Wassertümpel an der Stelle, wo ich gelegen hatte. Ergrausend nahm ich einen Ansatz und jagte den See hinaus. Als

könnte die Spalte mir folgen, unter meine Schuhe fahren wie ein Blitz
und mich nochmals gefährden, raste ich unaufhaltsam über das Eis.
Dabei war mir immer noch, ich liege mit den heißen Wangen auf dem
Eis und höre das unterirdische Bohren und Knistern. Der Kopf tat mir
weh, unter meiner Schläfe summte und brummte es wie von einem
Neste Hornissen. In kleinen Bächlein rieselte mir der Schweiß aus dem
Haar in die Stirne. Ehe ich die Kameraden erreicht hatte, fühlte ich
mich noch nicht völlig gerettet.

Endlich erkannte ich Theodor und Jakob von weitem, jeden an der
Art seines Fahrens. Dieser war aus solcher Ferne wie eine Schwalbe, jener
wie ein Star anzusehen. Sie stießen eben von unserem Ufer ab und
machten den ›Zopf‹, indem einer die Linie des andern überschritt, so
daß die Geleise sich immer kreuzten.

Ungefähr in der Mitte des Beckens traf ich sie, den Mund voll von
meinem Abenteuer.

»Wie siehst du aus?« rief Theodor, »du bist ja ganz naß.«

»Er ist wahrhaft ins Wasser geplumpst!« rief Jakob lachend und öffnete dazu übermütig seine dichten, scharfen, gelben Zahnreihen. Zugleich
schnitt er eine haarscharfe Kurve um mich, die ich selber ihm kaum
nachgemacht hätte.

»Geplumpst!« Wie ernüchterte mich dieses Wort! So spaßig faßt man
meinen Todesschrecken auf!

»Das tut nichts, Fröschchen!« sagte Jakob wieder und rüttelte mich
an der Schulter aus meinem Staunen auf. »Machen wir jetzt den Dreier!«

»Hei, den Dreier!« schrie Theodor und setzte sich schon in Bereitschaft.

Der Dreier hieß in unserer dörflichen Eissportsprache jene Verschlingung der Gleise zu Dreien, die genau wie ein schöner, regelmäßig ge-
bundener Zopf aussah. Der hinterste Läufer mußte stets in einer weichen
Schleife die zwei vorderen Geleise überfahren. Diese Figur forderte, daß
man an der Spitze der Gruppe sehr langsam, am Ende sehr schnell, aber
überall durchaus verläßlich fuhr, besonders, wenn es sich traf, daß man
am zufahrenden Führer vor der Nase vorbeizog, sich beinahe mit den
Schuhen ineinanderhakend.

»Ich bin – ich habe – ich war –« stotterte ich fröstelnd.

»Bah, und wenn man auch mit einem Strumpf ins Wasser langt, man
ersauft doch nicht gleich, das geht gar nicht so leicht, das Versaufen«,
wiederholte Rex, mit besonderem Vergnügen beim letzten Gedanken

weilend. Meinte ja doch sonst jeder Narr, das Ertrinken geschehe nur zu schnell.

»Los einmal!« rief Theodor, der vor Ungeduld die Schuhe ins Eis hackte.

Das trockene Lachen, die nüchterne, alltägliche Art meiner Kameraden, wie sie mein ungewöhnliches Schicksal abtaten, es nicht einmal genauer erfahren wollten, mich sofort wieder ins Altgewohnte trieben – merkwürdig – das brachte mich im Nu aus der heiligen Stimmung von Furcht und Reue, worin ich mich noch vor einer Minute befunden hatte. Ich war wohl in einem schweren Traume gelegen, und wie man dann durch das viele Licht des Morgens und das Gelärm auf der Straße erwacht und sich über seine Erschrecktheit schämt, so wurde auch mir nun bei diesen Burschen, die nicht wie ich geträumt hatten. War ich wirklich in so großer Gefahr geschwebt? War ich nicht eher feige gewesen und hatte mich zu früh der Angst ergeben? Wahrscheinlich, sehr wahrscheinlich.

Als wir nun den glänzenden Dreier über die glatte Diele zopften, wobei ein jeder es dem andern an Eleganz zuvortun wollte und jeder spürte, wie wir drei zusammenpaßten, einander ergänzten und benötigten, als wären wir dazu eigens geboren, als ich wieder den gesunden Hauch fühlte, der über das Eis und die Wangen der Fahrenden fuhr und sie wie Äpfel im Hochsommer rötete, und als ich näher dem Ufer den verlassenen Joseph dort in den Stoppeln sitzen und sich ein verletztes Bein reiben sah: da fing ich an, verwegen zu fahren, die gefährlichsten, knappsten Furchen um meine Kameraden zu ziehen, es reizte mich, das harmlose Spiel möglichst verzwickt, das Leichte möglichst schwierig zu machen, kurz ich war berauscht, und zwar so heftig, wie es nur bei Leuten vorkommen mag, die in einem Schwächezustand schweren, wilden Wein trinken. Dem Leben und seinem Leichtsinn zurückgegeben, lachte ich über alles, was vorhin gewesen war, und kehrte ihm den Rücken.

»Was fehlt dem Joseph?« fragte ich Jakob, der eben die Schleife graziös um mich zog.

»Er ist umgefallen und – du weißt ja!« Spöttisch zeigte er nach dem weinerlichen Bürschchen, das sich so angelegentlich das Bein rieb.

Ich nickte großartig. »O ja, ihn tötet schon ein Floh!«

Doch als wir ans Land gingen, hinkte uns Joseph entgegen und behauptete, er könne unmöglich über den Melzberg heimgehen, das Knie schmerze ihn bei jedem kleinsten Schritt.

»Probier' es!« befahl Jakob.

»Ich kann nicht!« beteuerte Joseph.

»Du willst nicht«, beharrte Rex.

Joseph war ein bleich und kränklich aussehender, sehr eingezogener Junge. Ihm fehlte indessen nichts als Mut und Ausdauer. Der einzige verzärtelte Sohn der Krämerin Ilsig, schleckte er immer vom Zuckerzeug des mütterlichen Ladens. Seine Taschen enthielten eine Musterkollektion der dortigen Spezereien. Von Zeit zu Zeit plünderten wir sie gründlich aus. Joseph ließ es gutmütig geschehen. Er schmiegte sich immer an einen Stärkeren, früher an den mutigen Valens, nun nach seinem Hingang an den strammen Theodor, dem er von Herzen ergeben war. Josephs Betragen war so sanft und säuberlich, daß man ihn wohl oft ein Mädchen nannte, aber keiner wollte ihm übel. Wenn wir ihn ausgeplündert hatten und Theodor befahl: »Kehre die Taschen um!« so zog er die Futterzipfel mit einem so unschuldigen Lächeln heraus und sagte so mild: »Sieh nur, kein Brosame mehr!«, daß man ihn wie ein braves weißhaariges Kaninchen gern gestreichelt hätte.

Aber jetzt war weder Jakob noch ich selber gewillt, auf sein Knie Rücksicht zu nehmen. Doch da zog Theodor seine vielbeneidete Uhr hervor und sagte: »Halb fünf! Bevor wir zum Wald kommen, ist es dort dunkel wie in einer Kuh!«

Jetzt zog auch Jakob seine noch mehr beneidete Uhr hervor. Denn sie besaß zum übrigen noch einen Sekundenzeiger. »Nein«, gab er widerwillig zu, »über den Berg können wir nicht mehr. Donnerwetter, wer dachte auch, daß es so schnell Abend wäre?«

»Aber zu Fuß auf der Straße sind es drei starke Stunden, wißt ihr noch von dem Spaziergang der Schule her!«

»Da kommen wir eben um acht Uhr heim, was ist da weiter?« versetzte Rex gleichmütig.

»Aber ich kann nicht laufen, keine Viertelstunde weit«, wimmerte nun Joseph und hinkte mit dem Beine zur Bekräftigung. »Ihr müßt mich auf den Schlitten nehmen.«

»Und ich muß um sechs Uhr zu Hause sein«, wehrte ich mich nun gleichfalls.

155

156

»Du mit deinem Zuhausesein!« machte Jakob verächtlich, der in solchen Stücken eine unbeschränkte Freiheit genoß, über die meine Mutter sich oft aufhielt.

Da tat Theodor einen Luftsprung. »Ich weiß etwas!« schrie er wie verrückt und lief auf und davon.

»Ist er aus dem Häuschen?« lachte Jakob.

»Bravo, bravo!« Joseph klatschte nun in seine weißen, feuchten Mädchenhände. »Er holt einen Roßschlitten, bravo!«

Wirklich lief Theodor nach dem Stoppelhof.

»Der verdammte Kerl!« machte Jakob unwillkürlich vor Staunen und rannte ihm nach. Ich folgte. Weit hinten hinkte Joseph nach.

Als ich auf dem unsauberen Platze zwischen dem Stall und Gehöfte ankam, hatte Theodor das Geschäft mit dem Bauern bereits abgemacht.

»Solche Jungens, na!« brummte der alte, bärtige Mann, als er mich und weit hinten Joseph erblickte. »Habt ihr denn auch das Geld?«

»Da fragt man doch nicht!« sagte Jakob, stolz die Lippen aufwerfend.

»Aha, das ist der Kronenwirt!« sprach der Bauer und zeigte lachend einige schwarze Zähne zwischen Bart und Schnauz. Er ward nun um vieles zu traulicher.

»Also einen Franken zwanzig auf den Kopf! Und bis sechs Uhr ins Dorf!« bestimmte Theodor. »Seid ihr einverstanden?« Er richtete seine großen, blauen Augen zugleich mit den kleinen, verschmitzten des Bauern fragend auf uns.

»Das ist zu viel!« widersprach ich. Mich erschreckte der Gedanke, nun am Ende den Fünffränkler münzen zu müssen. Ich wollte ihn nicht, nie verlieren! »Wir sind ja nur Schulbuben – seht Ihr, und so leicht!« Ich schlenkerte die Beine zur Bestätigung meiner Behauptung.

»Wenn euch das zu viel ist, so geht zu Fuß, saker lott!« Mit diesen Worten drehte der Bauer uns den Rücken und ging zum Stall, wo der Knecht eben eine schöne tiefbraune Stute zum Schlitten herausführte. Die fetten Weichen des Pferdes zitterten vor Kälte.

»Führ' sie nur wieder hinein, August«, gebot der Bauer mit seiner unangenehm krächzenden Stimme, »die Burschen gehen zu Fuß.«

»Ich fahre, ich zahle!« schrie verzweifelt Joseph, der uns endlich erreicht hatte; er fiel dem Bauern in den Arm.

»Ich auch, ich auch!« sagten Jakob und Theodor.

Allein konnte ich und durfte ich den einsamen Weg nicht machen. Um sechs Uhr sollte ich ja auch heim gelangen. Die Mutter sah streng darauf. Es blieb mir nichts übrig, als nachzugeben. Wir legten das Geld auf die Bank neben dem Hause hin. Fast wagte ich nicht, mein Silber hervorzuholen. Doch es mußte sein.

»Donner, er hat einen Fünffränkler und mag nicht einmal einen Franken zahlen!« rügte Theodor lustig. »Wie geizig!«

Jakob aber schaute mich prüfend an.

»Nein!« entgegnete ich und wurde ganz rot um die Augen, »ich münze ihn nicht gern. Hat man ihn einmal vernickelt, so ist gleich alles heidi!« Das sagte ich wie ein Großer. So hatte ich nämlich den Nachtwächter oft reden hören, wenn er auf dem Zechtisch in der Sonne einen Taler wechseln ließ. War ich doch ganze Nachmittage bei Jakob in der Wirtsstube.

Niemand kann begreifen, was ich empfand, als der häßliche Bauer meinen silbernen Leopold prüfte, in der Hand wog, ob er wohl echt sei und dann sorgsam mit den groben Fingern in seinen großen, schmutzigen Beutel schob. Er hatte mir nur ein Silberstück und das übrige in Nickel aus den zusammengeklobenen Münzen meiner Kameraden zurückgegeben. Die ganze Westentasche hatte ich nun voll Geld, aber mir schien, das sei nicht mehr ein Zehnteil von jenem schönen, unwiederbringlich verlorenen Fünffränkler.

Erst als wir uns behaglich auf dem Schlitten zurechtgesetzt, die Knie ineinander geschmiegt und mit dicken Decken überlegt hatten, als die Peitsche knallte und in der tiefen Dämmerung des Winterabends die Bäume, die Hagstangen, die Heuschober Stück um Stück so rasch und doch so geräuschlos an der schmalen, bleichen Straße verhuschten, erst da wurde mir wieder traulicher zumute. Bald blies der Knecht, der uns fuhr, ein blaues Zigarrenwölklein über die rechte, bald über die linke Achsel. Eifrig schnappten wir danach. Denn wir liebten den Tabakrauch der Großen. Nun zündete der Fuhrmann die Laternen an beiden Wagenseiten an. Der Weg vor uns erschien jetzt gelb im Lichte, und der verschwommene Schatten des Pferdes schob sich darin wie ein schwarzes Ungetüm voraus.

»Er sollte mehr knallen«, meinte ich; der Wagenschlitten konnte mir nicht rasch genug fahren.

»Dummheit!« schalt Theodor voll großer Erfahrung. »Ein rechter Fuhrmann braucht die Geißel nie!«

»Ich ließe sie aber doch um die Ohren tanzen. Donnerwetter, das Roß müßte mir ganz zappeln, das ist ja eine Schnecke!« zürnte Rex.

Seine Lippe schwoll, und die Stirn erhitzte sich bei diesen Worten.

»Du würdest die Pferde bald kaput reiten«, entgegnete Theodor gereizt.

Der Knecht neigte sich seitwärts und horchte mit halbem Ohr. Aber es schien ihm zu gering, uns zu widersprechen. Er murrte nur zwischen dem Stengel etwas Unverständliches hervor und blies uns dann eine doppelt schwere Wolke ins Gesicht.

Wir fuhren nun über den sogenannten Graugrund, ein wässeriges Ried, das in der Dorfsage ein wichtiges Blatt ausfüllte. Hier schlüpfen nämlich nicht nur die Kindlein ins Leben hinaus mit noch unfertigen Ohrläppchen und zu kurzen, nassen Hemden und werden vom Storch ans Straßenbord getragen – nun, das glaubten wir inzwischen nicht mehr – sondern hier geistern auch jene herum, die unselig aus dem Leben gefahren sind und keine Grabesruhe finden können. Sie stecken bis an die Knie im Moor und leiden unbarmherzig vom Frost und von den Blutegeln. Hier und da klagen sie wie Unken, dann sind sie noch tief in der Strafe; wieder bellen sie wie Hunde, dann sind sie erst ins Leiden gekommen; und manchmal pfeifen sie nur leise wie ein junges Vögelchen, das noch spärlich gefiedert ist, aber doch bald fliegen kann, die sind der Erlösung schon ganz nahe. Dann soll man den Hut abziehen und für ihre geplagte Seele ein Vaterunser beten.

Das glaubten wir noch halb und halb. Und wir fürchteten uns mit Ausnahme Jakobs, der seine scharfen Augen beständig in die schwärzlichen Gründe schickte. Joseph verkroch sich immer tiefer zwischen den Beinen seines Schützers Theodor.

»Auf dieser Wiese, dort bei der Esche, habe ich einmal den Morlibub gesehen«, sagte Theodor etwas großhansig.

»Hilf Gott, den Morlibub!« rief ich und war daran, das Kreuz zu schlagen. Denn dieser trunksüchtige, tückische und seiner Unehrlichkeit wegen allseitig gemiedene Bursche war vor einem Jahre an einem stürmischen Fieber gestorben, ohne Priester und Gebet, und die Leute behaupteten, seine Leiche sei gleich ganz schwarz geworden. Niemand durfte in den Sarg blicken, der Kopfschieber daran war zugenagelt.

»Hör' auf, Theodor, ich fürchte mich!« flehte Joseph und rutschte noch tiefer zwischen seinen Knien herunter. Der Wind erhob sich ein wenig und bewegte die Halme des Rieds leise.

Jakob machte das Gesicht eines Zweiflers.

»Wie war es denn?« fragte ich mit jener Neugier der Furchtsamen, die zu wissen wünschen, was sie grausen macht.

»Er hat mit einer glühenden Zange die Steine aus der Wiese dort drüben gelesen. Als Knabe warf er ja immer Steine in die Felder, daß die Sensen splitterten.«

»Ja, das tat er«, bestätigte ich, obwohl ich nie eine Spur davon gesehen hatte.

»Dreimal lief er um jeden Baum, dreimal warf er die Zange ins Gras«, log Theodor aus Gehörtem und Geträumtem weiter. Unser Schrecken mehrte seinen Mut. »Ja, dreimal, sag' ich und lüg' nichts dazu! Aber sogleich wieder mußte er sie aufnehmen. Das brannte, sag' ich euch!«

»Kann sein«, bemerkte geringschätzig Jakob, »aber der Schloßvogt Michael –«

»Der vor tausend Jahren?«

»Vor tausend oder zweitausend Jahren, das weiß ich nicht mehr genau, 162 hat er unser Dorf regiert. Alles hat ihm gehört.«

»Ja, das Korn hat er uns Bauern zusammengeritten, zwanzig Jagdhunde hat er mit sich hineingesprengt«, grollte Theodor.

»Es war ein großartiger Herr!« schloß Jakob fast bewundernd.

»Hast du ihn gesehen?« fragte ich heftig.

»Sah ihn! Er bog das Schilf auseinander und stand bis hierher, wo ich den Gurt trage, nackt im Wasser. Am ganzen Leibe hingen ihm Blutegel und sogen an ihm. Aber die Toten haben kein Blut, und die Egel, die doch durstig waren, bissen sich darum immer tiefer in ihn hinein. Der Vogt drehte sich um und schüttelte sich vor Schmerz. Aber kein einziger Blutegel fiel weg. Die Arme waren ihm über den Kopf hinauf festgebunden. Man sagt, so viele Menschen habe er gequält, als ihn Blutegel beißen.«

Joseph verhielt sich die Ohren.

»Hast du mit ihm geredet?« fragte ich.

»Alle guten Geister loben den Herrn!«

»Das hast du gerufen?«

»Und mich schnell bekreuzt!«

»Horch!« Theodor legte den Finger an den Mund.

Wir hielten den Atem an. Ringsum war es totenstill.

»Habt ihr's auch gehört?« fragte der Walomer.

»Wie ein Schwein hat's gegrunzt, nicht?« sagte Rex und blinzelte 163 Theodor mit dem einen Auge seltsam zu.

»Gerade so! Schon wieder!«

Nun glaubte ich, es auch gehört zu haben, gerade wie ein Schwein.

»Ist es nicht, als reite da jemand hinter uns?« fragte Jakob wieder.

Ich wagte nicht, hinter mich auf die leere Heide zu schauen. Aber auch mir war jetzt, es töne Pferdegetrappel im Rücken. Alle Luft dünkte mich von Spuk und Gesichtern voll. Erleichtert atmete ich auf, als wir endlich von ferne die Lichter des Dorfes erblickten. Damit niemand von unserer Fahrt wüßte, ließen wir den Knecht vor den ersten Häusern halten und stiegen aus. Eben schlug es dreimal mit der kleineren Glocke vom Turme. Es war noch ein Viertel bis sechs. Das freute mich.

Theodor begleitete seinen Joseph heim, ich aber sprang schnell über den Kirchplatz zu unsrer Wohnung neben dem Schulhaus hinunter. Doch schon im Hausgang wurde mir wieder schwer. Ich fühlte, daß ich wieder in den Schatten meiner Sünde trat.

Auf halber Treppe sah ich oben die Mutter vor der Mädchenkammer stehen und sich an die Türe lehnen. Sie wandte sich nach mir und machte: »Pst!«

Ich erschrak. Was war los?

»Elschen hat wieder einen Anfall gehabt«, flüsterte die Mutter und ergriff mich an der Hand. »Gottlob, das Kind schläft jetzt schon zwei Stunden, das tut ihm gut.«

Immer noch an ihrer Hand trat ich in die Eßstube, wo Paula bei einem Kerzenlicht Kartoffeln schälte. Meine Schwester hatte verweinte Augen. Zuweilen tropfte noch eine kleine Träne in die Schalen.

Nun ließ die Mutter meine Hand los und musterte mich wie jedesmal, wenn ich lange fortgeblieben war, vom Kopf bis zu Füßen, als wollte sie sich versichern, ob sie den gleichen Buben zurückbekommen habe.

Ich hielt den Blick mühsam aus und fragte: »Aber, was ist mit Elschen? Es war schon mittags – hat die Influenza –«

Die Magd öffnete die Türe und rief der Mutter.

»Sage doch, Paulchen!« schmeichelte ich.

»Als du kaum weg warst, hat sich Elschen erbrechen müssen«, erzählte die Schwester und war nahe daran, wieder zu weinen. »Wir legten es ins Bett. Da wurde es ganz rot und heiß. Bald fing es an so – ach so dummes – nicht schönes Zeug zu schwatzen –«

»Und dann?« fragte ich ängstlich. »So höre doch auf zu weinen und sag' mir, was dann?«

»Dann kam der Doktor – der Doktor!« Sie sperrte den Mund und die Augen auf, so weh tat ihr das Verschlucken der Tränen.

»Paulchen, was hat er gesagt?«

»Ein fremdes Wort, ein französisches, ich kann es nicht nachsprechen.
Er redet ja nie deutsch.« Sie schluchzte.

»Aber er muß doch sagen –«

»Er sieht die Sache schwer an, behauptet die Mutter.«

»Wenn es nur nicht die Cholera ist!« sagte ich. Von ihr hatte ich viel Schlimmes gelesen. Sie allein hielt ich für eine böse Krankheit.

Die Mutter kam nicht zum Nachtessen. Paula und ich blieben allein und redeten und aßen wenig. Einmal holte die Magd schnell wollene Tücher aus der Kommode, die zwischen den zwei Fenstern stand. Mich wurmte schwer, daß ich Elschen heute einmal rauh angefahren hatte.

»Ist Elschen erwacht?« fragte ich die Magd.

Barbara nickte.

»Und?« fragte ich leiser, im Glauben, man dürfe selbst hier nicht mehr laut reden.

»Wir müssen sie in nasse Tücher wickeln.«

»Darf ich –« ich sprang sogleich hinter der Magd her.

»Werdet ihr dableiben! Potztausend, der Doktor hat es streng verboten, hinaufzugehen.«

Paula und ich ließen die Teller halbvoll stehn und setzten uns auf das niedrige Ofenbänklein in der Ecke. Dies war unser Privatstübchen, der Ort, wohin wir uns immer begaben, wenn wir schmollen, grollen, weinen, eine Schlauheit aushecken, uns heimlich hinter der Mutter ausschmähen oder auch miteinander besonders lieb tun wollten. Zwischen Ofen und Wand zog sich der lauschige Winkel in die Ecke und konnte gegen die offene Stube mit einem geblümten Vorhängchen abgesperrt werden. Wie viele heimliche Zänkereien hatten wir da ausgefochten, wie manches Geschichtlein uns erzählt, wie oft einander hier die Schulaufgaben aufgesagt! Und wie oft hatte ich da meine beiden Schwestern durch die ungeheuerlichsten Drohungen eingeschüchtert, um ihnen in Zukunft das Ausplappern meiner Streiche zu verleiden! Wie oft aber auch hatten wir da in der Dämmerung getuschelt und gelacht und solche Dummheiten getrieben, daß es gut war, wenn der Winkel nie eine Silbe davon verriet. Daß er für uns drei kaum Raum bot, machte ihn in unsern Augen nur noch wertvoller.

Jetzt war uns selbst in dieser Enge zu weit und fürchterlich leer. Elschen fehlte ja. Wir fühlten uns sehr vereinsamt und wußten nichts zu tun, als dann und wann die Köpfe zusammen zu stecken und zu flüstern: »Du, wenn's nur bald bessert!«

»Ja, wenn's nur bald bessert!«

Plötzlich fuhren wir zusammen. Ein lauter Schrei ertönte, ein zweiter, dritter! Paula preßte sich fest an mich.

»Heireli, was ist das?«

»Elschen stirbt!« rief ich. Wir fingen an bitter zu weinen über das sterbende Schwesterchen. Unser Haar und unsere Tränen vermischten sich.

»Sie war so gut, viel besser als wir zwei!« klagte und lobte Paula.

»Viel besser! Weißt du noch: der rote Ball!«

»Ja, sie hat ihn dir für den grauen gegeben, der gar nicht mehr hoch sprang.«

»Und sie hätte doch den roten auch lieber gehabt«, betonte ich.

»Nichts behielt sie für sich, die Gute!«

Darauf ergingen wir uns in neuen, heftigen Tränen.

»Horch!« Paula legte den Finger ans Ohr.

»Es ist nichts!« machte ich.

»Ich hatte es doch gehört, es weinte jemand da draußen.«

»Wollen wir nachschauen?« fragte ich, die Hand Paulas vom Arme lösend. Es war nun sehr dunkel in der Stube, denn die Magd hatte die Kerze mit sich genommen. Nur die Fenster blickten heller von den benachbarten schneeigen Dächern und dem lichten Winterhimmel.

»Bleib, Heireli, bleib!« flehte mich das Schwesterchen an und krampfte meinen Ärmel verzweifelt am Ellbogen.

Wir schmiegten uns fest zusammen. Zuweilen ertönten gedämpfte Schritte über der Diele, zuweilen krachte es in der holzigen Tafelwand. Die Gesichter mit den vertrockneten Tränen, Wange an Wange, schliefen wir unmerklich ein.

6

Elschen war nicht gestorben. Selbst kleine und zarte Mädchen sterben nicht so geschwind. Ich stellte mir nach dem Bilde, das mir der Kaplan am Namenstag geschenkt hatte, so etwas wie einen Wind vor, der da nur ein Flämmchen auszublasen habe. Aber Elschens Flämmlein hielt noch so fest am jungen Wachs seines Lebens, daß es wohl hitzig hin- und herflackerte, auf- und niederging, aber noch lange nicht erlöschen wollte.

Nach zwei Tagen waren die ärgsten Fieber vorbei. Das liebe Kind lag nun totenbleich und wie ausgebrannt in den weißen Kissen. Nur die Augen, die jetzt für ein so kleines Kind viel zu groß und angelweit aufgesperrt schienen, glühten noch eben mit jenem Lichtlein, das der Tod nicht auszublasen vermochte.

Ich und Paula gingen am Montag mit traurigen Gesichtern in die Schule, teils aus wirklicher Geschwisterliebe, teils auch aus kindlicher Wichtigtuerei. Denn es ist doch wichtig, ein tiefkrankes Schwesterchen daheim zu haben, wichtig, einen schwarzbefrackten Doktor täglich morgens und abends mit seinem Schimmel und seiner Kutsche vors Haus fahren zu sehen, vor allem aber wichtig, wenn der Lehrer in der Mitte zwischen Knaben und Mädchen steht, die trübe Brille putzt, sich feierlich räuspert und dann, den Blick schmerzlich auf den leeren Platz unseres Schwesterchens werfend, langsam sagt: »Kinder, unsere liebe Schülerin von der vierten Klasse, das brave Elschen Walter, ist schwer 169 krank. Betet, daß es bald wieder gesund wird! Besuchen dürft ihr es jetzt noch nicht. Aber dem Heireli könnt ihr euere Grüße und guten Wünsche mitgeben.« Und wichtig war es nun, wie alle Knaben und Mädchen auch auf den leeren Stuhl blickten, wo Elschen sitzen müßte, wenn es nicht krank wäre, mit seinen roten Puffärmeln, dem schlanken, geraden Hals und dem tiefbraunen, mit einem schildpattenen Kamm zusammengehaltenen, alles überflutenden Haar.

Paula wurde bei den Worten des Herrn Philipp Korn puterrot, ich aber lehnte mich in die Banklehne zurück und nahm mit souveräner Miene das Tuscheln und die vielen lieben Blicke als kameradschaftliche Teilnahme entgegen.

Die Krankheit Elschens hatte mich ernst gestimmt. Am Bette dieses Kindes mit den unschuldigsten Augen der Welt war ich mir so recht über meine Schuld klar geworden. ›Ist es etwa meinetwegen erkrankt?‹ fragte ich mich häufig. ›Kann es am Ende gar nicht mehr gesund werden, bis ich meinen gestohlenen Fünffränkler wieder zurückgestellt habe? Wohl möglich! Man hat auch schon derartiges erzählt, daß oft Unschuldige für Schuldige leiden.‹ Dieser Gedanke aber war mir von allen der furchtbarste.

Ich beschloß nun, täglich den Fünfer für das Brötchen auf die Seite zu legen. In der Woche macht das dreißig Rappen, in vier Wochen gerade hundertzwanzig Rappen aus, also genau, was mir zum vollen 170 Fünffränkler fehlt. Nach vier Wochen werde ich mit den Münzen zum

Stoppelbauer gehen und den Fünffränkler umwechseln. Wenn er ihn dann nur noch hat! Denn mich dünkte, es müsse der ganz gleiche Taler sein, den ich gestohlen habe, sonst sei mein Vergüten doch kein volles Vergüten, es bleibe immer noch ein bedeutender Rest Schuld, den man nur mit jenem silbernen Leopold ganz hätte tilgen können. Mir stand das Haar zu Berge, wenn ich mir vorstellte, der Stoppelbauer gebe inzwischen dieses unersetzliche Silber aus. Daß doch die vier Wochen rasch verstrichen!

Mit diesem Taler wollte ich dann zur Mutter gehen und sagen: ›Mutter, da ist das gestohlene Geld. Schlag mich, aber verzeih mir!‹

Standhaft hatte ich bereits vierzehn Tage hindurch gespart. Schon lag ein ansehnliches Häufchen Fünfer beisammen. Ich hatte meine Not, sie gut zu verstecken. Während des Tages trug ich sie in meiner rechten und linken Westentasche, am Abend band ich die vielen Batzen in mein Nastuch und legte den Schatz wie ein Geizhals unter mein Kopfkissen. Oft griff ich beim Erwachen schnell danach, um mich zu vergewissern, ob mein Diebstahl nicht auch gestohlen worden sei.

Wenn um zehn Uhr die Schüler zum Bäcker in die Krone liefen und mit den frischen, braunrindigen, oft noch dampfenden Brötchen zurückkamen, und wenn ich dann meine Kameraden mit ihren braunen Zähnen hineinbeißen sah, dann lief mir die Gier heiß über die Zunge, und zweimal mehr als sonst hungerte ich. Aber ich blieb fest. Oft mußte ich mich vor Paula verstellen, damit sie nicht merkte, daß ich gar nie mehr das Pausebrötchen kaufte. Dann kaute ich heuchlerisch und gab vor, wie das Brot doch heute vorzüglich schmecke.

»Ja, heute ist es sicher in Butter gebacken«, sagte mir einmal Paula nach einer solchen Verstellung. »Willst du noch ein wenig von meinem Brötchen?«

Sie hielt mir die Hände von der Schürze verdeckt entgegen.

»Nein, danke«, log ich, »ich habe selber noch das halbe in der Tasche.« Dabei verzehrte mich der Hunger.

Da streckte das Mädchen mir lachend die leeren Hände unter dem Tuch hervor. »Soviel könnte ich dir nämlich geben, nur soviel!«

»Soll ich mein halbes mit dir teilen?« sagte ich nun mit einer Frechheit, die ich sofort bereute. Ich griff an die Tasche, als wollte ich den Rest hervornehmen. Aber ich zitterte, daß Paula ja sagen könnte.

»Nein, nein, ich machte nur Spaß, ich bin ganz satt!« sagte die Schwester, und ich atmete wie aus einer großen Gefahr entronnen auf.

Eines Tages sagte mir Jakob: »Komm auch! Heute haben wir Zwieback!«

»So!« machte ich.

»Warum kaufst du keine Brötchen mehr? Meine Mutter sagt, sie sehe dich gar nie!«

Verlegen stotterte ich etwas wie: ›Ich weiß selber nicht, ich habe keinen Hunger am Vormittag, ich kaufe schon wieder‹, und so weiter.

»Dummheiten, wenn einer einen Fünffränkler wechseln kann! Jetzt komm.« Damit faßte er mich unter dem Arm und zog mich vor das Fenster der Bäckerei, die seinem Vater gehörte. Er klopfte gebieterisch ans Schiebfensterchen: »Fritz, zwei Zwiebackbrötchen!«

Der Geselle im weißen Schurz, das lange Haar an den nackten Armen mit Mehl bestäubt, wollte sogleich dem Sohne des Hauses willfahren.

»Ich nehme keines«, schrie ich so laut, als handle es sich da für mich um etwas Gefährliches. Ein Zwiebackschnittchen kostete nämlich zehn Rappen.

»Gut, so nehmen wir eines zusammen«, befahl Rex, »soviel wirst du doch aushalten – oder?«

Er warf einen Zehner aufs Gesimse und nahm eines der zwei Brötchen und biß hinein. Dann hielt er es mir hin.

Für mein Leben gern aß ich Zwiebackschnitte. Diese da aber war so eiergelb und duftete da, wo Rex abgebissen hatte, so köstlich nach frischer Butter, daß ich, vom Gelüste übernommen, gleichfalls einen Bissen nahm. Dann biß Jakob wieder ein Stück weg, und so wechselten wir ab, ohne daß einem vor dem andern geekelt hätte, bis ich noch den Rest kriegte.

»Fünf Rappen!« heischte Rex nun, der es in Geldsachen wie alle Knaben unseres Alters sehr genau nahm.

Ich griff in die Weste und gab ihm den Fünfer. Aber augenblicklich kam ich mir wie ein unverbesserlicher Verbrecher vor. Dieser verkrämerte Fünfräppler wog in meinem Gefühl so schwer, wie nur jeder Fünffränkler. Als ich heimging, hatte ich die mutige Zuversicht verloren, die mir die vergangenen Wochen hindurch so wohl getan hatte. Ich kannte noch nicht die moralische Bedeutung von einem Rückfall, aber ich fühlte das Häßliche und Beschämende davon doch sehr deutlich. Auch verdroß es mich unbeschreiblich, daß ich nun an jenem Samstagnachmittag, an dem ich zum Stoppelbauer gehen wollte, erst vier Franken und fünfundneunzig Rappen beisammen hätte, also gerade diesen verplemperten Fünfer zu wenig. Und dessentwegen mußte ich dann eine volle Woche länger warten. Denn nur am Samstagnachmittag hatten wir frei.

Indessen war meine Schwester, wie mich dünkte, fast genesen. Sie trug keine roten Fieberflecken mehr auf den Wangen gegen Abend, wie vorher immer noch. Nein, das hatte aufgehört. Sie sprach wieder wie früher, nur etwas leiser und langsamer. Nichts tue ihr weh, sagte sie lächelnd. Dennoch aß sie beinahe nichts, ihre Lippen waren immer so trocken und zerrissen, und man mußte Elschen stützen, wenn es am Nachmittag ein Stündchen aufstehn und an der Sonnenseite der Stube, am wohlverriegelten Fenster sitzen wollte, das auf den grünen Kirchplatz sah. Wir lagerten uns dann um Elschen herum und erzählten, wie es heute in der Schule zugegangen sei, welche Mädchen aufsagen, welche an der Tafel rechnen, welche vorsingen mußten, welches den Aufsatz am besten gemacht habe, welches bestimmt sei, diese Woche die Tafel abzuwaschen und die Stube auszukehren. Und jedesmal fügte ich noch bei, welches Mädchen heute Schläge bekommen habe, und wollte in meiner bübischen Rauhigkeit gar nicht merken, wie wenig angenehm Elschen diese letzte Mitteilung war.

Von den Knaben erzählte dann Paula, denn ich galt als parteiisch. Ich rühme den Jakob zu sehr gegen den Theodor, tadelten meine Schwestern. Elschen aber wie alle kleineren Mädchen hatte viel mehr Gefallen an Theodor. Er kam ihnen wie der Erzengel Michael auf dem Altarbild unserer Kirche vor, dem er in der Tat im Gesichte und in der Haltung auffallend glich. Wenn er im vollen Golbgelock seines Hauptes, mit den sprühenden, blauen, aber so treuen Augen vor der Klasse stand, ein Bein ritterlich vorgestemmt und einen Arm in die Hüfte gespannt, und dann mit seiner hell erschallenden Stimme rief: »Heraus mit dem Georg, wenn er kein Zopf sein will, heraus mit dem Scheiwesepp! Heraus mit dem Helsenmarkus!« dann staunten diese Kleinen still und andächtig ihn an. Wenn er aber rief: »Heraus mit dem Jakob!« dann jubelten sie unbändigen Beifall.

Die größeren Mädchen dagegen schwärmten heimlich für Jakob. Sie erkannten in ihrem reifern Sinn, daß Jakob fähiger, klüger und selbst noch körperlich anmutiger sei. Seine schlanke, unendlich biegsame Gestalt, das zarte Rot seines schmalen Angesichts, das verhaltene Feuer seiner Augen, seine geschickten Worte und etwas Unsagbares, Gefährliches und sehr zu Fürchtendes in seinem Wesen, das lockte diese schon

103

von allen möglichen weiblichen Ahnungen erfüllten Jungfrauen weit mehr, als die gesunde, tiefgebräunte, kräftige Schönheit des Walomer und seine überstürzende Kraft. Doch mein Elschen und auch Paula zählten sich noch nicht zu diesen weisen Jungfrauen.

Wurde nun erzählt, wie die zwei wieder gerungen hätten, und fügte Paula wie gewöhnlich hinzu, daß Theodor diesmal sicher gewonnen hätte, wenn nicht der Lehrer zu früh dazugekommen wäre, dann lächelte Elschen mit einer innigen Zufriedenheit. Während aber früher ihr Lächeln das ganze Gesicht von der Stirne bis zum Kinn ergriffen hatte, lächelte jetzt nur noch ihr Mündchen. Daran erkannte ich, daß mein Schwesterchen immer noch krank war; doch auch daran noch, daß sie schon in einem kurzen Satz innehalten und rasche Atemzüge tun mußte, wie ein Vögelchen während des Trinkens.

Am Freitag der vierten Woche – zum Taler fehlten mir nur noch zwei Fünfer – blieb Elschen zu Bette. Schon gestern war ihr minder wohl gewesen. Der Arzt behauptete, das Wetter sei schuld daran. Denn seit drei Tagen hatte die strenge Kälte dem Föhn weichen müssen. Der Schnee schmolz in einem Tage vom Millionär zum Bettler zusammen. Die Dächer rauschten von kleinen Bächlein, über den Hügel hinunter liefen die Quellen wie kleine Flüsse, die ganze Natur sah wie aus der großen Wäsche gekommen aus. Bei solchem Witterungswechsel, flüsterte uns die Magd zu, entscheide sich eine Krankheit gerne zum Bösen oder Guten.

Elschen klagte, daß sie wieder Schwindel habe, schon, wenn sie nur über das Bett hinausschaue. Sonst sah sie aus wie immer. Wir spielten um ihr Bett. Berta Walomer war da, und mit ihr war Theodor gekommen, der mit täppischer Hand Elschen über das seidenfeine Haar strich und immer sagte: »Krank, so krank!«

Meine Mutter brachte einen Teller voll Mandeln und Zitronensternen, die Elschen mit heißen Blicken ansah, aber wovon sie kein Krümchen kosten durfte. Während nun Berta eifrig aß, rührte Theodor nicht eine Mandel an.

»So nimm doch«, ermunterte ich ihn und stieß ihn an.

»Darfst du wirklich keine essen, Elschen?« fragte Theodor und bemühte sich nach Kräften, seine laute Stimme zu bändigen.

»Nein, Thedi, iß du die meinigen!« bat Elschen.

»Also!« machte Theodor und nahm nun hie und da ein Stück vom Teller. Aber ich sah genau zu, wie er es eine Weile in der hohlen Hand barg und dann unbemerkt, während er dazu hustete oder sich schneuzte, in der Tasche verschwinden ließ. Ach, er wollte sie aufheben und dann einmal mit Elschen essen. Ich erzählte es hernach den Schwestern. »So etwas wäre deinem feinen Jakob nie in den Sinn gekommen«, meinte Paula. Elschen aber lächelte, und diesmal spielte die Freude nicht bloß um ihre blassen Lippen, sondern färbte ein bißchen sogar die Nasenspitze und drang in die großen Augen. Sie lächelte wie in gesunden Tagen.

Berta erzählte, ihre Base im Bezirksort sei gestorben, und die Eltern, das heißt der Vater und die Stiefmutter, würden erst abends spät von der Beerdigung heimkommen. In unserer gesunden, kindlichen Unbefangenheit fiel keinem ein, daß ein solches Gespräch an diesem Bett unpassend sei, am wenigsten Elschen selber. Denn sie fragte nun sogleich: »Würdet ihr gerne sterben?« Dabei schaute sie uns alle zugleich an.

»Ich nicht«, fiel ich vorschnell ein. Bevor meine Fünffrankengeschichte nicht geregelt war, wollte ich überhaupt nicht sterben, und auch nachher noch ziemlich lange nicht.

»Wenn man wüßte«, bemerkte altklug die strenge Berta, »daß man nachher gleich einem Engel in den Arm fiele, ja, dann schon!«

»Das weiß man aber doch nicht!« bestritt ich.

»O ja doch, das weiß man!« lispelte Elschen.

Sie schloß glücklich die Augen, denn sie erinnerte sich, wie gestern der Pfarrer gekommen; wie man darauf alle Türen zugetan, so daß sie mit dem freundlichen Geistlichen ganz allein war; wie sie ihm dann das kleine Büchlein ihres Lebens ausplauderte, mehr Dummheiten als Sünden, mehr Unwissenheit als Übelwollen. Jetzt war ihr sehr wohl. Sie wußte, daß der liebe Gott alles verziehen hatte, selbst jenen bösen Augenblick, wo sie den Finger ins Honigschüsselchen getaucht und zweimal – oder war es dreimal? – sie will lieber sagen dreimal – daran geschleckt hatte. Längst hatte sie das der Mutter gebeichtet. Doch nun wußte auch der Pfarrer alles, nun hatte es keine Not mehr, nun war ihr wirklich leicht, so leicht, als zöge sie in einem durchsichtigen Wölklein durchs Blaue hinauf und immer noch höher hinauf. Engelchen sah sie bis jetzt noch keine, aber sie glaubte doch hinter der Tapete und mitunter neben dem Bette und zwischen dem gefalteten Vorhang hervor ein süßes Kichern und Summen zu hören, wie von Geisterchen, die sicher sehr bald etwas von ihrem himmlischen Wesen sehen lassen würden, sei es ein goldenes Haarschöpfchen, sei es einige Federchen von den kurzen, spitzigen Flügeln, mit denen sie an der Kirchenwand gemalt sind.

»Und du, Thedi«, fragte Elschen und strengte sich an, ihm ins Gesicht zu schauen, »möchtest du auch nicht sterben?«

»Was denkst du, ich?« antwortete Theodor bestürzt, »was soll dann aus dem Zuchtstier werden, der sich nur von mir füttern läßt? Und meine zwei Geißen, wo sollen die hin? Ich habe doch jetzt nicht Zeit zu sterben, ich - nein, Elschen - du lachst mich aus, aber -«

Elschen lächelte wirklich.

»Da sieh einmal unsern Tyras an! Wenn ich nur einen halben Tag fort bin, heult er zum Erbarmen.«

»Das ist wahr«, gestand Berta.

»Auch muß ich später für den Vater auf den Viehmarkt gehen und Rosse kaufen; und, eja! ins Militär muß ich auch, zur Kavallerie, die reitet, ja, ja, das muß ich, siehst du, es geht schon nicht anders!«

Elschen hatte noch etwas auf der Zunge. Sie bedachte sich ein wenig, wurde rot, aber sagte dann rasch: »Aber, Thedi, mit mir sterben?«

»O mit dir sterben«, erwiderte statt des Knaben Schwester Paula, »sogleich wollte ich das!« Sie stand Theodor gegenüber auf der anderen Bettseite und schmiegte sich zärtlich an Elschen.

»Du wirst auch nicht sterben, dummes Zeug, so zu reden!« polterte Theodor nun und fuhr ihr wieder über das Haar, was sie nicht ungern zu leiden schien.

»Nein, wer denkt denn auch ans Sterben? Die Base, mußt du wissen, war schon zweiundachtzig Jahre alt. So ein junges Vögelchen läßt man doch nicht schon ausfliegen!«

Überrascht blickte ich Theodor an. Woher hatte er dieses wunderbare Wort?

Der rauhe und doch feinfühlige Bube merkte sogleich, wie sich eine leise Traurigkeit wie ein durchsichtiger Schleier über das kleine kranke Gesicht legte, und fügte darum unmittelbar bei: »Aber wenn du und ich nach vielen Jahren einmal miteinander sterben dürfen, dann nehmen wir doch den Tyras mit. Man weiß ja nie, was einem auf dem Weg passieren kann.«

»Aber er dürfte nicht bellen«, bemerkte Elschen freudig.

»O er wird artig sein. Schau', ich machte nur so -« er hob den Zeigefinger - »und der Hund kriecht mir vor die Schuhe.«

»Ja, das ist wahr«, bestätigte Berta streng und beinahe zornig, weil alles so richtig war, was der Bruder sagte und sie in nichts widersprechen konnte.

»Aber ich würde doch gerne sterben«, seufzte Elschen, ohne irgend zu wissen, was eigentlich leben und was sterben heißt. »Ich würde euch dann zuschauen vom Himmel herab am Abend, ja, ja, durch den Abendstern wie durch eine Brille. Und ich würde schon sehen, was ihr treibt!« schloß sie vergnügt und schier ein wenig schlau, indem sie dachte, wie sie uns etwa auf einer Heimlichkeit ertappe.

Bei diesen Worten schrak ich zusammen wie von einer Wespe gestochen. Ah, sie würde wahrhaft wie jeder Geist alles sehen hier unten auf Erden, nichts könnte man mehr geheim halten. Wie ich das gestohlene Geld in der Tasche herumtrüge, wie ich es nachts unter das Kopfkissen schöbe, alles sähe sie. Die ganze Dieberei läse sie mir dann aus dem Herzen, denn diese Geister sehen auch in die letzte Falte der Seele hinein. Nein, das durfte nicht sein, Elschen mußte leben, wenigstens, bis ich kein Dieb mehr war. Morgen ist Samstag, da gehe ich über den Melzberg zum Stoppelhofer und er muß mir bei Gott und Seligkeit den Belgier wieder geben. Es fehlen mir nur noch fünf Rappen daran. Die will ich ihm vierfach nachzahlen, wenn ich nur jetzt, um Gottes willen jetzt das Silber zurück bekomme!

Das Kind fühlte sich sehr müde, als der Besuch ging. Es schlief fast den ganzen Abend, und wenn es die Augen offen hielt, schien es immer noch zu schlafen, oder es war so zerstreut oder versunken, als lebe es in einer anderen Welt.

Am Samstag kam mir die Mutter sehr ernst vor. Der Pfarrer und der Doktor waren schon früh beim Schwesterchen gewesen. Auch der Lehrer Philipp Korn kam noch rasch vor Beginn der Schule, und als er zu uns in die Lehrstube trat, blickte er zuerst auf mich mit einem seltsam roten Auge. Ich sah, daß er mir etwas sagen möchte, aber etwas, was er ebenso ungern sagte, als ich es ungern anhörte. ›Wenn er nur nicht zu meiner Bank herunterkommt‹, dachte ich, ›wenn er nur nichts sagt! Es ist sicher nichts Gutes!‹ Philipp Korn schwieg denn auch.

Aber in der letzten Stunde, da wir ein kriegerisches Gedicht von Körner deklamieren sollten, schlug er das deutsche Lesebuch zusammen und fing an, uns Geschichten zu erzählen, was er sonst nur zweimal im Jahre tat: am Silvester und in der Fastnacht. Doch waren es eigentlich keine richtigen Geschichten, wie wir Kinder sie liebten und woraus wir ersahen, wie es einem lustigen oder traurigen Menschlein von den Windeln an bis zu einem goldenen oder doch gut silbernen Ruhebänklein des Lebens durch manche vorherige Fährlichkeit erging. Nein, nicht so plauderte Philipp Korn jetzt. Da, wo er bisher mit der Schilderung aufhörte, da begann er jetzt. Er redete vom Weggehen aus der Welt. ›Aha, das ist es, was er mir allein hat sagen wollen!‹ dachte ich dabei, ›aber das geht ja nur Elschen an, vielleicht nicht einmal Elschen!‹ Und ich las es den andern Schülern vom Gesichte ab, daß sie ganz gleich urteilten wie ich. Ja, ich hörte den Namen meines schwer kranken Schwesterchens mehrmals über die Bänke schweben.

Doch bald merkten wir, daß es uns alle gleichmäßig berührte, weil wir alle ja sterben müssen.

7

Es war eine Geschichte vom losen Fräulein Leben und von der gestrengen Frau Ewigkeit, die auf einer Heerstraße zusammentrafen und ein Stück weit mitsammen gingen. Jene war heiterblau, diese dunkelgrau bekleidet. Aber sie gingen nicht allein. In ihrer Mitte Arm in Arm, klapperte ein dürrer, hagerer Geselle mit, Gevatter Tod.

Nun entspann sich ein merkwürdiges Dreigespräch.

»Du bist ein Schurke, Tod!« sagte mit saftendroten Lippen frischweg Fräulein Leben. »Ich sollte dich eigentlich aus dem Arm schütteln.«

»Aber, ich bitt' schön, hübsche Jungfer Bas', man verschwärzt und verleumdet mich.«

»Nein, du bist der edelste Helfer!« rühmte die alte Mutter Ewigkeit mit ihrem pergamentgelben Gesicht und ihrem straff gescheitelten, silbergrauen dünnen Haar.

»Ahne, das ist zuviel Ehre – –«

»Was bist du denn«, fragten die Weiber, »wenn man dich weder loben noch schelten darf?«

»Ich bin nichts, gar nichts ohne euch. Ich bin der letzte Buchstabe von dir, liebes Bäschen, und bin der erste Buchstabe von dir, ehrwürdige Großmutter Ewigkeit. Aber wenn ich nicht wäre, wäret auch ihr nicht. Du, regsames Jüngferchen, hättest keinen geruhigen Feierabend und du, stille Ahne, hättest keinen Morgen. Seht, ich bin euch so nötig wie der Abend dem Tag und der Nacht nötig ist.«

Die Greisin nickte, aber Bäschen Leben meinte: »Warum tötest du dann auch Kinder? Menschen mitten im Morgen? sag', Lügner!«

»Sei höflich, Bäschen, ich lüge niemals! – Du wirst doch nicht glauben, daß ich eine so mechanische, stumpfsinnige, irre Uhr in der Weste trage wie ihr Menschen. Wenn ich sage: ein Tag, – so meine ich nicht durchaus den achtzigjährigen Gemeindeammann von Lachweiler. Das ist an der lebendigen Gottesuhr, nach der ich mich richte, vielleicht noch lange kein Tag. Und ich meine nicht durchaus ein zehnjähriges Kind von Heirelis oder Walomers. Das ist vielleicht an meiner Uhr schon viel mehr als ein Tag. Eure Uhren taugen alle nichts. Sie gehen alle über einen Leisten. Und doch hat kein Mensch die gleiche Zeit. Jeder hat eine andere Uhr, mit andern Stunden und Jahren. Du freilich, Bäschen, glaubst, jeder Mensch müsse so und so viele Paar Schuhe durchgetrampelt haben. Da irrst du. Die Schuhe sind nicht die Hauptsache. Das Seelchen im Leibe ist die Hauptsache. Das sagt von selbst, wie früh oder wie spät es ist. Ich habe schon Seelchen aus dreijährigen Körperchen entbunden. Die waren reifer, als viele Neunziger. Und ich habe Seelen aus Achtzehnjährigen geholt. Die waren welker als Sechziger. Ich«, sagte der Tod und klopfte klirrend an seine Knochenbrust, »ich mache sie nicht reif oder welk. Ich bin nur der Finger, der sie pflückt, der Rücken, der sie vom Diesseits ins Jenseits trägt. Gott winkt und ich hole die Gezeichneten. Gewiß, ich meine es gut. Aber ab und zu wollen die Seelchen nicht recht mitkommen. Sie schauen immer wieder zurück und vergaffen sich ins Hintenliegende und wollen nochmals Wurzeln in den verbrauchten Boden schlagen. Da muß ich sie zerren und reißen, oft mit Schweiß und Blut, bis sie gehorsam folgen. Doch deswegen bin ich kein böser Führer, sondern sie sind böse Gespanen.«

Nun nickte auch Fräulein Leben ganz wenig.

»Jetzt hör' noch, Bäschen, gerade deine Lustigen, deine Jungen, deine Kinderchen folgen mir am liebsten. Ein Greis mit seinem goldenen Feierabendgesicht ist gewiß ein prächtiger Himmelfahrer und tief senken die Patriarchen und Propheten vor ihm ihre Standarten. Aber wenn so ein süßer grüner Schlingel, Mägdlein oder Bübel, das noch wie ein voller, roter Rosenstock dasteht und lacht, wenn ich's anfasse, nun mit allen hundert Blumen und Räuchlein in den Himmel wirbelt, so daß der ganze Saal von solcher Jugend zu duften anfängt und es den grauesten Engeln schelmisch zumute wird und sogar unser alter Stammvater ein

Schnadahüpferl aus dem weiland Paradies zu pfeifen probiert: na, meine Damen, das ist dann doch wahrhaft noch viel köstlicher anzuschauen!«

Mit dieser Erklärung war Bäschen Leben zufrieden und wollte dem Gevatter dankbar die Hand drücken. – Aber, denkt euch, meine Kinder, da stand schon niemand mehr zwischen ihm und der alten Mutter Ewigkeit. Sie zwei gingen allein Hand in Hand mitsammen.

Da sagte Jüngferchen Leben: »Liebe Großmutter, ich habe dir die Hand gedrückt. Verstehe wohl, ich habe den Tod gemeint!«

Und die Ewigkeit darauf: »Bäschen, merkst du nicht, daß es nichts Drittes zwischen uns braucht! Das ist ja eben der Tod, wenn wir uns die Hand drücken. Jetzt gerade ist eine schöne liebe Seele wieder frei geworden und gen Himmel gefahren.« – – –

So ungefähr und weiter noch vieles erzählte der Lehrer in seiner seltsamen Art, die Augen bald schließend, bald durch die Fenster hinaus weit, weit über das falbe Winterland in eine unendliche, ferne Gegend schickend. Die Bauern sagten, er sei ein Philosoph. Die reden nämlich so spiegelklares und spinnwebwirres Zeug durcheinander.

Wir Schüler meinten, solange Lehrer Philipp redete, seinen Satz haarscharf zu verstehen. Eine Minute später vernebelte sich uns wieder alles. Aber einen Klang von Trost hatte dieses Märchen doch in mein Bubenherz geläutet.

Als ich indessen auf dem Heimweg aus der Schule das dichtverhängte Kammerfenster wieder erblickte, hinter dem meine arme kleine Schwester lag, da kam mir das Kranksein und Sterben auch für so junge Geschöpflein, nach denen der Himmel hungert und die er mit Zinken und Flöten empfangen will, dennoch wie ein schwarzes Unglück vor. »Nein, nein, liebes Bäschen Leben«, sagte ich, »gib dieser grauen harten Großmutter doch ja nicht etwa deine warme Hand! Elschen soll noch auf Erden bleiben, und ich helf' ihm dazu, soviel ich kann. Ich und du, Base, wir selbander, werden doch sicher über das graue Weiblein Ewigkeit Meister.«

8

Von der Haustüre bis zum Estrich ging eine heimliche aber große Unruhe durch unser Haus. Zum erstenmal in meinem Leben sah ich meine Mutter mit ungekämmtem, scheitellosem Haar. Elschens Fieber stiegen so hoch, daß die Kleine uns nicht mehr kannte. Der Arzt hatte Eis verordnet. Aber bei diesem Tauwetter gab es ringsum nicht einmal mehr Schnee. »Mutter«, sagte ich wie erleuchtet, »ich hole am Tannsee einen Sack voll. Dort gibt es noch genug Eis.« – Und ohne ihr Ja oder Nein abzuwarten, sprang ich in meine Kammer und rechnete auf der Bettdecke nochmals genau mein Kleingeld zusammen: einen saubern Zweifränkler, neun Zwanzigräppler und dreiundzwanzig Halbbätzler. Jeden dieser Fünfer kannte ich genau. Den verbogenen besonders gut. Mit ihm hatte ich das erste Brötchen gefastet. Und als ich den glänzenden hier mit der laufenden Jahreszahl in die Weste schob, da hatte ich schon einen Franken erspart. Der mit dem Rostflecken, ach, das war der unselige, den ich gegen das Zwiebackbrötchen herausbekommen hatte.

Dreimal zählte ich, ob die Summe wirklich vierhundertfünfundneunzig Rappen betrage.

Ich knüpfte den ganzen Haufen jetzt vorsichtig in mein Nastuch ein, dann lief ich ungestüm den Hügel empor, den Eissack auf der Schulter und den Pickel in der Hand. Der Marsch war mühselig wegen des kotigen Weges und überaus traurig, so oft ich an den gleichen Spaziergang vor vier Wochen in eitel Lust und Übermut zurückdachte.

Bald hatte ich den Sack gefüllt und sprang jetzt mit klopfendem Herzen zum Bauernhof hinüber, über dessen Dach ein niedriger, zerstreuter Rauch kroch. Es war Vesperzeit. Durch die Haustüre gelangte ich unmittelbar in die Küche. Hier saßen an der Seitenwand mitten im blauen, erstickenden Rauch der Bauer, sein Weib, eine ältere Tochter und das Gesinde beim Kaffee. Unter dem Tische hervor knurrte ein schwarzer Hund.

»Was will der Junge?« fragte der Stoppelbauer.

»Ich – ich möchte wohl – gerne mit Euch reden!« – Mit großer Scheu knüttelte ich meine Geldkatze aus den Hosen, »und – ja – eben – ich möchte gern den Fünffränkler zurück, den ich Euch vor vier Wochen gegeben habe, Ihr wißt wohl noch, wegen dem Heimfahren – da sind vierhundertfünfundneunzig Rappen. Es fehlt nur noch ein Fünfer«, fügte ich kleinlaut bei, »aber ich will Euch dafür am nächsten Samstag zwei Fünfer bringen.«

»So gib ihm den Fünffränkler«, sagte die Frau zum Manne, »wenn es so ist. Er wird eben lieber sein Stück wieder haben.«

»Ja, so wie die Frau sagt! – Ich möchte meinen Fünffränkler wieder.«

Der Bauer schnitt sich ein Stück Käse ab. »Ja – den Fünffränkler habe ich nicht mehr. Alles Silber ist am Dienstag auf den Markt in die Stadt gegangen.«

Bei dieser Eröffnung war mir wahrhaft, ich werde in einen Abgrund geworfen. Die Leute am Tische blickten mich mitleidig an.

»Was liegt dir denn am Fünffränkler?« fragte die Frau wohlwollend und führte mich zu einem Stuhl. »Sitz ab! Du kommst vom Dorf. Dort gibt dir der Pfarrer oder der Wirt zur Krone gern einen Fünffränkler für deine Münzen.«

»Aber, das ist dann nicht mehr der gleiche!« versetzte ich beinahe weinend.

Die Bäuerin schenkte mir eine Tasse voll und meinte zum Manne gewendet: »Es ist vielleicht sein Taufbatzen oder sein Zahngeld. Das wechselt man nicht gern.«

Mich beschämten diese guten Worte. Nein, es war nicht das Patengeschenk, es war einfach ein gestohlener Fünffränkler, und nur dieser gleiche Fünffränkler, meinte ich, könne mich vom Fluche der Sünde retten.

»Könnte ich ihn vielleicht wieder bekommen?« fragte ich in meiner Verzweiflung. »Es war der König Leopold von Belgien darauf, der mit dem Bart und langen Kopf.«

»Nein, Bub, wo der ist, weiß Gott allein! Vielleicht schon überm Meer! Aber höre, jeder Fünffränkler ist auf den Rappen gleichviel wert.«

Mir füllten sich vor Bitterkeit die Augen. »O ihr versteht mich nicht«, rief ich von Schmerz überwältigt und stand rasch auf.

»So trink doch aus!« bat die Frau. »Bist du nicht Walters, der Älteste?«

»Nein, ich muß heim«, sagte ich und riß mich eilends los. »Ich habe einen Sack Eis geholt.« Damit sprang ich unvermittelt aus der Küche, ohne Abschied. Nur auf der Schwelle rief ich über die Schulter zurück: »Danke!« – doch wußte ich nicht warum.

Ach, keinem kann ich beschreiben, wie elend mir um die Seele war auf diesem Heimgang. Als ich in unser Tal hinunterstieg – es war sehr neblig gegen Abend geworden – da sah ich schon von der Halde aus, daß in der Kammer Elschens helles Licht glänzte. Aber auch im übrigen Haus war überall Licht. Weitaus am stärksten glänzte es jedoch aus der Krankenkammer. Eine große Beunruhigung erfaßte mich. Was ist das? Kein gewöhnliches Licht! In mächtigen Sätzen sprang ich den Hügel hinunter, rannte ins Dorf hinein und kam voll Schweiß und Angst über die Treppe zur Stube.

Die Tür war offen, aber die Stube stand leer, nur die Lampe brannte auf dem Tische. Auch die Türen der Küche und des Speisestübchens standen ordnungslos offen. Keine Seele herum! Ob der Diele hörte ich ein fernes Gemurmel, und nun glaubte ich auch reichlich Kerzenrauch zu riechen. Oben bei Elschen war man also!

Mit Eissack und Pickel erstürmte ich die Stiege. Im obern Stock flutete mir aus der offenen Kammer Elschens das Licht vieler Kerzen entgegen. Paula trug eine, die Mutter, die Magd, die Patin eine, und sie alle knieten mit den Kerzlein, hinten gegen das Fenster auch der Lehrer und seine alte Mutter und zwei Schülerinnen. Der Pfarrer stand am Fußende des Bettes und betete aus einem Büchlein mit rotem Schnitt. Aber das alles schwamm dunkel wie ein Haufen Schatten zwischen meinen Blicken und den Lichtern hin. Elschen konnte ich nicht sehen. Ihr Bett mit dem hohen Kopfende stand mir entgegen. Ich sprang über die Schwelle vor und stieß einen Schrei aus vor Schrecken.

Da lag ja mein Schwesterchen so tief und steif und so klein im Kissen wie eine Puppe von Wachs. Die Augen waren noch offen, aber sahen auf niemanden, sondern blickten, wie mir schien, statt heraus in sich hinein. Die Händchen waren gefaltet und preßten ein schwarzes Kreuzlein. Die kleinen, weichen Furchen an den Fingergelenken schienen weggewischt. Voll und faltenlos war alles Fleisch an ihr. Die bläulichen Lippen ließen eine Spalte offen, durch die man die weißen Oberzähne schimmern sah.

»Elschen!« würgte ich hervor und ließ Pickel und Sack fallen. »Ist sie tot? Ist sie tot?«

Dann fiel ich neben den Leuten, die ihren Arm nach mir ausstreckten, auf die Knie und fing an, das Beten der Versammelten durch mein lautes, ungeheuerliches Weinen zu stören. Schließlich drückte die Mutter mein Gesicht in ihre Schürze, und nun weinte ich stiller, wie man weint, wenn aller Widerstand gebrochen ist.

»Es ist jetzt bei den Engeln!« flüsterte mir die Mutter zu.

Da hob ich den Kopf ein wenig und betrachtete Elschen scheu. ›In der Tat‹, dachte ich, ›es schaut und lauscht ganz anderswohin als wir.‹

Nun fing Paula wieder an zu weinen.

»Es ist ihm besser, als uns hier«, wandte die Mutter sich gegen meine Schwester. »Auch sieht es uns ja. Es ist ein Engel. Und die Engel sehen uns bis ins Herz hinein.«

Das sprach die Mutter gegen Paula gewandt. Aber ich fühlte es der Stimme förmlich an, daß mir allein diese Worte gelten konnten.

Furchtbarer als je erfaßte mich jetzt im Angesicht der Leiche der Gedanke, daß Elschen in diesem Augenblick meine Sünde schon wisse – oder daß ihm der liebe Gott meine Schlechtigkeit erzähle.

›Weißt du auch, Elschenengelchen‹, wird er sagen und mit seiner heiligen Hand den braunen Scheitel der Schwester streicheln, ›weißt du auch, dein Bruder da unten ist ein ziemlich schlechter Bube.‹

193

Elschen würde ganz beschämt seine Flügelchen, die ihm kaum recht angewachsen sind, hängen lassen.

›Was meinst du, wieviel der Erzdieb deiner Mutter gestohlen hat? Etwa zehn Rappen oder einen halben Franken? Schau, einen Fünffränkler!‹

Und jetzt würde Elschen vor Schrecken die Flügel sträuben wie ein geängstigtes Vögelchen, und wenn man im Himmel noch weinen könnte, so würde es nun sicher weinen. Und wahrlich, es wird eines Nachts herunterfliegen und an mein Fenster pochen und rufen: ›Heireli! gib das Geld zurück, ich darf mich ja sonst im Himmel nicht einmal neben den mindern Engeln zeigen!‹

Ja, es kommt und wird mich erschrecken und mir gar keine Ruhe lassen. Bald wird etwas im Kasten krachen, bald unter dem Bett liegen und seufzen, bald am Kissen vorbeihuschen, vor der Türe mit den Füßen scharren oder zum dunkeln Fenster bleich hereinschauen. Ich bekomme böse Träume, ich werde gar krank, ach Gott, wie schrecklich ist das!

Hätte ich doch den Fünffränkler beisammen!

Wieder sah ich aufs Bett. Rein wie Schnee war da alles, das Linnen, die Stirne, der Totenkranz. Wie durfte ich mit meiner Sünde neben diesem reinen Wesen stehen? Wird es nicht plötzlich erwachen und schreien: ›Mein Bruder da ist ein Dieb, schafft ihn doch aus meiner stillen Totenkammer!‹

Elschens Lippen waren jetzt so bleich, als wäre nie ein hitziges Wort darüber gekommen, und die kleinen Hände waren so weiß, als hätten sie nie etwas Schmutziges berührt, nie etwas Unerlaubtes probiert, vor allem nie gestohlen; und das hatten sie auch nie! Nein, diese Hände hatten immer nur gegeben!

194

Ja, einmal – wie kam mir das jetzt nur in den Sinn? – da aß ich mein Brötchen in der Pause mit einem so schnellen Hunger, daß Elschen herzulief und mir ihr noch unangegriffenes Brot herhielt und sagte: »Heireli, nimm meines auch, du hast Hunger!«

Und ich nahm es und aß es vor den Augen Elschens fertig. – O, welch ein Mensch war ich! Und ich bin nicht besser geworden, nein schlechter, jetzt habe ich gar gestohlen, ich bin ein Dieb neben diesem Engel, o! –

In diesem Augenblick überkam mich die Zerknirschung so wütend, daß ich alles vergaß, was um mich herum war. Ich schrie laut auf, zerrte mich von der Mutter los und sprang in meine Kammer! – Dort riß ich das Geld unter dem Kissen hervor, lief zurück, stürzte vor der Mutter hin und rief: »Mutter, Mutter, da ist das Geld!«

Ohne auf sie oder Paula oder die Leiche mehr zu achten, gerade, als würde ich von einem innerlichen Sturme gerüttelt, knotete ich die Zipfel des Nastuches auf, riß es dabei in Fetzen und warf das Geld klirrend und weiterrollend vor uns auf den Boden. Dann hob ich die Hände und schrie mit einer Stimme, die ich selbst nicht mehr kannte: »Mutter, –

es fehlen noch fünf Rappen! – Fünf Rappen – fehlen – noch!« wiederholte ich und brach dann über dem martervollen Geldhaufen zusammen.

»Nun hab’ ich doch kein Kind verloren!« hörte ich die Mutter sagen, ich spürte ihr warmes Auge und ihre Lippen auf meiner Wange. Dann brauste es über mich wie ein Wind, und ich verlor die Besinnung.

9

Ich erwachte in meinem Bett, gerade als der Arzt seine weiße Manschette vom Handgelenk in den Ärmel zurückschob, um mir den Puls zu greifen. Sogleich fiel mir das Auge wieder wie von selbst zu. Aber ich hörte den Doktor leise zählen, über hundert hinaus.

»Jede Aufregung muß vermieden werden, Frau Walter«, sagte der Arzt und ließ meine Hand los. »Lassen Sie niemand herein! Ihr Knabe muß die Krankheit schon lange mit sich herumgetragen haben.«

»Wird es schlimm kommen?« fragte die Mutter leise. Ihre Stimme sollte fest erscheinen, aber sie zitterte doch ein wenig. Ich hörte ungemein scharf.

»Es kann eine Krankheit zum Heile sein!« versetzte der Arzt ausweichend.

Das verstand ich nicht. Wie Fensterladen am hellen Mittag schlossen sich mir wieder die lichten Sinne, und dunkel wurde es wie früher. Aber doch schoß es mir noch durch den Sinn: ›Ich habe bekannt, zurückgegeben, mir ist wohl!‹ Und wie in etwas Weiches zurückfallend, schlief ich ein.

196

Als ich nach Wochen wieder aufstand, bleich, unsicher in den Sohlen und mit zitternden Fingern, da hatte man Elschen längst begraben. Ende März durfte ich an einem sommerlich warmen Nachmittag zum erstenmal mit Paula auf den Friedhof gehen. Das schmale Grab duftete von Veilchen. Paula erzählte mir, daß die Blümchen aus Kronenwirts Veilchenwiese stammen. Aber nicht Jakob, nein Theodor habe sie mitsamt den Wurzeln der Mutter gebracht, um Elschens »Totengärtlein« damit zu zieren. Der Walomer sei zu Jakob gegangen und habe seinen Gegner darum gebeten, was Theodor nicht so leicht geworden sei. Er bittet nicht gern, besonders nicht seinen Gegner!

Kaum hörte ich darauf. Auch die goldschnäbeligen Amseln, die zu oberst auf den Friedhofbäumen saßen und süß wie eine Orgelpfeife sangen, und das leise Geflüster im heimlich ergrünenden Geäst beachtete ich nicht. Sondern ich blickte von Elschens Grab suchend über die anderen Gräber hin, als müßte da irgendwo neben dem guten Schwesterchen auch der alte böse Heireli begraben sein, jener Heireli, der fünf Franken gestohlen hat. Nirgends sah ich das gesuchte Grab; dennoch fühlte ich mich als ein anderer, neuer Heireli.

197

Der Erzengel Michael

Aus meines Vaters Notizenbuch

In der uralten Kirche von Vasön – denke niemand an einen Ort in Norwegen! – stand auf halber Höhe des Chorbogens das Bild St. Michaels. Aus der Dämmerung, die wie eine geheimnisvolle Riesenspinne ihre grauen Fäden von Pfeiler zu Pfeiler, über die Kanzel und Altäre hinabspann und selbst am hellen Mittag nicht wich, leuchteten nur Helm und Schwert des himmlischen Generalissimus deutlich genug auf das Volk hinunter. Es war, als hingen diese blinkenden Kriegszeichen in der Luft, von einem Unsichtbaren an Haupt und Hand getragen. Diesen versteckten Helden konnte man sich so groß und furchtbar vorstellen, als es der Einbildung beliebte. Das taten wir Jungen denn auch. Fridolin, des Küsters Bub, behauptete, den Helm vermöchten drei starke Männer nicht vom Boden zu heben und der Arm sehe aus wie ein Baumstamm. In dieser Dunkelheit verloren wir alles Maß und schworen darauf, daß es sich so verhalte.

Nur einmal im Jahre fiel Licht auf unsern sagenhaften Heiligen. Das ereignete sich an jenem Sommertag, wo die Sonne am weitesten von Westen gen Mitternacht spaziert. Am Abend dieses Tages erreicht sie, nachdem sie scheinbar hinter dem Gebirge untergetaucht ist, gerade noch mit knapper Not einen tiefen Einschnitt des Grates und guckt da nochmals wie ein mutwilliges Kind heraus, das schon Gutenacht gesagt und sich unter die Decke verkrochen hat, aber, wenn alles denkt, der Schelm schlafe, plötzlich das Köpfchen noch einmal aus dem Bettflaum reckt und ein letztes »Gutenacht« ruft. Und just von diesem Winkel aus fiel nun das schräge Licht durch eine gotische Bogenscheibe genau auf den heiligen Michael. Wer das einmal gesehen hat, rühmt sich dessen als einer großen und seltenen Sache. Denn der längste Tag im Jahr ist oft auch der düsterste und lichtloseste von allen. Es konnte eine ganze Reihe Jahre vorübergehen, ohne daß der 21. Brachmonat so fromm und gefällig war, einen Sonnenblick auf den Erzengel zu werfen.

Ich war zur Zeit ein schläfriger Bube von dreizehn Jahren, der gerne auf der Ofenbank oder unter einsamen Bäumen lag und ins Blaue hinausstaunte. Großgewachsen und stark, half ich dennoch weder der

Schwester Bethli den Wasserkübel tragen, noch dem Bruder Philipp das Gemüsebeet umschaufeln. Alles Schelten vermochte mich nicht aus dem Behagen des Träumens heraus zu treiben. Die Aufgaben fertigte ich gleich in der Schule, denn es ging mir leicht, und die halbe Klasse schrieb meine Rechnungen ab. Was ich einmal hörte, vergaß ich nicht mehr. Die Geschichten und Gedichte, die der Lehrer vorbrachte, konnte ich zu Hause auswendig wiederholen. Daher hatte man mir an der letzten Weihnachten eine schmucke Studentenmütze unter den Tannenbaum gelegt, mit der ich im nächsten Herbst ans Gymnasium der Hauptstadt ziehen sollte. Wie keck wollte ich sie durchs Städtchen tragen! 202

Am liebsten von allem war mir die Weltgeschichte. Was vorzeiten sich auf dem alten Erdboden polternd und leise zugetragen, zumal wie man Kriege begann, Schlachten schlug, Burgen und Städte brach, Feinde fesselte oder selber in Ring und Kette geriet, oder wie so ein Napoleon durch das schwarze Gewölke seiner Kanonen als ein Halbgott schritt, das ergriff mich so mächtig, daß ich einen Stecken zwischen die Beine nahm, über die Gasse ritt und Fritz, den Österreicher, Heinz, den Preußen und Kaspar, den Russen, zur Völkerschlacht bei Leipzig wagemutig herausforderte.

»Was will der den Säbel ziehen«, höhnte mein Bruder Philipp, »einer, der nicht einmal den Stiel der Mistgabel richtig in die Hand nimmt!« – »So ein Faulpelz, der sich selber kaum zu tragen vermag«, bekräftigte der sonst immer schweigsame Küsterssohn Fridolin. Das pfiffige Bethli aber zupfte mich am langen, ungescheitelten Haar und lachte: »Du würdest das Gefecht verschlafen, bis dich der Österreicher am Schopf faßte.« In der Tat besaß ich einen gesunden Schlaf und hatte in der verwichenen Nacht trotz des Donnerwetters, das über das Städtchen rumpelte, kein Lid bewegt. »Das ist einer wie unser Erzengel Michael in der Kirche«, spottete Philipp weiter, »man sieht ein Schwert, aber keinen, der es schwingt.« – »Was?« sagte ich, empört über diese geringschätzige Redensart und durch den schüchternen, hilfesuchenden Blick Fridolins ermutigt, »was, sieht man ihn etwa nicht am 21. Brachmonat 203 deutlich genug? Du läufst freilich davon, – wenn er dich nur anschaut.«

»Wenn's wahr ist?« rief die ungläubige Beth und stand keck vor dem unsicher lachenden Philipp. Nach einigem Hadern, wobei wir nach Kinderart die Worte mit dem ganzen Leibe begleiteten, die Arme vorstießen, mit den Füßen scharrten und mit eigensinnigem Nicken des Kinnes den Punkt zu jedem Satze zeichneten, einigten wir uns endlich darauf, an jenem Tage mitsammen hinzugehen und zu gewärtigen, ob es dem Erzengel beliebe, sein Inkognito zu lüften. Der Küsterjunge versprach, die Kirchenschlüssel zu beschaffen.

»Ihr werdet sehen«, sagte ich, »wie der Michael sich enthüllt. Und auch ich habe meinen Tag. Dann sollt ihr einmal große Augen machen.«

Wir gingen alle viere gerade beim alten Apotheker vorbei, der vor dem Städtchen wohnte, seit er seinen Laden dem ältesten Sohn übergeben hatte, aber immerhin zum Zeitvertreib gerne noch ein bißchen quacksalberte. Der Mann mit den kleinen Schnallenschuhen, den kurzen, braunen Samthosen und dem aufgeschlitzten, grüngesprenkelten Wams war unser wie der sämtlichen Jugend Freund. An seinen ungeheuren Kachelofen lehnten wir uns mit übergeschlagenen Beinen und schauten zu, wie er in die Gläser hauchte, um sie durchsichtig hell zu putzen oder wie er Pülverchen abwog oder schmierige Salben in blecherne Kapseln strich und alles zuerst mit dem vorsichtigen roten Knöpfchen seiner Nase beschnupperte. Dazu erzählt er aus seinen Jungburschenjahren, wie er mit der Großen Armee ins goldene Moskau einzog und der Kaiser Napoleon ihm auf die Schulter klopfte und sagte: »Korporal Felixen, gebt mir eine Prise, das verdammte russische Pulver stinkt wie der Teufel.«

»Das hat er gesagt?«

»Das hat er gesagt!«

Ich schaute den Mann, dem der Halbgott eine Prise Schnupf aus der Dose genommen, mit Staunen an. »Was ist das?« pflegte der Apotheker mit erkünstelter Ruhe zu sagen: »Andern hat er gerade so mit zwei Fingern das Leben oder ein Königreich wegstibitzt.«

Nun betrachteten wir alle diese wunderbare Dose mit andächtiger Scheu und baten um eine Prise daraus. Und wie fürchterlich wir auch darüber niesen mußten, so getraute sich doch niemand zu lachen, und nur Bethi fragte mit leiser Schelmerei, ob der Napoleon auch geniest habe. »Bum ... bauz! ... wie eine Kanone!« bejahte der Apotheker.

»O!« machte erschrocken Bethi.

Dann erzählte unser alter Freund von der Schlacht bei Leipzig, wobei er steif und fest gegen alle Historie behauptete, eigentlich habe Napoleon gesiegt. »Wie der Erzengel Michael schritt er durch den Spektakel der Waffen und Kanonen. Wo sein Schatten hinfiel, war nichts als Triumph ...« frohlockte der Greis und stopfte das »braune Labsal«, wie er den Schnupf nannte, mit breitem Daumen in beide Nasenlöcher.

»Ach ja, der Erzengel Michael, hast du den einmal in der Kirche gesehen?« unterbrachen wir den Pflästerchenstreicher.

»Ob ich? Meiner Treu, der zeigt sich nur, wenn große Helden leben.
Als ich mit Napoleon ging, im selben Jahr hat man den Heiligen zuletzt
gesehen. Nun sind die Helden ausgestorben und der große Himmelsherr
hat keine Lust, sich den Zwergen zu zeigen. Das begreif' ich.«

»O es gibt doch noch Helden!« wendete ich ein.

»Wo hast du sie gesehen, Naseweis?« lächelte der Alte mit unaussprech-
licher Überlegenheit.

»Weiß nicht wo, aber es gibt.«

Auf dem Heimweg zum Städtchen träumte ich wie gewohnt vor mich
hin, ohne den Weg oder meine vorauslaufenden Kameraden zu beob-
achten. Plötzlich weckte mich ein entsetzlicher Lärm. »Über den Hag,
über den Hag!« hörte ich schreien und sah eben noch einen fliegenden
Mädchenrock und die im Sprung gekürzten vier Hosenbeine meiner
Genossen über die Straßenhecke verschwinden. Wenige Schritte vor mir
rannte aus einer Wolke von aufgewirbeltem Staub ein junger Stier mit
einem halb zerrissenen Gespann hervor. Das Tier riß an den Riemen,
schnob wild und senkte die Hörner mit den gelbbraunen, zottigen
Wulsten. Rechts und links rollten die aufgeladenen Fruchtsäcke in die
Straße. Soeben war auch der Fuhrmann durch einen unversehenen Ruck
in den Straßengraben hinausgeworfen worden. Ein schönes, schreiendes
Mädchen hielt sich noch einzig mit beiden Händen am Halfter, hin-
und hergerissen über den schiefen Wagenboden und jeden Augenblick
in Gefahr, von dem vorwärtsschnellenden Tier vornüber und unter die
Räder geschleudert zu werden. War es die Prise, Napoleon, der Erzengel
oder sonst etwas Mächtiges, aber auf Ehre, ich verspürte keine Angst.
Als hätte ich es so vorgeübt, tat ich einen Satz zurück, spannte die
ganze Kraft der Arme an, und harrte wie eine straffe Bogensehne. Eins
– zwei – drei – jetzt! – ich schnelle auf den vorübergehenden Unhold
los, packe ihn am Horn und versetze ihm mit der derbsten Faust, die
mir möglich war, einen Schlag auf die Nase. Verblüfft hielt der Stier
inne, aber ich lasse ihm nicht Zeit, sich auf etwas Gefährliches zu besinnen, sondern haue ihm ein zweites und drittes Mal auf die dampfende
Schnauze, ergreife dann das zweite Horn und schwinge mich auf den
heißen, dampfenden Rücken. Das wirkte. Der Übermut des Ungetüms
war gebrochen und langsam, verdrossen, aber ergeben zog es noch eine
kleine Strecke und stand dann still. Nun sprang ich ab, das Seil fest in

206

der Hand, trat zurück an den Wagen und half dem zitternden Mädchen herunter. Mittlerweile hatte sein Vater uns erreicht und auch Bethli und die beiden Buben krochen bedächtig aus dem Zaune hervor. Alles sah mich staunend und leuchtend an, als wäre ich vergoldet. Ich aber reichte dem Fuhrmann mit Würde das Leitseil und sagte dem Mädchen großartig, wie ich aus Ritterbüchern wußte, und den Kopf niedergebeugt, als ob sie viel kleiner als ich wäre: »So, jetzt tut er nichts mehr.« –

»Hab' ich's nicht gesagt, daß er's kann, wenn er will? … der Teufelskerl!« meinte der Vater zur Mutter, die mir mit zärtlicher Hand übers Haar fuhr, als ich das Abenteuer mit einsilbigem, trockenem Stolze erzählte. Unwillig zog ich den Kopf weg und schämte mich, daß die Frau ein nasses Auge zeigte. Ein Held mag keine Rührung leiden.

Seit jenem Abend hörte das Hänseln und Sticheln auf. Hatte man mich früher als Erzengel Michael verspottet, so nannte man mich jetzt zum Ruhme so.

Am Tage darauf, es war ein freier Nachmittag, ging ich mit der Schilderung des trojanischen Krieges zum Städtchen hinaus und den Hügel empor, bis unter die erste Reihe der Waldtannen. Hier war mein Lieblingsplätzchen. Von hier aus sah man zu seinen Füßen das Städtchen, ängstlich und demütig an den Hügel geschmiegt, dann die weiten, abgesteckten Fruchtfelder, die Farbe wechselnd vom jüngsten Grün bis zum reifsten Gelb, dann Wald und Hügelwellen, dämmernde Schluchten, ein tiefes Wasser bergend, hinter Kornhalmen und Tannenspitzen hie und da ein ziegelrotes Dach, einen schlanken Kirchturm und weiße Straßenfäden, die da in einer Falte versanken, dort einen Hang emporkrochen, jetzt eine Schleife ums Gehölz zogen und selten durch einen schwarzen Punkt und nachfolgenden Staubwirbel etwas Leben zeigten; dann eine unendliche Bläue, immer zarter und dünner, bis sie sich mit dem Himmel mischte, unendlich wie meine Phantasie, die sie mit gepanzerten und berittenen Kriegsbildern bevölkerte. Hier war es, wo ich Heere befehligte und siegte, aber den gefangenen Feind auf sein Ehrenwort großmütig beurlaubte. Hier hatte mir noch keine Festung widerstanden, kein Feldherr getrotzt, hier war ich unbestritten der Erste.

Aber heute schweifte meine Seele nicht in diese Ferne hinaus, sondern versenkte sich mit grenzenlosem Vergnügen in das homerische Buch. Ich las von Hektor und Ajax, von Odysseus und Achilles und mein Herz wollte beim Anblick der Helmbüsche und siebenhäutigen Schilde vor Lust fast vergehen. Vor allen tat es mir der hochgemute Hektor an.

Gerade war ich beim Abschied des Helden von seiner Andromache angekommen, als mir zwei Hände von hinten über die Augen fuhren und eine Mädchenstimme lachte: »Gefangen!« Umsonst suchte ich mich loszuwinden, die Gestalt blieb mir fest am Rücken und preßte die Finger so fest auf mein Auge, daß es mich schmerzte. »Wer bin ich, Erzengel Michael?« rief die Lose mit verstellter Stimme.

»Beth ...« wenn ich zornig war, sagte ich nicht Bethli ... »ich will dir!«

»Keine Beth!« kicherte es hinter mir.

Ich wollte nicht weiter raten, das war eines Helden unwürdig, der mit Achill und Hektor verkehrte.

So packte ich meinen heimtückischen Feind an den kleinen, nackten Füßen, daß er rücklings niederfiel und wandte mich rasch um. Ich war sehr aufgebracht.

»Hetti, du?« Es war das Fuhrmannstöchterlein von gestern.

»Was störst du mich, dummes Mädchen?« zürnte ich.

Die Lustige saß vor mir auf dem Rasen, bestrebt, das Röcklein über die Knie zu streifen. Ihr Lachen war auf meine böse Miene hin gleich erloschen, sie war ganz dunkelrot geworden und schaute mich beinahe so erschrocken an, wie gestern den Stier. Die Finger wickelte sie verlegen in die Säume der weiß und blau gestreiften Schürze und begann endlich: »Ich wollte dich nicht stören.«

»So geh und laß mich!«

Sie zögerte, aber stand doch auf.

»Daß ich da weiter lesen kann!« fügte ich milder bei.

»Mutter schickte mich zu euch ins Haus«, stotterte sie endlich.

»Warum kommst du denn daher?«

»Weil ich zu dir sollte.«

»Ach wegen gestern.«

»Ja, ich soll danken, daß du den Stier am Horn genommen und ...«

»Das war nichts Großes«, fiel ich schnell ein, da ich mich besann, daß die Ritter in ihrer Artigkeit das Lob der Damen nicht aussprechen ließen.

»Und ich soll dir etwas geben, da hab' ich's. Der Vater meinte, das würde dich am meisten freuen, weil du ein solcher –« sie zauderte.

»Was ein solcher?«

»Bücherwurm seiest, hat er gemeint.«

»Zeig her, was ist's?« sprach ich möglichst gelassen, als wäre ich gewohnt, mich mit Königreichen beschenken zu lassen.

Die Kleine zog mit Mühe zwischen dem Nastuch, einem Griffel und Puppenbändern ein Büchlein aus der engen Tasche und hielt es mir, aufs Geratewohl geöffnet, vor das Gesicht. Sieh da, das Blatt wies das Bild Hektors. Ich blätterte weiter und begegnete noch dem Achill und Paris, dem »alten Priamus«, wie sich das Büchlein hieß. Den Griechen folgten die Römer, so die kühlen Scipionen, der bäuerische Marius, Sulla mit dem kalten, grausamen Lächeln in den Mundwinkeln, der pompöse Pompejus, dann auch der Numidier Jugurtha und der große, schlaue, sonnenverbrannte Hannibal. »O wie schön, o wie groß«, jubelte ich, »sitz' her, Hetti, und schau mit! ... Der mit den kleinen blauen Augen und dem gekräuselten Bart, das ist Odysseus, ein geriebener Fuchs, der sich in einem hölzernen Pferd versteckt und so in die Stadt Troja eingeschmuggelt hat ... Und der da heißt Cäsar, mit dem langen Hals und den magern Backen, er hat Blicke wie kaltes, spitziges Eisen. Und hier ist Hektor, der göttlichste von allen ...«

»Und gar keine Mädchen und Frauen?« schmollte die Kleine.

»Ich will dir von Hektors Weib lesen«, sagte ich eifrig, »das hätte man wohl da hineinzeichnen dürfen«, fügte ich tadelnd bei.

Dankbar umschloß Hetti meinen Arm mit ihren verknüpften zierlichen Händen und ich duldete es, wiewohl mir das Lesen und Umblättern der Seiten etwas schwierig wurde.

Nun las ich im Buche den Abschied Hektors von Andromache vor dem Zweikampf mit Achill.

»Der Arme!« seufzte Hetti. »Aber Hektor ist heimgekommen und hat ihr die goldenen Ringe des Feindes gebracht?«

»Nein, er wurde von Achill erschlagen und um die Stadt geschleift.«

Da schlug mir Hetti das Buch aus der Hand und fing an zu weinen. Und seltsam, es ergriff mich wie eine Ansteckung ihrer Schwäche, ich ward weich und naßäugig.

»Morgen«, tröstete ich sie, aufstehend und die Augen wischend, »erzähle ich dir fröhlichere Dinge, wenn du kommen willst.«

»Tust du's wirklich?«

»Auf Ritterehre!«

Wir schritten Hand in Hand den Hügel hinunter. Vor dem Städtchen trennten wir uns, nachdem wir einander zweimal Adieu zugerufen und im Fortgehen mehrmals nacheinander zurückgeblickt hatten. Mit war an diesem Abend so wohl wie noch nie. Lange konnte ich vor fröhlicher Aufregung nicht einschlafen. Die Nacht war voll wunderbar verwickelter Träume. Ich sah Andromache am Arme Hektors durch unser Städtchen zur Kirche gehen. Rasch lief ich hinterher und bot den beiden Heiden das Weihwasser. Und siehe, wie ich die Fingerspitze der Griechin berührte, da war es auf einmal die Hetti, und Hektor war verschwunden. Wie gestern im Moos, so saßen wir jetzt auf einer Altarstufe schräg unter dem Erzengel Michael. Die Sonne fiel in die Nische und zeigte den gewappneten Himmelsfürsten, wie er seinen gespornten Fuß nicht auf einen Drachen, sondern auf einen schwer gehörnten Büffel setzte. Daneben kniete ein Mägdlein, der Hetti zum Verwechseln ähnlich. Der ritterliche Engel nahm sie an der Hand und wollte sie zu sich emporziehen. Das machte mir, ich weiß nicht warum, ganz seltsam bange. »Die Hetti ist bei mir!« schrie ich und trotzdem meine unheilige Stimme in dieser Kirchenstille mich selbst erschreckte, wiederholte ich das Wort noch lauter und drückte Hetti fest an mich. Darüber erwachte ich und hatte den Zipfel des Kissens innig an meine Wange gepreßt, etwa wie ein Kind mit der Puppe im Arm erwacht.

Am nächsten Tage, nachdem wir uns in der Schule öfters mit verheißungsvoller Miene, wovon wir allein das Geheimnis wußten, zugenickt und einen Verweis vom Lehrer mit lächelnder Duldung eingesteckt hatten, trafen wir uns nach dem Vesperbrot an der gleichen Waldstelle und ich las von der Staufacherin und ihrem ehrenwerten Manne vor. Das liebe Mädchen schaute während des Lesens eine Zeitlang den eilenden Zeilen und eingespickten Bildern nach, dann aber hing ihr Blick immer mehr an meinen Lippen, als wollte sie es lieber daher als vom Buche haben. Ich fühlte dieses braune Auge und litt es gerne, wie einen warmen, gedämpften Sonnenstrahl. Hetti unterbrach mich nie. »Ist es schön?« fragte ich. »Ja, es ist schön«, erwiderte sie und ihr Auge fügte bei: ›Fahre nur weiter, es wird mir bei dir nie langweilig!‹

So trieben wir es nun häufig. Ich suchte in der Bibliothek unseres Städtchens, was ich nur auftreiben konnte von alten Weltdingen, wo ein Weib oder ein Jüngferchen mitspielt, sei es mit großer Gewalt oder mit sanfter Anmut, mit der schweren Schleppe einer Zarin Katharina oder dem Hirtenröckchen einer Johanna, groß wie Elisabeth von England oder größer wie Elisabeth von Thüringen. Während der Erzählung drückten wir uns oft wie in geheimem Einverständnis die Hände, schmiegten uns enger zusammen, und als der Landgraf den Kreuzmantel

213

nahm und sich von seiner Gattin verabschiedete, da faßte es mich mächtig, und ich umschlang den kleinen Hals meiner Zuhörerin, sagte halb traurig, halb freudig: »So machte er«, und küßte sie mitten auf den Mund.

Dann lasen wir nicht weiter, sondern saßen nebeneinander, wie verschüchtert von etwas Unbekanntem, was unsichtbar neben uns wäre. Wir sprachen auch nicht mehr viel, obwohl wir noch lange an der Stelle blieben. Der Kuß hatte alle Worte weggenommen.

Aber mir war, als sei ich plötzlich ein Mann geworden.

Von jetzt an war es beim Kommen und Gehen unvermeidlich, daß wir die Rollen des Landgrafen und der Landgräfin wiederholten.

An einem heißen Nachmittag im Mai, als überall das junge, lichte Grün der Buchen zwischen dem alten, abgedunkelten Nadelgestrüppe hervordrängte, und der Wald einen berauschenden Duft von Erdfeuchte, Beerenblüte und Fichtenharz ausströmte, wartete ich lange auf Hetti. Aus der Wiese unter mir erscholl das Zirpen der Grillen; Grashüpfer sprangen über die Halmen, weiße Schmetterlinge flatterten niedrig über dem Rasen und samthaarige Hummeln schnurrten vergnüglich von einem blaßroten Kleeköpfchen aufs andere. Aus der Tiefe des Waldes ertönte in abgemessenen Pausen der Ruf eines Kuckucks, der seiner Liebsten rief. Bald näher, bald ferner, aber immer dringender hörte ich den leidenden Vogel seine Frage wiederholen. »Kuckuck, wo bist du Bräutchen? … Kuckuck, komm her zu mir! … meine Flügel sind warm

und mein Schnabel ist blank, Kuckuck! Ich sehne mich zu Tode, Kuckuck, komm doch, komm!«

Das war auch meine Sprache. Was war mir dieses Plätzchen, dieses Waldstündchen ohne Hetti? Was Krieg und Heldentum ohne sie? Lieber wollte ich die schöne Helena, ja selbst Hektor opfern, als Hetti. Was war mir überhaupt die Weltgeschichte, wenn Hettis Zöpfe sich nicht durch ihre Ereignisse ringelten, ihr dünnes Stimmlein nicht in das Geknatter der Infanterie hineinplauderte und ihre kleinen, hübschen, nackten Füßchen nicht neben den Pantöffelchen der Prinzessinnen über das Parkett der Hofburg trippelten? Nein, es gab keine Weltgeschichte mehr ohne Hetti.

Aber ich kann sie doch einst nicht auf mein Roß heben und mit ihr in die Schlacht reiten! … Diese Einwendung verblüffte mich.

Wirklich, auch Hektor nahm ja die Andromache nicht mit in den Streit.

Da fühlte ich, daß mir Hetti mehr war als alles in der Welt. In ihrer Nähe war nach und nach mein kaltes Heldentum wie Eis in der Lenzwärme zerschmolzen. Sie hatte, ohne es selber zu ahnen, mir zuerst den Helm abgenommen, dann den wehrhaften Schild entzogen und endlich den eisernen Harnisch gelöst. Mein einfältiges Menschenherz lag ungeschirmt vor ihr. Das Rittertum lag gleichsam im Gras neben uns und diente nur noch zum Vorwand für das Rittertum des Herzens, welchem wir uns mit der süßen Unbewußtheit der Kinder ergeben hatten. 216

Hie und da kam ich mir dann freilich wie ein Abtrünniger vor und einmal träumte ich, der Erzengel Michael sei in meine Kammer getreten, als ich zu Bette lag, und habe mir einen schwarzen, blanken Brustpanzer umschnallen wollen. Aber ich hätte auf die linke Seite gedeutet und gebeten: »Lockere mir die Spangen! Das Herz tut mir weh.« Der Erzengel aber schüttelte zornig sein behelmtes Haupt und sagte: »Das muß ein Kriegsmann aushalten können«, und ging mit klirrenden Eisenschuhen davon. Gleich löste ich das stählerne Hemd los und warf es auf den Boden hinaus. Aber Sankt Michael war noch nicht weit, er hatte den Lärm gehört, kehrte zurück, ergriff das schimmernde Wehrstück und fragte: »Dies oder dies?« Dabei zeigte er zuerst auf den Panzer, dann auf mein Herz. »Dies hier, dies!« rief ich ängstlich und hielt beide deckenden Hände über meine Brust. »Dann bist du einer wie die andern«, zürnte der Geist und verschwand.

Zuerst ärgerte mich dieser Vorwurf. Dann bestritt ich ihn. Nein, so wie ich und Hetti war niemand, wir waren einzig in unserer Art. Unser Geheimnis, unser seltsames Glück, unsere verstohlenen Freuden kannte kein anderer. Das wußten wir. Auf jedem Gesicht unserer Mitschüler war das zu lesen. Wenn die glücklich waren, hatten sie jedenfalls einen andern Himmel als wir. Im unsrigen gab es sonst für niemanden Platz. 217
Die Pforten waren verriegelt, die Sternfensterchen verhängt, daß uns keine Seele belauschen konnte, wie wir wie zwei selige Geister in unserm Liebesfrieden auf und nieder schwebten, bald voll Sehnsucht gegeneinander zustrebend, bald neckisch auseinander fahrend, bald in künstlichen Schleifen uns umkreisend, dann wieder gemeinsam, die Hände warm ineinander, durch die Wölklein ziehend, bis eines von uns im Übermut sich losriß und in einem goldenen Nebel verbarg und so die himmlische Schelmerei von vorne anhob.

Das alles überdachte ich jetzt, als der Kuckuck mich ganz nahe aufschreckte: »Wo bist du?«

Mir wurde bange. Warum kommt sie nicht? Ich fühlte etwas Schweres auf meinem jungen Herzen, wie ein Gewicht von Zentnern, und fing an, gleich einem Erwachsenen zu seufzen. Ich hielt den Atem an, um besser zu hören. Aber im Walde war es still. »Hetti!« rief ich ängstlich. »Hetti!« kam es schnell, als fürchte sich der Ton in der unheimlichen Stille, zu mir zurück.

Und wieder fragte ich mich: Wie werde ich es ohne sie aushalten im Kriege, wenn dieses wartende Halbstündchen mir schon so stark ans Herz geht? Im Eifer der Schlacht würde ich sie vergessen … ja, gewiß … dann schon …, aber hernach auf den langweiligen Märschen, am Feldfeuer, nachts im Gezelt? Ich hatte soviel vom Heimweh der Soldaten gelesen und wie sie sterbend noch der Braut gerufen. In unserem Städtchen hinkte an warmen Nachmittagen ein Krüppel mit hölzernem Beine über den Marktplatz. Wenn auch ich als Stelzbein zurückkehre, dürfte ich noch um Hetti freien?

In diesem Augenblick hörte ich ihre flinken, kaum den Boden streifenden Füße. Sie war aufgeregt und beide hübschen Achseln hoben und senkten sich unter den vom Laufe beschleunigten Atemzügen. Sie ließ mich keine Frage tun. »Ich wollte dir nur schnell sagen«, sprach sie und errötete mächtig, »daß ich zu Hause bleiben muß. Wir haben ein Brüderchen bekommen, ein ganz kleines, herziges. Die Mutter ist im Bett. Da kann ich nicht mehr weg. Komm mit …« schon faßte sie mich an der Hand und zog mich vorwärts … »und schau, was das für ein Kind ist.«

Rasch liefen wir die Halde hinunter. Da lag in sauberem Tüchelchen das strappelnde Kleine. Und wie hübsch es war! Daß es nur so weinen mochte, da ihm doch sicher nichts weh tat. Die Finger spreizte es auseinander, als wollte es sie zählen. Es rümpfte die rote Stirne mit dem klebrigen Haar wie ein altes Großmütterchen und wenn es den großen Mund auftat, so sah man in ein dunkles zahnloses Löchlein bis zum Halszäpfchen hinunter. Mit den Augen, die es wie kleine Fenster öffnete, schaute es erschrocken auf uns, schloß sie dann wieder lange und schien zu schlafen. Wir bückten uns beide tief über dieses Kind, das einen starken Geruch von Milch und jungem, zartem Fleisch ausströmte, und erzählten ihm tausend Dinge, wovon es nichts verstand, ja fragten es sogar, wie's ihm da gefalle, warum es weine, was es wünsche, gerade als könnte es uns darauf Bescheid geben. Hetti küßte es ein über das andere Mal, was mich zuerst beinahe bedrückte. Ich konnte mir nicht anders helfen, als daß auch ich das Knäblein zu küssen anfing ... ich auf die linke, Hetti auf die rechte Wange und zwischenhinein, wenn niemand es sah, gaben wir uns selber einen Kuß. Als wir das zum erstenmal so über das unschuldige Gesichtchen des Kindes taten, schlug es die Augen groß auf. »Du wirst doch etwa nichts ausplaudern wollen«, drohte Hetti schelmisch und wiederholte den Betrug. Da schimmerte es wie ein versuchtes und verunglücktes Lächeln über das Milchgesicht.

Ich mußte Hetti bewundern, wie sie gleich wieder den Spaß abstreifte, das Kind ruhig in die Arme nahm und wiegend einschläferte oder ihm das Saugfläschchen zwischen die nassen, dunkelroten, verzogenen Lippen schob, sein Bettchen ordnete, dann die Mutter in der Kammer pflegte, wobei sie geräuschlos die Tür öffnete und schloß, auf den Zehen ging und den Finger an den Mund legte, sobald meine genagelten Schuhe poltern wollten. An alles dachte sie. Kein Pünktlein in der Hausordnung wurde vergessen. Kam der Vater mit Wagen und Ochsen heim, so fand er schon den Tisch mit einem faltenlosen Tuch bedeckt, das Glas gefüllt 220 mit gelbem Most und Brot und Käse auf blanken Tellern. Der Boden der Stube war gescheuert und Rock und Schürze meines Mägdleins immer sauber. So oft ihr auch der Kleine an den Kragen griff und in den Zöpfen grübelte, gleich waren die Haare wieder geschlichtet und die Spitzen geglättet. Das alles schien mir mehr und besser, als wenn Andromache dem Hektor den Helm vom Nagel herunter reichte und ihm die Knieschienen umlegte. Dieses schlichte Heldentum der Stube gefiel mir jetzt so gut, daß ich es stundenlang betrachten und bewundern mochte.

›Könnte ich es nicht auch so treiben?‹ fragte ich mich. ›Was soll dieses Faulenzen und Träumen?‹ Ich schämte mich.

Zu Hause griff ich gleich ins Zeug. Vorab ordnete ich meine Kammer, das Buchgestell, die Schubladen und den Schrank. Dann ging ich zur Mutter, und da sie eben daran war, Garn abzuwinden, hielt ich ihr den Strang, ein Achill in der Spinnstube. Dann trug ich das Wasser in die Küche, nicht wie Bethli einen Kessel nach dem andern, sondern gleich beide Kessel mitsammen und dazu noch heuchlerisch singend, als ob das ein Spaß wäre. Beim Regenwetter saß ich über meinen Büchern, bemühte mich über den Anfängen der lateinischen Sprache und schaute die Geschichte nicht mehr bloß wie ein Bilderbuch an, wo es nur Schlachten und Könige gab, sondern ich studierte auch das stillere Weben in der Völkergeschichte, die Verfassung und Lebenseinrichtung, 221 die Geographie des Landes und es wunderte mich mehr und mehr, warum das, was geschah, so geschehen mußte. Ich spürte den Ursachen der Dinge nach und je tiefer ich geriet, desto wohler wurde mir, wie dem Würmchen, je näher es sich durch den Apfel dem Kern entgegengrübelt. Jetzt gewann ich auch Freude, das städtische Gemeindewesen, die geordneten Rechte des Gemeinderates, die Erhabenheit des Ammanns, die erquickliche Freiheit des stimmenden und wählenden Bürgers kennen zu lernen und ich verfolgte eifrig, wie der Staat heutzutage von diesen kleinen Gemeindeteilen zu den weitern Bezirken, von diesen zu den mächtigen Provinzen und von da mit ausgebreiteten Armen zur allumfassenden Monarchie vorschreitet. Wie alten Puder schüttelte ich meine frühere Historiensucht ab und fühlte mich immer behaglicher und wahrhafter im Treiben dieser schönen, braven Wirklichkeit, wo alles so tüchtig steht und geht. Ein Geschichtsschreiber möchte ich nun werden, nicht ein Geschichtenmacher.

Bei gutem Wetter begleitete ich meinen Vater, der Förster war, in die Wälder. Wenn ich abends mit roten Backen, Laub im Haar und Harz an den Fingern an Hettis Türe trat und sie das Kind hüten und mit klingenden Nadeln an einem Jäcklein stricken sah, dann kam ich mir als ebenbürtig vor und war stolz darauf.

»Seid ihr weit gegangen?« fragte sie.

»Na, es geht an, sechs Stunden hin und her!« sagte ich sehr nachlässig und machte vergleichsweise drei Schritte hin und zurück.

So war der 21. Brachmonat angebrochen, an dem sich der Erzengel enthüllen sollte. Die Sonne legte sich an ihrem längsten Erdentag alle Ehre ein. Gewaltig und ohne ein Flecklein am Himmel zu dulden, wallte sie mit ihren goldenen Füßen vom Morgen gen Abend und ging im Gebirgskamm unter, aber gleichsam mit einem verschmitzten Lächeln, als sagte sie: ›Gebt acht, heut spiel' ich einen Possen, ich bin gerade aufgelegt dazu ...‹

Wir waren zusammen in der vordersten Kirchenbank, ich neben Hetti, dann Bethli, Fridolin und Philipp. Wir sprachen ein etwas eiliges Vaterunser und harrten dann der Dinge, neugierig und vor Beklommenheit und kühler Kirchenluft fröstelnd. Hetti und ich hatten uns die Hände gefaßt, um die Offenbarung, welche es immer sei, gemeinsam zu bestehen.

Plötzlich schoß ein Sonnenfunken durch die Gebirgsklamm hervor, riß sich blutig durch die Scheibe, daß die Spinnengewebe an der Kupferfassung wie rote seidene Schleierfetzen erschienen, und sprang am Bild des Erzengels vom Haupte zu den gespornten Füßen hinunter, so daß wir ihn einen Augenblick alle betrachten konnten.

Aber, war das unser Michael? Dieser kleine Mann da droben mit dem sanften Gesicht und so gutmütigen Augen, als ob er bitten wollte: ›Nehmt mir doch das Schwert und den Helm ab und gebt mir lieber 223 ein Rauchfäßlein in die Hand, oder eine Lilie, wie mein heiliger Bruder Gabriel eine trägt, das dient mir besser.‹

Er stand auf dem geschuppten Drachen so behutsam, als wäre er von Zucker und könnte beim leichtesten Berühren zerbrechen. Wir hatten einen Riesen befürchtet, nun war es ein fröhlicher Engel, den wir gleich einladen mochten, zu uns niederzusteigen und uns eine hübsche Legende aus dem Himmel zu erzählen.

Alle waren enttäuscht, erfreut nur ich und Hetti.

›Dieser Michael‹, beruhigte ich mich, ›wird mich nie mehr im Traume plagen und die Brust in Eisen schnüren, er, der sich selber sehnt, daß man ihm den Panzer löse. Vor ihm braucht sich mein gemausertes Heldentum nicht zu schämen.‹

Rasch und spurlos versank die Statue in ihr früheres Dunkel. –

Im Herbst schied ich vom Städtchen, die Studentenmütze nicht so keck, wie ich es mir früher vorgemalt hatte, auf die verwilderten, unlösbaren Locken gesetzt. Denn der Abschied ging schwer. Die Geschwister und Hetti folgten mir noch ein Stück weit. »Jetzt gehe ich zurück«, sagte Philipp nach einer halben Stunde, als ein Wagen vorbeifuhr, dem er sich hinten anhängen konnte. Und wieder nach einer halben Stunde wandte sich Bethli mit dem lustigen Nikola, der zwischen seinen gescho- 224 renen fünf Schafen vorbeitrieb, zum Städtchen zurück. Die Liebe Hettis ging am weitesten mit mir. An einem Brunnen, der unter einer Silberweide vor einem verschlossenen, einsamen Herrenhofe stand, setzten wir uns auf den Gesimsestein und suchten nach den letzten Worten, ohne die rechten zu finden. »Jetzt muß ich gehen«, sagte ich endlich und ergriff Hetti an beiden Händen, zog sie an mich und küßte sie. Wir senkten beide wortlos die tropfenden Augen und nun erst begriffen wir den Landgrafen und die Landgräfin von Thüringen sehr gut. Das Wasser plätscherte ins Becken, Schatten und Lichtflocken gaukelten auf unsern Gesichtern, die schmalen Blätter lispelten und ganz nahe auf dem Brunnenstock piepte ein Sperling eintönig: »Dableiben, dableiben! ...« Aber vor mir flimmerte die Straße und zeigte gebieterisch vorwärts. –

Seitdem sind viele Jahre verstrichen. Ich habe die Hochschule und ihre Examen bestanden und in den Taschen und Truhen der Frau Historia so lange herumgestöbert, bis ich ein artiges Doktorhütchen zusammengestoppelt hatte. Daß mir bei der Rückkehr der Apotheker unter seiner Haustüre einen respektvollen Knicks machte und dann gleich die berühmte Dose herhielt, tat mir wohl; noch mehr, daß mich Mutter und Vater noch immer den lieben Hannes schalten; aber am wohlsten wurde mir, als ich an Hettis warmer Hand vor ihre Schränke und Kommoden trat und zusah, wie sie Lade auf Lade mit feiner Wäsche, Leinen, Handtüchern, Vorhängen, Bettüberzügen auszog, in einer Ecke sogar auf ein niedliches Häubchen und Geiferlätzchen wies und dabei in einem süßen, züchtigen Wangenrot leuchtete.

An einem späten Sommerabend, das ganze Städtchen duftete vom eingebrachten, köstlichen Heu und die Jungen hielten am Brunnen vor der Kirche die verschwitzten und verbrannten Köpfe unter die Röhren … traten Hetti und ich aus dem Studierstübchen des alten Pfarrers, mit dem wir das Ernste und Heitere des Hochzeitstages besprochen und uns unterrichtet hatten, wann wir zum Altare treten, die Kerze abgeben und wie wir beim Anstecken der Ringe die Finger halten sollten, um nicht – es wird so oft dagegen gefehlt, tadelte der Pfarrer, indem er die Stirne kraus zog und die halbe Prise Schnupf über den zugeknöpften Rock verstreute – um ja nicht die Ringe und die Finger zu verwechseln. Im breiten Hausgang blieb der Hochwürdige neben einer verhangenen Nische stehen und fragte, während er den grünen Vorhang wegzog, mit jenem überlegenen Lächeln, das man bei einer gelungenen Überraschung zeigt: »Kennen meine Leutchen den da?«

»Der Erzengel Michael!« riefen wir beide gleichzeitig.

»Der Erzengel Gabriel!« verbesserte der Pfarrer schmunzelnd. »Aber er ist noch nicht trocken, gib acht, Kleine!« warnte er die große, schöne Hetti mit jener duzenden Vertraulichkeit, die er sich gegenüber seinen Taufkindern erlaubte, auch wenn sie schon ausgeknospete Jungfrauen oder sogar kinderreiche Mütter geworden waren. »Wir haben ihn gestern frisch angestrichen.«

In der Tat, da stand der Engel gleich uns in der ersten, fröhlichen Frische eines neuen Lebens. Aus dem Schlachtenengel Michael war der Hochzeitsengel Gabriel geworden. Er trug statt des Schwertes einen schlanken, leicht an der Dolde gebogenen Lilienstengel in der Linken, lächelte und hielt die Rechte grüßend vor, als schwebte er eben mit bräutlicher Botschaft ins Kämmerlein der heiligen Jungfrau.

Hetti und ich gingen nach Hause im Duft des Sommerheues, im Jubel der um den Brunnen patschenden Buben und im Gedanken, wieviel schöner Gabriels Lilie als Michaels Schwert sei. 227

Die Manöver

Eine schweizerische Soldatengeschichte

Leonz Faller schnallte den Säbel ab und legte das Käppi des Artillerie-hauptmanns auf die Sofalehne.

Dann schaute er sich in der großen, niedrigen Stube um und schnupperte wie eine Katze, die etwas Verdächtiges merkt, ihre stille, nach dem gewichsten Boden riechende Luft ein.

War das seine oder eine fremde Stube?

Er schüttelte den Kopf und warf sich mißmutig in die Sofaecke.

Ihm war, es müsse eine andere Stube sein als diejenige, in der er unter dem Lächeln der Mutter Anna und dem Tabakräuchlein seines Vaters Meinrad gespielt, wo er seine Schulaufgaben mit unzähligen Seufzern und Fehlern erfüllt, wo er dann an ruhigen Sonntagen sich in die Kriegsbücher vertieft und so früh es nur eben anging, sich für die Artillerie angemeldet hatte. Dort im Kasten ruhten die Urkunden, die ihn vom Gemeinen in rascher Auszeichnung zum Leutnant und dann zum Batteriehauptmann beförderten. Sie lagen in der Hauptlade. Aber in einer versteckten Nebenlade, zu der nur er den Schlüssel führte, be-fanden sich noch andere Papiere, die ihn erröten machten, so oft er sich ihrer erinnerte. Es waren die Briefe Rosinens, seiner Geliebten, die er zwar alle auswendig wußte, allein immer wieder las, so oft er sie in die Hand nahm, als könnte er darin immer noch etwas Neues entdecken.

In diesen mit überaus kleinen und reinen Buchstaben beschrieben, nach Lavendel duftenden Blättern war von allen großen Dingen gesprochen, die Liebende zu Hilfe nehmen, wenn sie ihre Gefühle auszusprechen versuchen. Da schwamm der Mond gleichzeitig mit der Sonne und einem Schweif von muntern Sternen herum; es blühten ganze Wiesen von Vergißmeinnicht und die saftigsten Viehweiden von Veilchen und Männertreu; Reime von ›welken und Nelken‹, von ›Liebe und Triebe‹ wechselten mit ›rosenroten Herzen und Schmerzen‹, und zwischendrin lag ein vertrocknetes und verküßtes Gänseblümchen oder ein fünfblätt-riges Kleeblatt, das er ihr oder sie ihm an einem schwärmenden Abend gepflückt hatte.

Am Ende dieser Briefe stand immer ein Notabene: »Habe Geduld mit meinem Vater! – Unsere Liebe ist stärker als Fleisch und Blut.«

Dieses Notabene vergällte dem jungen Manne jedesmal den ganzen Trost der Briefe. Das hieß mit anderen Worten: der alte, ausgediente Oberst Bleuler, der gegenüber dem Fallerschen Bauernhof am andern Rheinhang im köstlichen Barocklandhaus ›Dignitas‹ wohnt und der so gut wie die Faller das langsame feierliche Brummen des Stromes aus der Tiefe immer im Ohr hat, ohne von hier oben auch nur das grüne Schwänzlein des prachtvollen Wanderers im Kessel zu erblicken: also dieser eingefleischte Patriot will sein einziges Kind nur einem Schweizer geben. Leonzens Großeltern aber sind eingewanderte Preußen, von Bonn 232 oder noch weiter unten herauf. Der kühne vaterländische Strom im Tobel geht zwar auch auf die Freite bis hinab ins Kölnische. Aber in diesem Stück darf man den treulosen Kerl mit seinem wilden Tropfen Reisläuferblut nicht nachahmen.

Nun haben die Faller sich ja freilich in den vielen Schweizerjahren das eidgenössische Bürgerrecht mit schweren Batzen und in aller Sinnestüchtigkeit erworben. Aber was gilt das dem Bleuler? Ein gekauftes weißrotes Nationalmäntelchen und darunter steckt noch der alte reichsdeutsche Mensch! Er jedoch entstammt einem uralten Züricher Geschlecht. Seine Vorfahren haben im Schwabenkrieg gegen den deutschen Maximilian und zu Pavia gegen den fünften Karl blutigen Leibes gefochten. Und als die Preußen wegen des kleinen Neuenburg die Pickelhaube in das Schweizerländchen schleudern wollten, da ist Bleulers Vater an der Spitze eines Fähnleins stramm mit Tornister, Käppi und der Rollflinte am Rhein gestanden. Der Sohn marschierte wieder an den Strom Anno 1870, um die Grenze zu hüten, damit kein bewehrter deutscher Fuß auf Schweizererde trete. Man denke, nicht einmal auf Schweizererde, geschweige denn in seine Stube oder gar in die Kammer seiner einzigen Tochter, an deren Leben die Mutter den Tod nahm, und die ihm nun teuer war wie Gattin und Kind zusammen. Gar in diese Kammer sollte nie eine ausländische Sohle treten. Klipp und klar war das Rosinen verkündet worden. Dazu hatte der alte Herr seine weiche, 233 weiße Hand geballt.

Daß zwischen Leonz und Rosinen der breite Rhein floß, das hätte die Verliebten wenig gestört; aber diese so sanfte, weiße Faust zwischen den zweien, die war ein gewaltiges Hindernis.

Herrn Bleuler lagen die Faller auch sonst noch schwer auf dem Magen. Zwar ihr Häuschen hatten sie über dem Wasser, aber ihre Reben grünten und reiften neben den seinigen auf der Mittagsseite des Flusses und, was das Verdrießliche war, sie grünten früher und sie reiften bälder, und das Blut, das man ihnen erpreßte, war ein ganz anderes, viel edleres. Und doch hatten sie ebensoviel oder so wenig Sonne als seine Trauben. Aber diese verwünschten Rheinländer, sie haben einen eigenen Zauber in Händen. Sie hexen an der Rebe herum, bis es süß und dunkel wie Blut aus der Beere quillt. Der Bleulersche Wein dagegen hat immer etwas Herbes, das die Zunge zusammenzieht und die Nase zum Niesen reizt. An der alljährlichen Ausstellung landwirtschaftlicher Produkte in der behäbigen Hauptstadt des Kantons holt sich der Fallersche Tropfen immer die allererste Marke. Doch bei dem seinigen bemerkt der Preisrichter, der doch als Stammgast jeden Sonnabend im Bleulerhause sitzt, jeweilen unter einem schwachen Ehrlichkeitshüsteln: »Herr Bleuler, entschuldigen Sie, aber Ihre Reben – Sie wissen, ich achte Ihre landwirtschaftlichen Verdienste sehr hoch – aber Ihre Reben, – nun, es kann besser kommen mit der Zeit, – viel besser – wenn Sie vielleicht mehr Humus, hm ...«

Dieses Jahr fand im Weinmonat in Zürich eine Ausstellung der Weine statt, die auf der mageren Schweizerscholle, in der geizigen Schweizersonne, unter den rührigen Schweizerhänden wachsen. Ohne Zweifel wird der Fallersche Saft wieder eine erste Prämie ziehen.

Gestern war der alte Bleuler, ein wahrer Riese an Größe und Breite und behäbigem Querschnitt, endlich nach langem Herumsinnen mit dem Fährschiffchen hinübergerudert und hatte den Fallerschen Eheleuten geradewegs den Kauf ihres Rebberges angetragen. Ihr Weinberg liege ja auf seiner Seite, – die Faller wären bereits in hohen Jahren, – ihr Sohn betreibe, wie er höre, das Kriegshandwerk, – die beiden Rebhügel gehören sozusagen zusammen, – er halte viel fleißige Arbeiter und zahle bar einen guten Kaufpreis, – sie möchten nur sagen, was sie für den Goldacker fordern –.

Entrüstet erklärten die Faller hierauf, zwei Dinge würden sie auf Erden nie in fremde Hände veräußern: ihren Buben und ihren Weinstock. Darauf wurden sie beide rot. Sie dachten an Rosine und wußten nicht recht, ob das Mägdlein des alten Obersten eine Fremde oder Bekannte für sie sei.

Bleuler fing jetzt an zu feilschen. Er wollte den Weinberg ja gerne nur pachten. Für zehn Jahre etwa.

Der alte Faller verneinte unbedenklich: »Zehn Jahre? – so lange leb' ich nicht mehr. Wenn ich tot bin, kommt wieder und bettelt meinen Jungen an!«

Frau Anna aber nickte nicht dazu. Sie schien mit sich zu Rate zu gehen.

»Sagen wir acht!« bat der Bleuler mit großer Selbstüberwindung und strich mit seinem Daumen den linken Schnurrbartzipfel aus der Lippe.

»Ihr marktet ja um Jahr und Tag, als hättet Ihr dem Herrgott das ganze Jahrhundert abgekauft«, gab erbost der kleine Faller zurück.

Aber die Fallerin schaute hier mißbilligend auf ihren kleinen erhitzten Mann.

»Fünf Jahre!« fragte der Bleuler und wandte sich nunmehr nur noch an die Bäuerin.

›Das Verpachten‹, dachte sie mit ihrem witzigen alten Kopfe, um den sie ein rotes Tuch gebunden hatte, ›das Verpachten ist eine leichtere und bessere Sache. Der Goldacker gehört uns dabei doch immer. Doch Scherereien hätten wir zwei Alte nicht mehr mit den Winzern, – und der Oberst zahlt gut!‹

Laut aber sagte sie mit ruhiger Stimme: »Meinrad, wir könnten ja mit Leonz darüber reden. Morgen kommt er auf ein Stündchen in Urlaub aus den Manövern.«

Der Bleuler nickte zustimmend, und nun sorgte das kluge Weib so- gleich weiter im stillen: ›Wer weiß, wenn wir dem Oberst mit dem Weinberg entgegenkommen, kommt er uns mit seiner Rosine entgegen, die nun einmal mein Leonz und kein anderer bekommen soll.‹

»Es ist ja wahr«, fügte sie bei, »wir zwei Alte sind über den Acker nicht mehr Meister. Und der Leonz, Gott weiß, was dem im Sinn steckt.«

Der alte Faller sah wie erstarrt auf sein Weib. Er mußte falsch verstanden haben. Die magere Hand legte er ans kleine vorgestülpte Ohr. Daß Anna nur eine Minute zweifeln könne, ob man das väterliche Erbteil in fremde Hände gehen lasse, schien ihm gänzlich undenkbar.

»Tut uns den Gefallen«, fuhr die Frau indessen fort, »und redet mit Leonz!«

»Leonz hin, Leonz her!« brauste jetzt der Bauer auf. »Weib, schweig!«

Gekränkt wandte sich Frau Anna ab. Diesen Ton des Gemahls kannte sie nicht. So etwas ließ sich im Alter nicht mehr angewöhnen.

Doch der Bauer würgte noch mehr heraus. »Ihr«, richtete er sich gegen den Bleuler, gegen den er wie ein Zwerg aussah, »Ihr möchtet wohl heuer in Zürich ein Kränzlein ums Faß verdienen? Da wäre nun eben die Fallersche Sorte gut genug. Mein Wein paßt Euch, aber mein Bub' nicht, he? –«

Der Bleuler stand auf, bleich vor Aufregung.

»Daß Ihr's nur einmal wißt«, endigte Meinrad und trat hart an den Riesen heran, »meinem Bub' red' ich nicht in solche Sachen ein. Aber heiraten seh' ich ihn mit Eurer Rosine gerade so gern, als meinen guten Wein in Euren sauren gießen.«

Darauf polterte der Oberst etwas Grobes los, das niemand recht in der Erregung verstand, und rollte wie ein Fels die Halde hinunter. Nicht rasch genug konnte ihn die Fähre hinüber auf sein Flußbord schaffen. Zornig spuckte er ins Wasser und schloß, sowie er in seinem Hause ankam, sämtliche Läden, die die Aussicht gegen den Hof der Faller öffneten.

Diesen stacheligen Vorfall hatte Mutter Anna nach ihrer heimlichen Weise dem Sohne ins Lager gemeldet, wo sich die Truppen auf die eigentlichen Schluß- und Glanzoperationen im Felde rüsteten, und ihn dringend gebeten, wenn immer möglich schon am Sonntag früh in Urlaub heimzukommen. Denn die Artillerie lagerte kaum zwei Stunden vom Rheine entfernt.

Das war am Donnerstag. Den ganzen Freitag und Samstag wurde im Fallerschen Hause kein lautes Wort gesprochen. Der erste Schatten schlich in dieses bisher so sonnige dreißigjährige Eheleben. Und je näher sich die beiden Eheleutchen die Sache besahen, die sie entzweite, um so dunkler stellte sich der Schatten zwischen sie.

›Wie‹, fragte sich die bereits gebeugte Fallerin, ›wir sind alt – es ist mühsam, täglich hinüber zu fahren, zu hacken, aufzubinden und zu beschneiden. – Und stehe ich nicht selber bei der Kelter, so wird mir von den Knechten der Wein faßweise weggetrunken. – Dann hat der Küfer, dieses leichtsinnige Tuch, die Fässer noch schlecht ausgebrannt – man muß hernach die Ware zu Markte fahren und hat dabei nichts als Schreibereien und Mühsale. Bis in den Winter reicht die Not, und zuletzt ist man niedergetreten und ausgepreßt, ohne Saft und Kraft, wie Träber, wenn man endlich einmal ein Gläschen vom abgeklärten Wein trinken darf. Und dann muß er erst noch gut geraten sein! – Aber die Mißernten, der Maifrost, die Würmer und die Raupen, vorab die heillose

Nonne! – Und der große Zoll! Ach was – mein Mann ist nicht bei Trost, wenn er die Pacht ausschlägt.‹

›Nein‹, fuhr sie schärfer fort, ›nein, er ist unvernünftig. Wie ein Gaul zieh’ ich am Wägelchen mit ihm. Ich hinke, er hinkt noch mehr. Das meiste ziehe ich noch. Es geht so nicht mehr. Meinetwegen! – Ich mache nicht weiter mit.‹

Sie sah den Mann beim Frühstück über den Tisch an wie einen Tyrannen, der Haus und Leute eigennützig verderben will.

Immer mehr schwoll der Zorn in ihr an. Sie beschaute ihre großen, langen Arme, die sie bis zum Ellbogen ärmellos trug, diese magern Arme – sie waren von der Arbeit wie von einem gierigen Wolfe benagt, nur noch Haut und Knochen. Sie dachte an ihr Herz, das seit einiger Zeit so heftig und so ungleich schlug, wenn sie hügelan ging, im jähen Tempo eines Galopps. Dann mußte sie innehalten, einen Rebstecken ergreifen und lange so stehen und warten, bis der Puls wieder solider ging, Andante, und der Atem gemächlicher wurde. ›Tyrann‹, wiederholte sie leise, ›haben wir nicht genug Geld auf der Bank, daß wir feiern können?‹ Und nochmals blickte sie und diesmal noch erzürnter über den Tisch. 239

Aber der Faller begegnete ihrem Zorn mit gleicher Münze. Wie eine Treulosigkeit am Heiligsten kam es ihm vor, daß sein Weib das liebste, ehrwürdigste Stück Heim gegen Geld weggeben konnte. Ihm würde es das Herz in den tiefsten Wurzeln umdrehen, sähe er fremde Hände seine tiefblauen Trauben pflücken. Es wäre ihm nicht anders, als risse man ihm die Kleider, ja die Glieder vom lebenden Leibe. Niemals würde er es ertragen, daß andere seine Beeren auspressen, in einen fremden Becher schütten und die violettdunkeln Gläser auf das Wohl des wackern Weinherrn Bleuler anstoßen würden. Niemals!

Wie die tiefste der Reben war er in den Weinberg eingewachsen und keine Gewalthand als die allmächtige des Todes sollte ihn aus diesem Grunde reißen.

Er hatte sich mit der Frau vertragen, als es sich um die erste ungleiche Meinung zwischen den Eheleuten handelte, ob man ihrem einzigen Buben Weißbrot oder Schwarzbrot reichen sollte. Die Mutter trug mit dem Weißbrot den Sieg über das väterliche Schwarzbrot davon. 240

Und als entschieden werden mußte, ob Leonz in die Realschule oder ins Gymnasium gehen sollte, da opferte Frau Anna ihrerseits den langgeträumten süßen Wunsch, einen Lateinschüler mit blauem Käppi ihr eigen zu nennen, den landwirtschaftlichen Neigungen des Gemahls. Kein Widerwort fiel von ihrer Lippe.

Als endlich Leonz unbekümmert um Real- und Lateinkurs sich für das Militär entschied, da hatte der Vater wiederum auf die Gründe der Mutter mehr noch als auf jene des Sohnes gehört und Leonz in die Artillerie gelassen, obwohl er von Kindesbeinen an das Militär und vorab das Kanonierwesen schwer haßte.

Jetzt aber, da es sich um den Weinberg handelte, den sein Vater mit dem Schweiße seines Antlitzes angebaut und mit Schößlingen vom mittelrheinischen Mutterland besteckt hatte, den Weinberg, den er wie ein junges Leben vom Sterbenden übernommen, der den Stolz und Verdienst seines Mannestums bildete und dessen Tropfen die Milch seiner Greisenjahre geben sollten, jetzt konnte Faller nicht mehr nachgeben. Sein ganzes Innere empörte sich gegen die Unbarmherzigkeit seines Weibes. Daß der Gedanke an die Verpachtung auch nur für einen Augenblick wie ein hastiger Schatten sich auf ihre Seele hatte legen können, war schlimm genug. Was sollten sie Alte denn in Zukunft treiben?– Etwa am Fenstergesims sitzen und in den Fluß hinunterschauen? – Oder das Pachtgeld ein dutzendmal im Tage von einem Beutel in den andern hinüberzählen?

Faller hoffte, die Frau komme schnell zur Einsicht ihrer Herzlosigkeit. Als sie ihn jedoch bei Tische wie eine unschuldig Verfolgte ansah, da wuchs der Ingrimm in ihm. Er warf den Suppenlöffel weg und kehrte ihr schweigend den Rücken, bis sie gegessen und das Mahl hinausgetragen hatte.

Vielleicht wird sie am Abend beichten, in der gemeinsamen Schlafkammer, wenn es so still und so spät ist, daß vom Tage nichts mehr übrig bleibt und man deutlich die leisen Glocken hört, die das Gewissen im Herzen läutet.

Aber Frau Anna ging ins Bett, wandte sich nach der Wand und sagte kurz: »Gutenacht!«

»Nacht!« machte Meinrad und dachte für sich: ›Wenn du, Weib, so schlafen kannst, ich bin ein Mann, ich kann es auch‹ – Dann pfiff er ein sehr freches Lied, ging in die Kammer seines Sohnes hinüber und legte sich dort zur Ruhe – oder besser zur Unruhe nieder. Diese Nacht hat sich im Fallerhof kein Auge geschlossen.

So ging es noch einen Tag und noch eine Nacht, bis Sonntags Leonz mit dem Briefe der Feldpost auf seinem Togo dahertrabte. Mehr aus dem, was die holperige Bäuerinnenschrift verschwieg, als was sie sagte, erriet er das Unheil.

Zwar konnte er nicht glauben, daß es sich um etwas Ernstes handle. So weit er zurückdachte, nirgends lag eine Erfahrung von streitenden Eltern vor. In seinem Gedächtnis sah er sie immer so, wie die Photographie die zwei gleich in der ersten Stunde nach der Hochzeit zeigte, die Hände ineinander geschlungen und das eine bräutliche Augenpaar in das andere getaucht.

Aber wie er nun in die Stube trat und nirgends ein eiliger Fußtritt der Mutter über die Stiege, noch ein Willkommen des Vaters von der Tischecke her ihn begrüßte, sondern da er die Stühle so verlassen und die Gemälde an der Wand so nichtssagend ihn betrachten sah, als wäre die Seele des Hauses ausgefahren, und da er aus der dumpfen Luft etwas Fremdes und Bösartiges herausfühlte: da begann er das Unglaubliche zu glauben und zu merken, daß er dieser neuen Situation gegenüber rat- und hilflos dastehe. Mit einem zornigen Seufzer warf er sich aufs Sofa. Er wagte niemanden zu suchen. Das Unglück schien ihm immer noch früh genug da. Warten wollte er, bis jemand von der Dachstube hinunter oder vom Garten herauf käme. Scharf, als ob ihn jetzt nur das angehe, sah er den vielen Fliegen auf dem Tische zu, wie sie mit den Brotkrümchen, die vom Mittagessen noch dalagen, eine bald mutwillige, bald ernsthafte Arbeit machten. Indessen ihm schien, sie stritten alle. ›Es steht schlimm‹, dachte er, ›wenn die Mutter den Tisch nicht mehr scheuert.‹ – Doch ganz gefährlich dünkte ihn, daß der Teller des Vaters oben, der mütterliche unten am Tische stand. Nebeneinander hatten die sonst immer gegessen, Teller friedlich neben Teller, und Leonz hatte gar oft gegenüber auf seinem erhöhten Stuhle gesehen, wie Vater und Mutter die Klöße und das Fleisch teilten und wie wohl auch der eine Teil dem anderen lachend ins Schüsselchen langte, weil er sonst zu kurz käme. Nun starrten die Teller einander an wie zwei Hassende, die sich meiden, so weit es auf einem Tisch nur möglich ist.

Unter dem schlecht verschlossenen Fensterchen hörte Leonz jetzt zwei grobe Schuhe über das Pflaster schlürfen. Diesen langen, müden Schritt kannte er nicht recht. ›Das ist nicht die Mutter, gewiß nicht!‹ sagte er sich und sperrte die Türe gegen den dunklen Flur auf. Aber es war doch die Mutter. Den finstern Gang kam sie herauf mit einem Wasserkessel links und rechts in der Hand. Schon hatte sie das am Gartenzaun angebundene Pferd gesehen und den Besuch geahnt. Nun, da Leonz im Rücken des vollen Stubenlichts stand, konnte sie ihn nur am runden, weichen Kopf und an den kleinen, starr aus dem geschorenen Haupte vorstehenden Ohren, aber auch am schlanken Hals und den breiten Schultern erkennen. Sie stellte die Kessel mitten in den Flur ab und sprang wie ein hurtiges Mädchen auf ihn zu. Erst wollte sie ihn an der Achsel fassen, stutzte aber, da sie die glänzenden Achselschnüre und den hellen Armstreifen ihres Uniformierten bemerkte. Eilig suchte sie ihre wasserfeuchten Hände an der Schürze abzutrocknen. Aber Leonz gab ihr keine Frist. »Mutter, Mutter!« machte er mit verhaltener Stimme, während er die beiden Hände zusammenflocht und an seine Brust preßte. »Komm herein! – Wo ist der Vater? – Was ist mit euch?«

Er riß sie in die Stube und suchte ihr beleuchtetes Gesicht zu lesen. Das Weib bewegte die Lippen wie im Krampfe. Leute, die etwas Ungenießbares verschluckt haben, keuchen so und mühen sich ab, den Unrat wieder herauszustoßen. Annas Wangen brannten dabei vor Not und Scham.

»Es ist nur eine Kleinigkeit, Leonz«, sprach sie endlich undeutlich. Aber sie erstickte fast an dieser Kleinigkeit. »Nur wegen dem Goldacker haben wir Streit.«

Leonz vermochte seine Mutter nicht anzusehen. Er blickte gegen das Fenster, durch dessen Scheiben die Weinberge vom jenseitigen Uferhang und besonders der Goldacker in die Stube guckten. Verblaßt und verfallen sah die Rebe dort drüben aus, so daß die Rebstecken und die blauen Trauben bis herüber sichtbar wurden. Der Hügel herwärts schnitt die reifen Hänge drüben schon in der Mitte halben Leibes ab. Aus der unsichtbaren Tiefe stieg bis in die Stube herauf das schwere, vielgemischte Rauschen des Rheines.

Neben dem eigenen Weinberg sah Leonz in gleichen Streifen den Bleulerschen zur Rheintiefe hinabfallen. Oben stand das umfangreiche Wohnhaus mit einem Balkon gegen den Fluß und hatte nichts als den blauen Himmel hinter sich. Aber mit den verschlossenen Läden stand es düster und gewalttätig da wie sein Herr.

Nur mit halbem Ohr hörte Leonz zu, als die Mutter endlich Worte gewann und erzählte. Um seine Aufmerksamkeit zu bezeigen, runzelte er hie und da seine helle, etwas niedrige Stirne, die um so niedriger erschien, als ihm das dichte dunkle Haar tief ins Antlitz hineinwuchs. Als einziges und früher ziemlich verwöhntes Kind hatte er sich die Gewohnheit angeeignet, bei ungefälligen Reden der Eltern eine krause Stirne zu ziehen. Dies tat er auch jetzt, obwohl er weder aufmerksam noch beleidigt war. Vom Goldacker, der so flott in der Sonne lag, sah er zum Nachbarn hinüber und mit einem ganz kleinen Gedankensprung war er auch schon beim Nachbarstöchterchen angelangt. Am Rebhügel lag ihm wenig. Er war zuerst Kanonier, dann erst Winzer. Aber Rosine ging ihm nahe. Ihretwillen hätte er auf alle Rebstöcke der weinseligen Welt verzichtet. Nur die Uniform hielt noch neben der Geliebten stand, die würde er selbst ihr nicht opfern. Aber Rosine verlangte kein Opfer von ihm. Wie es in so mancher Liebe einen herrschenden und einen dienenden Teil gibt, so war sie vor der gesunden, glänzenden Erscheinung des Hauptmanns die dienende Seele. Sein Lieben war ein genußvolles Regieren, das ihrige ein ebenso genußvolles Gehorchen. Doch keines von 246 beiden merkte von diesem Unterschied etwas. Jeder Teil war in seinem Element und glaubte niemanden glücklicher als sich.

Als nun die Fallerin die Kleinigkeit des Streites immer größer schilderte, je mehr sie Atem zum Reden erschnappte, und von den invaliden Füßen und dem Herzklopfen, wodurch die bückenden Verrichtungen in den Reben schwierig würden, geradewegs auf Rosine überging und haarscharf bewies, daß Leonz nie und nimmer das Mädchen kriege, wenn dem Bleuler mit dem Goldacker nicht zu willen geschähe, da fand sich endlich der junge Faller seiner Mutter gegenüber zurecht und lächelte überlegen.

»Mutter, nur keinen Kummer, die Rosine hab' ich in Händen.«

Dazu öffnete er seine Hand, die groß und behaart war wie die bäuerliche der Mutter; nur bot sie keine Schwielen oder Narben. Sie war eher fein und nur wenig von der Sonne des Marsfeldes verbrannt.

Gleich schloß er die Finger wieder zusammen, als könnte ihm sonst der gefangene Vogel entschlüpfen.

»Was vermögt ihr ohne den Alten?« widerstand das Weib. »Nichts wird daraus!«

»Bis zum Jüngsten Tag könnt ihr warten«, machte die Frau spöttisch, als Leonz unverändert lächelte. Doch verlor ihr Auge nichts von der Zärtlichkeit, mit der sie dem Jungen die ganze Zeit gleichsam im Gesichte lag. 247

»Ja, dann warten wir bis zum Jüngsten Tag«, versetzte Leonz fest und ging in den knarrenden Reiterstiefeln die Diele auf und ab.

»Mutter«, begann er wieder und stand vor ihr still, »sei nicht böse! – Sieh, um meine Rosine habe ich kein Stümpchen Angst. Du, du machst mir bang, du und der Vater! – Wo ist er denn?«

Sie wurde dunkel im Gesicht bei diesem Worte. Wie zur Entschuldigung nahm Leonz ihr Kinn in seine weiche Hand.

»Draußen, drüben!« erklärte die Frau halb verweisend, halb über seine Liebkosung ergriffen.

»Ich gehe hinüber«, entschied der Hauptmann und nahm die Mütze von der Lehne. »Komm mit, Mutter – das ist doch eine Dummheit, das ist euch nicht ernst! – Ihr fangt zu spät an zu zanken, das hättet ihr früher lernen sollen. Komm«, fuhr er eindringlicher fort, »wir wollen den Vater küssen – du nimmst die rechte und ich die linke Wange! Komm!«

»Geh du nur allein«, versetzte die Frau mit ungeahnter Härte, »rede mit dem Murrkopf, wenn du's kannst. Ich habe es satt!«

»Aber Mütterchen – –« betroffen hielt der Hauptmann inne. In den kleinen grauen Augen dieses Weibes lag eine so tiefe und rüstige Streitbarkeit, daß Leonz sogleich verstand, hier sei mit jener alten, kindlichen Zutraulichkeit, mit der er früher alles erzwingen konnte, nichts zu erreichen.

»An dich denkt er gar nicht, unser Alter!« rief die Frau, »immer nur an sich. Nimm eine Magd mit schmutzigen Händen! Wenn sie nur den langen Tag wie ein Gaul für den Hof arbeitet, dann ist sie ihm schon recht. Was versteht er die Resi? – So ein fein Ding! – Er will sie nicht herüber haben und darum schickt er den Oberst so sackgrob heim. Da hat alles Ziel und Ende!« –

Wieder runzelte Leonz seine saubere Stirne, aber diesmal war nichts Verwöhntes, sondern eine tiefe Schmerzhaftigkeit schuld daran.

»Mutter«, sagte er, und seine Mundwinkel zitterten, »so hab' ich dich noch nie gehört über den Vater schimpfen!«

Rasch wandte er sich nach der Türe, schamrot darüber, daß er seine Mutter gescholten hatte. »Ade!« tief er noch von der Stiege herauf.

»Wohin gehst du?« stieß das Weib heraus, ohne sich von der Mitte der Diele, wo es immer gestanden hatte, zu entfernen.

»Zum Vater!« scholl es herauf. Dann vernahm man ein leises »Hüp!«

»Zum Vater!« wiederholte Frau Anna leise, aber mit einem anderen Ton, den sie fälschlich aus Leonz' Ruf herausgehört hatte. Es klang aus diesen zwei Wörtchen wie Abfall des Kindes, wie Übergang zum Feinde.

Lange noch vernahm sie den Hufschlag des Togo über den Holperweg zum Flusse hinunter. Als es endlich ganz still wurde, ging sie mit ihren langen, müden Schritten zum Sofa hinüber. Doch da fiel ihr mitten in aller Seelenpein ein, daß sie die beiden Wasserkessel noch auf dem Flur hatte stehen lassen. Seufzend erhob sie sich und trug das Geschirr mit der Gewohnheit einer Sklavin auf das Bänklein in der Küche.

Als Leonz den Vater endlich zwischen dem dürren Weinlaub, selber ein dürres Männchen, sitzen sah – er hatte nur noch ein Stündchen Frist bis zum Einrücken – empfand er ein Gefühl, das nichts mit dem gemein hatte, was er bei der Mutter verspürt hatte. Dieser zusammengesunkene, kleine, von unzähligen Kerben des Alters, der Arbeit und des Schicksals im tiefbraunen Gesicht und in den mageren Händen gezeichnete Mann stellte dem Sohne etwas ganz anderes vor, als die immer zärtliche und nachgiebige Mutter. Auch jetzt in seiner Schmächtigkeit und eingefallenen Figur mußte man ihn unwillkürlich respektieren. ›Unser Meister!‹ dachte Leonz, ›unser Oberhaupt!‹

Während die Fallerin bei allem, was sie schelten oder loben wollte, unmäßig viel Worte verschwendete und damit beides gleich entwertete, redete der Vater knapp. War er im Geldausgeben mehr als sparsam, im Münzen der Worte war er geradezu geizig. »Man sollte meinen, jedes Wort koste ihn einen Franken!« spotteten die Vielschwätzer. Aber diese fränkigen Wörtlein hatten dafür Sinn und Kraft. Wie ein gutes, gar nicht abgenutztes Werkzeug richtet es heute noch so viel wie vor vierzig Jahren aus, wenn Meinrad sagt: ›Das gefällt mir nicht!‹ – oder ›Das darf nicht wieder vorkommen!‹ Nein, es kam wirklich nicht mehr vor.

Jetzt saß er auf einem Bänklein, das er mitten in seinen Weinberg gezimmert hatte. In halber Höhe stand es. Man sah hier die grünen Reihen der Rebstöcke sich in ihrer sommerlichen Herrlichkeit oder in ihrem herbstlichen Reichtum nach unten und nach oben wie ein niedriges Wäldchen verlieren. Man glaubte, daß es kein Ende habe. Vom Wohnhaus drüben bemerkte man hier nur den Kamin und das vor zwei Jahren mit zündroten Ziegeln in das tiefbraune Getäfel geflickte steile Dach. Hier fühlte sich der Alte seit zwei Tagen daheim. Das Haus war ihm gründlich verleidet.

Im Überfahren und Emporsteigen hatte Leonz genau bedacht, wie er mit dem Vater reden wolle. Zuerst die alte Mutter recht mitleidig schildern, dann seine Freude und seinen Willen für das Militär in allen Farben malen, endlich den scharfen Vorsatz aussprechen, die Tochter des Nachbarn und keine andere zu erobern. So stehe die Sache. Den Weinberg gehe das nichts an. Ob der Vater ihn verkaufe oder verpachte oder behalte, das sei ihm gründlich einerlei. Nur solle er nicht auf ihn rechnen! Nicht aus Gleichgültigkeit für den Vater und das Hauserbe sage er das. Aber es sei nun einmal so. Einer wolle das Althorn blasen, ein anderer vergnüge sich, Klee und Hafer zu säen, ein dritter aber begehre nach den Waffen. ›Ich habe‹, wollte er sagen, ›mich ja nicht selbst gemacht. Ihr habt mich so in diesem Kanonenfieber auf die Welt gebracht. Was kann ich dafür –‹ Diesen Trumpf wollte er zuletzt ausspielen.

Aber nun verfiel dieses ganze Gerede vor dem grauen Männchen da, das ihn ohne ein Zeichen der Beachtung ganz nahe treten ließ. Nein, wie hatte er nur so Waghalsiges erfinden können? Keine Silbe davon ließ sich hier brauchen. »Vater«, begann er, ohne es zu wissen, was er eigentlich sage. Er griff an den Waffenrock, als wolle er sich damit ermannen.

Mit einer unnennbaren Überlegenheit betrachtete der Bauer jetzt seinen Sohn. Seine großen, braunen Augen, die noch so stark aus dem ledernen Antlitz sahen, hatten einen unbewegten Glanz. Ein leiser Spott umspielte seine übel rasierte Wange. In den Mienen dieses Bauern lag etwas vom Adel des ältesten Standes der Welt.

»Wenn du vom Weibe herüberkommst, so schwatz' dich anderswo aus!« murrte er.

»Vater, morgen beginnt das Manöver. Jetzt muß ich zu meiner Batterie. Sie liegt dahinten in Haselrieden. Da wollte ich dich noch im Vorbeigehen grüßen.«

»Wann beginnt ihr?« fragte der Alte nachlässig und stopfte aus dem vergilbten Lederbeutelchen Tabak in seine kurze Pfeife.

»In aller Frühe! Aber die Artillerie hat schon Marschweisungen für die Nacht.«

»So!« Der Alte schaute gleichgültig über die Reben hinaus.

Leonz wußte schon nichts mehr zu sagen.

Plötzlich funkelten die Augen des Bauern auf. »Hierher wird doch das Getümmel nicht kommen?«

»Das müßte seltsam gehen! – Der Gewalthaufen operiert drüben auf unserer Seite. So weit hinunter wird aber das Gefecht nicht reichen. Dazu, Vater, die Weinberge sind aus dem Plane geschieden.«

»Hoffentlich!«

Meinrad zündete das Pfeifchen an.

»Ich habe das Roß unten bei der Fähre angebunden. Also, gute Weile, Vater!«

»Ade«, erwiderte der Bauer und blies fest in die Pfeife.

Salutierend trat der Hauptmann zurück. Was sollte er noch sagen?– ›Vater, vertragt Euch mit der Mutter!‹ – etwa das? Oder: ›Vater, ich weiß alles, alles, Ihr –‹ nun wie denn weiter? – Dummheit, das alles geht nicht. Da muß man wieder von vorne anfangen. Aber eben der Anfang, der schwierige Anfang!

Plötzlich wendet er sich nach einigen Schritten wieder zurück. Er dringt auf den Vater ein, preßt ihm die kleine Hand und sagt: »Vater, auf gutes Wiedersehen!« – Er legt einen eigenen Ton auf das Wörtchen ›gutes‹. Das übrige, was er nicht sagen darf, sprechen seine Augen aus, eindringlich, schmerzlich, mit leisem Vorwurf. 253

Der Faller ist auf diesen Überfall nicht gerüstet. Seine großen und so klugen Augen senken sich vor dem Sohne.

»Auf gut Glück!« spricht er, ohne aufzusehen, und müht sich, eine Traube, die fast am Boden liegt, in ein Ästchen emporzureckeln.

»Auf gut Glück!« antwortete Leonz und springt in großer Bewegtheit den Hügel hinunter zum Pferde. Auch der Greis in den braunen und gelben Rebenblättern hat schwer gegen die unvermutete Erschütterung zu kämpfen.

Blaue und gelbe Trauben glänzen allenthalben aus den Ranken hervor. Hie und da schwärmt eine Wespe oder eine braunhaarige Hummel daran herum. Es riecht nach trockener Erde, dürrem Laub und fettigen Beeren. Ziemlich hoch über den Reben streicht in zerrissenen Kringeln der blaue Rauch vom Bleulerhause empor und nimmt die Richtung über den Rhein. Jetzt steigt ein schweres, wasserkühles Lüftchen vom Flusse auf. Wie es die an eine hohe Stange gehängten Hosen den Vögeln, den Schelmen, zum Schrecken leise bewegt, möchte man wahrhaft glauben, es stecke ein Lebendiges in den Beinkleidern und ertappe irgendeine 254 spatzenhafte Dieberei. Aber das Lüftchen steigt höher und vermischt sich leis mit dem ganzen wundersamen Gemengsel der Herbstgerüche, und nun ist es, als atme man den Duft ein, der von den Salben, Blumen und Lichtern eines Leichenbettes so müde, so nerventötend strömt.

Der Faller scheint das auch zu spüren, dieses Sterbensmüde. Das Feuer ist ihm ausgegangen. Umsonst streicht er seine drei letzten

Zündhölzchen an den dicken Hosen an. Er kommt damit immer zu spät an den Tabak.

»Ist es schon so weit?« machte er mürrisch, als er weder im Kittel noch in der Weste ein einziges Zündholz fand. Er sagte es nicht laut, sondern dachte es nur. Es war nicht seine Gewohnheit mit sich selbst zu reden. Mißmutig steckte er sein vollgestopftes Pfeifchen in die Tasche. So etwas war ihm noch nie begegnet.

Die hellen weißen Trauben schienen ihn naiv anzustaunen und zu fragen: ›Was ist mit dir, Freund? Bist du krank?‹

Die dunkelblauen machten ein Gesicht voll tiefer Erfahrung und lispelten geheimnisvoll: ›Nein, er ist nicht krank. Da fehlt es ganz wo anders, Schwestern! Aber das versteht ihr nicht.‹ Und die Gelben verstanden wirklich nichts. Unschuldig und töricht wie Kinder schauten sie einen Augenblick aus ihren goldenen Gesichtlein hervor den armen Mann und die klügeren blauen Schwestern an.

Langsam führte Leonz seinen Togo am Flußbord entlang. Zum erstenmal ging er an den Reben der Bleuler vorüber, ohne an Rosine zu denken. Sonst hatte er beim Anblick der Trauben sich stets des geliebten Mädchens erinnert. Die grünen Beeren gemahnten ihn an ihre einfältige Jugend; die gelben an ihr sonniges Haar und die blauen an ihre strahlenden dunklen Augen. Bei dem zierlich geformten Rebenblatt aber, das sich da zitternd im Wind bewegte, empfing er die Vorstellung von der grünen, seidenen Schleife, die sie im Haar trug und die ihr bald in den Nacken, bald über die Stirne und das kleine, ganz leicht gebogene Näschen fiel.

Dieses seidene Band war eigentlich an allem schuld, was mit Leonz und Rosine geschehen war. Wie es jetzt auf die rechte, jetzt auf die linke Schläfe fiel und jedesmal mit ihren weißen, feinen Händen über den Scheitel zurückgestrichen wurde, so hatte der Jüngling sie zum erstenmal gesehen bei der Auerstätter Kilbi. Und zwar hatte er zuerst nur das Band gesehen, danach erst die helle Stirne, die Augen, die fast vor tiefer Bläue schwarz schienen, und die ganze große Jungfrauengestalt, in der alles doch noch etwas Kindliches und vom Leben Ungetäuschtes aussprach. Sie plauderten eine Weile mitsammen und stritten, ob der Rhein bei großem Wasser oder bei geringem poetischer sei. Leonz trug in jenem verhängnisvollen Augenblick eine grüne Krawatte. War es nun diese Eintracht der Farben oder daß sie sich beide auf den niedern und dann allergrünsten Wasserstand als das Poetischere geeinigt hatten, oder war es sonst etwas Gemeinsames, was sie heimlich band: sie gingen heim und entschliefen, eins die grüne Krawatte, das andere die grüne Haarschleife im Sinne. Ihr Tag und ihre Nacht, alles, was sie dachten und schafften, erschien ihnen nun grün. Sie lebten in einer stillen, unausgesprochenen, festlichen Hoffnung. Ohne sich zu beichten, kannten sie ihre Seelen.

Als die Väter beide ungern genug diese übermäßig grüne Welt ihrer Kinder bemerkten und sie mit einer anderen Farbe anzustreichen suchten, da geschah, was in der echten Liebe immer geschieht, sie wurde jetzt erst recht selbstbewußt. In den vielen Hindernissen, die sich bald einstellten, begannen Leonz und Rosine sich nun über die Wahrheit und Festigkeit ihrer Gefühle klar zu werden. Und wie in einem heimlichen Trotze verbanden sie sich und beschworen die Treue für alle Zeiten.

Das war vor einem Jahre geschehen.

Während Rosine immer Angst um ihren Leonz hatte, wie das Schwächere sich um das Stärkere stets mehr kümmert, war ihm wirklich nie der Gedanke gekommen, daß Rosine die Braut eines anderen werden könnte. Diese Sicherheit löschte zwar die Sehnsucht, die er stets nach ihr empfand, nicht aus. Aber es war eine glückliche Sehnsucht, und er litt nicht darunter wie sein Mädchen, das sich um ihn heiß abquälte. Wie in einem Fieber beobachtete sie ihren Geliebten von ihren Fenstern aus, wenn er die Rosse vorspannte oder in die rückwärts gelegenen Gärten wanderte, bald im Laubgebüsch untergehend, bald in einem bläulichen Ausschnitt des Himmels wieder herrlicher auftauchend. Sie hatte ihn auch heute erspäht, wie er drüben ans Haus ritt, dann sah sie ihn zum Flusse niedersteigen. Sie zitterte vor Aufregung. Die Uniform erhöhte ihre Begier, ihn nahe zu sehen und zu wissen, daß er sie gerade so liebe wie am ersten Tage. Leonz ging gemächlich unten am Wasser hin. Er dachte nicht an Rosine. Weiß Gott, wie das kam. Aber immer noch sah er seine scheltende Mutter und seinen gekränkten Vater und dazwischen eine schwere, breite Wolke wie ein Gewitter liegen.

›Ich muß sie zueinander bringen, fertig!‹ sagte er sich; ›sobald die Manöver zu Ende sind. So hält ja keines das Leben länger aus, keines von uns dreien.‹

An das Vierte dachte er immer noch nicht, und doch führte jetzt der einzige Feldweg auf dieser Seite am Rebhügel des Obersten hinauf und ließ bereits über den obersten Rebstöcken den ausgeschweiften Giebel des Bleulerhauses sehen.

Husch! Husch! – Schoß eine Wachtel aus dem Laube? Auch schon vorgekommen!

Etwas so Schüchternes war es gewiß, das da vor Leonz stand; und wie ein solches wildes Huhn im scheuen Eifer das Gefieder sträubt, so sah Rosine aus. ›Dürfte ich? – Dürfte ich?‹ schienen ihre Augen und ihre am hellblauen Rocke zupfenden Finger zu fragen.

»Rosine!« machte er und lächelte.

Ermutigt tat sie den letzten Schritt zu ihm und ergriff seine Hand.

»Geh nicht da oben vorüber! Mein Vater sitzt am Weg. Er ist furchtbar böse – weißt du, daß – –«

»Ich weiß, ich weiß!« sagte Leonz und schlug den Arm über ihre Schulter.

»Alles ist verspielt!« seufzte sie mutlos.

»Gar nichts!« erwiderte Leonz. Im Anblick dieses zaghaften Mädchens gewann das Bewußtsein seiner Männerkraft gewaltig die Oberhand.

»Gar nichts!« wiederholte er, »und ich gehe bei deinem Vater hart vorbei.«

»Das tust du nicht, Leonz, um alles, bitte, bitte, nein!« Wie zum Beten erhob sie ihre Hände gegen ihn. Aber er stieß sie sanft weg.

»Ich will aber!« versetzte er entschlossen und drückte sein Kinn eigensinnig in den hohen Mantelkragen.

»Aber wenn er dir Grobheiten macht!«

»Laß uns nur, wir kommen schon aus!« Dabei regte er seine geschmeidige Gestalt.

»O Gott«, bangte das große Mädchen in seine vorgehaltenen weißen Hände hinein.

Sie gingen schweigend ein Stück hinaus. Schon tauchten die hellen Fenster des Hauses und der Stamm der Linde davor auf.

»Er sieht uns sonst«, sagte Rosine und entwand sich dem Artilleristen, der sich vergeblich abmühte, sie nochmals zu erhaschen, da er das Pferd auf dem jähen Weg nicht freigeben konnte.

»Warte, ich will dir –! Geht man so auseinander?« drohte Leonz.

Aber sie war bereits entschlüpft. Immer ferner im Gesträuch raschelte es wie bei der Flucht einer Wachtel.

Nun kamen oben unter dem niedrigsten Laub des Baumes eine Ledermütze mit schwarzem Schild und ein breites, vornehmes Gesicht mit wenigen, aber tiefen Furchen in der Stirne und an beiden Wangen herunter, dann die starken Schultern, eine weiße Weste zwischen den schwarzen Rockflügeln und endlich eine gewaltige Zeitung. Tief unter sich hielt der fernsichtige Alte sein Leibblatt mit ausgespannten Armen und las. Der braune Hund, der zu seinen Füßen lag, hob knurrend seinen schönen Wolfskopf auf. Bleuler blickte über die Zeitung hinaus und erkannte sogleich den Nachbarssohn. Zu einer unschönen Grimasse verzog sich sein sonst so würdiges Gesicht. Er zögerte noch, den aufspringenden Hund zurückzuhalten.

Aber Hektor hatte nun erst Leonz erkannt, und zum Ärger des Alten lief er, mit dem Schwanz aufgeregt wedelnd, dem Hauptmann ans Knie und suchte seine Hand mit dem Kopf zu streicheln. 260

»Hektor!«

Ungern, aber unverzüglich gehorchte der wohldressierte Hund dem Kommando und kehrte zu seinem Herrn zurück.

»Guten Abend, Herr Oberst!« Leonz grüßte und hob militärisch zwei gestreckte Finger an seinen Mützenschild.

»Guten Abend auch!« versetzte der Bleuler ungehalten und tat, als ob er weiterlesen wolle.

Aber das Soldatische des strammen Artilleristen steckte auch sein altes Kriegerblut an. Diese straffe, graue Hose, das Säbelgehänge, das hübsch aufgezäumte Roß und die vollendete Haltung des Hauptmanns, von dessen Mütze drei Goldstreifen über den Mann fielen, das ließ sich nicht so leicht abtun. Dafür war er zu lange selber Oberst gewesen. Er hatte den jungen Faller bisher meist im Bauernkittel oder auch im Sonntagsstaat gesehen. Da war er ihm gleichgültig und seit der Geschichte mit Rosine verhaßt gewesen. Doch jetzt im eidgenössischen Wehrkleid, umgeben von jenem unsagbaren Zauber des Kriegshandwerks, den verliebte Mädchen und ausgediente Obersten am deutlichsten empfinden, jetzt schien ihm Leonz ein anderer Mensch, ein Schweizer, ein Ebenbild seiner eigenen jungen Offiziersjahre zu sein. Daß dieser junge Mann schon Batterieführer war, vollendete den guten Eindruck, und Bleuler versuchte, den Hauptmann Faller vom Winzer Faller zu trennen. Seine Miene klärte sich bei diesen Bemühungen unverweilt auf. 261

»Da lese ich von Ihren Manövern, Herr Hauptmann!« begann er um vieles wohlwollender als vorhin und suchte mit diesem Worte den Nachbar zum Stehen zu bringen.

Leonz stand in tadelloser Haltung vor dem Obersten.

»Der Plan ist natürlich noch geheim; wie ich sehe, bis morgen früh!« fuhr Bleuler fort.

»Die Artillerie hat ihre Weisungen schon diesen Abend«, versetzte Leonz ziemlich wichtig.

»Ah, die Artillerie«, machte der Oberst mit jenem fröhlich überlegenen Gefühl, das alle Kavalleristen haben, wenn sie mit einem Artilleristen sprechen.

Eine kleine Pause trat ein. Leonz wollte weiter gehen. Aber er fühlte sehr wohl, daß hier noch ein gutes Wörtchen gesprochen, sozusagen ein neuer Faden in das zerrissene Gewebe der nachbarlichen Beziehungen gesponnen werden könnte. Das immer freundlichere Auge des Obersten tat ihm wohl. Er regte sich in seinem Scheine zuerst behaglich, dann immer strammer und dreister wie ein sehr schöner und glänzender Kater im Wohltun der Sonne. Und die wirkliche Sonne, schon im Untergehen begriffen, funkelte jetzt über seine Metallknöpfe, über die Achselbänder und über den Handgriff des Gewaffens, sowie auch über das glänzende Leder am Mützenschild. Leonz wußte, daß er jetzt sehr schön sei, obschon er eine etwas niedrige Stirne und die Brauenbüschel etwas zu tief in die Augen hangen habe.

»Wir haben Oberst Seiler auf unserer Seite«, sagte er stolz. »He, he, Togo!« – er wandte sich rasch an sein Pferd, das mit gestrecktem Hals einen tiefen Lindenzweig erstrebte, »da wird nicht genascht!« – Und er fuhr dem lieben Tier schmeichlerisch mit seiner behaarten, großen Hand zwischen Hals und Rücken herunter, so daß der vergnügte Togo den Zweig aufgab und sich fröhlich unter dem Streicheln schüttelte. Den Namen hatte er vom japanischen Seehelden, der zur Zeit im Kriege mit den Russen sich gewaltig hervortat. Fast alle Pferde seiner Kameraden waren nach japanischen Generälen getauft. Da gab es einen Oku und einen Kuroki und wie die schlitzäugigen Herren alle hießen.

›Er versteht die Pferde‹, dachte der Oberst; ›sonst hat die Artillerie das Roßmaterial immer nur zuschanden gehetzt.‹

»Ja«, meinte er laut und strich einer übeln Gewohnheit zuliebe den eisgrauen Schnurrbartzipfel in die Mundwinkel, »ja, den Oberst Seiler habe ich noch als Büble übers Knie geritten. Hat schon früh Pulver gerochen. War Freiwilliger bei Metz. – Kennen Sie ›Leitfaden der schweizerischen Gebirgstaktik?‹«

»Zu Befehl!«

»Hat er geschrieben!«

»Ausgezeichnet!«

»Nur wohl gar zu defensiv. Vermisse kühne Attacke, was?«

Herr Martin Bleuler war in den alten Schneid der Oberstensprache geraten, jener wunderbaren Sprache, die die notwendigen Wörter grundsätzlich ausläßt, aber die kleinen, unnützen schwer markiert und doch zum Ohr geht und im Nu verstanden sein will.

»Aber der Herr Oberst haben die Manöver noch immer gewonnen!« entgegnete Leonz.

»Defensiv! – Doch Angriffssieg doppelter Sieg!« widersprach der Alte eifrig.

»Aber die alten Schweizer –«

»Richtig, – Murten, Grandson, Morgarten, – immer Attacke! Selbst Sempach, ein Angriff – erste Attacke zurückgeworfen! Neuer Angriff wieder geworfen, wieder attackiert und so fort unter qualifiziert schwierigen Umständen. Endlich den Feind aufgerissen, die Reihe zersprengt, die Viktoria erzwungen!«

»Es ist wahr«, gestand Leonz bescheiden und selber vom Hauch der alten eidgenössischen Kriegsblätter, die der greise Bleuler da aufwirbelte, etwas ergriffen.

»Ja, mein Lieber, Defensivsieg, na, für den Feind nicht halb so schlimm! – Bezieht gute Stellung und hat Frist für zweite Schlacht. – Attackesieg putzt ihn weg! – Sucht den Kerl! – Selbst Hühner picken nichts mehr auf.«

In diesem Augenblick schlug es irgendwo von einem der sechs Kirchtürme, die man hier in den Obsthügeln nicht sah, während man doch je nach den herrschenden Lüftchen deutlich aus ihren weiß Gott wie friedlichen Wiesenmulden herauf die Stunde läuten hörte, – sechs Uhr.

Der Hauptmann schrak zusammen. »Zu Befehl, Herr Oberst!« machte er und salutierte schneidig. »Um sieben Uhr muß unsere Batterie beisammen sein. Werde Ihnen den Verlauf melden, sobald Offizielles vorliegt.«

»Sehr dankbar, Herr Hauptmann! – Apropos, Sie stehen zu den Japanern?« fügte er bei und deutete auf den klug zuhorchenden Fuchs, in dessen Sattel Leonz sich kühn emporschwang.

»Durchaus!«

»Ich auch!«

Leonz lächelte und salutierte nochmals. Dann wandte er den Togo und ritt im schönsten Trabe landein.

Der Oberst außer Dienst hatte sich nach wohlwollender Nachschau wieder auf sein Bänklein gesetzt. Vor seinen Augen ging die alte Zeit vorbei wie eine Prozession. Graue Knäuel von Pulverdampf zuerst, dann Achselklappen, wiehernde Rosse, mächtiges Feuer im feuchten Gras, sein Zelt, der treue Schritt seiner Adjutanten. Dann wieder ein frostiger Morgen, Roß und Reiter durch den herbstnebligen Rhein schwimmend, weißgekreuzte Fahnen, überraschte Feindesbataillone, die Reiter wie eine Hagelwolke darüber, Trompeten jetzt von rechts, nun auch von links, dann von allen Seiten wie am Jüngsten Tag: Sieg! Sieg!

»Sieg! Sieg!« lispelte der Greis und schlummerte, den Kopf an den Stamm der Linde, in eine wohlbekannte und bequeme Rindennarbe legend, in einen traumlosen Schlaf ein.

Schlau und neugierig trat jetzt Rosine hinter der Gartenhecke hervor, die den Weinberg vom eigentlichen Hausgarten trennte. Nichts von allem war ihr entgangen. Dennoch begriff sie nichts. Aber als sie nun herzutrat, sich neben den alten Vater setzte und die Schulter gegen sein geneigtes Haupt hielt, damit er da ein liebes Kissen finde, und als sie nun gar sah, wie sich hinter sein derb geschnitztes Gesicht ein seltsames, fast verschmitzt friedliches Lächeln geschlichen hatte, da begann ihr so schnell verzagtes und schnell wieder aufjubelndes Herz sich mit einer unbestimmten Freude zu füllen, einer Freude, die noch nicht weiß, wie und was sich ereignet, aber die weiß, daß etwas sehr Glückliches geschehen und sich geradeswegs auf ihr Haupt entladen muß.

Hie und da fiel ein gelbes Blatt vom Baume auf die Knie des Vaters oder eine Fruchthülse auf die Achsel der Tochter. Sie bemerkten es nicht. Wie das weiße Haupt sich an den blonden Scheitel der Jungfrau schmiegte, wie sie mit ihren kleinen, zarten Händchen die breiten väterlichen Tatzen zu decken und warm zu halten suchte, und wie beide unbeweglich saßen und schwiegen, glaubte man, sie wären zu einem Leben miteinander verwachsen, in einer Ruhe, einer Seele, einem Herzschlag.

* *
*

In die Stille des frühen, reinen, fast noch sonntäglichen Montags griff die unheilige Militärfaust ein, schwang Bajonette und lud Gewehre oder jagte die glänzend geputzten Rosse durch die faltige Landschaft. Eine Stunde früher, um vier etwa, war es ringsherum still gewesen wie in einer

Witwenstube. Sowie aber vom Heroldinger Turm die fünfte Glocke schlug, wimmelte es plötzlich stundenweit von Leben. Als hätte er sich ins feuchte Gras geduckt und wie ein lauernder Hund nur auf das Zeichen geharrt, so erhob und bewegte sich nun der Krieg in den prachtvollen Linien und Figuren seiner verschiedenen Waffengattungen übers Feld. Da rollte ein Fähnlein auf, dort blitzten im marschierenden Trupp die gelben Trompeten über die Achseln, hier wurde Schar auf Schar der schlanken, beweglichsten Infanterie in den tiefbraunen Wald geschickt, der sich gen Osten wie ans Ende der Welt breitete. Hinter seinen dunklen Säumen ging ein Korps nach dem anderen verloren wie Gedanken im schlafenden Kopfe. Zu Tausenden zogen sie ein, eine viertelstundenlange Reihe von Wagen folgte, alles verschwand, und wieder träumte er dann im Zwielicht des Morgens wie in der größten Menscheneinsamkeit weiter, der uralte Jegisdorfer Wald.

Wer indessen die Bewegung der Truppen studieren wollte, konnte durchaus nicht erraten, um was für ein Gefecht es sich handle, wo der Feind stehe, ob man angreife oder abwehre, weiche oder vordringe. Man sah nur Truppen, Reiter, Artillerie und hie und da zwischen schönen Uniformen eine besonders schöne zu Rosse unter einem Kirschbaum oder auf der Höhe eines Hügelvorsprunges prangend. Und zwischen solchen vornehmen Häufchen flogen zuweilen Adjutanten her und hin, den Schweiß des Gehorsams auf der Stirne, Pomade im feingeschnittenen Haar und im Herzen das Gefühl, in dieser Militärwelt so wichtig zu sein wie Luft und Licht.

Nein, man konnte wahrhaft nicht erraten, ob oder wo gekämpft wurde. Gar die Soldaten schienen es nicht zu wissen; die nicht, die in gehetztem Schritte durch den Wald vordrangen, und die ebensowenig, die zwischen Grashaufen und Hecken sich verstecken mußten. Am wenigsten aber die Artillerie Leonzens, die in der Nacht ihre Stellung in den Absamer Höhen bezogen hatte, um fünf Uhr infolge eines unversehenen Befehls hinunter in den weichen Lehmboden der Feilerschen Güter gefahren war und jetzt schon vier Stunden in diesen trübseligen Stoppelfeldern des geizigen Großbauern festhockte, wo ein fauler Ziehbrunnen den frischen Tag verstänkerte. Tatlos mußten die Männer neben ihren Geschützen harren, ohne eine Zigarre zu rauchen oder eine Feldküche zu rüsten. Die wußten am wenigsten vom Gang der Manöver.

Indessen, *das* sollen eben die richtigen Schlachten sein, war den Rekruten oft erläutert worden: Entfaltung der Heeresteile in die weitesten

Auszüge, in eine unendliche Verzettelung der Kräfte, als bliese der Wind sie nach allen Anfängen der Welt; dann wieder ein Durcheinander von so verzwickten und so ungeahnten Bewegungen, daß man zu träumen glaubte; plötzlich ein Sausen über die Köpfe weg, ein paar Salven aus den Verhauen, dann wieder Totenstille! – Und endlich, nachdem der Soldat bis zum Abend von einem Ort zum anderen gerannt ist, ohne einen Feind gesehen zu haben, verliest der General, nachdem alles zusammengetrommelt ward, von einem dicken Papierzettel: dieses nämlichen Soldaten Division habe gesiegt, und gerade seine Kompagnie sei ausschlaggebend gewesen. Am Ende wird der Bursche noch ehrend ins Militärbüchlein gebucht.

In der Tat, es war eine sehr ernste Schlacht. Ein Stück Weltgeschichte wandelte sich hier auf diesen dürftigen Moorböden ab, nur merkte es niemand.

Freilich, den Gesichtern der Befehlshaber hätte man es ablesen können. Sie gaben sich gerade so feierlich wie die alten, steinernen Männer auf den Brunnen unserer gemütlichen Landstädtchen. Ihre Schnurrbartzipfel gingen himmelan, ihre Stirne lag in urweltlichen Falten; spärlich und langsam kamen die Worte von ihren gepreßten Lippen, und das Bewußtsein einer unerhörten Verantwortung umgab sie mit einem unverletzlichen Panzer.

Das Volk, das in ungezählten Scharen von ferne zusah, fühlte die Bedeutung des Augenblicks wohl. Man hungerte und dürstete zu Tausenden, wenn man nur diese Schlacht zwar nicht mitansehen, aber doch miterleben durfte.

»Da, am Zaune bin ich dabeigestanden«, wird nach Jahren noch der Bauer Jeremias sagen. »Es ging ziemlich nahe!«

»Und ich«, meint der Bauer Isidor, »ich stand beim Rotacher Brücklein, das war viel näher.«

»Nein, hier entschied es sich.«

»Nicht doch, hier!« –

Bei der Artillerie hatte nach und nach der Humor überhand genommen und um Mittag machte man es sich bequem, fing an zu spaßen, kochte und hielt sich für abseits gelassen, vergessen und verloren. Auf der Welt hat niemand ein so derbes, aber so gutes Spaßmaul wie der Kanonier. Seine Witze fliegen so rund und glatt wie seine Kugeln und machen ebenso tiefe Löcher.

Der Batteriehauptmann stand mitten in diesem scherzhaften Geschwätz und half auf seine Weise mit. Witze machte er selber nicht. Aber er lachte. Und sein Lachen war soviel wert, wie ein guter Witz. Er trug die ganze Gesundheit des Menschen in sich. Es steckte förmlich an und übernahm die Zuhörer wie starker, echter Wein.

Der Kanonier von Nr. 3 war ein besonderer Spaßvogel. Er hatte es in der Gewalt, sämtliche Obern in Stimme und Gebärde vorzutäuschen. Er rülpste das »r« wie Oberst Leo, atmete zwischen halben Wörtern wie Major Max, sagte das »bezugnehmend und fußend auf gestrigen Erläuterungen« genau mit der unermeßlichen Wichtigkeit und mit der Nachahmung des Napoleonblickes wie Oberst Örtle. Aber am köstlichsten war er doch als Oberstbrigadier Dubois, der aus dem welschen Greyerz stammte.

»Wie aißen das Flügelmann?«

»Joseph Zeuglin, Herr Oberst!«

»Schoseph Säugling, tretest vor!«

Der Flügelmann tritt mit dem unrechten Bein vor.

»Wo ist der rechte Bein?«

»Hier, Herr Oberst.«

»Ssör gut. Und wo ist der linke Bein?«

»Hier, Herr Oberst.«

»*Pourquoi!* – Wossu ist Sie denn promeniert mit die rechte Fuß?«

»Herr Oberst, ich bin mit dem linken –«

»Mit die rechte – ich sehe alles, alles. Das bin ich mit Schmerze gesehen. Die rechte Bein! *Voilà*, mit die rechte Bein wir sind *battu* – nur mit die linke Bein hat die *victoire*.«

Ein unermeßliches Gelächter wollte über diese Leistung ausbrechen. Aber Leonz hatte kaum mit seinem Baß den Grundton gegeben, als ein Trompetensignal ertönte.

Augenblicklich stellte man sich in Zugordnung.

Eine fliegende Botschaft ritt heran. Die Batterie habe sofort über den Wängerwald nach Peidenmühl am Rhein vorzurücken. Auf dem Wege seien Batterie 27 und 45 mitzunehmen. Denn alle Reserven müßten aufgeboten werden, um die Operation der blauen Armee am Rheine zu unterstützen.

Hei, wie eilig das durch den Wald ging! Dann über weite Felder! Die Züge der Höhen, diese bewaldeten, blauen Linien vor dem Himmel, sanken nieder, eine um die andere, vor dem Anmarsch des Zuges. Aber der Boden verdroß die Wackeren. Bald hatte man sich durch dichtes und dorniges Gestrüppe zu reißen, bald die schweren Wagen aus den von seichten, aber beharrlichen Wässerchen durchweichten Wiesen zu schaffen. Oft bis hoch an die Wagenachse sanken die Fuhrwerke ein. Die Rosse dampften, die Reiter tropften von Schweiß, die Fuhrknechte fluchten noch holperiger als der wurzelknotige Weg aussah. So gingen drei Stunden hin. Von ferne hörte man bereits das eigentümliche Rollen und Grollen der feindlichen Geschütze. Manchmal sprengte ein beschmutzter grüner Guide daher und machte unter heftigem Kopfnicken klar, daß man sich noch mehr beeilen müsse. Dann erhielt der Zug jedesmal einen heftigen Ruck vorwärts und das Gestrampel nach dem Rhein wurde noch weit ärger. Soviel man hörte, hatte die Hauptschlacht sich über den Rhein zuungunsten der Blauen entwickelt, und nun war es gar dem roten General gelungen, den Kampf nicht bloß von den flachen Ufern des unteren Rheines hinaufzuspielen, wo das Bett sich zwischen jähe Halden hinabsenkte, sondern um drei Uhr nachmittags war ihm auch mit beträchtlichen Heeresmassen der Übergang geglückt. Im Rücken gedachte er nun die Blauen zu überrumpeln. Konnte er nicht binnen einer halben Stunde von der Reserve zurückgeworfen werden, so war der Tag für die Blauen verloren.

Als die Mannschaften mit ihrem Park ein letztes Buchenwäldchen durchbrachen, hatten sie vom Ranfte aus ein unvergeßliches Bild vor sich. Von den Hängen des Rheines kletterte und krabbelte es rot und ameisendicht von Feinden in die Talstufe empor. Ein geordnetes, starkes Viereck hatte bereits die blaue Infanterie an den nächsten Hügel gedrückt, und die blaue Reiterei war auf dem steinbrockigen Terrain in die mißlichste Untätigkeit versetzt.

Als Leonz, dem diese Landschaft so vertraut wie sein Suppenteller war, das Kriegsbild nach allen Seiten gewürdigt hatte, stellte er mit den übrigen Zugführern, die ihm gerne das Oberkommando überließen, die Geschütze ein, schätzte die Distanzen, sichtete und befahl unter heftigem Visieren: »Feuer!« Zugleich wurden Signale zu den bedrängten Infanteriekörpern entsandt. Der von keiner Artillerie behütete Feind stutzte, sei es über die unerwartete Kanonade, sei es über die entschlossene Attacke, zu der die bereits flüchtige Infanterie der Blauen in schneller Umkehr sich nochmals ermannte.

»Feuer!« gebot Leonz wieder, die Hand schräg über die Augen haltend, um die Wirkung des Geschützes besser zu erspähen.

Verheerend prasselte das Geschoß in den engen Feind. Breite Straßen des Todes riß es jede Minute in diese vom verfrühten Sieg hochmütigen Massen. Unruhe entstand, die blauen Bataillone griffen den bestürzten Feind mit der ganzen Gewalt an, die man in eine letzte Hoffnung setzt. Von Baumreihe zu Baumreihe, von Hecke zu Hecke wich der Gegner zurück, immer mehr vom Tale räumend, in einer Richtung mit dem hier unsichtbaren Strome. Schon nahte er den Rebbergen. In diesem Augenblick schnellte die Reiterei der Blauen zwischen den Tannen hervor. Jetzt hatte sie Hufweite und Anlauf. Im Schutze der befreundeten Artillerie rückte sie dem Feinde von der Flanke her heftig an den Leib. Und jetzt war es nur die Überlegenheit des feindlichen Führers, wodurch die völlige Niederlage der eben noch so Glorreichen verhindert werden sollte. Er stellte drei Schützenregimenter vor, formierte dahinter längs den steilen Rheinhöhen kleine, feste Vierecke und zog unter unablässigem, falkenhellem Spähen nach einem guten Übergang, noch ehe die Rebhügel kämen, mit diesen Scharen unter zäher Verteidigung stromabwärts.

In dem so entstehenden Nahgefecht konnte die Artillerie nicht mehr zu Worte kommen. Sie würde sonst ja unterschiedslos Freunde wie Feinde schädigen. Leonz, auf die Lafette einer Feldkanone gestützt, fühlte sich jetzt wohl wie nach einem Bade. Jeder Nerv seines Wesens spielte freudig im Leben des ganzen Heeres mit. Er spürte den Kriegsmann bis in die Knochen. Da blieb kein Rest von Winzer oder Feldbauer. Der Krieg, so wie er sich da unten heldenhaft in Abwehr und Angriff abspielte, schien ihm das größeste und würdigste Kräftespiel der Völker. Alles Große mußte von ihm kommen, alles Kleine mußte er ersticken.

Er vergaß jetzt seine Eltern und seine Rosine. Oder vielmehr, er vergaß sie nicht, sondern verschmolz ihr Andenken mit seinen kriegerischen Freuden. Vater und Mutter waren ihm zwei feindliche Armeekorps, und die Braut glich der Siegesgöttin, die über alles Gezänke und Leiden zuletzt ihr versöhnendes und segnendes Lächeln ausgoß.

In diesem Moment bemerkte Leonz, wie der rüstige Feind nun wirklich durch die Einsattelung zweier bewaldeter Hügelkuppen einen Durchschlupf gegen den Rhein hinunter gewann. In geordneten Reihen zog er durch dieses natürliche Tor ins gesicherte, weil jäh abgeschlossene Bett des Flusses hinunter. Die waldigen zwei Höhen, die wie Bollwerke oder Walltürme einer Befestigung dastanden, ermöglichten den Roten die leichteste und längste Verteidigung ihres Rückzuges.

Wie ein Jäger, dem ein sicher verfallenes Wild nun doch noch zu entkommen droht, so wild und heiß spürte Leonz bei diesem Anblick das Blut zu Kopfe steigen. Mit der Ruchlosigkeit, die dem Kriegsgewissen eigen ist, erwog er hitzig, wie man diese ärgerliche Flucht zuschanden machen könnte. Ein sieghafter Einfall durchzuckte ihn plötzlich wie ein Blitz. Er hatte den vordersten Weinberg unten in der Talung bemerkt, den Goldacker seines Vaters. Aus seiner mittleren Höhe, er wußte es genau, konnte man, weil sie einen Vorsprung im Stromlauf bildete, bis ans Wassereck sehen, wo der Feind vermutlich übersetzte. Von dem Goldacker aus hatte man den Feind völlig im Rohr.

Nur einen Augenblick schien er noch zu schwanken, sei es, weil dies denn doch das Gut seines Vaters war, sei es, weil er da ohne höheren Befehl eigenmächtig aus dem Programm der Manöver herausfiel. Dann aber stützte er das Kinn fest in den Kragen und gab rasche Weisung, die Batterie in den Wald zurückzuschieben.

Dies geschah. Leise teilte Leonz sein Vorhaben den Zugleuten mit, unbemerkt das Tal unten zu durchqueren und vom Goldacker aus die feindliche Rettung zusammenzudonnern.

»Aber die Weinberge sind ja aus der Operation geschieden!« betonte man ängstlich.

»Es ist mein Weinberg!« entschied Leonz trotzig.

»Aber die Trauben, die schönen, blauen, der heurige gute Wein – –«

»Es ist mein Weinberg!«

Aber der Staat werde keine Entschädigung geben. Man werde sagen: Ihr habt gegen das Statut gehandelt und verbotene Wege betreten. Da wird also kein Rappen bezahlt.

»Es ist mein Weinberg!«

Und jetzt hackte Leonz sein Kinn in den Kragen, wie ein Adler seinen Schnabel einhackt, bevor er ihn zum kühnsten Pick wieder öffnet. Er gebot in aller Stille den Marsch.

In diesen Wäldern war ihm jeder Fleck Boden bekannt. Hier hatte er Hasen gejagt, dort einem Fuchse nachgegraben, der Baumschlag drüben gehörte seinem Vater, da war ein Stück Lichtung, wo er zweimal für seine fiebernde Mutter Lattich gesucht hatte, und da führte ein Nebenweglein zur Talsohle und im Gebüsch eines Bächleins hinüber zum Goldacker. Mehrmals stieß man mit den Geschützen an die schlanken Baumstämme, mehrmals scheuten die Pferde vor der Steilheit des groben Prügelweges, aber es ging.

Allen voran zog Leonz mit ein paar Augen, die vor Freude und Helligkeit durchsichtig erschienen. Er dünkte sich ein Held, der das Vaterland in einer schwarzen Stunde aus der Not hebt. Die Erinnerung an
die alten Schlachtfelder erfüllte ihn. Er dachte an Tells Geschoß, an
Winkelrieds lanzendurchstochene Brust, an Waldmanns, des Zürchers,
Zweihänder und an das blutige Banner, das der Zuger Kollin sich um
den sinkenden Leib wand. Er sah diese Helden ihm vorausleuchten, und
ganz voran da schwebte wie ein Sonnenbild die edle Helvetia, die   277
mächtig ausschreitenden Füße gepanzert, die Brust im festen Koller, das
Haar wie eine Seidenfahne flatternd und auf der Stirne jene jungfräuliche
Unberührtheit, wie sie sonst nur noch die höchsten, weißesten Gletscher
und die Morgensonne darüber zeigen. Sie schien mit ihrer großen offenen Hand zu winken: ›Sohn, folge mir, das Vaterland braucht Männer,
die nicht bloß Birnbäume okulieren und Flachs schneiden, sondern auch
ein neues Gewehr handhaben können, wenn im Wirrsal der Zeiten ein
strammer Fechtergang an die Grenze nottut.‹ Und immer herrlicher
glüht ihre Wange, immer heißer blüht ihr Auge, immer sonniger wallt
ihr Haar, immer majestätischer wird ihr Schwung, ganz und gar ist sie
Rosinens Bild. Nur größer, fester, stolzer! Und Leonz ist wie berauscht.
Gut und Blut, seinen ganzen Mann schenkt er ihr, ihr, der reichen,
schönen, lieben Helvetia-Rosine.

Binnen einer kurzen halben Stunde war man auf der Höhe des Goldackers angekommen. Sogleich rückte man in die Mitte des Hügels
hinunter, die einer vorspringenden Nase gleich alle Aussicht auf den
Übergang des Feindes öffnete.

Durch die zarten, mädchenhaften Reben fuhren nun die ungeschlach-
ten Eisenungeheuer, nachdem die Pferde ihre erste Scheu vor dieser
wunderbaren Straße überwunden hatten. Es krachten die dürren Holz-
stecken wie die morschen Knochen eines Sterbenden, und mit ihnen   278
sanken wie mit gerungenen Armen die Reben, und das rote Blut sprang
ihnen aus allen Gliedern. Der purpurne Saft der zertretenen Früchte
zischte an den kotigen Stiefeln der Kanoniere und den wüsten Rädern
der Protzenwagen empor, und eine dunkle Beere spritzte dem Hauptmann ihren Wein mitten ins Gesicht. Wie ein barbarisch verwüstetes
Leben waren diese mit Splitterwerk und dürrem Laub in den Boden
gestampften Trauben anzusehen. Weitum roch es von dem so elend
verpraßten köstlichen Weine! Trotz der vielen Menschen summten alsogleich zahlreiche Wespen und Mücken in der Luft herum, wie betäubt

von dem wilden Weindufte, der jetzt über der Erde lag. Nie sah, sicher nie, ein trinkseliger Mann ein trüberes Bild der Zerstörung, und die leeren Fässer, die noch des neuen Mostes harrten, spürten in jenem Augenblick der Vergeudung einen heimlichen Schmerz wie von einer bevorstehenden großen Dürre durch ihre dürstende Seele gehen.

Sechs Kanonen waren durch das schmale Rebstück hinunter gefahren, damit vierzig Rosse und ein halbes Hundert Menschen. Kein Weinstock der obern und bessern Hälfte blieb ganz. Im Nu sah alles einem ausgeraupten und zerstoßenen Erdstück gleich. Aber weder Leonz, noch seine Begleiter empfanden bei dieser jähen Vernichtung eines schwer gereiften, durch Jahre erwachsenen und erarbeiteten Gutes Mitleid oder Reue. Sie waren in einer Art Rausch. Nur wie sie die Geschütze postieren und am besten die Flucht des Feindes mitten in den dichtesten Lebenskern treffen könnten, beschäftigte ihre Kriegsseele. Der Feind hatte zwei Notbrücken geschickt hergestellt und eilte darüber in unbesorgter Eile ans andere Ufer, wo man sich bereits einen Weg hinan gebahnt hatte. Wie von Fliegen wimmelten die steilen Halden mit ihren Gesteinlagen von den Emporkletternden. Ein Schock mochte wohl schon oben sein. Unten aber, auf der herwärtigen Seite, drängten sich viele Hunderte am Wasser zur Überfahrt. Eine wunderbare Geschäftigkeit herrschte. Da plötzlich, mitten hinein, erdröhnten die Wände der Rheinschlucht von einem stürmischen Schießen. Wie ein Gewitter brach es in die unbeschirmten Reihen der Feinde. Die drei oberen Kanonen feuerten in die emporkletternden Scharen, die das jenseitige Ufer erstrebten. Mit den übrigen Geschützen war man noch tiefer in den Rebberg hinunter gefahren und schoß jetzt mitten in das schwankende Brückenwerk, in die zusammengekoppelten Überfahrer und in das diesseitige ins Wasser hinuntersteigende Volk. Die Überraschung war so heftig und so mörderisch, ein Ausweg so unmöglich, daß der Feind, ob er wollte oder nicht, den Weg zurücknehmen mußte, auf dem er daher geflohen war. Aber unterdessen hatte die Infanterie die Schüsse Leonzens gehört und den wundervollen Vorteil ihrer Lage wahrgenommen. Unwiderstehlich drängte sie den schwindenden Feind in die Schlucht hinunter, in der ein Echo dem andern die völlige Vernichtung dieses Armeeteils verkündete. Oberst Eugen Sulzer streckte die weiße Fahne von der zitternden Brücke über die Fluten empor, und im selben Augenblick ertönte das Trompetensignal, das den Schluß dieser erdichteten – denn es war eben doch nur Manöver – Metzelei ankündete.

Von den beiden Gehöften, die rechts und links auf dem Rheinhang lagen, hatte der Hauptmann Beobachter gehabt, die mit fieberhaftem Eifer seiner patriotischen Hantierung zusahen. Auf dieser Seite war der alte Oberst mit seinem Feldstecher von der Terrasse aus dem feindlichen Übergang gefolgt. Alle kriegerischen Erfahrungen der eigenen Waffenfahrten erwachten dabei in seiner Seele. Er bewegte die linke Hand, die von der Gicht eher als die rechte verschont blieb, in jenen gebietenden Zeichen, mit denen man einem Ereignis beiwohnt und seine Entwicklung zu bestimmen glaubt. Ausgezeichnet gefiel ihm, wie der marmorbleiche, feine Oberst Sulzer den schwierigen Rückzug ordnete und wie die Pontonniers sich dabei tüchtig ins Zeug legten. »Das hat Adel!« brummte er, »ist fast wie ein Sieg zu achten.« – Rosine hatte ihm den Kaffee auf die Terrasse gestellt und stocherte die zwei Zuckerbröcklein mit dem silbernen Löffelchen hin und her. Kein Tröpflein des plattvollen Täßchens vergoß sie dabei. Denn weder der marmorne Oberst, noch die raschen Brückenbauer, die so hurtig Pfähle einrammten und Kähne in die Fährseile knüpften, noch die Hauptleute, die das herunterströmende Wehrvolk im Nu in kleine, saubere Trüppchen formten, um bequemer 281 überzusetzen, nichts von all dieser großen Soldateska interessierte das Mädchen. Sie hatte nur für einen Artilleristen Sinn; der aber war hier nirgends zu erblicken.

Aber horch, was ist denn das? – Roßgetrappel! Wagenknirschen! Ha, da kommt Artillerie in den Goldacker gefahren! – Wahrhaftig, sie bricht in die Nachbarsreben ein. Ist's möglich – sollte das Leonz sein? Der schlanke Mann, der zwischen den Rebstöcken vom Pferde herabspringt und mit begeisterter Eile nach allen Seiten Befehle erteilt! – Rosine vermag nur zu rufen: »Papa! Was macht er nur? Papa, der schöne Weinberg!« Dann staunt sie wieder hinaus, ohne eine Antwort zu erwarten.

Aber mit dem besten Willen könnte sie der alte Oberst auch nicht geben. Was er sieht, ist zu stark, um im Moment begriffen zu sein. Das ist also die Ernte seines grimmigen Feindes da drüben! Da hat er nun seine Kelterbuben! – Da fließt jetzt sein guter Tropfen in kleinen Bächlein zwischen die Erdschollen, der Tropfen, der eben noch auf die erste Prämie hoffte! – Ein Gefühl von Schadenfreude will den Alten übernehmen, aber sogleich spinnt sich der Gedanke weiter, ob diese rohe Mannschaft nicht ebenso in sein Land einfallen und die reiche

Jahressorge mit den Huftritten einer einzigen wilden Stunde zermalmen werde.

282 »Papa, sieh, Leonz!« entschlüpft es dem Mädchen wieder, das ratlos vom Geländer zurückkehrt. Sie merkt gar nicht, wie unbehutsam dieses zu vertraute ›Leonz‹ klingt. Aber auch der Oberst merkt es nicht. Er hat mit sich zu viel auszurechnen. Wahrhaftig, da sehe mal einer, wie er den ganzen Weinberg des Vaters bis hart an den seinen durchbricht. Jetzt stellt er die ersten Geschütze auf. Die Höhe ist gut gewählt. Aber um die Brücke zu treffen, muß er wohl weiter hinunter! – Na ja, das tut er auch! Zum Kuckuck mit dem ganzen Weinberg! Schade um ihn! Aber welch ein Kriegsstreich! Was werden die Alten dazu sagen?

Er kommt nicht dazu, sich den Grimm des alten Meinrad, wie er ihn sich mit den bewegten Haarbüscheln, den harten großen Blicken und den schweren Worten dachte, so richtig vorzustellen. Denn die Kanonade hat begonnen, und das schlägt ein wie ein Riesengewitter.

Der Oberst, wie alle Kriegsleute, hat sogleich seine Seele auf die Seite der Siegenden geworfen. Mit einer Teilnahme, die ihn das Fernrohr nicht mehr vom Auge nehmen läßt, verfolgt er den gewaltigen Wandel da unten. »Das nenn' ich ein Zielen! Bei der gnädigen Barbara, mitten in die Brücke! Jetzt eine Ladung in die Brombeeren hinauf. Das tut gut.« – So entfährt es ihm zwischen den weißen Borsten seines Schnurrbartes.

283 »Es ist Leonz«, flüstert das große Mädchen wie mit einer leisen Empfehlung ihres Geliebten.

»Die Artillerie ist Meister! Eine ganze Division gedroschen, ha, das nenn' ich ein Manöver.«

»Leonz! – Vater!«

»Dacht' ich's doch, dacht' ich's doch! Die weiße Fahne! Kapitulation auf Gnade und Ungnade. Das ist ein bitteres Fähnleinschwingen, Herr Oberst!«

Der Kanonenlärm verhallte. Von allen Seiten ertönten jetzt Trompetenstöße, die die Truppen an ihre Lagerstätten zurückriefen. Die Sonne stand schon am Rande eines fern gegen Westen zeigenden Ufers. Ein rotes, langes Feuer ward schräg von Westen in die Wasser geworfen, und wie gewundene, brennende Kerzen sah das nun im beweglich fließenden Spiegel aus. Dazwischen schwammen tiefblaue, breite Fluten daher, in deren Tiefen die Nacht zu schlummern und allmählich aufzuwachen schien. Denn immer schattiger fiel es über das Wasser, so daß die Felsen und die Reben und die kleinen, jungen Kiefern in eins verschwammen, das Tobel sich mit Finsternis füllte, und nur noch hier und da ein kleines, weißes Wellenblitzen sich zeigte, ähnlich dem Zwinkern der immer tiefer und tiefer fallenden Lider eines Schläfers.

Jenseits auf der Höhe brannten die Fenster des Meinrad Faller noch im letzten, tiefsten Rot des Horizonts.

»Es war Leonz, Vater!« lispelte das Mädchen und zeigte auf jene roten Fenster im Hause drüben.

Jetzt erst schien der Oberst seine Tochter zu verstehen. Seine vollen 284 grauen Augen richtete er ins Gesicht des Mädchens, das im Abendschatten vor ihm stand. Lange mußte sie diesen Blick aushalten. Weder verheißend, noch versagend, sondern wie ein gütiges: ›Geduld, Kind!‹ sah dieses Auge aus. Dann richtete er sich an ihrem starken Arme auf, ächzte unter dem Zwicken seiner gichtischen Rechten und ging durch die offene Altantüre in die beleuchtete Stube hinein.

»Gib mir den Dufour herunter, Rosine! Ich möchte wieder einmal die Grenzbesetzung von Anno 1857 nachlesen.«

»Hier, Vater«, sagte Rosine und wischte den Staub von dem alten, wunderlich riechenden Buche.

Und während sich nun der Vater, die Füße in breiten Tuchschuhen und die Knie, an denen er auch in der Sonne immer fror, von einem dicken Fuchsfell gewärmt, in die alte Zeit dieser vergilbten Blätter vertiefte, vertiefte sich Rosine ihrerseits, die Hände bei ihrer fleißigen Strickarbeit rührend, in einen anderen, heimlichen Krieg. In diesem Kriege zog sie wie eine fliegende Artillerie aus und richtete ihr schwerstes Geschütz gegen die Herzen der verfeindeten Väter. Wie Schwerter rasselten ihre Nadeln. Und sie ließ nicht ab, bis die Alten das weiße Fähnlein erheben und sich auf Gnade und Ungnade ergeben wollten. Jetzt wirkten die Nadeln gelassener und legten sich langsam wie feiernde Waffen in den Schoß der Sinnenden. Sie war zum gnädigsten Pardon geneigt.

* *
*

285

Ein anderer Geist ging in der Stube der Faller um.

Den ganzen Tag hatten die beiden kein Wort getauscht. Als aber Frau Anna vom Fenster aus, an dem sie Kartoffeln schälte, zufällig hinübersah und da ein plötzliches, schwarzes Gewimmel von Wagen und Mannsleuten erblickte, als sie dann die Brille hervorzog, aber noch ehe sie recht durch das Glas sah, vom Donner drüben, der alle ihre kleinen Scheiben in den Rahmen erzittern und klirren machte, aufgeschreckt in die Höhe sprang, da lief sie mit der Gewohnheit des früheren ehelichen Lebens hinaus, um in der besonnenen und mutigen Auskunft ihres Eheherrn ihr Heil zu suchen. Erst auf der Treppe fiel ihr ein, daß dies unter den jetzigen Umständen nicht so leicht zu machen wäre wie sonst. Und während sie so, Schuß auf Schuß im Rücken, an der Stiege noch zögerte, ob sie den Mann aus der Küche rufen dürfe, wo er Flaschen für den Abzug des neuen köstlichen Weines putzte – sieh, da hatte der alte Meinrad bereits den Wasserhahn geschlossen und keuchte den Gang herauf, indem er an der Frau vorüber etwas schneller eilte und den Kopf zur anderen Seite neigte. Anna folgte ihm rasch ans Fenster. Beide rissen gleichzeitig einen Flügel auf und schauten mit entsetzten Augen in den großen Schaden da drüben. Kam ein Feind ins Land? War das ein wirklicher Krieg? – Die runzeligen Hände des Alten, die sich am morschen Gesimse halten, zittern, und die blauen Adern schwellen darin wie Bäche an. Die Augen kugeln gleichsam unter den Lidern hervor.

»Frau, siehst du's auch?« schreit er. ›Wenn sie es nicht sieht, so ist es auch nichts‹, denkt er.

Frau Anna springt von ihrem Fenster an das seine herüber, faßt Meinrad heftig unter dem Arm und schluchzt.

»Der Goldacker?« fragt er wild.

»Ja!«

Gerade rumpelt die zweite Artillerie den Weinberg hinunter, um die Uferlinie zu beschießen. Dem alten Faller ist, als ob diese eisernen Räder und Hufe ihm ins Eingeweide fahren. Oben beim Winzerhäuschen tritt jetzt der Befehlshaber auf, mit gebietendem Finger in die Schlacht weisend. So oft er die Hand schwenkt, donnert es von den Höhen, und alle Scheiben der Bauernstube klirren mit.

»Der Leonz, Meinrad, der Leonz!« ruft das Weib aus. Es hat schärfere Augen, auch wenn es nicht mit Mutteraugen sähe.

Jetzt wird es beiden klar: Das sind die Manöver. Hier geht ein Treffen der Artillerie vor sich, und seinen Goldacker, gerade seinen Goldacker hat der Bub ausgelesen.

»Aber die Reben sind doch nach der Manöverordnung ausgeschieden!« stöhnt der Alte. »Gott verdamm' meinen Buben.«

»Fluch' nicht, Vater«, bittet das Weib; und ihr erschrecktes Gesicht entfärbt sich noch mehr.

»Sieh da, sieh da, alles zertreten, – o, –« gurgelt er wie aus einer gewürgten Kehle hervor.

»Meinrad, die Trauben werden bezahlt!« beschwichtigt die selber trostlose Frau. »Aber recht ist es doch nicht!«

»Wer zahlt?« nimmt der Greis das Wort auf und ringt die mageren Finger. »Niemand zahlt mir die Freude am Heurigen. – O Bub, Bub!« röchelt er und tastet mit der zitternden Hand wie ein Verlorener am Fenstergetäfel.

Ihm wird übel. Er steift sich, rutscht über die Bank hinunter dem Boden zu.

»Aber Meinrad!« jammert die Frau und richtet mit ihren roten, knochigen Händen seinen Oberleib gegen das Gestühl auf. Dann springt sie zum Wandschrank, öffnet das oberste Türchen und nimmt zwischen einer Schicht alter Kalender ein unter dem Staub wasserhell leuchtendes Fläschchen hervor. Damit kniet sie bei Meinrad nieder und bespritzt die offenen, blauen Lippen und die trockene Zunge des Ohnmächtigen. Dann reibt sie seine kalten Schläfen ein und unterbricht die Arbeit nur, um seine eingeschrumpften, stacheligen Wangen zu küssen. Sonst ist das Küssen nicht Brauch unter diesen derben Leuten. Aber jetzt tritt das zarteste Weib aus dieser rauhen Bäuerin, und sie küßt ihren Mann und küßt ihn mit der Inbrunst einer Braut am Verlobungstage. Alles vergißt sie dabei, den argen Zwist, den geschändeten Weinberg, den grausamen Jungen, ihr steht nur eines im Sinne: den lieben alten Ehegemahl nicht zu verlieren.

»Meinrad, was machst du? Tu ein Aug' auf! – Ich bitt' dich, so hör' doch!«

In ihren dringenden Bemühungen merkt sie gar nicht, daß sie nicht mehr allein ist.

Die paar hundert Infanteristen, die noch zeitig vor dem Angriff Leonzens die Halde gewannen, waren indessen in rat- und führerlosem Marsche über die nächsten Wiesen hinunter ins Gehöfte der Faller geraten. Ein bärtiger Oberleutnant, ein Wachtmeister und ein Felddoktor aus ganz verschiedenen Truppenteilen traten zusammen ins Haus. Sie wollten sich nach dem nächsten Weg ins Hauptquartier bei Sissingen erkundigen, aber schon hier etwas Löbliches für den Hunger tun, wenn's menschenmöglich war. Den dreien drängten sich andere über die Stiege hinauf nach. Aber Frau Anna hörte weder das Schuhgetrappel, noch das feste Pochen an der Türe. Erst wie sich die niedrige Stube mit verwunderten Kriegern füllte, blickte sie auf und stieß einen leisen Schrei aus. Dann hielt sie wie schützend die langen Arme über ihren starren Mann.

»Wir tun euch nichts!« sagte der Offizier schnell. »Aber da ist ja ein Unglück passiert. Sanität vor!«

Sachte nahmen zwei Soldaten den kleinen Greis vom Boden auf und trugen ihn flach auf die Fensterbank. Der Arzt untersuchte den Herzschlag, öffnete dann seine Taschen-Apotheke und hielt dem Patienten die scharfe Essenz eines zierlichen Fläschchens unter die Nase. Gleichzeitig rieb er ihm die Brust mit einem befeuchteten Tuche ein. Frau Anna hatte zuerst wohl feindselige Augen nach den Uniformen geworfen. Aber unter der ehrlichen Arbeit des Doktors und der liebevollen Teilnahme der Offiziere milderte sich ihr Blick und gewann immer mehr einen vertrauensvollen und dankbaren Strahl. Es gefiel ihr auch, daß die übrigen Soldaten sich an den Wänden aufstellten und weder durch lautes Schwatzen, noch durch Lärm mit den Stiefeln die ängstliche Stunde störten.

Erst als der Alte das Auge auftat und mit unsäglichem Staunen die blauen Röcke und die blanken, gelben Knöpfe um sich sah, erst da fingen sie an, hörbarer zu reden, und einer, der aus dieser Gegend stammen mochte und die Faller sehr wohl kannte, meinte plötzlich: »Das ist die Mutter des Hauptmanns Leonz!«

Eine seltsame Erregung ging durch die Soldaten.

»Der uns über den Fluß bombardierte?«

»Der vom Weinberg herunterschoß?«

»Der die ganze Division zusammenschlug?«

»Der das Manöver entschieden hat, der, der Hauptmann von drüben?«

So fragte man sich untereinander mit allen Zeichen eines großen, wenn auch feindlichen Respekts.

»Genau derselbe! Seht, da zieht er ab!« Durch das geöffnete Fenster wies der Sprecher zum Rebhügel hinüber, wo in der Dämmerung des Abends die abziehende Artillerie sich deutlich vom immer noch hellen Horizont abhob, so oft wieder ein Zug die schon schattige Lehne empor auf das oberste Ufer gelangte und dann im Wegschreiten über diese blaue Linie von unten nach oben langsam verschwand.

Zu oberst saß hoch zu Roß ein strammer Reiter. Gegen den Himmel gestellt, war er ganz dunkel zu schauen. Aber die Umrisse seiner festen, schlanken Haltung, besonders die schmalen und steilen Achseln, waren gut erkennbar.

»Der Hauptmann Faller!« schrien die Soldaten und schoben sich ans Gesimse.

»Und der Weinberg gehört ihm, er ließ ihn kaput stampfen!«

»Das macht ihn zum Major!« rief ein junger Unteroffizier mit gebürstetem, rotem Bärtchen.

»Mögen die Blauen sich nur nicht brüsten«, warf ein anderer hinein, »er hat alles allein getan!«

Anna hatte sich, nachdem sich ihr Mann, ohne ein Wort zu sprechen, auf der Bank aufgerichtet hatte, mit schneller Eitelkeit an dem Soldatengespräch satt gehorcht. Also ihr Leonz war der Held des Tages! Um des Sieges willen hatte er den Weinberg geopfert. Da sprachen sie alle mit einhelligem Lobe von ihm und waren doch seine Gegner! Lächelnd und glückselig sog sie Satz auf Satz ein, gleichsam tropfenweise die Worte verkostend – und dem Sohne war der zerstörte Herbst da drüben, wo nicht gar auch der in Ohnmacht geworfene Vater schon verziehen. 291

»Es ist mein Sohn«, sagte sie und reckte ihren dünnen Hals mit dem halb gelösten Tüchlein darum.

»Wir gratulieren, Frau Faller, wir gratulieren!« erscholl es durch die Stube.

An den Vater aber wagte sich kein Glückwunsch. Immer noch saß er wortlos auf der Fensterbank, aber er hatte sich umgewandt und hielt das düstere Gesicht halb zur offenen Scheibe heraus. Aus seinen Augen sprach eine große Verwirrung. Er hatte sich noch immer nicht zurecht gefunden. War es die Schwäche nach dem Anfall oder der Widerstreit von Zorn und Liebe, die er abwechselnd beim Gerede der Soldaten empfand? – Den Sohn haßte er fast gar, den Soldaten bewunderte er. Aber der Sohn lag ihm näher, und darum taute seine graue Miene nicht recht auf. So wie er nun wieder den Greuel in den Goldackertrauben sah, stießen der Unwille und die habsüchtige Natur des Männchens frisch auf.

»Er hat mir den Weinberg verdorben!« fing er mit schwächlicher Stimme an. »Und der Bund wird den Schaden nicht zahlen. Und wenn er zahlt, den Heurigen zahlt er unter der Qualität!«

Dieses zänkische Wort, mit dem der Alte in die idealen Gefühle der Versammelten seinen bäuerlichen Geschäftsgeist als das Wichtigste von allem hineinwarf, entnüchterte die volle Stube. Ein Schatten zog über das feine Gesicht des Oberleutnants, und er zog die Lippen ein, um ein bitteres Wort zu unterdrücken.

»Herr Faller, nehmen Sie da ein Tröpfchen! Das wird Ihnen wohl tun«, befal der Arzt liebenswürdig, aber bestimmt und hielt ihm sein Taschenbecherchen mit rotem, starkem Veltliner so gebietend hin, daß der Greis gehorsam, wenn auch widerstrebend, ein Schlücklein und dann, als Kenner eines tüchtigen Saftes, noch eines und weiter, eifrig und eifriger alles bis auf die blanke Schale austrank.

»Und nun hören Sie, Euer Sohn hat recht und unrecht, wie man will.«

Er räusperte sich und holte, die Brauen gleichsam lüftend, zu einem seiner schweren, mächtigen Sätze aus.

»Wenn Euer Leonz unter dem vaterländischen Rocke noch das enge Krämerröcklein trug, und wenn ihm ein Fäßlein guten Weines über gerettetes, sieghaftes Schweizerblut ging: dann, ja wohl, dann hat er ganz unrecht getan, uns da unten im Tobel zusammenzuschießen. Dann hätte er die Reben stehen und den Feind sachte und vollzählig über den Rhein ziehen lassen. Dann aber, lieber Mann, pfeife ich auf ein Vaterland, das im ersten besten Augenblick wegen ein paar Trauben, die nächstes Jahr wieder nachwachsen, doppelt nachwachsen können, sich Sieg und Freiheit muß entfahren lassen.«

Bei diesen Worten redete der Oberleutnant nicht mehr bloß zum alten Meinrad, der sichtlich ob diesem gewaltigen Sprechen zusammenfuhr wie ein verschüchtertes Kind, sondern zu der ganzen Mannschaft und vorab zur Frau, deren langes Gesicht wie von einer inneren Glorie erglühte und die ihn als aufmerksamste Zuhörerin auch am meisten begeisterte, patriotisch weiter zu reden.

»Wenn er aber unter seinem eidgenössischen Fähnlein allen Eigennutz vergißt und nur noch das Frommen der Heimat im Sinne hat, dann, lieber Mann, hat Euer Sohn nicht bloß recht, sondern einzig recht gehandelt. Denn es ist nicht eine bloße Gaukelei, was hier im Felde getrieben wurde, es ist kein Spiel, wie viele meinen, es ist der bare Ernst. Und gerade so, wie einer hier leichtlings seinen warmen Leib schirmen geht und Mutter Helvetia derweilen im Stiche läßt oder wie einer sich mannhaft hinwirft und jubelt: ›Zuerst gehöre ich dir, Vaterland, und dann erst mir, zuerst du, dann meine Hütte, meine Eltern, meine Reben‹ – gerade so wird er's im wahrhaftigen Kriege machen.«

Hier räusperte er sich wieder ein wenig und entsann sich, daß eine eigentliche Rede denn doch weder dieser Gelegenheit, noch seiner Eigenschaft als Flüchtling anstehe. Aber er trieb zu tief im Wellengang der allmächtigen, vaterländischen Rede und konnte daher nicht mehr ohne einen erschütternden Schlußsatz auskommen.

»Hier«, rief er und erhob die Stimme um eine begeisterte Terz, »hier an der Markung des Vaterlandes, wo die eisernen Würfel des Krieges zuerst fallen müssen, hier möge sich jeder im Angesicht unseres lieben heimatlichen Stromes, der als das Gewissen des Vaterlandes unsere Geschichte von den alten Ahnen bis auf uns durch alle Erlebnisse beglei- tet hat, und – und – er – wir – hier –«

294

Man hustete. Der Redner hatte die Zuhörer ergriffen, und es peinigte sie, wenn er den schönen, wenn auch schwierigen Satz nicht zu Ende brächte.

»Hier möge –« flüsterte der Arzt hilfreich.

»Hier also wolle ein jeder seine kleine Seele erforschen, ob er so un- eigennützig wie der edle Sohn dieses Hauses zu handeln vermöchte.«

Frau Anna mußte sich doch die Augen wischen. Das war zu rührend. Aber auch der greise Gemahl war gegen so große Worte nicht stark genug gewappnet. Er verstand sie nicht recht, aber um so mehr Ehrfurcht hatte er dafür. Soviel er davon verstand – war er beinahe ein Sünder in den Augen dieser Wehrleute. Sein Sohn aber war ein Held der Schwei- zergeschichte. Zu diesem Glauben konnte sich der nüchterne Alte freilich nicht aufschwingen. Aber mit dem unterwürfigen Sinne des Bauern, der sich ein klein wenig schuldig weiß, nickte er zuweilen und senkte das Gesicht vornüber gegen die Brust.

Erfreut über sein berauschendes Bild vom Gewissen des Vaterlandes und ganz bedrückt von der Wirkung, die er auf den Gesichtern las, erhob in Ermangelung eines Bechers der Redner die leere Schale des Doktors und rief: »Kameraden, der Sohn dieses Hauses und Sieger dieses Tages, Hauptmann Leonz Faller, lebe hoch!«

295

»Hoch! Hoch! Extra hoch!«

Die ganze bewaffnete Stube stimmte unter tosendem Beifall mit in den Ruf ein, und unter diesem gewaltigen Hoch zitterten die Kastentür- chen und Scheiben wie unter der Kanonade des Hauptmanns. Immer mehr taute das frostige Gesicht des Vaters auf. Aber das lange, gelbe Gesicht der Bäuerin schimmerte aus dem Abendschatten, der tief in die Stube fiel, wie eine Verklärung. –

Am folgenden Tag ward das Urteil des Höchstkommandierenden verlesen.

Die rote Armee erntete ein sattes Lob. Der Rückzug der Sulzerischen Division sei meisterlich erdacht, und die Haltung der Führer der kritischen Lage durchaus gewachsen gewesen. Dagegen wurde ihre Entblößung von allem Artilleriepark und der Umstand, daß sie die jenseitigen Höhen zu blockieren unterließen, strenge gerügt. Hierauf wandte sich der Gewaltige mit schmetternder Stimme an die Leitung der blauen Armee. Nichts als Tadel regnete es auf sie herab. Sie hätte sich am Morgen schon unsinnig verzettelt. Dem Terrain, das ihr so günstig lag, sei sie in keiner Weise gerecht geworden. Daß sie aber dem Feinde ermöglichte, sogar über den Rhein zu ihren Reserven zu dringen, sei ein so trostloser Fehler, daß darüber der gelungene Rückstoß gegen den Rhein gar nicht in Betracht fallen könne. Überdies habe man dies erst mit Hilfe der äußersten Reserven vollbracht.

Nun komme er auf einen merkwürdigen Punkt zu sprechen, und der dichte Ring der Zuhörer der verschiedenen Waffen wandte sich jetzt mit doppelter Aufmerksamkeit dem Sprecher zu. – Der Artillerie-Hauptmann Leonz Faller habe mit zwei Batterien eine selbständige Operation von den Rebböschungen aus gegen den feindlichen Rückzug über den Fluß vorgenommen. Diese Handlung sei vom Gesichtspunkt der militärischen Ordnung ein Vergehen. Sie sei ohne Befehl, ja, man dürfe wohl sagen, gegen den Sinn des Oberkommandos, das die Weinberge ausnahm, erfolgt und in dieser Hinsicht sei der Genannte entschieden zu tadeln.

Leonz wechselte die Farbe, das heißt, eine helle Blässe überzog sein frisches, rotes Antlitz.

Allein es gäbe Fälle, wo eine entscheidende Wendung oft nur durch den Einfall eines untergeordneten Führers und durch das gesonderte Vorgehen eines raschen, vereinzelten Armeekörpers erreicht werde. Der Sieg liege dann im Augenblick und bedinge ein eigenmächtiges Heraustreten aus der Oberleitung. Es frage sich hier nur, ob die Wichtigkeit der Lage ein solches Vorgehen entschuldige. In unserem Falle, wo Hauptmann Faller die ganze fünfte Division bis auf wenige Mann unschädlich und damit die rote Armee durch diesen entscheidenden Verlust für eine aussichtsreiche Operation untauglich gemacht habe, in unserem Falle scheine das tapfere Vorgehen des Artilleristen nicht unbegründet, und der Mann verdiene nicht bloß unbestritten das erste Lob im heurigen Manöverberichte, sondern es zieme sich, daß die Kriegsobern ein besonderes Auge auf das große Operationstalent dieses Soldaten richteten. Daß der Belobte den Weinberg seines Vaters zum Ausgangspunkt der Aktion genommen habe, verstoße ebensosehr gegen das Reglement, als es seiner Uneigennützigkeit Ehre mache. Kurz, man finde sich hier in der seltsamen Lage, mit dem Kopfe tadeln zu müssen, wo das Herz nur loben möchte.

Diese Rede, unter freiem, vaterländischem Himmel, inmitten der blauen und roten Armeekorps gesprochen und aus der Tiefe seines Bettes von dem fernen, feierlichen Rauschen des Rheines wie mit Orgelakkorden begleitet, wurde in alle Zeitungen des Landes gesetzt. Zum Mittagessen brachte der Briefbote sie auch in die Stube der greisen Eltern, und der Artikel wurde abwechselnd vom einen und anderen gelesen, einige Sätze sogar doppelt, je nachdem die Brille des Vaters oder der Mutter zuerst feucht und wieder zuerst abgetrocknet war. Zwar vermied es der Alte, den Blick zum zerschlagenen Rebstück ob dem Rhein zu werfen. Aber das Feuer seines vorgestrigen Zornes war erloschen, und was da noch in Brummen und Nörgeln sich Luft machte, war nur noch unschädlicher Rauch.

›Sie werden die Reben vergüten‹, sagte er sich mit heimlicher, glücklicher Schlauigkeit. ›Nachdem sie den Hauptmann in den Himmel gerühmt, werden sie seinem armen Vater auch ein Gutes tun. Es wäre unehrlich vom großen Vaterland, diese Kleinigkeit – und es ist eine Kleinigkeit für seine große Hand – nicht in goldenen Batzen hier auf den Eichentisch zu zählen.‹ Und er behielt diesen Gedanken und stärkte ihn den ganzen Tag mit einer stillen, sichern Genugtuung.

Frau Anna aber erwartete mit Sehnsucht ihren lieben Hauptmann. Warum kam er immer noch nicht? Waren die Truppen denn nicht entlassen worden? Fürchtete er etwa das gestrenge Antlitz der Eltern? Aber Furcht war Leonz doch fremd, und mit seinem zähen Eigenwillen hatte er noch immer, wo es ihn behelligte, Vater und Mutter widerstanden. Warum also kam er nicht?

Da wird die Haustüre aus dem Holzriegel geschoben. Jetzt kommt er. Fröhlich erhebt sie sich vom Stuhle, um die Stube zu öffnen, während der Alte in einer gewissen Beklommenheit sich noch nicht recht in die Sachlage findet und darüber nachsinnt, wie er den Sohn begrüßen soll.

Aber das sind nicht seine Schritte, er würde auch nicht anklopfen. – »Herein!«

In grenzenloser Verblüffung sahen die Gatten den hochgewachsenen Herrn Oberst mit gebeugtem Haupte über die Schwelle treten. Hinter ihm huschte wie ein rosiger Schatten Rosine in die Stube.

»Mein Vater möchte mit Euch reden«, sagte die große Tochter mit ihrer kleinen, heiteren Stimme. Ohne die Erwiderung des Mannes abzuwarten, ergriff sie die Hand der Frau Anna und führte sie, als ob sie hier zu Hause wäre, in die Nebenkammer. An der Türe legte sie den Finger schelmisch ans runde Kinn und rief den schweigsamen Männern zu: »Wenn ihr fertig seid, bitte, so ruft uns nur!«

»Ihr kommt doch nicht wieder wegen dem Goldacker?« fragte der Alte spitzig.

»Doch, Herr Nachbar, gerade darum bin ich da!«

Der Bauer schwieg. Hier ging ihm der Witz aus. Doch der Oberst fuhr mit feiner Miene fort: »Der Fallersche Wein ist für dieses Jahr zerronnen, und man kann nur vermuten, daß er Euch auch heuer alle Ehre gemacht hätte. Dafür kennt man jetzt das Fallersche Blut um so besser.«

»Wie meint Ihr?« machte der Bauer mürrisch.

»Alle Wetter, Nachbar, ich sag's bündig, wie es meine ungehobelte Art ist. Euer Junge hat es mir angetan. Was er gestern leistete, ist vom reinsten Schweizeradel.«

Meinrad wollte widersprechen, aber es geriet ihm nur eine Handbewegung.

»Ihr wißt, er liebt meine Tochter. Sie ihn. Nun dachte ich mir, einem besseren Schirmherrn kann ich mein Teuerstes nicht anvertrauen. Sind die zwei ja überdem so geartet, daß sie sich fänden, auch wenn wir beide den Rhein zwischen unseren Häusern noch einmal so tief und breit graben könnten. Wir haben es ja jüngst versucht und miteinander getobt wie Knaben. Aber darum haben sich unsere Früchtchen doch gefunden und, wie ich meine, nur noch fester verschworen. Darum, Herr Nachbar, wollen wir lieber mitmachen und den Jungen unseren fröhlichen Segen geben. Seid Ihr einverstanden?«

›Das klingt anders als früher‹, wollte der nun plötzlich schier übermütig gewordene Winzer erwidern. Aber das schien ihm doch zu grob. – ›Große Ehre!‹ sollte er vielleicht so sprechen? Das paßt wieder nicht. Mit der Bosheit war es einmal fertig. Hier bekam sie zu kurzen Atem. Er konnte nur das bescheidene Wörtlein sprechen, und er erbebte selbst da noch: »Herr Oberst, wie – was – ist Ernst dabei?«

»Blutiger Ernst! Und mein Vorteil dazu! Denn –« mit großer, liebenswürdiger Verschmitztheit sagte Herr Bleuler dies – »denn wenn Ihr nun auch Euere Reben erst recht nicht verkaufen werdet, so wird doch dem Schwiegervater, denke ich, ein Gläschen Goldacker nie verweigert.«

Eine ungewohnte Rührung packte Meinrad.

»Und zudem, was unsern Kindern gehört, gehört auch ein bißchen den Vätern, – ist es nicht so?«

Mit herzlicher Artigkeit hielt der Oberst nach dieser Rede dem Bauer seine zweifach beringte Hand entgegen.

Zögernd gab der Bauer die seinige her. Es war nicht mehr Eigensinn oder Unfreundlichkeit, sondern Scham über seine früheren bösen Meinungen, die ihn so zaghaft zugreifen ließen.

»Ich glaube auch«, sagte er langsam und verwirrt, »daß wir unsere Kinder so am glücklichsten machen.«

»Und nun Pardon, daß ich Sie so wütend überrascht habe! Aber, lieber Nachbar, glauben Sie mir, Rosine hat mich nicht weniger stark überrumpelt. Und schließlich bin ich dann gerne gekommen, so schwierig ich immer mit meinem elenden Fußwerk die Halde hinaufrutsche. Denn auch ich bin ein ganzer Soldat gewesen und sähe es zu gerne, wenn sich einige Tropfen Soldatenblut in unserer Nachkommenschaft vererben würden. Ein guter Wein in den Reben, ein tapferes Blut in den Enkeln! Hab' ich recht, Nachbar, hab' ich recht?«

Wie bei der Rede des Oberleutnants begeisterte sich jetzt wieder das alte Bauernherz, obwohl er die Worte des Obersten nicht in ihrer ganzen Herzwärme begriff. Dabei entging es seinem rasch arbeitenden, haushälterischen Verstande nicht, daß sein Leonz nun auch den anderen Rebfleck in das Fallersche Haus hineinheirate und am Ende sich ein Goldacker Nr. 2 erarbeiten lasse. So nickte er denn unter den Reden des Bleuler immer wieder und behielt die große, weiße Hand in seiner kleinen, braunen.

»Können wir kommen?« hörte man neugierig aus der Türspalte rufen.

»Kommt nur!« rief der Bauer. »Es ist alles im reinen!«

Lustig und doch das Gesicht von blutroter Scham erfüllt, hüpfte die Tochter aus der Kammer heraus, die Mutter mitzerrend, und reichte zuerst dem künftigen Schwiegervater und darauf dem eigenen Vater die heiße Hand.

Nun kam vom alten Goldacker eine Flasche aus dem Keller herauf, und die bestäubten, alten Kristallgläser auf der obersten Lage des Büfetts wurden unter Klingeln und Klirren heruntergeholt und mit dem sehr hellen, rosenroten Saft gefüllt. Schon wollte der Oberst anstoßen, als das Fräulein ihre Finger gespreizt über seinen Kelch streckte und mit verstohlenem Zwinkern sagte: »Laßt uns auf den Hauptmann warten, – er muß bald kommen!«

Alle setzten ihre Becher wieder nieder.

»Woher weißt du denn, Rosine«, fragte Anna gemäß einer Verabredung, die vorhin in der Kammer zwischen beiden Frauen getroffen worden war, »daß Leonz diesen Abend noch kommt?«

»Verzeiht mir«, antwortete das Mädchen, und diesmal glaubte man einen Vogel schäkern zu hören, so hoch und neckisch nahm sie die Stimme, »aber gestern abend haben Leonz und ich auf dem Goldacker Kriegsrat gehalten. Ich richtete meine Artillerie zuerst gegen den Herrn Obersten, meinen sehr gnädigen Vater« – sie salutierte hier famos – »und dann ging es mitsamt den erbeuteten väterlichen Geschützen auf den Vater Meinrad los. Am Ende des Feldzuges wird Leonz erscheinen, so ist es ausbedungen, nicht früher!« –

Von den feuchten Wiesen her schritt um diese Zeit der Ersehnte schon dem Hause zu. Als er zwischen den unendlich verlängerten Baumschatten des Abends den letzten Steig emporklomm, mit unbeeilten Schritten, das Käppi vom dichten Haar gehoben, eine glänzende Sicherheit auf den starken Brauen, der niederen Stirne und den verschlossenen Lippen, und wie er den Hügel hinaufblickte und sein Haus und drüben das des Obersten und beide getrennten Ufer in einen festen Blick zusammenfaßte, da fühlte man, daß dieser Leonz seine Zukunft mit sicherer Hand zum voraus abgewogen und gleichsam in seine Rocktasche genommen hatte.

* * *

In die Fäden, die sich immer inniger vom einen Ufer zum anderen spannten, mischte sich für Vater Meinrad zwar die Enttäuschung, daß weder eine Zeitung, nicht einmal das beliebte Lokalblättchen seines Bezirkes, noch sonst eine offizielle Stimme von irgendwelcher Entschädigung des zerstampften Rebberges sprach. Um so ermutigender war es, daß der Bauer aus der Verwüstung seiner Trauben doch noch soviel rettete, um ein ehrliches, bürgerliches Fäßchen mit dem edelsten Moste, den der Goldacker je erzeugt hatte, füllen zu dürfen. Ein Fläschchen dieses Weines trug der glückliche Winzer am siebzehnten Wintermonat 304 von der Weinausstellung aus der Hauptstadt nach Hause. Er fuhr aber diesmal zweite Klasse, nicht seinet- sondern der Flasche wegen, der um den schlanken Meernixenhals eine schwere goldene Medaille baumelte. Er ließ sie jedermann sehen und erzählte jedem, der es nur hören mochte, die Geschichte des Goldackers von den ersten mittelrheinischen Schößlingen seines Vaters an bis zur heurigen Reife. Hier meldete er mit etwas dunkler, verdrießlicher Stimme, daß die Manöver mitten in seine Ernte gefahren und von hier aus die Geschicke des kriegerischen Tages entschieden worden seien. Indessen, fügte er triumphierend bei, hätten weder die Kanonen, noch Roß und Reiter das unverwüstliche Leben solcher Reben zu vernichten vermocht, und er sei in der Lage, wenigstens eine reiche und weitläufige Hochzeitstafel rein nur mit diesem Goldacker zu bedienen. – Dies letztere sagte er mit der ganzen Bosheit eines Geheimtuers.

Darauf meinte ein gegenübersitzender Herr, die Manöver seien wirklich eine Landesgefahr. Sie zehrten die Kraft der Schweizer auf und zertrümmerten dazu noch ihr kleines Haus.

»Ich bitte den Herrn«, meinte der Bauer, »die Manöver sind eine respektable Einrichtung, und ich lasse ihnen nichts geschehen. Meistens« – schmerzlich verzog sich nun sein hundertfach gefälteter Mund beim folgenden – »einige Ausnahmen abgerechnet, vergütet der Bund den Schaden mit seiner guten und batzengesegneten Hand, – meistens!« 305

Vater und Sohn im Examen

Die Schulkinder von Lachweiler sitzen heute steif in ihren verkerbten Bänken und blicken mit ängstlicher Ungeduld bald zur Türe, bald zum Lehrer am Pult.

Philipp Korn selber, ein Mann, der heute den vierzigsten Geburtstag seines staubigen, mit Papier verklebten und mit so viel Tinte verklecksten Lebens feiert, Philipp Korn wartet mit einer gewissen unruhigen und bekümmerten Festlichkeit auf das Erscheinen der Examenherren. Heute liegen seine Hosen straff, sie glänzen von Sauberkeit, ja, sie zeigen jene scharfe Falte vorne, die nur neue, eben aus dem Warengeschäft geholte Hosen zeigen. Seine Rockärmel sind an den Ellbogen nicht verschlissen und fadenscheinig wie an gewöhnlichen Schultagen, und die Krawatte fasert nicht; sondern es ist der feiertägliche Frack, den er trägt, und die weiße Seidenkrawatte, welche nur zu Ostern und am Bezirksfest, als Philipp eine Bankettrede auf das Vaterland der Pädagogen hatte halten müssen, aus dem seidenpapiernen Umschlag gewickelt und hernach gleich wieder sorglich von der Lehrerin eingepackt wurde.

Jedes Stäubchen hatte Frau Monika Korn von ihrem Mann gebürstet. Rein steht er da wie ein Mensch, der soeben frisch aus der Hand Gottes hervorgegangen ist.

Über der hohen, weißen Stirne hat er das spärliche braune Haar in der Mitte gescheitelt und bedächtig nach beiden Seiten über die kahlen Stellen gekämmt. Einst trug er einen vollen Schopf. Aber bei viel Kopfweh und der übeln Gewohnheit, sich ins Haar zu fahren und darin herumzureißen, wenn er die Hefte der Schüler durchlas und auf Schreibfehler stieß, hatte sich nach und nach das Dickicht gelichtet.

Es ist ein bleiches, knappes Angesicht, das Herr Philipp zeigt, mit feuchten, hellbraunen, schwächlichen Augen, die sich vor der Kraft der Wirklichkeit gleichsam mit einer Brille zu schützen suchen. Die wächsernen, dicken Ohren stehen weit ab, und die ebenso weiße Nase treibt in ein kurzes, aber starkes Dreieck. Trotz der schweren, vollen Lippen ist der Mund schön und fein geformt, gegen die Winkel fast so scharf und dünn, wie dies bei Lehrern und Schauspielern und etwa noch bei spitzfindigen Theologen wegen ihrer so genauen Aussprache der Buchstaben häufig vorkommt.

Alles an Kandidat Philipp gedieh. Der Leib schoß wie ein Halm in die Höhe, der Hals reckte sich mutig aus dem Kragen hervor, die Lockenfülle Absaloms schlug über seinem Haupte zusammen – nur eines wollte nicht glücken: der Schnurrbart, dieser Stolz des Mannes, diese lebendige Urkunde eines mutigen Geistes.

Das stimmte den Kandidaten traurig, denn er besaß ein frauenhaft feines, leicht verletzliches Empfinden. Als er im Seminar so viele Jünglinge sah, die er wie ein Saul um Haupteslänge überwuchs, aber die bereits ein kleines, dunkles Wölklein unter der Nase trugen, da hoffte er immer noch. Im Hoffen war Philipp überhaupt stark. Jeden Tag befragte er seinen Taschenspiegel. Und der Bauer drüben im Badischen oder Schwäbischen, welcher sein Korn ausgesäet und darauf all sein Glauben abgestellt hat, weil er die Ernte in schweren Wagenfuhren zur Stadt bringen und mit dem Erlös den drohenden Konkurs vom väterlichen Heimwesen abhalten will: dieser Bauer, der Sonntags mit seiner guten, treuen Frau über den Acker spaziert und nachsieht, ob noch immer kein grünes, vorwitziges, spitzes Hälmchen aus der Scholle gucke, ein einziges wenigstens; – nicht ängstlicher forscht er über den kahlen Feldplan, als der Seminarist Philipp damals nach einem ersten Härchen, einer wenn auch noch so unscheinbaren Spur der Mannbarkeit auf seiner Oberlippe suchte. Wenn dieses Härchen nicht kommt, dann geht sein Ansehen bei den Mitschülern fallit. Der moralische Konkurs droht! Denn im Seminar gilt der Spruch: Ein Weib, ein Zopf – ein Mann, ein Schnauz! Was dazwischen kriecht, sind Narren und Kinder!

Endlich, endlich schattete es unter der Nase, ein Härchen ums andere wuchs hervor. Langsam, zaghaft, mager sproßte es zwar, mit lichten Stellen zwischenhinein wie in einem durchgeschlagenen Forst – aber es sproßte doch! Und wenn man alles sparsam zusammenzählte, so ergaben diese zweiunddreißig Schnauzhaare doch zusammen einen Schnurrbart.

Von nun an ging es Herrn Philipp recht leidlich in der Welt. Das Lehrerexamen bestand er kraft seines zähen Gedächtnisses und seiner noch zähern Beflissenheit mit der besten Note, und die kleine friedsame Gemeinde Lachweiler berief den neugebackenen Lehrer sogleich an ihre Schule. Eine nette Wohnung, die noch netter gewesen wäre, wenn der Ofen winters nicht sämtlichen Rauch in die Stube gestoßen, wenn die Vorfenster besser in die Rahmen gepaßt und sommers sich die Flöhe etwas manierlicher benommen hätten, wurde nun seine Residenz. Bald hatte er auch in der ehrsamen und praktischen Jungfrau Monika Eva

310
311

Robbe eine Gattin gefunden, die nicht bloß in seinem unruhigen Herzen, sondern auch in seiner von Papierschnitzeln, Federhaltern und Hemdkragen durchflatterten Stube einige Ordnung schaffte.

Ein Bübchen war dieser Ehe entsprungen, Wenzeslaus, dem der Lehrer schon im dritten Jahre zeigte, wie man einen Griffel in die Finger nimmt, und das im vierten Jahr bereits ein Dutzend Schiefertafeln glücklich in Scherben geschlagen hatte. Ihm weissagte der Lehrer eine wunderbare Zukunft. Dieser Wenzel sollte ein zweiter Salomon werden. Das konnte, das durfte nicht anders sein! – Nicht ein gewöhnlicher Schulmeister sollte in ihm der Welt erstehen, o nein, sondern ein Lehrer ganzer Städte und Länder, ein Professor der Hochschule, einer, zu dessen Füßen Prinzen und künftige Staatslenker sitzen, ein Mann, der jedes Jahr mit einem neuen Buch die Welt sozusagen aus den Angeln wirft: ein solches Wunder sollte Wenzel werden. Gerne wollte Vater Philipp dann in seinem Dörfchen bei den halbwilden Landkindern bleiben und geduldig das Einmaleins und Abc weiter lehren, getröstet, daß vom Ruhme seines großen Sohnes auch ein kleiner, warmer Strahl in seinen Erdwinkel auf sein demütiges Haupt fallen werde.

Das ganze gläubige Dorf teilte seine Erwartung. Dieser flinke, kleine Lehrerbub, sagte man, wird wohl ein Gelehrter werden. Bücher und Tinte hat er genug im Hause. Sein Vater, das weiß man, wird ihn drillen und drehen, bis er seine Aufgabe vorwärts und rückwärts gleich gut auswendig kennt. Die Bauern konnten sich gar nicht denken, daß der Sohn eines Vaters, den man nie anders als mit einer Feder hinter dem Ohr und einem Buche unter dem Arme durchs Dorf laufen sah, nicht auch notwendig ein Gelehrter werden müsse.

Dieser liebe Wenzel! – Er trug Augen, so blau und ach, so rein wie ein neugeborenes Engelchen. Seine Nase war frohmütig aufgestülpt, und immer klebte vom Mittagessen etwas Spinat oder vom Vesperbrot ein Tröpfchen süßer Brombeerlatwerge ungemein zierlich daran. Er war gesund und hellsinnig wie das lautere Bächlein in der Schulwiese. Lachte er – und er lachte viel und gern – dann blitzten zwei Reihen großer, breiter, zuckerweißer Zähne hervor. Nicht ein einziger Zahn fehlte. Seine Backen waren immer kirschrot und so rund und voll, als bliese ein Wind darein. Er trug ein schroffes, steifes, weißblondes Haar, das Frau Monika umsonst mit Öl und Milch zu locken versuchte. Die Stirne war um so viel zu niedrig, als die väterliche zu hoch schien. Aber sie glänzte so heiter, als läge immer die Sonne darauf. Und Wenzel war ein Sonnenkind. Alles an ihm atmete Fröhlichkeit. Er ging nicht, er hüpfte, sein Reden war wie Singen zu hören, das Leben galt ihm einen Spaß.

Wenn er Griffel knickte und den Rahmen der Tafel zerbiß, statt ein anständiges A oder B zu schreiben, oder wenn er auf der hölzernen Weltkugel des Lehrers geographische Gewaltstreiche verübte, die unmöglichsten Wege nahm und mit einem lustigen Riß Nord- und Südamerika voneinander trennte, dann schüttelte Philipp wohl unmutig das Haupt, aber tröstete sich, alle Genies hätten in der Jugend Tollheiten getrieben. Das seien nun einmal ihre Flegeljahre. Bei den Dummen kämen sie erst später, bei so Gescheiten recht früh. Warte man, bis der Junge in die Schule muß. Man wird dann ein blaues Wunder erleben!

* *
*

Und nun war das erste Schuljahr Wenzels vorüber, und der Kleine saß da in der vordersten Bank und wartete wie die andern Kinder, bis das Examen begänne. Während aber die meisten Knaben und Mädchen ein ernstes Gesicht schnitten, im Gefühl, daß nun die Stunde da sei, wo sie gewogen und vielleicht zu leicht befunden würden, hockte der kleine Lehrersohn so vergnüglich auf seinem Stühlchen, legte die Arme so getrost übereinander und lachte mit den blauen Augen so freundlich die Wandtafel und die Rechnungstabellen an, als wären sie seine besten Freunde.

Und doch hatten sie ihn gequält während dieses abgelaufenen ersten Schuljahres. Denn Wenzel hatte nur Freude an den schönen, braunen Kühen des Nachbars Martin Hofter, an den langhaarigen, witzigen Geißen des Mützelbauern, an dem von einem roten Ochsenpaar gezogenen, ungeheuren Futterwagen des Tornhofers und am Knallen einer langen, flinken Geißel über das Gespann hin in den frühen Morgen hinein. Wie gern hütete er mit dem gleichaltrigen Ferdinand, des Tornhofers Sohn, das Vieh auf den Weideplätzen. Wohl lagen sie fern vom Dorf, aber man sah doch noch über dem dunkeln Wald der Obstbäume den Helm des alten Kirchturms, den Giebel zweier Bauerngehöfte und den Küchenrauch zur Vesperzeit emporkräuseln. Daß man das Schulhaus nicht sah, war eine Gnade. Und still war es da! – Man hörte geradezu nichts, als die Einsamkeit selber wie mit unbeschuhten, sehr leisen Füßen, einem geräuschlosen, ungefalteten Gewand und mit dem Finger über den geschlossenen Lippen wie ein Gewölk vorüberwallen. Oft auch glaubte er von weitem ein seltsames Rauschen zu vernehmen. Kein Grashalm regte sich, die weißen Flocken am Himmel standen still. Und doch war es ein Rauschen wie von einem fernen Winde oder wie von unzähligen wandernden Völkern. War das vielleicht »die Welt draußen«, wovon man in Lachweiler so respektvoll, ja furchtsam redete? – Und wieder hörte Wenzel weder die Ferne noch den eintönigen Klang der Einsamkeit, und dennoch war es nicht still und nicht schläfrig um ihn her. Ja so, er hörte sein Herz klopfen, sein junges Blut rinnen und seine eigenen Träume und Gedanken leise wie Schmetterlinge herumfliegen. Denn Wenzel besaß eine tiefe Einbildungskraft, er hatte nach innen und außen ein feines Ohr und dachte viel. Wenn er aber im Gras mit Ferdinand auf dem Rücken lag und den Mücken zuschaute, die über seiner Nase summten, und den Wolken, die hoch im Blau wie riesenhafte Tagfalter langsam dahin und dorthin schwebten, oft so unverständig und ziellos, dann dachte er gar nichts, dann sah er nur zu und sagte höchstens zum Kameraden: »Siehst du's auch?«

»Eine Wolke, was sonst!«

›Eine Wolke! – der Dumme!‹ sagte sich Wenzel leise und nun fing er wieder an zu träumen. Das war doch keine gewöhnliche Wolke. Das war eine Stadt, wie er sich das Ding vorstellte, mit Türmen und gezackten Bauten und eitel Gold auf den Dächern. Oder es war ein wunderbarer Wald mit Ästen wie Menschenarmen oder ein gewaltiges Tier, das keinem der bekannten irdischen Tiere glich und doch an ein jedes erinnerte.

Meister Philipp sah dieses Träumen mit verdächtiger Miene an, der nüchterne Buchstabenmensch verstand diese Trägheit nicht. Aber er verschuldete sie selber. Nie gab er ja seinem Bübchen Spielzeug in die Hand, wie Holzpferdchen und geschnitzelte Schäfchen sind. Landkarten, Bücher mit Rätselfragen und Schachteln voll Griffel und Federn lagen unter Wenzels Weihnachtsbaum. Ganz heimlich mußte ihm die Mutter einen Gaul aus Lindenholz, den ihm Ferdinand geschenkt hatte und dem ein Bein über dem Knie gebrochen war, in der untersten Schublade aufbewahren, und nur wenn der Lehrer fort war, durfte Wenzel damit spielen. Es ist nicht zu sagen, wie der Junge auf den Augenblick harrte, da er wieder das dreibeinige Pferd zäumen und mit ihm den Trab und Galopp versuchen durfte.

Doch mit der Schule hatte auch diese versteckte, seltene Freude aufgehört. Da saß er nun seit einem Jahre jeden Vormittag und Nachmittag in der ersten Bank und sollte lesen, schreiben und rechnen lernen. Und mittlerweile zogen die Kühe auf die Weide, meckerten die Ziegen des Mützelmoritz durch das Dorfgäßchen in die freien Wiesen hinaus, fuhr Knecht Laurenz mit den Ochsen zum Forst hinauf und holte gefällte und geschundene Tannenstämme – und er, der junge, rüstige Wenzel war nicht dabei! – Welch ein Unglück! –

Es ist richtig, der Junge suchte sich für diese Entbehrungen auf seine Art zu entschädigen. Statt der großen und kleinen Buchstaben zeichnete er Schäfchen und Kühe, denen er zum Trotz vier Hörner gab. Warum ließ man ihn nicht bei den Kühen mit zwei Hörnern, diesen langsamen, treuen, behaglichen Freunden seiner Kindheit! Auch Ziegen und Hammel zeichnete er in sein Schönschreibheft, und bald guckte der Knebelbart eines Geißbocks, bald der Fettschwanz eines Widders aus den Zeilen, wo doch nur geordnete Buchstaben oder Zahlen von 1 bis 10 stehen sollten.

Der Lehrer strafte seinen Sohn, und Wenzel hörte auf, Kühe und Schafe ins Heft zu kritzeln.

Aber nun sah er mit seinem erfinderischen Auge die Buchstaben genauer an und forschte nach, ob sie nicht seinen lieben Tieren glichen. Und wirklich, bald hatte er sie aus seinem Lesebuch mitten aus den bedruckten Seiten herausgefunden. War das ein köstliches Wiedersehen! – Die ›t‹ und ›d‹ waren natürlich die Ziegen mit ihren spitzen Hörnern. Aber die sanft gewölbten ›n‹ und ›m‹ stellten die Schafe mit ihrem wolligen Rücken vor. Wie glich das große ›Y‹ der Gabel, womit er so oft dürres Heu aufgewirbelt hatte. Wer kennt nicht den Rechen ›T‹ – die Sense ›F‹ – die Sichel ›S‹ – den Sägebock ›X‹ und die geschwungene Peitsche ›&‹? – Doch das große ›W‹ war ein Lastwagen, und niemand bei gesunden Sinnen konnte leugnen, daß das dicke, schwere ›O‹ einen Stier und das ›Q‹ eine Kuh mit milchstrotzendem Euter bedeuteten. Aber das ›K‹ mit dem rüstig vorschreitenden Bein war niemand anders als des Doktor Nubener Droschkenfuchs. Ja sicher, so war es!

Mit diesem Abc las Wenzel nun große, herrliche Geschichten, Geschichten voll Herden und Wiesen, Hütten und Hirten, – Geschichten süß wie kalte Milch und frisch wie grünes Lenzgras, stark wie der zottige Stier und wieder schmiegsam wie Lämmchen. Das ganze Dorf, seine ganze Welt goß er in diese Geschichten.

Doch mit diesem sonderbaren Lesen war Meister Philipp nicht einverstanden. Er bat, er drängte, er bestürmte, donnerte, prügelte, – – umsonst, Wenzel lernte nicht anders lesen. Mit unendlichem Stottern und Stocken konnte er bis zu Ende des Jahres ein bißchen buchstabieren. Aber immer noch verwechselte er ›U‹ und ›V‹, ›F‹ und ›E‹ und nahm die 6 für eine 9 und die 3 für eine 5.

Der Lehrer gab dem Knaben Privatstunden nach der Schule. Er marterte sein armes Büblein und sich selber unsäglich dabei. Er weinte mit dem Knaben, und die Tatzen, die er auf die kleinen, zitternden Hände Wenzels schlug, taten dem empfindsamen Manne wenigstens so weh wie dem Jungen. Nach einer Stunde sagte der Bub die Sache so her, wie Philipp sie haben wollte. Nach zwei Stunden sagte er sie wieder verkehrt. Es war nichts zu machen. Philipp wollte verzweifeln.

Die anderen Kinder mit Ausnahme einiger Faulpelze lasen und schrieben schon ganz tüchtig. Auch diese traurigen Faulenzer konnten wenigstens bis auf Hundert zählen und die drei ersten Seiten im Lesebüchlein ohne Stocken lesen. Aber Wenzel zählte nicht einmal auf zwanzig, und schon beim ersten Satze des Lesebuchs, wo ein großes ›G‹ kam, wirklich ein großes und unverschämtes ›G‹, das der Kleine immer mit dem groben Holderbauern auf dem Berg verwechselte, schon da stutzte er immer, stammelte unverständiges Zeug, wußte nicht mehr weiter und geriet in ein unverbrüchliches Schweigen.

Wenn man ihn nur nicht ausfragte, sondern wie jetzt vor dem Examen ruhig auf seinem Plätzchen sitzen ließ! – O, dann war er schon zufrieden. Dann schaute er verstohlen zum Fenster auf die grünen Wiesen hinaus. Das Korn stand schon hoch mit seinen dünnen, im Wind geschaukelten Halmen. Aber das Gras hielt sich heuer noch niedrig für die Jahreszeit. Doch war das Geißblatt schon verblüht, der Löwenzahn prangte und vergoldete jetzt die Matten, und sicher gab es nun drüben am Bach schon Vergißmeinnicht. Auch die Kirschbäume blühten. Da waren nur zwei Farben, weiß vom Blust und grau vom Geäst. Die Birnbäume und gar der Apfel gefielen ihm besser. Zwischen Zweig und Blume tauchten da schon allenthalben grüne Blätter hervor. Das war nun schon dreifarbig. Bis Ende April, schätzte Wenzel, wird auch der Apfel an die Reihe

kommen. Dann hat man noch ein süßes, weiches Rot, hurra, vier Farben! Dann wieder sah er, wie sein Nachbar Melchior Berner, der Vater der kleinen, befreundeten Franziska, welche gerade hinter ihm saß, – er sah, wie dieser Berner mit dem Pflug durch den Acker fuhr, einen

Klepper und eine träge Kuh im Gespann. Mitten durch die Wiese ging der Acker wie ein langes, samtbraunes Tuch. Herrlich waren vom Fenster aus die geraden Furchen zu sehen, die das Eisen durch die Erde riß. Viel gerader noch als die Schreiblinien im Hefte liefen sie. Wenzel merkte es sogleich und genau, wenn das Werkzeug etwas schief geriet. Dann zappelte er unter der Bank unrastig mit den Füßen, schüttelte zornig den Kopf und neigte sich mit dem Oberleib links über, als wollte er sagen: ›So paß doch auf, Melk! – Mehr links! – Du kommst ja dort unten in die Zwetschgenbäume!‹

»Sag' mir, Wenzeslaus«, fragte in einem solchen Augenblick der Lehrer, »nach welcher Seite schreibst du die Buchstaben, nach rechts oder links?« –

Er hatte eben erklärt, daß man die Schrift schräg stelle, zur rechten Hand geneigt.

»Mehr links!« schrie Wenzel zornig, noch ganz im Eifer über den ungeschickten Knecht. Denn er hatte jetzt bei der Wendung des Pfluges gesehen, daß es nicht der Bauer selber, sondern sein Knecht Fritz war. Und das freute ihn wegen Franziskas.

»Mehr links!« wiederholte er entrüstet.

Ein fast unlöschbares Lachen rauschte durch die Schulstube. Alle lachten, nur Franziska und der Lehrer nicht.

Traurig rief Philipp sein Bürschchen ans Pult und ließ den Haselstecken durch die Hand gleiten.

»Die Hand her!«

Wenzel streckte das siebenjährige und daher noch so weiche Händchen aus dem Ärmel, worein er es unwillkürlich geborgen hatte.

»Mehr rechts oder links?« fragte Philipp zögernd, um dem Sünder nochmals das Pförtchen der Barmherzigkeit und Bekehrung zu öffnen.

»Mehr links!« behauptete Wenzel. Er konnte nicht lügen.

Darauf fiel der Haselstecken schwer hernieder. Wie das brannte! Des Lehrers Haselstecken, das muß man wissen, tut sehr weh. Aber der Haselstecken des Vaters tut noch einmal so weh. Jedoch am wehesten tat Wenzel, daß er unschuldig gestraft worden war. Denn dieser holperige Knecht war einfach zu weit rechts gefahren.

Dergleichen Stücklein voll Spaß und Leid passierten bis zur Osterprüfung öfter. – – –

Als der Lehrer gestern abend die Noten seiner Schulkinder ausrechnete, um sie am Schlusse der Prüfung laut vorzulesen, zum Lobe der

Braven und zur Schmach der Faulen, wie es uraltes Herkommen in Lachweiler war: – ach, wie erschrak er da über die dicken, schweren Zahlen, die er bei seinem lieben Buben zusammenzählen mußte.

Die Einer des Doktorsohnes, des Gemeindeschreibers, der Schneidertochter und Franziskas, ha, wie sie glänzten, hell wie die Tugend! – Weiß wie Kreide erschienen sie dem Lehrer, der sich nichts Weißeres als Kreide vorstellen konnte. Die Zweier waren noch immer ganz nett und sozusagen gemütlich, der Dreier dunkelte schon im Schatten der Dummheit, und der Vierer war durchaus zu verwerfen. Aber der Fünfer, der Fünfer war schwarz wie Tinte, schwarz wie die Verdammnis.

Eine Weile versuchte Philipp alle Künste seiner Arithmetik. Umsonst, sein Bübchen war nicht zu retten. Er konnte addieren von oben nach unten und von unten nach oben, immer erhielt er einen Fünfer. Einen Augenblick kam er in Versuchung, die Zahl ein wenig zu mildern und die häßliche Fünf in eine Vier umzuschweifen. Aber die Zahlen selber weigerten sich. Sie sind so ungleich, – sie lassen sich nicht ohne Zwang verschwistern, die Vier und Fünf. Die Natur hat sie schon zu Feindinnen gemacht. Wie sollte da der ehrliche Lehrer sie aussöhnen können? – Und wenn sich die Zahlen noch hätten umbiegen lassen, seine steife Gerechtigkeit hätte er doch nie zu biegen vermocht. Bei seiner Ampel zeichnete er also die Fünf unter den Namen seines Sohnes und zerbrach dann voll Schmerz die Feder. Weit in die Ecke schleuderte er sie, als ob sie eigentlich an allem die Schuld trüge. Doch nach einer Weile erhob er sich und las sie vom Boden auf. Er bog sie mit den beiden Stahlspitzen auf dem Daumennagel und seufzte. Scheinbar seufzte er über die zerbrochene und nun unbrauchbar gewordene Feder. In Wirklichkeit schwebte ihm jedoch etwas anderes vor, das zerbrochen und unbrauchbar geworden war. Nur konnte er es nicht mit genauem Namen bezeichnen. Und darum eigentlich seufzte er so tief und qualvoll.

»Frau«, sagte er und trat zu Monika in die kleine Stube hinaus, »gehen wir zu Bett.«

Monika sah wohl, daß ihr Gatte einen Kummer hatte. Doch wollte sie es ihn nicht merken lassen, sondern zuwarten, bis sie erführe, worin dieses Unbehagen Philipps bestände. Dann erst wußte sie, ob mit Lachen oder einem Tadel oder mit mitfühlenden Worten sie in die Sache einzugreifen habe. Sie war klug, ja schlau wie eine Katze, die aber diese Tugend nur zum Wohle der anderen gebrauchte. Schweigend hob sie den Lichtschirm von der Stirne und blickte fragend zu Philipp auf.

185

»Morgen ist Examen«, fuhr der Gemahl düster fort, »und Wenzel hat einen Fünfer.«

»In Gottes Namen!« – Monika rollte den Strumpf auf, den sie bereits bis zur Ferse für ihren langbeinigen Mann gestrickt hatte.

»Aber Monika, – wie kannst du dabei so ruhig sein?« rief der Lehrer voll Ärger und Bitterkeit. »Alle meine Freude auf morgen und immer ist damit verpfuscht!«

Nun war ihre Zeit gekommen. Fest blickte sie mitten durch seine Brillengläser hindurch in die Augen und fragte: »Philipp, bist du denn nur der Lehrer unseres Wenzel? – Du hast, mein’ ich, doch auch noch andere Schulkinder! – – Jetzt komm zu Bett!« 324

Darauf führte sie ihn zur Kammer wie ein Kind. Philipp wußte kein Wort zu erwidern.

Aber als sie durch die Kammer des Buben schritten, auf den Sohlenspitzen, um den Schläfer nicht zu wecken, flüsterte Frau Monika: »Horch einmal!«

Sie standen beide still und lauschten, wie man auf ein schönes Lied hört. Durch die große Stille der Nacht vernahm man nichts als die kleinen, regelmäßigen und unendlich zufriedenen Atemzüge des Kindes.

»Schau einmal!« sagte die Frau wieder und erhob ihre Kerze.

Da erblickten sie das rotbackige Gesicht ihres Jungen in dem eingedrückten, groben Kissen. Eine Hand ließ er über die Decke hinunter hängen, die andere lag flach auf seinem Hemdchen, aber bewegte sich leise mit den Fingerspitzen. Sein Mäulchen stand ein wenig offen, so daß die Zähne hervorblitzten, schöne, weiße, breitschauflige Zähne. Doch die Augen hielt er geschlossen in einem so tiefen Schlafe, wie ihn nur ein siebenjähriges Kind haben kann. Nichts war zu vergleichen mit der Ruhe, die über diesem hellen Gesichte lag. Der Junge träumte wohl, wie er im Klee liege, von weißen, langhaarigen Hasen umhüpft, und wie weit oben vom Hügel etwas großes Weißes herunterschaut, – ist es eine Wolke oder ein blühender Kirschbaum? – und Duft und Bienengesumm zu ihm nieder sendet. 325

Frau Monika sagte weiter keine Silbe. Diesen starken, frohen Knaben sehen und völlig zufrieden sein, daß er so und nicht anders ist, war für die Frau mit ihrem einfachen, gesunden Gemüte ein und dasselbe.

Aber auch Philipp fühlte, daß dieser kräftige Knabe da, dem das Bettchen bald schon zu klein wurde, einen Fünfer, ja, wenn es sein mußte, ihrer sogar ein Dutzend ganz leicht tragen werde, ohne unter der Last zu wanken. Deswegen wird er zu Mittag auch nicht einen Löffel der ihm so lieben Mehlsuppe weniger nehmen. - - -

Wie fröhlich saß der dumme Bursche nun da in der vordersten Bank. Neugierig sah er nach der Türe, durch die der Schulratspräsident, der Ammann, der Pfarrer und der Kaplan, die Ratsherren und so viele Väter und Mütter hereinkommen sollten, die sich an der Weisheit ihrer Kinder erlaben wollten. Wie auf ein kurzweiliges Schauspiel wartete der Knabe. Er begriff nicht, wie links von ihm Friedel Meier noch so eifrig im Büchlein die Aufgabe überlesen mochte und Johann Taler hinter ihm immer wieder, so oft er zurückschaute, seine schwitzenden Hände an den Knien abrieb. Und gerade in seinem Rücken sagte eine kleine Marie zu einer ebenso kleinen Therese: »Nur die Hand mußt du vor den Mund halten, – und dann darfst du ziemlich laut einsagen, was ich nicht weiß. – Das feine Täschchen mit dem roten Schnürchen, – ich gebe es dir dann!« – Ach, warum sich bemühen? – Warum schwitzen und sich einflüstern? – Was liegt denn daran, ob man etwas weiß oder nicht weiß? – Sein Vater weiß ja alles, alles auf Erden! – Das ist wahr. Aber kann er eine Kuh melken? – Oder auch nur eine Geiß? – Er, Wenzel, kann sogar die störrige Geiß des Bergbauern melken, was nicht einmal der Knecht immer kann. Oft schlägt sie aus und entzieht sich ihm. Aber wenn Wenzel daran geht, hält sie immer geduldig still, wechselt kaum den Fuß einmal und sucht ihm noch gar die Schulter oder den Ärmel zu schlecken. Darauf ist er stolz.

Und die Ratsherren, wissen die etwa alles? – Der Herr Markus Megerle kann nicht einmal recht lesen! – In der Kirche hat er nur zu Ostern und Pfingsten ein Büchlein in der Hand, und dann hält er es verkehrt, so daß die Buchstaben gegen Himmel schauen, als wollte der Mann sagen: ›Herrgott, lesen kann ich selber diese Gebete nicht! – Darum kehr' ich das Buch deinen gescheiten Engeln zu, daß sie dir die Sache vorlesen an meiner Statt.‹ – Da weiß Wenzel wenigstens, wie man ein Buch halten muß, um es zu lesen. Jedes Buch, das kleinste und größte, wird er richtig in die Hand nehmen und sogleich würde er lärmen, wenn man ein ›t‹ umgekehrt stellte. Denn nie steht eine Ziege auf den Hörnern und geht so herum.

Und erst der Schulratspräsident! – Schon die Erstkläßler wissen, daß er nur zusammenzählen, aber weder abziehen, noch vervielfachen kann. Auch daß der reiche Schlehbauer Ott nur die zwei Buchstaben seines Namens schreiben kann, das große ›O‹ und das kleine ›t‹. Das große

›T‹ und das kleine ›o‹ könnte er schon nicht mehr kritzeln. »Mit zwei Buchstaben«, sagte er einmal im Bauernverein und schlug seine fette Bauernfaust auf den Tisch, daß die Gläser auftanzten, »mit zwei Buchstaben bin ich Kirchenvorsteher geworden.« –

Wenn diese Ratsherren und Großbauern nicht Angst haben beim Examen, sollten dann die Knaben und Mädchen sich fürchten, die so viel verstehen? – Ja sollte sich nur schon Wenzel fürchten, da er doch das ganze Abc kennt, nur daß er den Buchstaben schönere Namen gibt und sie nicht wie eine tote Schrift, sondern wie eine lebendige Welt vor sich sieht, Menschen und Tiere, Augen und Nasen und Ohren, Gesichter voll Lachen und Weinen, je nachdem! – Nein, nein, Wenzel hat sich nicht zu fürchten!

Endlich geht die Türe auf; zwei Schulräte treten ein und schütteln dem Lehrer bieder die Hand. Sie tragen das Feiertagskleid mit einer gewissen steifen Würde. Ihre sonnverbrannten und starkbehaarten Hände riechen vom Stall. Aber der lange weite Rock, in dessen Futter die Frauen Nelkenwasser gespritzt haben, macht diesen Geruch der Arbeit verschwinden. Die beiden Männer stellen sich in eine Ecke und betrachten von da freundlich die Kinder. Heimlich gratulieren sie sich, daß zu ihren Zeiten solche strenge Schulen und enge Bänke und so viel Wissensmarter noch nicht bekannt waren. Hie und da nicken sie einem bekannten Mädchen zu, dessen Mutter bei ihnen die Wäsche bügelt, oder übergehen geduldig einen Knaben, der letzten Herbst ihr einziges Pfirsichbäumchen am Straßenhag geschüttelt hat, – der verdammte Kerl!

Es klopft wieder, und sogleich, ohne das Herein abzuwarten, stößt der breitschulterige Schulratspräsident die Türe auf. Er hinkt ein wenig mit dem linken Bein, der Mann, der nicht multiplizieren kann. Doch ist sein linker Fuß darum nicht kürzer, sondern er hinkt mehr der Feierlichkeit wegen, um sich sozusagen damit eine beschwerliche Wichtigkeit zu geben. Langsam rutscht er in den hochlehnigen Ehrenstuhl, zieht die Stirne kraus und dreht die Uhr mit dem Schlüsselchen auf.

»Beginnen Sie, Herr Lehrer«, sagt er würdig, nachdem er noch einen Blick auf den Stundenzettel geworfen hat. »Beginnen Sie mit der Giographie!« Sein Lebtag hat der Präsident nie Geographie gesagt. Und doch war er bei der Grenzbesetzung als Fähnrich bis an jenes Land gekommen, wo man Bonschur und Mussiö sagt, – und dreimal hatte er eine gescheckte Herde von Rindvieh über den Gotthard ins Mailändische hinuntergeführt.

328

Man beginnt also mit der Geographie.

Die oberen Klassen fangen an von unserem schönen und braven Vaterland zu reden. Wie groß es sei – die Kinder behaupten steif und fest, es gebe kein größeres Land auf Erden. Wenn man auf dem Kirchturm des Dorfes steht, dort wo in den Ecken so viele Fledermäuse wie braune Lederlappen an den Krallen hängen, – glaubt ihr, man sehe wohl von einem Ende des Vaterlandes zum andern? – Nicht einmal, wenn man auf den Melzberg steigt, der über dem Dörfchen sich steil erhebt. Man sieht weit dort oben, das ist nicht zu leugnen, und die Nachbarn von Wohlheim, die von ihrem Guggisstock noch mehr sehen wollen, lügen wie immer. Nein, man sieht hier auf dem Melzberg am weitesten, sogar den großen Fluß, der zur Hauptstadt wie ein starker Wanderer läuft, sieht man in der Ferne prachtvoll im Schweiße seines Angesichtes glitzern. Und wenn es hell ist, am Abend, ein wenig nach Sonnenuntergang, dann tauchen am südlichen Himmelsrand sonderbare Gebilde auf. Man meint zuerst, es seien Wolken. Dann aber sieht man, daß es Berge sind, die fernen, ungeheuern des Oberlandes, dunkelgrün an den Füßen, grau an der Brust, aber von der Schulter an weiß im heitersten Schnee. Und hinter diesen Bergen hört das Land noch immer nicht auf. Da kommen wieder neue Täler, neue Berge, ach Gott, unser Vaterland hat kein Ende.

Und die Kinder erzählen auch, wie schmuck es sei. Schon das Dorfbächlein ist sehr schön, besonders wenn die Dotterblumen und weiße Vergißmeinnicht daran blühen – und die Sau des Bauern Martin mit ihren elf gesprenkelten Ferkelchen nicht darin herumwatet. Unten am Dorfe springt das Wasser über eine jähe Rampe. Dieser Sprung ist ein Kunststück. Das sagen alle, die ihn zum erstenmal sehen. – Aber wie viel schöner muß nun dieser Bach als Fluß erst in der Ferne sein! – Und dieser Fluß rauscht wie die Kirchenorgel, wenn man zu Ostern das Halleluja spielt. Ha, und wie weit er zieht! – Soll einer probieren und ihn aufhalten. Da kommt ein See. Er läuft hinein. Meint ihr, er bleibe da? Keine Rede. Unten springt er heraus und schüttelt sich wie eine Dogge. Als wäre es nur ein Spaß gewesen, rennt er lachend weiter. – Nun steht ein Wald entgegen. Mitten durch die alten Tannen rauscht der Strom. Ein Fels stemmt sich breit und schwer gegen sein Wasser. Wie ein Geharnischter trotzt er. Hier ist mein Strom schlau. Er stutzt heuchlerisch, tut als wolle er umkehren und schießt dem Ritter plötzlich zwischen den Beinen durch. Nie hat ein Mensch erlebt, was unser Strom: solche Stadtbilder mit Türmen und Glockensang, der den ganzen Tag nie aufhört, solche Menschen, die ganz andere Augen im Gesicht tragen und eine neue Sprache reden, lateinisch wie der Pfarrer in der Kirche oder noch wunderbarer; und solche Schiffe, Schiffe wie Häuser und dann wieder wie Haselnußschalen; und solche Fabriken mit tausenden sausenden Rädern; und solche Kirchen aus grauem Stein, still, hoch und mächtig wie Berge. O unser Strom, – es gibt auf Erden keinen besseren.

Dann berichten die Kinder, wie viele Dörfer und Städte in unserem Vaterland seien. Die Dörfer kann man gar nicht zählen, – die Städte vergißt man, so viele sind ihrer, – und nur die ganz großen kann man mit Namen angeben. Aber größer und schöner als alle andern ist die Hauptstadt, wo die Regierung wohnt und der Bischof haust. Sie sehen zueinander von ihren Marmorfenstern und grüßen sich am Morgen: »Guten Tag, hohe Herren des Landes!« – »Guten Tag, Herr Bischof!« –

Unser Vaterland ist fleißig wie eine Ameise. Welchen Hanf spinnen sie da draußen im Flachland! Man verdirbt sich die Augen am feinen Faden! – Welche Seide wird da gewoben! – welch weißes Linnen in die Sonne gebreitet! – Man meint, es sei Schnee. Aber der Schnee dürfte sich davor schämen. Nirgends nährt der Boden ein stattlicheres Vieh. Unsere Rosse reiten am schnellsten. Und habt ihr das Obst gesehen, das man von den Dörfern in die Stadt fährt? Wahrhaft, es ist wunderbar, was auf unserm vaterländischen Boden wächst!

In unsern Städten gibt es nebstdem Maler, die nicht nur mit allen Farben, sondern sogar mit Gold und Silber malen. Bildhauer schnitzeln steinerne Helden, die so groß sind, daß das Dorf Lachweiler in ihren Häuptern Platz fände. Den ganzen Tag laufen die Maschinen, blauen und grauen Rauch werfen die Kamine unaufhörlich aus, es rennen die Wagen, es fliegen die Luftballons, es blitzen die Schienen wie ein silber- nes Netz durch die Landschaft, – kein Wunder, daß unser Vaterland reich ist. Ja, das Vaterland ist so reich, daß es selber Geld machen kann, und wenn es einmal in Not käme, keine Angst! – sogleich prägt es wieder Geld. Es kann nicht arm werden.

Und erst wie stark ist unsere Heimat! – Das wissen vor allem die Buben. Viele Feinde haben schon an seine Türen mit ihrer unverschäm- ten Faust geklopft. »Riegelt zu!« würden natürlich die dummen Mädchen sagen. Haben unsere Väter etwa zugeriegelt? – Dummheit, – weit aufge- rissen haben sie die Tore und sind den Angreifern ins Gesicht gefallen. Seit siebenhundert Jahren haben wir Kriege gehabt. Nie verspielten wir!

– Es kamen die Österreicher, – wir droschen sie wie reifen Weizen; es kamen die Franzmänner, – wir zerdrückten sie zwischen den Bergen, daß ihr Blut wie Most an der Kilbi floß; die Russen, die Engländer, mögen sie nur kommen, wir hauen sie auch nieder! – Am liebsten aber die Türken! – Wir fürchten nicht einmal den Teufel! Zwischen den Hörnern schlagen wir ihm den Kopf ein, schlagen Kopf und Leib durch bis auf den Schwanz. – Stark ist unser Vaterland!

Bei solcher Schilderung werfen sich die Ratsherren in die Brust. Der Präsident nimmt voll Vergnügen eine Prise Schnupf nach der andern. Selbst der engbrüstige Kaplan prüft den Handmuskel und berechnet, ob er es in einem Kreuzzug gegen den Halbmond mit zwei oder gar drei Mohammedanern aufnehmen könnte. Die lässige Stellung, welche die Gäste eingenommen haben, wandelt sich in eine kriegerische um. Besonders heroisch steht der dünne, magere Gemeindeschreiber Felix da. Ein Pariser Schauspieler könnte von ihm die große Pose lernen, wie man mit Todesverachtung einen zehnmal größern Feind empfängt. Alle die Examenleute fühlen den Geruch von Eisen und Pulver durch die Stube ziehen, und allen ist dabei unendlich wohl. – Das Vaterland ist stark!

Auch Wenzel erfreut sich an diesen Schilderungen. Wie oft hat er sie schon von Drittkläßlern gehört und wie gut gefallen sie ihm immer wieder! – O wollte man nur auch ihn einmal darüber abfragen! – Er wüßte das alles auch und noch viel mehr dazu. Denn er hat ein gutes Gedächtnis und weiß famos zu erzählen. Aber nie forderte man ihn in der Schule dazu auf. Konnte er ja nicht einmal lesen! – Wie sollte er da erzählen? – Zuerst kommt doch das Abc, dann das Lesen, dann das Erzählen. Nicht umgekehrt! – Das war des Lehrers unantastbarer Glaubenssatz. Ach, wie schade das war!

Wenzel hätte so viel von den alten Helden gewußt! – Nicht bloß vom Tell und Winkelried, nein, auch von dem See bei Murten, in dem rote Burgunderhosen schwimmen, – auch vom Glatteis des Tessin, über dem die Lombarden straucheln, – auch vom Webermester und Staatsgewaltigen Hans Waldmann, vom frommen Klaus im Ranft und vom geköpften Henzi, der noch hinter der Augenbinde über die kleinen und großen Henker im Vaterland gelacht hat. Er wüßte zu schildern bis auf die letzten Zeiten, die man bereits mit dem Finger streift. Wenzel hat seinen Kameraden schon viele Geschichten erzählt. Auch Zweit- und Drittkläßler hören ihm gerne zu. Sonntags nach der Vesper erzählt er hinter dem

Dorfe am Weidhügel. Dort sind Haselstauden, und das Gras wird früh gemäht. Nirgends erzählt sich besser. Was Wenzel weiß, ist wunderbar; noch wunderbarer, woher er es hat. Da schwirrte es durch die Gasse, da flog es von einer dürren Lippe, da ward es am Brunnen ausgeklatscht oder wurde von einem Vogel gepfiffen; aus der Stube des Totengräbers und der Hebamme, aus dem Gespräch der Männer, die am Feierabend auf der Dorfmauer ihr Pfeifchen rauchen, wehten einzelne Fetzen zu. Und alles behielt und verband Wenzel zu ganz neuen Geschichten. Man kauerte sich zusammen, wenn er erzählte, strafte mit zornigen Blicken jeden, der unter der Geschichte sich einmal schneuzte oder hustete, und wenn Wenzel endlich fertig war, aufstand und die Halme von den Hosen wischte, da zerrte man ihn wieder ins Gras zurück und rief: »Noch ein letztes Geschichtlein!« – Und Wenzel setzt sich wieder und gibt noch ein Geschichtlein. Und da wird nichts geschildert, wo nicht ein Hund mitredet oder eine Kuh muht oder ein Schaf blökt oder eine Ziege nützliche Hornstöße verübt. In seinen Geschichten haben die Tiere ei- 335gentlich mehr als die Menschen zu tun. Er kennt sie wie seine Geschwister. Er liest in ihren – ich muß es sagen – in ihren Seelen. Dann steht er auf und sagt: »Genug für heute!« Und zum zweitenmal reißen ihn die Kinder ins Gras herunter. »Nur noch ein letztes, allerletztes, o bitte, Wenzelchen!« – Gut, also! – Aber wenn sie ihn zum drittenmal packen, dann gibt er nach rechts und links drei ausgezeichnete Rippenstöße und ruft: »Jetzt geh' ich die Geißen melken!« – Und er springt den Hang hinunter, selber wie eine tolle Geiß, aber kehrt sich nochmals um und legt den Finger an den Mund: »Dem Vater nichts sagen!« – Und alle verstehen ihn und sagen dem Lehrer wirklich nichts davon, was für ein großer Erzähler sein Sohn sei. Aber das ganze Dorf weiß davon, eben nur der eigene Vater nicht.

Gerade als die Buben von dem Teufel sprachen, den unser Vaterland gar nicht fürchte, trat der Pfarrer herein. Man wollte aufstehen. Aber der geistliche Mann winkte rasch mit der flachen Hand und rief: »Sitzen bleiben, sitzen bleiben!« – Zwar die Mädchen erhoben sich dennoch alle von den Bänken und von den Buben gleichfalls die etwas schmeichlerischen und zutunlichen. Einige Unsichere blieben in halber Höhe hangen. Unser Wenzel aber saß natürlich bockfest. Wenn einer sagt: »Sitze!« – so sitzt er; sagt einer: »Steh auf!« – so steht er auf. Das ist doch einfach. Es sitzt niemand daher so keck aufrecht im Gestühl 336 wie Wenzel. Mit Zärtlichkeit betrachten ihn alle Examengäste. Wer ihm böse sein könnte, müßte der Böse selber sein.

* *
*

»Rechnen, Herr Lehrer«, keuchte nun der Präsident, »zuerst im Kopfe, dann auf der Tafel!«

Der Lehrer nickt und blickt dann sorglich über die zweite Klasse, die jetzt an die Reihe kommt. Wie Rekruten vor der Parade, so richten die Kinder dem Lehrer ihre von Eifer glänzenden Stirnen zu.

Ein ergötzliches Scharmützel beginnt. Vom Pulte fliegen saubere, runde Zahlen in die Bänke. Wie Bälle werden sie dort aufgefangen und zurückgegeben. Die wohlgenährte, in ihrem Fett keuchende Null, der spitze, magere, etwas giftige Einer, die schöne, kokette Drei, der kecke Springer Fünf, die behäbige Acht, die vornehme Sechs und der schwermütige, immer an das Ende der Welt und den Jüngsten Tag denkende Neuner, – sie fliegen hinüber und herüber und zwitschern dazu wie Vögel. Es wird einem ordentlich wohl dabei. In den Ratsherrenköpfen wächst das Staunen. Die Beherztern versuchen zuerst die Rechnungen auch zu lösen. Aber bis ihre alte Maschine funktionierte, waren die kleinen Mäuler mit dem Resultat längst fertig. Da hörten die Männer auf, sich zu quälen, und bewunderten nur noch. Aber in ihre Bewunderung mischte sich auch Angst und Schrecken. Wenn man so rechnen, im zweiten Schuljahr schon so rechnen kann, wo will das hinaus? – Wo ist da Platz und Stoff genug für solches Rechnen? – Jetzt freilich sind es nur Einer und Zehner. Dreistellige Zahlen sind noch ein Geheimnis. Aber wie lange? – Zusammenzählen – nun das würde man noch begreifen. Schließlich auch noch das Vervielfachen. Aber abziehen und gar teilen, teilen in vier, fünf, sieben und mehr Teile, das ist schwer. Es geht gegen das Blut, man tut's ungern. Man möchte vergrößern, nicht verkleinern. Es ist nicht auszudenken, wohin diese unheimliche Rechnungskunst noch führt. In der dritten Klasse, ich wette, da spielen sie mit den Hunderten nur so leichthin. Es kommen die Tausender, Zehntausender, der Troß der Nullen mehrt sich. Immer vornehmer wird die Zahl, immer großartiger ist ihr Mägde- und Knechtegefolge. Wahrhaft, das ist nicht mehr republikanisch! – Was sage ich von Millionen! – Man hört von Billionen und Trimelonen oder ähnlichem reden. Schreiben kann man das nicht mehr, nur noch denken. Aber es schwindelt einem dabei. Was soll aus der Erde werden? – Sie ist doch immerhin ein altes und da und dort rissiges Haus. Wenn man mit solchen Zahlen auffährt, sie wie Berge zusammenwirft, was gibt das für Gewalttätigkeiten! – Und wenn man mit solchen Zahlen gar zu teilen beginnt, welche Armut müßte entstehen! – Wir kommen alle um, alle geraten wir an den Bettelstab.

Aber die Kinder zählen ruhig weiter. Sie lachen dazu. Für sie sind die Zahlen nichts weiter als Zahlen. Kinder und Zahlen sind noch gleich unschuldig. Diese Rechner wissen noch gar nicht, was für ein gefährliches Subjekt diese so einfältige Eins ist, welche Tücken die Zwei bereits versteht, – und wie der Dreier schon eigentliche Untaten verübt. Gottlob, daß sie es noch nicht wissen, sie würden wahrlich nicht lachen! –

Das Tafelrechnen fängt jetzt an. Der Schulweibel hätte nie gedacht, daß man mit so wenig Kreide so große Aufgaben löst. Man rechnet von Jahren und Jahrzehnten, von Ziegeln auf dem steilsten Dache, von Blumenstöcken am Gesimse, von Soldaten, Vögeln, Rossen, und alles wird mit den gleichen Zahlen geschrieben. Da muß man nicht erst die Ziegel vom Dache holen oder die Vögel abfangen, nein, hier an der Tafel mit ganz wenig Kreide und diesen verdammten Zahlen wird alles Nötige besorgt. Und handelte es sich um einen Löwen, man schrieb eine Eins. Und er steckte in der Eins. Und wäre es ein Walfisch, zwanzig Walfische, einerlei, nur ein wenig Kreide und nur eine kleine Zahl. Wenn wir nur Zahlen und Kreide haben, wir zerdrücken die Welt zwischen Daumen und Zeigefinger.

Die Ratsherren dürfen wohl staunen. In der Tat, das ist großartig. Aber beängstigend ist es doch auch!

Dennoch, die Mädchen mit ihren dünnen Handgelenken und ihren kleinen, roten Fingern schreiben die Zahlen lustig her. Und die Buben, das kleine Pack, wie gleichgültig malen sie die dickste Ziffer auf, als wäre es nur eine Erbse. Die spielen sozusagen mit dem Schießgewehr und wissen nicht, daß es geladen ist.

Der Pfarrer allein fürchtet sich nicht im mindesten vor diesem Spielzeug der Kinder. In seiner Jugend hat er nichts lieber getan, als gerechnet. Ja, man darf sagen, er hatte das Zeug zu einem großen Rechner. Oft hat er dem Professor zugerufen: »Herr Doktor, das würde ich noch einfacher so – – –« oder: »Sollte man nicht kürzer – – –« usw.; ja, lange Zeit trug er sich wirklich in Heiratsgedanken mit der schönen, kalten Dame Mathematik herum. Damals war sein Angesicht noch blaß und von jugendlicher Sehnsucht nach dem Ideal verzehrt, daher mager und leidend. So wie er jetzt da saß, behäbig, mit dem roten, gemütlichen Gesicht, der tiefen Zufriedenheit in jeder Miene, der genügsamen Freude am kleinsten Späßchen, an der geringsten Prise Schnupf, am schwächlichsten Antworten der Kinder, hätte ihn niemand von seinen alten Kameraden, hätte er sich selber nicht mehr gekannt.

Denn da begab es sich, daß er im zweiten Kursus der Philosophie einen fremden, berühmten Prediger von der Gotteskunde reden hörte. – Es war eine Abendandacht, in die er nicht freiwillig, sondern mehr durch eine Reihe von Zufällen geraten war. Dämmerung hüllte schon das Volk, die bemalten Kirchenwände und selbst die Kanzel ein. Auch das helle, verklärte Antlitz des Predigers versank im zunehmenden Schatten. Dafür waren seine Worte wie Lichter, die in die Dunkelheit hinausgeschleudert wurden.

Er sagte, wie es noch keiner so beweglich gesagt hatte, was das für eine Kunst sei, die Vergangenheit der Völker aufzudecken, gleichsam die Toten lebendig zu machen. Und erst welche Weisheit, das Stäblein des Richters zu führen und messerscharf zu zeigen: »Hier hört das Recht auf, und hier beginnt das Unrecht!« Doch jedesmal, wenn man meinte, jetzt werde er ausrufen: »Also, werdet Richter, werdet Geschichtsforscher, werdet Geographen!« und wenn die Zuhörer fast nicht mehr an sich halten konnten vor Begeisterung, dann wälzte er ein »aber« wie einen Berg daher. »Aber die Theologie!« – – Und da sah man denn bald, daß ihr der Geschichtsforscher nicht die Füße waschen und der Jurist sie nicht trocknen dürfe. – Indessen größer als die übrigen Künste sei die Zahlenkunst, fuhr der Redner fort. Sie messe Himmel und Erde, löffle das Meer aus, binde die Luft in ein Sacktuch. Schon wieder hüpfte dem Kandidaten der Mathematik das Herz. Und siehe, wieder rollte ein »aber« daher und diesmal das schwerste von allen. Aber alles in der Rechenkunst sei endlich, alles zählbar, alles meßbar, und wenn sie dennoch von Unendlichem rede, so sei das ein Selbstbetrug. Denn sie, die Mathematik, wollte doch immer zählen, das heißt, eben ihren Dingen Namen und Größe geben, sie eingrenzen oder umrahmen. Das bleibe dann doch alles etwas Endliches. – Aber die Theologie sei die Kunst und Wissenschaft des Unendlichen. Da könne man Millionen Nullen hinter eine Zahl schreiben, sie spotte darob. Über alle Zahlen, über alles Maß gehe sie hinaus, wie der Himmel über die Erde. Denn ihr Wesen sei Geist, Hauch des Ewigen, Unendlichkeit.

Jetzt wurde die Predigt zu einem majestätischen Strom, auf dessen rauschendem Rücken die Theologie wie ein stattlicher Dampfer in der Mitte fährt, mit weißen Segeln und weißen Fahnen, und ringsum sind die Juristerei und die Arithmetik und die Künstlerschaft nur kleine, schwache Nachen, die bald übermüdet sich da und dort am Ufer bergen, während die hochgemute Theologie in aller Größe in den Ozean hinausschwimmt.

An jenem Abend gingen fünf Studenten der Philosophie zum Prediger in sein kleines Gaststübchen und ließen sich für den geistlichen Beruf einschreiben. Zwei wurden nach einem Semester wieder untreu, einer starb, der ein Aloisius geworden wäre, der vierte sattelte noch im dritten Jahre um, er aber, Cyrillus Zelblein, harrte aus. Er wollte mit unendlichen Zahlen rechnen.

Bald wurde er Pfarrer in Lachweiler. Beim ersten Besuch der kleinen Gemeindeschule dachte er, das werde nur so eine Vorstufe für seinen fernern Lebensgang sein, eine einfache Gleichung, bevor er zu den Differentialgleichungen gelange. Nachher würde er Stadtvikar, Pfarrer an der Hauptkirche der Residenz, schließlich Professor der Theologie an der Universität, ein Orakel für Zweifler, ein Leuchtturm in der Wirrnis religiöser Meinungen.

342

Doch es blieb bei der einfachen Gleichung. Nach und nach verbauerte der Mann. Nicht im schlimmen Sinne, beileibe nicht! Aber je länger er unter den freundlichen Dorfmenschen weilte und je genauer er sich in das Einzelmenschliche hineinstudierte, um so klarer wurde es, daß er auch hier auf seine Rechnung komme. In jedem ihm anvertrauten Dörfler fand er schon so viel Unmeßbares, Unendliches, daß er daran völlig genug bekam. Weder schrieb er das achtbändige Werk moderner Theologie, wovon er in heißen Stunden der Jugend unbändig schöne Dinge geträumt hatte, noch rollte er je einmal die europäische Karte wieder auf, deren Hauptstädte er mit roter Tinte als Kanzeln seiner späteren Apostelreisen in den unvergorenen Seminarjahren bezeichnet hatte. Seine niedrige Kirche mit dem schmalen Mittelgang, seine enge Behausung, der kleine Garten mit Hühnerstall und seine sechshundert Seelen waren ihm jetzt Welt genug. Von den vielzifferigen Zahlen kehrte er nach und nach wieder zu den Einerstellen zurück. Er fing an zu glauben, daß die höchste Mathematik vielleicht doch eher im Eins als in Unsummen enthalten sei.

Niemand hörte dem kindlichen Rechnen so aufmerksam, niemand so glücklich zu wie Pfarrer Zelblein. Auf diese Zahlen sah er jetzt, wie

ein Schiffer am Ufer auf die geflickten, veralteten oder auch neu herausstaffierten Schiffe blickt, die im Meer herumfahren und ihn an so schwere Stürme und Schädigungen und an die endliche Sicherung des Lebens hier auf dem festen Uferboden gemahnen. Immer heiterer wurde er. Schließlich erhob er sich, schritt zur Tafel mit jenem breiten, ruhigen Schritt, in den sich nach und nach sein drängendes Jünglingshasten verwandelt hatte. »Geben Sie mir die Kreide, Herr Lehrer!« sagte er mit verhaltenem, greisem Mutwillen.

»Hier, Herr Pfarrer«, machte Philipp zögernd; er liebte es nicht, daß man ihm ins Programm pfuschte.

Die Kinder reckten die Köpfe. Die Ratsherren lächelten im Vorgefühl eines guten Spaßes. Doch mit wachsender Unsicherheit zog der Lehrer an seinen Frackzipfeln, obwohl keine Falte vorlag. Das stand nun einmal nicht im Programm, daß der Pfarrer rechne, und was nicht im Programm stand, das machte Meister Philipp, den Buchstabenmenschen, sogleich unsicher.

Aber dieser unprogrammäßige Pfarrer gefiel um so besser dem Sohn Wenzel. Ei, wie der Bub lachte! Der Pfarrer – die Kreide in der Hand! – nein, das ist zu lustig! Wird er wohl Zahlen schreiben? Ein Pfarrer schreibt sicher ganz andere Zahlen als die gewöhnlichen Leute! Sieh, da!

Herr Cyrill schrieb wirklich mit großen, etwas steifen Ziffern, die sozusagen noch ein wenig nach Theologie und Unendlichkeit rochen,

die Zahl 890 auf. Dann wandte er sich nach den Drittkläßlern, die die dreistelligen Zahlen schon durchgenommen hatten und sagte: »Ihr da – die Geschichte versteht ihr prächtig, aber rechnen muß man auch können. Na, welche von den zwei Zahlen ist denn größer und stärker, die Acht oder die Null?«

Alle, auch die Zweitkläßler und einige vom ersten Kurs riefen einhellig, die Acht sei viel größer.

»Wenn ich aber behaupte«, neckte der Pfarrer listig, »die Null sei mächtiger, he?«

Was, die Null? Unmöglich! Die dumme, faule, dicke Null! Die Nichtstuerin, mit ihrem blöden Gesicht ohne Augen, ohne Mund, ohne Ausdruck! Unmöglich! Wenn es nur nicht gerade der Pfarrer gesagt hätte! Man muß ihm doch glauben! Man sollte doch!

»Ihr glaubt mir nicht«, lachte Cyrill. »Ihr Bösewichter! So, so, da sollt ihr mal sehen, was für ein braves, starkes Ding diese Null da ist! Achtung, jetzt nehme ich die Acht weg, was hab' ich noch?«

»Neunzig!« schrien die Kinder.

»Gut! Aber nun schneide ich die Null ab, was bleibt jetzt, Kinder?«

»Neunundachtzig!«

»Da habt ihr's: wenn die Acht weggeht, so sind doch immer noch neunzig übrig, genug, um die Russen und Türken zum Kuckuck zu jagen. Doch zieht die Null von uns, so stehen nur noch neunundachtzig Mann fest, der Führer fehlt, und wir werden allenfalls noch die Russen, aber nicht zugleich die Türken zusammenhauen.«

Alles lachte. Nur der Lehrer machte eine schmerzliche Miene. Er fühlte sich durch diesen unkorrekten Scherz in seiner Würde als Rechenlehrer verletzt.

»Glaubt ihr jetzt, daß die Null stärker sei?« fragte der Pfarrer.

»Ja!«

»Eine ganze Antwort!« mischte sich Philipp ein. Es kostete ihn zwar eine große Selbstüberwindung, diese tolle Unwahrheit nochmals anzuhören. Aber die Korrektheit der Form siegte in ihm.

»Ja, die Null ist stärker, wir glauben es!« schrie der Chor übermütig.

»Und seht doch, wie bescheiden die Null immer bleibt! – Sie läßt die Acht vorausmarschieren und kommt zuhinterst wie ein Knechtlein, das der Herrschaft den Korb nachträgt. Und doch ist die Null mehr als die Acht!«

»Aber, aber – –« stammelte es aus der hintersten Bank.

»Was willst du, Bernhard?« fragte der Pfarrer einen kleinen, verwachsenen Knaben, dessen Augen von Witz funkelten.

»Die Acht schon, – – aber, aber – – wenn ich die Neun wegschneide, – dann – dann – –«

»Was dann?« begehrte der Pfarrer rüstig.

»Dann bleiben nicht einmal neunundachtzig, sondern nur noch achtzig. Also« – endete das Bürschchen mutiger, als es den zunickenden Kopf des Lehrers bemerkte, »also ist die Null kleiner als die Neun und« – – er sah wieder das Nicken des Lehrers, – – »und vielleicht – –«

»Du Schwerenöter«, unterbrach ihn hier der Pfarrer mit erkünsteltem Zorn, »die Neun schon, das ist richtig, – aber die Acht doch nicht.«

»Je, je, – Herr Pfarrer!« machte der Kleine und blinzelte listig zum Geistlichen. Er schien dem Schelmenstücklein auf die Spur zu kommen.

»Laß mir jetzt meine Null in Ruhe, Spitzbube!« wehrte der Pfarrer lachend. »Was hat sie dir denn zuleide getan?« Und zum Präsidenten sich bückend, flüsterte er: »Den Bernhard sollte man studieren lassen!«

»Von der Zunge genommen, Herr Pfarrer. Dachte schon vorhin – –« das übrige verlor sich in einem unverständlichen Keuchen und Lachen. Der Herr Präsident war einer von jenen glücklichen Menschen, die alles, was andere denken, eine Minute vorher auch gedacht, wenn auch in übertriebener Bescheidenheit noch nicht ausgesprochen hatten.

»Ein Mordskerl, dieser Berni!« sprachen die Eltern zueinander. »Ganz wie der Vater, – hitzig, witzig!«

Alle Kinder merkten indessen, daß der Pfarrer einen Scherz getrieben, daß die Null doch kleiner als die Acht sein müsse. Nur Wenzel merkte das nicht. Er betrachtete die runde Null an der Tafel mit unschuldiger Freude. Aufs Wort glaubte er dem Pfarrer. Eine liebe, gute, treue Null das! – Ein Knechtlein, hatte der Pfarrer gesagt. Da läuft es hinter den anderen Zahlen einher, sie schauen es nicht einmal an, so stolz sind sie! Und doch, was wären sie ohne das Knechtlein – diese Herren? – Wer würde die Ziegen melken, die Kühe treiben, den Stall ausmisten? – Und überhaupt Ordnung halten, wer? – Alles würde faulen und zugrunde gehen. Solche Nullen, solche Knechte sind nötig.

Wenzel dachte weiter, daß er auch so eine Null sei. Möge lesen, wer es braucht! Rechnen, wer es bedarf! – Er aber wollte wie ein Knechtlein hinterhergehen, diesen Leuten, die sich mit Rechnen und Lesen abgeben, das Haus besorgen, Stall und Wiese pflegen, daß sie Milch und Käse und Sonntags Butter bekommen, – daß ihr Gras gemäht, ihr Korn geschnitten und ihr Futter zu ordentlichen Preisen verkauft wird; und daß man den Acker im Lenz düngt und das Obst im Herbst schüttelt, das wollte er auf sich nehmen. Was wollten sie anfangen, diese gescheiten Leute, ohne das Knechtlein?

Je länger Wenzel die Null betrachtete, desto mehr dünkte ihn, daß sie ihm glich. Wie ein Brüderchen von ihm, nein, wie er selber sah sie aus. In ihrer runden Scheibe glaubte er sich wie in einem Spiegel zu erkennen. Er mußte lachen, nicken, grüßen, – und die Null schien ein gleiches zu tun. Plötzlich knickte er zusammen. »Die erste Klasse, Herr Lehrer!« keuchte der Präsident und tupfte mit dem Daumen auf die letzte Zeile im Programm der Prüfung. »Lassen Sie Nummer 12 lesen: ›Die treue Katze!‹« –

Viele Kinder erschraken. Nummer 12 war eines der letzten Lesestücke, das sie nicht mehr so fließend lesen konnten wie die ersten Kapitel, die auf den vordersten, an den Ecken von den Fingern so schweißigen und gebräunten Blättern standen. Noch mehr erschrak der Lehrer. Nur auf der ersten Seite konnte sein Wenzel lesen und auch da nur die ersten Zeilen und auch die nur aus dem Gedächtnis und mangelhaft. Aber auf Seite 12 war er unfähig ein Wörtchen zu buchstabieren.

»Ist Ihnen nicht wohl?« fragte der Pfarrer. »Sie sehen so bleich aus.«

»Es ist nur die Hitze, Herr Pfarrer!« erwiderte der Lehrer und wischte sich den Schweiß vom Gesicht. Auch die anderen Herren und besonders der dicke Weibel gebrauchten ihre Nastücher fleißig. Denn es lag wirklich eine schwüle, gewitterhafte Glut verstohlen in der morgendlichen Luft. Doch der Lehrer fror eher. Ein Schauder nach dem andern strich ihm den Rücken hinauf. Er hatte schlecht geschlafen, vor Aufregung nicht frühstücken mögen, und nun drückte ihn neben der schweren, dumpfen Luft die nahende Schande mit seinem Sohne. Es war ihm wie einem General zumute, der seine Soldaten gegen die feindliche Front marschieren läßt und voraussieht, daß viele Schwache darunter sind, die ohne einen Schwertstreich fallen. Unter diesen Machtlosen und Geringen ist sein eigener Sohn! – Immer näher rückt er dem Treffen entgegen, jetzt gerät er ins Gefecht, packt schwächlich an, – – o, der Vater sieht, er sieht, wie der Jüngling sich Blöße auf Blöße gibt, sieht, wie man ihn niederringt und in den Boden tritt. – Und das ist sein Sohn, sein einziger Sohn!

Wenzel hat keine Furcht. Er kennt die Geschichte auf Seite 12 sehr gut. Lesen kann er sie nicht. Aber erzählen könnte er sie vom Hörensagen. Wollte doch sein Vater ihn darüber ausfragen! – Wie wollte er diese Mutterkatze ausmalen, diese schwarzbraune, samtene, – ihre kleinen, ebenso schwarzbraunen Jungen, dann den schrecklichen Vogel mit dem krummen Schnabel. – Doch wie sollte man ihn ein Geschichtlein erzählen lassen, dessen Titel er nicht einmal lesen konnte! –

Das Lesen begann, wie es bei Abc-Schützen gebräuchlich ist, lehrhaft, langweilig, singend, rasch, wo die Kinder ihrer Sache sicher waren, langsam, wo der Boden uneben wurde. Das Lesen glich einem unsicheren Tasten. Wort um Wort wird erst sozusagen befühlt. Oft hüpft die erste Silbe hurtig wie ein Schwälbchen aus, aber die längere, zweite Silbe

349

braucht Zeit, sie scharrt sich mühselig wie eine Bruthenne vorwärts. Doch zwischen dieser ersten und zweiten Silbe behält der kleine Leser den Mund offen oder bewegt mit leisem, scheinheiligem Eifer die Lippen, als rede er mit sich selber, dreht die Augen wie ein Schauspieler herum, schüttelt den Kopf und gebärdet sich wie ein Hahn, ehe er kräht, oder ein Wahrsager, bevor er sein Orakel ausgibt. In der Tat, es ist ein mühsames Lesen, selbst für die Zuhörer, die jeden Augenblick einspringen und den Stotternden das Nötige einflüstern möchten.

Dennoch liest kein Weiser und kein Künstler so herrlich wie die Kinder hier, sicher nicht. Man sehe einmal diesen Eifer an! – Nicht bloß mit dem Mund und beiden flinken Augen lesen sie; nein, auch mit der Stirne, die sie rümpfen wollen, mit den Backen, die sie aufblasen und bald hell, bald dunkel färben, mit dem nickenden Kinn, dem hin und her gedrehten Hals, mit den Achseln, den kläubelnden Fingern, mit den wechselnden Füßen, mit dem ganzen Menschen lesen sie. Und mit der ganzen Seele sind sie dabei. Jedes Wort fassen sie wie ein Bild, das vor ihren Augen hängt. Sie lachen, wenn es heißt: »Die jungen Kätzlein hüpften possierlich um die alte Mutter herum.« – Wahrhaft, sie biegen dabei ihre weichen Hälschen und wiegen sich auf den leichten Hüften, als wollten sie das Gaukelspiel nachahmen. »Da kam ein Geier wie ein Schatten über sie herab.« Habt ihr gesehen, wie sich die Mädchen beim Worte Geier alle ducken und eine tiefe Angst aus ihren Augen strömt? – »Katze und Raubvogel krallen sich ineinander.« Welch ein Wort ›krallen‹! – Die Buben machen eine Faust, und die Mädchen beschauen sich die scharfen, roten Fingernägel. Jetzt fliegt der Geier mit der Katze in die Luft. Er kann sich ihrer, sie kann sich des Geiers nicht entledigen. Ineinander verhackt, müssen sie mitsammen steigen und fallen. Hoch geht es über den Kirchturm und den Weidhügel empor in die grauen Wolken. – Die Kinder schauen zur Diele, was sage ich, durch die Diele hinaus in schwindelige Höhen, Stolz, Mitleid und Angst im Auge. – Endlich stürzen die verblutenden Tiere nieder, und die armen Kätzlein schnuppern und miauen um ihre tote Mutter herum. – Hier werden die hellen Stimmen der Schüler dunkler; starkes Bedauern zittert durch ihre Stimmen. Ja, Franziska Berner, das lustige Töchterlein in Wenzels Nachbarschaft, muß jetzt fast weinen.

Unstreitig, die Kinder erleben, was sie lesen.

Die Zuhörer sind mit den Schülern zufrieden. Doch der Lehrer wird immer unruhiger. Jedesmal, wenn er ein Kind sitzen heißt, macht er eine Anstrengung, um den Namen seines Sohnes zu rufen. Und jedesmal fehlt ihm die Kraft, und ein anderer gerät ihm auf die Lippe. Seine Aufregung wächst, je weniger Kinder übrig bleiben, die noch nicht gelesen haben. Wieder streiten das Schamgefühl und die Ehrlichkeit in ihm. Seine blassen Wangen röten sich. Aber es ist nicht das gesunde Rot des Lebens, sondern es sind jene kleinen, dunkeln Rosenflocken, die das Fieber auf ein Gesicht wirft. Man sieht die Muskeln zittern, den Puls darunter schlagen. Der arme Lehrer! – Er kommt einem lächerlich vor. Aber wenn man wüßte, wie er gehungert und gedurstet, gefroren und Geld zusammengeschabt hat, um seine dürftige Schullehrerweisheit zu kaufen, – wenn man wüßte, welchen Respekt er vor der Wissenschaft und besonders vor jener Wissenschaft hat, die ihm noch ein versiegeltes Buch ist; – wenn man wüßte, wie er seit sieben Jahren diese große, fremde, geheimnisvolle Wissenschaft mit seinem Büblein zusammenkoppelt, so daß er eines ohne das andere sich nicht denken kann! – – Wenn man dann gehört hätte, wie er den ersten Schritt, das erste Lallen seines Knaben als eine besondere Gescheitheit den Dorfleuten darstellte, als ein anderes Lallen und einen anderen Schritt, als wie bei den übrigen Mutterkindern! – Und wie er seine großen Hoffnungen im ganzen Weichbild herumtrug und mit seiner Sicherheit, daß in Wenzel ein kleiner Salomon gedeihe, die gesamte Gemeinde ansteckte! – Und weiter, wenn man wüßte, wie Philipp zwei Tage und Nächte gebetet hat und auf den Knien um das Bett Wenzels gerutscht ist, als der Junge an der Halsbräune litt und Miene machte, schon wieder aus der Welt zu laufen; – und wenn man wüßte, welch ein schönes Stück Geld er sich am Munde abgeknausert hat – – die eine Hälfte liegt auf der Sparbank, damit der Junge einmal ohne Mühe die Hochschule beziehen kann; die andere Hälfte ist in kluge, tiefgründige Bücher gesteckt worden, die nun in hübschen, braunen Lederbänden mit Rotschnitt und goldenem Titel von der Wandlade niederschauen, – – wenn man das alles wüßte, und dazu: welch ein feiner, nervöser, aufgeregter Mann dieser Lehrer ist, wie er schon als Knabe über den leisesten Vorwurf seiner Eltern errötete, den geringsten Tadel des Lehrers wie eine Geißelung empfand und sich über den kleinsten Fehler in seinem Seminarheft wochenlang bitter grämen konnte, – noch einmal: wer das alles weiß, der begreift, was der gute Herr Philipp in diesem verflossenen Schuljahr litt, wie die Torheit seines Buben ihm jeden Tag versalzte und wie jetzt, an diesem Examen, wo die Glorie und die Schmach des ganzen Jahres sich gleichsam in einen kurzen Vormittag zusammendrängte, alle die ungezählten Bitterkeiten und Enttäuschungen, die er Tag für Tag geschluckt hat, nun sozusagen noch einmal in einem vollen Bechertrunk genossen werden müssen. Ja, wer das alles wüßte, der würde die Fieberflecken in den Wangen, diese zitternden Finger, dieses Frösteln über den Rücken hinauf, die stockende Stimme, die trüben, halb verschleierten Augen und diese gesamte, peinliche Unsicherheit des Schulmeisters wohl verstehen.

»Es ist nicht zum Aushalten«, sagte der Schulweibel und fächelte sich eine Fliege mit dem roten Nastuch von der Backe. »Sieh, auch der Lehrer hat einmal rote Backen!«

»Warum läßt er doch seinen Bub nicht aufsagen?« entgegnete Wirt Andreas. »So bescheiden müßte er doch nicht sein, der Lehrer!«

»Er will ihn jedenfalls am Schlusse aufrufen«, meinte Schulrat Gebhard, »Wenzel soll das Examen krönen, das ist doch klar!«

Und er blickte auf den Lehrer und Lehrersohn wie auf einen alten und jungen Prahlhans.

»Er will ihn übergehen«, flüsterten sich leise zwei Väter zu, die von ihren Kindern wußten, wie übel es um Wenzel mit der Schulweisheit stand. »Das ist nicht recht! Aber man sagt ja: Parteilich wie ein Schulmeister!«

Indessen waren nur noch zwei Schüler übrig, die noch nicht aufgesagt hatten, Emil, des Doktors Sohn, der gescheiteste, und Wenzel, der dümmste von allen.

Philipp wollte rufen: ›Wenzel!‹ – er hustete, drehte den Hals und sagte: »Emil!«

Rüstig stand der Doktorsohn Emil auf. Seine Augen lachten. ›Ich kann alles‹, sagten sie. ›Frage, was du willst, wo du willst, wie du willst, – ich bin auf alles gewappnet.‹ Auf seinen roten, scharfen Lippen oder in seinen stahlgrauen Augen schienen die Antworten schon wie flügge Vögel zu harten. Sie stehen auf den Zehen, schlagen die Schwingen radrund und zittern mit dem Schwänzchen. –

Emil blickte leuchtenden Auges auf seinen Vater, wie um ihn aufzufordern, er möge sich nicht ängstigen, er solle auch lachen, er werde gleich sehen, was sein Emil in der Schule leiste, ah! – Ungeduldig blickt er dann wieder dem Lehrer auf die Lippen und scharrt mit den Füßen wie ein feuriges Füllen, das nur auf das »Hüh!« wartet, um in die freie Weite zu galoppieren.

»Schließe das Buch jetzt, Emil, und erzähle uns, was gelesen worden ist!« gebot der Lehrer.

Emil schloß das Buch und ließ nicht einmal den Finger darin stecken, wie zaghafte Schüler. Nein, schallend warf er es auf die Bank, verschränkte die Arme und begann. Wie ein Buch erzählte er die traurige Sache, wagt hie und da ein anderes Wort als das Lesebüchlein und setzt einmal sogar für die gebildete, aber wie ihm schien, unklare Redeweise im Büchlein eine dorfmäßige Sprechart ein. Man sah, er verstand die Geschichte. Nicht ein Zug der Erzählung wurde vergessen, nicht eine Farbe der Tiere, nicht ein Miau der Kätzchen ausgelassen. Klar und rasch berichtete er über das Trauerspiel. Doch wechselte er die Stimme nicht und färbte den Ton weder dunkler noch heller. So kann auch einer erzählen, der die Sache nicht glaubt. Emil wußte alles, aber fühlte nichts dabei.

Dennoch, alle entzückte diese kecke, fehlerlose Erzählung, alle, nur nicht – Wenzel.

Leise bewegte er seine Lippen und erzählte das Geschichtlein gleichzeitig mit Emil. Leider durfte er es nur sich selber geheim erzählen. Im Wesen war es die gleiche Fabel, aber in die kalten Sätze seines Kameraden warf der Lehrersohn einen ganzen Haufen Farben und Lichter hinein. Das gaukelte und miaute, duckte sich und krallte, das flog in die Lüfte und fiel in die Tiefe, ah, ganz anders als bei Emil. Da war Blut und Leben. Da glaubte, da erlebte man! – Ach, daß doch nur ein einziger Mensch außer seiner Seele diese wunderbare Geschichte hören könnte! – Doch niemand vernimmt ihn, und als der Lehrer sagt: »Ausgezeichnet!« und als die Ratsherren nicken und der Präsident ein halbersticktes Bravo! keucht, da gilt das alles nicht Wenzel, sondern dem klugen, verständigen Emil.

»Nun lies uns noch den Nachsatz!« sagte Philipp mit klangloser Stimme. Er bemühte sich umsonst, noch einige Haltung zu wahren.

Emil öffnete hurtig das Buch und las mit einer fast klingend freudigen Betonung: »Kinder, lernt von diesem unvernünftigen Tiere, wie die Eltern ihre Kinder lieb haben und wie darum auch die Kinder ihre Eltern lieben sollen!«

»Gut, sehr gut!« sagte der Lehrer mit einiger Überwindung und im steten, entsetzten Gedanken an seinen Wenzel, den er nun doch noch aufrufen müsse. »Du hast deine Sache brav gemacht, wie übrigens das ganze Schuljahr hindurch.« – Philipp wollte noch dem Vater Emils einen

Blick der Bestätigung zuwerfen, gleichsam ihm zu seinem flotten Knaben gratulieren, aber er brachte es nicht mehr zuwege.

Ein kurzes Stillschweigen entstand. Noch einmal zauderte der Lehrer, dann siegte seine edle Seele, und er rief: »Wenzel!«

›Aha‹, dachte der Kleine, ›jetzt darf ich auch erzählen.‹ Er rieb die Zungenspitze an den Lippen, wie ein Schleifer das Messer geschmeidig macht. Ernst sah er zu Philipp auf. Er sah jetzt, wie immer in der Schule, nicht den Vater, sondern einen fremden, gestrengen, achtungheischenden Mann in ihm. Und wie bisher noch jedesmal dachte er auch jetzt wieder beim Anblick des kümmerlichen Schnurrbarts: ›Es ist aber doch mein Vater, niemand trägt einen ähnlichen Schnauz, so lang, mager und von einer ähnlichen Mißfarbe; – und doch, er ist es nicht – er tut ja, als kenne er mich nicht. Der Vater lächelt doch immer, wenn er mit mir redet. Aber der Lehrer runzelt greulich die Stirne wie ein Zorniger. Ist er es also oder ist er es nicht? Wer ist es? Ein Halbvater, – ach wie lustig!‹ Und wieder wie jedesmal noch verwirrte ihn diese Betrachtung und besonders dieser lange, magere Schnauz, der dem Knaben immer wieder bewies, daß der Lehrer wahrhaft auch sein Vater sei, und daneben der komische Halbvater.

»Gib doch acht!« machte Philipp bekümmert. »Wiederhole uns die Lehre aus dieser Geschichte!«

Wenzel stutzte. Die Lehre aus der Geschichte? – Konnte er das sagen? – Das war ja nicht mehr die Geschichte, nichts mehr von Katze und Geier und den drolligen Jungen. Die Lehre aus der Geschichte? – Die Geschichte, Gott weiß, wie gut er sie geben würde. Aber die Lehre, die Lehre, die Lehre! Was war das? – Das schmeckt schon wieder nach dem Schulbuch. einen Spruch, eine Regel aus der Erzählung ziehen, das konnte er nicht.

Hätte der Schulmeister nur nicht so schulmeisterlich gefragt, hätte er zum Beispiel gesagt: »Was würde die Katze zu euch Kindern sprechen, wenn sie reden könnte?« dann hätte er schneidig geantwortet: »Ich lasse mir meine Kinderchen nicht töten vom Geier. Komm nur, böser, großer Vogel, ich fürchte mich nicht! Ich bin die Mutter dieser Jungen. Lieber will ich mich selber töten lassen, als daß du meinen Kätzlein nur ein Haar ausrupfst.« – Das hätte er für die Katze, die nicht sprechen kann, geantwortet und beigefügt: »Vater oder Mutter haben ihre Kinder eben schrecklich gern.« Aber so ganz bild- und farblos konnte er die Lehre der Fabel nicht aufsagen. Daher schwieg er nun standhaft und bewegte nur die Lippen, als suche er und drehe er eine Antwort im Munde herum.

»Also, Wenzel, was folgt aus dieser Geschichte?« rief der Lehrer zitternd vor Aufregung.

Diese zweite Frage kam dem Buben noch dunkler vor. Er blieb stumm und schnitt jene einfältige Miene, die deutlicher als Worte erklärt: ›Frage nicht weiter! – Alles ist vergebens! – Ich weiß absolut nichts!‹ –

Der Lehrer wollte sich mit der Rechten auf sein Pult zurückstützen, so hinfällig fühlte er sich in diesem Augenblick. Aber er ermannte sich noch einmal, trat näher und bat Wenzel schier schmeichlerisch: »So lies den Nachsatz noch einmal, den vorhin Emil gelesen hat.«

359

In mechanischem Gehorsam öffnete Wenzel aufs Geratewohl das Buch. Er bekam Seite acht. Was wußte er auch, wo Seite zwölf war? Nicht ein Wort ging über seine Lippen.

Der Lehrer hätte das voraussehen können. Noch nie hatte Wenzel die richtige Seite aufgeschlagen. Aber in der Verwirrung erschwerte sich Philipp selber und dem Jungen die Lage immer mehr.

»Welches Blatt hast du denn da aufgeschlagen?« rief er stirnrunzelnd und stützte sich nun schweratmend auf die Banklade.

Wenzel kehrte sein Büchlein dem Lehrer zu. Der kurzsichtige Mann nahm es über die Bank entgegen.

»Seite acht!« rief Emil, der zunächst saß, plötzlich mit Schadenfreude. Aber im gleichen Moment warf der Doktor ihm einen so vernichtenden Blick zu, daß der Spötter sogleich das Lachen abbrach und beschämt den Kopf senkte. Augenblicklich aber nahm der rasch bedachte Junge nun sein eigenes Büchlein auf und gab es Wenzel in die Hand, indem er mit dem Finger auf die Zeile deutete, die Wenzel lesen sollte. Zugleich lispelte er mit jener wunderbaren Kunst der Schulkinder, die sich deutlich verständigen und einflüstern können, ohne den Mund sichtbar zu bewegen, dem Kameraden die Anfangsworte des Lehrspruchs ein: 360
»Kinder, lernt von diesem unvernünftigen –«

Und in das Buch verständnislos blickend, plapperte nun Wenzel lahm und sinnlos nach: »Kinder, lernt von diesem unvernünftigen –«

»Wir sind zufrieden!« sagte in diesem schweren Augenblicke der Präsident, sei es, weil der Zeiger auf elf Uhr stand, sei es, weil er die unbehagliche Lage des Lehrers empfunden hatte. Zugleich erhob er sich geräuschvoll aus seinem Armstuhl und gab den Kindern vor der Preisverteilung eine kleine Pause.

Mit finsterer, tiefgekränkter Miene gab der Lehrer seinem Jungen das Zeichen sich niederzusetzen.

*   *
  *

Zwei Schulräte trugen jetzt in einem Henkelkorbe die Prämien in die Stube. Man sah da Bücher mit farbigem Deckel, mit Goldschrift und einem so feinen Duft am Schnitt, daß man sie nicht bloß lesen, sondern sogar hätte essen mögen. Niedliche Federkästchen lagen dazwischen mit eingelegten Holzfiguren. Sie klapperten wundersam beim Auf- und Zuschliessen. Ferner gab es glänzend schwarze Schiefertafeln, auf die einen fast reute zu schreiben, dicke, gelbe Schwämme, die noch immer nach dem großen Meer rochen, aus dem sie genommen waren, endlich blaue, unbeschriebene Hefte, die nach einem schreibenden Kinderhändchen und einem muntern Inhalt schrien.

Lüstern schielten die Kinder nach diesen Preisen, und in jedem Paar dieser hellen, glänzenden Augen malte sich ein Fünkchen oder auch eine ganze Flamme von Hoffnung, so ein Buch oder eine Federschachtel oder doch allermindestens einen Schwamm zu erhalten. Vielleicht aber doch einen Schwamm samt Tafel! Wer kann es wissen? –

Wenzel ist der einzige, der nichts hofft. Aber das trübt sein helles Gesicht nicht. In den Prämien kann er keine liebenswürdigen Geschenke erblicken, sondern nur neues Marterwerkzeug. Er sehnt sich nicht danach. Er hat genug an der alten Folter. Mit jener königlichen Unwissenheit, mit der ein Neger den Diamanten als unnützes Glas wegwirft, lacht Wenzel über diesen Korb voll Kostbarkeiten, der ihm nichts, so gar nichts geben kann. –

Er denkt nun nicht mehr an die gräßliche Angst, die er eben noch beim Lesen ausstand, nicht an die Lesung der Noten, die nun kommen mußte. Aber daran wollte er denken, daß das erste Schuljahr gottlob vorbei war, daß die Sommerferien mit dieser Stunde beginnen, daß man vier Wochen lang nicht mehr in diesen häßlichen grauen Bänken sitzen müsse. Mit wilder Freude macht er sich einen Ferienplan im Kopfe zurecht voll grüner Wiesen mit braunen Kühen und weißgelben Schafen, voll schattiger Nachmittage unter dem Buchendach, voll kühler, durchsichtiger Waldbrunnen.

Wenzel sieht in Gedanken schon das warme Sommerheu dampfen von Duft und Blütenstaub, hört die Bässe der Hummeln um die niedrigen, blaßroten Kleeköpfe schwirren, ja, er liegt selbst im Gras, von lustigen kleinen Grastierchen umkrochen, von großen weißen Wolken und darüber vom stillen blauen Himmel überdacht. Und neben ihm durch die Ruhe der Landschaft gehen auf unhörbaren Sohlen die süßen Faulenzerstunden der Ferien vorüber.

Inzwischen kramte Lehrer Philipp mit schier erstorbenen, kalten Fingern das Notenverzeichnis der Kinder aus dem Pulte und legte es vor sich hin. Wie wenn er darin sein Todesurteil läse, blickte er es an. Er merkte nicht, daß inzwischen der Pfarrer und der Schulratspräsident einander etwas heimlich ins Ohr raunten, nach dem Lehrer schielten und dann die andern Herren zu sich herüber winkten. Er sah nicht einmal, wie der Geistliche in seine tiefe Rocktasche griff und ihr ein rotes Lederfutteral entnahm, aus dem er eine schwere silberne Taschenuhr schälte, mit Sekundenzeiger und, wie er wußte, mit einem lieblich klingenden Schlagwerk.

Meister Philipp hörte und sah nicht, was um ihn her vorging; er sah nur die Zahlen im Notenverzeichnis und darunter besonders eine schwere, dicke, häßliche Ziffer, die ihn wie ein Teufelsgesicht angrinste und ihn fast schwindelig machte. Gar nicht mehr anschauen wollte er sie, und doch mußte er gerade nur immer diese eine Zahl ansehen. Es zwang ihn förmlich dazu.

»Herr Lehrer!«

Philipp sah auf und gewahrte jetzt voll Verwirrung den Pfarrer mit der Uhr und den Halbkreis der übrigen Herren vor sich postiert. 363

»Herr Lehrer«, wiederholte der Geistliche und zeigte ein hübsches und ansteckendes Lächeln auf seinen roten Backen, »bevor wir den fleißigen Schülern die Prämien verteilen, müssen Sie uns erlauben, auch eine Prämie dem fleißigen Lehrer zu geben. Ein Jährchen in der Schulbank sitzen, will nichts heißen« – hier sah er die Kinder an, als lache er sie aus und warf zugleich geringschätzig die Hände von sich, – »aber zwanzig Jahre lang mit Stecken und Buch vor den Bänken der Kinder stehen und ihnen das Abc und das Einmaleins begreiflich machen, das ist eine Tat, die niemand, am wenigsten ein so kleiner Ort wie Lachweiler würdig prämiieren kann.« –

Der Lehrer wurde bei den ersten Worten blaß, dann rot und wieder bleich. Rasch und heftig stürzte ihm das Blut über die Augen hinauf und wogte aufs Herz zurück. Ratlos sah er bald den Pfarrer, bald die blitzende Uhr an.

»Ein ganzes Geschlecht haben Sie unserem Dorfe schon erzogen«, fuhr der Geistliche weiter, »ein neues bildet sich da in den Bänken. In diesem frohen, aber auch mühsamen Wandel sind Sie allein der gleiche, standhafte, ruhige Mann geblieben, der jedes Jahr das alte Buch wieder auf der vordersten Seite aufschlug und bis zum hintersten Blatt mit den so lieben und so bösen, so gescheiten und so dummen Kindern durchnahm. Wir achten und lieben Sie darum, Herr Lehrer! Behalten Sie das wohl im Sinne, – und wir werden Sie nie aus unserem Dörfchen ziehen lassen.«

Den Lehrer schüttelte es wie im Fieber. Das frohe Wort des Priesters erfüllte ihn augenblicklich mit Freude. Hatte er wirklich so viel getan? – Das hätte er nie gedacht. Wie gut waren alle diese Menschen, daß sie ihm so schön dankten!

»Wenn ich Ihnen hier diese Uhr überreiche, die nicht von einer Maschine, sondern von einer fleißigen und meisterlichen Hand in allen Kleinigkeiten verfertigt wurde, so geschieht das nicht, um Ihnen zu danken, sondern um zu zeigen, daß wir danken möchten.« – »Fein! Sehr fein!« flüsterte hier der Doktor dem Kaplan zu. – »Denn Gold und Silber wiegen die Liebe und Weisheit eines Lehrers nicht auf. Aber wir möchten wenigstens, wenn wir könnten, gerne danken, und die Uhr soll Ihnen von diesem Wunsche und von diesem Unvermögen Kenntnis geben.«

Bis jetzt hatte Philipp steif dagestanden, wie gelähmt von der Überraschung. Jetzt vermochte er endlich den Kopf und die Hände zu schütteln, als wollte er widersprechen.

»Wenn es ganz leise in diesem Werke hämmert und schlägt«, – unvermerkt drückte der Redner auf eine Feder und hielt inne, bis der elfmalige silberne Glockenschall unter der lautlosen Verwunderung der Kinder durch die Stube verklungen war, – »dann erinnern Sie sich an die feinen Kinderstimmen, die Sie gelehrt haben, uns am Examen so schöne Dinge aufzusagen. Und wenn Sie die vielen Rädchen, Federchen und Spulen betrachten, die in dieser Schale ineinander greifen, so denken Sie an die unzähligen Eigenheiten der Kinderseele, mit denen Sie zu rechnen hatten, die Sie überwinden oder fördern und in ein harmonisches Zusammenspiel bringen mußten. Und wie der Zeiger hier niemals rückwärts geht, sondern immer vorwärts zeigt an der Scheibe, so gemahne Sie das, wie nichts von allem Guten, das Sie getan, irgendwo auf dem Wege zurückblieb und verloren ging, sondern alles in die Zukunft treibt, von der ersten Stunde bei den Abc-Schützen bis zum zwölften Stunden-schlag der vollen, reifen Arbeit bei unsern zwölf- und dreizehnjährigen Schlingeln.«

Mit diesem schelmisch betonten Worte reichte der Pfarrer dem Lehrer die Uhr. Philipp ergriff sie mechanisch und legte sie auf das Pult nieder, ohne auch nur eine Silbe des Dankes zu finden.

Der Redner und die andern Herren traten nun ganz ans Pult heran und drückten dem Beschenkten unter unverständlich gemurmelten, aber herzlichen Glückwünschen die kalten Hände.

Währenddem standen die Schüler auf den Fußspitzen und guckten sich schier die vorwitzigen Augen nach der silbernen Kostbarkeit aus. Wenzel lachte mit seinem ganzen Gesichte.

»Ich danke – unverdient! – Ich weiß nicht, warum – was – es ist zu sehr –« stammelte der Lehrer endlich und fuhr sich hastig über die Stirne. Es war ihm doch im ganzen elend zumute in dieser Mischung von Freude und Sorge.

Indessen hatte sich der kleine, kurze Präsident wieder in den Armstuhl geworfen und rief keuchend: »Bevor wir jetzt zum Examentrunk gehen – Herr Pfleger, sind die Brötchen und Würste bestellt?«

»Gewiß, Herr Präsident!« nickte der Gefragte aufgeräumt.

»Bevor es zum Trunke geht«, wiederholte der Präsident und netzte mit seiner Zunge die trockenen Lippen an, »wollen wir noch die Noten der Kinder hören. Beginnen Sie, Herr Lehrer!«

Es wurde nun wieder ganz still in den Bänken. Die Eltern der Kinder drängten sich gegen den Lehrer, um besser zu hören. Der Pfarrer stand am Korbe und ergriff den ersten Preis, ein Buch mit Goldschnitt, das von berühmten Kindern in Wort und Bild handelte.

Diese Gabe erhielt Emil. Er war der Erste von allen Einern.

Dann bekamen noch sechs Kinder, vier Mädchen und zwei Knaben, erste Preise. Mit einer wunderlichen Mischung von Scheu und Neugier traten sie vor, empfingen das Geschenk und gaben dem Pfarrer ein Kußhändchen. Da waren hochgewachsene Mädchen und lange Recken, die das noch taten. Es schien vielleicht kindlich, aber war ein alter hei-liger Brauch in Lachweiler und daher unausrottbar.

Eifersüchtig folgten die Augen der übrigen diesen wenigen Glückli-chen. Hell glutete der Neid aus ihrem ganzen unverstellten Gesichte, als sie wahrnahmen, welche hübsche Büchlein mit Silberbeschlag und seidengepreßten Deckeln das waren.

Es kam die Reihe an die Schüler der zweiten Note. Das sind immer noch wackere Leutchen und bringen es im Leben gewöhnlich noch weiter als die glänzenden Einer. Denn sie sind beharrlicher, ruhiger, geduldiger und leiden nicht an so blitzenden, aber auch wunderlichen Launen wie die kleinen Genies. Der Korb leert sich, der letzte Schwamm ist vergeben. Nun kommt die lange Schnur der Dreier. Ein Dreier bekommt natürlich keine Prämie. Sie bilden den Mittelstand des Geistes. Es sind gelassene, bequeme Menschen, ohne Ehrgeiz, ohne Feuer, ehrliche Treter des Allerleutepflasters. Rechne sie zu den glücklichsten Menschen! Sie heben den Kopf nicht zu hoch, aber auch nicht zu tief. So hübsch durch die Mitte schlüpfen sie, oft noch etwas knapp nach unten. Aber sie schlüpfen durch! Sie sind noch zufriedener und gutmütiger als die Zweier. Ohne sie könnte man das Leben auf Erden nicht aushalten. Man würde aufgerieben von den Talenten der ersten und zweiten Klasse. Es wäre eine Luft so verzehrend wie Sauerstoff ohne die Wohltat des Stickstoffes.

Was nicht zu den Einern und Zweiern gehört, kommt in diese dritte Gruppe. Ein Schulkind um das andere steht auf, wenn es gerufen wird, und schreit: »Hier!«

Dann wird es über und über rot, sitzt nieder, lächelt auf seine Bank hinunter und schielt zum nächsten Schüler, der aufstehen, ebenso erröten und lächeln muß. Einige reiben die Schuhe heftig aneinander in der Erwartung, jetzt werde doch ihr Name endlich gerufen. Doch nein, da kommt zuerst noch Hermann Faller, Martina Precht, der Wernerli Stumpf, und jetzt erst heißt es endlich auch Ferdinand Ferri, Elsa Gluck und so weiter.

Ach, wie peinlich ist dieses Warten, wenn nur noch drei übrig sind, entsetzlich, wenn nur noch ein Zweitletzter und Letzter wartet!

Doch nun sind alle aufgerufen, alle ohne Ausnahme, – nur das Lehrerbüblein nicht! – Wenzel wartet immer noch.

Es geniert Wenzel gar nicht, daß er zuletzt kommt. Das hat er nicht anders erwartet. Fröhlich lächelt er dem Vater zu, der die Noten so seltsam langsam herunterliest. Die kleinen Arme verschränkt er über der Brust. Eigentlich sieht und hört er weder den Lehrer, noch die Kinder um ihn herum, sondern er hört den Wald rauschen, den Bach singen, die Spätzlein im Nest wispern; er hört den Kuckuck oben am Hügel und unten im Tal den Wind. Er weilt gar nicht mehr in der Schule, sondern außerhalb des Dorfes bei seinem lieben Ferdinand, dem reichen Bauernbuben, dem Kameraden seiner freien Stunden, mit dem er die Ziegen melkt und auf junge Kirschbäume klettert. Darum lacht er so herzig. Die Vakanz wirft schon ihr Licht auf ihn voraus. Daß die Kinder ihn immer mitleidiger betrachten, je einsamer er wird, daß sein Nachbar, der gescheite Emil, scheu, als fürchte er eine Ansteckung, von ihm wegrückt, so daß eine weite Lücke entsteht wie auf einem Armensünderbänklein, das sieht er nicht. Er merkt nicht einmal, wie die blaue Stirnader des Lehrers in der Aufregung anschwillt. Nicht einmal die Totenstille gewahrt er, die jetzt in der Stube herrscht, da nur noch sein Name übrig bleibt. Wie sollte er das sehen, da er nicht einmal merkt, wie jetzt alle Schulräte auf ihn und den Vater schauen und sich verwundert zuflüstern: »Was Teufels ist denn mit dem Lehrerbuben?« – Wenzel sieht nichts, hört nichts, er lächelt voll Unschuld und Harmlosigkeit allen diesen Menschen, die seinetwegen betrübt sind, ins Gesicht.

»Die vierte Note«, liest der Lehrer mit klangloser Stimme, »hat kein Kind verdient.«

Jetzt wird auch der Pfarrer unruhig. Seine klugen Augen forschen den bleichen Lehrer aus. Ah, er versteht auf einmal. Und auch der dicke, kurze Präsident versteht. Denn er schneuzt sich, wie er immer tut, wenn er etwas lieber nicht sehen, noch hören möchte, was er doch miterleben muß. Selbst die schadenfrohen, wilden Knaben haben jetzt einen Blick 370 des Bedauerns für ihren Wenzel. Wenzels kleine Freundin in der hintern Bank taucht mit dem doppeltgezopften Köpfchen unter die Bank, als sei ihr der Griffel auf den Boden gefallen. Aber sie reibt sich unten im Dunkel ein nasses, braunes Äuglein mit dem Fingerknöchel aus. Doch Wenzel lächelt immer seliger. Er sitzt gerade auf dem Bock vorn an des Großbauern Wendel Wagen, er schwingt die Peitsche über dem Doppelgespann der fetten Ochsen, er jodelt, hei – er –

»Die fünfte Note hat – die fünfte Note ist –« der Lehrer schwankt, das Blatt zittert zwischen seinen Fingern. Er würgt, er keucht, er hustet, um es herauszubringen. Wie ein Geist sieht er aus.

»Die fünfte –«

»Genug, genug, Herr Lehrer!« schreit plötzlich der Pfarrer mit unnatürlicher Heftigkeit und erhebt sich knarrend vom Stuhle. Auch die andern Herren stehen wie auf ein Zeichen auf.

In diesem Augenblick begibt sich etwas Außerordentliches in Meister Philipps Seele. Er merkt das Mitleid. Man will ihn schonen. Da erwacht eine wahrhaft selbstmörderische Gerechtigkeit in ihm. Er muß es heraussagen, was wahr ist. Kein Pfarrer und keine Obrigkeit soll ihn daran hindern. Mögen sie lärmen mit den Stühlen, wie sie wollen.

»Genug, Herr Lehrer, das Examen ist fertig, wir sind zufrieden, mit allem zufrieden!« donnert der Geistliche. »Nicht wahr, meine Herren, nicht wahr?«

»Jawohl, ja freilich, gewiß, Herr Lehrer, – so gut ist alles abgelaufen! Wackere Schule, beste Ordnung!« – – Solches und anderes tönt höflich untereinander.

Aber Herr Philipp bäumt sich auf, als hätte er keinen grimmigern Feind als diese Lobredner da. Alle Kraft seines Willens nimmt er zusammen und ruft mit einer starken, gequälten, fremdartigen Stimme durch die Stube, hastig, als könnte man ihn unterbrechen, und laut, daß es allen andern Lärm gewaltig übertönt: »*Die fünfte Note hat Wenzel Korn, Lehrers.*« –

Mit diesem Wort ist auf einen Hauch alle seine Kraft dahin. Das Papier entfällt ihm. Mit kraftlosen Händen greift Philipp in die Luft, sucht die Stirne zu erfassen, neigt sich seitlings und gleitet, von den Armen des Pfarrers und Ammanns aufgefangen, wie ein steifes Stück Holz in den Armsessel. Unzählige kleine Schweißtröpfchen decken seine Stirne, und die Augendeckel fallen ihm wie einem Schlafenden zu. – –

Der Doktor löste dem Bewußtlosen rasch Kragen und Weste, rief nach Wasser und hielt ihm Riechsalz unter die Nase. Ängstlich duckten sich die Kinder in ihren Bänken zusammen, einige Mädchen weinten, Emil holte die Lehrersfrau. Überall wollten die eckigen Schulräte helfen, und überall standen sie im Wege. Die einen öffneten die Fenster, andere schlossen sie wieder. Der Pfarrer wischte dem Lehrer mit seinem roten, seidenen, noch ganz sauberen Taschentuch die Stirne ab, und der Schulratspräsident fragte den Ohnmächtigen zum drittenmal: »Herr Lehrer, hören Sie mich noch? Herr Lehrer, kennen Sie mich noch?«

Noch nie hatten die Kinder einen so bleichen Menschen gesehen. Vor Grausen rückten sie eng und enger zusammen wie Haselhühner im Busch, wenn Jäger Tod draußen das Gewehr schultert. In Wenzel aber begann sich plötzlich etwas Dunkles zu klären. Wie ein Vorhang riß etwas auseinander, das bisher vor seinen Fenstern gehangen hatte. Der Knabe spürte, dieses Unglück geschah seinetwegen, weil er so dumm war, weil er nicht lesen konnte, weil er einen Fünfer hatte. Er tötete seinen Vater.

Das nie empfundene Gefühl einer unsagbaren Schuld wälzte sich über sein kleines weiches Herz.

»Ich wollte es ja nicht tun«, rief er laut und drängte sich stürmisch aus der Bank, die zwei großen Augen behangen mit schweren, durchsichtigen Tropfen. »Vater, ich will schon noch lesen lernen, Vater!« – Er schob sich durch die Männer hindurch, warf sich vor dem Lehrer auf den Boden und drückte seinen Kopf heftig an die Knie des Vaters. »Vater«, schrie er wieder auf, »ich kann ja erzählen, frage mich nur aus! – Ganz gut weiß ich es: Es war eine Katze, – die hatte ihre Jungen lieb, o so lieb! – Sie streichelte und schleckte sie und wärmte sie an ihrem dicken Pelz und trug sie am Tag aufs Dach an die Sonne und nachts an den warmen Herd, – die Katze. Vater, hörst du?«

Er hob den steilhaarigen, weißblonden Kopf aus den Knien und weinte laut auf, da er noch immer das Auge Philipps streng geschlossen sah. Aber sogleich fuhr er wieder trotz des Schluchzens und der Ratsherren, die ihn wegziehen wollten, unaufhaltsam in der Geschichte fort: »Da kam ein Geier aus der Luft herabgeschossen; groß wie eine Wolke kam er und schnell wie der Wind. Seine wüsten Krallen streckte er aus nach den Kätzlein, den weißen und schwarzen und braunen – ihr Haar war wie Wolle oder Seide so lind. – Vater, wenn du mich hören wolltest, sieh doch, ich kann es!«

Wieder barg der Junge den Kopf zwischen die Knie des Schulmeisters, dem die Lehrersfrau nach den Weisungen des Doktors die Schläfen gerade mit Branntwein einrieb.

»Aber die mutige Katze wehrte sich gegen den Vogel. Und doch war sie viel kleiner«, rief Wenzel so eilig, als hinge jetzt alles Heil von seiner Erzählung ab. »Sie ließ sich zerhacken und umkrallen und vom Raubvogel in die Lüfte tragen. Wenn nur ihren jungen Kätzlein nichts Leides geschah.«

»Sei ruhig, Kleiner«, gebot der Ammann und versuchte die Arme des Bürschchens von den Knien des Patienten zu lösen. »Was hilft das?«

»Laßt ihn nur!« riet der Arzt und deutete auf die Lider Philipps, die sich langsam und erstaunt öffneten.

»Vater, – fest hing die Kätzin dem Geier um den Hals. Sie ließ ihn nicht mehr los. Und doch taten ihr seine Nägel so weh. Für meine Kinder, dachte sie, für meine Kinder! – Nicht wahr, Vater, ich erzähle es recht!« –

Ein Flüstern der Verwunderung ging durch die Reihen der Umstehenden. Vater Philipp hatte gelächelt oder doch versucht zu lächeln. Doch seine Hände hingen noch kraftlos über die Lehnen herunter, und die Augen fielen wieder zu.

»Er hat nicht geschlafen, die ganze Nacht nicht!« erklärte die Lehrerin, die schlaffen Hände ihres Mannes aufhebend und an ihren roten, warmen reibend, »und auch gefrühstückt hat er nicht. Kein Wunder, daß ihm übel wurde, dem armen Philipp! – Die Ferien tun ihm not!«

»Vater, ich muß es fertig erzählen, höre doch! Die Kätzin war dem Geier zu schwer. Wie Blei hing sie ihm am Hals und würgte ihn. Da ließ er die Flügel hangen und fiel hinunter, senkrecht hinunter wie ein Stein neben die Kätzlein. Und der Geier und die Katze waren tot.«

Jetzt gelang es dem Lehrer, mit der rechten Hand das Kinn des Knaben zu erreichen. Kaum spürte Wenzel die Liebkosung, so drückte er mit beiden Händen die große, kalte Hand des Vaters an seinen Mund und küßte sie auf alle Finger, oben und unten, bald weinend, bald lachend.

»Vater«, fuhr er erfrischt fort, »und die armen Jungen! Ach Gott, sie schnupperten an ihrer Katze herum, sie leckten ihr die Pfoten, sie rieben sich an ihrem schönen Fell, sie miauten und suchten ihr Mäulchen, die kleinen, armen Kätzlein! Und sie schleckten das Blut von ihrem Mütterchen und wollten es warm und lebendig machen.«

Philipp horchte nun mit offenen Blicken und belebter Miene. Dem Wenzel aber schoß jetzt ein kleines, lustiges Feuerchen durch die Augen, und er schrie: »Und sicher, Vater, sicher, von dem allein ist die Kätzin wieder erwacht. Sie war doch nicht ganz tot, wie's im Buche steht, nur krank, nur müde! Aber jetzt erwachte sie wieder und war wieder lebendig. Und da hatten die Jungen eine große Freude. Ist's nicht so, Vater, gelt, so! Siehst du, ich kann ja erzählen, ich will auch lesen lernen und rechnen, das will ich.« Und wieder küßte er den Vater auf die schon wärmere Hand.

Philipp mit seinem bleichen Lächeln erhob sich sachte im Stuhle und zog den Sohn zu sich herauf.

»Das hab' ich ja nicht gewußt, das ist besser als lesen!« sagte er und preßte Wenzel glücklich an seine noch feuchten und vom Branntwein riechenden Wangen.

»Ja«, mischte sich nun der Doktor mit seiner harten Stimme ein, »das haben Sie leider nicht gewußt. Der Schüler ist diesmal gescheiter gewesen als der Schulmeister.« Darauf gab er seinem Buben in der ersten Bank einen Wink. Sogleich erhob sich Emil.

Indessen hatte der Pfarrer das Notenregister vom Boden aufgelesen, wo es unbemerkt gelegen hatte. Die Feder in die pechschwarze Tinte tunkend, rief er schallend durch die Stube: »Sind die Herren Schulräte einverstanden, wenn ich diesen Fünfer ausstreiche und dafür einen Zweier schreibe?«

»Einverstanden!« ertönte es im Chore von zuständigen und unzuständigen Lippen.

Darauf tat der Pfarrer einen Federzug, der wie ein Schwerthieb klang. Nie hat er einen Fünfer lieber geköpft und nie einen schöneren Zweier gezeichnet, einen Zweier mit so stolzem, rundem Leuenkopf und so prachtvollem Ringelschwanz.

»Emil!« rempelte der Arzt seinen Buben, der indessen herzugetreten war, mit seiner barschen, aber vor heimlicher Aufregung zitternder Stimme an: »Emil, wie hat Wenzel die Geschichte erzählt?«

»Gut!« erwiderte der Knabe etwas unsicher.

Eine ganze Antwort! dachte der Lehrer; aber sprach es mit einiger Selbstüberwindung diesmal nicht aus.

»Was hast du also zu tun, Emil?« fragte der Arzt mit der Miene eines Verhörrichters.

Verlegen blickte der dunkle Bursche mit seinen Stahlaugen bald seinen Kameraden, der immer noch halb neben Herrn Philipp kniete, bald das hübsche Heldenbuch an, das ihm aus dem Sonntagsrock guckte. Wie in einem innern Widerstand schüttelte er den Kopf, schüttelte ihn nochmals und heftiger und zog das Buch entschieden aus der Tasche.

»Da, Wenzel«, sagte er und beugte sich zum Lehrersohn hinunter, »da hast du meine Prämie!«

Der Lehrer wollte aufstehen, wollte protestieren. Aber der Doktor hielt ihn mit einem befehlenden Blicke seiner schwarzen Augen zurück.

»Warum«, fragte er unerbittlich weiter, als gälte es, seinen stolzen Knaben bis zu Boden zu demütigen, »warum, Emil, gehört die Prämie dem Wenzel und nicht dir?«

Eine heiße, helle Röte überschwemmte augenblicklich die weiße Stirne des Doktorbuben. Er neigte sich noch tiefer und sagte leise: »Weil er die Geschichte besser weiß, als ich!«

Nun hielt der knurrige Doktor nicht länger an sich. Kräftig packte er seinen Burschen und riß ihn an den wilden Bart hinauf und küßte ihn stürmisch.

Er war jetzt viel stolzer auf seinen unbeschenkten Emil, als wenn der Bub den ganzen Korb voll Prämien heimgetragen hätte.

Nie gab es in Lachweiler einen gemütlichern Examentrunk als nach dieser Prüfung. Bei jedem Schluck Wein erklärte der Lehrer lachend: »Glaubt ihr, ich sei krank? Torheit, gesund bin ich heute geworden! Erst recht gesund! Vom Buchstaben bin ich genesen und zum Geist gekehrt worden. Ha!«

Ein wenig sagte er das im Fieber, ein wenig auch wohl im Anhauch des Weines. Aber er redete nicht irre. Das Wunderbare, wovon er sprach, war wirklich und ganz ohne den Zwang eines Wunders zustande gekommen.

* *
*

O teure, heilige, grüne Jahre tief hinten im Dorfe unter Nußbäumen und alten, braunen Schindeldächern! Wie Schwalben seid ihr gekommen, wie Schwalben seid ihr verflogen. Und die Nester, die ihr erbaut habt, fast alle sind sie zerfallen.

Aber Magister Philipp lebt noch und gedenkt das Stecklein noch nicht so bald niederzulegen. Durch achtundzwanzig Auflagen ist er bereits mit dem Schulbuch gegangen vom ersten bis zum hintersten Blatt. Gar zu gern möchte er es jetzt auch noch mit den Dreißigern versuchen.

Wenzel ist ein ernsthafter, urchiger Bauer geworden. Schönere Pferde hat freilich der junge Dr. Emil Nubener, stärkere Stiere zieht Freund Ferdinand auf, und die Schafe von Franziskas Vater tragen unstreitig eine feinere und schwerere Wolle. Aber die milchreichsten Kühe, die muntersten Ziegen und den feinsten Obstwuchs nennt unser Wenzel sein eigen. Indessen ist er bescheiden und läßt vielleicht in diesen Artikeln mit sich markten. Aber daß er das schönste und zugleich das beste Weibchen nicht nur in seinem Dorfe, sondern in der ganzen weiten »Giographie« des Schulpräsidenten selig besitzt, das ist für ihn eine so ausgemachte Sache, daß alles Reden hierüber überflüssig scheint.

Oft indessen am späten Feierabend, wenn andere Lachweiler Karten spielen oder mit ihrem Frauchen scharmutzieren, dichtet Wenzel – wer sollte es glauben? Geschichten und Gedichte dichtet er, die zu Neujahr

in den Kalendern erscheinen und in den Bauernstuben über Winter mit
innigem Behagen von der Großmutter durch die trübe Hornbrille hindurch ihren staunenden und ergötzten Kindeskindern vorgelesen werden.

Herr Philipp aber fragt nicht ungern beim feiertäglichen Schoppen
im »Sternen«, wenn der Tisch rundum besetzt ist, seinen Nachbar so
leise, daß alle es hören: »Wieviel Uhr mag es sein, Holderbauer?«

»Noch fünf Minuten bis sechs Uhr!« antwortet für den Gefragten der
Küster, durch die niedrige Scheibe zur Turmuhr blickend.

»Die Kirchenuhr geht zurück«, schreit der Ammann und zieht seine
schwere Sackuhr hervor, von der viele Lachweiler glauben, daß sie nicht
silbern, sondern nur vernickelt sei. »Es geht noch vier Minuten bis
sechs«

»Noch sechs Minuten«, ruft der Holderbauer, der eine Uhr mit einem
Sekundenzeiger besitzt.

»Meine Herren«, erklärt jetzt der Lehrer und läßt umständlich den
Silberdeckel seiner Uhr springen, »wir haben jetzt genau fünf Uhr und
neunundfünfzig drei Viertel Minuten!«

Vorsichtig erhebt er sich. »Ich muß noch einige Schulhefte durchpir-
schen«, meint er lächelnd. »Doch hören Sie!«

Er drückt das silberne Knöpfchen, und leise, aber eindringlich klingelt
es aus dem edlen Gehäuse: »Bim – bim – bim – bim – bim – bim!«
Sechsmal hintereinander.

»Eine feine Uhr! Geschicktes Werk!« lobt man.

Der Lehrer aber lauscht dem letzten, fernen Klange nach, und ihm
ist, er höre seine lieben, kleinen Schüler mit ihren ungebrochenen
Stimmen rechnen und lesen, von der Heimat und der vaterländischen
Geschichte unglaublich prahlen, Fabeln deklamieren und hohe deutsche
Lieder singen. Und da zieht es den alten Magister unwiderstehlich zu
den blauen Heften, den Tintenfässern, zu Kreide, Lineal, Schwamm und
Stecken, mit einem Wort zur Poesie seiner von Kindergeruch und
grauer Weisheit erfüllten heimeligen Schulstube. – – – – –

Biographie

1866   *6. Oktober:* Heinrich Federer kommt als Sohn eines Künstlers (sein Vater ist Musiker, Maler und Bildhauer) und einer Lehrerin in Brienz im Kanton Bern zur Welt. Während seiner Kindheit leidet er unter der unglücklichen Ehe seiner Eltern, zudem fesselt ihn ein Asthmaleiden häufig ans Krankenbett.
Seine Mutter hat einen starken Einfluss auf ihn und drängt ihren Sohn, katholischer Priester zu werden. Sie ist es auch, die ihm den Besuch der von Benediktinern geführten Kantonsschule Sarnen im Kanton Obwalden ermöglicht. Hier wird früh sein literarisches Talent entdeckt und gefördert.

1881   Beide Eltern sterben. Auch nach ihrem Tod studiert Federer seinen schriftstellerischen Ambitionen zum Trotz weiterhin katholische Theologie in Eichstätt, Luzern, Freiburg/Schweiz und St. Georgen im Kanton St. Gallen.

1893   In St. Gallen erfährt er die Priesterweihe. Fortan hat er die Kaplanstelle in Jonschwil (Toggenburg) inne.

1900   Aus gesundheitlichen Gründen muss Federer seine Tätigkeit als Kaplan aufgeben. Er wird Redakteur und nach kurzer Zeit Leitartikler bei den »Zürcher Nachrichten« und übernimmt gleichzeitig das Amt des Hausgeistlichen in einem Schwesternhaus.

1902   Bei einem Ferienaufenthalt auf dem Stanserhorn wird Federer mit dem Vorwurf des homosexuellen Umgangs mit Minderjährigen konfrontiert und verhaftet. Aus Mangel an Beweisen wird die Anklage später fallen gelassen, doch aufgrund des Skandals muss er seine Stelle aufgeben und fällt bei der Kirche und in der Öffentlichkeit in Ungnade. In den folgenden Jahren schlägt er sich mehr schlecht als recht als freier Journalist durch.

1907   Federer ist nun als freier Schriftsteller tätig.

1911   Die »Lachweiler Geschichten« und der Roman »Berge und Menschen« verschaffen ihm endlich den Durchbruch als Schriftsteller. Finanziell abgesichert kann er sich nun ganz seiner schriftstellerischen Laufbahn widmen.

1913   Die Romane »Pilatus« und »Jungfer Therese« sowie die Erzählung »Sisto e Sesto« erscheinen.

1916	Im Roman »Das Mätteliseppi« spiegelt sich Federers eigene Kindheit wider.
1924	Nach »Jungfer Therese« erscheint sein zweiter Priesterroman »Papst und Kaiser im Dorf«.
1927	Federer veröffentlicht unter dem Titel »Am Fenster« seine Jugenderinnerungen.
1928	*29. April:* Heinrich Federer stirbt in Zürich.

Die Bewerbung –

einfach gut erklärt!

Vom Anschreiben und Lebenslauf

über die Online-Bewerbung

bis zum Vorstellungsgespräch!

Ein Arbeitsbuch in 10 Schritten

Die Bewerbung –

einfach gut erklärt!

Meine Bewerbung. Wie geht denn das?

»Sich zu bewerben, bedeutet, für sich werben!« Dieser Slogan findet sich auf jeder Internetseite und in jedem Folder zum Thema. Aber das ist es nicht allein. Der Bewerbungsprozess setzt sich aus vielen Details zusammen, die zu bedenken sind.

Dieses Buch bereitet Sie in kleinen Schritten auf die Bewerbungsphase an sich, aber auch auf die Erstellung guter schriftlicher Unterlagen vor. Sie werden vertraut mit den Besonderheiten und setzen sich thematisch Stück für Stück mit Ihrer eigenen Bewerbung auseinander.

Da es nicht das Standardwerk Bewerbung, DIE Bewerbung gibt, haben Sie damit alles in der Hand, mit dem Sie IHRE – ganz individuelle – Unterlage erstellen können, unter Beachtung all der Normen, die für die Personalverantwortlichen bei ihrer Entscheidung eine wichtige Rolle spielen.

Viel Erfolg!

Die Bewerbung –

einfach gut erklärt!

Vom Anschreiben und Lebenslauf

über die Online-Bewerbung

bis zum Vorstellungsgespräch!

Ein Arbeitsbuch in 10 Schritten

Bibliografische Information der Deutschen Nationalbibliothek:

Die Deutsche Nationalbibliothek verzeichnet diese Publikation in der Deutschen Nationalbibliografie; detaillierte bibliografische Daten sind im Internet über http://dnb.d-nb.de abrufbar.

Herstellung und Verlag:
Books on Demand GmbH, Norderstedt
Printed in Germany

ISBN 978-3-8482-0423-6

Inhalt

Vorwort

Mehr als 15 Jahre begleite ich Stellensuchende bei ihren Bewerbungen zu Praktika und / oder Arbeitsstellen. Durch diese aktive Betreuung, zumeist über längere Zeiträume, ergibt sich ein guter Einblick in die Bewerbungsphasen und dabei vor allem die emotionalen Hürden, die die Bewerber neben der reinen aktiven Erstellung der Unterlagen überwinden.

In diesem Buch führe ich Sie Stück für Stück zu Ihrer vollständigen Bewerbung hin. Nutzen Sie es als Arbeitsbuch. Machen Sie sich Notizen, markieren Sie die für Sie wichtigen Stellen und ergänzen Sie Kapitel um Ihre ganz persönlichen Aufgaben- und Fragestellungen hinsichtlich Ihrer Bewerbung. Vielleicht ist ein Knick am Rand, das so verpönte Eselsohr, an der einen oder anderen Seite angebracht, wenn es sich um ein wichtiges Kapitel für Sie handelt! Seitlich ist zudem grundsätzlich Raum für Anmerkungen und Ergänzungen belassen. Speziell thematisierte Arbeitsbögen im hinteren Teil laden zu ausgiebigen persönlichen Überlegungen ein.

Mit jeder Seite, jedem Arbeitsschritt kommen Sie ein Stück näher in Richtung Ihrer ganz individuellen Unterlage. Die Kapitel im Einzelnen stellen Ihre Arbeitsschritte klar definiert dar:

1. Schritt   Check Ihrer Motivation – sind Sie bereit?

2. Schritt   Sammeln und Einordnen aller bewerbungsrelevanter Unterlagen – Ihr persönlicher Bewerbungsordner

3. Schritt	Erstellung Ihres Bewerbungsprofils – Was können, wollen Sie und was haben Sie bereits bewiesen?
4. Schritt	Grundsätzliche Hinweise zur schriftlichen Bewerbung
5. Schritt	Stellenrecherche und -auswahl
6. Schritt	Das Telefon als Instrument in Ihrem Bewerbungsprozess
7. Schritt	Erstellung des Basis-Lebenslaufes einschließlich umfangreicher Hinweise zur individuellen Optimierung
8. Schritt	Erstellung des Basis-Anschreibens einschließlich umfangreicher Hinweise zur individuellen Optimierung
9. Schritt	Umsetzung der Unterlagen für Online-Bewerbungen
10. Schritt	Ihr Vorstellungsgespräch

Es wird einige Zeit und mehrere Durchläufe beanspruchen, die erste – wirklich ansprechende – schriftliche Bewerbung zu erstellen. Dazu sind stete Firmen- und Stellenrecherchen ebenso erforderlich, wie das wohlüberlegte und fehlerfreie Ausrichten der Unterlagen.

Folgt nach dieser Arbeit das verdiente erste Vorstellungsgespräch, wünschten Sie sich, mehr Zeit zur Vorbereitung auf dieses zur Verfügung zu haben. Und doch wird so ein Interview nicht schlimm, sondern eine neue Erfahrung auf Ihrem Weg zu einem Praktikum, einer Ausbildung, einem neuen Job, einer Festanstellung – Ihrer Wunschposition!

Verlieren Sie niemals den Mut, schauen Sie immer wieder kritisch über Ihre Unterlage und holen Sie sich stets Feedback, das heißt Rückmeldung, von Freunden und Bekannten, aber vor allem nach Vorstellungsgesprächen auch von den Personalabteilungen. Bleiben Sie immer DRAN!

Ich wünsche Ihnen viel Erfolg!

Vorwort

Schritt 1

Eintauchen
in die Welt der Bewerbungen

Auf jede ausgeschriebene Arbeitsstelle bewerben sich im Schnitt 250 und mehr Stellensuchende. Ähnlich verhält es sich bei veröffentlichten Praktikumsstellen und bei Ausbildungs- oder privaten Studienplätzen.

Zumeist werden in den Unternehmen nur fünf bis zehn Minuten Bearbeitungszeit für eine erste Sichtung der Unterlagen aufgewendet. Dabei können bereits die ersten Sekunden – sicherlich häufig unbewusst – für den Personalverantwortlichen entscheidend sein und zu einer Zu- oder Absage für den Bewerber führen.

Durch eine sorgsame und ansprechende Formatierung sowie ansprechende inhaltliche Formulierungen haben Sie es in der Hand, diese erste oberflächliche Betrachtung zu bestehen und weiter im Rennen um die angestrebte Position zu bleiben.

> *Auf eine einheitliche und übersichtliche Formatierung achten. Unterschiede in Schriften, Absätzen, aber vor allem Rechtschreibfehler sind zu vermeiden, um nicht schon vor einer fachlichen Beurteilung aus rein formalistischen Gründen aussortiert zu werden.*

»Sich zu bewerben, heißt für sich werben!«

Wie leicht das klingt und wie schwer es doch oft fällt, dieses Erfordernis umzusetzen. Dabei liegt es nicht am unzureichenden Willen, nicht an einer mangelnden Qualifikation oder an fehlenden persönlichen Kompetenzen. Nein! Häufig liegt es einfach an der Unkenntnis der »Bewerbungswelt«. Einer Welt, die ihre ganz eigene Sprache spricht und spezielle Anforderungen an die Menschen stellt, die für eine befristete Zeit in sie eintreten: An die Bewerber im aktiven Bewerbungsprozess.

Drei wichtige Punkte, die ein Bewerber für eine erfolgreiche Jobsuche erfüllen und beweisen muss, wurden eben genannt:

➤ der Wille bzw. die Motivation
➤ fachliche Qualifikation
➤ persönliche Kompetenz

Dieses sind drei wichtige Voraussetzungen für einen Erfolg im Job. Und genau diese müssen mit der Bewerbung an den Leser und damit letztendlich den Entscheider transportiert werden. Nur so ist die erste Hürde zu überwinden, auf dem Weg zu einem Vorstellungsgespräch.

Und? Können Sie dreimal »JA« sagen?

Dann haben Sie bereits die ersten Schritte erfolgreich geschafft und es gilt nun sich mit dem Bewerbungsprozedere auseinanderzusetzen um im Anschluss mit den eigenen Unterlagen aktiv zu werden.

Wie, Sie sind sich nicht sicher?

Der Wille ist da, die Motivation ebenfalls, aber Sie wissen nicht, ob Sie fachlich und persönlich das Erforderliche mitbringen?

Dann arbeiten Sie in Ruhe die Kapitel im Einzelnen durch, vor allem die dazugehörigen Arbeitsblätter. Je länger Sie sich mit der Materie Bewerbung auseinandersetzen, umso klarer wird Ihr Bild über Ihre Fähigkeiten und Fertigkeiten und damit über Ihr Profil! Planen Sie ein wenig mehr Zeit ein, auch für Wiederholungen der Kapitel und Aufgaben.

Eintauchen in die Welt der Bewerbungen

Schritt 2

Der Bewerbungsordner

Beginnen wir mit der grundsätzlichen Organisation. Zunächst gilt es, einen Bewerbungsordner einzurichten. Dieser begleitet Sie durch Ihr gesamtes Arbeitsleben. Hier ist Platz für alle bewerbungsrelevanten Unterlagen, die Originale und Kopien dabei fein säuberlich in Klarsichthüllen verpackt. Beschriftete Trennstreifen sind hilfreich bei der Unterteilung des Ordners.

> *Alle aufgeführten Materialien sind auf Seite 139 auf einem Einkaufszettel notiert. Nutzen Sie diese Liste nach Ihren Erfordernissen. Dann haben Sie alles parat – für Ihre Bewerbung.*

Nur, welche Unterlagen gehören in diesen Ordner mit hinein?

Da wären alle Dokumente zu nennen, die Aufschluss über Ihre Qualifikation geben. Zu unterscheiden ist hierbei, um was für eine Bewerbung es sich handelt und auch ist das Alter des Bewerbers zu berücksichtigen. Einer Bewerbung um ein Schülerpraktikum ist das Grundschulzeugnis mit beizulegen; bei Bewerbungen um eine Arbeitsstelle reicht das Abgangszeugnis der jeweiligen Schulform.

Der Bewerbungsordner

Mögliche Unterlagen sind:

- ➤ eventuell Schulzeugnis(se)
- ➤ Abschlusszeugnis(se) Schule
- ➤ Praktikumszeugnis(se)
- ➤ Teilnahmebestätigung(en) von Sprach-, EDV-Kurs(en) o.ä.
- ➤ Diplom(e)
- ➤ Arbeitszeugnis(se)
- ➤ eventuell Arbeitsprobe(n)
- ➤ eventuell Handschriftenprobe
- ➤ gegebenenfalls Referenz(en)

Arbeitsproben sind für den Fall, dass sie einen Bezug zur angestrebten Stelle haben, mit in den Bewerbungsordner hineinzunehmen. So ist der Auszug aus einer Diplomarbeit ein Highlight, wenn das Thema sich mit dem Arbeitsfeld des Unternehmens deckt, an das die Bewerbung gerichtet ist. Gleiches gilt für Internetseiten, Grafiken, Fotografien, die die Leistungen des Bewerbers in einem Gebiet aufzeigen, welches wichtig für eine erfolgreiche Arbeit auf der zu bewerbenden Position ist.

Bewahren Sie daher stets Dokumente, Daten, Arbeiten oder Leistungen auf und ordnen sie diese gut ein, einschließlich einem Inhaltsverzeichnis. Für spätere Bewerbungen ist letzteres ein hilfreicher Denkansatz und derart vorbereitet kommen Ihnen im Zeitverlauf weitere neue gute Ideen, mit denen Sie Ihre jeweilige Bewerbung optimieren können.

> *Interessante Arbeiten – und damit zukünftige Arbeitsproben – sammeln, sortieren und auf einer Liste im Bewerbungsordner aufführen. Dann haben Sie für den Fall einer Bewerbung bereits eine Auswahl vorbereitet!*

Wenn Ihnen die Originale der Anlagen vollständig vorliegen, bietet es sich an, schon vorab Kopien aller Unterlagen auf einem guten Kopiergerät anzufertigen. Machen Sie es sich von Beginn an einfacher und rationalisieren Sie Ihre Arbeit. Fertigen Sie gleich mehrere Kopien je Unterlage an.

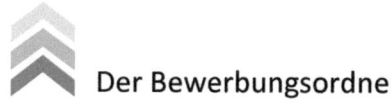

Der Bewerbungsordner

Beim Kopieren auf ein gereinigtes Vorlagenglas am Kopiergerät achten. Fettfinger und Schmutzflecken entfernen Sie am besten mit einem weichen Tuch, da sie einheitlich unschöne schwarze Hinterlassenschaften auf den vorzuzeigenden Kopien verursachen; gleiches gilt selbstverständlich beim Einscannen der Unterlagen.

Nehmen Sie die Kopien, ungelocht und in Klarsichthüllen gut geschützt mit in den Bewerbungsordner hinein. Verfahren Sie hierbei chronologisch. Der aktuellste Nachweis liegt oben auf. So ist gesichert, dass im Bewerbungsfall ohne großen Aufwand jede Bewerbungsmappe schnell und richtig gegliedert ist. Flüchtigkeitsfehler beim Sortieren werden auf diese Weise vermieden.

> *Ordnen Sie die Originale Ihrer Zeugnisse und die jeweiligen Kopien in der Reihenfolge ab, wie sie in der Bewerbung mit beizulegen sind; nämlich chronologisch: Das Aktuellste ganz oben und das älteste Zeugnis am Ende.*

Verwenden Sie aber bereits das Papier, das Sie für Ihre Bewerbung insgesamt einsetzen möchten.

Mit in den Bewerbungsordner gehört weiter eine Liste der bereits erfolgten Bewerbungen. Diese ist durchzunummerieren und enthält folgende Daten:

➤ Nummer der bisher erfolgten Bewerbung
➤ Firma – bei überregionalen Bewerbungen den Ort mit erfassen
➤ beworbene Position gemäß Ausschreibung bzw. Vermerk Initiativbewerbung
➤ Medium der Bewerbung – per Post / E-Mail / Online-Formular
➤ Datum der Absendung
➤ Art einer bisher erfolgten Rückmeldung
➤ Art und Inhalt bisher erfolgter Kontakte

Diese Liste hat den Vorteil, dass bei telefonischen Kontakten schnell ein Wiederfinden der Bewerbung und aller dazugehörigen Informationen gesichert ist. Wenn bereits zehn oder mehr Bewerbungen versendet sind, dann fällt es schwer, sich an die Spezifika der jeweiligen Stellenausschreibung zu erinnern. Das beinhaltet Ansprechpartner bei telefonischen Kontakten

Der Bewerbungsordner

ebenso, wie besondere Rückfragen des Unternehmens per E-Mail oder Post. Alle Informationen zur betreffenden Bewerbung werden hier übersichtlich gesammelt, das aktuelle Datum und persönliche Eindrücke helfen nach längerer Zeit sich an den jeweiligen Kontakt zurückzuerinnern.

Ein einfaches Beispiel:

Liste aller Bewerbungen

Nr.	Wo?	Was?	Wie?	Wann?	Und?	Infos
1	AC GmbH Kiel	SB Vertrieb	Online-formular	01.04.2012	Zb	Anruf von Frau Mai – Perso
2	DEF AG Hamburg	Assistent Vertrieb	per Post	03.04.2012	VG am 15.04.	Email von Frau Wagner
3	GH GmbH & Co KG Dortmund	SB Vertrieb	E-Mail initiativ	03.04.2012	Zb	Tipp von Klaus – arbeitet dort
4	KLMN AG Stuttgart	Trainee	E-Mail	05.04.2012	Ab-sage	Anruf von Herrn Walter, Notiz!
5	NP GmbH Hamburg	Assistent Marketing	Online-formular	05.04.2012	Zb, VG am 01.05.	An der Pforte nach Herrn Meier fragen

Die Überschriften sind folgendermaßen gegliedert:

> ➤ Nr.   Durchnummerierung der Bewerbungen
> ➤ Wo?   Firma / Einsatzort
> ➤ Was?   Position
> ➤ Wie?   Medium der Bewerbung
> ➤ Wann?   Datum der Bewerbung
> ➤ Und?   Art der Rückmeldung durch das Unternehmen
> ➤ Infos   Hinweise auf Telefonate, besondere E-Mails, Anlagen und Notizen im Bewerbungsordner

In diesem Beispiel verwendete Abkürzungen:

SB	Sachbearbeitung
Zb	Zwischenbescheid – bedeutet: »*Bitte haben Sie ein wenig Geduld*«
Perso	Personalabteilung
VG	Vorstellungsgespräch

Der Bewerbungsordner

Entwickeln Sie sich Ihre eigenen Kürzel, mit denen Sie sich beim Erstellen der Notizen sicher fühlen und stets alle Informationen klar und übersichtlich strukturieren können.

Diese Auflistung wird Ihnen übrigens mehr als hilfreich sein; beim Nachhaken ausstehender Bewerbungen oder bei der Vorbereitung vor Vorstellungsgesprächen. Dergestalt gut vorbereitet haben Sie alle Informationen geordnet und müssen nichts suchen.

Natürlich bedeutet das einiges an Vorarbeit, aber ob Sie die Liste am PC aktualisieren, per Copy & Paste die Daten übertragen oder handschriftlich als oberstes Blatt in Ihrem Bewerbungsordner führen, letztendlich sind Sie mit Ihrer Bewerbungsliste eindeutig im Vorteil!

> *Machen Sie es sich einfacher und pflegen Ihre Liste der Bewerbungen regelmäßig für eine Übersicht und Kontrolle der laufenden Bewerbungen.*

Nachdem alle Originale zusammen sind, Kopien angefertigt und die Bewerbungsliste vorbereitet ist, ist der Bewerbungsordner bereits gut ausgestattet. Jetzt folgen aktuelle Stellenausschreibungen und Bewerbungen als Kopie, das heißt stets Anschreiben und der jeweilige Lebenslauf, entsprechend der Position auf der Bewerbungsliste durchnummeriert. Notizen von Telefonaten, der Schriftverkehr und E-Mails von den Unternehmen komplettieren diese Inhalte.

> *Alle Bewerbungen kommen in Kopie in den Bewerbungsordner. Das beinhaltet die Stellenausschreibungen, das jeweilige Anschreiben und den Lebenslauf sowie Notizen und weitere interessante Informationen zum Unternehmen oder Bewerbungsablauf.*

Besonders hilfreich ist es, veröffentlichte Ausschreibungen / Anzeigen auszudrucken oder aus Zeitungen oder Magazinen auszuschneiden und allein für sich auf ein neutrales Blatt Papier zu kleben. So fällt es einfacher, sich auf das eine Inserat zu konzentrieren und später ist es zur gezielten Vorbereitung auf die Anforderungen des Unternehmens für den Fall eines Vorstellungsgesprächs schnell zur Hand.

Der Bewerbungsordner

Zusammengefasst:

Der Bewerbungsordner

Der Bewerbungsordner enthält

> ➤ *Liste bereits erfolgter Bewerbungen für den Überblick*
> ➤ *Stellenausschreibungen*
> ➤ *Ausdrucke bisher erfolgter Bewerbungen – Anschreiben und Lebenslauf*
> ➤ *Notizen zu allen bisherigen Kontakten*
> ➤ *weiterführende Informationen zu Unternehmen oder deren Anforderungen*
> ➤ *alle Nachweise im Original – u.a. Zeugnisse, Bestätigungen*
> ➤ *Kopien dieser Nachweise in angemessener Anzahl*

Der Bewerbungsordner ist ein wichtiges Werkzeug für eine wohlüberlegte und sortierte Vorgehensweise und hat – stets aktualisiert – kein Verfallsdatum. Er dient Ihnen das gesamte Berufsleben lang!

Der Bewerbungsordner

Schritt 3

Das eigene Profil definieren

Mit den gesammelten Zeugnissen in Ihrem Bewerbungsordner ist der erste Schritt in Hinblick auf Ihre Bewerbung getan. Diese werden als Kopie in einer Bewerbungsmappe bei den Unternehmen vorgelegt. Natürlich spiegeln sie bereits in großen Teilen Ihren schulischen und beruflichen Werdegang dar, sind aber ohne weitere Ausführungen nicht aussagekräftig genug.

> *Es ist NICHT ausreichend, wenn Ihre Qualifikation ausschließlich an den Anlagen abgelesen werden kann. Der Leser muss bis zu diesen Seiten kommen. Wenn die Bewerbung nicht vielversprechend ist, dann können Sie sicher sein, dass die Zeugnisse nicht entsprechend gewürdigt, bestenfalls nur überflogen werden.*

Die Anlagen sind das Rohmaterial, die Basis Ihrer Bewerbung, die entsprechend aufzubereiten, darzustellen und zu ergänzen sind. Nur so können Sie den Leser, den Entscheider, von Ihren Qualitäten in ihrer Gesamtheit überzeugen.

Es gilt weitere Informationen zu sammeln und aufzubereiten. Neben Ihrem fachlichen Wissen sind dieses methodische Kenntnisse, und Ihre persönlichen Fähigkeiten, die wichtig für die Darstellung Ihres »optimierten« Profils in Hinblick auf die gewünschte Position sind.

Nun fragen Sie sich, welche Kenntnisse und Fähigkeiten Sie mitbringen? Wie sollen Sie das alles spezifizieren, was Ihre Persönlichkeit ausmacht?

Dabei hilft Ihnen die Untergliederung in

- ➤ fachliche
- ➤ methodische
- ➤ persönliche

Qualifikation.

Fachliche Kenntnisse sammeln Sie in Ihrer Ausbildung und beruflichen Tätigkeit. Sie erlernen sie ebenso wie methodische Fertigkeiten. Letztere stellen ein Stück Ihres Persönlichkeitsprofils dar, können aber in Teilbereichen geübt und gelernt werden. Als Beispiel wären hier Führungs-, Präsentations- oder Verkaufsfähigkeiten zu nennen.

Seminare gibt es zu diesen Themen hinreichend und auch wenn es Unterschiede im Grad der Erlernbarkeit gibt – abhängig von der persönlichen Veranlagung – bestehen diese Fertigkeiten im Grunde zu einem großen Teil aus Techniken / Methoden. Dieser Bereich ist dennoch eng mit den persönlichen Stärken eines Menschen verknüpft.

> *Fachliche Qualifikation ist in der heutigen Zeit nicht alles.*

Damit wären wir bereits bei den persönlichen Fähigkeiten. Das sind beispielsweise Flexibilität, Motivationsfähigkeit, Teamfähigkeit.

Diese sind nicht erlernbar, sondern fester Bestandteil Ihrer Persönlichkeit. Sie bringen sie mit und erfahren diese Stärken ebenso in Ihrem Privatleben. Sicherlich ist es möglich, sich kurzzeitig anzupassen und Tätigkeiten auszuüben, die nicht der persönlichen Neigung entsprechen. Dieses gilt aber nur zeitlich beschränkt. Es wird der Zeitpunkt kommen, an dem die Person aus

Das eigene Profil definieren

den Schranken, die sie sich auferlegt hat, ausbricht und in gewohnte, ihrem Profil entsprechende Verhaltensweisen übergeht.

Stellen Sie sich hierzu einen Verkäufertyp vor. Extrovertiert und kommunikationsstark, generell auf der Suche nach Menschen, mit denen er sich gerne umgibt.

Wie lange kann dieser Mensch in einer Buchhaltungsabteilung einen ausgezeichneten Job erledigen? Die Betonung liegt auf ausgezeichneten, denn bei (unter-)durchschnittlicher Pflichterfüllung wird er zurechtkommen und sich Tätigkeiten, Hobbys, suchen, die für ihn den Ausgleich zu seiner »ungeliebten« Arbeit schaffen.

Im Normalfall wird sich dieser Verkäufertyp nach spätestens 2 Jahren profilgerichtet neu orientieren und der Buchhaltung erleichtert den Rücken kehren.

Es gibt zahlreiche Kompetenzmodelle in der Literatur, die zum Teil Kenntnisse, Fähigkeiten und Fertigkeiten detaillierter strukturieren, dennoch sind diese drei Richtungen (fachlich – methodisch – persönlich) für jeden Bewerber, der nur den Einblick in die Materie wünscht, vermutlich für den Anfang am aussagekräftigsten. Unbestreitbar sind sie richtungsweisend beim Definieren des eigenen Profils.

> *Ihr persönliches Profil setzt sich zusammen aus*
>
> ➤ *fachlichen Kenntnissen*
> ➤ *methodischen Fertigkeiten*
> ➤ *persönlichen Fähigkeiten*
>
> *Diese Stärken gilt es zu analysieren und zu formulieren – sie sind der Garant für Ihre erfolgreiche Bewerbung!*

Jeder von uns hat seine Stärken und Schwächen. Der Wunsch der meisten Arbeitgeber ist es, Mitarbeiter zu haben, die sich ihres Potenzials bewusst sind und ihre Stärken und Schwächen klar einzuschätzen wissen. In der heutigen Arbeitswelt, in der vermehrt in Teams gearbeitet wird, ist das zwingende Voraussetzung für eine erfolgreiche Zusammenarbeit.

Das eigene Profil definieren

Jeder Bewerber muss daher bereits im Anschreiben sein Profil eindeutig aufzeigen, bei Stellenausschreibungen detailliert auf die Annonce bezogen. Natürlich ist das nur möglich, wenn Sie sich Ihrer Selbst genau bewusst sind!

Nun gilt es sich Schritt für Schritt zu analysieren:

Fachliche Kenntnisse

Ihre fachlichen Kenntnisse sind nicht allein eine Job-Bezeichnung. Sie begründen sich in Ihrer Ausbildung, bisherigen Berufserfahrung, speziellen Einsatzbereichen und Weiterbildungen. Natürlich ist es einfacher, allein die Berufsbezeichnung aufzuführen und damit die Richtung Ihrer Erfahrungen im Ansatz zu offenbaren, doch ist das für Ihre Bewerbung nicht ausreichend.

*Ihre **fachlichen Kenntnisse** setzen sich zusammen aus*

- ➤ *Ausbildung(en)*
- ➤ *Berufserfahrung(en)*
- ➤ *Weiterbildung(en)*
- ➤ *genau definiertem Tagesgeschäft*
- ➤ *speziellen Sonderaufgaben*
- ➤ *spezielle(r) Projekterfahrung(en)*

Auf den ersten Blick klingt dieses ganz einfach, doch müssen Sie für jede einzelne Arbeitsstelle, die Sie in Ihrem bisherigen Berufsleben ausgefüllt haben, Schritt für Schritt zu jedem Punkt die inhaltlichen Tätigkeitsbereiche formulieren. Hier geht es allein darum, welche »fachlichen« Aufgaben Sie jeweils wahrgenommen haben, wo Ihre »fachlichen« Schwerpunkte lagen.

Diese Aufstellung erfordert von Ihnen eine gründliche Auseinandersetzung mit den Stationen Ihres Berufslebens sowie zielgerichtete Formulierungen. Diese Vorarbeit ist sehr wichtig. Sie benötigen sie für die Erstellung des Lebenslaufes, wie auch in Teilen für das Anschreiben. Ein unterstützendes Formular finden Sie ab Seite 141.

Das eigene Profil definieren

Aber allein Fachkenntnisse prägen nicht den erfolgreichen Mitarbeiter. Er benötigt weitere spezielle Kenntnisse für den Einsatz und die Umsetzung seines Wissens und Könnens:

Methodische Kompetenzen

Um im Job wirklich erfolgreich zu sein, ist methodische Kompetenz ein elementarer Baustein. Das sind Techniken in Präsentation, Personalführung, Darstellung und zum Beispiel Verkauf. Hier geht es darum, spezielle Methoden einzusetzen, um Situationen erfolgreich zu meistern. Tricks und Kniffe können erlernt werden – eine persönliche Affinität zu diesen Richtungen ist dennoch von Vorteil.

> *Ihre **methodischen Kompetenzen** sind zum Beispiel in folgenden Bereichen möglich*
>
> > *Präsentation*
> > *Führung*
> > *Verkauf*
> > *Moderation*
> > *Zielvereinbarung*
> > *Visualisierung*
> > *Planung*

Methodische Kompetenz findet sich häufig vermengt mit den persönlichen Fähigkeiten und damit kommen wir direkt zu Ihren Soft Skills. Sie erst ermöglichen Ihnen eine effektive und erfolgreiche Arbeit in dem jeweiligen fachlichen Bereich:

Persönliche Fähigkeiten

Die persönlichen Fähigkeiten werden meist als soziale Kompetenz, »Soft Skills« oder »weiche Faktoren« bezeichnet. Hierunter sind Ihre persönlichen Eigenschaften zu verstehen; Verhaltensweisen, die sowohl privat, als auch be-

Das eigene Profil definieren

ruflich zu Tage kommen. Diese Fähigkeiten bringt jeder Mensch mit und sie können nicht wirklich erlernt werden. Sicherlich ist in Teilbereichen eine Förderung möglich, aber die persönliche Neigung in diese Richtung muss gegeben sein.

Interessanterweise sind in manchen Berufen bestimmte Verhaltensweisen echte Stärken, in anderen Berufen diese wiederum wirkliche Schwächen. Und darum geht es im Bewerbungsprozess und natürlich in Ihrem Arbeitsleben: Erforschen Sie sich und stellen Sie Ihre Stärken und Schwächen klar formuliert heraus. So finden Sie Ihre optimale Position im Unternehmen, der Abteilung und im Team. So sind Sie vor Selbstüberschätzung geschützt und können vorhandene Schwächen durch aktive Unterstützung von Kollegen und / oder spezielle Arbeitstechniken überwinden.

Neben Ihrer eigenen Wahrnehmung, dem Selbstbild, erhalten Sie durch die Befragung anderer Personen ein sogenanntes Fremdbild. Fragen Sie Freunde und Bekannte nach deren Einschätzung über Ihre Person, um einen Eindruck zu erhalten, wie Sie auf andere Menschen wirken. Gerade jetzt in der Zeit Ihrer Bewerbungsaktivitäten sollten Sie ebenfalls Personen befragen, die sie nicht oder nur wenig kennen und die Ihnen damit eine Rückmeldung geben, die lediglich auf einem kurzen Kontakt beruht. Genau dieses Wissen wird Ihnen hilfreich sein; bei Ihren persönlichen Überlegungen und vor allem bei dem ersten Vorstellungsgespräch. Hier wirken Sie auf einen Menschen, der sich in der Kürze des Interviews eine Meinung über Ihre Fähigkeiten verschaffen muss.

> *Nutzen Sie die Befragung Ihrer Mitmenschen, um deren Eindruck von Ihrer Person zu erhalten. Dieses Fremdbild gleichen Sie mit Ihrem eigenen Bild, dem Selbstbild ab.*

Je mehr Sie über sich selber erfahren und über Ihre Wirkung auf andere, umso sicherer gehen Sie in ein Vorstellungsgespräch. Gut vorbereitet können Sie den Gesprächspartner von Ihren Vorzügen überzeugen und Lösungen für mögliche Schwächen darbieten.

Das eigene Profil definieren

Nutzen Sie dazu auch den Arbeitsbogen »Selbstbild – Fremdbild« auf Seite 150. Er hilft Ihnen Ihr eigenes Selbstbild mit einem Fremdbild abzugleichen und damit ein Feedback von anderen Menschen zu Ihrer Person zu erhalten.

Für die Bewerbung umschreiben Sie Ihre Persönlichkeit mit Begriffen. Hierbei gibt es eine Vielzahl an Formulierungen für Soft Skills. Zu beachten ist stets die positive Besetzung jedes Begriffes. Anstelle von »hartnäckig« ist das Wort »durchsetzungsfähig« gefragt, für »fleißig« schreiben Sie vorzugsweise »engagiert« oder »leistungsbereit«.

Hinterfragen Sie Ihre Stärken und Schwächen. Vielfach werden von Bewerbern »schlechte Sprach- oder Fremdsprachenkenntnisse« aufgeführt. Hier liegt die Schwäche nicht am Niveau der Sprachfähigkeiten, sondern an der mangelnden Bereitschaft, sich entsprechend weiterzubilden und am Spracherwerb zu arbeiten! Die Defizite sind in diesem Beispiel also eher in den Bereichen Leistungsbereitschaft und Zielstrebigkeit zu finden.

Exemplarisch sind im Folgenden gebräuchliche Bezeichnungen aufgeführt.

---

*Ihre **persönlichen Fähigkeiten** könnten zum Beispiel sein*

- ➤ *Analytisches Denkvermögen*
- ➤ *Anpassungsvermögen*
- ➤ *Belastbarkeit*
- ➤ *Durchsetzungsfähigkeit*
- ➤ *Eigenständigkeit*
- ➤ *Einsatzbereitschaft*
- ➤ *Engagement*
- ➤ *Entscheidungsfreudigkeit, -bereitschaft*
- ➤ *Empathie*
- ➤ *Flexibilität*
- ➤ *Kontaktfreudigkeit*
- ➤ *Kommunikationsfähigkeit*
- ➤ *Konfliktfähigkeit*
- ➤ *Kooperationsbereitschaft*
- ➤ *Kreativität*

Das eigene Profil definieren

> *Leistungsbereitschaft*
> *Lernfähigkeit, -bereitschaft*
> *Organisationskompetenz*
> *Selbstständigkeit*
> *Sorgfalt*
> *Teamfähigkeit*
> *Überzeugungskraft*
> *Verantwortungsbereitschaft*
> *Verhandlungsgeschick*
> *Zeitmanagement*
> *Zielorientiertheit*
> *Zielstrebigkeit*
> *Zuverlässigkeit*

Fertigen Sie sich Ihre eigene Liste an, in der Sie Ihre Stärken und Schwächen niederlegen. Auf diese Aufstellung können Sie in Ihrer gesamten Bewerbungsphase zurückgreifen – auch Jahre später noch! Diese Liste mit in dem Bewerbungsordner einheften und immer wieder ergänzen.

Sie wissen jetzt immer noch nicht ganz weiter?

Die Erklärungen zu den Themen Fachkenntnis, methodische Kompetenz und persönliche Fähigkeiten sind ganz interessant, aber Ihnen fehlen Formulierungen, weitere Begriffe, treffende Umschreibungen für Ihre Fähigkeiten?

Jetzt helfen Ihnen Zeitungen und Internet weiter! Unzählige Begriffe finden Sie in veröffentlichten Stellenausschreibungen. Schauen Sie in den Anzeigenteil und formulieren Sie aus diesem Pool Ihr Profil entsprechend aus. Mit jedem Lesen klärt sich Ihr Bild von den Erwartungen der Unternehmen und Sie können sich Stück für Stück stärker mit den Anforderungen identifizieren.

Beispiele und Richtungen für Fähigkeiten entsprechend Ihrer fachlichen Ausrichtung finden Sie in den Stellenbeschreibungen zu Ihrer Wunschposition. Hier sehen Sie, welche Stärken von den Firmen gesucht sind und welche Schwächen die ideale Ergänzung zu Ihrer vorteilhaften Präsentation sind. Natürlich müssen Sie die persönlichen Anlagen dazu mitbringen.

Das eigene Profil definieren

Erstellen Sie Ihre persönliche Liste mit Ihren Stärken und Schwächen. Denken Sie dabei daran: Jeder von uns hat auch Schwächen, nicht nur Stärken. Das ist gut so, denn bei den meisten Jobs ist eine persönliche Schwäche zumeist eine echte Stärke! Oder haben Sie schon einmal einen kreativen Buchhalter getroffen? – Besser wohl nicht.

Sie sind Berufsanfänger und haben bislang keine Erfahrungen sammeln können und somit keine Vorstellung, welches Ihre Stärken und Schwächen sind?

Viele Beispiele finden sich im persönlichen Bereich. So zum Beispiel ein besonderes Engagement im Sport, die gute Organisation des Haushalts, hohe Kommunikationsfreude, die sich unter anderem in der aktiven Pflege des Freundeskreises oder in der Übernahme von ehrenamtlichen Tätigkeiten widerspiegelt; oder aber eine hohe Mobilität oder Flexibilität, da Sie gerne verreisen, neue Orte kennenlernen, auf unbekannte Situationen stets gelassen reagieren. Gute Hinweise können Sie mit ein wenig Hineindenken bereits in der Familie, Schulzeit, ersten Praktika oder Nebenjobs finden.

Persönliche Stärken und Schwächen offenbaren sich natürlich in gleichem Maße in den Bereichen des privaten Lebens. Hier zeigt sich genauso Ihr Kommunikationsstil, die Art Ihrer persönlichen Organisation oder Ihre Entscheidungsfreudigkeit.

Notieren Sie die Dinge, die Sie gerne machen, die Ihnen leicht von der Hand gehen, oder aber eben die Tätigkeiten die Ihnen schwerer fallen. Sie werden sich mit jeder Überlegung immer weiter an Ihr Profil annähern!

Zwei umfangreiche Arbeitsbögen zu den Themen »fachliche Kenntnisse« und »persönliche / methodische Fähigkeiten« finden Sie ab Seite 141, ein Arbeitsblatt zu Ihrem »Stärken-Schwächen-Profil« ab Seite 150. Nutzen Sie diese als Basis für die Erstellung Ihrer schriftlichen Unterlagen.

Das eigene Profil definieren

Zusammengefasst:

Das eigene Profil definieren

Besonders wichtig ist es, vor dem Erstellen der Bewerbungsunterlagen das eigene Profil klar zu definieren und in Worte zu fassen.

Dazu ist es zielführend, in verschiedene Richtungen zu überlegen

- ➤ *fachlich*
- ➤ *methodisch*
- ➤ *persönlich.*

Bedenken Sie, dass das eigene Bild, das Sie von sich haben, sich nicht zwingend mit Ihrer Außenwirkung decken muss. Hilfreich ist es, andere Personen um Feedback zu bitten. Solch ein Fremdbild gibt Ihnen weitere Aufschlüsse zu Ihren ganz persönlichen Stärken und Schwächen und kann Ihnen den Weg weisen, diese erfolgreich zu nutzen oder ihnen zu begegnen!

Ihr Gesprächspartner im Vorstellungsgespräch wird aus dem kurzen Eindruck Ihrer Präsentation für sich Rückschlüsse ziehen. Daher ist es interessant, auch Personen nach einem Eindruck zu befragen, die Sie nur kurz erlebt haben.

Holen Sie sich Feedback nach Vorstellungsgesprächen – gerade im Falle einer Absage. Es wird Ihnen für zukünftige Gespräche einen Nutzen erweisen.

Sie benötigen Ihr ausformuliertes Profil für

- ➤ *die Erstellung Ihres Anschreiben und Lebenslaufes*
- ➤ *mögliche telefonische Kontakte*
- ➤ *Ihr Vorstellungsgespräch.*

In allen drei Punkten präsentieren Sie sich dann gut vorbereitet und zeigen sich als wohlüberlegter Bewerber, der weiß was er kann und was er will!

Schritt 4

Die schriftliche Bewerbung

Nach den ersten Vorbereitungen einschließlich dem Sammeln und Sortieren der eigenen Unterlagen kommen wir zu der nächsten komplexen Aufgabe: Ihrer schriftlichen Bewerbung.

Klassisch zur Versendung per Post vorbereitet oder aber rein digital erstellt und damit optimiert zum Versand per E-Mail oder zur Eingabe in einem Online-Formular.

Zu einer vollständigen Bewerbung gehören grundsätzlich

- ➤ das individuelle Anschreiben
- ➤ der tabellarische Lebenslauf mit Foto
- ➤ Kopien von Schul-, Studien- und Arbeitszeugnissen

Das Anschreiben ist der Bewerbungsbrief, in dem Sie Ihre Vorzüge anpreisen und Teilbereiche Ihres Werdeganges nennen. Im tabellarischen Lebenslauf werden alle bisherigen beruflichen Stationen und Zusatzkenntnisse wie Sprachen und EDV-Erfahrung vollständig aufgeführt.

Die Zeugniskopien und Kopien von Nachweisen oder Übersetzungen werden als Anlage unbeglaubigt beigelegt, außer bei öffentlichen Ämtern.

Die schriftliche Bewerbung

> *Versenden Sie keine Zeugnisse im Original! Auch sind Zeugnisse nicht zu beglaubigen, es sei denn Sie bewerben sich auf öffentliche Ämter.*

Alle Zeugnisse sind komplett zu kopieren. Lassen Sie keine Seite aus. Jede Bescheinigung dient Ihnen als Nachweis zur Verifizierung Ihres Werdegangs. Von Schulzeugnissen legen Sie in der Regel allein die Abgangszeugnisse bei, jüngere Bewerber, die keine weiteren berufsbezogenen Erfahrungen besitzen nehmen Zwischenzeugnisse und Bestätigungen mit hinzu.

Üblicherweise werden die Anlagen als Gesamteindruck gesehen. Wenn Sie ein nicht ganz so aussagekräftiges Zeugnis mit in den Bewerbungsunterlagen haben, bewerten Sie diese Schwachstelle nicht über. Viele Aussagen über Ihre Leistungen – gute und schlechte – relativieren sich in der Gesamtbetrachtung. Allerdings ist es auch möglich, beispielsweise von einer Weiterbildung lediglich eine Teilnahmebescheinigung beizulegen, sollte das betreffende Zeugnis nicht optimal ausgefallen sein. Es werden nicht in jedem Kurs Zertifikate mit Noten ausgestellt und ob das bei Ihnen der Fall war, das weiß zumeist auch kein Personalverantwortlicher.

Für die Sortierreihenfolge Ihrer Anlagen gilt eine feste Regel: Alle Unterlagen werden chronologisch beigefügt. Der älteste Nachweis kommt in der Bewerbungsmappe ganz nach hinten, oben immer das aktuellste Zeugnis.

> *Bei den Anlagen liegt der aktuellste Nachweis direkt hinter dem Lebenslauf – der Älteste zuletzt in der Bewerbungsmappe!*

Natürlich möchten Sie sich möglichst aussagekräftig und umfassend präsentieren. Denken Sie daher daran, sich von jeder Beschäftigung ein qualifiziertes Zeugnis aushändigen zu lassen. Der Arbeitgeber ist von Gesetz her dazu verpflichtet. Sollten Sie es dennoch einmal nicht umgehend erhalten – fragen Sie freundlich, aber hartnäckig nach.

Das »qualifizierte« Zeugnis beinhaltet zusätzlich zu einem »einfachen« Zeugnis Angaben zu Ihrer Leistung und Führung. Das einfache Zeugnis ist also nicht in gleichem Maße informativ. In ihm wird allein Ihr Name, Geburtsdatum und Art und Dauer des Arbeitsverhältnisses dargelegt. Auf Aussagen zu Ihrer

Die schriftliche Bewerbung

Leistung und Verhalten werden vollständig verzichtet. Die Zeugnisformulierungen haben es übrigens in sich. Es hat sich eine Art Geheimsprache entwickelt, da negative Formulierungen nicht erlaubt sind.

> *Fordern Sie generell von jeder Anstellung, Praktikum und jeder ehrenamtlichen Tätigkeit ein »qualifiziertes« Zeugnis ein. Beachten Sie, dass die Zeugnissprache versteckte Aussagen beinhaltet!*

Sollten Ihnen Unterlagen fehlen, weil das Zeugnis vom Vorarbeitsgeber noch nicht vorliegt, dann fügen Sie Ihrer Bewerbung ein Blatt mit Erläuterungen bei und reichen die Nachweise in Kopie nach.

Wenn Ihnen grundsätzlich Unterlagen fehlen, so erwähnen Sie bei der schriftlichen Bewerbung diese Schwachstelle nicht weiter. Dennoch benötigen Sie spätestens für das Vorstellungsgespräch eine gute Erklärung, warum kein Nachweis vorliegt.

Beigaben wie Referenzen, Handschriften- und Arbeitsproben sind nur vorzulegen, wenn sie vom Unternehmen angefordert werden. Dieses steht eindeutig in der jeweiligen Stellenausschreibung und ist dann ein Kriterium, das erfüllt werden muss.

Wenn keine Arbeitsproben verlangt sind, Sie allerdings über welche verfügen, die thematisch exakt zu der beworbenen Position passen, – legen Sie diese auch unaufgefordert bei. Es ist eine inhaltliche Bereicherung Ihrer Unterlage, macht diese persönlicher, wirkt überlegt und gibt einen ersten Eindruck in Ihre Arbeitsweise.

Wählen Sie maximal fünf Beispiele aus.

> *Arbeitsproben inhaltlich abstimmen. Diese müssen Ihre Leistung widerspiegeln und eine wirkliche Einstellungsempfehlung sein!*

Schriftproben dagegen fügen Sie ausnahmslos nur bei, wenn sie explizit verlangt werden und beschränken sich auf ein Blatt. Nehmen Sie dazu ein weißes, unliniertes DIN-A4 Papier, nutzen Sie einen daruntergelegten Linienbogen für eine gute Zeilenaufteilung, und belassen Sie ausreichend Rand und

Die schriftliche Bewerbung

Raum für Datum und Unterschrift. Als Überschrift schreiben Sie »Schriftprobe«.

Inhaltlich wählen Sie in Zeitungen oder Fachzeitschriften einen aktuellen Text mit Bezug auf das Unternehmen oder die Unternehmensbranche. Dieses beweist Ihre gedankliche Nähe zum zukünftigen Job.

Beschrieben wird in etwa eine dreiviertel Seite. Teilweise wird für die Schriftprobe vom Unternehmen ein handgeschriebener Lebenslauf verlangt, der dann größeren Umfang beanspruchen kann.

> *Abzuleistende Handschriftenproben ohne konkrete Themenvorgabe inhaltlich mit Bezug zum Unternehmen erstellen.*

Schreiben Sie mit Füllfederhalter, am Besten in den Farben schwarz oder dunkelblau. Schwarz steht nach Meinung einiger Experten für Willen, Tatkraft, Entscheidungsvermögen und Stehkraft. Verstellen Sie Ihr Schriftbild nicht, sondern schreiben Sie, wie Sie es gewohnt sind!

Die Handschrift des Bewerbers wird bei diesem Verfahren einem grafologischen Gutachten unterzogen, um damit Erkenntnisse auf das Profil der Person zu gewinnen. Die Methode gilt allerdings als umstritten.

In manchen Stellenausschreibungen wird zudem um Referenzen gebeten. Dieses ist die Angabe konkreter Personen einschließlich derer Kontaktdaten, mit denen Sie beruflich in Verbindung stehen oder standen. Diese werden dann vom Unternehmen um Aussagen über Ihre berufliche Leistung und / oder Ihre Person angesprochen.

Verzichten Sie auf die Aufführung von Namen, sofern in der Ausschreibung keine Referenz verlangt wird. Von Ihnen genannte Referenzgeber wurden natürlich im vornherein von Ihnen informiert und es verschafft den Eindruck von Gefälligkeitsaussagen. Deren Wert ist nur gering und im Fall von weiteren gewünschten Referenzen durch das Unternehmen haben Sie Ihr Material bereits »verschossen«.

> *Referenzen nicht unaufgefordert angeben, aber jederzeit parat haben!*

Die schriftliche Bewerbung

Sofern das Unternehmen Referenzen wünscht, werden Sie im Vorstellungsgespräch oder zu einer anderen Gelegenheit explizit um die Nennung von entsprechende Personen gebeten. Bereiten Sie sich und die von Ihnen möglicherweise zu nennenden Zeugnisgeber auf diese Frage und einen voraussichtlich spontanen Telefonanruf vor. Nicht selten geht der Personalverantwortliche im Interview mit dem Bewerber kurz aus dem Raum und ruft den Genannten direkt an.

Aber zurück zu Ihrer schriftlichen Bewerbung. Für den ersten Blick auf Ihre Bewerbungsunterlagen nimmt sich der Entscheider rund 30 Sekunden. Diese erste oberflächliche Prüfung gilt es zu bestehen, um weiter mit der Bewerbung im Rennen um die Wunschposition zu sein. Ihre persönliche und fachliche Qualifikation spielt zu diesem Zeitpunkt kaum eine Rolle. Aber Ihre Motivation! Den Einsatz, den Sie mit der Vorlage einwandfreier Unterlagen beweisen. Zeigen Sie, dass Sie sich Zeit und Mühe mit Ihrer Bewerbung gegeben haben; dass Ihnen Ihre Bewerbung wichtig ist! Der optische Gesamteindruck ist bereits Ausdruck dieser Motivation!

Versetzen Sie sich in die Situation des Entscheiders und stellen Sie sich vor, Sie erhalten vollbeschriebene Seiten ohne Absätze und dazu in den unterschiedlichsten Schriften formatiert.

Wo sollen Sie anfangen zu lesen?

Schnell verlieren Sie die Lust sich mit einem derartigen Dokument auseinanderzusetzen.

Machen Sie Ihre Bewerbung optisch so übersichtlich und ansprechend wie möglich. Für die gesamten Bewerbungsunterlagen ist eine logische Gliederung nach dem Prinzip der Einfachheit einzuhalten. Die Bewerbung muss gut und einfach lesbar sein.

> *Vollständigkeit und Sauberkeit der Unterlagen, gepaart mit einer übersichtlichen Formatierung, sind oberstes Gebot. »Benutzerfreundlich« muss Ihre Bewerbung sein, damit der Leser, der Personalverantwortliche, sich bereits unbewusst »positiv gestimmt« der Unterlage zuwendet.*

Die schriftliche Bewerbung

Sehen Sie den Personalverantwortlichen als Kunden, dem Sie etwas verkaufen wollen – nämlich sich selbst!

Wenn es Ihnen mit Ihrer Bewerbungsunterlage nicht gelingt, Ihre Motivation, Ihren Willen zu der ausgeschriebenen Position zu vermitteln, dann haben Sie in der Regel kaum eine Chance sich gegenüber Ihren Mitbewerbern durchzusetzen.

Auf eine Stellenanzeige kommen so manches Mal Hunderte Bewerber – je nach Position und Ausschreibeplattform. Aufgrund dieser hohen Zahl ist es wichtig, dem Leser die Bewerbung so schmackhaft wie möglich zu machen. Senden Sie daher grundsätzlich nur vollständige Bewerbungsunterlagen ab.

Einige Bewerber senden der Einfachheit halber vorab Kurzbewerbungen. Mit einem einfachen Brief gegebenenfalls beigefügtem Lebenslauf fragen sie auf diesem Weg zuvor das Interesse des Unternehmens ab, um im positiven Fall die vollständigen Unterlagen nachzuliefern. Sicherlich kann die Rückfrage von Unternehmensseite erfolgen, wahrscheinlicher ist aber eine Absage. Meist liegen ausreichend vollständige Bewerbungen auf hohem qualitativen Niveau vor und jedes Nachhaken und Warten auf Unterlagen bedeutet ja auch einen erhöhten Arbeitsaufwand für den Bearbeiter.

Verzichten Sie auf Kurzbewerbungen. Diese Form der Bewerbung erweckt den Anschein, dass Sie nicht sehr an der Stelle interessiert sind oder gar etwas zu verbergen haben. Entscheiden Sie sich für das informative Gesamtpaket in ansprechender Aufmachung – Ihre vollständige Unterlage.

> *Versenden Sie keine Kurzbewerbungen, sondern liefern Sie Ihrem Ansprechpartner das »Rundumsorglos-Paket«: Die vollständige Bewerbung, bei der keine Fragen offen bleiben!*

Das hat natürlich auch noch andere Vorteile. Bereits mit den verwendeten Materialien Ihrer Bewerbung per Post offenbaren Sie ein Stück Ihrer Persönlichkeit und Einstellung. Viele Kleinigkeiten prägen das Bild des Lesers von Ihnen. Und Sie können sich sicher sein, dass der Personalverantwortliche, der tagtäglich Bewerbungen und Bewerber vor sich hat, bereits aus diesen Details ein erstes Bild Ihrer Persönlichkeit und Motivation ableiten wird.

 Die schriftliche Bewerbung

Einwandfreies Papier, saubere Zeugniskopien und ordentliche Umschläge sind ein MUSS, aber trotzdem gibt es wirkliche Unterschiede in der Qualität der Produkte. Handelsübliches Kopierpapier ist Standard. Bei ökologisch ausgerichteten Firmen sollte Umweltschutz-Papier verwendet werden.

> *Mit jeder kleinen Entscheidung hinsichtlich Ihrer Bewerbung – Material, Formatierung, Inhalt, Unterschrift – geben Sie Ihren Unterlagen ein eigenes Gesicht und präsentieren sich auf ganz individuelle Weise.*

Achten Sie dabei bei allen Seiten – Anschreiben und Lebenslauf und den Zeugniskopien – auf die gleiche Papiersorte. Das wirkt überlegt und professionell. Und wer nicht nur optisch auffallen möchte: Die Verwendung von 90 Gramm, eventuell auch 100 Gramm Papier, anstelle der üblichen 80 Gramm vermittelt eindeutig ein besseres Gefühl im Handling der Unterlagen und vermittelt Wertigkeit.

> *Bei der Wahl der Materialien für eine Bewerbung gut überlegen. Für Unternehmen im ökologischen Bereich bietet sich die Verwendung von ungebleichtem Umweltschutz-Papier an, bei anderen Firmen eher das reinweiße Standard-Papier. Besser in der Haptik ist festeres Papier, empfehlenswert ist dann eine Qualität von 90 Gramm.*

Besonders schwierig ist für die meisten Bewerber die Wahl der »richtigen« Bewerbungsmappe. In der breiten Werbung werden spezielle Bewerbungsordner angepriesen, die verschiedene Heftungssysteme bzw. Klappmechanismen beinhalten. Teils ist in silberner Schrift auf der ersten Seite das Wort Bewerbung eingedruckt und es wird der Anschein erweckt, dass ein Bewerber eine dieser besonders ausgestalteten Bewerbungsmappen kaufen muss, nur um erfolgreich zu sein.

Hier sind die Meinungen allerdings geteilt und in vielen Personalabteilungen werden gerne einfachere Klemmmappen gesehen, die nicht einmal ein Drittel des Preises der sogenannten »Bewerbungsmappen« kosten. Es darf in diesem Fall also ein wenig günstiger sein. Wichtig ist, dass Ihre Bewerbung sauber, ansprechend und übersichtlich ist.

Die schriftliche Bewerbung

> *Einfache Klemmmappen sind eine gute Wahl bei der Versendung Ihrer Be-*
> *werbungsunterlagen per Post.*

Wenn Sie sich für Klemmmappen entscheiden, dann nutzen Sie am besten Kunststoffmappen zum Einstecken in unaufdringlicher Farbe wie Schwarz, Dunkelbraun, Weiß oder Grau. Grelle Farben sind nicht empfehlenswert. Im Sinne des Corporate Identity ist die Wahl einer Farbe die sich mit dem Unternehmenslogo deckt unter Umständen interessant und beweist Ihre Aufmerksamkeit für Details. Diese Feinheiten sind jedoch abhängig davon, um welche Art der Stellung Sie sich bewerben und wie Sie sich darstellen möchten. Sind Sie mehr der Verkäufertyp, der sich optisch und inhaltlich hervorstechend präsentiert, oder neigen Sie eher zu einem unauffälligeren Auftreten?

Wozu Sie allerdings gar nicht greifen sollten, sind Schnellhefter zum Abheften oder Mappen mit fest eingefassten Folien, in denen die Seiten eingeschoben werden.

Gerne wird in den Personalabteilungen die Unterlage eingescannt oder zur Weitergabe an andere Abteilungen kopiert. Dieses wird durch die einzelne »Verpackung« jeder Seite in Folie erschwert und macht die Bearbeitung der Bewerbung durch den Personalverantwortlichen mühsam und zeitaufwendig.

> *Bewerbungsunterlagen nicht lochen und auf Hefter und Mappen mit einge-*
> *legten oder fest eingeschweißten Folien verzichten.*

Und zuletzt zu den organisatorischen Dingen: Drucken Sie Ihre Unterlagen mit einem Drucker mit sauberem Schriftbild aus, vorzugsweise mit einem Laserdrucker; Ausdrucke in Farbe sind nicht erforderlich.

Und mit jeder Entscheidung geben Sie Ihrer Bewerbung ein eigenes Gesicht. Auf diese Weise setzen Sie sich positiv von Ihren Konkurrenten ab. Neben der eben beschriebenen Materialienauswahl gehört dazu weiter ein eigenes Gestaltungsformat. Förderlich ist hierbei ein gut formatierter Briefkopf mit Ihren Adressdaten. Sie beweisen bereits durch diese Details Ihre Einsatzbereitschaft, wie auch Ihre Sicherheit im Umgang mit der EDV. Zusätzlich hat der Briefkopf die positive Eigenschaft, die Bewerbung an sich übersichtlicher zu gestalten

Die schriftliche Bewerbung

und bietet dem Leser auf den relevanten Seiten Ihre Kontaktdaten in strukturierter Form – auf dem Anschreiben und auf der ersten Seite im Lebenslauf.

> *Entwickeln Sie sich einen eigenen Briefkopf mit Ihren Kontaktdaten für Anschreiben und Lebenslauf.*

Die Formatierung der Unterlagen ist grundsätzlich ein sehr wichtiges Thema. Natürlich werden mittlerweile in allen gängigen Textverarbeitungsprogrammen und im weltweiten Netz zahlreiche Vorlagen für Bewerbungen angeboten. So beispielsweise der Lebenslauf nach der europäischen Norm, als EU-Lebenslauf oder als Europass-Lebenslauf bezeichnet. Letzteren können Sie auch direkt online ausfüllen.

Greifen Sie dennoch nicht auf diese vorgefertigten Layouts zurück, wenn Sie sich aus der Vielzahl der Bewerber hervorheben wollen. Sie können davon ausgehen, dass bereits andere Bewerber vor Ihnen diese Designs genutzt haben. Ein individueller (!) Lebenslauf ist diesen Vorlagen vorzuziehen.

Beweisen Sie dem Leser Ihrer Bewerbung, dass Sie sich Zeit genommen haben eine eigene Form zu finden und mit der EDV sorgfältig umgesetzt haben.

Aber bei aller schöpferischen Kreativität: Anschreiben und Lebenslauf sind vom Layout und inhaltlichen Darstellung einheitlich zu präsentieren! Das beginnt mit der Schriftart und Schriftgröße und setzt sich fort in Gestaltungsmöglichkeiten wie Linien, Schattierungen, Rahmenformen oder Textformaten.

> *Entwickeln Sie einen eigenen Stil, der sich einheitlich durch Ihre gesamte Bewerbung durchzieht!*

Dabei ist anzumerken: Weniger ist mehr. Die Verwendung von WordArt, vielen Schriftfarben, Unterstreichungen oder ähnlichem ist nicht gefragt und verringert eher die Übersichtlichkeit, als dass es positiv zum Tragen kommt.

Die einzusetzende Schriftgröße liegt bei circa 12 Pkt. Berücksichtigen Sie bei der Größenwahl – je nach Schriftart –, dass der Text auch für müde Augen gut lesbar und in der inhaltlichen Menge überschaubar sein soll. Denken Sie an den Leser Ihrer Bewerbung. Es soll ihm leicht fallen die Seiten zu lesen, ohne

Die schriftliche Bewerbung

sich durch das Lesen an sich anzustrengen oder aber bereits durch eine Über-menge an Text, unübersichtlich formatiert, die Lust am Lesen zu verlieren.

> *Gestalten Sie Ihre Bewerbung leserfreundlich – durch eine angemessene Schriftgröße, wohl überlegte Absatzformatierungen und eine nicht überladene Textmenge.*

Interessanterweise werden üblicherweise Wörter in einer Bewerbung am Zeilenende nicht getrennt, sondern in voller Länge belassen. Achten Sie daher auf eine gute Aufteilung jeder Zeile, schreiben Sie gegebenenfalls Sätze um.

> *Wörter werden in Anschreiben und Lebenslauf nicht getrennt.*

Neben dieser optischen Ausgestaltung und guten inhaltlichen Formulierungen muss die Bewerbung natürlich fehlerfrei sein. Die Rechtschreibprüfung der gängigen Textverarbeitungsprogramme ist hilfreich, aber nicht immer ausreichend. Lassen Sie daher eine zweite Person Korrektur lesen. Wenn Sie niemanden haben, so legen Sie die Unterlagen bis zum nächsten Tag zur Seite und gehen mit zeitlichem Abstand und »ausgeruhtem Blick« erneut über den Text. Auf diese Weise fallen Ihnen kleine Fehler wie beispielsweise Wortdopplungen auf, die sich beim Schreiben am PC gerne einschleichen und häufig wieder und wieder übersehen werden.

> *Senden Sie die fertige Bewerbung nicht sofort ab, sondern lesen Sie diese am Folgetag erneut durch; so fallen Flüchtigkeitsfehler noch auf!*

Zu guten Unterlagen gehört immer ein ansprechendes und aussagekräftiges Foto. Auf diesem blicken Sie offen und freundlich in die Kamera. Ein leichtes Lächeln verbunden mit einer zugewendeten Haltung vermitteln Ihre positive Ausstrahlung und geben den ersten optischen Eindruck.

Die reguläre Größe eines Bewerbungsbildes liegt bei 6,5 cm x 4,5 cm, Passbilder sind zu klein. Weiter werden spezielle großformatige Bewerbungsbilder angeboten, bis hin zu 7 cm x 10 cm. Diese Größe eignet sich sehr schön zur Verwendung auf einem gesonderten Deckblatt.

Die schriftliche Bewerbung

Bei großformatigen Bildern sind durch einfache Mittel, wie gezieltem Beschneiden interessante Veränderungen und Fokussierungen möglich.

Zunächst ein Bild als Original in der Größe 7 cm x 10 cm

und nun das gleiche Bild als Ausschnitt in der Größe 7 cm x 7 cm

Die schriftliche Bewerbung

Letztendlich müssen Sie für sich selbst entscheiden, welche Art von Foto Sie bevorzugen. Auch diese Wahl ist ein individueller Bestandteil Ihrer ganz eigenen Bewerbungsunterlage.

Für die Erstausstattung benötigen Sie ein Set an Fotos — in der Regel 4 oder 6 Stück — und das digitale Bild auf CD.

Machen Sie dazu generell professionelle Porträtfotos im Fotostudio und verwenden Sie keine Automatenbilder. Ebenso sind natürlich veraltete Bilder ein Tabu und dazu zählen auch eine neue Frisur oder eine Gewichtsveränderung. Natürlich ist ein Termin beim Fotografen nicht ganz billig, aber es ist eine Investition in Ihre Zukunft die sich auszahlt!

> *Bewerbungsfotos im Fotostudio machen und neben den entwickelten Abzügen auch die digitalen Bilder für E-Mail- und Online-Bewerbungen auf CD miterwerben.*

Zum Termin beim Fotografen ziehen Sie für konservative Berufe dezente Kleidung — wie Blazer oder Anzug — an, modische »Klassiker« sind hier gefragt. Präsentieren Sie sich seriös, den Sitten der jeweiligen Branche angepasst. Einen generellen Tipp gibt es allerdings nicht: Die Wahl der Kleidung ist abhängig von der Stelle, um die Sie sich bewerben. Interessant ist, dass ein helles Oberteil jugendlicher auf einem Foto wirkt und dunkle Stoffe den Bewerber »älter« machen. Probieren Sie verschiedene Kleidungsstücke bei sich aus!

In der Regel werden vier Aufnahmen gemacht. Wählen Sie ein oder zwei Ansprechende aus. Lassen Sie auch andere Personen sich die Bilder ansehen und fragen Sie nach dem ersten Eindruck. Das für die Bewerbung zu verwendende Bild soll positiv auf den Betrachter wirken und Sie in Ihrer Persönlichkeit darstellen.

In Bezug auf das Foto zeigen sich dann die Unterschiede in kleinen Details wie der Sitzhaltung, Augenaufschlag oder Lächeln. Schauen Sie sich diese drei Bilder aus einer Sitzung an. Für welches würden Sie sich entscheiden?

Die schriftliche Bewerbung

Ein unsicheres Lächeln, ein fragender Blick sind auffällig bei den ersten beiden Bildern. Erste das dritte Bild strahlt die gewünschte Sicherheit und Motivation aus.

Das letztendlich ausgewählte Foto wird bei der Papierbewerbung mit einem Klebestift, beziehungsweise bei der Online-Bewerbung digital, im oberen Teil des Lebenslaufes oder auf einem gesonderten Deckblatt positioniert; mehr einschließlich konkreter Beispiele im Kapitel »Der Lebenslauf« ab Seite 67.

Ein weiterer wichtiger Bestandteil, der wie das Foto ein Stück Ihrer Persönlichkeit widerspiegelt ist Ihre persönliche Unterschrift. Unterzeichnen Sie Anschreiben UND Lebenslauf, um die individuelle Erstellung der Bewerbungsunterlage zu dokumentieren. Nehmen Sie dazu Kugelschreiber, Tintenroller oder einen Füllfederhalter. Bei digitalen Bewerbungen wirkt die eingescannte Unterschrift in gleichen Maße persönlich. Weitere Details unter »Die Online-Bewerbung« ab Seite 116.

Auf beiden Unterlagen das Datum einsetzen, um die tagaktuelle Erstellung zu dokumentieren. Dieses ist ein weitere Pluspunkt, der Ihre Bewerbung individueller macht.

> *Versehen Sie Anschreiben und Lebenslauf jeweils mit dem aktuellen Datum und unterschreiben Sie beide Unterlagen. Es macht Ihre Bewerbung persönlicher und beweist Ihre Sorgfalt bei der Erstellung. Diese Bewerbung kann keine Massenware sein.*

Die schriftliche Bewerbung

Wenn die Unterlagen vollständig sind, sind sie für den Versand vorzubereiten. Dazu kommen Lebenslauf und Anlagen in die Bewerbungsmappe, das Anschreiben »lose« auf diese Mappe. Diese beiden (!) Bestandteile geben Sie

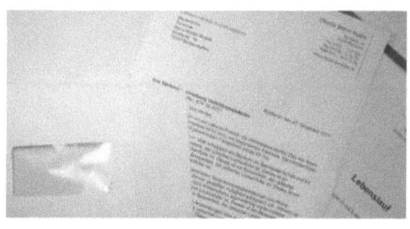

in einen Briefumschlag der Größe B4, vorzugsweise pappverstärkt. Letzterer verhindert Knicke oder Beschädigungen beim Postversand.

Sehr praktisch sind Fensterbriefumschläge. Achten Sie bei deren Verwendung beim Anschreiben auf ein sorgsam positioniertes Adressfeld einschließlich Absenderzeile. Für Umschläge ohne Fenster eignen sich Adressaufkleber, die mit dem Drucker bedruckt werden.

Sollte das nicht möglich sein, so beschriften Sie den Umschlag handschriftlich. Schreiben Sie sauber und ordentlich, denn wer weiß, ob der Umschlag nicht den Weg zum Personalverantwortlichen findet und bereits beim Öffnen einen ersten Eindruck hinterlässt.

> *Fensterbriefumschläge ersparen den Ausdruck von Adressetiketten oder das handschriftliche Beschriften der Umschläge und wirken zudem professionell.*

Ist der Umschlag verschlossen, gilt es, die Bewerbung ausreichend zu frankieren. Für normale B4 Umschläge benötigen Sie ohne Extrabeilagen 1,45 € (Stand 06.2012). Schicken Sie die Unterlagen nicht als Einschreiben!

Es fallen natürlich einige Ausgaben im Rahmen des Bewerbungsprozesses an. Sammeln Sie alle Belege und Quittungen. Gegebenenfalls erhalten Sie Zuschüsse vom JobCenter, können aber spätestens in der Steuererklärung diese Kosten ansetzen. Sie müssen allerdings Ihre Bewerbungsaktivitäten nachweisen können. Notieren Sie sich dazu die Unternehmen, bei denen Sie sich beworben haben – wie Sie es mit der »Liste aller Bewerbungen« bereits machen – und bewahren Sie Zwischenbescheide und Absagen, auch als E-Mail-Schriftverkehr, auf. In manchen Fällen werden Fahrtkosten zu Vorstellungsgesprächen übernommen oder anderweitige Auslagen im Rahmen der Bewerbungsphase. Eine frühzeitige Rücksprache beim JobCenter ist daher vor den ersten Ausgaben ratsam.

 Die schriftliche Bewerbung

> *Quittungen und Belege aufbewahren bzw. Bewerbungsaktivitäten aufzeichnen. Informieren Sie sich zudem frühzeitig beim JobCenter, ob Bewerbungszuschüsse gezahlt werden.*

Sind dann die Unterlagen versendet, beginnt meist die Zeit des Wartens. Die Rückmeldung des Unternehmens auf Ihre Bewerbung kann nach 1 Tag, aber auch erst nach 3 Monaten erfolgen, ohne dass das etwas zum Erfolg Ihrer Unterlage aussagt.

Folgende **Konstellationen** sind möglich

> ➤ **Zwischenbescheid innerhalb von 1 Tag bis 14 Tagen**
> *»... bitte haben Sie ein wenig Geduld ...«*

> ➤ **Absage innerhalb von 1 Tag bis 3 Monaten**
> *»... leider müssen wir Ihnen mitteilen ...«*

> ➤ **Rückfrage per Telefon innerhalb von 1 Tag bis 3 Monaten**
> *»... könnten Sie mir noch etwas zu ... erzählen ...«*

> ➤ **Einladung zum Vorstellungsgespräch innerhalb von 1 Tag bis zu 3 Monaten**
> *»... wir möchten Sie gerne kennenlernen ...«*

Die unterschiedlichen Zeitdauern sind in den Arbeitsweisen der Unternehmen begründet und die Wartezeiten haben meist rein organisatorische Gründe.

Teils wird eine eingehende Bewerbung umgehend bearbeitet und Zu- oder Absage flattert binnen weniger Tage in Ihr Postfach – elektronisch oder real. In anderen Firmen wird zunächst ein Zwischenbescheid – mit oder ohne grobe Vorauswahl – versendet. Dieser Bescheid gibt somit keinen Hinweis auf eine erste erfolgreiche Sichtung.

Verzögerungen treten auch auf, wenn Personalabteilungen die Bewerbungsunterlagen eines interessanten Kandidaten für einen festgesetzten Zeitraum im firmeninternen Netzwerk bekannt geben. Auf dieses haben die einzelnen Abteilungen Zugriff, für den Fall, dass bei ihnen spezieller Personalbedarf vorliegt und können den Kandidaten dann direkt anfordern.

Die schriftliche Bewerbung

Vielleicht ist Ihre Bewerbung aber auch für das Unternehmen in einem anderen Bereich von Interesse und es wird geprüft, ob Ihr Einsatz machbar ist. Schlussendlich kann der zuständige Sachbearbeiter auch einfach erkrankt oder im Urlaub sein.

Sie sehen: Diese vielen verschiedenen Szenarien schließen eine Aussage anhand der zeitlichen Rückmeldung durch das Unternehmen in Hinblick auf den Erfolg einer Bewerbung nahezu aus. Gestehen Sie daher dem Unternehmen eine angemessene Bearbeitungszeit zu. Fragen Sie frühestens in einem zeitlichen Abstand von rund 4-6 Wochen nach Eingang Ihrer Unterlagen nach.

> *In manchen Fällen kann es dauern, bis Sie eine Rückmeldung von der Firma erhalten. Dieses hat zumeist nichts zu bedeuten. Beweisen Sie Geduld und haken Sie erst nach angemessener Zeit gezielt nach!*

Um möglichst viele Chancen zu nutzen und in der Bewerbungszeit stets am Ball zu bleiben, ist es hilfreich, nicht die Reaktion auf jede einzelne Ihrer Bewerbungen abzuwarten. Bewerben Sie sich durchgängig aktiv.

Vielfach werden Jobchancen von der aktuellen konjunkturellen Situation abhängig gemacht. Dieses führt bei dem einen oder anderen Bewerber zum Einstellen aller Aktivitäten, da es »doch keinen Sinn habe«.

Aber müssen wir es nicht anderes herum betrachten? Genau in diesen Zeiten bedarf es doppelter und dreifacher Anstrengungen, die Sie zum Erfolg führen werden.

Natürlich kommen einschränkende Faktoren wie beispielsweise regionale oder zeitliche Gebundenheit erschwerend zum Tragen und erfordern ein Quäntchen mehr Geduld und noch stärkeren Einsatz.

Verzagen Sie nicht. Haben Sie bei optimalen Rahmenbedingungen bei erfolgten 20-40 Bewerbungen eine einzige Einladung zum Vorstellungsgespräch, dann liegen Sie super im Schnitt!

Die schriftliche Bewerbung

Zusammengefasst:

Die schriftliche Bewerbung

Ihre Bewerbung besteht mindestens aus

➤ Anschreiben
➤ Lebenslauf
➤ Anlagen

Oberste Priorität dabei

➤ Vollständigkeit
➤ Einheitlichkeit
➤ inhaltlich und optisch gut strukturiert
➤ einwandfreies Papier, Umschläge und Kopien
➤ nicht gelochte / nicht geheftete Seiten
➤ ansprechende Bewerbungsmappe
➤ Bewerbungsfotos aus dem Fotostudio
➤ gut positioniertes Foto – gegebenenfalls sauber mit Klebestift befestigt
➤ guter Ausdruck – vorzugsweise Laserdrucker
➤ Bewerbung durch andere Person Korrektur lesen lassen und (oder) am Folgetag in Ruhe nachkontrollieren
➤ Anlagen sortieren, das aktuellste Blatt liegt oben auf
➤ Anschreiben und Lebenslauf mit aktuellem Datum versehen und eigenhändig unterschreiben
➤ Lebenslauf und Anlagen in die Bewerbungsmappe einschieben, Anschreiben locker auflegen. Beide Bestandteile kommen lose in den Briefumschlag.

Und was noch dazugehört

➤ Quittungen, Belege und Bewerbungsnachweise aufbewahren
➤ Geduld beweisen und bei Absagen nicht den Mut verlieren!

Die schriftliche Bewerbung

Schritt 5

Stellenrecherche und –auswahl

Die organisatorischen Vorbereitungen sind erfolgt, Ihr persönliches Profil fachlich, methodisch und persönlich definiert. Nun kommt der nächste Schritt auf Sie zu, die Suche nach passenden Einsatzgebieten.

Agieren Sie bei der Stellenrecherche und -auswahl mehrgleisig. Verschiedene Medien stehen zur Verfügung, auch mit fachlich-persönlicher Unterstützung wie beispielsweise bei den JobCentern oder Vermittlungsunternehmen. Für Ihren Erfolg ist jetzt aber vor allem Ihre Motivation und Eigeninitiative in hohem Maße gefragt.

Stellenausschreibungen finden Sie in / bei

> ➤ Zeitungen und Fachzeitschriften
> ➤ Branchenverzeichnissen – unter anderem bei der IHK erhältlich
> ➤ periodisch erscheinender Bewerbungsliteratur und Karriereführern
> ➤ Online-Stellenbörsen
> ➤ Messen und privaten Personalvermittlungen
> ➤ Zeitarbeitsfirmen und den JobCentern

Stellenrecherche und -auswahl

Jeder dieser Wege bietet Möglichkeiten, setzt aber intensive Bemühungen und speziell ausgerichtete Bewerbungsunterlagen je nach Ausschreibung und Firma voraus.

> *Jede einzelne Bewerbung muss konkret auf die zu bewerbende Stelle UND auf das dazugehörige Unternehmen zugeschnitten sein!*

Dabei können Sie sich auf vom Unternehmen ausgeschriebene Positionen bewerben oder Blindbewerbungen, sogenannte Initiativbewerbungen, mit in Ihre Bewerbungstaktik einbeziehen.

Bei einer Initiativbewerbung liegt keine explizite Stellenausschreibung als Vorlage vor. Hier gilt es sehr klar und gezielt zu formulieren und sich ausgefeilt zu präsentieren. Versuchen Sie das Stellenprofil möglichst genau zu treffen und Ihre Stärken als Einstellungsempfehlung klar herauszuarbeiten.

> *Eine Initiativbewerbung ist die unaufgeforderte Zusendung von Bewerbungsunterlagen. Nutzen Sie, neben der Bewerbung auf konkrete Stellenanzeigen, auch diese Vorgehensweise!*

Beginnen wir mit der ersten Möglichkeit. Von den Unternehmen ausgeschriebene Positionen / veröffentlichte Stellenanzeigen:

Stellenausschreibungen – finden

Manchmal fällt einem eine passende Ausschreibung direkt vor die Füße. Ein Freund oder Kollege erzählt von einer Anzeige in der Zeitung mit den Worten: »Wäre das nicht etwas für Dich?«

Aber nicht immer ist es ganz so einfach. Stellenausschreibungen müssen recherchiert und gefunden, also aktiv gesucht werden!

> *Halten Sie täglich Ausschau nach der passenden Offerte und beschränken Sie sich nicht auf ein Medium! Nutzen Sie Zeitungen, Spezialmagazine, das Internet und das Gespräch mit Freunden. Viele Möglichkeiten bieten sich an!*

Stellenrecherche und -auswahl

Ganz wichtig ist, dass Sie in Ihrer Bewerbungstaktik alle Möglichkeiten aus-schöpfen, die sich Ihnen für die Recherche bieten. Im Einzelnen wären das – bezogen auf die vorherigen Ausführungen:

Stellenausschreibungen in gedruckten Medien

> ➤ **regionale Tageszeitungen / überregionale Zeitungen**
> *Zumeist finden Sie hier mittwochs einen kleineren und samstags einen größeren Anzeigenteil mit Stellenangeboten. Diese Angebote setzen die meisten Tageszeitungen parallel ins Internet.*

> ➤ **Karriereführer**
> *Diese Broschüren werden in Fachhochschulen und Universitäten ver-teilt, können ebenfalls bestellt beziehungsweise teils online gelesen werden. Sie beinhalten Inserate von größeren Unternehmen ein-schließlich der Hinweise auf deren Bewerbungsverfahren und Einstel-lungsvoraussetzungen.*

Stellenausschreibungen im Internet online

> ➤ **Stellenbörsen / Mediennetzwerke im Internet**
> *Geben Sie »Stellenanzeigen«, »Jobbörse« oder »Stellensuche« im In-ternet ein und Sie finden eine Vielzahl an Online-Stellenmärkten. Die seriösen Portale verlangen für eine reine Online-Recherche keine Ge-bühren. Beachten Sie, dass die ersten Treffer in Ihrer Suchmaschine häufig bezahlte Anzeigen sind. Es lohnt sich, auch in den Zeilen da-runter nach Suchergebnissen zu schauen.*
>
> *Sie finden im Speziellen:*
>
> o   regionale und überregionale Medien
>   *Zeitungen, Magazine und Regionalprogramme.*
>
> o   branchenbezogene Informationsseiten
>   *Dieses sind fachspezifische Portale die zumeist branchen-orientiert aufgebaut sind und speziell ausgerichtete Stellen-märkte beinhalten können.*

Stellenrecherche und -auswahl

o berufsbezogene Informationsseiten
Auch einzelne Berufe sind, neben den großen Branchenseiten, sehr gut im weltweiten Netz vertreten. Hier gilt es vorbeizuschauen und gegebenenfalls interessante Firmenadressen als Basis für eine weitere Recherche zu finden.

o Karriereportale
Auf diesen suchen Unternehmen häufig ihren Nachwuchs; Auszubildende oder junge Akademiker.

o übergreifende Stellenbörsen ohne spezielle Ausrichtung
Das können Vereinigungen sein, aber auch individuelle Stadtseiten, Marketinggruppierungen oder kommerzielle Börsen.

➤ **individuelle Unternehmensseiten**
Vor allem die großen Unternehmen haben neben der Darstellung des Firmenprofils einen Stellenmarkt auf Ihrer Internetpräsenz.

➤ **JobCenter**
Die Bundesagentur für Arbeit verfügt über einen eigenen Online-Stellenmarkt.

Stellen über persönliche Kontakte

➤ **Freunde / Bekannte**
➤ **Kollegen**
➤ **situative Kontakte**

Hören Sie sich um. Achten Sie dennoch darauf, dass beispielsweise in Ihrer derzeitigen Firma nicht publik wird, dass Sie nach einem neuen Wirkungskreis suchen. Dennoch schadet es nicht, auch im eigenen Unternehmen nachzuhaken, ob sich Ihnen dort angemessene Entwicklungsperspektiven bieten.

Zusammenfassend gilt: Bauen Sie Ihre Recherche vielschichtig auf.
Schauen Sie dabei aber nicht allein nach Ihrer Berufsbezeichnung, sondern denken Sie in alle möglichen Richtungen, in denen Sie Ihre Kenntnisse und Fähigkeiten einsetzen können und wollen.

Stellenrecherche und -auswahl

Bei der Suche nach Stellenausschreibungen gilt es

➤ produktbezogene,
➤ branchenbezogene
➤ zuliefer- / abnehmerbezogene oder aber
➤ fähigkeitenabgestimmte

Einsatzgebiete für das eigene Profil zu entdecken.

Wo haben Sie bislang Berufserfahrung gesammelt, welche Parallelen können Sie in diese Bereiche ziehen?

> *Bei der Recherche nach Stellenausschreibungen nicht allein nach der jeweiligen Berufsbezeichnung suchen. Ebenfalls nach fähigkeitenabgestimmten oder aber produkt-, branchennahen Einsatzgebieten, wie möglicherweise Rohstoffzulieferern oder weiterverarbeitenden Betrieben Ausschau halten.*

Welche Ihrer Erfahrungen oder Eigenschaften sind in anderen Branchen oder für andere Zielgruppen in gleicher Weise von Nutzen?

Denn auch wenn Sie vom beruflichen Hintergrund gegebenenfalls anders orientiert sind, sind der Fachwortschatz oder das grundsätzliche Handling einer jeden Branche spezifisch und hier verfügen Sie zusätzlich über wertvolles und nicht zu unterschätzendes Know-how.

> **Ein Beispiel für die Richtungsvielfalt bei der Stellensuche:**
>
> *Peter Müller-Muster arbeitete langjährig als Controller in der Automobilbranche. Bei der Suche nach einer neuen Anstellung bietet es sich für ihn an, dass er nach Stellenausschreibungen von Unternehmen aus den Bereichen*
>
> ➤ *Automobilbau*
> ➤ *Automobilzulieferer – Rohstoffe und Zubehörteile*
> ➤ *Fahrzeugvermietungen oder -verkauf*
> ➤ *Werkstätten, Prüfungsorganisationen oder Automobilklubs*

Stellenrecherche und -auswahl

> *sucht, in denen die Fähigkeiten des Controllers, wie u.a. systematisches und*
> *sorgfältiges Arbeiten, gefragt sind.*
> *Weiter steht es ihm natürlich offen, sich um reine Controllingpositionen zu*
> *bewerben, auch branchenfremd.*

Schauen Sie breit gefächert nach interessanten Unternehmen und passenden Offerten und sammeln Sie dabei – gleich nebenbei – Informationen für eine optimale Initiativbewerbung. Jede Stellenausschreibung beinhaltet die jeweiligen Anforderungsprofile der Unternehmen, die in Teilbereichen unterschiedlich ausfallen können. Diese geben Ihnen Hinweise auf Ihre persönliche Darstellung in einer unaufgeforderten Bewerbung und ganz nebenbei treffende Formulierungen für Ihr Anschreiben.

Aber das waren noch nicht alle Möglichkeiten bei der Offertensuche:

Agenturen zur Personalvermittlung

> ➤ **Personalvermittlungsfirmen**
> *Diese sind eine Möglichkeit, sollten aber nicht der Schwerpunkt Ihrer Strategie sein. Achtung: Neben seriösen Firmen gibt es »schwarze Schafe«, die Daten von Bewerbern sammeln, um eine repräsentative Datenbank zu halten oder Verträge zu kostenpflichtigen Angeboten abschließen möchten, bei denen eine Bearbeitungsgebühr gezahlt werden muss.*

> ➤ **Zeitarbeitsfirmen / Personalleasing / Zeitarbeit**
> *Zeitarbeitsfirmen entleihen Arbeitnehmer an ihre Kundenunternehmen. Es stellt eine interessante Möglichkeit dar die Arbeitslosigkeit zu beenden und gegebenenfalls erste oder aktuelle Berufserfahrung zu gewinnen. Nachteilig ist der in der Regel niedrigere Lohn und meist kurzeitige Einsatz. Achten Sie auf die Seriosität des jeweiligen Vermittlungsunternehmens.*

Stellenrecherche und -auswahl

Bewerbungsmessen

Bewerbungsmessen werden unter verschiedenen Titeln abgehalten. Die üblichen sind Career Time, Career Futures, Absolventenkongress um nur einige zu nennen. Davon zu unterscheiden sind reine Fachmessen, die für Berufserfahrene in jedem Fall ein hohes Potenzial bieten, aber natürlich nicht als Jobmesse ausgelegt sind.

➤ **Hochschulmessen**
Auf diesen Veranstaltungen präsentieren sich zumeist Unternehmen der Region. Hier haben Sie die Gelegenheit sich umfassend über das ausstellende Unternehmen zu informieren und ein erstes Kontaktgespräch zu führen. Seien Sie inhaltlich gut vorbereitet, passend gekleidet und haben Sie Ihre vollständigen Bewerbungsunterlagen dabei!

➤ **spezielle Bewerbungsmessen / Recruiting-Events**
Bei diesen Messen finden sich Unterschiede in der jeweiligen Ausrichtung nach Branche und Ausbildungsstand der Bewerber. Recruitment-Messen bieten hohe Einstellungschancen, können aber schnell zu einem Vorstellungsgesprächsmarathon werden; eine sehr gute Vorbereitung ist unabdingbar!

➤ **Fachmessen**
Fachmessen sind reine Fach-Ausstellungen der Unternehmen. Und doch gibt es hier für Sie neben der Gelegenheit sich umfassend zu informieren, die Chance auf einen ersten persönlichen Kontakt mit Vertretern des Unternehmens, gar Führungskräften. Im besten Fall erhalten Sie eine Empfehlung Ihrer Bewerbung.

Sie sehen, bei einigen der genannten Möglichkeiten müssen Sie Ihre Unterlagen vorab fertig erstellt haben und auf ein Vorstellungsgespräch und damit eine umfassende Präsentation Ihrer Fertigkeiten und Fähigkeiten vorbereitet sein.

Beginnen wir aber zunächst mit der Analyse der Stellenausschreibungen:

Stellenrecherche und -auswahl

Stellenausschreibungen – analysieren

Kalkulieren Sie ausreichend Zeit für die Recherche und Auswahl passender Stellenausschreibungen ein.

Step 1: grobe Vorauswahl

Seien Sie bei der ersten Vorauswahl nicht wählerisch, sondern sammeln Sie alle Angebote, die für Sie auch nur ansatzweise interessant erscheinen. Es gilt, alle brauchbar erscheinenden Positionen auszudrucken, auszuschneiden bzw. herauszuschreiben. Eine genauere Prüfung ist erst der zweite Schritt. So sollten Ihnen jetzt Anzeigen möglich erscheinen, die Sie zuvor niemals ins Auge gefasst hatten. Die intensive Auseinandersetzung mit den Stellenprofilen und mit Ihren eigenen persönlichen Kenntnissen und Fähigkeiten decken damit häufig neue Möglichkeiten und Wege auf.

Notieren Sie zu allen interessanten Annoncen stets die Quelle und das Datum, um ein rasches Wiederfinden zu ermöglichen.

Stellenteile in Zeitungen und Internet unbedingt zu einem späteren Zeitpunkt ein weiteres Mal detailliert durchgehen. Beim ersten Lesen werden Annoncen häufig übersehen. Sie werden erstaunt sein, wie viele interessante Angebote bei einer zweiten Durchsicht doch noch für Sie dabei sind.

Step 2: erste Eingrenzung

Wenn Sie eine größere Anzahl an Stellenausschreibungen zusammen haben, dann gilt es, diese genauer unter die Lupe zu nehmen. Nachfolgende Überlegungen sind hilfreich für eine erste Eingrenzung

> ➤ Was wird verlangt? –
>   Welche fachlichen Kenntnisse und welche Fähigkeiten?
> ➤ Was davon kann ich? Was traue ich mir zu?
> ➤ Was davon kann ich mittels früherer Aktivitäten belegen?

Stellenrecherche und -auswahl

> ➤ Welche Position strebe ich an? – Wo will ich zukünftig hin?
> ➤ Passt das für mich?

Achten Sie auch darauf, dass Sie von Ihrem Hintergrund her eine Nähe zu der Stelle finden. Dieses ist möglich über

> ➤ Ihr fachliches Profil
> ➤ branchen- / produkt- oder zielgruppenbezogene Erfahrung
> ➤ herausragende persönliche Fähigkeiten in jobspezifischen Bereichen – Ihre Soft Skills
> ➤ überdurchschnittliche Sprach- und / oder EDV-Kenntnisse, die unverzichtbar für die Ausübung der Stelle sind.

Die nach diesen Überlegungen verbleibenden interessanten Anzeigen übernehmen Sie auf ein weißes DIN-A4 Papier, drucken diese gegebenenfalls gesondert aus. Sie gehören mit in den Bewerbungsordner, zunächst in das Fach offene Stellen / Stellenausschreibungen. Prüfen Sie sie mit zeitlichem Abstand ein weiteres Mal detailliert und sortieren Sie nicht stimmige Anzeigen heraus.

Die ausgewählten Anzeigen, und auch die, die Ihnen lediglich »irgendwie interessant« erscheinen, mindestens ein zweites Mal sorgfältig durchsehen.

Analysieren Sie die Stellenausschreibungen dabei systematisch auf Ihre Person bezogen. Einen Arbeitsbogen zu diesem Thema finden Sie ab Seite 148 unter »Profilanalyse Stellenausschreibung«.

Step 3: detaillierte Auseinandersetzung mit interessanten Annoncen

Nach den oben beschriebenen Vorüberlegungen verbleiben im optimalen Fall die für Sie – und dabei auch auf Ihr Profil – passenden Offerten. Jetzt gilt es, diese inhaltlich zu gliedern. Dabei finden sich verschiedenste Informationen:

> ➤ **zum Unternehmen**
> *Branche, Größe, Marktstellung, Mitarbeiterzahl, Zweigstellen, Unternehmensform, Unternehmensphilosophie*

Stellenrecherche und -auswahl

> **zur ausgeschriebenen Position**
  Aufgabenbereich, Positions- und Arbeitsplatzbeschreibung, Aufstiegs-
  möglichkeiten, zeitliche Faktoren wie Antritt oder Befristung

> **zum Anforderungsprofil des Bewerbers**
  Ausbildung, Studienrichtung und -abschluss, Praktika, Berufserfah-
  rung, spezielle Fachkenntnisse, besondere Interessen, Mobilität, Flexi-
  bilität – um nur einige zu nennen

> **zu den Angeboten und Leistungen des Unternehmens**
  Vergütungen und Nebenleistungen, Sozial- und / oder Sachleistun-
  gen, Weiterbildungs- und Aufstiegschancen

> **zum Bewerbungsverfahren**
  Inhalt und Umfang der Bewerbungsunterlagen, Art der Einreichung –
  email oder per Post, Einsendefrist, Ansprechpartner, mögliche tele-
  fonische Vorabinformation, eventuell Details über das Auswahlver-
  fahren, Anfrage über die Gehaltsvorstellung oder ein möglicher Ein-
  trittstermin

Stellenausschreibungen sorgfältig in ihre Bestandteile zerlegen. Viele Infor-
mationen verstecken sich in gut ausformulierten Absätzen.

Notieren Sie alle Angaben auf einem gesonderten Blatt, Sie brauchen diese
für die Erstellung der schriftlichen Unterlagen – für Ihr Anschreiben UND
Ihren Lebenslauf.

Sollte ein Text unklar und missverständlich sein, klären Sie Ihre Fragen in einem telefonischen Gespräch. Sollte das nicht möglich sein, dann beziehen
sich in dem Text Ihres Anschreibens allein auf die verständlichen Elemente.

Bevorzugen Sie Annoncen mit hohem Informationsgehalt!

Bewerben Sie sich nur auf Stellenanzeigen, bei denen Sie sich sicher sind,
dass Sie die gewünschten Anforderungen überwiegend erfüllen. Kleine Abweichungen sind erlaubt, sofern Sie über andere Qualitäten, sprich Qualifikationen oder Eignungen verfügen. Natürlich sucht das Unternehmen in erster

Stellenrecherche und -auswahl

Linie nach dem optimalen Mitarbeiter in allen Details, aber diese Anforderungen sind häufig nicht erfüllbar. Mit einer oder zwei Abweichungen vom Ausschreibungsprofil haben Sie noch gute Chancen.

Unterscheiden Sie dabei aber zwischen Muss- und Wunschanforderungen, die das Unternehmen in der Stellenanzeige zum Ausdruck bringt und gewichten Sie diese.

Mussanforderungen zeigen beispielsweise sich an den Worten

> ➤ Sie haben ...
> ➤ Sie können ...
> ➤ erforderlich ist ...
> ➤ ... setzen wir voraus

Wunschanforderungen zeigen sich unter anderem an den Worten

> ➤ Sie sollten ...
> ➤ ... wäre wünschenswert
> ➤ von Vorteil ist ....
> ➤ idealerweise haben Sie ...

Mussanforderungen sind von Ihnen zu erfüllen, maximal in einem Punkt sollten Sie hier von Ihrem Profil her abweichen. Wunschanforderungen sind Wünsche des Unternehmens; schön, wenn hier Kenntnisse oder Fähigkeiten vorhanden sind. Diese sind aber sicherlich erlern- oder ausbaubar im Rahmen der Tätigkeit und daher keine Einstellungsvoraussetzung.

> *Jede Stellenanzeige enthält sogenannte Muss- und Wunschanforderungen des Unternehmens. Die einen müssen, die anderen können bzw. sollten vom Bewerberprofil abgedeckt werden.*

Gehen Sie in Ihrem Anschreiben möglichst detailliert auf jeden einzelnen Punkt ein und präsentieren Sie sich dem Ausschreibungsbild entsprechend positiv! Fehlende Kenntnisse nicht ausdrücklich erwähnen, sondern durch vergleichbare Stärken in ähnlichen Bereichen zum Vorteil verwandeln.

Stellenrecherche und -auswahl

Nachfolgend ein Beispiel einer Anzeige und im Anschluss die entsprechende Auswertung:

Stellenbeschreibung / Stellenausschreibung Vertrieb

Ihre Hauptaufgaben
Neukundengewinnung (Geschäftskunden) für das Musterfirma Online-Verkaufsportal; telefonische Betreuung und Beratung von Neu- und Bestandskunden.

Unsere Anforderungen
Deutsch in Wort und Schrift. Technisches Verständnis sowie Grundkenntnisse im Bereich E-Commerce wären vorteilhaft. Gute PC-Kenntnisse in Office-Produkten sollten vorhanden sein.

Ihr Profil
Durch Ihre freundliche und überzeugende Art sind Sie in der Lage neue Kundenbeziehungen aufzubauen und bestehende auszuweiten. Sie sind es gewohnt zu überzeugen und haben Spaß daran zu beraten.

Unser Angebot
Sie arbeiten in einem jungen, motivierten und erfolgsorientiertem Team mit attraktiven Rahmenbedingungen, angenehmem Arbeitsklima und langfristiger Perspektive. Wir bieten eine angemessene Vergütung in unterschiedlichen Beschäftigungsmodellen. Ihre eigene Kreativität und Ihre bisherigen Qualifikationen finden bei uns Berücksichtigung. Regelmäßige interne Weiterbildungsmöglichkeiten bereichern eine attraktive und abwechslungsreiche Aufgabe.

Bewerbungen richten Sie bitte per Mail an:
Musterfirma
Frau Wolkenlos-Muster
Musterweg 66
56565 Musterstadt

bewerbung@musterfirma.de
0??98??-12356??548?

Stellenrecherche und -auswahl

Diese Informationen lassen sich aus der vorstehenden Stellenausschreibung herausfiltern:

Auswertung der Stellenbeschreibung / Stellenausschreibung Vertrieb

Tätigkeiten
➤ Neukundengewinnung von Geschäftskunden sowie Ausweitung bestehender Kontakte
➤ telefonische Betreuung und Beratung von Neu- und Bestandskunden

Mussanforderungen
➤ Deutsch in Wort und Schrift
➤ freundliche Art
➤ überzeugende Art
➤ Spaß an der Beratung
➤ Teamfähigkeit

Wunschanforderungen
➤ technisches Verständnis
➤ Grundkenntnisse im Bereich E-Commerce
➤ gute PC-Kenntnisse in Office-Produkten
➤ Kreativität
➤ fachbezogene Qualifikation

Leistungen des Unternehmens
➤ junges, motiviertes und erfolgsorientiertes Team
➤ attraktive Rahmenbedingungen
➤ angenehmes Arbeitsklima
➤ langfristige Perspektive
➤ angemessene Vergütung in unterschiedlichen Beschäftigungsmodellen
➤ regelmäßige interne Weiterbildungsmöglichkeiten
➤ attraktive und abwechslungsreiche Aufgabe

Bewerbungsverfahren
Es werden ausschließlich Bewerbungen per E-Mail gewünscht, obwohl die Postadresse mit genannt ist.

Stellenrecherche und -auswahl

Es zeigen sich versteckte Details in dieser augenscheinlich zunächst sehr gut gegliederten Annonce. Ein Zusammenfassen der einzelnen Inhalte in Oberbegriffen ist zu empfehlen!

Bei Chiffre-Anzeigen wissen Sie übrigens nicht, welches Unternehmen sich dahinter verbirgt. Sie können Glück haben, dass ein bekanntes Unternehmen beispielsweise ohne Mitwissen der Konkurrenz expandieren möchte oder aber es handelt sich um ein unbedeutendes Unternehmen, das auf diese Weise eine hohe Zahl an Zuschriften bewirken möchte.

Generell gilt es aber **vorsichtig** zu sein vor / **bei**:

> ➤ **einer vorschnellen telefonischen Kontaktaufnahme**
> *Ihr Gesprächspartner sitzt in der taktisch günstigeren Position. Zudem sind in den Personalabteilungen in der Regel geschulte Personen an den Telefonen und Sie können leicht einen schlechten Eindruck hinterlassen. Wenn Sie unsicher sind: Eine gute und aussagekräftige Bewerbung, unterlegt mit Zeugnissen und Lichtbild, wirkt eindrucksvoller und nachhaltiger als ein Telefonat und schafft eine erste gute Basis für anschließende Gespräche.*

> ➤ **Anzeigen, die in Wortwahl, Ton und Aufmachung von der eigentlich zu besetzenden Position ablenken**
> *Der Einsatz psychologischer Elemente kann dazu dienen, den Stellensuchenden zu beeinflussen. Eine Stelle kann mittels Aufmachung interessanter wirken, als sie im Grunde ist.*

> ➤ **Anzeigen mit übertriebenen Gehaltsangaben**
> *»Sie können bei uns bis zu 90 000,- € p.a. verdienen«. Einerseits wird mit dem maximalen Gehalt, welches vermutlich nie zu erreichen sein wird, geworben, andererseits kann die Stelle vermutlich keine weiteren Vorzüge bieten, so dass das Gehalt als reines Lockmittel dient.*

> ➤ **Vermittlungsangeboten gegen Gebühr!**
> *Natürlich wird Ihnen bei diesen Angeboten bei einem Vertragsabschluss viel versprochen. Ob sich diese Verlockungen im Anschluss umsetzen werden, sei offen dahingestellt.*

Stellenrecherche und -auswahl

> *Nicht unüberlegt zum Telefon greifen! Seien Sie für eine telefonische Kontaktaufnahme ebenso gut vorbereitet, wie für ein Vorstellungsgespräch!*

Zuletzt bleibt zu sagen: Verlassen Sie sich nicht allein auf andere und auf breit veröffentlichte Angebote. Natürlich gibt es auch die Möglichkeit, sein Profil frei bei den Firmen zu präsentieren. Dazu senden Sie eine sogenannte Blind- / Initiativbewerbung. Deren Chancen sind nicht zu unterschätzen!

Die Blindbewerbung – initiativ!

Eine Blindbewerbung, oder auch Initiativbewerbung genannt, ist eine Bewerbungsform, die ohne vorherige Stellenausschreibung eines Unternehmens erfolgt. Der Bewerber wird von sich aus aktiv, initiativ, und sendet der Firma seine vollständige Bewerbungsunterlage unaufgefordert zu.

Diese Art der Bewerbung ist als vielversprechend anzusehen, wenn

> ➤ Unternehmen angesprochen werden, bei denen ein hoher Bedarf an bestimmten Berufsgruppen vorhanden ist, wie zum Beispiel Hochschulabsolventen

> ➤ es sich um seltene Berufe handelt, die üblicherweise kaum inseriert werden

> ➤ eine vorhandene Spezialisierung dem Unternehmen neue Möglichkeiten eröffnen kann, wie zum Beispiel besondere Fachkenntnisse, Beziehungen, Sprachkenntnisse

> ➤ Ihr Profil perfekt auf das Unternehmen passt.

Für diese Form der Bewerbung ist ein Unternehmen zu wählen, das Ihren persönlichen Präferenzen und Fähigkeiten optimal entspricht, quasi Ihr »Wunschunternehmen«.

Um initiativ erfolgreich zu sein, ist es Voraussetzung, in der Bewerbung Ihre Kenntnisse und Fähigkeiten deutlich herauszuarbeiten und auf das Unternehmen abzustimmen. Nur so wird die unaufgeforderte Bewerbung für den Bear-

Stellenrecherche und -auswahl

beiter interessant. Hierzu ist selbstverständlich eine genaue Recherche über die Branche und das Unternehmen erforderlich, wie auch über die jeweils vorausgesetzten Qualifikationen für den gewünschten Job.

Die Blindbewerbung ist als Instrument nicht zu unterschätzen. Häufig bietet sie vielversprechende Aussichten auf Erfolg, auch beispielsweise bei der Suche nach einem Ausbildungs- oder Praktikumsplatz. Eine sorgfältige Aufbereitung ist aber natürlich auch hier zwingende Voraussetzung!

Zusammengefasst:

Stellenrecherche und -auswahl

Gehen Sie bei der Stellenrecherche und -auswahl mehrstufig vor und beschreiten Sie verschiedene Wege. Sie haben bei der Art der Bewerbung zwei Möglichkeiten zur Auswahl:

> ➤ *Bewerbung auf ausgeschriebene Positionen*
> ➤ *Blindbewerbung bei dem »Wunschunternehmen«*

Beides ist interessant und empfehlenswert. Dazu stehen Ihnen unterschiedliche Medien zur Verfügung, die nicht allein Stellenausschreibungen aufweisen, sondern unter Umständen lediglich auf passende Firmen hinweisen. Auf diese Weise können Sie weiterrecherchieren und letztendlich entsprechende Angebote für sich entdecken.
Suchen Sie dabei nicht allein nach der Berufsbezeichnung, sondern fassen Sie ebenfalls profilnahe Einsatzgebiete ins Auge. Hier bieten sich an

> ➤ *produktbezogene*   ➤ *fähigkeitenabgestimmte*
> ➤ *branchenbezogene*   ➤ *fachbezogene*

Einsatzgebiete. Wenn Sie Berührungspunkte zu Ihrer bisherigen Berufstätigkeit in dem einen oder anderen Bereich finden, dann überdenken Sie Ihre Möglichkeiten und erstellen Sie Bewerbungsunterlagen, in denen Sie diese zutreffenden Profilstärken ent- und ansprechend präsentieren.

Die sorgfältige Analyse der interessanten Stellenausschreibungen ist sehr wichtig. Jede Bewerbung stellt Sie in Ihrem Profil dar und muss individuell

auf die Position UND auf das Unternehmen

zugeschnitten sein. Gehen Sie bei Ihren Formulierungen auf alle genannten Kriterien in der Stellenausschreibung ein! Das gilt ebenso bei der Initiativbewerbung, die für den Leser perfekt sein muss, um ihn zum Weiterlesen anzuregen und ein weitergehendes Interesse an Ihrer Person zu erzeugen.

Stellenrecherche und -auswahl

Schritt 6

Ein wichtiges Instrument: Das Telefon

Bei allen Arten der Bewerbung ist das Telefon ein wichtiges Instrument, das sich immer wieder lohnt einzusetzen.

Der Griff zum Telefon mag sich für Sie vor allem aus drei Gründen anbieten:

➤ Informationen zu sammeln, über ein Unternehmen und / oder über eine ausgeschriebene Stelle

➤ nachzuhaken, ob eine Bewerbung grundsätzlich sinnvoll ist und ob Bedarf im Unternehmen besteht

➤ um den Stand einer bereits versendeten Bewerbung ohne bisherige Rückmeldung zu erfragen.

Inwiefern eine telefonische Kontaktaufnahme erfolgreich sein wird, kann nicht verallgemeinert gesagt werden. Hierbei kommt es auf die Gepflogenheiten des Unternehmens, den Ansprechpartner und auf Ihr Geschick an.

Sie können auf jemanden stoßen, der generell gerne Auskunft gibt und die Aktivität und den »telefonischen« Einsatz eines Bewerbers positiv beurteilt

oder Sie treffen auf jemanden, der am gleichen Tag bereits die fünfte Nachfrage hatte und sich lieber seinem Tagesgeschäft widmen möchte und daher den Anruf des Bewerbers negativ wertet.

> *Mit einem Telefonat können (!) Sie einen positiven Eindruck hinterlassen. In Verbindung mit Ihren Unterlagen ist dann ein persönlicher Kontakt geschaffen, der mit Ihren Unterlagen das Bild von Ihnen als Person abrundet.*

Beachten Sie aber den Hinweis auf Zwischenbescheiden im Rahmen des Bewerbungsprozesses. Wenn vom Bearbeiter Ihrer Unterlagen geschrieben wird, dass von einer Kontaktaufnahme Ihrerseits abgesehen werden soll und die Firma sich unaufgefordert wieder meldet, üben Sie sich besser in Geduld. Nur in gut begründeten Ausnahmefällen können Sie sich innerhalb kurzer Zeitfristen von rund 4 Wochen per Telefon melden; nach rund 8 Wochen dürfen Sie sich problemlos nach dem Stand aller Bewerbungen erkundigen.

Doch nicht allein von Ihnen als Stellensuchender wird das Telefon genutzt. Sehr häufig greifen auch Personalentscheider zum Hörer und testen die Bewerber. Fachliche Fragen sind hier üblich, ebenso wie zum Beispiel ein Check der Fremdsprachenkenntnisse.

Seien Sie ab der ersten versendeten Bewerbung auf Anrufe gefasst und melden Sie sich in der Bewerbungsphase mit Ihrem vollen Namen am Telefon. Heben Sie auch nicht in unpassenden Situationen ab. Meist wird die Telefonnummer angezeigt und Sie können von einem ruhigeren Ort zurückrufen. Haben Sie dann auch gleich Stift und Papier parat und seien Sie anhand der Nummer auf das betreffende Unternehmen eingestellt.

> *Personalverantwortliche nutzen das Telefon gerne ergänzend zu den vorliegenden Bewerbungsunterlagen für einen ersten Check des Bewerbers!*

Der Personalentscheider im Unternehmen ist ausgebildet und geübt am Telefon. Dieser erste Kontakt kommt einem Interview, einem Vorstellungsgespräch nahe. Seien Sie bestens vorbereitet!

> *Bereiten Sie sich frühzeitig auf mögliche telefonische Kontakte vor – wie für ein Vorstellungsgespräch!*

Ein wichtiges Instrument: Das Telefon

Jedes Telefonat ist von ganz eigenen Charakteristika geprägt, dennoch gibt es Grundregeln, die zu befolgen sind.

> ➤ **Wählen Sie einen günstigen Zeitpunkt für Ihr Telefonat.**
> *Beachten Sie den Büroalltag. Vermeiden Sie, Montagvormittag und Freitagnachmittag anzurufen, ebenso wie zu Arbeitsbeginn / Arbeitsschluss oder zur Mittagspause.*

> ➤ **Telefonieren Sie nur, wenn Sie ein gutes Gefühl haben und sich »sicher« fühlen.**
> *Sie sollten selbstbewusst und positiv gestimmt sein. Unterstützend ist ein ruhiger Raum ohne Störungen.*

> ➤ **Lächeln Sie bei Ihrem Telefonat und seien Sie entspannt.**
> *Lächeln und leichte Bewegungen des Oberkörpers lassen Ihre Stimme freundlich und sympathisch klingen – probieren Sie es mit einem Aufnahmegerät aus.*

> ➤ **Sprechen Sie Ihren Telefonkontakt mit »Sie« an!**
> *Seien Sie höflich. »Studentische« Lockerheit ist nicht gefragt.*

> ➤ **Begrüßen Sie die Person und stellen sich gezielt kurz vor.**
> *Schreiben Sie sich den Namen des Ansprechpartners auf und fragen Sie nach, sofern Sie diesen nicht richtig verstanden haben. Wenn Sie dann den Namen im Gespräch zur Ansprache nutzen, zeigen Sie sich aufmerksam und geben dem Telefonat eine persönliche Note.*

> ➤ **Fragen Sie Ihren Gesprächspartner, ob ihm der Zeitpunkt passt und stellen Sie dann Ihre Situation mit wenigen Worten vor**
> *Zunächst stellen Sie Ihr Anliegen mit einem (!) Satz dar und versichern sich, ob Ihr Gesprächspartner Zeit hat. Sofern nicht, erbitten Sie die Nennung eines Zeitpunktes, an dem Sie wieder anrufen können. Begründen Sie gut, was das Ziel Ihres Anrufs ist.*

> ➤ **Hören Sie zu!**
> *Lassen Sie Ihren Ansprechpartner grundsätzlich reden und unterbrechen Sie ihn nicht!*

Ein wichtiges Instrument: Das Telefon

> **Fragen Sie bei für Sie interessanten Inhalten gezielt nach.**
> *Wer fragt, der führt!*

> **Machen Sie Übereinstimmungen deutlich.**
> *Geben Sie Ihrem Gesprächspartner das Gefühl, dass Sie mit ihm auf einer Linie sind.*

> **Schreiben Sie Stichworte zu allen Inhalten des Gesprächs mit.**
> *Notieren Sie neben dem Gesprächspartner, Datum und Uhrzeit des Telefonats die wichtigsten Inhalte und legen Sie diese Notizen in dem Bewerbungsordner ab.*

> **Schließen Sie mit einem positiven Gesprächsabschluss.**
> *Mögliche Beispiele wären: »Ich wünsche Ihnen noch einen schönen Tag« ... »ein schönes Wochenende« ... »frohe Ostern« ...*

Bedenken Sie: Mit jedem Telefonat lernen Sie dazu. Wenn ein Gespräch einmal nicht gut gelungen ist, überlegen Sie, warum. Waren Sie ungeschickt, nicht ausreichend vorbereitet oder schien der Gesprächspartner einen schlechten Tag gehabt zu haben? Seien Sie kritisch mit sich selbst und anderen und nutzen Sie diese Erkenntnisse für die Zukunft.

Sollten Sie einen Ansprechpartner nicht erreichen, sondern stattdessen den Kollegen am Apparat haben oder gar den Anrufbeantworter, respektive Mobilbox, dann ist es wichtig angemessen zu handeln. Überlegen Sie vor jedem Telefonat das Ziel Ihres Anrufs, dann fällt ein spontanes Agieren nicht schwer.

> *Sprechen Sie bei Abwesenheit Ihres Ansprechpartners auf den Anrufbeantworter beziehungsweise hinterlassen Sie eine Nachricht bei Kollegen.*

Wenn Sie einen Kollegen am Apparat haben, dann stellen Sie sich und Ihr Anliegen vor und fragen nach einem günstigen Anruftermin. Bei der Mailbox sprechen Sie Ihr Anliegen auf. Dafür sind nachfolgende Informationen wichtig und sind mit zu nennen:

> Begrüßung
> Ihr Name

Ein wichtiges Instrument: Das Telefon

- ➤ Grund Ihres Anliegen
- ➤ dass Sie wieder anrufen werden und gegebenenfalls
- ➤ dass Sie erreichbar sind
- ➤ unter Telefonnummer ... – hier bitte deutlich Ihren Namen und Ihre Telefonnummer durchgeben, vorzugsweise mit Wiederholung
- ➤ gegebenenfalls zu welcher Zeit Sie telefonisch erreichbar sind, es aber wieder probieren werden
- ➤ Dank und netter Abschluss

In Worten umgesetzt und immer mit einem Lächeln auf den Lippen gesprochen:

Beispieltext für das Aufsprechen auf Anrufbeantworter / Mailbox:

Guten Tag. Mein Name ist Claudia Matthiesen. Ich interessiere mich für eine Anstellung als Vertriebsingenieurin in Ihrem Hause. Dazu haben sich bei mir einige Fragen ergeben, die ich gerne mit Ihnen klären möchte. Gerne rufe ich morgen wieder an, bin aber auch den ganzen Tag erreichbar unter der Telefonnummer: (PAUSE) Mein Name - Claudia Matthiesen 0??11-221??255. Ich wiederhole noch einmal: Mein Name - Claudia Matthiesen 0??11-221??255. Ihnen noch einen schönen Tag und herzliche Grüße.

So könnte es in etwa aussehen. Mit ein wenig Übung fällt ein flüssiges Besprechen des Anrufbeantworters auch Ungeübten nicht (mehr) schwer.

Zusammengefasst:

Ein wichtiges Instrument:
Das Telefon

Das Telefon ist ein wichtiges Medium zur Unterstützung Ihrer Bewerbungen. Aber nicht nur Sie nutzen es: Bereits mit der ersten versendeten Bewerbung müssen Sie mit Anrufen aus der Personalabteilung rechnen.

Daher ist eine gründliche Vorbereitung auf ein Telefonat vor dem Versand der ersten Unterlage angeraten. Wenn Sie sich bislang nicht sicher am Telefon fühlten, nutzen Sie doch zu Übungszwecken ab sofort jede Möglichkeit zu offiziellen Telefonaten und dem Besprechen von Anrufbeantwortern.

Wichtige Eckpunkte

> ➤ *Vorbereitung der mündlichen Darstellung des eigenen Profils – entsprechend den Vorbereitungen auf ein Vorstellungsgespräch*
> ➤ *wenn Sie angerufen werden, mit vollem Namen am Telefon melden, vor allem wenn Ihnen die Telefonnummer nicht geläufig ist*
> ➤ *nicht in stressigen Zeiten oder Umgebungen telefonieren – in diesen Fällen einen kurzfristigen Rückruf Ihrerseits vereinbaren*
> ➤ *wenn Sie anrufen, gleich zu Beginn des Telefonats Ihren Gesprächspartner fragen, ob der Zeitpunkt für ihn günstig ist – sofern nicht, ihm einen erneuten Anruf zu passender Zeit anbieten*
> ➤ *Ihren Gesprächspartner generell ausreden lassen und ihm gut zuhören*
> ➤ *zu jeder Information Notizen machen und mit in den Bewerbungsordner heften*
> ➤ *mit einem Lächeln auf den Lippen und frei beweglichem Oberkörper reden – so klingt Ihre Stimme freundlich und sympathisch*

Mit einem Telefonat können Sie Ihre Einstellungschancen deutlich erhöhen, aber leider ebenso auch verringern. Unterschätzen Sie dieses Medium nicht.

Ein wichtiges Instrument: Das Telefon

Schritt 7

Der Lebenslauf

Allgemeines zum Lebenslauf

Der Lebenslauf enthält ALLE Informationen über Ihren bisherigen beruflichen Weg und Zusatzqualifikationen. Und dennoch ist er keine reine Auflistung dieser Inhalte, sondern weist konkrete Details zu einzelnen Positionen auf.

> *Der Lebenslauf enthält alle Positionen Ihres bisherigen Werdeganges einschließlich erworbener Sprach- und EDV-Kenntnisse.*

Mit jeder Bewerbung passen Sie Ihren Lebenslauf an die gewünschte Stelle an. Dieses erreichen Sie durch Zusatzangaben, wie die Nennung von Studienschwerpunkten, die Erwähnung des Themas der Diplomarbeit, wohl formulierte Tätigkeitsbereiche bei bisherigen Arbeitsstellen oder Praktika. Diese Details müssen aber nicht zwingend Bestandteil des Lebenslaufes sein und sind zielgerichtet auf die zu besetzende Stelle hin zu präsentieren.

Grundsätzlich sind zwei verschiedenen Varianten in der Darstellung des Lebenslaufes möglich.

Der Lebenslauf

Das wären der

> ➤ tabellarische Lebenslauf und der
> ➤ Lebenslauf in Aufsatzform.

Üblich ist der tabellarische Lebenslauf, sofern in der Stellenausschreibung beziehungsweise den Bewerbungsanforderungen des Unternehmens nichts anderes genannt ist.

Die gängige Darstellungsform ist der tabellarische Lebenslauf.

Nachdem bis vor einigen Jahren lediglich eine Seite beim Lebenslauf »erlaubt« war, geht heute die Tendenz hin zu »maximal« zwei Seiten für den reinen Text. Hinzu können kommen

> ➤ ein Deckblatt
> ➤ ein Qualifikationsprofil oder sehr ähnlich:
> ➤ ein Kurzprofil, das eventuell auch die persönlichen Fähigkeiten mit anspricht.

---

*Der Lebenslauf an sich, ohne gesonderte thematische Zusatzseiten, darf aus **zwei** Seiten bestehen! Ein Deckblatt oder Kurzprofil können zusätzlich angefügt werden.*

Bei der Hinzunahme eines Deckblatts in Ihrer Bewerbung wird das Lichtbild beliebig platziert auf diesem eingefügt und Ihre Kontaktdaten, bestehend aus Name, Adresse, E-Mail-Adresse und Telefonnummer, deutlich aufgeführt. Zudem können Sie auf dieser Seite die Art der Bewerbung und das beworbene Unternehmen mit benennen und damit Ihre Bewerbung konkret auf das Unternehmen individualisieren. Zwei Beispiele finden Sie auf Seite 88 und 95.

Das Deckblatt ist dennoch ein Kann-Bestandteil der Bewerbung, kein Muss. Wenn Sie eines erstellen, dann gehört es in der Mappe auf den Lebenslauf, bei Heftern mit einer Einschubhülle wird es auf der ersten Seite oben eingelegt.

Ihr Bewerbungsfoto befestigen Sie mit Papier-Klebstoff im oberen Bereich des Lebenslaufes, je nach Ausgestaltung der Unterlagen Links, Mittig oder

Der Lebenslauf

Rechts. Schreiben Sie Ihren Namen auf die Rückseite des Fotos, für den Fall, dass es sich ablösen sollte. Bei Online-Bewerbungen fügen Sie das Foto digital ohne Rahmen ein. Beispiele für Positionierungen finden Sie in den Beispiel-Lebensläufen ab Seite 81.

> *Das Bewerbungsfoto wird optisch ansprechend auf dem Deckblatt – wenn genutzt – oder der ersten Seite des Lebenslaufes platziert.*

Im Lebenslauf werden nachfolgende Angaben erwartet

➤ **Persönliche Angaben**
Name, Adresse, Telefon, E-Mail-Adresse, Geburtsdatum und -ort, Familienstand – ledig, geschieden, verheiratet, Kinder und deren Alter, Staatsangehörigkeit.
Die Nennung der Konfession ist allein bei Bewerbungen in kirchlichen Einrichtungen erforderlich.

➤ **Schulbildung**
Zeit- und Ortsangabe; Nennung der Schulart und des Abschlusses. Der Besuch der Grundschule wird in der Regel nur bei jüngeren Bewerbern aufgeführt.

➤ **Wehrdienst / Zivildienst / Soziales Jahr / AuPair**
Zeit- und Ortsangabe; eventuell Art der Tätigkeit, wenn es im Zusammenhang mit der Bewerbung steht und das Profil positiv mit Blick auf die zu besetzende Stelle ergänzt.

➤ **Berufsausbildung**
Zeit-, Firmen- und Ortsangabe; Nennung der Art der Berufsausbildung und des Abschlusses.

➤ **Studium**
Zeit-, Hochschul- und Ortsangabe; Nennung des Studiums und des Abschlusses. Die Examensnote und Studienschwerpunkte sowie das Thema der Diplomarbeit lediglich erwähnen, wenn es positiv im Hinblick auf die zu besetzende Stelle ist.

Der Lebenslauf

> **Weiterbildung**
> *Zeit-, Instituts- und Ortsangabe; Nennung der Art der Fortbildung. EDV-Kurse sind hierunter aufzuführen, aber auch Trainings oder Seminare.*

> **bisherige Arbeitsverhältnisse**
> *Zeit-, Firmen- und Ortsangabe; genaue Bezeichnung der Anstellungen und Tätigkeitsbeschreibungen. Hierbei unbedingt auf den Bezug zu der gewünschten Position achten.*

> **Zusatzqualifikationen wie EDV, Sprachen oder andere berufsbezogene Kenntnisse**
> *Kenntnisse am Computer und in Sprachen gesondert aufführen und auf die Qualität der Kenntnisse eingehen – Beispiele dazu auf Seite 75. In welchen Sprachen, EDV-Programmen, Anwendungen und / oder Programmiersprachen kennen Sie sich aus? Gleiches gilt für spezielle Kenntnisse des Arbeitsbereiches, in den Sie sich hineinbewerben.*

> **Besondere Aktivitäten / Interessen**
> *Haben Sie sich bislang ehrenamtlich oder in der Vereinsarbeit engagiert? Dieses kann für Ihre Motivation, Initiative sprechen und ist im Lebenslauf zu nennen.*

Nicht in den Lebenslauf gehören

> Vermögensverhältnisse
> politische Bekenntnisse
> Gesundheitszustand
> Beruf der Eltern

Diese Angaben können beim Leser zu voreiligen Schlussfolgerungen führen.

Nachdem inhaltlich alles gesammelt ist, gilt es, diese Informationen positiv und interessant zu »verpacken«. Die Darstellung kann unterschiedlich erfolgen, gewisse Grundregeln sind dennoch zu beachten.

Der Lebenslauf

Halten Sie soweit möglich eine chronologische Gliederung ein, um für den Leser eine hohe Übersichtlichkeit zu gewährleisten. Die **zeitliche Darstellung** ist in zwei Richtungen möglich

➤ von der Schulausbildung bis heute
➤ von heute zurück in die Vergangenheit – zur Schulausbildung.

Achten Sie bei Ihrer Entscheidung für eine Verfahrensweise darauf, wie sich der Lebenslauf in seiner Gesamtheit darstellt. Da es vermutlich zwei Seiten werden, sollten beide Seiten inhaltlich Positives aufweisen und mit einem positiven Abschluss für den Leser enden.

Das bedeutet von der Idee her, einen einen Spannungsbogen im Lebenslauf aufzubauen. Bieten Sie sowohl auf Seite eins, als auch auf Seite zwei, gute und interessante Argumente für Ihre Einstellung, damit der Leser auf beiden Seiten die Einstellungsempfehlung für Ihre Person vermittelt bekommt. Dieses gelingt bei 80 Prozent der Lebensläufe am ehesten mit der klassischen Darstellung – von der Schulausbildung bis heute zur letzten Berufstätigkeit.

Die Verwendung der amerikanischen Weise, von heute zurück in die Vergangenheit, also die aktuellste Tätigkeit gleich vorangestellt, ist meist nicht zu empfehlen. Bei dieser Darstellung findet sich auf Seite zwei des Lebenslaufes häufig kein »Highlight« mehr und die Schulausbildung verbleibt als letzter Punkt in Erinnerung und damit als »schwache« Position.

Trotz aller zeitlichen Kontinuität ist die Nachvollziehbarkeit Ihres Werdeganges vorrangig. Versetzen Sie sich in den Leser und lassen Sie andere Personen Ihre Bewerbung Probelesen und sich deren ersten Eindruck schildern.

In manchen Fällen ist es dann sinnvoll, die zeitliche Reihenfolge nicht ganz konsequent umzusetzen, sondern gegebenenfalls in Oberbegriffen zusammenzufassen.

> *Das »Wie« der Gliederung des Lebenslaufes ist eine elementare Entscheidung. Wichtig ist die Nachvollziehbarkeit Ihrer bisherigen Stationen, ohne dass der Leser länger überlegen muss. Achten Sie auf eine schlüssige Darstellung Ihres Profils.*

Der Lebenslauf

Mögliche Gliederungsebenen sind zunächst – je nach Profil –

- ➤ Persönliche Daten
- ➤ Ausbildung
- ➤ Studium
- ➤ Weiterbildung
- ➤ Praktika
- ➤ Wehrdienst
- ➤ Berufserfahrung / Berufstätigkeit
- ➤ Sprachkenntnisse
- ➤ EDV-Kenntnisse
- ➤ Auslandsaufenthalte
- ➤ Zusatzqualifikationen
- ➤ Ehrenamtliches Engagement

Diese einzelnen Punkte lassen sich inhaltlich passend verknüpfen. Hierfür bieten sich beispielsweise an

- ➤ Aus- / Weiterbildung
- ➤ Ausbildung / Studium
- ➤ Wehrdienst / Studium
- ➤ Berufserfahrung / Praktika
- ➤ Weiterbildung / Auslandsaufenthalte

Bei diesen möglichen Zusammenfassungen ist es nicht immer möglich, die zeitliche Chronologie exakt einzuhalten. Damit wird klar, dass jeder Lebenslauf einen Einzelfall darstellt, der stets einer individuellen Begutachtung bedarf.

Bei der Ersterstellung Ihres Lebenslaufes ist es hilfreich, zunächst verschiedene Darstellungen auszuprobieren und diese jeweils auf dem PC umzusetzen. Lassen Sie nach ein paar Tagen die Ergebnisse im Ausdruck erneut auf sich wirken. Fragen Sie Freunde und Bekannte oder aber holen Sie sich Feedback von Lehrern / Dozenten, den Eltern oder aber anderen – auch fremden – Personen aus Ihrem Umfeld. Der Personalverantwortliche als Leser Ihrer Un-

Der Lebenslauf

terlage ist auch ein »Fremder«, der zumeist eine erste Entscheidung allein aus der groben Sichtung Ihrer Unterlage heraus treffen wird.

> *Bitten Sie so viele Menschen wie möglich um eine Beurteilung Ihrer Unterlage und gewinnen Sie aus diesen vielen (!) Meinungen ein Wirkungsbild Ihrer schriftlichen Darstellung.*

Neben wohlüberlegter inhaltlicher Gliederung gilt es bei der Darstellungsform einheitlich vorzugehen. Das betrifft alle Formatierungen und Angaben in Ihrer Bewerbung, konkret

- ➤ Formatierungen wie Schriftart / -größe / Überschriften / Linien oder Schattierungen und Seitenrandeinstellungen
- ➤ Schreibweise der Zeitangaben
- ➤ das »wie« der inhaltlichen Darstellung der Ausbildungen, bisherigen Stellen, Zusatzqualifikationen

und erstreckt sich über den Lebenslauf in das Anschreiben hinein.

> *Alle Formatierungen, die Sie im Lebenslauf verwenden, gelten in gleicher Weise für das Anschreiben.*

Für die **Zeitangaben** bieten sich zahlreiche verschiedene Darstellungsformen an, die Variationen sind nahezu unendlich:

- ➤ 06. Mai 2005
- ➤ Mai 2005
- ➤ Mai 05
- ➤ 2005

- ➤ 06.05.2005
- ➤ 05.2005
- ➤ 05.05
- ➤ 05/2005

Die Verwendung von reinen Jahresangaben ist nicht empfehlenswert. Es vermittelt den Eindruck, dass Zeiträume verschleiert, übergangen werden sollen; ein umfangreicheres Aufführen von Tag / Monat / Jahr dagegen ist überinformierend und optisch unübersichtlich.

Doch einerlei welches Format gewählt wird, wichtig ist, dass sich die Daten mit denen aus den Anlagen decken.

Der Lebenslauf

> *Mein Tipp dazu: Nur Monat und Jahr »05.2005« aufführen. Diese kurze Form wirkt übersichtlich und einheitlich in der Darstellung und ist für den Leser bei dem Versuch einer chronologischen Nachvollziehbarkeit des Werdeganges auf einen Blick leicht zu entschlüsseln.*

Neben den Zeiten gilt es, eine Einheitlichkeit in der Darstellung der einzelnen inhaltlichen Lebenslaufpositionen zu finden. Hier ist es wichtig, kurz und prägnant Auskunft zu geben, um die Unterlage für den Leser so übersichtlich und angenehm lesbar zu machen, wie nur möglich.

> *Achten Sie darauf, dass die Positionen aus dem Lebenslauf mit den Angaben der beigelegten Zeugnis- und Bescheinigungskopien übereinstimmen*

Nennen Sie dazu alle Firmen namentlich, bei denen Sie bislang gearbeitet haben, einschließlich der Ortsangabe. Beschreiben Sie stichwortartig, welche Tätigkeiten Sie gemacht haben. Bedenken Sie aber, dass Sie sich um eine bestimmte Position bewerben. Seien Sie detailliert und zielgerichtet in der Formulierung, die Ihren beruflichen Werdegang in Hinblick auf die Tätigkeit, um die Sie sich bewerben, aufwerten; Beförderungen lediglich knapp und nüchtern erwähnen, nicht übertrieben bewerten. Letzteres ist dem Leser zu überlassen, der gerne selber für sich den Wert einer Aussage gewichten möchte.

Aber zunächst zur möglichen Darstellung im Detail. Diese **Reihenfolge** bietet sich durchgängig für den Lebenslauf an:

Sie haben

- ➤ wann
- ➤ was
- ➤ bei welchem Unternehmen
- ➤ in welchem Ort
- ➤ in welchem Land – *Nennung allein bei einer Tätigkeit im Ausland*
- ➤ mit welchen Aufgabenschwerpunkten

gemacht?

Der Lebenslauf

Im konkreten Beispiel

07.2007 – 04.2008	Auslandspraxis als Goldschmiedin bei C. J. Vinten, Ondon / England Schwerpunkte: Umarbeitung, Entwurf
05.2008 – 06.2009	Anstellung als Goldschmiedin bei Juwelier Müllerei, Kistort Schwerpunkte: Verkauf, Kundenbetreuung

Der Fokus liegt auf der Einheitlichkeit aller Positionen. Für den Leser ist es komfortabel, wenn die Darstellung eines jeden Punktes in einer standardisierten Reihenfolge erfolgt, da er dann ohne längere Überlegung die Inhalte der einzelnen Stationen erfassen kann. Aus diesem Grund rate ich Ihnen auch von einem Kurzprofil ab, im dem die fachlichen Stationen Ihres beruflichen Werdeganges auf einer Zusatzseite nochmals gesondert dargestellt werden. Ersparen Sie dem Leser das Hin- und Herblättern zwischen den Seiten und bieten Sie ihm alle Informationen ansprechend und übersichtlich auf den zwei Seiten Lebenslauf an.

> *Machen Sie Ihren beruflichen Hintergrund für den Leser transparent und den Lebenslauf benutzerfreundlich! Liefern Sie alle entscheidungsrelevanten Fakten schnell auffindbar in einem Dokument.*

Bei den Zusatzqualifikationen wie Sprachen und EDV-Erfahrungen sind die **Qualität** der Kenntnisse von Ihnen zu bewerten. Übliche Attribute dazu sind

- ➤ sehr gute Kenntnisse
- ➤ fließende Kenntnisse
- ➤ gute Kenntnisse
- ➤ fortgeschrittene Kenntnisse
- ➤ Basiskenntnisse
- ➤ erste Kenntnisse
- ➤ ausbaufähige Kenntnisse
- ➤ sicherer Umgang
- ➤ verhandlungssicher
- ➤ auf muttersprachlichem Niveau / Muttersprache

Der Lebenslauf

Zu diesen Einschätzungen sind hilfreiche **Ergänzungen** möglich

> ➤ ... derzeit im Aufbau
> ➤ ... mündlich und schriftlich
> ➤ ... auf Verhandlungsniveau

Seien Sie bei Ihrer eigenen Einschätzung ehrlich, denn spätestens im Vorstellungsgespräch müssen Sie mit einem Abprüfen Ihrer Kenntnisse rechnen!

Natürlich hat jeder Lebenslauf auch seine **Schwachstellen**. Das können sein

> ➤ Fehlentscheidungen wie begonnene Ausbildungen oder ein abgebrochenes Studium
> ➤ zeitliche Lücken wie Arbeitslosigkeit, Krankheit
> ➤ langjährige Stagnation auf einer Position oder aber auch
> ➤ häufige Stellenwechsel.

Diese Problemzonen Ihres Lebenslaufes werden von Unternehmensseite spätestens im persönlichen Gespräch geklärt. Überlegen Sie sich gute, plausible Argumente, so dass Sie sich in diesen Punkten gut präsentieren und ein berufliches Ziel aufzeigen können.

Längere Zeiten ohne Arbeit erwähnen Sie im Lebenslauf nicht gesondert. In diesem Punkt scheiden sich allerdings die Meinungen der Bewerbungsberater.
Teils wird geraten, Zeiten ohne Beschäftigung als beispielsweise »arbeitssuchend« auszuweisen. Da allerdings keine andere Aussage möglich ist, werden durch die explizite Nennung die Lücken sehr offensichtlich in den Vordergrund gestellt. Hier ist es an Ihnen, sich für eine Verfahrensweise zu entscheiden, die Sie dann durchgängig im Dokument anwenden.

Sollten Sie heute in einer beschäftigungslosen Situation sein oder kommen, versuchen Sie am Besten passende Fortbildungskurse zu machen. EDV oder Sprachen bieten sich, neben ergänzenden fachlichen Komponenten zu Ihrem Profil, immer an. Mit wenig Aufwand, der sich zudem für Sie persönlich positiv auswirkt, können Sie auf diese Weise zukünftig einen durchgängigen Lebenslauf präsentieren.

Der Lebenslauf

Bei vorhandenen Lücken: Suchzeiten von bis zu circa 3 Monaten um eine Arbeitsstelle oder Weiterbildungsmaßnahme werden in der Regel ohne Rückfrage akzeptiert, zumal Wartezeiten vor Antritt einer neuen Beschäftigungssituation doch die Regel sind.

Andere Auffälligkeiten wie häufige Wechsel im Berufsleben können im Übrigen positiv oder negativ ausgelegt und dargestellt werden. Zu Beginn einer beruflichen Karriere sind diese beispielsweise sinnvoll, wenn versucht wurde, eine breite Ausbildung zu erlangen und zielgerichtet neue Erfahrungen in verschiedenen Unternehmen oder Anstellungen zu sammeln. Als negativ ist es dagegen anzusehen, wenn der Eindruck erweckt wird, dass der Bewerber unbeständig und ohne Ausdauer für einen Tätigkeitsbereich oder eine Firma ist.
Sie sehen, alles Formulierungssache!

Zuletzt verbleibt es, alle Stationen Ihres Werdeganges mit einem Nachweis zu belegen. Lassen Sie sich am Ende von allen beruflichen Tätigkeiten, Fortbildungsveranstaltungen eine Bescheinigung aushändigen. Wenn dennoch ein Nachweis in Ihrer Bewerbungsmappe fehlt, dann erwähnen Sie das nicht weiter, bereiten aber für das Vorstellungsgespräch oder ein mögliches Telefonat eine Begründung vor.

Das aktuelle Datum und die eigenhändige Unterschrift sind ein Muss! Diese beiden Details machen Ihren Lebenslauf individuell. Das gilt genauso für die Online-Bewerbung per E-Mail. Hier fügen Sie die Unterschrift eingescannt ein. Mehr dazu im Kapitel »Besonderheiten der Online-Bewerbung« ab Seite 116.

Hinweise zur praktischen Umsetzung

Nach der Theorie kommt die Praxis und damit Sie sich ein gutes Bild über die Möglichkeiten der freien Gestaltung verschaffen können, finden Sie im Folgenden 5 verschiedene Beispiele.

Vorab einige praktische Anmerkungen:

Wenn Sie Ihre Inhalte niedergelegt haben, gilt es zunächst, eine gute Seitenaufteilung zu finden. Für die Seiteneinstellung sind mindestens 2 Zentime-

Der Lebenslauf

ter Rand zu verwenden. Das Randmaß für die Bewerbungsunterlagen definieren Sie in Ihrem Textverarbeitungsprogramm, allerdings können Sie variieren. Möglich sind zum Beispiel folgende Abstände

➤ links mit 2 oder 3 Zentimetern, rechts mit 4 oder 5 Zentimetern
➤ beide Seiten gleichmäßig mit 2, 2 ½ oder 3 Zentimetern etc.

In erster Linie gilt es, eine optisch ansprechende Aufteilung für beide Dokumente, sowohl für das Anschreiben, wie für den Lebenslauf, zu finden.

Die Randeinstellung beim Lebenslauf gilt ebenso für das Anschreiben!

Die für den tabellarischen Lebenslauf so typische Trennung zwischen den Datumsangaben und den Texten muss dabei nicht mittig im Blatt erfolgen. Sie können die Aufteilung mehr auf die linke Blatthälfte verlagern und damit Raum für eine übersichtliche Darstellung und Aufteilung gewinnen.

Hilfreich ist es, zunächst ein Datum zu schreiben, dahinter mindestens einen Zentimeter Platz zu belassen und mit dem dazugehörigen Inhalt fortzufahren.

Gut lässt sich der freie Platz für das gesamte Dokument über Absatzmarken und Tabstopps definieren. Dazu den Lebenslauf markieren, einen Tabstopp »links« auf der gewünschten Ebene im Lineal am oberen Bildschirmrand setzen und zuletzt mit der Tabtaste jeweils hinter den Datumsangaben die Abgrenzung erstellen. Der Tab stoppt nun immer automatisch an der Position, an der Sie den Tabstopp im Lineal gesetzt haben. Nutzen Sie zu Ihrer Unterstützung die Funktion »Alle anzeigen« (Strg+*) aus Office, so dass Ihnen die »nicht druckbaren Zeichen« am Bildschirm angezeigt werden und Sie erkennen können, welche Einstellungen Sie bereits vorgenommen haben.

Im konkreten Beispiel – einschließlich der nicht druckbaren Zeichen

07.2007· ─04.2008   →   Auslandspraxis·als·Goldschmiedin·bei·¶
                    →   C. J.·Vinten,·Ondon·/·England¶
                    →   Schwerpunkte:·Umarbeitung,·Entwurf¶

Von der Formatierung mittels Tabelle ist abzuraten. Mit der EDV nicht wirklich vertraute Personen tun sich hier bei Detail-Änderungen oder Anpassun-

Der Lebenslauf

gen erfahrungsgemäß sehr schwer. Mit der freien Formatierung sind Sie in Ihrer gesamten Gestaltung erheblich flexibler.

Das Einrücken mit der Leertaste, konkret mit Leerzeichen, funktioniert grundsätzlich nicht. Sie werden bei mehreren Zeilen keine gerade Trennungslinie erhalten.

> *Setzen Sie Tabstopps. Rücken Sie Inhalte nicht mittels vieler Leerzeichen ein!*

Manche Textverarbeitungsprogramme haben die Voreinstellung, dass Bindestriche zu längeren Spiegelstrichen automatisch ersetzt werden. Prüfen Sie speziell Ihre Datumsangaben, ob da ein kleiner oder größerer Strich erscheint und entscheiden Sie sich durchgängig für ein einheitliches Format.

> ***Im konkreten Beispiel*** *– » – « oder » - «*
>
> 07.2007 – 04.2008   Auslandspraxis als Goldschmiedin ...
> *oder*
> 05.2008 - 06.2009   Auslandspraxis als Goldschmiedin ...

Nutzen Sie Absätze, um das Gesamtbild des Lebenslaufes gut zu strukturieren. Zusammengehörige Positionen erhalten einen kleineren Absatzabstand, inhaltlich andere werden über einen größeren Abstand optisch getrennt. So verhelfen Sie Ihrer Bewerbung zu mehr Übersichtlichkeit und die inhaltlichen Abschnitte werden vom Auge klar erfasst.

Der Lebenslauf

Im konkreten Beispiel – *Abstandsformatierungen*

* steht für einen kleinen Abstand (formatiert circa 3 Pkt.)
eingesetzt innerhalb einer Station des Lebenslaufes

** steht für einen mittelgroßen Abstand (formatiert circa 6 Pkt.)
eingesetzt innerhalb eines inhaltlichen Kapitels zur Trennung der einzelnen Stationen

**** steht für einen normal großen Abstand (formatiert circa 12 Pkt.)
eingesetzt als Abstand zu einem neuen Kapitel

Staatsangehörigkeit	deutsch

****
Ausbildung
**

09.1978 – 09.2003	Wilhelminen Gymnasium, Ortmund
*	Abschluss mit dem Abitur
**	
10.2003 – 04.2005	Studium an der Freien Kunstschule, Üsseldorf
**	
05.2005 – 06.2009	Goldschmiedelehre an der Zeichenakademie, Kistort
*	inbegriffen waren zwei Praktika als Goldschmiedin bei

- Goldschmiede Goldiene, Aanau
- Galerie Aura, Rankfurt

*
Abschluss mit der Gesellenprüfung
**

08.2009 – 08.2011	Besuch der Fachschule der Staatlichen ...

Diese verwendeten Absatzformatierungen sind konsequent im gesamten Dokument zu verwenden. Natürlich variieren die möglichen Abstandsgrößen je nach Umfang Ihrer Unterlage und dem zur Verfügung stehendem Raum – Hauptziel muss sein, eine optisch ansprechende Aufteilung zu erhalten.

 Der Lebenslauf

> *Spielen Sie mit den Abständen einzelner thematisch zusammengehöriger Absätze; fügen Sie Größere oder Kleinere ein – aber vom Prinzip her durchgehend einheitlich im gesamten Lebenslauf.*

Es wurde zu Beginn die Verwendung eines individuellen Briefkopfes mit allen Kontaktdaten angesprochen und empfohlen. Dieser darf gerne in einer anderen Schriftart und -größe als die übrige Bewerbung erscheinen, allerdings lediglich auf der ersten Seite. Die zweite Seite ist bei einem zweiseitigen Lebenslauf allein mit der Seitenzahl auszustatten.

Setzen Sie diesen Briefkopf ebenfalls im Anschreiben ein. So weist Ihre Bewerbung ein einheitliches Layout auf und alle Kontaktdaten sind optisch übersichtlich präsentiert.

Im konkreten Beispiel – Briefkopf

Wilhelmine Wolke-Muster

Gestalterin
Am Hort 6
66782 Rankfurt
Fon: 06921-4000055
w.wolke.muster@provider.de

Sie sehen, dass ein Lebenslauf durch viele Details ansprechend präsentiert werden kann. Nehmen Sie sich die Zeit und durchdenken und gestalten Sie Ihren Lebenslauf übersichtlich und einstellungsempfehlend! Praktische Beispiele finden Sie auf den kommenden Seiten.

Konkrete Lebenslauf-Beispiele

Im Folgenden präsentieren sich Ihnen fünf Personen mit ihren Lebensläufen. Diese haben jeweils einen unterschiedlichen Hintergrund und stellen sich auf ihre eigene Weise dar. Detaillierte Anmerkungen zur Formatierung und inhaltlichen Darstellung sind direkt an jeden Lebenslauf angegliedert.

Der Lebenslauf

Wilhelmine Wolke-Muster

Gestalterin
Am Hort 6
66782 Rankfurt

Fon: 06921-4000055
w.wolke.muster@provider.de

Lebenslauf

Persönliche Angaben

Name	Emma Wilhelmine Wolke-Muster
Geburtsdaten	12.09.1972 in Ortmund
Familienstand	geschieden (Ehename Kressen), keine Kinder
Staatsangehörigkeit	deutsch

Ausbildung

09.1978 – 09.2003	Wilhelminen Gymnasium, Ortmund
	Abschluss mit dem Abitur
10.2003 – 04.2005	Studium an der Freien Kunstschule, Üsseldorf
05.2005 – 06.2009	Goldschmiedelehre an der Zeichenakademie, Kistort
	inbegriffen waren zwei Praktika als Goldschmiedin bei
	• Goldschmiede Goldiene, Aanau
	• Galerie Aura, Rankfurt
	Abschluss mit der Gesellenprüfung
08.2009 – 08.2011	Besuch der Fachschule der Staatlichen Zeichenakademie, Rankfurt
	Abschluss als Goldschmiedemeisterin und staatlich geprüfte Gestalterin

Der Lebenslauf

- Seite 2 -

Berufspraxis

08.2006 – 04.2007   Schwangerschaftsvertretung bei Juwelier Bergolden, Kistort

Schwerpunkte: Reparatur, Umarbeitung

07.2007 – 04.2008   Auslandspraxis als Goldschmiedin bei C. J. Vinten, Ondon / England

Schwerpunkte: Umarbeitung, Entwurf

05.2008 – 06.2009   Anstellung als Goldschmiedin bei Juwelier Müllerei, Kistort

Schwerpunkte: Verkauf, Kundenbetreuung

03.2010 – 02.2012   Goldschmiedin in der Galerie Aura, Rankfurt

Schwerpunkte: Werkstatt, Entwurf, Anfertigung, Umarbeitung, Reparatur, Verkauf, Kundenbetreuung

Sprachkenntnisse   sehr gut in Englisch,
gut in Polnisch

EDV-Kenntnisse   fundierte Kenntnisse in Textverarbeitung und Internetrecherche

Rankfurt, den 12. Dezember 2012

Wilhelmine Wolke-Muster

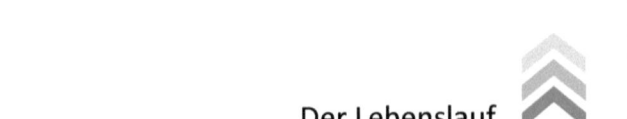
Der Lebenslauf

Details zum Lebenslauf von Frau Wilhelmine Wolke-Muster

➤ Darstellung auf zwei Seiten

➤ Briefkopf mit Kontaktdaten auf Seite 1

➤ Schrift Segoe, 11 bis 12 Pkt. optimal

➤ Foto links positioniert, die Überschrift »Lebenslauf« rechts in 14 Pkt.

➤ Seitenzahl auf Seite 2 mittig positioniert

➤ inhaltliche Trennung in »Persönliche Angaben – Ausbildung – Berufspraxis – Sprachkenntnisse – EDV-Kenntnisse«

➤ Angabe der inhaltlichen Tätigkeiten unter dem Punkt »Schwerpunkte«

➤ inhaltlich bietet die Seite 1 für den Leser eine gute Ausbildung und Seite 2 eine umfassende Berufspraxis

➤ Datumsformat in »Monat.Jahr«

➤ Textformat in »Was – in welcher Firma – an welchem Ort«

➤ genaue Spezifizierung der EDV- und Sprachkenntnisse

➤ Datum und Unterschrift. Hier das Datum mit ausgeschriebenem Monat und Jahr im Format »12. Dezember 2012«. In demselben Format ist es im Anschreiben einzusetzen.

Der Lebenslauf

Helga Himmel-Muster

Spiegelstr. 15
88259 Musterhausen

Tel.   05469 – 98 24 460
Fax   05469 – 98 26 11
Mobil   0150 – 08 00 06 20

helga.himmel.muster@provider.de

Lebenslauf

Persönliche Daten

Geburtsdaten   25.09.1968 in Ünchen
Familienstand   verheiratet, 2 Kinder (5 und 15 Jahre)
Staatsangehörigkeit   deutsch

Ausbildungsdaten / Studium

08/1974 – 06/1988   Gymnasium Ünchen
                          Abschluss: Abitur

04/1989 – 05/1995   Studium der Betriebswirtschaftslehre an der
                          Peter-Müller-Universität in Stadtmuster
                          Abschluss: Dipl.-Betriebswirtin

Praktika / Weiterbildung / studienbegleitende Tätigkeiten

01/1989 – 03/1989   dreimonatiges Praktikum bei der KFGGHE,
                          Ünchen

08/1992 – 03/1994   freiberufliche Tätigkeit auf Messen, Ünchen
                          Schwerpunkte: Kundenbetreuung,
                          Produktberatung und Organisation

Der Lebenslauf

11/1994	einmonatiges Praktikum bei der Unternehmensberatung Immsen-Muster AG in Andshut
	Schwerpunkte: organisatorische und technische Abwicklung von Tagungen
09/1995 – 10/1995	einmonatiger Englisch-Sprachkurs bei Language International in Berkeley/USA
11/1995 – 02/1996	dreimonatiges Praktikum bei der Musikagentur Mustermüller in Ünchen
	Schwerpunkte: Assistenz bei Musik-Events

Berufserfahrung

05/1996 – heute	freiberufliche Tätigkeit im Event-Management, Ünchen
	Schwerpunkte: Organisation und Durchführung von Großveranstaltungen, Promotion, Moderation

Sprachkenntnisse

fließende Englischkenntnisse in Wort und Schrift, gute Kenntnisse in Französisch, Basiskenntnisse in Spanisch

EDV

sehr gute Kenntnisse im Umgang mit PC's und Anwenderprogrammen wie Word, Excel, Access PowerPoint, Bildbearbeitung, Internet,

gute Kenntnisse in Programmierung,

erste Kenntnisse in SAP R/3 CO Teilkenntnisse in KHK und DATEV

Ünchen, den 07. Juni 2012

Helga Himmel-Muster

Der Lebenslauf

Details zum Lebenslauf von Frau Helga Himmel-Muster

➤ Darstellung auf zwei Seiten

➤ Briefkopf mit Kontaktdaten auf Seite 1

➤ Schrift Arial, 11 bis 12 Pkt. optimal

➤ Foto rechts positioniert, die Überschrift »Lebenslauf« links in Schriftgröße 15

➤ Seitenzahl auf Seite 2 des Lebenslaufes rechts positioniert

➤ inhaltliche Trennung in »Persönliche Daten – Ausbildungsdaten / Studium – Praktika / Weiterbildung / studienbegleitende Tätigkeiten – Berufserfahrung – Sprachkenntnisse – EDV«

➤ Angabe der inhaltlichen Tätigkeiten unter dem Punkt »Schwerpunkte«

➤ inhaltlich ist auf Seite 1 als Highlight das Studium geboten und auf Seite 2 eine gute berufliche Praxis

➤ Datumsformat in »Monat/Jahr«

➤ Textformat in »Was – in welcher Firma – an welchem Ort«

➤ genaue Spezifizierung der EDV- und Sprachkenntnisse

➤ Datum und Unterschrift. Hier das Datum mit ausgeschriebenem Monat und Jahr im Format »07. Juni 2012«. In demselben Format ist es im Anschreiben einzusetzen.

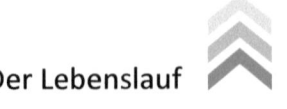

Der Lebenslauf

Bewerbung

um eine Anstellung als Vertriebsleiter

bei

Firma Supergut-Muster GmbH & Co KG

Sven Sonnenschein-Muster

geboren am	02. Dezember 1972 in Aaris / Frankreich
Familienstand	ledig
Staatsangehörigkeit	deutsch
Adresse	Auf der Bahn 43, 97000 Ürzburg
Telefon	0151-0000500
e-mail	sven.sonnenschein-muster@provider.de

Der Lebenslauf

LEBENSLAUF

AUS- UND WEITERBILDUNG / STUDIUM

09/1978 – 06/1991	Abitur Michaelsen Gymnasium, Rankfurt
10/1991 – 07/1996	Studium der Betriebswirtschaftslehre Universität Rankfurt
08/1996 – 08/1997	Englisch-Sprachaufenthalt einjähriges Stipendium der Wolkenstiftung e.V. in Idney / Australien
09/1997 – 05/1998	Intensivkurs Spanisch Volkshochschule Rankfurt
10/1997 – 10/1998	Diplomarbeit und Prüfungen Betriebswirtschaftsstudium an der Universität Rankfurt Thema der Diplomarbeit: Vertriebsstrukturen der internationalen Marktwirtschaft – Note: 1,7 Abschluss: Dipl.-Betriebswirt Gesamtnote: 2,3
11/1998 – 01/1999	Zusatzqualifizierung Institut für angewandte Rhetorik, Usum Schwerpunkte: Rhetorik und Präsentation, Teamarbeit und Führung, Management und Organisation

PRAKTISCHE ERFAHRUNGEN

05/1993 – 04/1995	Studentischer Mitarbeiter HDVB-Musterbetrieb, Rankfurt Schwerpunkte: operative Unterstützung administrativer und vertriebsunterstützender Aktivitäten, Mitwirkung bei der Vorbereitung von Planungsprozessen, Erfolgskontrolle
04/1995 – 05/1995	Praktikum in der Vertriebsabteilung Firma SGT-Muster AG, Ütersloh Tätigkeiten: Telefonische Akquisition von Neukunden, Evaluationen, Planung und Durchführung von Vertriebskampagnen

Der Lebenslauf

07/1998 – 09/1998	Praktikant im Bereich Marketing Services Germany
	Engineer-Muster GmbH, Amburg

Schwerpunkte: Recherche und Analyse marketingspezifischer Fachthemen

01/1999 – 03/2004	Vertriebsassistent
	Firma loi-Muster AG, Rankfurt

Schwerpunkte: Konzeption und Durchführung von Marketingkampagnen, Kontaktaufbau mit Kunden, Terminkoordination, Ausarbeitung von Angeboten und Angebotsverfolgung, Pflege der Kontaktdaten

04/2004 – 07/2012	Abteilungsleiter Vertrieb
	Hannes-Media-Muster AG, Amburg

Schwerpunkte: Neukundengewinnung, Erarbeitung und Erstellung von Kundenanforderungsprofilen, Kundenaufträge, Vertragsgestaltung

SPRACHKENNTNISSE

Französisch	Muttersprache
Deutsch	fließend in Wort und Schrift
Englisch	fließend in Wort und Schrift
Spanisch	gute Kenntnisse

COMPUTERKENNTNISSE

MS Office	umfangreiche Kenntnisse
Datenbanksysteme	sehr gute Kenntnisse
Internetrecherche	versierter Umgang
Photoshop	gute Kenntnisse

WAS SPRICHT FÜR MICH?

hohe Kommunikationsfähigkeit und soziale, interkulturelle Kompetenz, stete Eigenverantwortung, ständige Bereitschaft zum Weiterlernen, ausgeprägte Teamarbeit

Amburg, den 16.07.2012

Sven Sonnenschein-Muster

Der Lebenslauf

Details zum Lebenslauf von Herrn Sven Sonnenschein

➢ Schrift Tahoma, 11 Pkt.

➢ Verwendung eines Deckblattes, in dem die persönlichen Daten und Kontaktdaten aufgeführt sind, das Foto großzügig positioniert ist. Zudem wird die Art der Bewerbung auf dem Deckblatt konkretisiert. Insgesamt hat der Lebenslauf damit den Umfang von drei Seiten. Die eigentliche Darstellung der beruflichen Stationen und EDV- und Sprachkenntnisse erfolgt auf zwei Seiten.

➢ Seitenzahl auf Seite 2 rechts positioniert

➢ inhaltliche Trennung in »Aus- und Weiterbildung / Studium – Praktische Erfahrungen – Sprachkenntnisse – Computerkenntnisse – Was spricht für mich?«

➢ Angabe der inhaltlichen Tätigkeiten unter dem Punkt »Schwerpunkte«. Die Schriftgröße ist hier um einen Punkt kleiner formatiert, um optisch eine Unterordnung zu erzielen.

➢ inhaltlich sind auf Seite 2 als Highlights das Studium und erste Praktika geboten und auf Seite 3 die gute berufliche Praxis, umfassende Sprachfähigkeiten und sehr gute EDV-Kenntnisse.

➢ Datumsformat in »Monat/Jahr«

➢ Textformat in »Was – in welcher Firma – an welchem Ort«

➢ genaue Spezifizierung der EDV- und Sprachkenntnisse, eingerückt im tabellarischen Format des Lebenslaufes.

➢ zusätzlich ein Punkt mit der Spezifizierung der persönlichen Soft Skills unter »Was spricht für mich?«

➢ Datum und Unterschrift. Das Datum »16.07.2012« ist in demselben Format im Anschreiben einzusetzen.

Der Lebenslauf

REGINA REGENBOGEN-MUSTER

ROSENGARTENSTR. 6C   56565 ORTSHAUSEN

TEL.: 05565-54 54 45   E-MAIL: REGENBOGEN-MUSTER@PROVIDER.DE

Lebenslauf

Persönliche Daten

Name	Regina Regenbogen-Muster (geb. Wolkenlos)
Geburtsdaten	28. August 1975 in Ortshausen
Familienstand	geschieden
Nationalität	deutsch

Schulbildung

09.1981 - 09.1994
Ortshausener Gymnasium, Ortshausen

Abschluss: Abitur

Studium / Weiterbildung

10.1994 - 10.1999
Studium der Betriebswirtschaft mit dem Schwerpunkt
Finanzen und Rechnungswesen an der Universität Ranfurt

Abschluss: Dipl.-Kauffrau

09.2004 - 04.2005
berufsbegleitende Weiterbildung zur Bilanzbuchhalterin
International an der Industrie- und Handelskammer Ortshausen

Inhaltsschwerpunkte: Internationale Geschäftstätigkeit, Steuerrecht,
Rechnungswesen mit Konzernabschluss nach HGB, US-GAAP, IAS

Der Lebenslauf

- Seite 2 -

Berufserfahrung

11.1999 - 09.2012
Anstellung bei dem internationalen Bauunternehmen HGFD
GmbH & Co. KG in Ortshausen

11/1999 - 06.2006   als Controllerin
Tätigkeiten: Reporting, Analysen, Durchführung der Kosten-
und Leistungsrechnung, Ausbau des Kennzahlensystems

06.2006 - 09.2012   als Leiterin Finanzen
Tätigkeiten: Erstellung von Abschlüssen, Berichten, Analysen,
Reporting, Kostenrechnung / Kalkulation

Auslandsaufenthalte

04.2004 - 09.2010
verschiedene Studienreisen u.a. nach Peking / VR China,
Melbourne / Australien, Brasilia / Brasilien

08.2009
Besuch der Sommerschule zum Erwerb der französischen
Sprache in Ortsland / Frankreich

Sprachkenntnisse

Deutsch Muttersprache
Englisch fließend und verhandlungssicher
Französisch gut

EDV-Kenntnisse

SAP R/3, Microsoft Office sehr gut
diverse Computer-Zahlungssysteme sehr sicher
Internetrecherche sehr gut

Ortshausen, den 15.09.2013

Regina Regenbogen-Muster

Der Lebenslauf

Details zum Lebenslauf von Frau Regina Regenbogen-Muster

> ➤ Darstellung auf zwei Seiten

> ➤ Briefkopf mit Kontaktdaten auf Seite 1

> ➤ Schrift Times New Roman, 12 Pkt.

> ➤ die Jahresangaben befinden sich mittig über dem Text.

> ➤ das Foto ist rechts positioniert, die Überschrift »Lebenslauf« links in Schriftgröße 22

> ➤ Seitenzahl auf Seite 2 rechts positioniert

> ➤ inhaltliche Trennung in »Persönliche Daten – Studium / Weiterbildung – Berufserfahrung – Auslandsaufenthalte – Sprachkenntnisse – EDV-Kenntnisse«.

> ➤ jede Überschrift ist mit einem Unterstreichstrich klar abgegrenzt. Diese Linie findet sich in dem Briefkopf wieder

> ➤ Angabe der inhaltlichen Tätigkeiten unter dem Punkt »Tätigkeiten«, in diesem Fall 1 Pkt. kleiner formatiert, als der übrige Text.

> ➤ inhaltlich sind auf Seite 1 als Highlights das Studium und eine passende Weiterbildung geboten und auf Seite 2 die berufliche Praxis und Auslandsaufenthalte

> ➤ Datumsformat in »Monat.Jahr«

> ➤ Textformat in »Was – in welcher Firma – an welchem Ort«

> ➤ es gab eine Weiterentwicklung in der Festanstellung. Dieses wurde optisch zusammenfassend unter dem Firmennamen dargestellt.

> ➤ genaue Spezifizierung der EDV- und Sprachkenntnisse – allerdings nicht ganz so übersichtlich wie in den vorhergehenden Beispielen.

> ➤ Datum und Unterschrift. Das Datum »15.09 2013« ist in demselben Format im Anschreiben einzusetzen.

Der Lebenslauf

Georg Gewitter-Muster

Zur grünen Aue 2 · 55455 Allerorten

Mobil 01887/ 78 06 5457 · gewitter-muster@provider.de

Bewerbung

bei Sunshine GmbH & Co KG

Allerorten

Der Lebenslauf

Lebenslauf

Persönliche Daten

Name	Georg Gewitter-Muster
Geburtsdaten	01.05.1980 in Allerorten
Familienstand	ledig
Staatsangehörigkeit	deutsch

Schule / Zivildienst

09/1987 – 07/1994	Grund- und Hauptschule in Allerorten
09/1994 – 07/1998	Realschule in Allerorten
	Abschluss: Mittlere Reife
09/1998 – 07/2000	Fachoberschule in Allerorten
	Abschluss: Fachhochschulreife
08/2000 – 07/2001	Zivildienst bei DFGHJ e.V., Allerorten

Studium

10/2001 – 11/2007	Studium der Betriebswirtschaft an der Fachhochschule Allerorten
	Studienschwerpunkte: Marketing / Vertrieb
	Abschluss: Dipl.-Betriebswirt (FH)

Praktika

10/2004 – 02/2005	Praktikum in der Vertriebsabteilung bei Musterunternehmen KHJL AG in Allerorten

Der Lebenslauf

- 2 -

03.2006 – 07.2006	Praktikum in der Marktforschung bei Ideenhaus GmbH, Allerorten
	Schwerpunkt: qualitative und quantitative Studien, Vorbereitung und Durchführung von Präsentationen
07/2008 – 01/2009	Praktikum in der Marketingabteilung bei Tecknick GmbH in Allerorten
	Schwerpunkt: Assistenz bei Marketingkonzepten Kundenbetreuung, Terminplanung, -koordination und -überwachung

Sprachen

Englisch	sehr gute Kenntnisse in Wort und Schrift
Spanisch	gute Kenntnisse
Französisch	Grundkenntnisse

EDV

MS-Office	gut in Word, Excel, Power Point
SAP R/ 3	gut in PP und SD

Allerorten, 10. Januar 2013

Georg Gewitter-Muster

Georg Gewitter-Muster

Der Lebenslauf

Details zum Lebenslauf von Herrn Georg Gewitter-Muster

- ➤ Arial Unicode, 11 bis 12 Pkt. optimal

- ➤ Verwendung eines Deckblattes mit Foto und Informationen zur Bewerbung. Darstellung des Lebenslaufes auf zwei Seiten

- ➤ Schrift Arial, 11 bis 12 Pkt. möglich

- ➤ Seitenzahl auf Seite 2 mittig positioniert

- ➤ inhaltliche Trennung in »Persönliche Daten – Schule / Zivildienst – Studium – Praktika – Sprachen – EDV«

- ➤ Angabe der inhaltlichen Tätigkeiten unter dem Punkt »Schwerpunkt«

- ➤ inhaltlich sind auf Seite 1 als Highlights das Studium geboten und auf Seite 2 erste Praktika mit spezifischen Inhalten

- ➤ Datumsformat in »Monat/Jahr«

- ➤ Textformat in »Was – in welcher Firma – an welchem Ort«

- ➤ genaue Spezifizierung der EDV- und Sprachkenntnisse

- ➤ Datum und Unterschrift. Hier das Datum mit ausgeschriebenem Monat und Jahr im Format »10. Januar 2013«. In demselben Format ist es im Anschreiben einzusetzen.

Der Lebenslauf

Zusammengefasst:

Der Lebenslauf

Der Lebenslauf stellt alle beruflichen Stationen und besonderen Zusatz-qualifikationen, letztere mindestens aus den Bereichen EDV und Sprachen vollständig dar. Vom Umfang her darf der Lebenslauf zwei Seiten nicht überschreiten.

Der Lebenslauf ist tabellarisch zu erstellen, sofern nichts anderes von dem Unternehmen gefordert ist.

Neben den Kontaktdaten, Zeiträumen und Beschäftigungen ist die Auf-führung von Tätigkeitsschwerpunkten empfehlenswert. Hierbei das Gesamt-bild der Bewerbung auf das Anforderungsprofil der ausgeschriebenen Stelle ausrichten.

Achten Sie stets sorgfältig auf alle Formatierungen! Das gilt für

> ➤ einheitliche Zeilenabsätze
> ➤ eine gut lesbare Schriftgröße und -art
> ➤ ein einheitliches Datumsformat.

Auch in der inhaltlichen Darstellung ist Einheitlichkeit gefordert

> ➤ zum Beispiel in der Form:
>   Welche Tätigkeit, in welcher Abteilung, in welcher Firma, an
>   welchem Ort und in welchem Land
> ➤ generelle Einstufung des Niveaus der Sprach- und EDV-Kenntnisse

Ein wichtiger Bestandteil ist das Bewerbungsfoto, das im vorderen Teil der Unterlage – Deckblatt oder auf der ersten Seite – optisch ansprechend plat-ziert wird. Versehen Sie zudem auch den Lebenslauf mit aktuellem Datum und Ihrem Namen und unterschreiben die Unterlage in dem Raum da-zwischen.

Der Lebenslauf

Schritt 8

Das Anschreiben

Allgemeines zum Anschreiben

Das Anschreiben ist optisch und inhaltlich einer der wichtigsten Bestandteile Ihrer Bewerbung.

Sie können das mit einer Werbebeilage in der Zeitung vergleichen: Ihr Anschreiben MUSS auf den ersten Blick Interesse wecken. Es MUSS gut aufgeteilt und darf nicht mit zu viel Text beladen sein.

Dabei umfasst das Anschreiben maximal eine DIN-A4 Seite. Der Zeilenabstand beträgt circa 1 ½ und die Schriftgröße 12 Punkt. Wohl gesetzte Absätze gewährleisten Übersichtlichkeit.

> *Grundanforderungen an Ihr Anschreiben: Maximal eine Seite, eine Schriftart und eine gut lesbare Schriftgröße – selbstverständlich alles einheitlich zum Lebenslauf; Ihre Bewerbung präsentiert sich so als ein Gesamtpaket – optisch und inhaltlich.*

Das Anschreiben

Der Leser, in Ihrem Fall der Personalentscheider, muss Ihr Anschreiben gerne lesen wollen. Dieses ist bei einer übervollen Seite, mehreren Seiten oder einer zu kleinen Schrift gefährdet.

> *Ein gut aufbereitetes Anschreiben führt zu einer positiven Aufnahme Ihrer Bewerbung und damit intensiveren Auseinandersetzung mit Ihrem Profil!*

In Ihrem Anschreiben haben Sie die Möglichkeit, den Leser auf Ihre weiteren Unterlagen, den Lebenslauf und die Zeugnisse, neugierig zu machen. Vertun Sie diese (eine) Chance nicht! Sie können nicht voraussetzen, dass generell alle Ihre Unterlagen begutachtet werden.

Ein mäßiges Anschreiben wird keinen Leser animieren, sich eingehend mit weiteren Seiten zu befassen. Vermutlich wird Ihre Bewerbung abgelehnt, wie auch eine schlecht gestaltete Werbebeilage in der Zeitung keine größere Beachtung bei der Leserschaft findet.

> *Im Anschreiben werben Sie für sich!*

Gehen Sie gezielt auf die Stellenanzeige ein und belegen Sie die Anforderungen des Unternehmens – und damit der gewünschten Position – mit Ihrer Eignung und Qualifikation. Gleichen Sie Ihre Erfolge und Leistungen mit den Erwartungen der Firma ab und präsentieren Sie sich auf diese Weise als »perfekten« Mitarbeiter.

Schreiben Sie aber nicht jede einzelne Station aus dem Lebenslauf ab, sondern heben Sie passende inhaltliche Kernpunkte hervor, alles treffend formuliert, gut verpackt in interessanten Sätzen.

> *Heben Sie im Anschreiben gezielt einzelne Stationen aus Ihrem beruflichen Werdegang hervor und präsentieren Sie diese mit Blick auf die gewünschte Position.*

Im Falle einer **Initiativbewerbung** liegt Ihnen keine Stellenausschreibung vor, auf die sich beziehen können und müssen. Hier konzentrieren Sie sich auf:

Das Anschreiben

➤ Darstellung Ihrer Person –
Wer sind Sie?

➤ Ausbildung und berufliche Erfahrung –
Was können Sie fachlich?

➤ Fähigkeiten und sonstiges Know-how –
Was zeichnet Sie persönlich aus?

➤ Ihr berufliches Ziel –
Wo wollen Sie hin?

➤ Begründung Ihres Interesses an dem Unternehmen –
Warum bewerben Sie sich genau hier?

Die Formulierung »entnehmen Sie alles Weitere meinem Lebenslauf« ist dabei unzureichend. Sie zeigt nicht, dass Sie sich intensiv bemühen. Um das Interesse beim Leser zu wecken, muss dieser motiviert werden, sich Ihren Lebenslauf gründlich anzusehen. Dazu müssen Sie Ihr Profil aufbereiten und als passend darstellen!

Das Anschreiben ist damit eine sehr individuelle Sache. Ein unverändertes Anschreiben als Standard an viele Firmen zu versenden, ohne jegliche Anpassung auf das jeweilige Stellenprofil und / oder Unternehmen wird Sie nicht zum Erfolg führen. Schnell wird es als ein Massenrundschreiben identifiziert.

Dennoch ist es nicht erforderlich, für jede neu ausgeschriebene Position ein vollkommen neues Anschreiben aufsetzen.
Erstellen Sie sich zunächst ein Anschreiben-Grundgerüst. Dieses modifizieren Sie, gezielt auf jede einzelne neue Bewerbung. Ausgerichtet auf die jeweilige Stellenausschreibung des Unternehmens, auf regionale, zeitliche, persönliche Gegebenheiten und / oder auf die inhaltlichen Besonderheiten der zu bewerbenden Position.

> *Formulieren Sie im ersten Schritt ein Basisanschreiben. Dieses richten Sie im Bewerbungsprozess an jede Position und Unternehmen gemäß der Stellenausschreibung aus.*

Das Anschreiben

Hinweise zur praktischen Umsetzung

Das erste Anschreiben anzufertigen erfordert eine intensive Auseinandersetzung mit dem Thema. Ist aber der Basistext erstellt, können Sie diesen mit erheblich weniger Mühe auf die individuellen Erfordernisse von neuen Bewerbungen umgestalten und ausbauen.

Grundsätzlich besteht jedes Anschreiben aus folgenden Inhalten

- ➤ Einleitung
- ➤ bisherigem beruflichem Hintergrund und zukünftige Ausrichtung – verknüpft mit persönlichen Fähigkeiten
- ➤ besonderem Engagement und Fertigkeiten wie Sprach- und / oder EDV-Kenntnisse
- ➤ auf die Stellenausschreibung hin zu beantwortende Fragen wie Gehaltsvorstellung und / oder Eintrittstermin
- ➤ Abschluss

Dieser Basistext kann dann in jeder einzelnen Bewerbung auf die jeweilige Position und das jeweilige Unternehmen abgestimmt werden. Manchmal müssen Sie gegebenenfalls radikal umformulieren, werden aber mit der Zeit bemerken, wie viel leichter Ihnen das Schreiben mit jeder neuen Bewerbung fallen wird.

Achten Sie bei Ihren Formulierungen auf positive und aktive Aussagen. Hier gibt es kein »ich würde«, »ich möchte« oder »ich könnte«, sondern stets ein »ich werde«, »ich kann« und auch ein »ich freue mich auf ein persönliches Gespräch«!

So präsentieren Sie sich sicher und selbstbewusst.

> *Positive Formulierungen verwenden und auf den Konjunktiv »ich würde, könnte, möchte« verzichten!*

Im Detail ergeben sich für das Gesamtanschreiben folgenden Positionen:

Das Anschreiben

Formale Aufmachung

> **Briefkopf**
>
> *Name, vollständige Adresse, Telefonnummer – Festnetz oder nur Mobil, E-Mail-Adresse – alles ansprechend gegliedert und formatiert, gerne in einer anderen Schriftart als Anschreiben- und Lebenslauftext.*

> ***Adressat***
>
> *Der Adressblock wird ohne Abstände untereinander geschrieben und gliedert sich – je nach Bestandteil – in der Reihenfolge*
>
> - *Firma*
> - *Abteilung*
> - *Ansprechpartner*
> - *Kennziffer*
> - *Straße oder Postfach*
> - *Postleitzahl Ort*
>
> *Ausführliche Beispiele finden Sie in den folgenden Erläuterungen.*

> **Datum**
>
> *Hier auf ein einheitliches Datumsformat zum Lebenslauf achten! Möglich ist das Format 18. Januar 2012 oder aber auch 18.01.2012. Bei Einzeltagen wird keine »0« vorangestellt, also beispielsweise 6.12.2012. Möglich ist die internationale Schreibweise 2012-12-06, also Jahr-Monat-Tag. Ob das allerdings moderner wirkt oder eher mühsam für den Leser ist, sei in Frage gestellt.*

> **Betreff**
>
> *Der Betreff wird fett gedruckt. Wenn viele Informationen darin »verpackt« werden müssen, dann bietet sich ein zweizeiliger Betreff an. Die erste Zeile fett, die zweite Zeile nicht fett. Beispiele finden sich in den folgenden Muster-Anschreiben ab Seite 109.*

> **Anrede**
>
> *Versuchen Sie, einen konkreten Ansprechpartner für Ihre Bewerbung zu haben. Wenn kein Name vorhanden ist, verwenden Sie den Stan-*

Das Anschreiben

dard »Sehr geehrte Damen und Herren,«. Weitere Beispiele dazu in den Erläuterungen auf den nachfolgenden Seiten.

➤ **Text**

Der Text ist die Kunst an sich und bestimmt maßgeblich den Wert Ihres Anschreibens. Im Einzelnen muss enthalten sein, immer mit Bezug auf die Stellenausschreibung und das Unternehmen

- o *Betreff, warum Sie sich bewerben. Wie sind Sie auf die Stellenausschreibung und / oder das Unternehmen aufmerksam geworden?*
- o *Darstellung Ihrer Eignung. Welchen Bezug haben Sie zu der Stelle und was bringen Sie an prägnanter Erfahrung mit?*
- o *Darstellung Ihrer bisherigen Tätigkeiten, die diese Eignung nachweisen. Jeder einzelne geforderte Punkt der Anzeige ist aufzuführen und zu belegen.*
- o *Darstellung Ihrer Soft Skills.*
- o *Welche besonderen Tätigkeiten haben Sie bislang gemacht und über welche Kenntnisse in EDV / Sprachen verfügen Sie?*
- o *Wenn gefragt: möglicher Einstiegstermin / Gehaltsvorstellung. Was möchten Sie verdienen und wann können Sie in die Firma eintreten?*
- o *Ein abschließender Satz mit Hinweis auf ein persönliches Gespräch.*

➤ **Grußformel**

Der Standard ist das klassische »Mit freundlichen Grüßen«. Dennoch ist es empfehlenswert kreativer zu sein und dem Anschreiben oder dem begleitenden E-Mail einen netten und persönlicheren Abschluss zu geben. Hierzu gibt es Gestaltungsmöglichkeiten die sich mittlerweile im geschäftlichen Schriftverkehr durchgesetzt haben. Vielfältige Beispiele finden Sie in den folgenden Erläuterungen.

➤ **Name**

Gedruckt in dem Format: »Vorname Name«.

Das Anschreiben

➤ **Unterschrift**

Die Unterschrift erfolgt mit Kugelschreiber, Tintenroller oder Füller und wird zwischen der Grußformel und dem Namen geschrieben bzw. bei Online-Bewerbungen gescannt eingefügt. Auf eine vorformatierte Linie für die Unterschrift ist zu verzichten.

➤ **Anlagenhinweis**

Eine vollständige Bewerbung besteht aus Lebenslauf und Zeugnissen. Sehen Sie daher von einer Spezifizierung der einzelnen Beilagen ab und schreiben Sie allein »Anlagen«. So bleibt das Anschreiben übersichtlicher. Die Nennung einzelner Anlagenbestandteile erhöht nicht den Wert Ihres Profils.

Die vorgenannten Punkte sind das Grundgerüst, mit dem Sie Ihrem Anschreiben ein eigenes Gesicht geben. Einige Formalien wollen genauer betrachtet werden:

Beachten Sie bei der Adressierung, dass Sie die Abteilungs-Bezeichnungen des Unternehmens verwenden. In manchen Firmen ist es die »Personalabteilung«, in anderen werden beispielsweise die Begriffe »Recruitment« oder »Human Ressource« verwendet.

Leerzeilen sind im Adresskopf nicht mehr üblich. Schreiben Sie alle Zeilen lückenlos untereinander.

Firma Musterbau AG	Supergut GmbH	Beispiel GmbH & Co KG
Abteilung Personal	Recruitment Center	Herrn Kurt Beispielmann
Herrn Dr. Klaus Meier	Frau Friederichs	Beispielweg 453 d
Musterstraße 12	98989 Weiterort	56875 Beispielorten
55555 Musterdorf		

Ein weiterer individueller Bestandteil Ihres Anschreibens ist die Anrede. Hier nennen Sie den Namen des Kontakts, bitte ohne Vorname:

➤ Sehr geehrter Herr Dr. Meier,
➤ Sehr geehrte Frau Friederichs-Muster,
➤ Sehr geehrter Herr Beispielmann,

Das Anschreiben

Bei Titeln oder besonderen Positionen in der Anrede – und natürlich auch im Adresskopf – auf die Reihenfolge achten:

➤ Sehr geehrter Herr Präsident Prof. Dr. Müller,
➤ Sehr geehrter Herr Prof. Dr. Müller,
➤ Sehr geehrter Herr Dr. Müller,
➤ Sehr geehrter Herr Müller,
➤ Sehr geehrte Frau Friederichs, sehr geehrter Herr Beispielmann,

> *Finden Sie heraus, wer Ihr Ansprechpartner ist. Dann können Sie das Anschreiben an den Bearbeiter adressieren und diesen persönlich anreden.*

Wenn Ihnen der Ansprechpartner nicht bekannt ist, verwenden Sie:

➤ Sehr geehrte Damen und Herren,
➤ Sehr geehrte Dame, sehr geehrter Herr,

Nach der Anrede ist ein Komma zu setzen, Ausrufezeichen sind im geschäftlichen Briefverkehr nicht mehr üblich. Nach einer Leerzeile geht es kleingeschrieben weiter.

Neben der Ansprache ist die Grußformel ein ebenso wichtiger Gestaltungspunkt. Der Standard langer Jahre »Mit freundlichen Grüßen« kann mittlerweile variiert werden. Gerade in einer Bewerbung, in der Sie sich als Person und Persönlichkeit präsentieren wollen und müssen, können Sie diesen Gestaltungsraum positiv für sich nutzen. Alternativen wären:

➤ Mit besten Grüßen
➤ Mit herzlichen Grüßen
➤ Mit freundlichen Grüßen aus Musterstadt
➤ Mit besten Grüßen aus Bayern
➤ Mit besten Grüßen nach Beispielort

Ebenso ist es möglich, nach einem ersten persönlichen Kontakt per Telefon oder dem Vorstellungsgespräch, bekannte Informationen für einen personalisierten Abschluss mit zu verwenden:

Das Anschreiben

> ➤ Mit besten Wünschen für Ihren Urlaub
> ➤ Ihnen eine guten Start in die Woche und beste Grüße
> ➤ Ihnen ein schönes Wochenende und herzliche Grüße

Die Variationen sind vielfältig, dürfen jedoch nicht zu »locker« sein. Auch nicht die Formulierung »mit freundlichem Gruß« verwenden. Diese Verminderung der üblichen »Grüße« kann vom Leser als abwertend empfunden werden.

Gestalten Sie Ihre Bewerbung durch gewählte Grußformeln individueller! Achten Sie dabei darauf, dass Sie im möglichen weiteren Schriftverkehr andere, neue Formulierungen einsetzen und nicht immer mit der gleichen ausgefallenen Grußformel antworten.

Wurde in einer Stellenanzeige die Frage nach dem frühestmöglichen Eintrittstermin gestellt, so gehen Sie darauf ein, aber nur dann. Eine Ausnahme ist gegeben, wenn Sie aus bestimmten Gründen nicht innerhalb eines Vierteljahres oder länger wechseln können (zum Beispiel bei speziellen Projekten, Weiterbildungsmaßnahmen, Examen). In diesem Fall empfiehlt es sich, dem Unternehmen vorab Informationen über Ihre terminlichen Möglichkeiten zu geben.

Wurde in der Stellenausschreibung der Eintrittstermin oder die Gehaltsvorstellung abgefragt, dann ist in dem Anschreiben darauf einzugehen.

Ähnlich verhält es sich mit Gehaltsangaben. Dieses sind Fragen, die im Vorstellungsgespräch geklärt werden sollten, wenn Sie über weitere Informationen über das Unternehmen verfügen. Wird aber in der Anzeige nach Ihren Vorstellungen gefragt, dann wird eine Antwort beziehungsweise eine Stellungnahme bereits im Anschreiben erwartet. Orientieren Sie sich bei Ihrer Angabe auf die branchen- oder firmenüblichen Tarife. Möchten Sie noch keine Auskunft geben, dann weisen Sie darauf hin, dass Sie dieses Thema im Interview ansprechen werden.

Das Anschreiben

Konkrete Anschreiben-Beispiele

Auf den nachfolgenden Seiten finden Sie Beispiele für Anschreiben. Unsere fünf Musterpersonen bewerben sich mit Bezug auf Ihre Lebensläufe.

- ➤ Wilhelmine Wolke-Muster   –   Lebenslauf auf Seite 110
- ➤ Helga Himmel-Muster   –   Lebenslauf auf Seite 111
- ➤ Sven Sonnenschein-Muster   –   Lebenslauf auf Seite 112
- ➤ Regina Regenbogen-Muster   –   Lebenslauf auf Seite 113
- ➤ Georg Gewitter-Muster   –   Lebenslauf auf Seite 114

Auf den Anschreiben sind alle Inhalte für eine DIN A4 Seite dargestellt. Da das Buchformat kleiner ist, fallen einige Abstände verringert aus, um nicht die Schriftgröße zu sehr reduzieren zu müssen.

Somit haben Sie für Ihre Bewerbung auf DIN A4 mehr Raum zur Verfügung – für eine noch übersichtlichere und optimierte Präsentation.

Das Anschreiben

Wilhelmine Wolke-Muster

Gestalterin
Am Hort 6
66782 Rankfurt
Fon: 06921-4000055
w.wolke.muster@provider.de

Wilhelmine Wolke-Muster   Am Hort 6   66782 Rankfurt

Firma Edelstein-Muster GmbH
Frau Anna König-Muster
Rubinweg 55
65468 Rankfurt

Rankfurt, den 12. Dezember 2012

Bewerbung als Fachverkäuferin für Uhren & Schmuck
Ihre Anzeige in Infomarkt-Zeitung vom 10. März 2012

Sehr geehrte Frau König-Muster,

mit großem Interesse habe ich Ihre Anzeige gelesen. Die von Ihnen gewünschten fachlichen Kenntnisse bringe ich neben dem passenden Persönlichkeitsprofil mit.

Nach meiner Lehre zur Goldschmiedin machte ich erfolgreich den Abschluss als Goldschmiedemeisterin und staatlich geprüfte Gestalterin. Meine fachlichen Schwerpunkte liegen im Entwurf und der Umsetzung individueller Schmuckstücke. Neben verschiedenen Praktika sammelte ich langjährige Erfahrung im Verkauf von Schmuckwaren. Der persönliche Kontakt mit Kunden liegt mir sehr. Hier kann ich mein kommunikatives Wesen erfolgreich einsetzen. Daneben handele ich stets zielorientiert und erfülle die gestellten Aufgaben in höchstem Maße zuverlässig. Die erfolgreiche Arbeit im Team, als auch eigenständig ist für mich eine Selbstverständlichkeit.

In der Textverarbeitung verfüge ich über gute Kenntnisse. Sehr gute Englischkenntnisse habe ich in den vergangenen Anstellungen eingesetzt und als verhandlungssicher bewiesen. Meine Gehaltsvorstellung liegt bei circa 18 T€ p.a.

Sehr freue ich mich auf ein persönliches Gespräch und verbleibe bis dahin

mit freundlichen Grüßen

Wilhelmine Wolke-Muster

Anlagen

Das Anschreiben

Helga Himmel-Muster

Spiegelstr. 15
88259 Musterhausen
Tel. 05469 – 98 24 460
Fax 05469 – 98 26 11
Mobil 0150 – 08 00 06 20

helga.himmel.muster@provider.de

Helga Himmel-Muster ♦ Spiegelstr. 15 ♦ 88259 Musterhausen

Firma Musterexpress GmbH & Co KG
Human Ressource
Herr Dr. Jürgen Wiederwind-Muster
72135 Mustermuster

Musterhausen, den 07. Juni 2012

Bewerbung um eine Anstellung als Eventmanagerin

Sehr geehrter Herr Dr. Wiederwind-Muster,

bezugnehmend auf unser nettes Telefonat vom heutigen Tage bewerbe ich mich hiermit als Eventmanagerin für die Sparte Reise- und Eventmarketing.

In 1989 schloss ich mein Studium der Betriebswirtschaft erfolgreich auf Diplom ab. Studienparallel war ich in der Veranstaltungsorganisation und auf Messen tätig und sammelte erste Erfahrungen in diesem Bereich, die ich bis heute als Selbstständige erfolgreich ausbaute.

Neben umfangreichen Kenntnissen der Branche bringe ich ein passendes Profil mit. Als kommunikativer Mensch erreiche ich mit einem außergewöhnlichen Maß an Kreativität und Ideenreichtum die gesteckten Ziele stets auf hohem Niveau. Meine ausgeprägte Einsatzbereitschaft, Organisationsfähigkeit, aber auch die Fähigkeit sehr gut mit Stresssituationen umzugehen, verhelfen mir stets, gesteckte Aufgaben erfolgreich umzusetzen. Neben sicheren EDV-Kenntnissen und sehr guten Sprachkenntnissen in der englischen Sprache, aber auch gutem Französisch bin ich mit meiner uneingeschränkten Mobilität und Flexibilität genau richtig für diesen Job!

Ein sofortiger Einstieg ist für mich unproblematisch, meine bisherigen freiberuflichen Projekte sind abgeschlossen.

Sehr freue ich mich über das persönliche Gespräch, in dem wir weitere Einzelheiten besprechen können.

Mit besten Grüßen aus Musterhausen

Helga Himmel-Muster

Anlage

Das Anschreiben

Sven Sonnenschein-Muster

Auf der Bahn 43 ◇ 97000 Ürzburg
Mobil 0151-0000500 ◇ sven.sonnenschein-muster@provider.de

Sven Sonnenschein-Muster ◇ Auf der Bahn 43 ◇ 97000 Ürzburg

Supergut-Muster GmbH & Co KG
Personalabteilung
Frau Maria Mitternacht-Muster
20230 Amburg

Amburg, den 16.07.2012

Ihre Stellenausschreibung Vertriebsleiter
Amburger Musterzeitung vom 14.07.2012

Sehr geehrte Frau Mitternacht-Muster,

hiermit bewerbe ich mich bei Ihnen als Vertriebsleiter. Die Unternehmensgruppe Supergut-Muster ist mir bereits aus meiner früheren Tätigkeit bei Ioi-Muster AG bestens bekannt.

Im Anschluss an den erfolgreichen Abschluss meines Studiums der Betriebswirtschaft an der Universität in Rankfurt war ich ab 1999 zunächst als Vertriebsassistent bei der Firma Ioi-Muster AG in Rankfurt tätig, später übernahm ich die Position als Abteilungsleiter Vertrieb bei Hannes-Media-Muster AG in Amburg. Vor allem die Neukundengewinnung ist ein wichtiger Bestandteil meiner Arbeit; daneben bin ich verantwortlich für das Vertragswesen, das ich mit Freude ausfülle.

Meine fundierten Kenntnisse in Mitarbeiterführung und Motivation sorgen, neben meinem ausgeprägten Einfühlungsvermögen, stets für eine sehr gute Arbeitsbasis. Mit meiner analytischen und strategischen Denkweise erreiche ich gesteckte Ziele auf höchstem Niveau.

Die von Ihnen beschriebenen Aufgabenstellungen vor allem im Rahmen der Projektarbeit stellen für mich eine interessante Herausforderung dar.

Über die Einladung zu einem persönlichen Gespräch freue ich mich sehr.

Mit besten Grüßen

Sven Sonnenschein-Muster

Anlagen

Das Anschreiben

REGINA REGENBOGEN-MUSTER
ROSENGARTENSTR. 6C   56565 ORTSHAUSEN
TEL.: 05565-54 54 45   E-MAIL: REGENBOGEN-MUSTER@PROVIDER.DE

Ortshausen, den 15.09.2013

Regina Regenbogen-Muster • Rosengartenstr. 6c • 56565 Ortshausen

Allescontrol GmbH
Recruituing VNH-78
Frau Dr. Marion Mondenschein-Muster
56498 Musterstetten

Bewerbung als Leiterin des Finanz- und Rechnungswesen
Ihre Stellenausschreibung im Internetmusterportal, Kennziffer: HJK22

Sehr geehrte Frau Dr. Mondenschein-Muster,

Ihre Stellenausschreibung hat mich sehr angesprochen. Die gewünschten Anforderungen fachlich wie persönlich bringe ich, neben einer ausgesprochen hohen Motivation, mit.

Als studierte Dipl.-Kauffrau und ausgebildete Bilanzbuchhalterin sammelte ich als Controllerin und als Leiterin der Finanzabteilung mehrjährige, umfangreiche Berufserfahrung. Vorrangig bin ich im Bereich der Überwachung und Koordinierung aller Prozesse im Finanz- und Rechnungswesen, wie auch in der Erstellung der Jahresabschlüsse und der Konzernbilanz tätig. Die Weiterentwicklung und Optimierung von Geschäftsprozessen ist dabei ein wichtiger Bestandteil meiner Arbeit, neben der Mitarbeiterführung und -entwicklung.
Ein professionelles Kommunikationsverhalten, hohe soziale Kompetenz und uneingeschränkte Teamfähigkeit sowie eine ausgeprägte Zielorientierung runden mein Profil in Verbindung mit sehr guten EDV-Kenntnissen in MS-Office, aber auch in SAP ab.

Die von Ihnen beschriebenen Inhalte stellen für mich eine positive Herausforderung dar, der ich mich gerne stellen möchte. Meine Gehaltsvorstellung bewegt sich in einem Rahmen von 60.000 – 65.000 Euro / Jahr.

Gerne überzeuge ich Sie in einem persönlichen Gespräch von meiner Eignung und verbleibe bis dahin

mit freundlichen Grüßen

Regina Regenbogen-Muster

Anlage

Das Anschreiben

Georg Gewitter-Muster

Zur grünen Aue 2 · 55455 Allerorten
Mobil 01887/ 78 06 5457 · gewitter-muster@provider.de

Georg Gewitter-Muster · Zur grünen Aue 2 · 55455 Allerorten

Firma Sunshine GmbH & Co KG
Herr Peter Pan-Muster
65454 Allerorten

Allerorten, den 10. Januar 2013

Bewerbung um die Anstellung als Assistenz Marketing

Sehr geehrter Herr Pan-Muster,

mit großem Interesse habe ich Ihre Stellenausschreibung Assistenz Marketing in der Musterrundschau vom 07. Januar gelesen und bewerbe mich bei Ihnen.

Mit meinem erfolgreich abgeschlossenen Studium der Betriebswirtschaft mit Schwerpunkt Marketing und verschiedenen Praktika im Vertriebsbereich, wie auch gezielt im Marketing bringe ich die fachlichen Basics mit, die für Sie von besonderem Interesse sind. Daneben bin ich Teamplayer mit hoher Eigeninitiative und souveränem Umgang mit komplexen Anforderungen, wie ich es bereits in meinem Studium, aber auch in einem Praktikum bei der Tecknick GmbH in Allerorten bewiesen habe. Meine überzeugenden Kommunikationsfähigkeiten gepaart mit einem sicheren und angenehmen Auftreten runden mein Profil ab. Sehr gutes Englisch und sichere EDV-Kenntnisse sind mein Handwerkszeug, das ich mitbringe.

Ein Unfall verzögerte mein Studium und meinen Berufseinstieg. Die vorübergehenden gesundheitlichen Einschränkungen habe ich erfolgreich bewältigt und stehe Ihnen uneingeschränkt als zuverlässiger Mitarbeiter zur Verfügung. Ein sofortiger Einstieg ist unproblematisch möglich.

Sehr freue ich mich auf das persönliche Gespräch, in dem wir weitere Details besprechen.

Mit freundlichen Grüßen

Georg Gewitter-Muster

Anlagen

Das Anschreiben

Zusammengefasst:

Das Anschreiben

Das Anschreiben ist der Werbebrief für Ihre Person, Ihr Profil und Ihre Eignung für die beworbene Position! Mit diesem Schreiben beweisen Sie Ihr Interesse an der Stelle, der Firma und Ihrer beruflichen Zukunft.

Um erfolgreich zu sein, sind formal verschiedene Anforderungen zu erfüllen

> ➤ *eine Seite*
> ➤ *nicht zu viel Text*
> ➤ *inhaltlich nur die »Highlights« aus dem Lebenslauf – keine vollständige Wiedergabe des Werdegangs*
> ➤ *gute Strukturierung – Textblöcke mit sinngemäßen inhaltsbezogenen Absätzen*
> ➤ *ansprechendes Layout*
> ➤ *Schriftgröße / Schriftart einheitlich zum Lebenslauf*
> ➤ *Briefkopf mit Kontaktdaten einheitlich zum Lebenslauf*
> ➤ *aktuelles Datum – einheitlich zum Lebenslauf*
> ➤ *eigenhändige Unterschrift*
> ➤ *korrekte Schreibweise und Ansprache des Adressaten*

Passen Sie Ihr Anschreiben auf jede neue Stellenausschreibung an, in dem Sie auf die Details der Anforderungen im Einzelnen genau eingehen.

Das Anschreiben

Schritt 9

Besonderheiten

der Online–Bewerbung

Jetzt sind alle Unterlagen erstellt, das heißt Anschreiben und Lebenslauf sowie die Anlagen sind komplettiert, und damit der Grundstein für Ihre Bewerbung gelegt. Nur sind Sie nicht »fertig«. Nun gilt es, diese Inhalte für die moderne und mittlerweile überwiegende Verfahrensweise, nämlich der Bewerbung über das Internet, beziehungsweise per E-Mail, fit zu machen. Viele Firmen bevorzugen aus rein organisatorischen Gründen die Online-Bewerbung und fordern eine Bewerbung über das eigene Internetportal in Ihren Stellenausschreibungen konkret an.

Für die erfolgreiche Nutzung des weltweiten Netzes im Bewerbungsprozess sind Voraussetzungen zu schaffen:

> ➤ **eine neutrale E-Mail-Adresse**
> *Sie benötigen für Ihre Bewerbung eine seriöse und ansprechende E-Mail-Adresse, vorzugsweise in der Form*
> *»vorname.nachname@provider.de«.*

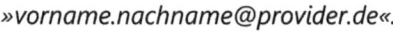

Besonderheiten der Online-Bewerbung

Spaßadressen wie »discomaus@provider.de« sind zu vermeiden, ebenso wie falsch zu interpretierende Adressen, beispielsweise wäre das »uschi69@provider.de«. Ein Versenden mit der E-Mail-Adresse des Unternehmens, bei dem Sie noch in Anstellung sind, ist ebenfalls nicht empfehlenswert.

➤ **Finden Sie eine Empfängeradresse heraus**
Ermitteln Sie den Empfänger. Bewerbungen an die info-Adresse des jeweiligen Unternehmens werden in den seltensten Fällen zum Erfolg führen und wenn doch, dann zeitverzögert. Forschen Sie nach der bearbeitenden Person, gegebenenfalls mit einem vorherigen Telefonat.

➤ **Machen Sie Ihren Lebenslauf fit für ein Online-Bewerbungsformular**
Wenn ein Bewerbungsformular vom Unternehmen angeboten wird, gibt es zwei Formen zu unterscheiden

- *das Kontaktformular, ähnlich einer Kurzbewerbung*
- *das vollständige Bewerbungsformular einschließlich Freitextfelder und einer Uploadmöglichkeit für Zeugnisse oder andere Dateianhänge*

Gehen Sie in beiden Fällen sorgfältig auf die Formularfelder ein und stellen Sie im Falle der vollständigen Bewerbung Ihren gesamten Lebenslauf geschickt in diesen Fragenkatalog ein.
Die feste Darstellung im Rahmen des Online-Bewerbungsformulars hat für das Unternehmen den Vorteil, dass Ihre Unterlagen automatisch systemkonform verarbeitet werden und letztendlich eine bessere Vergleichbarkeit unter allen Kandidaten möglich ist. Dennoch keine Sorge: Auch in dieser standardisierten Form gibt es Raum sich individuell zu präsentieren. Aber erwähnen Sie stets alle Fakten, denn teilweise wird der passende Bewerber durch die reine Suche nach Stichworten im Profil herausgefiltert.

➤ **Machen Sie Ihre Unterlagen fit für die E-Mail-Bewerbung**
Vielfach findet sich auf der Homepage der Ansprechpartner für eine bestimmte Stellenausschreibung einschließlich der E-Mail-Adresse

Besonderheiten der Online-Bewerbung

oder aber die E-Mail-Adresse ist in einer Stellenausschreibung mit angegeben. In diesen Fällen können Sie davon ausgehen, dass es von dem Unternehmen durchaus gewünscht ist, sich Online zu bewerben. Erstellen Sie ein kurzes, »knackiges« E-Mail-Anschreiben, dem die vollständige Bewerbung als Anlage beigefügt ist; konkret also Anschreiben, Lebenslauf und Zeugnisse / Nachweise. Ein Text-Beispiel finden Sie auf Seite 122.

Ihr Foto und die Unterschrift müssen jetzt digital vorliegen, alle Anlagen digital eingescannt und chronologisch gegliedert sein.

➤ **Die Attachments – Ihre Anlagen in der E-Mail-Bewerbung**
Neben dem kurzen Begleitschreiben im E-Mail-Fenster fügen Sie maximal zwei Dateien mit an. Das können sein
- *Anschreiben und Lebenslauf inklusive Anlagen*
- *Anschreiben und Lebenslauf und als weitere Datei die Anlagen*

Die maximale Größe je Datei liegt bei circa 1-2 MB. Üblich ist das pdf-Format. Versenden Sie keine gezippten Dateien, Word-Dokumente oder andere virenempfängliche Dateiformate.
Benennen Sie die Dateien mit Ihrem Namen beispielsweise im Format »Nachname Vorname Bewerbung« oder »Nachname Vorname Anlagen«, so dass diese für den Bearbeiter einfach zuordenbar sind.

➤ **Das Versanddatum**
Das Datum und die Uhrzeit Ihres E-Mail-Versands ist im Absenderkopf der E-Mail klar zu erkennen und wird sicherlich Beachtung finden. Verzichten Sie daher auf nächtliche Bewerbungsaktionen oder dem Versand aus dem Büro, sofern Sie noch in Anstellung sind. Versenden Sie Ihre E-Mail vorzugsweise Mitte der Woche, da in der Regel die meisten Bewerbungen am Wochenende versendet werden; so sind Sie nicht ein Steinchen des großen E-Mail-Bergs am Montagvormittag. Zuletzt noch sollte das Datum des E-Mail-Versands identisch sein mit dem Datum in Anschreiben und Lebenslauf.

Besonderheiten der Online-Bewerbung

> *Überarbeiten Sie Ihre Bewerbung schon bei den Vorbereitungen in Hinblick auf einen Einsatz im Online-Formular oder per E-Mail. Gut vorbereitet können Sie im Falle einer Anfrage von Unternehmensseite schnell reagieren.*

Da zwischen der Online-Bewerbung per E-Mail und im Online-Formular des Unternehmens erhebliche Unterschiede im Verfahren liegen, wird auf beide Arten genauer eingegangen:

Das Online-Formular

Einfach auszufüllen ist das reine Kontaktformular, bei dem nur Basisdaten einzutragen sind und in der Regel die vollständige Bewerbung auf Anfrage von Unternehmensseite nachgereicht wird. Komplexer wird es mit der Online-Bewerbung, in der die vollständige Bewerbung in Formularfelder zu erfassen ist.

> *Bei der Bewerbung über das Internet ist das Kontaktformular von der vollständigen Online-Bewerbung per Formular zu unterscheiden. Im zweiten Fall fordert das Ausfüllen Ihnen genauso viel ab wie die Erstellung einer speziell auf das Unternehmen ausgerichteten Bewerbung mit Anschreiben und Lebenslauf.*

Vielfach sind die Felder in Online-Formularen verschiedener Unternehmen allerdings vergleichbar und dabei stets umfangreich.

In den vorgefertigten Formularfenstern gilt es Ihren beruflichen Werdegang ansprechend und eindeutig unterzubringen. Präsentieren Sie sich individuell und zudem fehlerfrei und sauber formatiert. Das ist nicht immer einfach. Die Fragen orientieren sich nicht konkret an dem sonst so typischen Lebenslauf, sondern sie sind teilweise offen gestellt; und dennoch sind hier alle Kenntnisse, Fähigkeiten und Besonderheiten aus dem Lebenslauf aufzuführen.

Fragen nach Ihrer Motivation sich bei dem Unternehmen zu bewerben, besonderen Vorstellungen oder Einstiegswünschen sind neben den klassischen Fragen nach Gehaltsvorstellung und Eintrittstermin nicht willkürlich aufge-

Besonderheiten der Online-Bewerbung

führt, sondern wichtige Auswahlkriterien. Ihre Antworten geben Rückschlüsse über Ihren persönlichen Einsatz bei Ihrer Bewerbung und über Ihre Person. Bei diesen Feldern haben Sie die Möglichkeit, das »steife« Online-Formular zu personalisieren. Ihr Profil wird individueller durch aussagekräftige Texte in den Freitextfeldern, ebenso wie durch gewählte Überschriften und / oder einer netten und ansprechenden Begrüßung sowie abschließendem Gruß.

Haben Sie alles soweit erstellt, dann sichern Sie den zu sendenden Text. Möglich ist das durch

> ➤ einen Ausdruck über ein angebotenes Druckmenü oder den Browser
> ➤ eine Kopie auf Ihrem Rechner – eine Speicherung sollte als html-Dokument möglich sein. Wenn sich das Dokument nicht speichern lässt – legen Sie sich ein Dokument, beispielsweise in Word, an und kopieren Sie alle Fragen und Angaben in dieses hinein (»strg C« für Kopieren und (»strg C« zum schnellen Einfügen)
> ➤ Screenshots für eine reine Darstellung der Formulardaten (»druck«-Taste und dann »strg V« zum Einfügen).

Für eine gute Aufteilung und Gestaltung sowie Rechtschreibüberprüfung ist es empfehlenswert, vorab in einem Programm wie Word den Lebenslauf entsprechend dem Online-Formular zu gliedern und durchzuformatieren. Diese Passagen können anschließend direkt in das Formular hineinkopiert werden. Zudem stehen sie für weitere Bewerbungen als Basistexte zur Verfügung.

Checken Sie die Textfelder auf Rechtschreibung und Formatierung!

Drucken Sie sich zusätzlich das Formular vorab aus und gehen Sie es in Ruhe Punkt für Punkt durch. Lassen Sie keine Felder aus. Nehmen Sie das Blatt anschließend mit in Ihren Bewerbungsordner hinein. Auf diese Aufzeichnung können Sie im Falle eines Kontakts mit dem Unternehmen – beispielsweise im Vorstellungsgespräch – zurückgreifen, um nachzuvollziehen, was Sie der Firma bislang mitgeteilt haben.

Besonderheiten der Online-Bewerbung

> *Alle Informationen zur jeweiligen Bewerbung mit in den Bewerbungsordner einsortieren, nach Nummer und Fach. Vor allem bei Online-Formularen wird gerne vergessen, gemachte Angaben zu sichern. In einem Vorstellungsgespräch wissen Sie dann eventuell nicht mehr, was Sie geschrieben haben.*

Sollte Ihr Lebenslauf nicht ganz optimal sein, aufgrund zeitlicher Lücken oder ähnlicher Schwachstellen, dann ist vom Online-Formular abzuraten, da bei diesem diese Mankos schnell offensichtlich werden können. Angebrachter ist dann die reguläre Bewerbung per Post oder aber per E-Mail. Denn dort glänzen Sie mit Ihrer Formatierung, entsprechendem Papier und Mappe – kurzum: mit Ihrem besonderen Engagement bei der Erstellung der Unterlage.

Die Bewerbung per E-Mail

Sich per E-Mail zu bewerben kommt nah an die Verfahrensweise der Bewerbung per Post. Bei Anschreiben und Lebenslauf besteht der Unterschied darin, dass das Bewerbungsfoto digital eingefügt ist, die Unterschrift sowie die Zeugniskopien zuvor eingescannt werden und die Papiere nicht in einer ansprechenden Bewerbungsmappe eingelegt sind.

Sind für die E-Mail-Bewerbung alle Unterlagen digital erstellt, verbleibt das Konvertieren in ein passendes Format und eine angemessene Dateigröße. Mit Anlagen als pdf sowie Dateigrößen von rund 1-2 MB machen Sie nichts falsch. Sollten Sie Probleme beim Verkleinern der Dateien haben – seien Sie versichert, es geht immer! Fragen Sie gegebenenfalls in Internet-Foren und bei Freunden nach.

Für die E-Mail entscheidend ist ein passender Betreff, der klar den Grund Ihrer E-Mail darstellt. Empfehlenswert ist beispielsweise die Form:

»Bewerbung um eine Anstellung als Controller – Ihre Stellenausschreibung auf Ihrer Homepage«
oder aber
»Bewerbung als Controller – Ihre Ausschreibung Kz: 1546 BG«.

Besonderheiten der Online-Bewerbung

Vermeiden Sie gegebenfalls im E-Mail-Fenster Sonderzeichen, wie »ß« oder aber Umlaute und beispielsweise das Eurozeichen. Anstelle des Kürzels »€« ist die Schreibweise EUR eher angebracht, um sicherzugehen, dass beim Empfänger keine wirren Darstellungen dieser Sonderzeichen erfolgen.

Inhaltlich kann im E-Mail-Fenster das Bewerbungsanschreiben kopiert werden. Erheblich schöner und ansprechender ist es aber, wenn Sie dort einen kurzen Text für das erste Interesse einsetzen und auf Anschreiben und Lebenslauf einschließlich Zeugnisnachweise im Anhang verweisen. Ein möglicher (Kurz-)Text für das E-Mail-Fenster wäre:

Sehr geehrte Frau Müller,

sehr hat mich Ihre Stellenausschreibung Vertriebsleiterin vom 14.7.2012 in der Amburger Musterzeitung angesprochen. Selber langjährig in diesem Bereich erfolgreich tätig, bringe ich neben einer fundierten Ausbildung das fachliche Know-how aber auch die entsprechenden persönlichen Eigenschaften mit.

An der beschriebenen Tätigkeit interessiert mich vor allem die Herausforderung im Rahmen Ihrer geplanten Projekte, bei denen ich mich mit vollem Engagement einbringen möchte.

Mehr entnehmen Sie bitte meinen vollständigen Bewerbungsunterlagen im Anhang. Sehr freue ich mich über Ihr Interesse an meiner Person und stehe Ihnen gerne jederzeit für Fragen zur Verfügung. Bis dahin verbleibe ich

mit freundlichen Grüßen

Sonja Sonnenschein-Muster

Dipl.-Kauffrau

Sonja Sonnenschein-Muster

Auf der Bahn 43

97000 Ürzburg

Mobil 0151-0000500

sonja.sonnenschein-muster@provider.de

Besonderheiten der Online-Bewerbung

Vergessen Sie Ihre Signatur nicht! Wie im Anschreiben und Lebenslauf ist es positiv, wenn hier Ihre vollständigen Kontaktdaten erscheinen. Und zu einem ersten Kontakt mit dem Personalverantwortlichen kann es schnell kommen.

> *Fügen Sie Ihre Signatur in Ihrem E-Mail-Programm fest am Ende der E-Mail ein – ansprechend formatiert.*

Mit der Online-Bewerbung, in welcher Form auch genutzt, sinkt die Zeitdauer zwischen dem Versand der Unterlage und einer Reaktion durch das jeweilige Unternehmen. Rechnen Sie umgehend mit einem Anruf oder einer E-Mail-Rückantwort oder -frage. Seien Sie erreichbar – per Post, per Telefon und per E-Mail. Dazu gehört ebenfalls, das Speichervolumen Ihres E-Mail-Kontos nicht zu überschreiten, ansonsten erhalten Sie eine E-Mail aus der Personalabteilung nicht und der Versender bekommt die Meldung, dass seine E-mail an Sie nicht zugestellt werden konnte.

> *Seien Sie in der Zeit der Bewerbungen konstant erreichbar. Das bedeutet nicht allein telefonisch, sondern leeren Sie ebenfalls täglich Ihren Briefkasten, auch Ihren elektronischen – Ihr E-Mail-Postfach! Haben Sie dabei einen Blick auf Ihren Spam-Ordner!*

Zuletzt noch: Der Verweis auf die eigene Bewerbungs-Homepage ist nicht empfehlenswert, da diese sich zu sehr von dem Standard abhebt. Sie verlangt von dem Bearbeiter neben einem gesonderten Einloggen das Hineindenken in die Strukturen Ihrer Internetseite. Nutzen Sie diese Darstellungsform gegebenenfalls ergänzend zu der Vorlage einer vollständigen Bewerbung oder als Arbeitsprobe bei einer Bewerbung in diesem Fachgebiet.

Auf einen Check Ihres Profils im Internet sollten Sie dagegen vorbereitet sein. Pflegen Sie Ihr Auftreten auf Plattformen des »Social Media«. Das betrifft vor allem private Netzwerke und Foren. Das Internet hat leider häufig ein unauslöschliches Gedächtnis. Fotos von Kneipentouren oder aber anzügliche Aussagen werden bei Ihrem potenziell neuen Arbeitgeber sicher nicht auf Verständnis treffen.

Besonderheiten der Online-Bewerbung

Zusammengefasst:

Besonderheiten
der Online-Bewerbung

Ein Großteil der Bewerbungen erfolgt mittlerweile bevorzugt über das Internet. Dabei gibt es verschiedene Formen

> ➤ *die reine E-Mail-Bewerbung an einen konkreten Ansprechpartner*
> ➤ *das Kontaktformular des Unternehmens*
> ➤ *das Online-Formular des Unternehmens / einer Jobbörse*

Bei allen Möglichkeiten ist eine sorgfältig ausgearbeitete Darstellung, verbunden mit Ihrer individuellen Note, zwingende Voraussetzung!

Besonders sind in diesem Rahmen zu beachten:

> ➤ *Absender – eine neutrale E-Mail-Adresse ist ein MUSS!*
> ➤ *Empfänger – nicht an »info@firmenname.de« adressieren. Diese E-Mails landen unter Umständen im Spam*
> ➤ *Foto und Unterschrift digital einfügen*
> ➤ *bei der E-Mail-Bewerbung bietet sich ein kurzer einleitender Brief im E-Mail-Fenster an, Anschreiben, Lebenslauf und Zeugnisse sind als Anlagen beizufügen*
> ➤ *maximal 2 Anlagen mit einer jeweiligen Größe von rund 1-2 MB im pdf-Format anhängen*
> ➤ *gehen Sie bei einem Online-Formular auf alle Felder ein und prüfen Sie die Inhalte auf Rechtschreibung. Das Lesen allein in den Formularfenstern führt häufig zum Übersehen von Fehlern.*
> ➤ *speichern Sie das Online-Formular; beziehungsweise machen Sie sich einen Ausdruck der Informationen für Ihren Bewerbungsordner*
> ➤ *das Versanddatum der E-Mail muss sich mit dem Datum des beigefügten Anschreibens und Lebenslaufes decken und sollte nicht zu unpassenden Zeiten, zum Beispiel in der Nacht, versendet werden.*

Rufen Sie Ihre E-Mails in der Bewerbungsphase täglich ab, achten Sie dabei auf ausreichend verfügbare Speichervolumen und auf Ihren Spam-Ordner!

Besonderheiten der Online-Bewerbung

Schritt 10

Das Vorstellungsgespräch

Schön ist es, wenn nach den vielen Mühen, die Sie sich mit der Erstellung Ihrer Unterlagen und der Recherche nach passenden Einsatzgebieten gemacht haben, auf Ihre Bewerbung die erste Einladung zu einem Vorstellungsgespräch erfolgt.

Wundern Sie sich aber nicht.

Manche Firmen lassen Wochen nichts von sich hören und dann erhalten Sie unerwartet die Einladung zu einem – eventuell sehr kurzfristig anberaumten – Termin. Im anderen Fall ist es möglich, dass bereits an dem Tag nach dem Versand der Bewerbung das Unternehmen Sie telefonisch oder per E-Mail zu einem Gespräch einlädt. Wie es auch sei: Ihre Flexibilität ist gefragt.

> *Die Einladung zu einem Interview oder Vorstellungsgespräch kann innerhalb eines Tages, aber auch erst nach 3 Monaten erfolgen.*
>
> *Haben Sie Geduld – die Schnelligkeit einer Rückmeldung gibt keinen Aufschluss über den Erfolg Ihrer Bewerbung!*

Das Vorstellungsgespräch

Bei einer Zusage zu einem Interview bestätigen Sie den Termin umgehend oder aber verschieben ihn in Absprache mit dem Sachbearbeiter. Letzteres aber nur mit einer guten Begründung.

Mögliche **Erklärungen** wären hierfür:

> ➤ fehlende Zugverbindungen für die Uhrzeit oder den Wochentag
> ➤ Klausurtermin in der derzeitigen Weiterbildung
> ➤ besondere nicht verschiebbare Termine – beispielsweise eine Zahn-OP

Nennen Sie keine Gründe, die lösbar sind oder Schwächen in Ihrem Profil aufzeigen.

> *Es ist möglich den Termin einer Einladung zu einem Vorstellungsgespräch zu verschieben. Dafür erfordert es aber eine plausible, gute (!) Begründung.*

Haben Sie zugesagt, dann gilt es pünktlich zu erscheinen. Das bedeutet, einen ausreichenden Zeitpuffer bei der Anreise mit einzuplanen und zeitig in der Nähe des Unternehmens zu sein. Und ab hier beginnt für Sie bereits Ihr Vorstellungsgespräch. Sie können nicht sicher sein, dass nicht jemand aus der Firma Sie zufällig sieht.

Fahrtkosten zu Vorstellungsgesprächen werden übrigens von der Mehrzahl der Unternehmen erstattet, es sei denn, eine Übernahme wird bereits in der Stellenausschreibung ausdrücklich ausgeschlossen.

Im Schnitt kommt es bei 90% der Interviews um feste Arbeit und bei 40% um Praktika zu einer Kostenübernahme durch das Unternehmen. Erstattet werden in der Regel Zugtickets 2. Klasse mit der Bahn, bei Autofahrten das Kilometergeld. Es ist vom Bewerber stets die günstigste Variante zu wählen. Eine Erstattung erfolgt natürlich auch, wenn es nicht zu einem Arbeitsverhältnis kommt.

Eventuell wurde Ihnen mit der Einladung zum Termin ein Personalbogen zugesendet. Dieses Formular fragt die Daten ab, wie sie in Ihrem Lebenslauf enthalten sind, dem Online-Formular eines Unternehmens vergleichbar. Mit

Das Vorstellungsgespräch

diesem Blatt werden Ihre Daten für das jeweilige EDV-System des Unternehmens vorsortiert.

Füllen Sie den Bogen Zuhause sorgfältig und sauber aus. Empfehlenswert ist es, zunächst eine Kopie anzufertigen und die Daten bestmöglich einzutragen. Wenn alle Felder passend sind, dann übertragen Sie den Text sauber in das Original, das Sie zum Termin mitbringen. Die Kopie nutzen Sie für Ihren Bewerbungsordner, vielleicht möchten Sie später einmal nachsehen, was Sie hier mitgeteilt haben.

> *Machen Sie eine Kopie vom Personalbogen, die Sie zunächst ausfüllen. Erst dann tragen Sie die Daten im Original ins Reine.*

Neben dem Ausfüllen des Personalbogens gilt es, dass Sie sich gut auf das kommende Interview vorbereiten. Das nimmt viel Zeit in Anspruch! Dennoch: unvorbereitet zu sein führt zu unnötiger Nervosität und kann Ihnen das Gespräch schwer machen. Zwar können trotz aller Vorbereitung Fragen an Sie gestellt werden, mit denen Sie nicht gerechnet haben, doch wird Ihnen vorbereitet die Argumentation erheblich leichter fallen. Eine Vielzahl an möglichen Fragestellungen finden Sie im Folgenden ab Seite 131.

> *Bereiten Sie sich gut auf Ihr Vorstellungsgespräch vor. Sie haben bei jedem Unternehmen nur diese eine Chance!*

Ein Vorstellungsgespräch setzt sich nicht allein aus den fachlichen und persönlichen Fragen zusammen. Es lebt von zwischenmenschlichen Beziehungen. Sie werden erleben, dass Sie mit einem Firmenchef oder Personalverantwortlichen zusammentreffen, der Ihnen von Beginn an sympathisch ist und das Gespräch verläuft durchgängig harmonisch und auf einer Linie. Doch ist auch die umgekehrte Möglichkeit denkbar und Sie fühlen sich von Beginn an unwohl und müssen Ihre Argumentation in hohem Maße auf Ihre Vorbereitungen stützen. Machen Sie sich keine Sorgen! Beide Formen können für Sie zum Erfolg führen. Sie sollten aber auf beide Situationen gefasst und vorbereitet sein.

Das Vorstellungsgespräch

Bevor Sie soweit sind, gilt es jetzt sich vorzubereiten, neben grundsätzlichen Informationen vor allem auf die Fragen zu Ihrer Person.

Checkliste

> **Um welche Bewerbung geht es konkret?**
> *Handelt es sich um eine Initiativbewerbung, ein Tipp von Bekannten oder eine Stellenausschreibung in der Zeitung / im Internet? Welche Informationen liegen Ihnen über das Bewerbungsprozedere vor? Welche Anforderungen sind Ihnen bekannt?*

> **Was weiß das Unternehmen von Ihnen?**
> *Hier kann Ihnen Ihr Bewerbungsordner weiterhelfen mit allen Kopien versendeter Unterlagen, dem E-Mail-Schriftverkehr, aber auch Ihren Notizen zu Telefonaten.*

> **Wer ist Ihr Ansprechpartner und welche Position besitzt er?**
> *Handelt es sich um den Chef der Firma, den Abteilungsleiter, einen Personalreferenten? Sie können davon ausgehen, dass ein Mitarbeiter in der Personalabteilung psychologisch geschult ist und regelmäßig Bewerbungsgespräche führt, ein Chef vermutlich nicht.*

> **Welche Informationen haben Sie über dieses Unternehmen?**
> *Was wissen Sie über die zu besetzende Stelle? Wie können Sie sich weiter informieren? Wer kann Ihnen weiterhelfen?*
> *Sammeln Sie alles was Sie finden und gehen Sie dieses in Ruhe durch. Recherchieren Sie nicht allein Informationen über die zu besetzende Stelle, sondern auch grundlegende Daten über das Unternehmen wie Unternehmensform, Umsätze, Lieferanten. Sehen Sie sich auf der Internetseite des Unternehmens um und schauen Sie sich beispielsweise den letzten Geschäftsbericht an.*

> **Wo liegt die Firma, wie kommen Sie dort hin?**
> *Planen Sie die Anfahrt mit dem Auto, der Bahn oder dem Bus in der Form, dass keine zeitlichen Engpässe entstehen, die zu unnötiger*

Das Vorstellungsgespräch

Hektik führen. Eine Anfahrtsbeschreibung findet sich meist auf der Unternehmens-Homepage oder über einen Routenplaner.

Die Fahrkarte für die Bahn besser am Tage vorher kaufen bzw. das Auto volltanken, den Navi programmieren und die Wegbeschreibung bei der Abfahrt ausgedruckt mit dabei haben.

> ### Was ziehen Sie zum Termin an?

Überlegen Sie sich vor der Einladung zum Gespräch, welche Kleidung und Schuhe Sie anziehen und probieren Sie diese für ein paar Stunden an – nur so können Sie die Passform wirklich testen.

Sie sollen sich am Vorstellungstag wohl fühlen, sich auf das Gespräch konzentrieren können und nicht durch rutschende, zwickende Kleidung oder drückende Schuhe abgelenkt sein. Bei konservativen Berufen: Für die Damen ist Kleid oder Kostüm angemessen, für die Herren Anzug und Krawatte. Grundsätzlich sind bei der Wahl des Kleidungsstücks die Branche und die beworbene Position zu berücksichtigen.

> ### Welches Wissen benötigen Sie für die Stellung?

Wenn Sie von der Schule oder Hochschule kommen, dann schauen Sie in Ihre Lehrbücher zu den betreffenden Themen. Informieren Sie sich auch bei Personen, die in ähnlichen Tätigkeiten arbeiten. Wichtig ist die Kenntnis des spezifischen Fachvokabulars der gesuchten Position. Auch sollten Sie anhand Ihres Lebenslaufes klar und strukturiert aufzuzeigen können, dass Sie in der Vergangenheit vergleichbare Tätigkeiten gemacht haben und die Kenntnisse und Fähigkeiten dazu mitbringen.

> ### Was haben Sie konkret in Ihren vorherigen Anstellungen gemacht?

Fragen über frühere Tätigkeiten sind möglich, um den Bewerber auf wahrheitsgemäße Angaben im Lebenslauf zu prüfen. Sie sollten Ihre Arbeitsplätze beschreiben und Tätigkeiten im Detail erklären können. Achten Sie dabei auf eine Präsentation, die den Anforderungen der zu besetzenden Stelle entspricht.

Das Vorstellungsgespräch

> ➤ **Wie sieht es mit Lücken, schlechten Zeugnissen oder einem sprunghaften Lebenslauf aus?**
> *Bereiten Sie sich auf unangenehme Fragen vor und überlegen Sie sich Begründungen, die in das Gesamtbild Ihres Profils passen.*

> ➤ **Wie sieht es mit Ihrer privaten Situation aus?**
> *Rechnen Sie mit Fragen zu Ihrer Flexibilität oder Mobilität. Sind Sie bereit Überstunden zu machen, Dienstreisen zu übernehmen oder gar umzuziehen? Es macht keinen guten Eindruck, wenn Sie erst im Vorstellungsgespräch darüber nachdenken, ob Ihre Familie mit einem Umzug einverstanden wäre.*

> ➤ **Was erwarten Sie von dieser Stelle?**
> *Wie sehen Sie Ihre Zukunft in dem betreffenden Unternehmen? Wie sind Ihre Karrierepläne aufgebaut?*

> ➤ **Wie sind Ihre Gehaltsvorstellungen?**
> *Informieren Sie sich, beispielsweise im Internet – Suchwörter wären »Gehalt« oder »Gehaltsvergleich« –, über das branchenübliche Entgelt. Leiten Sie daraus Ihre Vorstellung ab, die Sie auf Basis Ihres persönlichen Hintergrunds klar begründen.*

Dieses sind die Grundlagen Ihrer Vorbereitung. Grundsätzlich wird Ihr Gesprächspartner versuchen, im Gespräch die Kernkompetenzen abzufragen, die für die erfolgreiche Besetzung der gewünschten Stelle erforderlich sind. Dieses kann in der direkten Fragestellung erfolgen, aber ebenso über Fragen nach Ihrem beruflichen Hintergrund oder persönlichen Erlebnissen, aus denen Ihre Fähigkeiten – fachlich, persönlich, methodisch – entsprechend abgeleitet werden können.

Im Nachfolgenden sind »klassische« Fragen aufgeführt, die im Gespräch auf Sie zukommen »können«; typische Fragen, auf die Sie in jedem Fall bereit sein sollten. Behalten Sie bei der Beantwortung aller Fragen stets das Stellenprofil und dessen Anforderungen im Blick.

Dergestalt vorbereitet, sind Sie dann für Ihr Vorstellungsgespräch bestens gerüstet!

Das Vorstellungsgespräch

Typische Fragen

Was sind Ihre Schwächen? Was sind Ihre Stärken?

Welche Ziele möchten Sie in den kommenden 5 Jahren realisiert haben?

Was möchten Sie jetzt und wie viel möchten Sie in Zukunft verdienen?

Welche beruflichen Ziele haben Sie? Wann möchten Sie diese erreichen?

Wie stellen Sie sich Ihren Arbeitsplatz vor?

Arbeiten Sie gerne in der Gruppe oder lieber allein?

Erzählen Sie bitte etwas über sich.

Haben Sie Kinder? Wie alt sind diese?

Wie steht Ihr Partner / -in zu Ihrer Bewerbung? Akzeptiert er / sie einen Umzug?

Was machen Sie in Ihrer Freizeit?

Haben Sie sich bereits ehrenamtlich betätigt? Wenn ja, wo?

Haben Sie Nebentätigkeiten, planen Sie derartiges?

Sind sie mit einer medizinischen Einstellungsuntersuchung einverstanden?

Sind Sie bereit, uns ein polizeiliches Führungszeugnis vorzulegen? Ist in nächster Zeit mit Einträgen zu rechnen?

Wo und wie lange haben Sie studiert?

Welche Fächer Ihrer Schul- und Berufsausbildung haben Ihnen Spaß gemacht und welche nicht?

Welche Praktika haben Sie absolviert? Wo?

Welches Buch lesen Sie im Moment? Welche Bücher haben Sie im letzten Jahr gelesen?

Waren Sie arbeitslos? Erklären Sie bitte die Lücken in Ihrem Lebenslauf.

Welche Aufgaben hatten Sie in Ihrer letzten Anstellung?

Das Vorstellungsgespräch

Können Sie jemanden aus Ihrer letzten Firma nennen, bei dem wir uns über Sie erkundigen können? Können Sie Referenzen vorlegen?

Weshalb haben Sie sich für diese Stelle beworben? Was qualifiziert Sie Ihrer Meinung nach?

Woher wissen Sie, dass diese Position frei wird / ist?

Was wissen Sie über unser Unternehmen?

Warum möchten Sie gerade bei unserem Unternehmen arbeiten?

Wie stellen Sie sich die Arbeit an Ihrem zukünftigen Arbeitsplatz vor?

Welche Aufgaben möchten Sie gerne übernehmen? – Welche Aufgaben interessieren Sie überhaupt nicht?

Haben Sie sich auch bei anderen Unternehmen beworben? Bei welchen?

Wie lange wollen Sie bei uns bleiben?

Gefällt Ihnen die Stadt?

Was erwarten Sie von Ihren Mitarbeitern, Kollegen, Ihren Vorgesetzten?

Das Vorstellungsgespräch

Wie ist Ihre Zusammenarbeit mit Mitarbeitern und Kollegen? Wie sind Sie mit Ihrem letzten Chef zurechtgekommen? Dürfen wir uns bei ihm nach Ihnen erkundigen?

Wo sehen Sie Ihre Position in einem Team?

Warum haben Sie häufig die Stelle gewechselt? Oder aber: Warum haben Sie noch nie die Stelle gewechselt?

Unterliegen Sie einem Wettbewerbsverbot?

Haben Sie sich schon einmal bei uns beworben?

Welche Aussage in unserer Anzeige hat Sie besonders angesprochen?

Wie lange wird es Ihrer Meinung nach dauern, bis Sie sich eingearbeitet haben?

Welche Erwartungen haben Sie an zukünftige Kollegen und Chefs? Welchen Führungsstil bevorzugen Sie?

Sind Sie bereit, den Wohnort zu wechseln, wenn das aus betrieblichen Gründen notwendig wird?

Sind Sie bereit auch einmal am Samstag oder Sonntag zu arbeiten, wenn betriebliche Gegebenheiten das erforderlich machen?

... und viele Fragen mehr!

Das Vorstellungsgespräch

Ebenso gibt es Fragen, die unzulässig sind. Der Arbeitgeber darf diese nicht stellen. Macht er das doch, dann ist es in diesen Fällen erlaubt zu lügen. Diese Fragen müssen nicht nicht oder nicht wahrheitsgemäß beantworten werden. Dazu gehören unter anderem Erkundigungen nach einer Schwangerschaft oder generelle Fragen zu Krankheiten, insofern sie keine Auswirkungen auf eine sachgemäße Erfüllung der arbeitsvertraglichen Pflichten haben.

Näheres finden Sie im Allgemeinen Gleichbehandlungsgesetz (AGG), das am 18.8.2006 in Kraft getreten ist.

Wenn Sie beginnen, sich auf die Fragen und Inhalte des Vorstellungsgespräches vorbereiten, beschränken Sie sich bitte nicht allein darauf, die Fragen zu durchdenken. Wichtig ist es, dass Sie bei Ihrer Vorbereitung jede Antwort laut und deutlich in den Raum sprechen – wie in einem wirklichen Gespräch. Nutzen Sie die Wand oder einen Gegenstand im Raum als imaginären Ansprechpartner und beantworten Sie jede Frage vollständig ausformuliert, laut und klar gesprochen.

> *Üben Sie das Gespräch aktiv. Stellen Sie Ihr Profil in kurzen Sätzen präzise dar und beantworten Sie die aufgeführten Fragen laut und vollständig ausformuliert! – Lernen Sie keine Sätze auswendig.*

Doch nicht allein auf die Inhalte im Gespräch kommt es an, sondern auch auf ein bewusstes Verhalten von Ihrer Seite.

Verhalten Sie sich natürlich, sicher, freundlich, aufmerksam, sachlich und ein wenig zurückhaltend. Überlassen Sie Ihrem Gesprächspartner die erste Initiative bei der Begrüßung und beachten Sie die Distanzzone. Diese ist kulturell meist unterschiedlich definiert. Der deutsche Abstand liegt in der Regel bei rund einer Armlänge. Stehen Sie also niemandem auf den Füßen!

Begrüßen Sie Ihren Gesprächspartner mit einem festen und konkreten Händedruck, während Sie ihm klar in die Augen blicken.

Augenkontakt zu halten gilt es auch beim Sprechen und Zuhören. Schwierig wird das, wenn Sie mehr als einen Gesprächspartner haben. Häufig sitzt der Abteilungsleiter neben dem Personalverantwortlichen und vielleicht ist eine weitere Person dabei. In diesem Fall gelassen bleiben und im Interview versuchen, alle Ansprechpartner anzusehen, auch wenn vielleicht nur eine Person

Das Vorstellungsgespräch

die Fragen an Sie stellt. Keiner will Ihnen den Kopf abreißen – vielmehr das Gegenteil: Alle wollen Sie unvoreingenommen kennenlernen. Dass dabei auch der eine oder andere unangenehme Punkt angesprochen wird, gehört dazu.

Auch wenn Sie sehr nervös sein sollten: Lächeln Sie! Ein Lächeln zum rechten Zeitpunkt schafft eine freundlichere Atmosphäre, löst und lockert auf.

Wichtig ist es ebenfalls, dass Sie im Gespräch ruhig und entspannt sitzen und keine unnötigen Gesten machen. Versuchen Sie, sich bereits in den Vorbereitungen bewusst auf Ihren Körper zu konzentrieren. Legen Sie die Arme locker auf den Armlehnen des Stuhles ab und nutzen sie die Hände allein für gesprächsunterstreichende Gestik.

Leicht kann es zu nervositätsbedingtem »Herumfuchteln« kommen. Wenn das passiert: Die meisten Bewerber sind sehr nervös bei einem Gespräch, das geht Ihnen nicht alleine so und Ihr Gesprächspartner kennt das. Manchmal hilft ein »bewusstes« tiefes Durchatmen, um ruhiger zu werden.

> *Achten Sie auf Ihre Gestik, Mimik und Ihre Sitzhaltung im Gespräch!*

Für das **Reden** im Vorstellungsgespräch gilt:

- ➤ reden Sie langsam und deutlich
- ➤ variieren Sie Lautstärke und Stimme
- ➤ machen Sie Pausen
- ➤ bilden Sie kurze Sätze
- ➤ geben Sie klare und präzise Antworten
- ➤ sagen Sie keine Phrasen auf
- ➤ lernen Sie keine Antworten auswendig!

Wenn Sie eine Frage oder den Namen eines Gesprächspartners nicht richtig verstanden haben, fragen Sie einfach nach. Das ist kein Problem. Hören Sie aber Ihrem Gesprächspartner immer erst ganz zu und lassen Sie ihn ausreden. Jemand der gerade spricht möchte nur ungern unterbrochen werden.

Lassen Sie sich nicht durch mögliche Fang- oder Stressfragen provozieren, sollten diese kommen. Gleiches gilt für Störungen wie Telefonklingeln, die prinzipiell ein »No-go« sind. Kommen Sie nicht »aus der Ruhe«, sondern stützen Sie sich gezielt auf Ihre Vorbereitungen.

Das Vorstellungsgespräch

Auf Aufforderung, meist zum Abschluss des Interviews, stellen Sie Ihre Fragen an das Unternehmen, klar strukturiert. Diese können beispielsweise zum Vorgesetzten, zum Arbeitsplatz, zu Weiterbildungsmöglichkeiten oder Aufstiegschancen sein, sofern diese Fragen angebracht sind und dazu zuvor im Gespräch nichts genannt wurde. Es ist nicht üblich, diese Fragen auf einem Blatt Papier zum Gespräch mitzubringen. Besser ist es, diese Themen beim Termin gedanklich präsent zu haben.

Bei konkreten Verhandlungen folgen weitere zu besprechende Inhalte wie Eintrittstermin, Dauer der Probezeit, Festlegung der Vertragsdauer und Kündigungsfristen, Höhe des Gehalts / Urlaubsgeldes / Weihnachtsgeldes, gewährte Urlaubstage, soziale Leistungen des Unternehmens und sonstige Vereinbarungen.

Eine Zu- oder Absage werden Sie in den wenigsten Fällen direkt zum Abschluss des Gesprächs erhalten, da sich die Fachabteilungen zunächst abstimmen müssen und häufig noch andere Bewerber gehört werden. Daher ist die Frage nach einem Ergebnis eher kontraproduktiv. Besser ist es, zu diesem Zeitpunkt nachzuhaken, bis wann Sie mit einer Rückmeldung durch das Unternehmen rechnen können und das positive und nette Gespräch hervorzuheben sowie Ihr jetzt noch stärkeres Interesse an der Position.

Das Vorstellungsgespräch

Zusammengefasst:

Das Vorstellungsgespräch

Die Einladung zu einem Vorstellungsgespräch kann schnell erfolgen, aber auch Wochen oder Monate auf sich warten lassen. Wenn Sie nach versendeter Unterlage länger warten müssen, sagt das nichts über eine kommende positive oder negative Beurteilung Ihrer Bewerbung aus.

Viele Unternehmen möchten, dass Sie den Personalbogen ausgefüllt mit zum Gespräch bringen.

> ➤ *füllen Sie den Bogen zunächst auf einer Kopie aus und übertragen Sie die Daten anschließend sauber ins Original*
> ➤ *die Kopie ist ein Nachweis für Sie, welche Daten Sie mitgeteilt haben – heften Sie sie mit im Bewerbungsordner ab*

Bereiten Sie sich gut auf das Gespräch vor. Das beinhaltet Fragen zu

> ➤ *der beworbenen Stelle*
> ➤ *dem Unternehmen*
> ➤ *Ihrem Lebenslauf*
> ➤ *zu möglichen Fragen, die Sie an das Unternehmen stellen möchten*

Üben Sie nach eingehender Vorbereitung das Gespräch

> ➤ *alleine, aber laut ausgesprochen*
> ➤ *mit Freunden, den Eltern – je öfter, desto besser!*

Achten Sie dabei auf

> ➤ *Mimik*
> ➤ *Gestik*
> ➤ *Sitzhaltung*
> ➤ *und ein kleines Lächeln dann und wann. Es schadet nie!*

Seien Sie pünktlich und machen Sie sich wegen aufkommender Nervosität keine Gedanken. Ihr Gesprächspartner kennt diese Situation. Die Mehrzahl der Kandidaten ist sehr nervös und diese Aufregung löst sich in der Regel im Verlauf des Interviews. Wichtig ist, dass Sie sich gut vorbereitet haben!

Einkaufszettel

Sofern nicht im Haushalt vorhanden, sollten Sie nachfolgende Dinge für Ihre Bewerbungen besorgen.

- ➤ Bewerbungsordner
- ➤ Trennstreifen oder -blätter zur Sortierung
- ➤ Klarsichthüllen zum Abheften der Zeugnisoriginale
- ➤ Druckerpapier – übliches 80 g, oder festeres 90 g / 100 g Papier
- ➤ Briefumschläge B4 – optional mit Fenster
- ➤ sofern keine Fensterumschläge verwendet werden: Adressaufkleber
- ➤ Bewerbungsmappen, vorzugsweise Klemmmappen
- ➤ Papierklebestift zur Befestigung des Fotos
- ➤ Füller mit Tinte oder Tintenroller für die Unterschrift
- ➤ Briefmarken – 1,45 € (Stand 06.2012)
- ➤ Bewerbungsbilder – Abzüge und digital auf CD
- ➤ Speicherstick / USB-Stick zum Sichern Ihrer Unterlagen
- ➤ Kleidung / Schuhe / Mantel / Tasche für das Foto und zum Gespräch
- ➤ Drucker mit guter Tonerpatrone für sauberen Ausdruck
- ➤ Locher – DIN A4 geeignet
- ➤ Heftgerät

Und was Ihnen zusätzlich einfällt:

➤ _____

_____

➤ _____

_____

➤ _____

_____

➤ _____

_____

➤ _____

_____

➤ _____

_____

➤ _____

_____

Belege und Quittungen aufbewahren und vor dem Kauf prüfen, ob vom Job-Center Kosten erstattet werden; andernfalls die Kosten unbedingt bei der Steuererklärung ansetzen.

Einkaufszettel

Arbeitsbögen

Auf den folgenden Seiten finden Sie verschiedene Arbeitsbögen zum Durcharbeiten, konstruktiven Durchdenken und Ausfüllen. Zuvor ist jeweils ein Beispiel vorangestellt, um Ihnen die eine oder andere Richtung zu weisen und die Auseinandersetzung mit dieser Thematik zu erleichtern.

Alle nachfolgenden Bögen finden Sie zum kostenlosen Download auf meiner Internetseite unter

»www.claudiamatthiesen.de«.

Fachliches Profil

Hier geht es um Ihre Ausbildung, bisherige Berufserfahrung einschließlich berufsnaher Tätigkeiten und persönlicher Interessen. Führen Sie alles auf, was Ihnen dazu einfällt. Gehen Sie gedanklich jede Arbeitsstelle, Praktikum oder Tätigkeit durch, in der Sie sich erlebt haben. Die inhaltlichen Ausführungen zu diesem Thema finden Sie ab Seite 20.

Im Anschluss an das Beispiel sind drei mögliche Anstellungen zum Ausfüllen vorgedruckt, wenn Sie mehr Platz benötigen nehmen Sie bitte ein gesondertes Blatt oder nutzen Sie das Downloadangebot auf meiner Homepage.

Arbeitsbogen: Fachliches Profil

Ausbildungsdaten

Ausbildung   *Steuerfachangestellte*

Studium   *BWL, Schwerpunkt Controlling*

Weiterbildung   *KHK, Buchhaltung, SAP R/3*

FI und CO

fachbezogene Interessen   *Excel, Datenbanken*

Berufsbezeichnung   *Diplom-Kauffrau*

1. Beschäftigung

Tätigkeit bei Firma   *ABCDE-Muster AG*

Tätigkeitsbezeichnung   *Assistant Controller*

eingesetzte Abteilung   *Fachbereich Controlling*

Schwerpunkte   *Aufnahme, Abstimmung von*

Kundenverträgen, Stammdaten, Mitarbeiten beim

Reporting der Abschlüsse, Mittelfristplanung

besondere Tätigkeiten / Bereiche   *Optimierung des*

SAP Systems, Durchführung von Umsetzungen

Arbeitsbogen: Fachliches Profil

Und hier ist Raum für Ihre Daten:

Ausbildungsdaten

Ausbildung   _____

Studium   _____

Weiterbildung   _____

_____

fachbezogene Interessen _____

_____

Berufsbezeichnung   _____

1. Beschäftigung

Tätigkeit bei Firma   _____

Tätigkeitsbezeichnung   _____

eingesetzte Abteilung   _____

Schwerpunkte   _____

_____

_____

besondere Tätigkeiten / Bereiche _____

_____

_____

Arbeitsbogen: Fachliches Profil

2. Beschäftigung

Tätigkeit bei Firma _____

Tätigkeitsbezeichnung _____

eingesetzte Abteilung _____

Schwerpunkte _____

_____

_____

besondere Tätigkeiten / Bereiche _____

_____

_____

3. Beschäftigung

Tätigkeit bei Firma _____

Tätigkeitsbezeichnung _____

eingesetzte Abteilung _____

Schwerpunkte _____

_____

_____

besondere Tätigkeiten / Bereiche _____

_____

Arbeitsbogen: Fachliches Profil

Stärken- / Schwächen-Profil

Notieren Sie Ihre eigenen Stärken und Schwächen. Da es vielfach schwierig ist, persönliche und methodische Fähigkeiten in Einzelfällen zu trennen, halten Sie hier einfach alles fest, was Ihnen einfällt!

Diese Stärken und Schwächen gilt es in Vorbereitung auf Ihr Anschreiben, aber auch für ein kommendes Vorstellungsgespräch mit Beispielen zu belegen. Nutzen Sie hierfür die zweite Zeile »Gezeigt bei«.

Zwei Beispiele wären

1. *Stärke*   *Teamfähigkeit*

    Gezeigt bei   *Projektarbeit des Schwerpunkts*

2. *Stärke*   *Auffassungsgabe*

    Gezeigt bei   *Einführung SAP in der Abteilung*

Und weil niemand nur Stärken hat:

1. *Schwäche*   *Überzeugungskraft*

    Gezeigt bei   *kann nichts verkaufen*

2. *Schwäche*   *Kreativität*

    Gezeigt bei   *nicht einfallsreich beim Texten*

Es ist hilfreich, diese Aufstellung von Zeit zu Zeit zur optimalen Vervollständigung zu überarbeiten und zu ergänzen. Umfangreiche Hinweise und Beispiele finden Sie im Kapitel »Das eigene Profil definieren« ab Seite 17.

Arbeitsbogen: Stärken- / Schwächen-Profil

Meine persönlichen Stärken – *was kann ich besonders gut*

1. *Stärke* _____

   Gezeigt bei _____

2. *Stärke* _____

   Gezeigt bei _____

3. *Stärke* _____

   Gezeigt bei _____

4. *Stärke* _____

   Gezeigt bei _____

5. *Stärke* _____

   Gezeigt bei _____

6. *Stärke* _____

   Gezeigt bei _____

7. *Stärke* _____

   Gezeigt bei _____

8. *Stärke* _____

   Gezeigt bei _____

Arbeitsbogen: Stärken- / Schwächen-Profil

Meine persönlichen Schwächen – *was liegt mir nicht so*

1. *Schwäche* _____

   Gezeigt bei _____

2. *Schwäche* _____

   Gezeigt bei _____

3. *Schwäche* _____

   Gezeigt bei _____

4. *Schwäche* _____

   Gezeigt bei _____

5. *Schwäche* _____

   Gezeigt bei _____

6. *Schwäche* _____

   Gezeigt bei _____

7. *Schwäche* _____

   Gezeigt bei _____

8. *Schwäche* _____

   Gezeigt bei _____

Profilanalyse Stellenausschreibung

Bei der Auswahl nach passenden Stellenausschreibungen gilt es überlegt vorzugehen und jede Anzeige sorgfältig in Hinblick auf Ihr persönliches Profil zu überprüfen. Als hilfreich hat sich nachfolgender Fragenkatalog erwiesen, der beispielhaft ausgefüllt ist.

Umfangreiche Erläuterungen zu den Begriffen fachliche / methodische / persönliche Anforderungen im Rahmen von Stellenausschreibungen finden Sie im Kapitel »Das eigene Profil definieren« ab Seite 17.

In dem folgenden Beispiel wird Bezug genommen auf die beispielhafte Stellenausschreibung auf Seite 55. Das Blankoformular zum Selbstausfüllen finden Sie auf meiner Homepage unter

»www.claudiamatthiesen.de«

Was wird verlangt? – Was sind die Anforderungen des Unternehmens / der Position?

Fachlich	Kontaktausbau, gute EDV, technisches Verständnis, Kenntnisse in E-Commerce, Deutsch
Methodisch	Verkaufsgespräche am Telefon führen, Betreuung und Beratung
Persönlich	freundliche Art, Überzeugungsfähigkeit, Kreativität, Teamfähigkeit

Was davon kann ich? – Was davon habe ich schon gemacht?

Fachlich	gute Kenntnisse in E-Commerce, sehr gut in EDV, Deutsch

Arbeitsbogen: Profilanalyse Stellenausschreibung

Methodisch _hohes verkäuferisches Talent!, ebenso in der Kundenberatung_

Persönlich _teamfähig, überzeugungsstark, einfühlsam, freundlich_

Was traue ich mir zu? – Was davon kann ich mir vorstellen?

Fachlich _Stammkundenbetreuung_

Methodisch _Telefon und Verkaufsgespräche im Bereich E-Commerce_

Persönlich _kreative Ideen und Umsetzungen_

Was kann ich mittels früherer Aktivitäten belegen? – übergreifend überlegen!

Studium: Betreuung der Studierenden, Diplomarbeit über E-Commerce, Anstellung im Vertriebsinnendienst, Teamleiter bei Muster AG

Welche Position strebe ich an? – Wo will ich zukünftig hin?

Verkaufsleiter

Passt das für mich? – Will ich das wirklich dauerhaft machen?

Ja! Dort kann ich weitere Erfahrungen in Akquise und Verkauf sammeln – in meinem Fachgebiet. Top!

Arbeitsbogen: Profilanalyse Stellenausschreibung

Selbstbild – Fremdbild

Sie benötigen hierfür mindestens zwei Ausfertigungen des Formulars. Zunächst füllen Sie eine Ausfertigung aus.

Damit erhalten Sie Ihr Selbstbild.

Die andere Kopie geben Sie an Freunde oder Bekannte und an Personen, die Sie nicht so gut kennen. Bitten Sie diese um eine Einschätzung zu Ihrer Person; dabei kann es sich auch um den »ersten Eindruck« ohne vorheriges intensiveres Kennenlernen handeln.

Damit erhalten Sie ein Fremdbild.

Dieses Fremdbild gleichen Sie im Anschluss mit Ihrem Selbstbild ab. Haken Sie bei auffälligen Übereinstimmungen oder Abweichungen nach. Sprechen Sie konkret Unklarheiten an, warum der eine oder andere Eindruck entstanden ist. Auf diese Weise erhalten Sie wertvolles Wissen. Nämlich das Wissen, wie Sie auf andere Menschen wirken und in schwierigen Situationen können Sie diese Kenntnis zu Ihrem Vorteil nutzen!

Bewerten Sie trotzdem die Meinung einzelner Personen nicht über und bedenken Sie, dass diese Wahrnehmungen, die Ihnen mitgeteilt werden, kurze Momentaufnahmen sind.

Im Nachfolgenden sind die einzelnen Punkte bewusst unsortiert aufgeführt. Viel Spaß beim Ausfüllen und Überdenken!

Legende

o	kann ich nicht entscheiden
-	keine Ansätze zu erkennen
√	ja, aber nicht sehr spürbar / wahrnehmbar / ausgeprägt
+	deutlich spürbar / wahrnehmbar / ausgeprägt
++	sehr stark spürbar / wahrnehmbar / ausgeprägt

Arbeitsbogen: Selbstbild – Fremdbild

Persönlichkeits-merkmal	stellt sich folgendermaßen dar	Ausprägung
belastbar	Schwierigkeiten bringen mich nicht aus der Ruhe.	o - √ + ++
impulsiv	Ich bin häufig sehr spontan.	o - √ + ++
kompromissbereit	Mir ist es nicht immer wichtig, mich ganz durchzusetzen.	o - √ + ++
sachlich-nüchtern	Ich handele nicht emotional.	o - √ + ++
hilfsbereit	Gerne helfe ich anderen.	o - √ + ++
einfühlend	Ich kann mich leicht in andere hineinversetzen und auf sie einstellen.	o - √ + ++
teamfähig	Gerne und problemlos arbeite ich mit anderen zusammen.	o - √ + ++
ausdauernd	Ich bleibe dran, bis ich mein Arbeitsziel erreicht habe.	o - √ + ++
selbstsicher	Ich vertraue auf meine Fähigkeiten.	o - √ + ++
selbstdiszipliniert	Ich bleibe konstant an der Arbeit, auch wenn ich einmal nicht mag.	o - √ + ++
guter Zuhörer	Es fällt mir leicht, anderen zuzuhören.	o - √ + ++
dominant	Ich beherrsche häufig andere Menschen.	o - √ + ++
zielstrebig	Ich arbeite konstant daran, mein Ziel zu erreichen.	o - √ + ++
flexibel	Ich kann mich schnell auf geänderte Situationen einstimmen.	o - √ + ++
risikobereit	Für den Erfolg gehe ich auch Risiken ein.	o - √ + ++
nervös	Ich verspüre häufig Unruhe in mir.	o - √ + ++
guter Organisierer	Es fällt mir leicht, Aufgaben mit optimalem Mitteleinsatz zu bewältigen	o - √ + ++
kommunikationsfähig	Es fällt mir leicht Menschen anzusprechen und zu überzeugen.	o - √ + ++
begeisterungsfähig	Ich lasse mich leicht für neue Themen oder Ideen begeistern.	o - √ + ++

Arbeitsbogen: Selbstbild – Fremdbild

Die Bewerbung – einfach gut erklärt!

Persönlichkeits-merkmal	stellt sich folgendermaßen dar	Ausprägung
gutes Auftreten	Ich verfüge über ein sicheres Auftreten und gute Umgangsformen.	o - ✓ + ++
ordentlich	Es ist für mich wichtig, dass alles aufgeräumt ist.	o - ✓ + ++
aufgeschlossen	Ich bin neuen Themen gegenüber offen.	o - ✓ + ++
selbstbewusst	Ich habe großes Vertrauen in meine Person!	o - ✓ + ++
eigeninitiativ	Es fällt mir leicht, eigene Ziele zu setzen und umzusetzen.	o - ✓ + ++
leistungsbereit	Gerne bin ich bereit, mich auch stark für ein bestimmtes Ziel einzusetzen.	o - ✓ + ++
anpassungsfähig	Unterschiedliche Situationen bewältige ich ohne Probleme.	o - ✓ + ++
aufmerksam	Ich bekomme immer alles mit.	o - ✓ + ++
lernbereit	Gerne lerne ich Neues.	o - ✓ + ++
gute Auffassung	Schnell verstehe ich Neues.	o - ✓ + ++
selbstständig	Eigene Aufgaben zu finden fällt mir sehr leicht.	o - ✓ + ++
entscheidungsfähig	Es fällt mir leicht, mich zu entscheiden.	o - ✓ + ++
kontaktfähig	Es fällt mir leicht, auf fremde Personen zuzugehen.	o - ✓ + ++
intelligent	Ich bin sehr klug und verständig.	o - ✓ + ++
kritikbereit	Ich bin offen für Kritik oder Einwände.	o - ✓ + ++
optimistisch	Es fällt mir leicht, immer das Gute zu sehen.	o - ✓ + ++
gute Überzeugungskraft	Ich kann andere in Diskussionen gut überzeugen.	o - ✓ + ++
kreativ	Es fällt mir leicht, mir Neues einfallen zu lassen.	o - ✓ + ++
zuverlässig	Auf mich können andere sich verlassen.	o - ✓ + ++

Arbeitsbogen: Selbstbild – Fremdbild

Register

Register

Register

Nachtrag

Die Inhalte dieses Buches beruhen auf eigenen Erfahrungen. Selbstverständlich kann es für den Erfolg einer Bewerbung keine Garantie geben. Auch bei professionellen Bewerbungsunterlagen, Beratungen oder Coaching bleiben generell Motivation und Einsatz des Bewerbers, Ausbildung, Qualifikation und Berufserfahrung sowie die Anforderungen des Unternehmens und die allgemeine Lage auf dem Arbeitsmarkt ausschlaggebend. Aus diesen Gründen übernimmt die Autorin keine Haftung für nicht erfolgreiche Bewerbungen, bittet aber jeden Bewerber, auch bei vielen Absagen nicht den Mut zu verlieren, sondern stets mit Elan und Sorgfalt weiter an der eigenen Unterlage zu feilen, stets weiter die Augen offen zu halten nach möglichen Offerten und stets unermüdlich DRAN zu bleiben!

Es gilt zur richtigen Zeit bei der passenden Firma eine für den gerade bearbeitenden Personalverantwortlichen interessante Bewerbung abzusenden! Da gehört auch ein Quäntchen Glück mit dazu, das natürlich jedem aktiven Bewerber zu wünschen ist!

Gerne stehe ich Ihnen für Ihre Bewerbungsvorbereitung zur Verfügung. Persönlich im Coaching oder unterstützend bei der Erstellung Ihrer Unterlagen. Umfassende Informationen zu meinem Leistungsspektrum finden Sie im Internet unter »www.claudiamatthiesen.de«.

Nachtrag